DIE KRABBE
Entdeckung des Bösen

ÜBER DAS BUCH

Der erfolglose Privatdetektiv Max Baum bekommt den Auftrag, eine Frau zu beschatten, deren Ehemann ein Verhältnis mit einem Anderen vermutet. Da Max dringend Geld braucht, kommt er auf eine geniale Idee: Warum nicht beim gehörnten Ehemann und dem Lover seiner Frau gleichermaßen abkassieren? Doch was als eine Art Kavaliersdelikt geplant war, entwickelt sich zum Albtraum für Max und seine Umwelt. Denn schon bald kommt ihm die Polizei auf die Schliche. Um den Kopf aus der Schlinge zu ziehen, verstrickt Max sich in ein Gespinst aus Lügen und Gewalt. Er überschreitet Grenze um Grenze – und steht schon bald bis zu den Knöcheln im Blut.

ÜBER DEN AUTOR

Markus Ridder ist Schriftsteller und Kommunikationsberater in München. Zuvor arbeitete er als Journalist und schrieb unter anderem für die „Süddeutsche Zeitung", „Die Zeit", „Horizont" und „abenteuer & reisen". Schreiben ist seit frühen Kindheitstagen seine Leidenschaft, mit „Die drei !!!" (in Anlehnung an „Die drei ???") verfasste er schon mit 12 Jahren seinen ersten „Krimi".

www.markusridder.com
www.facebook.de/ridderkrimis

© Markus Ridder, 2017

Lektorat: Markus B. Eberwein, Jens Gottesleben
Umschlag: Momir Borocki
Herstellung und Verlag: BoD – Books on Demand, Norderstedt
ISBN: 9783743117112

MARKUS RIDDER

DIE KRABBE

1

Ich hörte das Klirren des Schlüsselbundes über mir und erwachte. Für einen kurzen Moment sah ich verschwommen das offene Gartentor und die Straße dahinter. Ich nahm die Frische des Morgens wahr: den Raps, der in der Blüte stand, den Rauch, der in der Luft hing. Dann, plötzlich, sackte mein Oberkörper zurück. Ich schlug mit dem Hinterkopf auf die Fliesen und war wieder weg. Ich bildete mir ein, sie noch schreien gehört zu haben, aber vielleicht nur deshalb, weil sie mir später davon erzählte, man kann seiner Erinnerung nicht trauen.

Als Nächstes kamen Schläge auf die Wange und ich hörte sie rufen, „Max, mein Schatz, was ist denn los? Max …? Hörst du mich? Kannst du mich hören …" Als ich die Augen wieder öffnete, blickte ich einem fidelen Snoopy entgegen, der über ein rosarotes Dreieck tobte. „Na also, mein Kleiner … hier oben bin ich, na komm schon!" Ich ließ meine Augen über den Saum ihres Rocks und ihre weiße Bluse nach oben wandern und sah das vertraute Gesicht: die hohen Wangenknochen, die Kaffee-Crème-farbene Haut, die mandelförmigen, erdbraunen Augen. Sie kniete vor mir, hielt meinen Kopf in der einen Hand und schlug mir mit der anderen auf die Wange.

„Du kannst jetzt aufhören, Kim", sagte ich.

Weitere mechanische Schläge auf meine Wange.

„Wie du aussiehst, dein Gesicht …", sagte sie, „was ist mit dir?"

Ich nahm ihre Hand in die meine; die Schläge auf meine Wange setzten aus.

„Wo warst du die ganze Nacht? Ich hab mir Sorgen gemacht. Kannst du aufstehen?" Sie zog mich unter den Achseln ins Haus. Ich versuchte zu helfen, indem ich mich vom Boden abstieß und mich über die Schwelle drückte.

Als wir im Haus waren, wurde ich nach oben gezogen, warf einen letzten Blick auf das Gartentor und die Straße, dann fiel die Haustür mit einem lauten Schlag ins Schloss. Das Licht ging an. In meinen

Kopf schienen sich von irgendwoher dünne, spiralförmige Nadeln hineinzubohren.

„Oh Gott, wie du aussiehst, hast du dich ... bist du geschlagen worden?" Sie drehte mein Gesicht mit beiden Händen in die Richtung des Flurspiegels und blickte gemeinsam mit mir hinein. Mit ihren Händen auf den Ohren sah ich aus wie ein zweiundzwanzigjähriger Raver mit Kopfhörern.

„Ich hab' schon ein paar Mal versucht, dich anzurufen, aber es ging immer nur die Mobilbox dran. Bei Jens ebenso." Sie sah ängstlich und erwartungsvoll auf mein Gesicht im Spiegel.

Es sah nicht gut aus: Über einer dicken Oberlippe hatte sich ein krustiges Gerinnsel in der Form eines Cashewkerns gebildet, umgeben von schwarzgrauen Bartstoppeln. Mein rechtes Auge war stark angeschwollen, das Gewebe darunter fühlte sich weich und schaumig an wie ein Push-up-BH. Meine Haare standen vom Hinterkopf ab, glichen indianischem Federschmuck. Auch in dieser Situation konnte ich nicht umhin, meine neuerdings grauen Schläfen zu bemerken.

„Max!" Die Kopfhörer schüttelten meinen Schädel, als sei er ein defektes elektronisches Gerät.

Es sprang an und sagte: „Ich werde alt, verdammt noch mal, früher hätte ich das alles ..." – ich musste eine Pause einlegen, das Sprechen strengte unerwartet stark an – „Ich hätte ... hätte ..." Puh, ich wusste nicht weiter, mir wurde schwummrig, ich musste mich setzen, vielleicht kotzen.

„Komm, wir gehen ins Badezimmer. Hier, geradeaus, dann links ..."

„Ich weiß, wo das Badezimmer ist, verdammt noch mal", fauchte ich kraftlos, als sie mich mit ihren Unterarmen unter meinen Achseln den Flur entlangschob. Vor der Tür presste sie meinen Oberkörper an ihren, damit sie den linken Arm unter meiner Achseln herauslösen konnte, und öffnete die Badezimmertür. Der nächste Spiegel erwartete mich. Ich stützte mich mit beiden Händen auf dem Waschbecken ab, öffnete den Hahn, warf mir zwei Hände Wasser ins Gesicht. Kim reichte mir das Handtuch. Ich konnte froh sein, dass ich in einigen Monaten erst vierzig wurde; derjenige, der mich aus dem Spiegel anblickte, musste kurz vor der Einäscherung stehen.

„Es geht schon wieder, 'tschuldigung. Es ist nur, diese Abende mit Jens sind immer so, so ... *exzessiv*. Und dann dieser scheiß Oldtown-Bar-Besitzer! Ich konnte nichts machen. Ich hab nur ein bisschen mit der neuen Kellnerin geredet und der rastet aus. Verdammt, die Kleine ist zwanzig, was denkt der sich? Dass ich ein Kinderficker bin? ... 'tschuldigung." Ich ließ das Handtuch auf den Boden gleiten, Kim hob es auf und hängte es an den Haken. „Hey, das geht schon, das musst du nicht, ich mach das schon ..."

Sie blickte mich fragend an.

„Hat einfach zugeschlagen, das Arsch, ich konnt' noch nicht mal die Hände vors Gesicht halten. Das Schwein zeig ich an, soviel ist schon mal sicher."

„Soll ich dich ins Krankenhaus fahren?"

„Ach Quatsch, so schlimm ist es nicht." Ich blickte in den Spiegel und war mir plötzlich gar nicht mehr so sicher. Vielleicht musste die Lippe genäht werden? „Ich werd' ein bisschen Eis drauftun und dann wird's schon wieder, wirst sehen. Könntest du mir ..."

„Okay, dann fahre ich jetzt mal in die Schule. Ich hab da 'nen Job zu erledigen."

„Ah ja, sicher, heut ist wieder Schule, klar!"

„Ja, wie fast jeden Tag, du erinnerst dich?"

Sie verließ das Badezimmer, ich hörte, wie sie die Tasche im Flur aufnahm und die Lederriemen über ihre Schulter legte, dann erneut die ins Schloss fallende Tür.

Ich löste mich vom Waschbecken, ging ein paar unsichere Schritte in Richtung Fenster und dann in die Knie. Ich öffnete den Klodeckel und erbrach braune, süßsauer riechende Klümpchen in die Schüssel.

Um halb zwölf stand ich auf. Ich duschte und versuchte, mich so gut es eben ging zu rasieren. Natürlich blieben um das Gerinnsel herum einige Büschel grauschwarzer Haare stehen, so dass es den Eindruck erweckte, als klebte eine pelzige Raupe über meiner Lippe. Mein Auge sah mehr oder weniger unverändert aus, auch wenn sich in die blauviolette Farbe, die es um gab, ein zarter Hauch von Gelb gemischt hatte. Um einen Kontrapunkt zu dem geschundenen Gesicht zu setzen, zog ich meinen besten Anzug an. Auf eine Krawatte verzichtete ich wie immer.

Aus dem Gefrierschrank holte ich mir ein paar Eiswürfel, gab sie in einen Müllbeutel und presste das Ganze auf mein Auge. Um etwas gegen die Kopfschmerzen zu tun, nahm ich zwei Cafi Aspirinas. Ich hatte sie auf einer Recherchereise nach Mexiko vor drei Jahren erhalten. Die Pharmastory war eine der letzen Geschichten, die ich als Wirtschaftsjournalist geschrieben hatte. Der Chef von Bayer de Mexico übergab mir die kleinen Bomben persönlich und versicherte mir: „Die sind so gut, dass sie in Deutschland gar nicht zugelassen sind." Mir kann es egal sein, ich habe einen Vorrat, der bis zu meinem Lebensende reichen wird.

Draußen knallte die Sonne. Ich nahm die „Landsberger Nachrichten" und die „Süddeutsche Zeitung" aus dem Briefkasten und klemmte sie mir unter die Achsel; mit der freien Hand drückte ich mir den Beutel aufs Gesicht. Zu meiner Linken wogte das grellgelbe Tuch der Rapsfelder bis hinüber zum Waldrand. Aus den Wipfeln der kahlen Fichten kringelten sich graublaue Rauchwolken: Feuer, welche die Forstarbeiter entfacht hatten – warum auch immer. Es war dunstig, die Alpen blieben unsichtbar.

Ich schritt durch das Gartentor und ärgerte mich, dass ich mit dem verbliebenen Auge nach meinem Wagen auf der Straße suchen musste. Ich ärgerte mich über mich selbst, denn vor dem Stall hatten wir genug Möglichkeiten, mindestens zwei Autos abzustellen. Doch hatte ich die hässlichen Industriesteine, die unser Vorgänger dort verlegt hatte, vergangenen Herbst in einem Anflug von Heimwerker-Aktionismus herausgebrochen. Ich hatte mit goldgelbem Sand aufgeschüttet und eine Palette mit naturschönen Granitpflasterplatten „Yellow Rusty" mit gestockter Oberfläche bestellt. Doch als es darum gegangen war, diese zu verlegen, war das Wetter schlechter geworden und ich hatte mich nicht mehr aufraffen können. Jetzt standen die Pflasterplatten vor dem Stall auf einer Palette wie gestapeltes Knäckebrot, eingewickelt in eine milchige Plastikfolie und gammelten vor sich hin. Im Herbst, sagte ich zu mir selbst, im Herbst würde ich einen neuen Anlauf unternehmen.

Als ich den alten Citroën DS aufschloss, bemerkte ich einen unterarmlangen Kratzer an der Tür der Fahrerseite. Er war vor zwei Tagen noch nicht da gewesen – also musste ich ihn mir vergangene Nacht eingehandelt haben. Ich strich mit einer Hand über die Kerbe, die aussah, als hätte jemand seinen Schlüssel über den Lack gezogen, und beschloss, jetzt nicht weiter darüber nachzudenken – meine Laune war schon so schlecht genug. Ich sagte mir, dass ich froh sein konnte, nachts nicht in eine Polizeikontrolle geraten zu sein, sonst hätte ich mir jetzt ein Taxi rufen können.

Ich lenkte den DS mit einer Hand durch Penzing, vorbei am blauweißen Maibaum, dem Jugendzentrum und der kleinen Bibliothek, bog vor der mit weißen Klöppelgardinen geschmückten Gaststätte Franz scharf rechts ein und ließ mich vom anschließenden Kreisverkehr auf die Landstraße in Richtung Landsberg ausspucken. Im Westen erstreckte sich der Militärflughafen: lange kartonartige graugesichtige Bauten, ein paar Masten, auf denen sich eigenartige Wabenstrukturen drehten, rote Lichter. Auf der Landebahn herrschte Hochkonjunktur. Kein Wunder bei dem Sonnenschein: Es war Fliegerwetter.

Ich parkte den Wagen hinter der Stadtmauer und schritt die Malteser-Straße hinab ins Zentrum. Mein Arbeitstag begann wie immer im Massimo mit einem Mittagessen. Vor zwei Uhr nachmittags kam ich in letzter Zeit nur noch ins Büro, wenn ich einen konkreten Termin hatte – und das geschah selten. Kim wusste hiervon nichts, sie lebte in der Illusion, ihr tapferer Ehemann arbeite von früh bis spät und sei deshalb grundsätzlich zu müde für die anstehende Hausarbeit. Tatsächlich erwuchs meine Müdigkeit aus der Last des bleiernen, ereignislosen Alltags, den ich zu schultern hatte. Ja, ich litt unter meiner Untätigkeit. Hätte ich damals gewusst, was in den nächsten Wochen auf mich zukommen würde, dass die Welt sich in eine andere verwandeln würde und ihre Protagonisten gleich mit – ich hätte diese Zeit vielleicht genossen. So aber bestellte ich lustlos einen magenschonenden Gemüseteller bei einer neuen Kellnerin mit einem Gesicht voller Sommersprossen und blätterte antriebslos meine Zeitungen durch.

Ich blieb an keiner Headline hängen, nichts interessierte mich, ich las den Artikel auf der Seite drei der „Süddeutschen" an, hatte aber schon nach dem dritten Absatz den Namen der Person aus dem ersten Absatz vergessen. Ich schlang das Essen in mich hinein, spülte mit einem schlechten Rotwein nach und verlangte meinen Tee gleichzeitig mit der Rechnung. Da ich das Gefühl hatte, viel zu lange auf Essen, Rechnung und Tee gewartet zu haben, gab ich keinen Cent Trinkgeld. Die Sommersprosse quittierte mit einem Schmollmund, während ich einen lautlosen Rülpser aus meinen Nasenflügeln entweichen ließ.

Das Eis war schon fast geschmolzen, als ich hinaus auf den Georg-Hellmair-Platz vor die Stadtpfarrkirche trat. Zwar hielt ich mir die Tüte nach wie vor aufs Auge, doch troff das Wasser bereits aus dem Knoten in meinen Ärmel hinein.

Ich ging über die Pflastersteine hinter dem Chor entlang und bog in den Hinteren Anger ein und von dort in die Schulgasse. Mein Büro war in einem ehemaligen Zigarrengeschäft untergebracht, und noch immer hing in den Räumen ein leichter Geruch der Torpedos, Culebras und Robustos, die hier einmal gepafft worden waren.

Das nikotinvergilbte Schaufenster des Tabakladens habe ich entfernen und durch ein seriöses Milchglas ersetzen lassen.

Max Baum. Detektei.

ist in einer dunkelblauen Serifenschrift eingelassen, darunter meine Telefonnummer, schließlich bin ich aufgrund meiner Ermittlungen zu keinen festen Bürozeiten anzutreffen.

Als ich auf die Detektei zuschritt, fiel mir ein großer, hagerer Kerl auf, der die Auslagen des Geschäfts gleich links neben meinem Büro beäugte. Er trug ein Tweedsakko mit aufgenähten Ellbogenschützern, Jeans, spitze braune Lederschuhe und ein weißes Hemd mit Haifischkragen, aus dem ein blaurotes Tuch herauslugte. Seine Haare waren dunkelblond und fielen bis auf seine Schultern hinab. Als ginge es darum, ein seltenes Naturschauspiel zu beobachten, blickte er konzentriert in die Auslage des Schusters neben meinem Stadtbüro. Wie ich wusste, befand sich dort nur eine neonrote Leuchte mit der Aufschrift „Meisterbetrieb".

Es dauerte keine zehn Minuten und er stand vor meinem Schreibtisch. Er blickte mir ins Gesicht, als würde er irgendetwas Bestimmtes zwischen der aufgeplatzten Lippe und dem geschwollenen Auge suchen. Dann räusperte er sich und sagte sehr hochdeutsch: „Ich suche Herrn Baum."

„Das bin ich", sagte ich und zeigte auf das leere Thonet-Stühlchen vor dem Schreibtisch.

Er machte einen langen Schritt darauf zu, verharrte kurz und beugte sich dann über die beige Sitzfläche. Er blickte irritiert in meine Richtung, sagte „Äh?", und hob mit langen Pianisten-fingern den tropfenden Eisbeutel in die Luft, der nun gänzlich zu einer Art Wasserbombe geworden war.

„Oh, verzeihen Sie, daran habe ich nicht gedacht."

Ich lief um den Schreibtisch herum, und er ließ mir die Tüte unter einem verkrampften Lächeln in beide Hände fallen. Ich wollte sie an einer anderen Stelle deponieren, doch leider fand ich auf die Schnelle keinen geeigneten Platz im Chaos meines Büros: Ich dekorierte gerade ein wenig um. In letzter Zeit hatte mich die Sehnsucht nach der Ferne wieder gepackt und so wollte ich eine Wand mit selbstgeschossenen Schwarzweißfotografien von Reisen bestücken, die ich in meiner Zeit als Journalist unternommen hatte. Die andere Wand sollte mit primitiven, ebenfalls im Ausland gesammelten Masken geschmückt werden. Sehr weit war ich noch nicht gekommen: Die meisten Bilder standen auf dem Boden und lehnten an der Wand, die Masken lagen Großteils auf der patinierten Arbeitsplatte und auf dem Boden neben einer der geschwungenen Tatzen des im Neo-Renaissance-Stil gehaltenen Schreibtischs. Da ich in der Eile keinen geeigneten Platz für das Beutelchen fand, ging ich hinüber zur Kochnische und legte den Beutel in der Spüle ab.

Erst als ich wieder hinter dem Schreibtisch stand und mich in meinen Ikea-Bürostuhl fallen ließ – ein letztes Relikt aus alten, unzivilisierten Journalistenzeiten –, setzte auch er sich. Kurz huschte ein säuerlicher Ausdruck über sein Gesicht, doch letztlich entschied er sich, versöhnlich die Beine übereinander zu schlagen. Rotblaue Socken (die Farbe seines Halstuchs!) kamen zum Vorschein.

„Herr …?", fragte ich.

„Klaproth, Marc-André Klaproth."

„Was darf ich Ihnen anbieten, Herr Klaproth?"

Er trommelte mit seinen langen Fingern auf sein spitzes Kinn, seine Augen sprangen geckohaft im Quadrat. „Danke. Nein. Nichts im Augenblick."

„Sicher, dass Sie keinen Tee wollen? Grüner Tee, ich habe mir gerade einen aufgesetzt. Chun Mee, falls Sie sich auskennen. Ich importiere ihn selbst aus China. Nicht die billigste Variante, um zu seinem Tee zu kommen, aber hierzulande bekommen Sie einfach keine Qualität."

Er winkte ab.

„Grüner Tee ist wie Wein: Sie werden erst mit den Jahren zum Kenner. Aber na ja …" Ich stand auf, nahm die Kanne vom Stövchen und schüttete den ersten Aufguss in das kleine Waschbecken in der Nische des Raums. Dann schaltete ich erneut den Wasserkocher ein. „Die Bitterstoffe", erklärte ich, als ich mich wieder setzte. „Na dann, schießen Sie mal los", fügte ich betont lässig an; das Gestelzte seiner Art forderte mich irgendwie heraus.

Er entfaltete seine Beine und zog den Stuhl näher an den Tisch, hob seine Ellbogen wie in einer mechanischen Geste nach oben, offenbar um diese auf der Tischplatte abzustellen. Von dort starrten ihn drei guatemaltekische Holzmasken an, die Spanier mit langen Bärten darstellten. Platz für seine Ellbogen gab es nicht.

Ich lächelte.

Er presste seine Lippen in einer schmerzhaften Grimasse zusammen und legte seine Hände auf die dünnen Oberschenkel. „Es geht um meine Frau. Ich habe Grund zur Annahme, dass sie mich betrügt, Herr Baum!"

Ich drückte Ring- und Zeigefinger an die Schläfe und sah ihn fragend an.

„Sie verhält sich in letzter Zeit etwas merkwürdig, würde ich meinen. Es beginnt damit, dass sie ständig Anrufe bekommt, die sie mit *falsch verbunden* quittiert. Ein anderes Mal höre ich sie am Telefon tuscheln – das ist im Grunde nicht ihre Art. Wir hatten nie Geheimnisse voreinander."

Ironischerweise klingelte gerade in diesem Augenblick mein Handy in der Schublade. „'tschuldigung", sagte ich und zog sie auf. „Jens" stand auf dem Display. Ich hatte die Sache von gestern Abend schon fast wieder vergessen. Als mich Jens' Anruf jetzt daran erinnerte, spürte ich augenblicklich wieder eine Spannung um mein geschwollenes Auge. Ich drückte den Anruf weg, legte das Handy zurück in die Schublade und wandte mich Klaproth zu: „Tuscheln am Telefon kann viele Ursachen haben. Vielleicht spricht sie nur mit einer Bekannten über Dinge, die Sie nichts angehen – Frauen machen doch so was, die *beste Freundin* und so ..."

„Natürlich, natürlich", sagte er und holte Luft. „Wenn es nur bei Telefonaten geblieben wäre, dann ... aber sie kommt auch spät und verspätet nach Hause. Und ihre Erklärungen hierzu sind nichts weniger als fadenscheinig. Im letzten Monat hatte sie gleich drei Mal eine Autopanne! Und natürlich konnte sie mich nicht von unterwegs anrufen: Der Handy-Akku war leer. Drei Mal hintereinander."

„Zufall?", fragte ich, um noch einige Details aus ihm herauszulocken.

Er ließ sich nicht lumpen und kam in Fahrt: „Dann ist es sicherlich auch Zufall, dass sie in den vergangenen Wochen alle acht Tage zum Frisör geht, dass sie ihr Parfüm gewechselt und mindestens fünf Kilo abgenommen hat und dass das Budget für ihre Garderobe einen vierstelligen Betrag verschlingt – monatlich!"

„Hmmm", summte ich, „hört sich verdächtig an. Und wenn Sie sie einfach zur Rede stellen?"

„Ha!", rief er, ließ seine Absätze auf das Parkett knallen und schlug sich auf die Oberschenkel. „Natürlich habe ich das, aber sie lässt nichts raus. Ihre Wandlungen seien das Normalste von der Welt! Sie erzählt mir etwas davon, dass es nie zu spät sei, sich zu ändern, auch mit dreißig nicht" – an dieser Stelle zuckte ich leicht zusammen – „und dass sie jahrelang keine Kleider mehr gekauft habe und jetzt einfach etwas nachhole, was ihr *lange gefehlt* habe. Fadenscheinig, sage ich Ihnen, fadenscheinig!" Er beendete seinen Ausbruch mit einer spastischen Kopfbewegung, offenbar um seine Frisur wieder in Ordnung zu bringen: Die Haare waren ihm in langen Strähnen auf dem schwitzenden Gesicht kleben geblieben.

„Was kann *ich* für Sie tun, Herr Klaproth?"

Er atmete aus, wurde wieder ruhiger: „Sie sind Detektiv, Herr Baum ..."

Der Wasserkocher meldete mit einem *Plock*, dass er fertig war. Ich stand auf, ging hinüber zur Anrichte, ohne ihn aus den Augen zu verlieren, und bereitete den zweiten Aufguss vor. Ich ruderte mit den Armen, um ihm zu signalisieren, dass er weiter sprechen solle.

„Sie könnten ... ich weiß nicht, ob solche Tätigkeiten zu Ihrem Aufgabenspektrum als Detektiv gehören, aber wenn es eine Möglichkeit gäbe, meine Frau für einige Tage, sagen wir drei oder vier, zu beobachten, dann wüsste ich endlich, woran ich bin."

Ich schenkte mir eine erste Tasse Tee ein und stellte die Kanne zurück aufs Stövchen.

„Eine Observation also", sagte ich, als ich mich gesetzt und die Tasse auf einen letzten freien Fleck auf den Schreibtisch gestellt hatte. „Eigentlich arbeite ich eher im Bereich der Wirtschaftskriminalität, ein Fall wie dieser ... lassen Sie mich einmal sehen." Ich klickte mein Outlook auf und gab vor, einen überaus gefüllten Terminkalender zu sondieren. Ich kratzte mich am Kinn, kniff die Augen zusammen, „schwierig", murmelte ich.

Ich log: Es war keinesfalls schwierig, einen freien Termin zu finden. Bis auf einen einzigen Vormittag hatte ich die gesamte Woche nichts zu tun und die Woche darauf ebenfalls nicht. Auch arbeitete ich keineswegs hauptsächlich im Bereich Wirtschaftskriminalität.

Ich hatte gerade *einen* Job in diesem Umfeld: Ich beriet das Sicherheitspersonal des Werkzeugbauers ILTHIS im Nachbarstädtchen Kaufering, hatte hier ein Konzept für den Werkschutz erarbeitet. Einmal in der Woche kam ich jetzt zum Controlling in das Büro, das sie mir eigens eingerichtet hatten. Ansonsten verdiente ich mein Geld mit genau diesen Spitzeleien, mit Typen wie Herrn Klaproth hier, die einmal in ihrem Leben die Hilfe eines Detektivs in Anspruch nahmen. Und die keine Ahnung von den Gepflogenheiten des Gewerbes hatten. Und über die Preise.

Ich blickte vom Computer auf: „Sie haben Glück, ich kann den Auftrag übernehmen. Wir müssten sie aber eine komplette Woche observieren, um wirklich Klarheit in dem Fall zu bekommen. Fünfhundert pro Tag plus Spesen."

Er war einverstanden, die Monatsmiete war gesichert, oder sagen wir, die Miete des letzten Monats: Mein Konto war zurzeit chronisch überzogen, alle Rücklagen waren geplündert.

Ich ging noch ein paar Einzelheiten mit ihm durch, um einen ungefähren Tagesablauf seiner Frau zu bekommen und versprach, gleich morgen mit den Beobachtungen zu beginnen. Er legte mir eine Karte auf den Tisch und sagte, dass ich ihn unter der angegebenen Adresse jederzeit erreichen könne: Klaproth arbeitete als Golflehrer auf Schloss Igling in Igling. *Verdammt,* dachte ich, *ich hätte tausend am Tag vereinbaren sollen.*

Als er das Büro verließ, zeichnete sich ein dunkler, feuchter Fleck auf dem Hinterteil seiner Hose ab. Ich stand auf, ging hinüber zur Kochnische, goss das übriggebliebene Wasser des Eisbeutels in die Spüle und fühlte mich für einen Augenblick wieder mit der Welt versöhnt.

2

Den Rest des Arbeitstages verbrachte ich damit, aus dem Fenster zu schauen und mit der Umdekorierung des Büros fortzufahren. Für den Fall, dass Klaproth noch einmal zu Besuch kommen sollte, hängte ich die drei Guatemalteken schräg über die Hängeregistratur. Sehr viel weiter kam ich nicht, da ich keine Nägel mehr hatte und mir auch die Kraft fehlte, neue zu besorgen. Also schlenderte ich ein wenig durch Landsberg: einmal den Hinteren Anger rauf und den Vorderen Anger hinunter, die Ludwigstraße bis zum Hauptplatz vor, wo sich das Volk vor der Eisdiele drängte. Die Sonne brannte seit Wochen auf unser kleines Städtchen nieder und die Italiener schienen wegen des gerade erst beginnenden Jahrhundertsommers das Geschäft ihres Lebens zu machen.

Ich überlegte kurz, ob ich noch eine Volte hinunter zum Lech schlagen sollte, entschied mich aufgrund meines nach wie vor geschwächten Zustands aber, lieber nach Hause zu fahren und mich dort auszukurieren, schließlich würde es morgen ein anstrengender Tag werden.

Zu Hause bereitete ich mir einen weiteren Tee zu, schlüpfte in Shorts und setzte mich mit bloßem Oberkörper in den sonnendurchfluteten Garten. Ich wollte lesen und schnappte mir ein Buch von Jorge Luis Borges, das ich vor einer Woche angefangen hatte. Doch es ging mir wie mit der Zeitung heute Morgen: Ich konnte mich nicht an die Namen der Personen erinnern, die Spannungsbögen griffen nicht, da ich die Handlung zum Teil vergessen hatte. Ich legte das Buch weg, entschied zu dösen. Nach ein paar Minuten wurde mir langweilig und ich nahm das Buch erneut zur Hand. Ich blätterte ein paar Seiten zurück, um eine Stelle zu finden, an der ich wieder einsteigen konnte. Doch es war zu mühsam bei der Hitze und ich wurde ärgerlich.

Dann war es mit der Ruhe ohnehin vorbei: Kim stieß die Küchentür auf und ließ zwei volle Tragetaschen vor den Kühlschrank auf die Fliesen rasseln. Die Terrasse ging zum Wohnzimmer hinaus, aber wir hatten die Wand zur Küche wegbrechen lassen, um mehr Licht in beide Räume zu bekommen. Das alte Bauernhaus wirkte so außerdem städtischer, vornehmer vielleicht. Von mir aus hätten wir auch alles so lassen können, wie wir es vorgefunden hatten. Doch Kim liebte es eher modern; ich hingegen war der Romantiker in unserer Ehe.

Kim ging ins Schlafzimmer, um sich umzuziehen und kam kurz darauf in T-Shirt und Snoopy-Slip zu mir auf die Terrasse. „Wie geht es deinem Gesicht …?" Sie lief um mich herum, beugte sich über mich. „Naja, mit dem Auge, das sieht schlimm aus, aber das wird schon wieder und an der Lippe wirst du eine Narbe bekommen, das steht fest. Zum Arzt gehen willst du ja nicht." Sie setzte sich auf den freien Stuhl neben mich und legte die Füße auf den Blumenkübel, in dem wir einmal Geranien angepflanzt hatten, der aber jetzt von Unkraut dominiert wurde. Ihre lackierten Zehennägel glitzerten fruchtig in der Sonne wie zuckersüße Himbeerlollis. „Diese Scheiß-Eltern denken echt, dass ich für alles zuständig bin. Heute kommt die Mutter von Tamara zu mir in die Sprechstunde. Wutschnaubend und tränenverschmiert. Beschwert sich bei mir, dass irgendwelche Jungs – wahrscheinlich Tino und Benni, jemand anderes kann ich mir da nicht vorstellen – dass die ihr Töchterchen beim Pinkeln mit ihren Handys in der Toilette gefilmt haben. Dann haben sie das Ganze natürlich ins Internet gestellt. Und Tamaras Mutter sagt mir: *Wie konnten Sie es nur so weit kommen lassen?* Ich mein', da rastest du doch aus, oder? Für was sollen wir Lehrer denn noch alles verantwortlich sein? Ich sage: *Entschuldigung, Frau Matts, aber Schule ist Spiegelbild der Gesellschaft und kann nicht alle Verfehlungen der Allgemeinheit wieder geradebiegen.* Sie kriegt natürlich einen Heulkrampf und steht mit geballten Fäusten vor mir: *Wissen Sie eigentlich, wie sich mein Kind jetzt fühlt? Wissen Sie, wie es sich fühlt?* Dann rennt sie raus und schreit: *Ich muss mit Herrn Göbel reden. Ich rede mit Herrn Göbel!* Ich sage: *Bitte, tun Sie das, das ist Ihr gutes Recht."*

Eine Transall donnerte über unser Haus, und Kim musste wegen des Lärms unterbrechen. Wir sind diese kurzen Pausen gewöhnt, wenn wir draußen sitzen, thematisieren das Ganze gar nicht mehr. Vor drei Jahren, als wir eingezogen waren, dachte ich, ich würde mich nie mit dem Dröhnen dieser Ungetüme abfinden. Es zerstörte meine romantischen Vorstellungen über die Ruhe des Landlebens. Heute empfinde ich den plötzlichen Fluglärm wie eine Werbeunterbrechung im Fernsehen – es ist nicht der Rede wert. Das Einzige, was mich wirklich stört, ist die Hubschrauberschule, die wir seit einigen Monaten haben. Das ständige *Flapflapflap* kann einem den letzten Nerv rauben.

Nachdem die Maschine den Garten kurz in einen zigarrenförmigen Schatten getaucht hatte, fuhr Kim fort, als wäre nichts gewesen: „Später, als ich gerade gehen wollte, ruft mich Göbel zu sich ins Büro. Kein Problem, denke ich, ich hab ja nichts zu befürchten. Und dann fragt er mich tatsächlich, ob ich meine Schüler nicht im Griff habe. Ich: *Entschuldigung Herr Göbel, aber ich kann nicht auch noch mit meinen Schülern auf die Toilette gehen.* Er: *Dann verhängen Sie gefälligst ein Handyverbot!* Ey, ich war so wütend, ich konnte echt nichts mehr sagen. Ich meine, was denkt der sich, das geht ja wohl die ganze Schule an und ist ja wohl eher seine Aufgabe als meine!"

„Das hättest du *ihm* sagen sollen."

„Das hätte ich auch gemacht, wenn ich ein wenig geistesgegenwärtiger gewesen wäre. Aber ehrlich gesagt: Wenn man die ganze Nacht wachliegt und sich Sorgen macht, weil der geliebte Ehemann nicht nach Hause kommt und sich auch auf dem Handy nicht meldet, dann geht man halt am nächsten Morgen auch nicht topfit in jede Diskussion."

„So fertig scheinst du aber nicht zu sein. Wenn ich müde bin, schreie ich jedenfalls nicht so rum wie du jetzt."

„Ich schreie nicht. Ich erkläre dir nur sehr sachlich, warum ich heute in der Schule nicht das richtige Argument parat hatte."

„Und ich sage dir sehr sachlich: Du hattest Stress in der Schule, hast einen Fehler gemacht und suchst jetzt einen Schuldigen dafür. Das ist ja leider immer so: Entweder ist es dein *asiatischer Hintergrund* oder es ist dein Ehemann. Nur du selbst bist es nie."

„Na toll!" Sie stand mit einem Ruck auf, die Metallfüße des Stuhls kreischten über die Fliesen. Dann lief sie mit ihren glitzernden Zehen unter wutstampfenden Schritten zurück ins Haus.

Okay, das mit dem asiatischen Hintergrund war nicht fair, sagte ich mir, aber wie oft fühlte sich Kim wegen dieser Sache diskriminiert? Vor allem seit wir in Bayern lebten, hieß es bei jeder schwierigen Situation: ... *oder der mag einfach keine G'schlitzen.* Kims leibliche Eltern kamen aus Vietnam, aber sie kann sich nicht an sie erinnern, weiß noch nicht mal, ob sie noch leben. Wahrscheinlich ist, dass sie während des Kriegs auf der Flucht ums Leben gekommen sind, vielleicht in den Lagern in Thailand, Malaysia oder Indonesien. Kim ist eine von knapp zwanzigtausend Vietnamesen, die in Deutschland Zuflucht fanden. Sie strandete in Frankfurt am Main, wie die meisten, die hierher kamen. Mit anderthalb Jahren wurde Kim adoptiert. Das heißt, damals war sie noch gar nicht Kim: Edda und Siggi haben ein namenloses Kind zu sich genommen. Sie haben es Kim genannt, um ihrem ... tja, so sagten sie es immer, ihrem *asiatischen Hintergrund* gerecht zu werden. Kim war wohl der einzige asiatische Name, den sie kannten. Sie wollten auch, dass sie Vietnamesisch lernt, aber Kim zeigte nicht gerade ein überbordendes Interesse. Sie interessiert sich auch heute nicht für ihr Geburtsland. Wie oft hatten wir uns schon vorgenommen, einmal nach Saigon zu fliegen, aber immer kam ihr etwas dazwischen, wenn wir die Reise buchen wollten. Wenn sie jemand fragt, wo sie herkommt, sagt sie *Frankfurt* und tut so, als verstehe sie den tieferen Hintergrund der Frage nicht. Wahrscheinlich aus Trotz oder Selbstschutz.

Mich hat damals das Exotische an ihr angezogen und ich war fast ein wenig enttäuscht darüber, dass nur ihre Hülle asiatisch war und der Inhalt hessisch.

Jetzt hörte ich sie in den Tüten umherkramen, Verpackungen aufreißen, den Mülleimer wütend auf- und zumachen, Türen schmeißen. Dann dröhnten ihre nackten Fersen wieder über die Fliesen in Richtung Terrasse.

„Weißt du, was mich besonders aufregt ..."

„Was, wenn es mich nicht interessieren würde?"

„… dass du denkst, dass du mir einen Fehler vorwerfen könntest. Du! Heute! Kommst so besoffen heim, dass du die Tür nicht mehr aufkriegst von deiner Kinderfickertour mit Jens und rennst dann mit erhobenem Zeigefinger rum. Ich fass es nicht!"

„Genau das meine ich: Du hast Stress und lässt bei mir Dampf ab. So ist es doch, oder?"

Sie stellte sich breitbeinig vor mich in die Sonne, die Hände in die Hüften gestützt. „Mich interessiert einfach nur, auf welche Gerüchte im Dorf ich mich demnächst einstellen muss."

„Du musst dich auf gar nichts einstellen. Der Wirt hat überreagiert, weil er selbst besoffen war, das ist alles. Vielleicht könntest du mir jetzt aus der Sonne gehen?"

„Na, dann bin ich ja mal gespannt auf deine Anzeige und ob du die Richter auch davon überzeugen wirst."

Sie zischte ab.

Ich stand auf und lief ihr hinterher, so ging es nicht: Erst ließ sie bei mir Dampf ab, dann verzog sie sich, bevor ich etwas erwidern konnte. Im Stechschritt lief ich ins Wohnzimmer, bereit, sie zurecht zu stoßen, ihr zu sagen, dass sie gegen Prinzipien verstieß, die einfach nicht zu billigen waren. Was allerdings die Sache betraf, um die es eigentlich ging, so wusste ich selbst nicht genau, was passiert war. Was klar war: Meine blauen Flecken stammten vom Wirt der Oldtown-Bar. Und wenn ich mich recht entsann, ging es tatsächlich um diese neue, durchaus junge Kellnerin. Allerdings konnte ich mich an diese nur schemenhaft erinnern. Ob ich zudringlich geworden war? Im Grunde fühlte ich mich durchaus dem Treueschwur der Ehe verpflichtet. Doch ich wusste auch, dass Alkohol mich veränderte, einen anderen Menschen aus mir machen konnte. Zudem befand ich mich gerade in keiner besonders guten Phase: Ich hatte mäßigen Erfolg im Beruf, mein Dispokredit war bis zum Äußersten ausgereizt und im Bett lief es auch nicht gerade prächtig zwischen Kim und mir. Wir wollten ein Kind, doch obwohl Kim die Pille bereits seit einem Jahr abgesetzt hatte, klappte es nicht. Ein Grund war sicherlich, dass wir derzeit zu selten miteinander schliefen. Einmal die Woche vielleicht, manchmal nur alle vierzehn Tag. Kurz: Objektiv betrachtet hätte es für einen Mann mittleren Alters durchaus einen Grund gegeben, sich anderweitig Trost zu suchen.

Sie schlug die Küchentür zu und verschwand im Flur. Als ich sie wieder öffnete, knallte auf der anderen Seite des Gangs gerade die Schlafzimmertür ins Schloss. Dort angekommen, hatte sich meine Wut bereits ein wenig abgekühlt. Ich sah Kim in ihrem Bett liegen, heulend, ihren Stoffhund an sich gepresst, wie den letzten Freund auf Erden, der ihr verblieben war. Ihr Kopf war in einem luftigen Kissen vergraben, die Beine lagen in Embryostellung. Eine kleine, badewannentaugliche Stoffente mit braunem Schal um den Hals saß neben der Digitaluhr auf ihrem Nachttischschränkchen und bedachte die Szenerie mit einem melancholischen Lächeln.

Ich blieb einen Augenblick reglos in der Tür stehen, setzte mich dann zu ihr an die Bettkante. „Pass auf, Schatz, wir machen gerade eine etwas schwierige Phase durch. Du wirst sehen, wenn es erst mal mit dem Kind klappt, wird sich alles wieder einspielen."

Sie schluchzte nur noch stärker in das Kissen, versuchte ihren Kopf vollends darin zu vergraben, als wolle sie nie mehr in dieser kalten Welt auftauchen. Plötzlich fühlte ich mich schlecht und schuldig; dreckig, wie mit Jauche bespritzt.

Ich hatte das Gefühl, es sei besser zu schweigen und strich ihr stattdessen über das schwarze, nach Kamille duftende Haar. Dann begann ich ihren harten, sehnigen Rücken zu massieren: nahm mir erst ihren Nacken vor, bearbeitete dann ihre sehnigen, verspannten Schultern. Wie eine Perlenkette umfuhr ich zärtlich jeden einzelnen ihrer Brust- und Lendenwirbel, bis das Schluchzen allmählich verebbte und sich ihr Rücken in kleinen, wohligen Windungen erging, wie ein Kätzchen, das schnurrend seine Wirbelsäule nach oben drückt. Ich machte noch ein wenig weiter, genoss es, ihre Muskeln unter meiner Handfläche zu spüren, genoss es, wie sie mir antworteten, wie sie mir zuriefen, dass sie meine Berührung verzückten. Ich ließ meine Hand nach unten gleiten, umfuhr die kleine Kuhle zwischen Kreuzbein und Steißbein, in der ihre samtweiche Haut zu verrieseln schien, wie feinkörniger Sand in einer Sanduhr. Ich stand auf, stützte mich mit einer Hand auf die Matratze und kletterte über sie auf die andere Seite des Betts. Dort legte ich mich hinter sie, meinen Kopf neben ihren auf das Kissen und schob meine Hand von hinten unter ihr rosa Höschen, umgriff ihre von einem leichten, fast unmerklichen Flaum bedeckten Pobacken. Sie drehte sich langsam mit geschlossenen Augen um und ich spürte den harten, borstigen Streifen ihrer gestutzten Schamhaare unter meinen Fingerspitzen. Sie winkelte ihr rechtes Bein an und ich ließ meine Hand noch etwas tiefer gleiten. Nachdem ich sie eine Weile gestreichelt hatte, verbreitete sich der süßlichscharfe Geruch kandierten Ingwers im Schlafzimmer, den sie verströmte, wenn sie bereit für mich war.

Auch als ich ihr T-Shirt über ihre kleinen, festen Brüste hob und begann, diese mit Küssen zu bedecken, hielt sie ihre Augen geschlossen, und als wir miteinander schliefen, stöhnte sie auf eine neue, leidenschaftliche Weise in dem Rhythmus, den ich uns vorgab.

Nachdem wir eine Weile schwitzend und erschöpft erst über-, dann nebeneinandergelegen hatten, trocknete ich ihre Tränen mit dem noch immer über ihren Brüsten zusammengerafften T-Shirt. Es nahm die blauviolette Farbe ihrer Mascara an und erinnerte an die Batikarbeiten, die Kim hin und wieder mit den Schulkindern anfertigte und die dann tagelang in unserer Küche lagen.

Als ich ihr von meiner Assoziation erzählte, fand sie zurück zu einem unsicheren Lächeln und strich mir durch die Haare. „Ich *bin* schwanger."

Der nächste Morgen war der erste Morgen, den ich im Bewusstsein des werdenden Vaters bestritt. Ich musste früh raus, da mein wöchentlicher ILTHIS-Termin anstand und ich hatte das Gefühl, nichts könne meine positive Stimmung trüben. Ich war überrascht über mich selbst, denn ich war mir im Grunde meines Herzens nie sicher gewesen, ob ich mir wirklich ein Kind wünschte, oder ob ich nur einem gesellschaftlichen Ideal Genüge leisten wollte. Oder, Möglichkeit Nummer drei, ob es einfach mein unterbewusstes Ziel war, Kim glücklich zu machen. Für einen Moment glaubte ich jedenfalls, dass irgendwie alles in die richtigen Bahnen kommen würde. Menschen, die unter der Eintönigkeit des Alltäglichen leiden, lassen sich schnell von der Aussicht auf Wandel berauschen.

Ich stieg ins Auto, legte Juan Carlos Caceres ein und ließ mich von jazzigen Milonga-Rhythmen nach Kaufering tragen. Ich grüßte den alten Sepp Greger an der Pforte mit „Hallo, alter Junge" und ließ mir von Ingo Koons alle Einzelheiten seiner überstandenen Hepatitis-Infektion darlegen: Gelbsucht, eingefallenes Gesicht, Fieber, desaströse Leberwerte. „Im Grunde gibt es nur zwei Möglichkeiten, wie du dir den Virus einfangen kannst. Blutsbrüderschaft …", sagte er und legte seine Pulsadern überkreuz „… und Sex."

„Na, dann kommt für dich ja nur Blutsbrüderschaft in Frage", sagte ich und fiel in sein Gelächter ein.

Ich kannte Koons aus meiner Zeit als Journalist. Damals schrieb ich eine Geschichte über Innovationsklau im Mittelstand und führte ein langes Interview mit Koons, in dessen Ressort als Sicherheitsreferent auch dieser Bereich fiel. Der Artikel schien für seine Karriere keine schlechte Sache, und als sein damaliger Chef vor fünfzehn Monaten bei einem ominösen Angelunfall ums Leben kam, rückte Koons schnell nach. Als es darum ging, ein Konzept für den Werksschutz zu erarbeiten, revanchierte er sich nachträglich bei mir, indem er mir den Auftrag zuschanzte. Die Sache hatte nichts Anrüchiges: Ich hatte ihn damals mit dem Interview keinesfalls bewusst gehypt – ich wusste schließlich gar nicht, dass ich einmal seine Hilfe gebrauchen könnte. Und der Auftrag musste auch nicht offiziell ausgeschrieben werden, da er nicht das dafür relevante Finanzvolumen überstieg.

Das Einzige, was man uns vorwerfen konnte, war die Tatsache, dass ich mitnichten für die Aufgabe qualifiziert war. Als ich meine diesbezüglichen Zweifel äußerte, sagte Koons: „Wie, ich denke, du bist Journalist – recherchier das doch mal!"

Genau das tat ich. Ich las die komplette Literatur über Werk- und Objektschutz und alles über strategische Sicherheitsplanung. Ich machte mich mit den Finessen der elektronischen Überwachung vertraut und entwickelte ein Konzept, das auf eine fast flächendeckende Videoüberwachung im Alarmfall setzt. Ich definierte die

Punkte, an denen Kameras anzubringen waren und installierte eine Standleitung zur Polizei, die im Fall der Fälle Alarm schlagen sollte.

Besonderen Wert legte ich auf das „Innovatoren-Büro": Hier hatten die ILTHIS-Tüftler in den vergangenen Monaten eine neue Serie mit Waldarbeitsmaschinen, Kettensägen, Schreddern und dergleichen entwickelt. Nichts, auch nicht die kleinste Information über die neuen Geräte, durfte an die Öffentlichkeit dringen. Also hatte ich den Raum mit Kameras vollstellen lassen und gleichzeitig einen Bewegungsmelder installiert. Jetzt war ich nur noch mit der Kontrolle der festangestellten Werkskontrolleure beschäftigt, denen über ein von mir ausgeklügeltes Reporting-System keine Bewegung im Werk entgehen sollte.

Koons hatte mir für meine Aufgaben ein eigenes Büro im Haus zur Verfügung gestellt. „Kein Edelpuff, aber für die kurze Zeit vollkommen in Ordnung", hatte er gesagt, als er mir den Arbeitsplatz vor vier Monaten zuwies. Damit hatte er nicht untertrieben: Das Büro war eine feuchte Kammer im Keller des Hauses, ohne Fenster, dafür mit einer staubverhangenen Neonröhre als einzige Lichtquelle. Als Wandschmuck diente ein Hundekalender, der ein Yorkshire-Terrierweibchen mit zwei roten Schleifen im Haar aus dem Jahr 2013 zeigte. Sie war Miss Oktober. Ich bekam einen Laptop, auf dem die Lagepläne des Hauses in elektronischer Form verfügbar waren. Natürlich durfte ich nichts mit nach Hause nehmen, aber ich kümmerte mich nicht darum. Ich war der Kontrolleur der Kontrolleure – wer sollte mir gegen meine Einwilligung die Tasche filzen?

Ich ordnete an, dass jeder Werkschutzmitarbeiter pro Tag einen Report anfertigen musste, auf dem er zu vermerken hatte, wann er welches Kontrollsystem gecheckt hatte. Wenn ich dann zu meinem wöchentlichen Vormittag ins Büro kam, hatte ich sämtliche Reports auf dem Schreibtisch liegen und musste sie nur noch nacheinander durchgehen. Mittlerweile wurden die meisten Reports von Koons' Mitarbeitern mit Routine und der nötigen Sorgfalt ausgefüllt. Viel zu tun gab es also nicht mehr für mich bei ILTHIS. Mit Kummer machte ich mir einmal mehr bewusst, dass mein hochdotierter Projektvertrag in wenigen Wochen auslaufen würde. Gerade jetzt, wo ich die Verantwortung für ein Kind übernehmen sollte, ging es finanziell mit mir bergab.

Ich setzte mich vor den PC, ließ mich einige Sekunden von dem wohlbekannten modrigen Geruch des Büros betören und beschloss, erst einmal Jens anzurufen, um Klarheit über den Vorfall in der Oldtown-Bar zu erhalten. Sollte ich wirklich zum Anwalt gehen, wäre es nicht schlecht zu wissen, wer als Erster zugeschlagen hatte.

Jens ging beim ersten Klingeln ran: „Hallo, Max, pass auf, ich bin gerade in einer Besprechung. Kann ich dich später zurückrufen? Okay! Danke! Bis dann." Er legte auf, ohne dass ich etwas gesagt hätte.

3

Nachdem ich die Reports überflogen und abgehakt hatte, machte ich mich auf den Weg zum Golfplatz, wo ich von Klaproth ein Foto seiner Frau erhalten sollte. Es waren nur knappe drei Kilometer vom ILTHIS-Hauptquartier bis Igling, einem kleinen Örtchen, das rund doppelt so groß war wie Penzing. Nachdem ich das Ortsschild hinter mir gelassen hatte, erblickte ich die Zinnen des Schlosses auf einer Anhöhe zu meiner Rechten.

Ich fuhr hinauf und hielt mit dem DS auf einem Stellplatz, an dessen Einfahrt ein gelbes Schild darauf aufmerksam machte, dass Parken auf eigene Gefahr zu erfolgen hatte. Dann schritt ich eine kleine Graskuppe hinauf, bis zu einem Schild, auf dem „Achtung Golfbälle von links" stand. Gleich daneben befand sich ein vogelhausähnlicher Kasten mit einer Glocke darin. Ein weiteres Schild darunter rief Passanten dazu auf, dieselbe zu betätigen, wenn sie den Kiesweg hinuntergehen wollten. Ich entschied, unweit der Glocke stehenzubleiben und nur einen Blick auf die Anlage zu werfen, die sich unter mir in frischem Grün ausbreitete.

Ich entdeckte Klaproth sofort: Er stand am Fuße des Hangs mit zwei Männern vor einer stallähnlichen Holzhütte an seinen Trolley gelehnt. Alle drei hatten helle Bundfaltenhosen und Polohemden an, nur Klaproth trug über seinem weißen Polohemd noch einen rotgrünen Rauten-Pullunder. Der Mann links neben Klaproth kam mir bekannt vor, auch wenn ich mich jetzt nicht erinnern konnte, wo ich ihn schon einmal gesehen hatte. Soweit ich es von hier aus erkennen konnte, war er recht klein, hatte nach vorne sackende Schultern und einen braunen Schnurrbart an seinem golfballrunden Kopf. Er zeigte auf eine hellblaue Fahne, die vor einem ovalen Teich am Ende der Anlage wehte und posierte dann mit dem Schläger, auf den er sich bisher gestützt hatte, als sei er ein Krückstock. Nachdem er einen imaginären Schlag vollführt hatte, beugte er sich nach vorn, legte die Hand an die Stirn, sagte etwas. Dann fingen alle an zu lachen – ein gemäßigtes Lachen, versteht sich, das Lachen von Gentlemen. Klaproth zeigte mit einer durchsichtigen Mappe hinauf zum Schloss, dann gaben sich die Männer die Hand. Während die anderen beiden beisammen stehenblieben, setzte sich Klaproth in meine Richtung in Bewegung.

„Wir gehen kurz in den Hof", sagte er zur Begrüßung, als er neben mich auf das Hügelchen trat.

Ich lief ihm wortlos hinterher und als wir den Hof des „The Golfhouse" betraten, wies er auf eine Bierbank vor einem Restaurant mit dem Namen Schlossstuben. Er selbst verschwand mit Trolley, Mappe und wehendem Haar im „Golf Büro".

Ich nahm mit dem Rücken zur Schänke Platz und fühlte mich wie im Urlaub: Um mich herum braungebrannte Polohemdenträger, das Geklapper von Besteck auf Porzellan, gedämpftes Lachen, entspannte Bewegungen. Die Vögel zwitscherten und hin und wieder rumpelte ein Golftrolley gemütlich über die Pflastersteine. In dem Haus, auf das ich blickte, befand sich der bauchige Bronzekessel einer Brauerei; rechts ging es durch ein Spitzbogentor hinauf zum Schloss. Davor schrien einen großflächige Schilder an: „Privatbesitz, Betreten verboten." Die Kellnerin kam in einem locker geschnürten Dirndl und fragte, ob ich die Karte wollte. Ich erwiderte, dass ich nur auf jemanden warte, und sie verschwand mit einem Murren wieder in der Gaststube.

Klaproth kam aus dem „Golf Büro" zurück, wo er seine durchsichtige Mappe gegen ein Briefkuvert eingetauscht hatte. Er sprang bemüht sportlich über die Bank und setzte sich mir gegenüber. Er räusperte sich und machte eine seiner spastischen Haarwurfbewegungen – eine Locke blieb dennoch wie eine blonde Sichel unter seinem linken Auge kleben.

Dann schob er den Umschlag über den Tisch. „Larissa hat sich ein bisschen verändert, aber es wird reichen, sie zu erkennen."

Ich wollte den Umschlag öffnen, doch seine Pianistenfinger klimperten ein paar schnelle Dissonanzen in die Luft. „Bitte!", sagte er streng, während seine Augen über die Gesichter der Schlossstuben-Besucher sprangen.

Ich ließ das Kuvert ungeöffnet in der Innentasche meines Sakkos verschwinden und schwieg diskret.

„Sie wird jetzt im Sportclub sein, wahrscheinlich fährt sie danach nach Hause, das sagt sie zumindest immer, aber ich bin nicht sicher. Was sie danach macht …" Er zuckte mit den Schultern. „Ich bin jedenfalls gespannt darauf, was Sie herausfinden werden. Wie ich sie kenne, wird sie um neun zu Hause sein; es ist Dienstag, da schaut sie ihre Serien. Ich denke, danach wird nichts mehr passieren. Sie können dann …" Er führte den Satz nicht zu Ende; seine Hände schenkten stattdessen einer unsichtbare Taube die Freiheit.

„Ich werde dann fahren, ja. Sie sagten, dass sie morgen nicht vor zehn das Haus verlässt?"

„Wahrscheinlich. Aber besser, Sie sind um neun Uhr da. Ich werde schon gegen acht hier am Golfplatz sein, es gibt eine Besprechung wegen der Greenkeeper."

„Hmm."

„Spielen Sie Golf?"

„Nein. Minigolf – manchmal."

Es war halb zwei. Der Fitnesskurs, den Larissa Klaproth besuchte, sollte den Angaben ihres Mannes zufolge in einer Dreiviertelstunde zu Ende sein. Ich beschloss, die Zeit für einen kurzen Abstecher in den Handelskauf zu nutzen. Kim hatte mir erzählt, dass sie erst vorgestern Abend von der Schwangerschaft erfahren hatte. Sie war bis nach Mitternacht aufgeblieben, hatte mit Sekt und brennenden Kerzen auf mich gewartet, um mit mir auf unser Kind anzustoßen. Nachdem sie mich nicht erreichen konnte, war sie mit einer Mischung aus Wut und Angst ins Bett gegangen. Ich hatte etwas gutzumachen und beschloss, dass frischer Lachs der geeignete Weg hierzu sei; dazu kaufte ich Zitronen, Schalotten, Eier und frischen Dill für die Soße. Ich riskierte den Stilbruch – der, wie wirkliche Kenner wissen, gar keiner ist – und entschied mich für einen Syra aus Mendoza. Erst an der Kasse wurde mir klar, dass Kim gar keinen Alkohol mehr trinken durfte und ich fragte mich, was aus dem Sekt geworden war, mit dem sie gestern mit mir anstoßen wollte? Als ich beim Fun & Joy ankam, war ich immer noch zehn Minuten zu früh. Ich zog mein Sakko aus, stieg aus dem Wagen und schritt durch die nachmittägliche Hitze auf den Fitnessclub zu. Dass man bei diesen Temperaturen in einer Turnhalle Sport treiben konnte, schien mir unerklärlich.

Ich wagte es, die Tür eine Handbreit zu öffnen und einen Blick in die Gymnastikhölle zu werfen. Anders als erwartet, empfing mich nicht der mir aus Schulzeiten bekannte schwüle Sporthallengeruch aus Schweiß, Gummi und feuchter Baumwollwäsche. Die Klimaanlage benetzte mein Gesicht mit angenehm kühler Luft, es roch frisch nach Minze und Zitrone. Am Ende einer weißen Theke saß eine braungebrannte Blondine mit Zopf, die ihre Fingernägel lackierte und mit offenem Mund zu hartem Hip-Hop-Rhythmus Kaugummi kaute. Hinter allerlei Palmen und Benjaminigewächsen ging es eine Treppe hinab, offenbar zu den Gymnastikräumen – von dort wehte zumindest die Musik hinauf ins Foyer. Die Blondine schaute unter einem kurzen Wimpernschlag in meine Richtung, sang ein gedehntes, kehliges „Haaaaiii" und blickte dann wieder kaugummikauend auf ihre Fingernägel hinab. Ich lächelte kurz ins Nichts und schloss die Türe umgehend.

Bevor ich mich wieder in den DS setzte, holte ich meine digitale Spiegelreflexkamera aus dem Kofferraum. Dann fiel mir ein, dass ich noch immer nicht wusste, wie Larissa Klaproth eigentlich aussah. Zurück im Wagen, kramte ich den Umschlag aus dem mittlerweile arg zerknitterten Jackett hervor und zog das Foto heraus. Es zeigte eine junge Frau in den Zwanzigern vor einer blumigen Tapete und einem Fenster, durch das unscharfe grüne Berge zu sehen waren. Sie hatte dunkelblondes schulterlanges Haar, den Pony kurz geschnitten und sorgfältig in die Stirn gekämmt. Mit ihrem feisten Gesicht strahlte sie eine gewisse Unschuld aus. Ihre spitze sommersprossige Nase und eng aneinanderliegende braune Augen verliehen ihr hingegen einen lasziv-durchtriebenen Touch. Eine weiße, weit ausgeschnittene Bluse und ein durchaus üppiges bronzenes Dekolleté –

das der Fotograf sicherlich nicht unbewusst in Szene gesetzt hatte – verstärkten diesen Eindruck noch.

Oben öffnete sich die Tür und entließ eine Gruppe Frauen. Alle waren zwischen fünfundzwanzig und fünfunddreißig Jahren alt, trugen knappe, enganliegende Sportkleidung und die Haare zu Pferdeschwänzen gebunden. Taschen wurden über die Schulter geworfen, Autoschlüssel herausgekramt, Küsschen auf Wangen verteilt, dann verlor sich die Truppe zwischen Fahrradständer und Parkplatz. Ich ließ das Autofenster zur Hälfte hinunter und brachte die Canon in Stellung. Mit den Blicken tastete ich die Damen ab, immer auf der Suche nach dem bekannten Gesicht. Nachdem sich Parkplatz und Fahrradständer schon zu zwei Dritteln geleert hatten, fürchtete ich schon, ich hätte Larissa verpasst. Dann fiel mir eine Wasserstoffblonde ins Auge: Sie ging mit schnellen, kurzen Schritten auf den Parkplatz zu, löste im Laufen ihren streng zurückgebundenen Zopf und fuhr sich mit der Hand durch die Haare. Sie war deutlich dünner als auf dem Bild, die Haare waren gebleicht, das Gesicht wirkte schmaler und kantiger. Dennoch gab es keinen Zweifel: Sie war es, ihre spitze Nase und ihre Augen verrieten sie. Sie trug weiße Radlershorts und ein ebenfalls weißes, bauchfreies Top auf dem „I love New York" stand.

Ich schoss eine kleine Serie: Larissa beim Öffnen des Golfs, wie sie ihren Kopf vornüber beugte, um sich erneut durch die Haare zu fahren, wie sie das asphaltfarbene Verdeck des Cabrios öffnete, in den Wagen stieg und losfuhr.

Ich folgte ihr vom Parkplatz auf die Bundesstraße in Richtung Augsburg; bei Lagerlechfeld passierten wir die Ortseinfahrt von Schwabmünchen. Es ging in eine Neubausiedlung am nördlichen Ende der Stadt. Wir bogen in eine gesichtslose Straße ein und fuhren diese bis zum letzten Haus auf der rechten Seite durch. Ich hielt in einer Lücke am Gehsteig und fotografierte durch die Windschutzscheibe, wie Larissa ihren Wagen in einer Art Garagencontainer abstellte, wie sie ihre Sporttasche vom Rücksitz nahm, wie sie über den

Kiesweg des kleinen Vorgartens schritt und in der Tür des Hauses verschwand.

Ich war überrascht über die Lebensverhältnisse der Klaproths: Zwar wohnten sie in einem Neubau, doch war es nur eine Doppelhaushälfte, noch dazu nicht besonders voluminös. Hinter dem Haus schien es zwar noch einen größeren Garten mit Rasenfläche zu geben, doch grenzte diese direkt an den Erdwall einer hochgelegenen Bahntrasse. Der kleine Garten vor dem Haus wirkte wie geleckt mit seinen in Reih und Glied gepflanzten Rosenstauden und der frisch frisierten Hecke. Die Fenster waren durch gelbe Gardinen verhängt, rechts unten (die Küche?) baumelte etwas Rundes in Kristallglas. Ich hätte mir die Behausung eines Golflehrers größer vorgestellt und irgendwie auch eine Spur extravaganter, mondäner.

Etwa anderthalb Stunden passierte so gut wie nichts: Das Milchglasfenster im zweiten Stock wurde erst gekippt und nach einer Weile ganz geöffnet. Hin und wieder sah ich einen Schatten vor dem unteren Fenster und hinter den Glasbausteinen neben der Tür vorbeihuschen. Nur einmal in der Zeit, die ich im immer heißer werdenden DS vor mich hinschwitzte, ächzte ein Zug hinter dem Grundstück vorbei. Nach einer halben Stunde hielt ein Taxi vor dem fast identischen Haus gegenüber und ein missmutiger Fahrer brachte erst einen abgewetzten Lederkoffer und dann eine zerbrechliche Oma zur Haustür. Die einzige Abwechslung bot eine schwarze Katze, die mit ihren weißen Vorderpfoten die Wurzeln eines Grasbüschels im weit weniger gepflegten Vorgarten von Klaproths Doppelhausnachbarn freilegte. Immer wieder sprang sie aufgeregt um die eigene Achse, machte einen Satz – und begann erneut wie toll zu graben.

Ich verbrachte einen Teil der Zeit damit, die bereits geschossenen Bilder durchzusehen. Ich machte mir Notizen, wann und wo sie entstanden waren, was sie darstellten – so würde ich später schneller meinen Abschlussbericht schreiben können.

Ich wurde schläfrig und mir mussten kurz die Augen zugefallen sein. Als ich erwachte, lag etwas Pelziges, Zerzaustes auf meiner Motorhaube, daneben die pfeffergrauen Pfotenabdrücke der Katze. Sie musste die tote Maus zum Grillen auf die glühende Motorhaube gelegt haben. Blutfäden rannen aus dem zerbissenen Genick, Bläschen wölbten sich auf dem Blech wie kleine Geysire.

Am Haus schien sich während meines Nickerchens nichts verändert zu haben. Dann sah ich, dass das obere Fenster wieder geschlossen war. Ich dachte mir nichts dabei, wollte gerade aussteigen, um die Maus von der Motorhaube zu wischen, als mir auffiel, dass der Wagen nicht mehr in der Garage stand. „Verdammte Scheiße", sagte ich laut. Ich warf einen Blick in den Rückspiegel und sah gerade noch, wie am Ende der Straße ein Wagen abbog. Wenn ich Glück hatte, war es Larissa!

Ich schlug die halbgeöffnete Tür wieder zu, ließ die Maus da, wo sie war, und startete den Wagen. Ich raste um den engen Wendehammer und dann die Straße hinauf, die Reifen quietschten um die Kurve, die der Wagen aus dem Rückspiegel genommen hatte. Vor mir ging es einen langen gewellten Hügel hinab, an dessen Ende ein rotes Auto einem qualmenden Bulldog hinterherzockelte. Tatsächlich, es war ein rotes Golf-Cabriolet – es musste der Wagen Larissas sein. Ich trat auf die Pedale und erkannte den geblümten Regenschirm auf der Hutablage, der mir schon bei der Hinfahrt aufgefallen war. Glück gehabt!

Letztendlich war es allerdings ohne Belang, dass ich sie eingeholt hatte: Zuerst besuchte sie den Frisör, bei dem sie einzelne Haarsträhnen mit Silberpapier umwickeln ließ, dann fuhren wir ins Industriegebiet und dort auf den Parkplatz des Handelskaufs. Ich parkte an exakt der gleichen Stelle wie vor drei Stunden, direkt neben dem Hendlgrill. Ich folgte ihr in den Supermarkt und bekam einen Einblick in die Speisekarte von Golflehrern. Vor allem gab es Fertiggerichte, viel Obst und fettreduzierte Käsesorten. Dazu eine unendliche Vielfalt an Joghurts, Puddings, Cremes, die meisten ebenfalls mit leichtem Kaloriengehalt.

Ich hätte alle Zeit der Welt gehabt, meine Einkäufe von vorhin zu erledigen. Da ich den Lachs schon in der Kühltasche im Kofferraum verstaut hatte, entschloss ich mich, auch hier ein paar Bilder zu machen – allein der Vollständigkeit halber. Ich stellte mich unauffällig neben das Regal mit den eingelegten Früchten und Gemüsesorten und legte das Zoomobjektiv auf einer Büchse mit geschälten Pfirsichen ab, um nicht zu verwackeln. Dann fokussierte ich Larissa zwischen Frischkäse und Magerquark und ließ den Motor durchlaufen. Etwas berührte meine Schulter. „Kann ich Ihnen helfen?" Ich zuckte zusammen, drehte mich um. Ich blickte in das grimmige, von einem Delta roter Adern durchzogene Gesicht, das ich von der Fleischtheke kannte. „Nein", sagte ich, „ich komme zurecht."

Das Fleischthekengesicht deutete mit seinem flachen Kinn auf die Kamera. „Das geht hier drin nicht."

„Wieso das, wenn ich fragen darf?"

„Es tut mir leid, aber wir haben hier Fotografierverbot."

„Ich wollte nur ein paar Bilder von meiner Freundin schießen."

„Eine etwas eigenartige Umgebung für Erinnerungsfotos, wenn Sie mich fragen."

Das Fleischthekengesicht gehörte zu einem stämmigen Körper und war einen Kopf kleiner als ich. Der Typ verschränkte die Arme vor dem Oberkörper und schaute mir von unten angriffslustig in die Augen.

„Ist halt mal was anderes als die typischen Strandbilder und Oben-ohne-Fotos, finden Sie nicht? Und auch authentischer – der Mensch in seiner Alltagsumgebung. Also keine Sorge: Es geht mir nicht um Ihre Sachen, sondern um meine Kleine." Ich zeigte mit der Canon zu Larissa. „Das wollen Sie mir doch nicht ernsthaft verbieten!"

„Tut mir leid, das sind die Vorschriften. Stecken Sie die Kamera ein oder ich muss sie konfiszieren."

Ich wurde ärgerlich: „Jetzt platzt mir aber gleich der Kragen, Freundchen! Die Kamera konfiszieren, das könnte Ihnen so passen! Ich bin hier Kunde – und das seit Jahren! Und der Kunde ist ja wohl noch immer König. Vielleicht sollte ich auch mal mit Ihrem Vorgesetzten über die Angelegenheit reden."

Ich war etwas laut geworden, sodass einige Handelskauf-Kunden auf uns aufmerksam wurden.

„Wenn Sie nicht einsichtig sind, werde ich wohl den Sicherheitsdienst rufen müssen." Er zog ein zerbeultes Walkie-Talkie aus seinem blutverschmierten Kittel.

Auch Larissa schien jetzt, wenn auch von weiter weg, in unsere Richtung zu schauen. Ich drehte ihr den Rücken zu, sodass sie mich nicht erkennen konnte und versuchte, den Verkäufer einige Schritte tiefer in den Gang hineinzuschieben; meine Handflächen wurden plötzlich klatschnass. „Was heißt nicht einsichtig?", versuchte ich zu beschwichtigen, „Ich verstehe natürlich Ihre Situation. Es ist nur so, dass ich gehofft hätte, Sie könnten Ihre Bedenken vielleicht in einer etwas … etwas freundlicheren Sprache formulieren. Sie kennen mich doch, wissen, dass ich jede Woche für zwanzig, dreißig Euro Wurst- und Fleischwaren bei Ihnen einkaufe …"
„Ich habe Sie hier noch nie gesehen."
„Na, jetzt hören Sie aber auf …!"
Er setzte das Gerät an sein geädertes Ohr.
„Gut, gut, ich wollte sowieso gerade aufhören. Ich will hier auch nicht Ihr Shopkonzept ablichten und nach China verkaufen oder so. Es geht mir nur um meine …"
„Stecken Sie die Kamera also ein?"
„Ja klar, sehen Sie?" Ich stopfte die Canon in die Fototasche und zog den Reisverschluss zu. „Ich sag doch: Wollte ich eh gerade machen. Wir wollten im Grunde beide das Gleiche. Komisch, oder?"
„In Ordnung. Viel Spaß beim Einkauf."
Er nestelte an seinem Kragen und setzte sich in Richtung Fleischtheke in Bewegung.

Ich drehte mich um, blickte einen Moment konzentriert in das Regal vor mir, nahm ein Glas Spreewaldgurken heraus und verdrückte mich dann in den Gang mit den Spirituosen.

Zurück beim Auto warf ich die Gurken auf den Beifahrersitz und tastete dann nach dem Schalter für die Klimaanlage. Das Thermometer zeigte eine Außentemperatur von zweiunddreißig Grad an, im Wagen musste es doppelt so heiß sein. Vorne auf der Motorhaube kochten immer wieder zwei kleine Blutblasen auf, um abwechselnd zu zerplatzen. Ich beobachtete, wie sich eine Fliege mit blauvioletten Augen auf dem Genick der Maus niederließ und ihren Rüssel immer wieder in schnellem Rhythmus auf die zerfetzte Stelle hinter dem Ohr presste.

Dann kam Larissa und verstaute zwei Plastiktüten im Kofferraum. Sie zog die Sonnenbrille, die bisher wie ein Diadem auf ihrem Kopf steckte, auf die Nase, setzte sich eine beige Baseballkappe auf und rollte schwungvoll vom Parkplatz. Ich folgte ihr Richtung Landsberg.

Es ging über die Augsburger Straße erst in Richtung Zentrum und dann auf den Lech zu. Aufgrund der Hitze stand er so niedrig, wie ich ihn noch nie zuvor gesehen hatte. Als wir an der Brücke waren, bog sie zuerst rechts ab und schwenkte dann kurz darauf in die Einfahrt eines Nagelstudios mit blauer Verglasung. Ich fuhr daran vorbei und steuerte in die nächste Seitenstraße, um dort zu drehen. Dann blieb ich im Halteverbot gegenüber dem Nagelstudio stehen.

Ich versuchte mit der Canon in den Laden hineinzuzoomen, doch das sonnenbeschienene Schaufenster spiegelte zu sehr und machte meinen Observierungsversuch unmöglich. Mir war es egal, schließlich konnte ich wohl davon ausgehen, dass sie dort nicht ihren heimlichen Lover traf.

Ich machte mich auf eine längere Wartezeit gefasst und kramte das Handy aus dem Sakko, um es erneut bei Jens zu versuchen. Wieder war er beim ersten Klingeln am Apparat.

„Gerade wollte ich dich anrufen!", meldete er sich.

„Wo bist du?"

„Ich bin in diesem Augenblick reingekommen, habe die Unterlagen auf dem Küchentisch abgelegt, wollte mir dir Schuhe ..." Ich vernahm ein Rauschen, als würde ein Stück Stoff über den Hörer gezogen, dann machte es zweimal *Plong* und ich hörte Jens undeutlich fluchen. Er meldete sich wieder: „Sorry, mir ist das Handy runtergefallen, musste mir kurz die Schuhe ausziehen."

„Ich kann später anrufen, wenn du willst."

„Nein, nein, das ist ausgezeichnet, ich bin jetzt für dich da."

„Was machst du schon zu Hause? Ich dachte, du bist im Stress."

„Ich war bis eben im Totalstress, aber jetzt ist erst mal Pause angesagt. Wir hatten einen Pitch bei einem neuen Kunden in München und haben unser Konzept präsentiert. Ein Casino-Betreiber in Las Vegas. Vielleicht hast du davon gelesen, die wollen den Las Vegas Strip in Macao komplett nachbauen – eins zu eins. Haben schon angefangen und in einem Jahr soll Einweihung sein."

„Was hast du mit Macao zu tun?"

„Die haben für Deutschland einen PR-Etat im zweistelligen Millionenbereich ausgeschrieben. Ist doch klar: Die wollen das als Touristenziel vermarkten und dass möglichst viele Deutsche dorthin reisen und ihr Geld ausgeben. Und deshalb brauchen sie Öffentlichkeit."

Ich kannte Jens seit einer halben Ewigkeit: Wir hatten gemeinsam bei den „Ebersberger Neuesten Nachrichten" volontiert. Während ich im Journalismus blieb, fand Jens keine Stelle und fing bei einer PR-Agentur an. Später machte er sich mit einer eigenen Agentur in Fürstenfeldbruck selbstständig. Zuerst hatte er sich auf den Bereich Healthcare spezialisiert – mit mäßigem Erfolg. Nach dem asiatischen Tsunami bekam er dann plötzlich einen Sonder-PR-Etat des Thailändischen Tourism Board. Von da an ging es aufwärts: Jens stieg von Opel auf Porsche um, bezog gemeinsam mit Ines ein Zweihundert-Quadratmeter-Penthouse im Zentrum Fürstenfeldbrucks. Er beschäftigte mittlerweile rund zehn Leute und musste ständig seine Büros wechseln, weil sie zu klein wurden.

„Und wie lief's?"

„Tanja hat das Konzept gemacht, du weißt schon, die mit den kurzen roten Haaren, meine beste Mitarbeiterin zurzeit. Eine Superpräsentation! Die konnten gar nicht glauben, was man alles mit ein paar Millionen auf die Beine stellen kann. Unterschrieben ist natürlich noch nichts, aber ich denke, wir haben die Amis im Sack." Er machte ein kurze Pause, ich hörte das Zischen einer kohlensäurehaltigen Flasche, dann plätscherte eine Flüssigkeit ins Glas. „Hast du Kim wegen Neuseeland gefragt?"

Neuseeland. Das hatte ich vollkommen vergessen. Jens und Ines wollten mit uns dorthin in Urlaub fahren, drei Wochen, eine Tour von Wellington bis zum North Cape, anschließend tauchen. Ich hatte Jens versprochen, dass ich Kim darauf ansprechen würde, obwohl mir schon vorgestern klar war, dass wir dafür keine Kohle hatten.

„Ehrlich gesagt war sie nicht so begeistert. Der Flug ist ihr zu lang und außerdem sei es ja alles etwas kurzfristig. Es sind nur noch vier, fünf Wochen bis zu den Sommerferien."

„Ja ja ...", sagte Jens. „Lass uns die Tage noch mal drüber sprechen, sie ist sich wohl noch nicht ganz schlüssig."

Ich versuchte das Thema auf Sonntagabend zu lenken, wollte wissen, was genau passiert war. Allerdings hatte ich nicht das Bedürfnis, Jens zu stecken, dass ich mich nur noch sehr schemenhaft an alles erinnern konnte. Ich fand heraus, dass er offenbar schon vor mir gegangen war und von der Schlägerei gar nichts mehr mitbekommen hatte. Ich hielt es für angemessen, ihm von der Sache erst gar nichts zu erzählen.

Die Kellnerin, die in meiner Fantasie eine attraktive Nixe war, beschrieb Jens als kleines Pummelchen. Richtig an meiner Erinnerung schien das Alter zu sein, auf das ich sie geschätzt hatte: um die zwanzig, sagte Jens. Er erzählte etwas von Schönsaufen, und dass ich ihr Drinks spendiert habe und immer zudringlicher geworden sei, und dass sich dann alles in „diesem Event" entladen habe. „Gut, dass du mit Typen wie mir ausgehst, denen nichts mehr peinlich ist." Er lachte in der Tonlage eines Kastraten.

„Was soll so peinlich gewesen sein?", fragte ich ganz offen.

„Naja, wenn ein älterer, verheirateter Herr von vierzig Jahren ..."

„Neununddreißig Jahren", korrigierte ich.

„Also wenn ein älterer, verheirateter Herr von *rund* vierzig Jahren eine pummelige Kellnerin von rund zwanzig Jahren und mit schlechter Bildung bei jeder Gelegenheit auf seinen wunden Schoß zu ziehen versucht, dann würde ich schon sagen, dass man von einer gewissen Peinlichkeit sprechen könnte. Und das war ja schließlich noch nicht alles, was du dir geleistet hast. *Ich* spreche allerdings nicht explizit von Peinlichkeit, aber mir könnte es ohnehin egal sein: Ich kenne niemanden in Landsberg, und selbst wenn – mich interessiert nur dann, was die Leute denken, wenn ich dafür bezahlt werde." Wieder sein hohes, wimmerndes Lachen.

„Ganz der PR-Berater", sagte ich und stellte fest, dass plötzlich Bewegung ins Nagelstudio kam. Die Sonne knallte nicht mehr ganz so stark aufs Fenster, und ich sah, dass mehrere Leute offenbar an der Kasse standen. Ob Larissa darunter war, konnte ich nicht erkennen.

Ich versuchte noch ein paar Details aus Jens herauszulocken und sagte: „Es hat ja eh keiner mitbekommen, wir saßen doch oben im zweiten Stock …"

„Bis zu den Absackern an der Bar unten. Da hast du ja auch die Weißbiernummer durchgezogen."

„Ich dachte, ich hätte den ganzen Abend Gin Tonic getrunken. Mein Gedächtnis ist echt nicht mehr, was es mal war."

„Ich rede nicht davon, dass du es getrunken hast …"

„Sondern?", fragte ich vorsichtig, als sich die Tür des Nagelstudios öffnete und Larissa hinaustrat. Ich wollte zuerst mit einer Hand ein paar Bilder schießen, aber die Canon war mit dem Zoom-Objektiv zu schwer, außerdem hätte ich verwackelt. Egal, entschied ich und startete den Wagen.

„Sag bloß, das weißt du nicht mehr?" Er wartete gar nicht erst auf eine Antwort und fuhr fort: „Scheiße, warst du blau! Du hast den ganzen Abend davon geredet, dass man jedem Tag seinen Stempel aufdrücken muss, das Leben sei vorbei, wenn sich die Tage replizieren, oder so ähnlich. Das Leben müsse ein Abenteuer sein, man müsse Dinge wagen, den Tag immer wieder zum Ereignis machen, Grenzen überschreiten und so weiter. Und dann bist du von deinem Barstuhl aufgestanden, hast die Kellnerin von hinten umarmt, ihr mit dem Daumen das blaue T-Shirt aufgehalten und mit der anderen Hand das komplette Weißbier in ihren Ausschnitt geschüttet. Alles hat geschrien und getobt – Standing Ovations von der besoffenen Meute. Manche haben Fotos von der Kleinen gemacht, wie sie nass und heulend dastand. Und du hast eine Ehrenrunde mit dem leeren Weißbierglas gedreht, als sei es die Deutschlandfahne und du

neuer Olympiasieger. Naja, ich habe mich dann jedenfalls verabschiedet, es war ohnehin nur noch eine Handvoll Leute da."
Die Erinnerung kam zurück, ich sah das nasse, vor Schaum triefende T-Shirt vor mir, die Brüste des Mädchens zappelten darin wie zwei dicke, nasse Karpfen. „Ich wusste doch, dass ich kein Weißbier getrunken habe", sagte ich und hörte Jens am an deren Ende der Leitung giggeln.
Der Golf fuhr an mir vorbei, und ich lenkte den DS auf die Fahrbahn. Gerade als ich ausscherte, wollte ein Skater die Straße überqueren und ich ging in die Eisen. Hinter mir quietschten die Reifen eines Audis, der knapp hinter meiner Stoßstange zum Stehen kam. Der Fahrer drückte mindestens fünfzehn Sekunden auf die Hupe.
„Alles klar bei dir?"
„Alles bestens, die Landsberger fahren nur mal wieder wie die letzten Idioten."

Ich verabredete mit Jens, dass wir demnächst mal wieder einen Trinken gehen würden und setzte meine kleine Spitzeltour fort. Es ging über die bekannte Strecke zurück nach Schwabmünchen. Als wir bei ihrer Doppelhaushälfte angelangt waren, zeigte die Uhr kurz vor sieben.
Sie fischte die Taschen aus dem Kofferraum und zog die Garage zu, was mich schließen ließ, dass sie das Haus heute nicht mehr verlassen würde. Ich stellte den Wagen wieder an die gleichen Stelle neben den Bordstein und vertrieb mir die Zeit mit dem Durchklicken der Fotos. Da ich den ganzen Tag noch nichts gegessen hatte, war ich fahrig und unkonzentriert und ich ärgerte mich, dass ich mir auf Klaproths Kosten kein Hendl mitgenommen hatte.
Draußen passierte so gut wie gar nichts mehr. Ich wurde immer müder, auch wegen des Hungers, der mich quälte. Also öffnete ich das Glas mit den Spreewaldgurken und schob mir eine nach der anderen in den Mund. Es war schon merkwürdig: Meine Frau war schwanger und wer aß die sauren Gurken?
Die Müdigkeit konnte ich dennoch nicht abschütteln; meine Augen sackten immer wieder zu und ich hatte Glück, dass die Rück-

kehr Klaproths gerade in eine der kurzen Wachphasen fiel. Er parkte seinen Saab in dem Container neben dem Golf und lief hölzern zum Haus. Während er auf die Uhr sah, warf er mir einen kurzen, verstohlenen Blick zu, ich nickte und als er die Haustür hinter sich zuzog, startete ich den Wagen. Die Maus auf der Motorhaube war verschwunden.

4

Als ich nach Hause kam, fand ich Kim vor dem Fernseher: versunken in den Sofakissen und gebannt von einer amerikanischen Serie. Es ging um aufgedonnerte Frauen, die in New York Schuhe, Handtaschen und Männer kauften. Auf dem Sofatisch stand eine offene Packung Müsli, daneben lagen zwei faustgroße Bällchen: Eins aus buntem Karton und ein kleineres aus Alufolie.

Als ich die Kühltasche auf den Küchentisch stellte und mit dem Auspacken begann, warf mir Kim über den Sofarand böse Blicke zu. Dann griff sie zur Fernbedienung und stellte lauter.

„Ich hab' uns Lachs gekauft, Schatz!", rief ich.

„Ah ... fein", sagte sie lustlos.

Ich legte das Netz mit den Zitronen, die Eier und den Dill auf die Arbeitsplatte neben den Herd. Den Fisch entfaltete ich auf mehreren Lagen Kleenex auf dem Küchentisch. Er war vollkommen abgetaut, sodass eine ziemliche Sauerei mit dem Wasser entstand.

„Für mich habe ich noch eine Flasche Rotwein ... ach ja, was ist eigentlich mit dem Sekt passiert?"

Sie schaute angestrengt auf den Fernseher.

„Schatz – der Sekt!"

„Was ist damit?"

„Das frage ich dich!"

„Von was sprichst du?"

„Was mit dem Sekt ist, will ich wissen. Der Sekt, mit dem du vorgestern auf mich gewartet hast, um die Ankunft von Moritz zu feiern."

„Anne!"

„Also?"

„Steht im Kühlschrank."

„Die ist halbleer!"

„Darf ich das jetzt sehen?" Sie presste den Daumen energisch auf die Fernbedienung.

Ich ging rüber zum Sofa, stellte mich vor sie und schrie gegen das Getöse aus der Glotze an. „Also das macht mich jetzt echt ärgerlich: Du weißt genau, dass du nichts trinken darfst. Du riskierst die Gesundheit meines Kindes, das muss dir doch klar sein!"

„Max, ich bin im zweiten Monat. Und bis vor drei Tagen habe ich noch relativ regelmäßig Alkohol getrunken – weil ich gar nichts von der Schwangerschaft wusste. Das hat *deinem* Kind auch nichts ausgemacht. Und deshalb wird dieses eine Glas Sekt es auch nicht umgebracht haben. Kannst du jetzt …"

„Ich will das nicht!", schrie ich, und als sie keine Reaktion zeigte, schrie ich erneut: „ICH WILL DAS NICHT!"

Ich schlug mit der Hand auf den Couchtisch, um der Sache Nachdruck zu verleihen. Meine Hand kam unglücklich auf der Glasplatte auf, sodass diese unter lautem Klirren zerplatzte. Die Müslipackung kippte um: Rosinen, Haferflocken und getrocknetes Obst schossen durch den Raum. Die Papier- und die Alu-Kugel fielen durch die Glasplatte auf die Holzebene darunter und rollten von da auf den Boden. Eine Scherbe, groß wie ein Kuchenstück, schob sich in meinen kleinen Finger und ich spritzte Blut auf den Tisch, das Sofa, den Boden.

„OH GOTT!", rief Kim, „OH GOTT! OH GOTT! OH GOTT!"

Ich hielt die linke Hand unter die verletzte Rechte und rannte tropfend in die Küche. Ich schnappte mir die Kleenex-Rolle, riss fünf, sechs Streifen ab und wickelte mir diese um die Hand. Das Papier saugte sich fast augenblicklich mit dem Blut voll.

Kim rannte raus und holte Mullverband und Jod aus dem Badezimmer. Zurück in der Küche nahm sie meine Hand und hielt sie wie einen Gegenstand unter laufendes Wasser. Die Wunde war kleiner, als ich wegen des Blutschwalls vermutet hatte, vielleicht zwei Zentimeter lang, aber knochentief. Kim zog sie auseinander, bis das rosafarbene Fleisch zu sehen war. Damit keine Scherben in der Wunde bleiben, meinte sie.

Ich beobachtete, wie sich das Blut mit dem Wasser verdünnte und unter pulsierenden Stößen ins Waschbecken floss. Tief im Inneren der Wunde glaubte ich, den Knochen bläulich-weiß schimmern zu sehen. Nach ein paar Minuten zog sie die Hand aus dem Wasser, trocknete sie ab und tupfte Jod darauf. Ich zuckte immer wieder vor Schmerzen zusammen, als sie die rote Flüssigkeit in die offene Wunde goss, doch sie hielt meine Hand fest in der ihren und fuhr unerbittlich fort. Danach presste sie einen Wattebausch auf die geschundene Stelle und umwickelte sie mit dem Verband. „Du solltest zum Arzt damit", sagte sie und begann, die Blutspitzer im Wohnzimmer wegzuwischen.

In den nächsten Tagen hatte ich das, was man einen geregelten Tagesablauf nennt: Ich stand früh auf und verließ kurz nach Kim das Haus. Dann fuhr ich nach Schwabmünchen und wartete, bis Larissa Klaproth die Tür der Doppelhaushälfte aufstieß und durch ihren geschniegelten Garten zur Garage schritt. Sie verbrachte fast jeden Tag ein bis zwei Stunden im Fitnessstudio, kümmerte sich um die Einkäufe, machte Arztbesuche und traf sich gelegentlich mit einer Freundin in einem Café oder bei ihr zu Hause. An zwei Tagen fuhren wir zum Nagelstudio, wo sie hin und wieder für ein paar Stunden jobbte, wie ich an einem bewölkten Nachmittag herausfand, als die Sonne die Glasfront einmal nicht in einen Spiegel verwandelte. Die Abende verbrachte sie daheim, sodass ich mir wenigstens nicht die Nächte im DS um die Ohren schlagen musste. Von einem amourösen Abenteuer keine Spur.

Alle zwei Tage fuhr ich auf dem Weg nach Hause im Büro vorbei, um die Post abzuholen und den Anrufbeantworter abzuhören, immer in der Hoffnung, ein neuer langweiliger Job könne auf mich warten. Ich war zur Hälfte froh und zur Hälfte betrübt, dass sich kein Interessent gemeldet hatte.

Wie fast immer in der vergangenen Zeit war ich höchst unzufrieden mit meiner Arbeit. Die Warterei im Wagen machte mich müde, nachts konnte ich dennoch schlecht schlafen und hatte den Eindruck, nichts Wesentliches geleistet zu haben. Ich hatte das Gefühl, ein ungelebtes Leben zu leben und schaffte es nicht, eine Wende einzuleiten. Ich suchte Trost bei Kim, die wenig Verständnis für mich und meine Lage zeigte. Zwar hatten sich die Wogen rund um die zerschlagene Glasplatte geglättet, nachdem ich versprochen hatte, so bald wie möglich eine neue zu besorgen. Doch blieb die Stimmung gedrückt. Kim hatte Probleme in der Schule, fühlte sich als Asiatin diskriminiert und musste sich zudem in der Rolle der werdenden Mutter zurecht finden.

Immerhin schliefen wir wieder regelmäßig miteinander: Die Schwangerschaft hatte den Erfolgsdruck von unseren Schultern genommen und wir entdeckten nach und nach eine ganz neue Form der Leidenschaft. Irgendwo hatte ich gelesen, dass das Lustempfinden in der Schwangerschaft bei vielen Frauen sinkt. Doch bei Kim hatte es allem Anschein nach den gegenteiligen Effekt. Wir hatten fast jeden Sex, erst auf dem Sofa, dann arbeiteten wir uns ins Bad und ins Schlafzimmer vor. Auch der Küchentisch hielt uns aus, wie wir schon bald feststellten. Zudem entdeckten wir ganz andere zeitliche Dimensionen, verweilten ganze Ewigkeiten bei den Klängen von Rodolfo Mederos' „Caminito" an der Schwelle zum Orgasmus. Allerdings konnte ein erotischer Abend ein abruptes Ende finden, wenn ich sie zu hart anfasste, was sie mir gelegentlich vorwarf. „Nicht so grob!", fauchte sie dann und wendete sich von mir ab oder ging ins Bad, um sich für die Nacht fertig zu machen. Ehrlich gesagt, ich hatte nicht das Gefühl, mich anders als sonst im Bett zu verhalten, stellte aber fest, dass sie immer empfindlicher an Klitoris und Brüsten wurde. Ich versuchte mich auf sie einzustellen und noch vorsichtiger und zurückhaltender im Liebesspiel zu sein. Allerdings war die gesteigerte Zärtlichkeit, auf der sie bestand, für mich manchmal etwas abturnend. Kim aber steigerte sie zu immer neuen Höhen der Lust. So hatte ich das Gefühl, wenigstens im Bett etwas geleistet zu haben. Und es gibt genug Männer, denen der Status des guten Liebhabers ausreichende Anerkennung für ein ganzes Leben verschafft.

Der Samstag, Tag fünf der Observierung, begann mit einer Änderung im gewohnten Programmablauf. Fuhren wir sonst immer auf die Landsberger Innenstadt zu, lenkte Larissa den Wagen heute auf die Bundesstraße in Richtung Augsburg.

Zwar war es erst kurz nach zehn Uhr, aber der wolkenlose Himmel verriet schon, dass uns auch heute wieder ein glutheißer Tag bevorstand. Ich ließ das Fenster einen fingerdicken Spalt herunter und stellte fest, dass die Frische des Morgens bereits der schweren, stickigen Luft des Mittags gewichen war. Also schloss ich das Fenster wieder und stellte die erste Stufe der Klimaanlage an. Als wir Königsbrunn passiert hatten, glitzerte zwischen Spitzdächern, Antennen und Kaminen das müde Blau des ausgemergelten Lechs auf, dann sah man die von der Hitze ausgetrockneten, ledernen Baumwipfel des Stadtwalds. Alles ächzte unter diesem noch so jungen Sommer.

Larissa verließ die Bundesstraße im Süden Augsburgs und hielt vor einem Reihenhaus in der Haunstetter Straße, ich stand wie immer zwei Parknischen dahinter. Ich kam gerade noch rechtzeitig, um durch die Glasfassade des Treppenhauses zu beobachten, wie sie die Stufen hinaufstieg. Sie trug eine teergraue Stoffhose, die ihr bis knapp über die Knie reichte, darüber ein weißes Hemd, welches von einem breiten Gürtel mit untertellergroßer Schnalle auf Taillenhöhe zusammengehalten wurde. Ihre Füße steckten in glänzend roten Pumps. Ein Outfit, das durchaus geeignet war, einen Mann zu bezirzen, wie ich fand.

Sie verschwand im zweiten Stock, ich konnte gerade noch beobachten, dass sie sich im Flur nach rechts wandte.

Drei Parteien kamen als Gastgeber in Frage, stellte ich an der Freisprechanlage fest: K. Klönne, Michael M. Dornscheidt, Dr. Rainer Behm. Mindestens zwei Männer also, dachte ich, und schrieb die Namen in mein Notizbuch. Hatte Marc-André also recht mit seiner Vermutung? Ging seine Frau fremd? Mit einem Mann, der in einem Mehrfamilienhaus am Stadtrand Augsburgs wohnte? Möglich war es, doch wie sollte ich es herausfinden? Hier vor der Tür, ohne Möglichkeit, mich mit meiner Kamera an das Geschehen heranzuzoomen?

Ich folgte einem spontanen Impuls und ließ den Zeigefinger meiner bandagierten Hand über die Klingelreihe des obersten Stock-

werks gleiten wie über eine Klaviertastatur. Anschließend blickte ich erwartungsvoll auf die staubverdreckten Plastiklamellen der Gegensprechanlage. Erst rauschte es, dann kam ein Quieken und schließlich sagte eine müde Frauenstimme „Ja?"
„Ich bin's", sang ich.
Es machte *Bssst* und ich konnte die Tür aufstoßen.

Die einfachsten Ideen waren die besten, stellte ich einmal mehr fest und stieg eilig und nicht ohne einen Anflug von Stolz über meine detektivische Tat die Treppen hinauf. Nachdem ich die Glastür zum zweiten Stock aufgestoßen hatte, fand ich mich in einem Flur mit braunem Teppich, braunen Türen und braunen Fußmatten wieder. Keine Spur von Larissa. Natürlich nicht. Was hatte ich auch erwartet? Dass Michael M. Dornscheidt das erotische Liebesspiel mit der Aufforderung, *bitte die roten Pumps draußen ausziehen,* begann? Ich schritt die drei Türen ab, von denen eine zu Larissa und ihrem vermeintlichen Liebhaber führen konnte. Nur an Behms Tür hing ein Namensschild: Schwarze Schreibschrift war auf einer goldenen, ovalen Metalloberfläche eingelassen: Dr. Rainer Behm. Ich legte mein Ohr an die Tür, doch es war nichts zu hören.

Auf der gegenüberliegenden Seite lief der Fernseher. Ich erkannte die Stimme der Moderatorin eines Morgenmagazins, deren Namen ich vergessen hatte. Ich war mir sicher, sie moderierte im Ersten oder Zweiten, so eine Blonde mit Hasenzähnen. Ich musste mich konzentrieren: War nicht auch noch eine parallele Unterhaltung zu hören? Ein Mann und eine Frau? Ich drückte das Ohr fester gegen die Tür und hielt mit meiner bandagierten Hand das andere Ohr zu. Ja, da brummte einer und etwas klapperte metallisch – vielleicht Besteck? Oder die Schnalle eines auf den Boden fallenden, untertellergroßen Gürtels?

Plötzlich ging die Tür an der Stirnseite auf. Ich sprang von der braunen Fußmatte auf den braunen Teppich. Eine grün-orange-gelb gestreifte Liegematte schob sich in den Gang, darunter bronzene Waden und rote Pumps. Zwei Frauenstimmen kreischten Unverständliches durcheinander, ein Schlüsselbund klapperte und eine zweite Liegematte kam zum Vorschein. Sie wurde von goldenen Schnürschuhen unter einer blauverwaschenen Stretchjeans getragen.

Die Matte mit den roten Pumps schwebte genau in meine Richtung. Ich war wie erstarrt, fühlte mich wie bei etwas Peinlichem ertappt. Für den Bruchteil einer Sekunde dachte ich daran, wie mich meine Mutter einmal beim Onanieren im Badezimmer erwischt hatte.

Noch bevor ich reagieren konnte, traf mich die erste Matte am Kopf, eine Ecke bohrte sich genau in mein zerboxtes Auge, das immer noch von einer gelblichen Corona umgeben war. Larissas Haare flogen herum: Sie wirkten mit der neuen Färbung cremig-gelb und lagen ihr fast wie etwas Künstliches auf dem Kopf. Für einen Augenblick streifte mich ihr dunkler, lasziver Blick. Ich hatte keine Ahnung, ob sie mich erkennen würde, ob sie mich in den vergangenen Tagen irgendwie wahrgenommen hatte. Ich schluckte, mir wurde flau und ich hatte das Gefühl, mein Gesicht nähme die Färbung der Milchglasscheibe meines Büros an. Ich drehte mich spontan der Tür Dornscheidts zu und tat so, als würde ich warten, bis geöffnet würde, als hätte ich den Mattenaufprall gar nicht bemerkt. Meinen rechten Ellenbogen lehnte ich in Kopfhöhe gegen den Türrahmen und versuchte, mein Gesicht dahinter zu verbergen. „Ach, da steht ja noch einer!", platzte es aus Larissa heraus. Dann bekam sie einen Lachanfall. Die andere, offenbar also K. Klönne, schlug unterdessen mit Karacho die Tür zu. Sie blickte über die Schulter in meine Richtung und stimmte hysterisch in Larissas Jauchzen ein. Sie hatte wasserstoffblonde, spiralförmige Löckchen, die mit zwei Dutzend Klammern an ihrem Kopf fixiert waren und ein schaumiges, stark geschminktes Gesicht. Sie war sicherlich zehn Jahre jünger als Larissa, aber nur halb so attraktiv, und irgendwie kam sie mir bekannt vor. Sie drehte sich um und stieß ihrerseits mit der Matte an Larissa, die daraufhin von einer noch heftigeren Lachsalve geschüttelt wurde. Die beiden wirkten wie zwei Frauen, die sich beim Einparken wechselseitig gegen die Stoßstangen fuhren.

Während K. Klönne sich wieder ihrer Tür zuwandte und, von hicksendem Gekicher geschüttelt, den Schlüssel im Schloss umdrehte, torkelte Larissa gekrümmt vor Lachen an mir vorbei und rangierte die Stoffunterlage ins Treppenhaus. Ich fixierte währenddessen die Klinke an Dornscheidts Tür: Die ehemalige Goldlackierung war fast vollständig abgebröckelt, nur ein kleiner goldener Streifen war noch sichtbar, ein kleines goldenes Atoll in einem blaugrauen Meer.

K. Klönne zog den Schlüssel ab und zwängte sich mit Matte und goldener Handtasche bewaffnet an mir vorbei. „Sorry", presste sie zwischen zwei unterdrückten Lachern hervor, und ich sah aus den Augenwinkeln, wie sie mich eigenartig musterte. Ihre Lacher wirkten plötzlich matt und tonlos und wie aufgesetzt. Wahrscheinlich weil ihre Freundin nicht mehr zugegen war, dachte ich. In schnellen Trippelschritten verschwand sie Richtung Treppenhaus und ich sah, wie ihre Löckchen erst durch die Flurtür wippten und dann die Treppen hinunter. Als die Stockwerkstür zuschlug, erklang erneut lautes Gekreische, aber nur von einer Person, die andere blieb stumm.

Ich wischte mir mit dem Verband meiner rechten Hand den Schweiß von der Stirn. *„Da steht ja noch einer"*, hatte sie gesagt. Sie hatte nicht gesagt, *„da steht ja dieser Typ, der ständig im Wagen vor meinem Haus rumhängt."* Offenbar hatte sie mich also nicht erkannt. Glück gehabt, dachte ich, doch ab jetzt musste ich vorsichtiger sein, das nächste Mal würde ich nicht so glimpflich davonkommen.

Durch das Treppenhaus beobachtete ich, wie die beiden Blondies die Matten auf den Rücksitz des Golfs quetschten. Als sie eingestiegen waren und losfuhren, sprintete ich zurück zum DS und nahm die Verfolgung auf. Ich war enttäuscht: Schon wieder hatte ich Larissa nicht des Ehebruchs überführt. Hätte ich sie ertappt, hätte ich den Sonntag freinehmen und dennoch den Tagessatz berechnen können. Sobald ich Bilder hatte, die sie in flagranti zeigten, war mein Job erledigt. So musste ich mich das komplette Wochenende im schwülwarmen DS rumschlagen. Ich versuchte, es positiv zu sehen: Wenn wir mit der Observierung nicht weiterkamen, konnte ich Klaproth immer noch vorschlagen, eine Wanze im Telefon oder in Larissas

Handy zu installieren. Der Anschlussauftrag würde mir noch einmal zwei bis drei Tagessätze einbringen. Vielleicht konnte ich in der Zwischenzeit einen neuen Kunden akquirieren. Oder mir einen komplett neuen Job suchen.

Wir fuhren in die Stadt und parkten in der Tiefgarage der City-Galerie. Eine quälende zweistündige Shopping-Tour erwartete mich, in der rein gar nichts geschah.

Zurück bei den Autos, lenkte Larissa den Golf in Richtung Fürstenfeldbruck und dann nach Utting am Ammersee. Kurz vor dem Ortsschild bogen wir links ab, fuhren eine kurvige Straße hinunter und unter Bahngleisen hindurch. Schließlich knirschten die Reifen des Wagens unter dem sandigen Schotter eines überfüllten Parkplatzes: Wir waren offenbar an unserem Ziel angekommen.

Als ich aus dem Wagen stieg, schoss mir die Sonne ihr weißes Licht ins Gesicht wie ein Kommissar, der dem Verdächtigen während des Verhörs eine Schreibtischlampe vor die Nase hält. Ich kniff die Augen zusammen, legte mir den Träger der Kameratasche um und spürte, wie mein Hemd an meinem schweißnassen Rücken kleben blieb. Wie betäubt von Hitze, Licht und dem Geschrei der Freizeitmenschen schritt ich über den Parkplatz, um die beiden Frauen zu suchen. Ich sah, wie sie gerade in der kleinen Allee verschwanden, die zum See hinabführte.

Um den Anschluss nicht zu verpassen, musste ich jetzt auch noch im Laufschritt hinter ihnen her. Ich marschierte vorbei an eisverkleckernden Kindern, nach Sonnencreme duftenden Damen und oberkörperenthaarten Herren, den Blick starr auf die beiden Frauen geheftet, die ihre Matten geschultert hatten und gemütlich in Richtung See schlenderten. Als ich sie bis auf einige Meter eingeholt hatte, spürte ich, wie mir der Schweiß die Achseln hinunterlief; die Wunde unter dem Verband begann immer stärker zu jucken.

Klönne und Klaproth platzierten ihre Matten in Sichtweite des Biergartens „Alte Villa", auf dem allerletzten freien Flecken einer angrenzenden Liegewiese, gleich neben der vermoosten Steinmauer am See. Ich flüchtete vor der Hitze in Richtung Biergarten unter das Laubdach der Eichen.

Ich erkämpfte mir ein Helles und setzte mich neben zwei Fünfundzwanzigjährige in ausgewaschenen T-Shirts und kurzen Camouflagehosen. Die beiden unterhielten sich über das Studium und andere Studentinnen, und ich fühlte mich mit einem Mal wieder an die Zeit erinnert, als ich noch dachte, das Leben stelle nichts anderes als ein gewaltiges Abenteuer dar und ich wäre der Held, der alle Herausforderungen glamourös besteht.

Ich versuchte die beiden zu ignorieren und schraubte mein Vierhundert-Millimeter Teleobjektiv auf die Canon, um Larissa zwischen Sonnenschirmen, Liegen, illegalen Minigrills und Volleyballern, die über Sonnenbadende stolperten, in den Blick zu nehmen.

Larissa ließ sich Oben-ohne in der Sonne schmoren und dürfte damit die einzige auf der von Familien bevölkerten Liegewiese gewesen sein, die ihre Brüste naturbräunte. Anders als ihre Freundin K. war sie bereits bronzebraun und hatte sich zusätzlich mit einem Öl eingeschmiert, das diesen Eindruck noch verstärkte. Ks. Haut hingegen dürfte dieses Jahr noch keinen einzigen Sonnenstrahl gesehen haben: Wie ein Häufchen wolkig-weißen Milchschaums lag sie neben Larissa, die Beine mit einem Handtuch abgedeckt, die fülligen Brüste in ein blumiges Bikini-Oberteil verpackt. Es war ein ungleiches Freundinnen-Paar: Die eine gut gebaut, sportlich, selbstbewusst, die andere dicklich und mit der üblichen Scheu, die Beleibtere haben, wenn sie spät im Sommer das erste Mal in der Öffentlichkeit ihr T-Shirt ausziehen. Zudem trennte die beiden der Altersunterschied. Irgendetwas passte da nicht.

Ich machte meine Bilder, legte dann die Kamera zur Seite, beobachtete das bunte Treiben, trank mein Bier und döste. Nach einer Stunde griff ich erneut zum Tele. Der Sucher glitt langsam an einer Backsteinmauer vorbei, dahinter schimmerte undeutlich das Blau des Sees. Die Sonne stand bereits tief und verteilte goldenes Licht über die Szenerie. Dann kam die erste Matte ins Blickfeld, Larissas Füße, die in dem langen Schatten lag, den die Mauer mittlerweile warf. Als ich den Sucher weiter nach oben bewegte, zuckte ich zusammen: Auf der Matte neben Larissa lag nicht Madame Milchschaum, sondern ein Typ, der sich mit bloßem Oberkörper über Larissa beugte und an ihrem Ohr knabberte. Ich ließ sofort den Motor der Kamera durchlaufen.

Die Bilder sprachen eine eindeutige Sprache: Ja, Larissa hatte einen Liebhaber. Einen Typ mit Halbglatze und Schnurrbart, wenn ich es richtig sah. Er trug eine Anzughose und Businessschuhe, sein Hemd hatte er abgestreift und über die Schulter geworfen. Noch hatte ich sein Gesicht nicht richtig ins Visier bekommen, weil es Larissa zugewandt war und ständig irgendwo zwischen ihren champagnerfarbenen Haaren und ihrer Schulter verschwand.

Larissa trug jetzt ein Bikinioberteil und war ganz auf ihren Lover fixiert: Sie kraulte seinen Nacken, ließ sich bereitwillig küssen, strich ihm über Rücken und Glatze. Er flüsterte ihr etwas zu, sie warf den Kopf zurück, lachte. Wieder Küsse, wieder Lachen. Er zog etwas aus seiner Tasche hervor. Ein kleines quadratisches Päckchen mit einer Schleife. Er hielt es vor ihre Nase. Sie lächelte und griff danach, doch er war schneller und zog die Hand weg. Lachend ging sie zum Ringkampf über, doch er hielt das Päckchen ausgestreckt am langen Arm, verteidigte es über die Matten rollend. Dann entzog er sich ihr, steckte das Präsent wieder in die Hosentasche und sagte etwas in ihre Richtung. An schließend kam Bewegung in die Szene: Er richtete sich auf, schlüpfte ins Hemd, sie streifte sich die weiße Bluse über, die sie zuvor getragen hatte, zog eilig die Dreiviertelhose und die Pumps an.

Ich konnte sein Gesicht nicht genau in dem kleinen Sucher erkennen, doch musste er schon älter sein, sicherlich über fünfzig, und besonders attraktiv schien er auch nicht zu sein, mit seinem braunen Schnauzer. Er faltete beide Matten zusammen und klemmte sie sich unter den Arm. Larissa sprang auf, nahm ihn an der Hand und zog ihn energisch über die Liegewiese in Richtung Fußweg. Nach einigen Schritten entzog er sich ihrer Hand, ließ ihr einen kleinen Vorsprung und folgte mit Abstand. Kein Zweifel: Er wollte kein zu großes Risiko eingehen, öffentlich mit ihr gesehen zu werden.

Auf K. Klönne warteten die beiden nicht. Sie war wie vom Erdboden verschluckt, vielleicht hatte Larissa sie nach Hause geschickt, als er kam. Oder sie war mit ihrem eigenen Lover unterwegs, aber das konnte ich mir dann doch nicht vorstellen.

Zu weiteren gedanklichen Erwägungen fehlte mir die Zeit: Ich musste los. Mein Job war fast erledigt, doch einige Bilder von dem Liebesnest, in das sie jetzt verschwinden würden, wollte ich dennoch machen. Und auch wenn es nicht zu meinem expliziten Auftrag gehörte, wäre es nicht schlecht, einen Hinweis auf die Identität des Mannes zu bekommen.

Ich hatte die beiden schnell eingeholt, sie gingen auf das Zentrum Uttings zu: Sie voneweg, er folgte ihr mit den Matten unter dem Arm in einem Abstand von knapp zehn Metern. Sie hatte sich ihr rotes Täschchen über die Schulter geworfen, trug ihr weißes, fast durchsichtiges Hemd, unter dem sich jetzt das schwarze Bikinioberteil abzeichnete. Immer wieder blickte sie über die Schulter, warf ihrem Verfolger übertrieben Kussmünder zu, zog spielerisch mit der Zunge die Lippen nach. Sie setzte Fuß vor Fuß, als müsse sie auf einer Linie gehen, etwa so wie das Models bei Modenschauen machen.

Noch bevor wir zum Dampfersteg kamen, bog sie links in die Seestraße ein und ging bis zum letzten Haus am Ufer. An der Tür drehte sie sich um, lehnte sich mit dem Po dagegen, verschränkte die Arme hinter dem Rücken und knipste den Blick „kleines, ungezogenes Mädchen" an. Als der Schnauzbärtige bei ihr ankam, fühlte er sich offenbar wieder unbeobachtet: Er setzte die Matten ab, umgriff gierig ihre Taille und schlabberte eine Weile an ihrem Hals herum. Dann drehte er sie um, legte seine Hand auf ihre Schulter und schloss mit der anderen die Tür auf.

Ich stand währenddessen im Vorgarten eines Nachbarhauses zwischen Gartenzwergen und machte Bilder, auch davon, wie sie schließlich durch die Tür verschwanden, er mit der Hand auf ihrem Po.

Auf dem Klingelschild des Bauernhauses standen nur zwei Initialen: JB. Ich notierte sie und ging die kleine Straße weiter Richtung See und um das Anwesen herum. Ich kam zu einem verlassenen Kiesstrand, um den sich einige Fischerhäuschen gruppierten. Sie waren aus altem Holz gefertigt und wirkten zerbrechlich wie Knäckebrot. Ich öffnete die Tür einer der Hütten einen Spalt breit und war überrascht, als ich erkannte, dass sie auf Pfählen im See stand. Es gab auch keinen Boden, stattdessen lagen zwei Ruderboote nebeneinander im Wasser und in einer zweiten Etage hingen weitere Schiffe an Seilen in der Luft. Es war eine Art Bootsgarage mit Doppelgeschoss. Sie ruhte lediglich auf drei Wänden, zum See hin war sie geöffnet.

Ich schloss die Tür und wandte mich der Rückseite des Bauernhauses zu: Es hatte drei Etagen und verfügte über einen gewaltigen Holzbalkon, der jetzt goldbraun in der Abendsonne glühte. Nach einer Weile öffnete sich oben der Vorhang und Larissa trat hinaus. Sie schaute sich fasziniert auf die eigene aus gestreckte Hand, an der ich einen neuen Brillantring vermutete.

Ich stellte mich in den Schatten zwischen zwei Hütten und machte meine letzten Bilder. Auch sie waren eindeutig: Schon nach kurzer Zeit kam der Schnurbärtige heraus und umgriff Larissa lüstern von hinten. Er fuhr mit seinen behaarten Händen unter ihre offen stehende Bluse, das Bikini-Oberteil hatte sie offenbar schon vorher abgestreift. Er bedeckte ihren Hals mit Küssen, sie wandte sich zu ihm um und ließ sich dann von ihm in die Wohnung hineinziehen.

Ich blieb noch ein paar Augenblicke zwischen den Fischerhütten stehen, aber es tat sich nicht mehr viel. Mir konnte es egal sein: Mein Auftrag war erledigt, morgen oder übermorgen würde ich ins Büro fahren, meinen Abschlussbericht schreiben und ihn mit eindeutigen Fotos unterfüttern können. Dann kam die unangenehmste Aufgabe: Ich würde mich mit Klaproth treffen und ihm darlegen, dass er Recht hatte mit seiner Hypothese: Seine Frau ging fremd. Naja, er würde es überleben. Vielleicht würde er sogar erkennen, dass sie ohnehin nicht zueinander passten, aber das musste nicht mehr meine Sorge sein. Zugleich mit dem Bericht würde ich ihm die Rechnung präsentieren, das Geld würde mir für einige Tage Luft verschaffen.

Bevor ich zurück zum Wagen ging, klickte ich, an die Holzfassade gelehnt, noch einmal die Bilder auf dem Display durch, um mich davon zu überzeugen, dass ich alles im Kasten hatte. Ich vergrößerte eines der Bilder, welches das Gesicht des Schnurrbärtigen zeigte. Und erst jetzt erkannte ich ihn: Es war der Typ vom Golfplatz, der mir schon dort irgendwie bekannt vorgekommen war. Ein Schüler Klaproths also. Das Schwein ließ sich unter der Woche von ihm zeigen, wie man die Eisen schwang, machte einen auf Kumpel und bumste am Wochenende seine Frau.

Mit der Gewissheit, einmal mehr die Perfidie der Welt bewiesen zu haben, ging ich zurück zur Sauna in meinem Wagen. Gerade als ich einsteigen wollte, fuhr zu meiner Überraschung der Golf Larissas langsam an mir vorbei. Das Fenster war halb heruntergelassen und für einen Augenblick sah ich in die harten, dunkelblauen Augen Klönnes, die am Steuer des Wagens saß.

5

Ich fuhr zurück über die Dörfer. Bis Finning war die Landschaft von sanften Hügeln geprägt, die wie Dünen ineinanderflossen. Die Straße war kurvenreich und führte durch Senken und Höhen, vorbei an alten Bauernhäusern, die sich neben der traditionellen Landwirtschaft ein Zubrot durch die Vermietung von Fremdenzimmern verdienten. Die Sonne war bereits untergegangen und der purpurrote Himmel ließ die Halme auf den Weiden lodern wie tausend kleine Flammen. Was brauchte ich Neuseeland, dachte ich, wenn es doch nur ein paar Kilometer bis zum Ammersee waren? Sollten Jens und Ines sich zwanzig Stunden im Flieger abquälen, Kim und ich würden uns am oberbayerischen Sommer erfreuen, würden durch Felder und Wiesen radeln, im Biergarten einkehren und von unserer kleinen Familie träumen!

Ein gelöster Fall brachte mich immer in euphorische Stimmung. Im Grunde hasste ich es zu arbeiten, aber der Rückblick auf etwas positiv Vollendetes machte mich, wenn nicht glücklich, so doch zufrieden. Noch intensiver waren diese Erlebnisse als Journalist gewesen: Eine fertige mehrseitige Reportage vor sich liegen zu haben in der Gewissheit, dass sie gut geworden war, dass sich die Arbeit gelohnt hatte – das war ein wunderbares Gefühl. Und es dauerte lange, bis ich mir dieses durch meine heutige Tätigkeit erarbeiten konnte. Doch es ging: Man musste nur seine arbeitsalltäglichen Verrichtungen ebenfalls als Werk sehen, als Werk, das sich eben nicht in einer niedergeschriebenen Geschichte manifestierte, sondern in Handlungen, in Aufgaben, die man erfüllen musste. Und ich hatte die in Auftrag gegebenen Ziele erreicht, ich war fertig mit etwas. Ich konnte zurückblicken und stolz darauf sein.

Ich versuchte, noch ein wenig in dem Gefühl zu schwelgen, versuchte, es noch ein wenig verweilen zu lassen, es festzuhalten. Doch ich wusste um seine Flüchtigkeit. Irgendwie hatte ich jetzt auch nicht das Gefühl, etwas Abschließendes geleistet zu haben, mehr als sonst war mir klar, dass ich mir in meiner augenblicklichen Lage keine Atempause gönnen durfte: Ich wurde Vater, ich musste Geld verdienen für den kleinen Moritz und seine schwangerschaftsbeurlaubte Mutter. Ich konnte mir nichts gönnen. Nicht jetzt. Das schöne Leben war vorbei.

Die Stimmung kippte. Draußen war der purpurne Himmel einem dunklen Blau gewichen, auf Schwifting zu wurde es landschaftlich immer flacher und eintöniger und im Auto froren mir die Füße durch die nach wie vor auf vollen Touren laufende Klimaanlage ein. Ich stellte sie aus und wählte kurz entschlossen Klaproths Nummer. Der Anrufbeantworter meldete, dass der Teilnehmer Marc-André Klaproth im Augenblick nicht zu erreichen sei. Ich hinterließ eine kurze Botschaft mit der Aufforderung, mich zurückzurufen. Dann stoppte ich den DS an einem kleinen Feldweg, kurz nach der Kreuzung in Richtung Hofstetten.

Ich ging ein paar Schritte, vorbei an einer Weide, auf der von der Hitze des Tages ausgelaugte Schafe um einen Wassertrog herumlagen wie schwere, graue Findlinge. Auf der anderen Seite des Weges befand sich ein kleines Wäldchen kränklicher Fichten mit gelben Spitzen. Ich stellte mich hinter einen Stoß gefällter Bäume und entledigte mich des Hellen, das mir allzu sehr auf die Blase gedrückt hatte.

Zurück im Wagen war es plötzlich wieder zu heiß und ich schaltete die Klimaanlage erneut auf niedriger Stufe ein. Das Handy vermeldete, dass eine Nachricht auf der Mobilbox hinterlassen worden war. Ich wählte sie an und hörte Klaproth sagen: „Jaaa, Marc-André Klaproth hier, Sie hatten angerufen, Herr Baum. Es ging um die Sache mit meiner Frau, offenbar sind Sie mit Ihren Ermittlungen zu einem Ergebnis gekommen. Ich, äh ... Sie können sich vorstellen, dass ich mich sehr ... dass mich die Resultate sehr interessieren. Vielleicht könnten Sie mich, ich bin gerade auf dem Weg nach Hause, vielleicht einmal unter meiner Mobilnummer zurückrufen. Die Nummer ... ach, die Nummer haben Sie ja. Also, bis bald." Er schloss seine Nachricht, als habe er sich von einem Call-Center aus gemeldet: „Das war Marc-André Klaproth, Schwabmünchen." Sicherlich hatte Klaproth vor seinem Golflehrerdasein einmal Beauty-Sets am Telefon verkauft – und so auch seine Frau kennen gelernt.

Ich wollte gerade seine Nummer wählen, als eine Transall über mir in den Landeanflug ging: Das Röhren der Maschine brachte mich zu dem Entschluss, nach dem Abendessen von meinem Home-Office bei ihm durchzurufen. Zwar hatte ich ihm nicht viel zu sagen, außer dass er kommende Woche zu mir ins Büro kommen sollte, aber auch das ging besser ohne störende Nebengeräusche.

Man kann nicht sagen, dass ich an diesem Abend zu Hause ein Maximum an Ruhe vorfand. Als ich in den Flur trat, hörte ich Kim bereits aus dem Wohnzimmer rufen: „Max, bist du das?"

Ihre Stimme hatte einen eigenartigen näselnden Unterton. Ich schloss dennoch erst einmal die Tür, hängte den Schlüssel in das silberne Kästchen über dem Telefon und zog mir die Schuhe aus. Dann wollte ich kurz ins Bad, bevor ich mich um Kim kümmern würde.

„Max?"

„Hast du noch jemand anderes erwartet?", rief ich schroff durch die geschlossene Wohnzimmertür. Ich hasse es, sofort vereinnahmt zu werden, wenn ich nach Hause komme. Nach einem Tag wie diesem muss ich erst einmal ausatmen können, mir im Bad eine Handvoll Wasser ins Gesicht werfen, einen Happen essen vielleicht, dann kann es weiter gehen, dann bin ich auch erträglich.

„Max, komm doch mal schnell her!"

„Ich komme gleich, ich will nur erst ins Bad."

Ich hörte sie laut aufschluchzen. Da es etwas anderes zu sein schien als ein Nie-hast-du-für-mich-Zeit-wenn-du-von-der-Arbeit-nach-Hause-kommst-Schluchzen, entschied ich mich dann doch, mein Reinigungsritual zu verschieben und zuerst ins Wohnzimmer zu gehen.

Kim saß auf dem Rattansofa, die Beine angewinkelt, den Oberkörper seitlich und schlapp auf die Lehne gestützt. Ihr Gesicht war nass, die Wimperntusche hatte ein lilafarbenes Flussbett auf ihren hohen ockerbraunen Wangen hinterlassen, ihre Augen waren rot und geschwollen. Auf dem eingeschlagenen Sofatischchen (ich hatte noch immer keine neue Glasplatte gekauft) türmten sich benutzte Taschentücher, auf dem Holzrahmen lag ein klebriges Handy.

Sie sagte: „Das Kind ist tot."

Es traf mich wie ein Schlag: „WAS?" rief ich. „UM HIMMELS WILLEN ..."

Gerade eine Woche hatte ich in dem Bewusstsein des werdenden Vaters verbracht. Ich wusste nicht, was ich davon halten sollte, hatte hier und da das Gefühl, dass mich das Ganze vielleicht zu sehr einengen, dass es mein Leben auf Jahre hinaus vorbestimmen würde. Dazu kamen die Sorgen um die Versorgung des Kindes. Doch jetzt spürte ich mit einem mal einen unerträglichen Verlust. Ich hatte etwas verloren, das noch gar nicht da war, das erst in der Vorstellung, in der Fantasie existierte, das aber dennoch als sicher Geglaubtes real war, ja, das schon zu uns gehörte. Und ich, ich hatte die Verantwortung für dieses neue Geschöpf übernommen – und doch hatte ich es nicht vermocht, es zu beschützen.

Wie benommen stürzte ich auf das Sofa zu, nahm Kims Hände in meine Hände, blickte sie fragend, und, ich bin sicher, flehend an.

„Es hat sich umgebracht."

Ich stockte, brachte kaum ein Wort raus. „Es hat *was* ...?"

Kim brach erneut in Tränen aus. Erst rannen ihr einige wenige Tropfen über die Wangen, dann erzitterte ihr gesamter Körper. Ich nahm sie eine Weile in den Arm, fühlte mich hierbei wie benommen, taub. Das ergab alles keinen Sinn.

Allmählich bekam sie sich wieder unter Kontrolle. Sie fingerte eine eingedrückte Packung Taschentücher unter ihrem Po hervor, schnäuzte sich mehrfach die Nase und warf das benutzte Taschentuch auf den Haufen vor sich. Das zerdrückte Stoffbällchen kullerte fast lustig von der Spitze hinab und blieb auf der Ablagefläche liegen, die sonst unter der Glasplatte verborgen war.

„Herr Göbel hat es heute Morgen in einer Sonderkonferenz berichtet. Sie hat sich eine Tüte über den Kopf gezogen und ist erstickt. Sie war schon vorher einige Tage nicht in der Schule gewesen. Frau Matts hatte sie krank gemeldet. Ich mein', ich hatte mir schon gedacht, dass es was mit der Sache zu tun hat ..." Sie schaute mich unbestimmt an, als wolle sie ergründen, ob das Gesagte bei mir angekommen war. Offenbar traute sie mir einiges zu, denn sie fuhr fort, ohne an meine Aufmerksamkeit zu appellieren: „Also die Sache mit dem Pinkelfilm in Internet ... Aber ich dachte: *Okay, wenn sie so darunter leidet, soll sie ein paar Tage freimachen, das ist in Ordnung.* Aber ich hätte doch niemals geglaubt, dass sie sich, dass sie sich ... umbringt deshalb. Wegen eines Films ..."

Ein paar dicke Tränen wolkten aus ihren Augen und Kim atmete tief ein, offenbar um zu verhindern, dass erneut ihr gesamter Körper von einem Heulkrampf erschüttert wurde.

Ich hatte immer noch nicht erfasst, um was es ging und konnte nur stumm und entsetzt zuhören.

„Als Göbel von dem Selbstmord Tamaras erzählt hatte, blieb einen Augenblick alles stumm. Es war nichts zu hören, nichts. Keine Stecknadel hättest du fallen hören."

„Man hätte eine Stecknadel fallen hören", unterbrach ich mechanisch.

„Ja, sag ich doch" – sie schüttelte voller Unverständnis den Kopf – „So was gibt's eigentlich gar nicht bei uns: totale Stille. In einer Schule. Bis dann erst Viola angefangen hat zu heulen und dann Frau Mahler. *Die Mahler!* Die kennt Tamara doch gar nicht, macht die erste und zweite Klasse und Tamara kam ja vor einem Jahr erst zu uns – direkt in die Vierte. Weil sie zugezogen sind, die Matts', von München. Ich glaub, auch der alte Ben Kromer hat ein bisschen in seinen Bart reingeheult. Ein stilles, echtes Heulen, nur für sich und nicht so aufgesetzt wie von dieser bescheuerten ... Ich hab auch geheult, aber eher so wie der Kromer, im Stillen. Ich war auch viel zu, viel zu ..." Sie malte eine unsichtbare Spirale mit den Händen in die Luft und schaute dann für einige Augenblicke abwesend auf die Stelle, wie wenn man Ringe aus Zigarettenrauch beobachtet, die sich nach und nach in der Luft auflösen. Dann sagte sie plötzlich, wie von einem spontanen Einfall getrieben: „Ich mein': Ich kam mir komisch vor, weil die mich verantwortlich machen wollten für die Sache auf der Toilette. Versteh mich nicht falsch: Ich kann nichts dafür, das sag' ich noch immer. Aber irgendwie ... das ist schon komisch und vielleicht hätte ich ja doch ..."

Sie brach erneut in Heulen aus, vergrub das Gesicht in ihrer Hand – und Hand und Gesicht unter meiner Achsel.

Ich schwieg zuerst und konnte dann nicht mehr an mich halten. Ich lachte. Ich hielt mir den Kopf und lachte einfach geradeheraus. Dann ergriff ich ihren Bauch, küsste ihn, umarmte Kim.

Sie drückte mich von sich und sah mich an wie ein Alien. Ihr Weinen hatte aufgehört.

„Unser Kind lebt", erklärte ich. „Es lebt!"

Sie schwieg einen Moment, guckte unschlüssig. Dann sagte sie ruhig: „Ja, natürlich lebt es, mein Schatz." Sie strich mir über den Kopf wie einem Schüler, der es das erste Mal in seinem Leben fertig gebracht hat, den Konjunktiv zu bilden. Anschließend fuhr sie mit ihrer Erzählung fort: „Göbel hat nach einer Minute oder so gesagt: *Ich weiß, wie schrecklich das alles für Sie ist, und auch die Schüler müssen diese Nachricht erst verarbeiten. Am besten wäre es, wenn wir die Kinder jetzt nach Hause schicken könnten, aber Sie wissen: Wir haben Aufsichtspflicht. Bitte gehen Sie deshalb in Ihre Klassen zurück und versuchen Sie mit dem Unterricht fortzufahren – so gut es eben geht.* Ein paar sagten noch *wie schrecklich!* und solche Sachen wie *die arme kleine Tamara.* Und dann sind wir alle schweigend in die Klassen zurück."

Kim fuhr sich mit gestrecktem Ringfinger an Nasenwurzel und Augen und wischte ein paar halb eingetrocknete Tränen ab. Ihre Fingernägel waren frisch maniküriert und einen Gedankenblitz lang gingen mir Larissa und das Nagelstudio durch den Kopf.

„Und dann komm' in einer solchen Situation erst mal in eine Klasse aufgedrehter Kiddies zurück, die alle wie durchgedreht umherrennen, weil die Lehrerin mal für fünfzehn Minuten nicht da war. Naja, ich habe einfach etwas aus dem Lesebuch ab schreiben lassen, dann war Ruhe."

„Und wie geht's jetzt weiter in der Schule?"

„Ich hab keine Ahnung. Wahrscheinlich wird es einen Elternabend geben, weil jetzt alle Angst um ihre Kleinen haben. Ansonsten: Business as usual, würd' ich meinen."
Das Handy in meiner Hemdtasche machte sich bemerkbar. Auf dem Display sah ich, dass es Klaproth war. „Ein wichtiger Kunde", sagt ich zu Kim, setzte einen bedauernden Gesichtsausdruck auf und drückte auf grün: „Hallo, Herr Klaproth!"
„Jaaa, Grüß Gott, Herr Baum, Marc-André Klaproth hier."
„…"
„Ich hoffe, es geht Ihnen gut. Ist ja nur schwer zu ertragen diese Hitze in letzter Zeit. Wir hatten es ja schon ein paar Mal versucht heute: Ich wollte mich erkundigen, ob Sie in unserer Angelegenheit zu einem Ergebnis gekommen sind. Ich, äh, habe mich in mein Arbeitszimmer zurückgezogen und kann frei aufsprechen … Herr Baum?"

Ich lief mit dem Handy die Treppen hinauf, um ebenfalls in mein Arbeitszimmer zu gelangen. Zu meinen freien Journalistenzeiten war ich ausschließlich vom Home-Office aus tätig gewesen, erst als Detektiv hatte ich das Gefühl, etwas Repräsentativeres anmieten zu müssen. Das Home-Office brauchte ich dafür jetzt nicht mehr, es konnte zum Kinderzimmer umfunktioniert werden.

„Besten Dank für Ihren Anruf. Ja, die Recherchen sind soweit abgeschlossen. Ich wollte Sie bitten, in den nächsten Tagen in mein Büro zu kommen, damit wir den Fall besprechen können."

„In Ihr Büro, natürlich, das geht. Nächste Woche …" Er machte eine kurze Pause und blätterte offenbar in seinem Terminkalender umher. „Ich könnte, sagen wir … ach, das sieht gar nicht so gut aus, kommende Woche … Hören Sie, Herr Baum, könnten wir die Sache nicht schnell am Telefon klären. Ich meine, ich bin für ein offenes Wort und hätte das Ganze auch gerne schnell vom Tisch. Was halten Sie davon?"

Ich setzte mich auf den Küchenstuhl (den ursprünglichen Bürostuhl hatte ich als einziges Möbel aus dem Home-Office vorübergehend in die Detektei verfrachtet) und legte die Füße auf meinen alten, abgewetzten Sperrholzschreibtisch. Das Zimmer war fast nackt:

Ein Poster von Gauguin mit barbusigen Tahitianerinnen hing an der Wand, von der Decke baumelte eine nackte Glühbirne, ein bisschen Technik vergammelte in einer Plastikbox.

„Ich fürchte, das geht nicht", sagte ich. „Ich möchte am Mon tag und am Dienstag gerne meinen Bericht schreiben und die Bilder entwickeln. Denn auch wenn die Fakten zusammengetragen sind – sie müssen noch eingeordnet und bewertet werden. Außerdem liegt mir daran, Ihnen persönlich Rede und Antwort zu stehen."

„Ich verstehe, ja ja, ich verstehe. Dann, äh … ja." Er machte eine Pause, war offenbar nicht einverstanden mit dem Verfahren. Tatsächlich konnte es mir egal sein, wie der Kunde zu seinen Informationen kam. Seine Frau vögelte mit einem anderen, soviel stand fest. Ich konnte es ihm jetzt sagen, ihm im Anschluss die Fotos zuschicken und der Fall war erledigt. Aber ich hatte in meiner Einführungslektüre „Detektivische Praxis" gelesen, dass Botschaften wie diese immer persönlich überbracht werden sollten – tatsächlich hatte ich mich bisher immer an diesen Ratschlag gehalten. Der Detektiv war, so stand es in dem Buch, auch Betreuer und Psychologe seines Auftraggebers. Botschaften negativer Art sollten deshalb im einfühlsamen persönlichen Gespräch übermittelt werden. Bei Notwendigkeit sollte der Detektiv auch nicht vor einer seelsorgerischen Aussprache zurückscheuen.

„Könnten Sie mir nicht wenigstens ein Zeichen geben, wie die Dinge so stehen?"

„Es ist noch zu früh, bedaure."

In gewisser Weise machte es mir Spaß, Klaproth am anderen Ende der Leitung leiden zu wissen, seine aufgeplusterte Art reizte mich. Oder entdeckte ich vielleicht gerade sogar sadistische Triebkräfte in mir? Man konnte nie wissen …

„Muss ich mich denn eher auf Nachrichten negativer oder positiver Art gefasst machen?", bohrte er nach.

„Naja, sagen wir, sie sind nicht ausgesprochen positiv", entgegnete ich jovial. Na also: Ich war kein Monster.

„Das heißt also, sie hat einen Liebhaber. Ich dachte es mir!"

„Das habe ich *so* nicht gesagt."

„Ja ja, ich verstehe schon, Sie können zu diesem Zeitpunkt noch nicht …" Er atmete schwer aus. Er litt – und besonders leiden würde er noch bis zur kommenden Woche, erst dann kam die absolute Gewissheit und erst dann konnte er mit dem Verarbeiten der Sache beginnen. Ich kannte das von anderen Klienten: Die meisten empfanden diese Zeit wie das Warten auf eine ärztliche Diagnose, wie etwa auf das Resultat eines HIV-Tests. Und auch hier gab es schließlich keine Auskünfte am Telefon. Man musste persönlich erscheinen.

„Sagen wir also Dienstag. Dienstag sind Sie fertig mit allem, richtig?"

„Exakt."

„Dreizehn Uhr?"

„Das passt. Dreizehn Uhr bei mir in der Detektei."

„In Ordnung. Bis dahin, Herr Baum."

„Ein schönes Wochenende wünsche ich Ihnen!"

„Was? Ach so, jaja, ebenso. Ebenso."

Er legte auf.

Am Dienstag quälte ich mich bereits gegen zehn Uhr aus dem Bett. Wir hatten nur eine billige, lichtdurchlässige Plastikjalousie vor dem Schlafzimmerfenster, sodass die frühmorgendliche Hitze den Raum bereits um diese unselige Uhrzeit in eine Sauna verwandelte.

Ich trottete ins Badezimmer und stellte die Dusche an. Die Müdigkeit machte mir zu schaffen. Im Grunde wusste ich, dass sie nicht von Schlafmangel herrührte. Es war die Müdigkeit desjenigen, der nichts vom Tag erwartet. Und auch dieser Tag sollte offenbar nichts als Demütigungen für mich bereit halten. Es begann schon damit, dass die Wanne nach dem Duschen einmal wieder voller Haare lag. Während sich die Schamhaare über die Keramik verteilten und dort wahlweise das Kurzschriftzeichen für „Fehler" bildeten oder das hinduistische Symbol für „Glückseligkeit", sammelte sich das Haupthaar im notorisch verstopften Abflusssieb. Interessanterweise übrigens nur die schwarzen Haare, die grauen blieben schön säuberlich an den Schläfen haften. Durch einen Blick in den Spiegel stellte ich einmal mehr fest, dass sich meine nackte Kopfhaut mit der gleichen besorgniserregenden Geschwindigkeit über meinen Schädel verbreitete, wie sich die Wüste in den afrikanischen Regenwald hineinfraß.

Immerhin war die Verletzung an meinem Auge abgeklungen, nur ein kleines, kaum wahrnehmbares Gerinnsel oberhalb der Wange war geblieben. Es würde in wenigen Tagen verschwunden sein. Was die aufgesprungene Lippe betraf: Hier würde ich eine Narbe zurückbehalten, wie Kim sehr richtig prophezeit hatte. Genau betrachtet würde sie in etwa so aussehen wie die Umrisse Sylts.

Problematischer war die Verletzung meiner Hand: Ich hatte mir die Wunde seit dem Glasbruch nicht mehr angesehen, doch juckte sie seit Tagen in immer unerträglicherer Weise, zudem schimmerte etwas Gelbes durch den Mull. Jetzt, nach dem Duschen, hing der Verband nass und schlapp herunter, und da er ohnehin bereits eine graue Färbung angenommen hatte, beschloss ich, dass es an der Zeit war, ihn aufzuwickeln.

Die Wunde sah bedenklich aus: Das Gelbe stellte sich als dickflüssiger Eiter heraus, der sich unter einer dünnen, verschorften Hautschicht gebildet hatte. Deutlich sah man die vernarbte Stelle, die in ihrem schreienden Rot einem glühendem Draht glich. Ich knibbelte ein hervorstehendes Stück Schorf ab und riss dabei versehentlich ein Stück der noch jungen rosigen Haut auf. Sofort ergoss sich eine Pickelladung blutigen Eiters auf meinen Handballen, der von dem Geruch nach fauligen Eiern begleitet wurde. Ich wischte das Ganze mit einem Stück Klopapier ab und stoppte Blutung und Eiterfluss. Mir war im Grunde klar, dass die Wunde geöffnet werden sollte, um den Eiter komplett herauszulassen, aber es musste ja nicht gerade heute sein. Es ging auch gar nicht: Ich musste mich um Klaproth kümmern und für den letzten Schliff an meinem Bericht sorgen. Also klebte ich mir ein großes Pflaster über die Eiterbeule und machte mich auf den Weg in die Stadt.

Ich begann den Tag im Massimo. Da ich früh dran war, orderte ich bei der Sommersprosse ein Französisches Frühstück.
Ich schlug die „Landsberger Nachrichten" auf und sah Tamara auf der Titelseite: Mit mehreren Tagen Verspätung war die Geschichte

offenbar bei den Kollegen von der Lokalpresse angekommen. Ich überflog die Story: Der Rektor gab ein paar salbungsvolle Statements zum besten und bezog die Tat nicht auf seine Schule, sondern auf die Gesellschaft und deren Verfehlungen im Generellen. Es gab einen kurzen Abriss von Tamaras Leben: In München geboren, Vater Angestellter beim ADAC, vor einem halben Jahr nach Oberbergen gezogen, dem Nachbardorf Penzings. Man hatte sie an einem wenig frequentierten Pfad zwischen den beiden Orten am Rande eines Felds gefunden. Die Tatsache, dass es neben dem Fundort einen Hang hinunterging, in den ein Feldkreuz eingelassen war, veranlasste den Redakteur, über die tiefe Frömmigkeit Tamaras zu spekulieren. Am Selbstmord des Mädchens bestand offenbar kein Zweifel.

Ich blätterte die Seiten lustlos durch, bis ich plötzlich auf ein bekanntes Gesicht stieß. Es war das Gesicht des Mannes, von dem mir nur zwei Initialen bekannt waren: JB. Sie gehörten zu Johannes Breidenbach, dem Geschäftsführer von ILTHIS, wie ich erfuhr. Daher also kannte ich ihn! Breidenbach, natürlich. Ich war ein Depp, dass mir das nicht sofort eingefallen war. Ich hatte ihn noch nie persönlich gesehen, aber in „ILTHIS aktuell", der Mitarbeiterzeitschrift des Unternehmens, war so gut wie jeden Monat ein Interview von ihm zu lesen, indem er Wegweisendes über weltwirtschaftliche Zusammenhänge verlauten ließ. Gestern hatte das Unternehmen in einer Pressekonferenz im Münchner Bayerischen Hof seine neue Waldmaschinen-Serie vorgestellt. Und die „Landsberger Nachrichten" waren mit einem Journalisten dabei gewesen.

Der Artikel war mit „Aufbruch zu neuen Märkten" überschrieben und skizzierte das ehrgeizige Programm, das Breidenbach mit der neuen Kollektion im Sinn hatte. In Deutschland und in den so genannten „BRIC"-Ländern wolle man die Nummer eins oder die Nummer zwei auf dem Motorsägenmarkt werden. Die BRIC-Länder waren Brasilien, Russland, Indien und China, erklärte der Reporter. In Deutschland sollten die Geräte im Herbst dieses Jahres eingeführt werden, im Vorfeld sollte eine millionenschwere Werbekampagne starten. Der Journalist resümierte, dass das Unternehmen nur mit einer deutlichen Umsatzsteigerung groß genug würde, um weiterhin selbstständig auf dem Markt agieren zu können. „Scheitert das Experiment, wird ILTHIS in naher Zukunft ein Opfer angelsächsischer Investmentfonds werden. Und die, das darf als sicher gelten, werden die Firma zerschlagen und ihre Einzelteile meistbietend verkaufen. Das wäre ein Kettensägenmassaker am Kauferinger Vorzeigeunternehmen."

Ich betrachtete erneut das Bild: Breidenbach wirkte ruhig und gewichtig, blickte in seine offene, vor dem Gesicht kreisende Hand, als halte er darin eine Zauberkugel. Deutlich sah man eine schwere goldene Uhr und seine ebenfalls goldenen Manschettenknöpfe. Offenbar war er noch einmal beim Frisör gewesen und hatte sich hierbei auch den Schnauzer stutzen lassen. Erst gestern hatte ich die Bilder für Klaproths Abschlussbericht sortiert und mir war mehrfach aufgefallen, wie sich die langen Haare seines Barts über seine dünne Oberlippe kräuselten. Mit seinem Bart hätte er eher einen Darsteller in einem billigen Pornofilm abgegeben als den CEO des „Kauferinger Vorzeigeunternehmens". Doch hier, auf dem dpa-Bild in der Zeitung, wirkte er seriös, mit einem anthrazitfarbenen Zweireiher, champagnerfarbenem Hemd und gepunkteter Krawatte, die, wenn ich es richtig einschätzte, vom italienischen Modedesigner Zegna stammte. Und das hieß: teuer. Ja, Johannes Breidenbach hatte nichts dem Zufall überlassen, die Fassade war perfekt.

Die Kollegen hatten einen kleinen Kasten mit dem Lebenslauf Breidenbachs unter den Haupttext gestellt, in dem sie noch einmal die steile Karriere des Vorstandsvorsitzenden von ILTHIS nachzeichneten: volkswirtschaftliches und linguistisches Studium an französischer Elite-Uni, Master of Business in Boston, mit vierunddreißig bereits Eintritt in die Geschäftsleitung, vier Jahre später als einer von zwei Geschäftsführern für das Marketing des Unternehmens verantwortlich. Pünktlich zum vierzigsten Geburtstag alleiniger Vorstandsvorsitzender von ILTHIS und damit Chef von achtzehntausend Mitarbeitern im In- und Ausland. Der Artikel schloss mit dem Zusatz, dass der zweiundfünfzigjährige Breidenbach seit fünfzehn Jahren glücklich verheiratet war und zwei Söhne im Alter von zwölf und vierzehn Jahren hatte.

Als Mann kann man nicht anders: Man muss sich vergleichen. Wir sind Opfer unserer Gene und es nützt nichts, sich da gegen aufzulehnen. Und so hielt ich gedanklich meinen Lebenslauf gegen den seinen. So in etwa würde mein Perso-Kasten aussehen, wenn ich einmal in der Zeitung stehen würde, dachte ich: Studium der Politikwissenschaften mit einem Dreier abgeschlossen, journalistisches Volontariat in der Lokalpresse, da nach zweitklassiger Wirtschaftsjournalist mit Schwerpunkt Handel, in der Medienkrise aussortiert und in die Freiberuflichkeit gedrängt. Mit siebenunddreißig Jahren Eröffnung einer Detektei, die mittlerweile kurz vor der Pleite steht. Der Vierzigjährige ist verheiratet und freut sich auf ein Kind, dessen Zukunftsaussichten fraglich sind, da der soziale Abstieg droht.

Immerhin müsste ich bei einem Zeitungsartikel nicht den Zusatz fürchten: Fällt durch Sex-Eskapaden mit den Frauen seiner Bekannten auf. Aber natürlich musste auch Johannes Breidenbach keine Sorge haben, eine solche Meldung über sich in der Zeitung lesen, wenn er vorsichtig genug war. Denn offenbar konnten die beiden schweigen – sodass außer ihm und Larissa nur noch ich von dem amourösen Abenteuer wusste.

Einen Augenblick überlegte ich, zum Hörer zu greifen und in der Redaktion der „Landsberger Nachrichten" anzurufen. Doch was brachte es mir? Viel Geld würden sie mir für diese Info wohl nicht bieten. Breidenbach war nicht Prinz Charles. Und wem würde diese Information nützen?

Ich blickte durch das seitliche Fenster nach draußen und beobachtete einen blonden Jungen mit Baseballkappe, der einen Spatz mit Semmelbröseln köderte.

Ich hörte ein fernes Echo in meinem Kopf: „Wem nützt es …? … Wem …?"

Dann kam mir eine Idee.

Ich zahlte und lief geradewegs zur Detektei. Dort angekommen, fuhr ich augenblicklich den Computer hoch und nahm mir den Bericht vor, den ich gestern getippt hatte. Die ersten Seiten waren in Ordnung, nur an die letzten musste ich noch einmal ran. Ich fand sofort zur Konzentration und arbeitete wie in Trance. Es war fast wie in frühen Journalistenzeiten, als man noch an die Bedeutung einer wichtigen Story glaubte. Nach einer guten Stunde war ich fertig. Ich druckte den Bericht aus, hatte aber keine Zeit mehr, ihn Korrektur zu lesen: In gut zehn Minuten würde Klaproth kommen. Dass er sich verspäten würde, war nicht anzunehmen, sicher hatte er das ganze Wochenende an nichts anderes als unseren Termin gedacht. Er würde auf glühenden Kohlen sitzen.

Ich musste mich noch um die Bilder kümmern: Schon gestern hatte ich exakt fünfzig Fotos zusammengestellt, die ich meinem Bericht in einem Kuvert beigelegt hatte. Jetzt blätterte ich die ausgesuchten Schnappschüsse noch einmal durch, nahm sechzehn aus der Sammlung hinaus und ließ sie in der Schublade meines Fin-de-Siecle-Schränkchens verschwinden, das hinter dem Schreibtisch stand. Dann öffnete ich Photoshop auf dem PC und ging noch einmal die Bilder des letzten Observationstages durch. Insgesamt hatte ich über vierhundert Stück geschossen, allein hundert am Samstag beim Ammersee. Entsprechend lang rechnete mein Steinzeit-Computer, ehe er mir die komplette Übersicht verteilt auf fünf Ordner anzeigte. Es musste schnell gehen: Ich klickte fast wahllos auf sechzehn neue Bilder, welche die entstandenen Lücken schließen sollten. Nur ein Kriterium mussten sie erfüllen: JB durfte nicht zu sehen sein.

Während mein Tintenstrahldrucker die neuen Motive eins nach dem anderen im Zeitlupentempo ausspuckte, lochte ich den Bericht und heftete ihn in einer Plastikmappe ab. Dann ging die Tür und Klaproth stand im Raum. Draußen läuteten gerade die Kirchenglocken. Punkt dreizehn Uhr.

„Pünktlich wie die Maurer", sagte ich.

Klaproth tat so, als würde er überrascht auf seine Uhr schauen. Er wollte offenbar etwas erwidern, konzentrierte sich dann aber erst einmal darauf, die Tür mit Bedacht zu schließen.

Sie fiel mit Karacho ins Schloss.

„Verzeihung", sagte er.

„Kein Drama. Setzen Sie sich doch! Tee?"

„Nein, nein, obwohl ... ja, vielleicht trinke ich doch einen Tee."
Er stockte, während sein Blick auf den Drucker fiel. Gerade spuckte er ein Bild aus, das Larissa zeigte, wie sie sich barbusig auf der Matte am Ammersee räkelte. Klaproth schluckte und machte eine spastische Kopfbewegung. Die Haare flogen nicht, sie lagen ihm unbeweglich wie ein fettigfeuchtes Handtuch auf dem Kopf. Überhaupt sah er übernächtigt und ungepflegt aus: Er hatte sich einen rotblonden Dreitagebart stehen lassen und unter seinen kleinen roten Augen hatten sich blauschwarze Halbmonde gebildet.

Nachdem ich einen Tee aufgegossen hatte, setzte ich mich Klaproth gegenüber, der von einer Pobacke auf die andere wippte und sich nicht entscheiden konnte, welches Bein er nun über welches schlagen sollte. Die Mappe mit dem Bericht und zwei Umschläge – einer mit den Bildern, ein anderer mit der Rechnung – legte ich zwischen uns. Die Unterlagen beruhigten ihn irgendwie. Er hatte jetzt etwas, auf dem er seinen Blick ruhen lassen konnte.

Ich begann meinen Bericht mit dem ersten Tag und besprach die weiteren Ereignisse in chronologischer Reihenfolge. Dazu präsentierte ich die passenden Motive. Nachdem ich mit dem ersten nichtssagenden Tag geendet hatte, schenkte ich den Tee ein. Dann kamen die nächsten, ebenso ereignislosen Tage an die Reihe. Klaproth hörte meinem Vortrag ungeduldig zu, seine Spargelfinger spielten auf der Tischplatte Klavier. Mit dem Samstag ließ ich mir besonders viel Zeit: Ich ging ausführlich auf den Trip nach Augsburg ein und präsentierte unter anderem auch einige Stadt- und Taubenfotos, die durch den Austausch der sechzehn Bilder in die Präsentation geraten waren. Ich schloss mit der Beschreibung, wie die beiden Damen bis in die Abendstunden am Wasser lagen und gegen sieben Uhr zu Larissas Auto zurückkehrten und die gemeinsame Heimreise antraten. „Ein perfekter dösiger Tag am See", sagte ich und klappte die Mappe zu und schob sie ihm samt Fotos und Rechnung über den Tisch.

Er stoppte seine Sonate und schaute mich mit roten, nervös zwinkernden Augen an. „Wie soll ich das verstehen?", fragte er. „War es das?"

„Das war's", bestätigte ich, lehnte mich im Stuhl zurück und legte zufrieden lächelnd die Hände auf den Bauch.

„Und der Mann? Ich sehe gar nichts von einem Mann ..." Mit zittrigen Griffeln nahm er die Bilder aus dem Kuvert und verteilte sie ungeschickt über den Tisch wie Memory-Karten. Anschließend sprangen seine Augen von Bild zu Bild, als gelte es, ein geheimes Muster zu entdecken.

„Ich kann Sie beruhigen, Herr Klaproth, von einem Mann war keine Spur."

„Aber Sie haben mir doch am Telefon gesagt, dass es einen Liebhaber gebe."

„Ich? Nein, das ist ein Missverständnis. Ich habe Ihnen ausdrücklich gesagt, dass ich am Telefon *gar nichts* sagen kann."

„Sie haben gesagt, Sie hätten *keine positive* Nachricht für mich."

Ich nahm einen Schluck Tee und erwiderte: „Nun, Herr Klaproth, was ist eine positive Nachricht? Ein positive Nachricht wäre es, wenn ich Ihnen heute sagen könnte, dass wir uns hundertprozentig sicher sein können, dass Ihre Frau Ihnen nicht fremd geht. Das kann ich natürlich nach einer Woche so nicht behaupten. Was man sagen kann: In der Zeit der Observation hat sich Larissa korrekt verhalten. Mehr noch: Es gibt in ihrem Lebenswandel keine Aspekte, die darauf hindeuten, dass sie einen Liebhaber hat – genau so habe ich es auch im Bericht ausgedrückt." Ich schlug die letzte Seite auf, wo ich zu meinem Fazit gekommen war und legte meinen Zeigefinger auf die von mir zitierte Stelle. „Letztlich kann ich ohnehin keine Wertung abgeben. Der Bericht ist weder positiv noch negativ. Er ist *objektiv*. Nichts anderes habe ich Ihnen Telefon zu verstehen gegeben."

„Aber Herr Baum", sagte er fast flehentlich, „das konnte ich doch so nicht am Telefon auffassen. Ich musste doch davon ausgehen, dass sie einen Liebhaber hat, wenn Sie sagen, dass die Nachricht nicht positiv sei. Das haben Sie doch gesagt: *Nicht positiv.*"

Er erhob sich plötzlich keuchend und stützte sich mit den Armen auf den Tisch. Unter seinen Achseln hatten sich fladengroße Schweißflecken gebildet. Er schüttelte den Kopf und ließ sich wieder in den Stuhl fallen. Dann legte er den Kopf in den Nacken (mein Blick fiel auf seinen weißen Hals mit der vertrockneten Pflaume seines Adamsapfels) und massierte sich mit Daumen und Zeigefinger die geschlossenen Augen. Er schien einen Augenblick ganz bei sich selbst zu sein.

Als Klaproth mit seiner kleinen Meditation fertig war, sagte er nach einem langen Seufzer: „Können Sie sich vorstellen, wie mein Wochenende verlaufen ist? Gemeinsam mit einer Frau, die … von der ich annehmen musste, dass sie … dass sie einen Liebhaber hat und diesen vor mir verbirgt? Und dann sieht man sie überall, im Wohnzimmer, in der Küche. Sie kennen unser Haus: So groß ist es nicht, man kann sich dort schwerlich aus dem Weg gehen. Und bei jeder zufälligen Berührung denkt man, dass es da noch einen anderen gibt, der sie dort anfasst. Und bei jedem Blick glaubt man das Mitleid zu spüren, das sie dem gehörnten Ehemann entgegenbringt. Dem Nichtsahnenden, dem Unwissenden. Und man muss so tun, als wüsste man nichts. Als sei alles in bester Ordnung. Nur das ist es nicht."

Ich blickte auf die Tasse vor mir und drehte sie auf ihrem Unterteller zweimal gegen den Uhrzeigersinn. Dann schaute ich wieder zu ihm auf. „Es tut mir leid, dass Sie das durchmachen mussten. Es war allem Anschein nach ein Missverständnis. Aber sehen Sie: Offenbar täuschen Sie sich auch in den Blicken Ihrer Frau. Das Mitleid galt nicht dem gehörnten Ehemann, sondern dem Partner, den man leiden sieht und nicht weiß, warum. Sehen Sie die positive Seite: Ihre Frau hält Ihnen die Treue."

„Ja, das …" Er hielt sich die Hand vor den Mund, als könne etwas herausfallen. Dann lehnte er sich erneut schweigend zurück, seine Augen füllten sich mit Tränen. Nach einer Weile fasste Klaproth sich wieder; er wirkte, als habe er einen Entschluss gefasst. Er sagte: „Und wieso dann das Fitnessstudio, die Einkäufe, die ständige Maniküre? Wozu das alles?"

„Frauen sind eitel. Und wenn Larissa es nicht für sich tut, dann macht sie es letztendlich vielleicht sogar für Sie." Ich strahlte ihn an: „Für *Sie*, Herr Klaproth!"

„Der Samstag. Sie haben gesagt, sie und ihre komische Freundin seien um sieben Uhr zurück gefahren. Dann hätte sie spätestens um acht bei mir sein müssen, auch wenn sie den Umweg über Augsburg genommen hat. Sie kam aber erst gegen elf Uhr abends."

„Sie blieb noch ein bisschen bei ihrer Freundin in der Wohnung. Was sie dort gemacht haben, weiß ich nicht, aber ein Mann war nicht dabei, das versichere ich Ihnen."

Es dauerte eine Weile, bis er es zu glauben begann. Er hatte noch den ein oder anderen Einwand, doch konnte ich sie alle entkräften. Irgendwann nahm Klaproth die Mappe und die Fotos und wog sie für Augenblicke schweigend in der Hand. Es schien ihm die letzte Gewissheit zu geben. Er stand auf, verabschiedete sich und ging wie in Trance zurück auf die Straße. Er war ein Todgeweihter, der plötzlich und völlig unverhofft geheilt ins Leben zurückkehrte.

Von seinem Tee hatte er keinen Schluck getrunken.

6

Der nächste Tag war ILTHIS-Tag. Wie immer setzte ich mich in mein Kabuff unter den Hundekalender und nahm mir die Reports vor, die bereits auf mich warteten. Ich hakte ab, einen nach dem anderen. Es ging wie mechanisch. Abhaken war etwas, das man unterbewusst machte, wie gehen, stellte ich fest. Man *durfte* sich gar nicht darauf konzentrieren.

Als ich fertig war, kam ich mir vor, als würde ich aus einem langen dösigen Schlaf erwachen. Müde blickte ich auf den Statusbericht: Keine Korrekturen. Alle hatten alles richtig gemacht. Das konnte eigentlich nicht sein. Aber es war egal, *scheißegal,* um konkret zu werden. Mein Job würde hier bald beendet sein, und ich hatte mich jetzt um Wichtigeres zu kümmern.

Ebenfalls egal war, dass meine Arbeitszeit erst in zwei Stunden zu Ende war. Koons war krankgeschrieben, keiner würde es merken, wenn ich jetzt schon ging. Also schnappte ich mein Sakko und sprintete zum Wagen. Ich hatte etwas vor und konnte es nicht erwarten, meinen Plan in die Tat umzusetzen. Es war herrlich, ein Ziel zu haben, ein Projekt, das einen befeuerte!

Ich legte Astor Piazzolla in das CD-Laufwerk des DS ein, den Altmeister des Tango Nuevo, einen, der Grenzen überschritten hatte, einen, der war wie ich! Ich drehte den Lautstärkeregler hoch und ließ mich von der Sentimentalität, aber auch von der rohen Gewalt (nur wo es das eine gab, konnte man auch das andere genießen) des Tangos über die Käffer in mein eigenes tragen. Dort angekommen, stellte ich den Wagen vor dem Gartentor ab und stürmte ins Haus. Kim war noch nicht da – umso besser. Ich riss das silberne Schränkchen auf, und ließ meine Hand durch die Schlüssel gleiten, die dort baumelten wie Bleiwürste auf der Stange. So gut wie jeder gottverdammte Schlüssel hing in diesem Kasten, nur nicht derjenige für das Vorhängeschloss des Stalls. Wo war das verfluchte Ding? Mit Wucht zog ich die oberste Schublade des Korbschränkchens auf, das darunter stand. Ich zog auch deshalb so fest, weil sich die Lade ständig irgendwie verhakte. Diesmal übertrieb ich es und hatte die komplette Schublade in der Hand. Alte Karten, Meterstäbe, mit Klebestreifen verschlossene Schraubenkästchen und dergleichen, Stadtpläne und antike Müllabfuhrkalender verteilten sich über die Bodenfliesen. Von dem Stallschlossschlüssel keine Spur. Ich ließ die Schublade fallen und versuchte mich zu erinnern: Wann hatte ich ihn das letzte Mal in der Hand gehabt? Wann war ich das letzte Mal im Stall gewesen? Natürlich, ich war ein Idiot: Als wir im Winter den Trockner gekauft hatten und das alte Gerät „übergangsweise" dort abgestellt hatten. Doch das löste noch nicht das Schlüsselproblem. Oder konnte es sein, dass …

Ich rannte nach draußen.

Tatsächlich: Er steckte. Er musste den ganzen verdammten Winter dort gesteckt haben – hoffentlich hatte einer den Trockner geklaut.

Fehlanzeige, das alte Ding stand da wie unberührt, schien noch nicht einmal übermäßig verstaubt zu sein. Ich kümmerte mich nicht weiter darum, sondern wandte mich den Umzugskartons zu, die unter einem langen, zerfurchten Arbeitstisch standen, der schon hier gewesen war, als wir einzogen. Unter einem unangenehmen Knirschen zog ich den ersten Karton unter ihm hervor und faltete ihn eilig auf. Ich fand Kims und meine Taucherausrüstung, die wir viel zu lange nicht mehr genutzt hatten und die – mit ein bisschen Glück – demnächst vielleicht doch in Neuseeland zum Einsatz kommen würde. Ich schob den Karton zurück und machte mich an die nächsten Kisten. Ich wusste: Das, was ich suchte, würde irgendwo in einem der Kartons ganz oben liegen. So war es: Schon im dritten wurde ich fündig. Die Alienmaske! Vor zwei Jahren nach Fasching hatte ich sie schon wegschmeißen wollen, mich dann aber doch entschieden, sie zunächst zu behalten. Also hatte ich sie einfach in irgendeinen Karton hineingepfeffert – und weg war sie.

Es war eine Hartplastik-Maske und wenn man sie aufsetzte, sah man aus wie eine Art Albino-ET: Man hatte ein weißes, unbewegliches Alien-Gesicht mit eingefallenen Wangen und getönten, mangogroßen Augen. Hatte man sie auf, sah man wie durch eine Sonnenbrille hindurch und ich erinnerte mich, dass ich in den dunklen überfüllten Kaschemmen, in die wir am *Lumpigen Donnerstag* einkehrten, kaum mehr das üppige Dekolleté der süßen Türkin vor Augen sah, die ich kennen gelernt hatte. Der *Lumpige Donnerstag* war eine Institution in Landsberg: Jeder, der etwas auf sich hielt, ließ sich an diesem Tag volllaufen, zerschmetterte seine leeren Bierflaschen auf dem Hauptplatz und quetschte sich dann in eine der vollkommen überfüllten Kneipen, bevor er schließlich in eine Schlägerei verwickelt wurde. Ich musste diesen Abend zu den Nüchternsten gehört haben, weil durch die dünnen Atemschlitze der Maske gerade mal ein Strohhalm passte. Dabei hatte ich bei der schwülen Hitze unter dem verdammten Ding durchaus das Bedürfnis, ein Vielfaches der Flüssigkeit aufzunehmen, die ich letztlich konsumierte.

Ich setzte die Maske auf und schaltete den Lautsprecher ein. „*Jetzt, mein junger Jedi, wirst du sterben*", sagte ich in die Richtung einer an der Wand hängenden, spinnverwebten Mistgabel. Doch man hörte nicht die Roboterstimme Darth Vaders, sondern eher so etwas wie das Fiepen der Teletubbys. Den Lautsprecher sollte man sich an den Gürtel schnallen, was das Ganze noch ein bisschen unheimlicher machte. Es wirkte so, als käme das Gesagte aus dem Off.

Ich schaltete ab und verließ den Stall. Diesmal verriegelte ich die Tür und nahm den Schlüssel mit.

Als ich ins Haus trat, traf ich auf Kim, die im Flur in der Hocke saß und die von mir verstreuten Sachen wieder in die Schublade sortierte. Sie blickte mit müdem Gesicht zu mir auf. Mit tonloser Stimme fragte sie: „Wo kommst du her?"

Ich zeigte auf das Chaos auf den Fliesen und sagte: „Ich hab den Stallschlüssel gesucht."

Sie faltete die Landsbergkarte sorgfältig zusammen und legte sie auf die bereits einsortierten Müllkalender auf dem Telefonbuch in die Schublade. Dann begann sie Reißzwecken einzusammeln, die aus einem aufgesprungenen Plastikkästchen herausgefallen waren.

„Lass das doch einfach. Ich wollte das jetzt ohnehin wieder aufräumen. Ich war nur etwas in Eile, jetzt habe ich Zeit. Komm, geh in die Küche und iss! Ich mach das!"

Kim klaubte weiter ungerührt Reißzwecken auf, wirkte niedergeschlagen, apathisch fast. „Im Stall, sagst du? Was wolltest du denn da?"

Zwar hielt ich die Maske noch hinter dem Rücken versteckt, aber es war utopisch, damit ungesehen an ihr vorbeizukommen. Also zog ich sie hervor wie einen Überraschungsblumenstrauß und sagte: „Guck mal, ich hab die alte Maske wiedergefunden!"

Kim stutzte. „Kenn ich gar nicht. Wo hast du die denn her?"

„Hab ich vor zwei Jahren zu Fasching gekauft. Erinnerst du dich nicht mehr …? Ach, ich glaub, da warst du gar nicht da. Da warst du mit irgendwelchen Freundinnen in … oder mit irgendwelchen Kollegen auf einer Fortbildung oder so."

„Vor zwei Jahren zu Fasching? Da hab ich Christiane in Italien besucht."

„Ach ja, stimmt. Wie geht's der eigentlich?"

Ich ging ebenfalls in die Hocke und sammelte ein paar Spielkarten ein, die sich im Eingangsbereich verteilt hatten.

„Ich muss mal wieder anrufen. Das letzte Mal, als ich mit ihr gesprochen habe, hat sie ja grad den Louis bekommen. Der muss jetzt auch schon ein halbes Jahr alt sein."

„Müssen mal wieder runterfahren."

„Dass du das sagst. Du musst doch immer arbeiten, denke ich."

Ich nahm ihr die Schublade vom Schoß, stand auf und schob sie wieder in das Korbschränkchen. „Na, ist halt auch 'ne Geldfrage. Jetzt wo die kleine Anne kommt" – Kim warf mir ein versöhnliches Lächeln zu – „müssen wir halt auch ein bisschen auf die Kosten achten. Kann aber sein, dass ich da ne größere Sache an der Angel habe. So 'ne Industriellen-Geschichte, dann wär's kein Problem über ein verlängertes Wochenende runterzufahren – und Genua ist ja auch nicht so weit weg. Wir können ja auch mal fliegen, wenn du willst."

Kim stand auf und umarmte mich. Die Sache mit der Maske und dem Stall schien sie nicht mehr zu interessieren. Stattdessen presste sie sich an mich, hielt mich fest, als wolle sie mich nie mehr loslassen.

„Pass auf, Schatz, ich muss mich jetzt um diesen neuen Kunden kümmern. Das ist immer der Ärger mit diesen Industrie-Geschichten. Immer soll alles sofort gemacht werden. Am liebsten gestern." Als ich sie von mir wegschob, sah ich, dass ihr Gesicht schon wieder verheult war.

„Ist nichts, mach dir keine Sorgen", wehrte sie ab, als sie meinem fragenden Blick begegnete. Dann drehte sie sich um, nahm ihre Handtasche, die sie auf dem Flurboden abgestellt hatte, und verschwand Richtung Küche. Zuerst wollte ich sie aufhalten und zur Rede stellen, Trost spenden und so weiter. Doch dann entschied ich, diesmal andere Prioritäten zu setzen. Ich konnte mich später um Kim kümmern, dann, wenn die Sache lief.

Mit der Maske unter dem Arm ging ich die Treppe hinauf ins Arbeitszimmer. Ich ließ mich auf das abgewetzte Polster des Küchenstuhls fallen, kramte das Handy aus der Hosentasche und ging die eingespeicherten Nummern durch. Da war sie! Ich wurde damals ermahnt, die Mobil-Nummer nur in Notfällen zu nutzen, dann, wenn die Weitergabe der Informationen nicht warten konnte. Das war jetzt definitiv der Fall, beschloss ich.

Ich setzte die Maske auf und schaltete den Lautsprecher ein. Statt den Lautsprecher an den Gürtel zu schnallen, legte ich ihn vor mich auf den Schreibtisch. Das Kabel, das zum Mikrofon in der Maske führte, war lang genug, sodass ich mich gemütlich zurücklehnen konnte. Ich nahm erneut das Handy, vergewisserte mich, dass es auf „unbekannt anrufen" konfiguriert war, stellte auf laut und drückte „wählen". Dann legte ich es zurück neben den Lautsprecher. Es fiepte kurz aufgrund der Rückkopplung und ich schob es ein paar Zentimeter nach links, dann war es in Ordnung und ich hörte das leise, gemütliche Knistern des Lautsprechers und das Freizeichen des Telefons. Nach dreimaligem Tuten ging er dran.

„Breidenbach."

Es war eine tiefere Stimme, als ich aufgrund seiner kleinen, etwas gedrungenen Statur vermutet hatte. Sie war freundlich, verbindlich, wirkte ausgeruht. Offenbar hatte ich einen guten Zeitpunkt erwischt.

„Hallo, Herr Breidenbach, schön, dass ich Sie erreiche. Ich habe ein paar Informationen, die Sie interessieren könnten. Es geht um Ihr Domizil am Ammersee und den besonderen Entspannungsfaktor, den diese Region für Sie bereit hält."

Da mein Arbeitszimmer fast leer war, hallte die Teletubby-Stimme wie in Dolby-Surround durch den Raum. Es war erstaunlich, wie albern der ernsteste Gedanke klang, wenn er in dieser Tonlage geäußert wurde. Selbst eine Grabrede bei den Tubbys musste ein heiteres Event sein.

„Entschuldigung, wie bitte …? Wer spricht? Ich fürchte, ich habe nicht ganz verstanden."

„Sie kennen mich nicht, lieber Herr Breidenbach. Und ich werde Ihnen meinen Namen nicht verraten, aber nennen Sie mich doch einfach … Sommer. Was halten Sie davon: Siggi Sommer. Das würde doch passen zu dieser Jahreszeit."

„Lars? Das bist doch du, oder? Pass auf, ich habe in zwei Minuten ein wichtiges Telefonat mit einem Kunden. Lass uns heute Abend vor dem Spiel miteinander reden, in Ordnung?"

„Einen Lars kenne ich leider nicht", tutete meine Teletubby-Stimme in den Hörer, „sicherlich ist er einer Ihrer beiden Söhne. Der Kleine oder der Große? Ich tippe auf den Kleinen, der Große ist ja schon vierzehn, da hat man andere Sachen im Kopf, beginnt sich für Mädchen zu interessieren und so weiter. Das Veralbern der Eltern macht in diesem Alter nicht mehr so viel Spaß. Na, habe ich Recht, Herr Breidenbach? Lars, das ist der Kleine."

Es gab eine kurze Pause, in der es knisterte und es sich so anhörte, als würde Breidenbach sein Handy vom einen zum anderen Ohr wechseln.

„Hör zu, Lars … oder wer immer dort spricht: Ich kann mich über diese Form der Scherze leider nicht erheitern. Pass auf … passen *Sie* auf, ich beende jetzt das Gespräch, ich habe wirklich Wichtigeres zu tun!"

„Aber Herr Breidenbach, was könnte von größerer Bedeutung sein, als sich mit den Angelegenheiten Ihres Sohnes zu beschäftigen? Ah, vielleicht Larissa, das könnte sein. Frauen brauchen ja ein besonders hohes Maß an Aufmerksamkeit. Als Zeichen unserer Liebe. Immerhin: Ihre kleine Freundin hat doch gerade erst einen Ring von Ihnen bekommen. Das dürfte vorerst reichen als Beweis Ihrer Zuneigung. Brillanten? Ich konnte es leider nicht genau erkennen auf den Fotos …"

„Zum Teufel, welches Spiel spielen Sie? Wer sind Sie?"

„Sie haben nicht richtig zugehört, Herr Breidenbach. Aber ich sage es Ihnen gerne noch einmal: Sie können mich Siggi Sommer nennen."

„Und, was wollen Sie von mir Herr … *Sommer?*" Seine Stimme klang jetzt gar nicht mehr so freundlich-verbindlich, wurde von einer eher aggressiven Tonlage abgelöst. Ich stellte mir vor, wie er in dieser Art seine Beschäftigten anschnauzte. Mich beeindruckte er damit aber nicht: Ich blieb entspannt unter meiner Maske und legte die Hände in den Nacken. Im Grunde war ich ein wenig überrascht über mich selbst, denn es bereitete mir unerwartetes Vergnügen, den ILTHIS-Chef ein wenig zappeln zu lassen. Das Ganze war ein Spiel – und ich hatte ein ganz passables Blatt auf der Hand, wie ich fand. Ich fuhr fort: „Sagen wir, ich könnte etwas *für Sie* tun."

„Was hat das alles mit" – er dämpfte seine Stimme ein wenig, als bestehe die Gefahr, jemand anders könne ihn hören – „*Larissa* zu tun? Was wissen Sie von ihr?"

Ich bemerkte, wie auf der anderen Seite der Leitung etwas quietschte, es hörte sich an wie das Jammern meines Ikea-Chefsessels. Dann wurde eine Tür geöffnet und es rauschte in der Leitung. Gedämpft hörte ich, wie er sagte: „Frau Strattfeld, in der nächsten Zeit bitte mal nicht stören, auch keine Anrufe, okay?" Dann ging die Tür wieder.

„Ich sehe, Sie messen der Sache allmählich die Bedeutung bei, die sie verdient, mein lieber Herr Breidenbach. Was ich über Larissa weiß? Nun, ich weiß, dass sie mit einem Golflehrer verheiratet ist, bei dem Sie Ihre Stunden nehmen. Ein netter Kerl, dieser Klaproth, ein bisschen hölzern vielleicht, aber nett. Sicherlich haben Sie sich ein wenig angefreundet mit ihm. Beim Golfen kommt man sich schließlich näher, wandert von Loch zu Loch, erzählt sich dies, erzählt sich das. Und dann beschließt man vielleicht, einmal miteinander einen Drink in einer Bar zu nehmen, oder sich durch ein gemeinsames Abendessen näher kennen zu lernen, mit den Gattinnen, versteht sich. So etwa stelle ich es mir vor. In jedem Fall haben Sie bei einer solchen Gelegenheit Gefallen an der kleinen Klaproth gefunden. Und sie hat sich ja auch gemacht, das muss man sagen, vor allem in letzter Zeit. Die neue Frisur steht ihr nicht schlecht, was meinen Sie? Und auch das Fitnessstudio hat sich ausgezahlt. Sie hat so etwas Wildes, finde ich, so etwas Sinnliches mit ihrer nahtlosen Bräune. Nach fünfzehn Jahren Ehe ist sie sicherlich genau das, was man sich wünscht, nicht wahr?"

Stille am anderen Ende. Offenbar musste er das Ganze erst einmal auf sich wirken lassen.

„Wollen Sie mehr Details, Herr Breidenbach? Ich habe auch Fotos, vom Ammersee zum Beispiel, auch von Ihrem Haus – einen herrlichen Balkon haben Sie da, man kann direkt ..."

„Nein, nein, ich habe schon ... habe schon verstanden. Was wollen Sie also? Was sind Ihre Forderungen?" Er hörte sich gefasst an, nüchtern.

„Wie schon gesagt, ich wollte etwas *für Sie* tun ... Sehen Sie, ich habe hier eine Information, die sehr viele Leute interessieren könnte. Also, wenn ich etwa an unsere geschätzten *Landsberger Nachrichten* denke. Die feiern Sie ja gerade als den großen Unternehmenslenker. Und das Image des treusorgenden Familienvaters kommt natürlich besonders gut an, hier in ... hier bei uns in Bayern. Da wäre es natürlich eine gewichtige Information für die Journalisten, zu wissen, wie er wirklich ist, dieser Herr Breidenbach. Aber ich habe mich dazu entschlossen, Ihnen den Gefallen zu tun, die Bilder nicht an die Zeitung zu schicken und das allgemeine Informationsbedürfnis in diesem Fall dem Interesse des Einzelnen zu opfern. Eigentlich müsste ich Ihnen diese ganze Geschichte natürlich gar nicht erzählen, doch dummerweise bin ich gerade" – der Lautsprecher begann plötzlich zu fiepen und ich musste ihn noch ein weiteres Stück vom Handy wegrücken – „bin ich gerade unverschuldet in eine kleine finanzielle Schieflage geraten. Und da dachte ich mir, dass auch Sie mir einen kleinen, unwesentlichen Gefallen tun könnten …"

„Hören Sie, ich kann Sie nur sehr schlecht verstehen, Sie haben eine sehr eigentümliche Stimme, wenn ich das so sagen darf. Wäre es nicht besser, wir würden uns einmal treffen und dann weitersehen, was ich für Sie tun kann?"

„Das ist sehr nett von Ihnen Herr Breidenbach, dass Sie mir helfen wollen. Leider benötige ich die kleine Finanzspritze, an die ich dachte, aber sehr dringend. Für ein Treffen bleibt also keine Zeit. Es geht ja auch nur um eine kleine Summe – ich denke, zwanzigtausend Euro würden mir schon weiterhelfen."

„Hören Sie Herr äh, Sommer, ich verstehe natürlich Ihre Probleme, in die Sie hineingeraten sind, aber ich muss Ihnen leider sagen, dass ich mich aus Prinzip nicht erpressen lasse. Wenn ich *einmal* zahle, werden Sie mich ein zweites und ein drittes Mal zur Kasse bitten."

„Dann fürchte ich, muss ich doch noch heute mit den *Landsberger Nachrichten* über ein Informationshonorar verhandeln."

„Hören Sie …"

„Nein, hören Sie", unterbrach ich ihn: Es wurde langsam warm unter der Maske und ich durfte ihm nicht das Gefühl geben, als sei meine Forderung verhandelbar. „Ich gebe Ihnen vierundzwanzig Stunden Zeit zum Nachdenken. Wenn Sie sich für eine Fortsetzung Ihrer Ehe und Ihrer Karriere entscheiden sollten, stecken Sie morgen die zwanzigtausend Euro in eine Plastiktüte und bringen das Geld persönlich und ohne Begleitung zum kleinen Kiesstrand im Freibad am Lech, unterhalb des Wehrs. Und vergessen Sie Ihr Handy nicht."

Er stieß einen Seufzer aus. „Wer garantiert mir, dass Sie mich nicht eine Woche später wieder anrufen …?"

„Niemand", sagte ich und legte auf.

Kim saß auf der Terrasse, die Ellenbogen auf einen Stapel Arbeitsblätter mit den an Höhlenmalereien erinnernden Werken ihrer

Schulkinder gestützt. Sie starrte auf die dörrenden Felder hinter dem Haus, schien zu beobachten, wie die Bauern versuchten, ihre Ernte vor Hitze und Sonne zu retten: Sie fuhren mit ihren Bulldogs über die Felder und versprühten Wasser aus bulligen Plastiktanks, die sie auf ihre Fahrzeuge montiert hatten. Eine Sisyphusarbeit.

„Im Grunde bräuchte man eine Bewässerungsanlage", sagte ich, als ich die Terrasse betrat.

Sie zuckte zusammen. „Mann, hast du mich erschreckt", sagte sie. Und dann: „*Was* braucht man?"

„Eine Bewässerungsanlage – für die Felder."

Ich setzte mich neben sie in den freien Terrassenstuhl. Es sah aus, als würde es ein wunderbarer Abend werden: Die Emsigkeit der umherfahrenden Bulldogs in den goldenen Feldern wirkte irgendwie beruhigend, dazu summte es im Garten von Bienen und anderem Getier und es ging sogar eine erfrischende Brise, die ein leicht nach Honig duftendes Aroma auf unsere Terrasse spülte. Nur der Stuhl, auf dem ich saß, war nicht sonderlich bequem: Ich war zu faul gewesen, mir ein Sitzkissen zu holen.

„Ja, kann sein, das wär' wohl besser", sagte Kim ziemlich unbeteiligt. Offenbar hatte sie doch nicht die Bauern beobachtet, sondern war in ihren Gedanken versunken gewesen. Geweint hatte sie aber nicht mehr. Zwar waren ihre Augen noch rot, aber sie waren nicht von dem Flussdelta lodernder Adern durchzogen, welches das Weinen bei ihr mit sich brachte.

„Was ist mit deinem Gesicht passiert?", fragte sie.

„Mit meinem Gesicht, wieso?"

Ich fuhr mir mit der Hand darüber: Es war schweißnass, offenbar noch von der Maske.

„Liegt halt an der Sonne, die brennt zu dieser Tageszeit voll ins Arbeitszimmer, weißt du doch. Kann heilfroh sein, dass ich das Büro in der Stadt hab, bei diesen Temperaturen. Und du? Was ist los?"

Sie zuckte mit den Schultern. Dann zog sie die Kappe des roten Filzstifts ab, den sie schon die ganze Zeit in der Hand hielt. Sie schaute kurz auf die Arbeitsblätter, die vor ihr lagen, als hätte ich ihr die Aufforderung erteilt, endlich mit der Benotung zu beginnen.

Nach einem Augenblick des Vor-sich-hin-Starrens, ließ sie sich zurück in den Stuhl fallen, steckte die Kappe wieder auf den Stift und legte diesen auf die Arbeitsblätter.

„Also?"

„Ach, das willst du doch so oder so nicht hören."

Eine Transall donnerte über das Hausdach und gab Kim einige Sekunden Zeit, darüber nachzudenken, ob sie erzählen wollte, was in ihr vorging, oder ob sie es lieber bleiben ließ.

Sie entschied sich für Ersteres: „Die sagen: Ich bin schuld."

„Wer sagt das?"

„Wer genau das alles sagt, weiß ich jetzt auch nicht." Sie griff erneut den Stift vom Tisch und begann seine Biegsamkeit zu testen. „Aber die Senka hat mir erzählt, wie sie zufällig ein Gespräch mitgehört hat, das die Mahler und der Göbel geführt haben. Zuerst wollte sie gar nicht raus mit der Sprache, aber ich hab so lang gebettelt, bis sie es mir dann doch erzählt hat. *Du musst mir einfach sagen, worüber die gesprochen haben*, hab ich sie angefleht. *Ich hab auch nicht alles mitbekommen*, hat die Senka geantwortet, *aber als ich reinkam, sagt die Mahler, dass die … na, dass du dich mehr hättest kümmern müssen, und dass du's wohl zu sehr auf die leichte Schulter genommen hättest. Das sei 'ne ernste Sache, da muss man mit Eltern und Schülern reden, mit den Kindern mal einen Sitzkreis bilden und sich aussprechen, die Ehre des armen Mädchens wieder herstellen.'* Hat sie echt gesagt: ‚die Ehre des armen Mädchens'. Und der Göbel soll gemeint haben, *‚was mich am meisten stört, ist, dass ich über gar nichts informiert wurde. Muss erst so ein armes Ding sterben, dass ich mitbekomme, was in meiner Schule passiert?'* Das ist doch unglaublich, oder? Tut so, als hätte er von allem nichts gewusst, dabei hatte sich doch Tamaras Mutter schon bei ihm beschwert, als ihre Tochter noch lebte. Und da hat er auch keinen Sitzkreis oder so veranlasst … Und dann hat die Senka noch erzählt, dass er so was gesagt haben soll wie*: ‚Kommen hierher, von was weiß ich wo, und denken, sie können dann allein entscheiden, wie es bei uns läuft, aber so geht's einfach nicht …'* Aber das willst du ja nicht hören, das mit dem … ach!"

Sie machte eine wegwerfende Handbewegung und versuchte, ihre Tränen zu unterdrücken. Als könne es helfen, blickte sie dabei in die untergehende Abendsonne, die schräg hinter dem Haus verschwand. Für eine Sekunde dachte ich, wie toll sie aussah in ihrer von warmem Licht umspülten Melancholie. Und der Blick in die Sonne schien zu helfen: Ihr liefen auf jeden Fall keine Tränen die Wangen herunter.

Ich sagte: „Hey, natürlich interessiert mich das! Mich interessiert alles, was dir Probleme bereitet. Aber ich würde das Ganze jetzt nicht so hoch hängen. Alle sind derzeit ein bisschen an gespannt. Göbel war heute sogar in der Zeitung, der steht halt unter Druck, muss für Dinge geradestehen, für die er auch nichts kann."

„Ja, aber das ist doch wohl kein Grund, die Sache auf diese diskriminierende Schiene zu bringen."

„Wegen dem *die kommen her, von was weiß ich wo*? Ach, was soll das schon heißen? Wenn du in Oberbayern arbeitest und aus dem Allgäu stammst, kommst du auch *was weiß ich wo her* …"

„Hmm", summte sie, „ich weiß halt auch nicht, warum ich immer daran denken muss. Aber vielleicht hast du Recht – also jetzt ausschließlich in diesem Fall natürlich – und es ist doch nicht so gemeint, wie ich jetzt dachte."

Ich beugte mich zu ihr rüber und versuchte sie von Stuhl zu Stuhl in den Arm zu nehmen, was etwas schwierig war, wegen der Lehnen. Sie legte erst ihre Wange auf meine ausgestreckte Hand, schmiegte sich an sie wie ein verschmustes Kätzchen. Nach einer Weile begann sie mich zu küssen und nahm meinen kleinen Finger in den Mund.

„Komm, lass uns reingehen …", flüsterte ich.

„Reingehen?", sie lächelte verschmitzt, „du bist ja ein Spießer geworden …"

Aber da hatte sie sich geirrt.

7

In der Nacht schlief ich schlecht, wälzte mich von der einen auf die andere Seite, mal war mir zu heiß, mal zu kalt. Vor allem an den Beinen fror ich in letzter Zeit immer häufiger, sodass ich seit Kurzem nicht mehr nackt schlief, sondern auf Pyjamas umgestiegen war. Pyjamas – auch so ein Zeichen des Alters. Ich träumte wirres Zeug, fand die Leichenteile einer Katze in einer Plastiktüte in der Fußgängerzone und versuchte diese wahllos an Passanten zu verticken, die sich angeekelt abwendeten, als ich ihnen zuraunte: „*Pssst, gute Ware, nur zwei Euro für ein Katzenbein, echter Perser* ... *okay, letzter Preis: ein Euro.*"

Als ich um halb sieben nervös und unwiederbringlich erwacht war, entschied ich, aufzustehen. Halb sieben – für mich ist das mitten in der Nacht.

Entsprechend früh traf ich im Massimo ein. Da es angenehm mild an diesem Morgen war, setzte ich mich auf den Marktplatz an einen der Tische in der Sonne. Es war wunderbar in der frühen Wärme, der nach feuchten Wiesen duftenden Luft, der Klarheit des jungen Lichts. Im Außenbereich des Massimo waren nur wenige Tische besetzt; der Wind zerrte leicht am schweren Stoff der Sonnenschirme, hier und da klapperten ein paar stolpernde Absätze über das unebene Pflaster und auf meinem blauen Businesshemd paarten sich in aller Seelenruhe zwei Fruchtfliegen. Ich legte die Zeitungen gefaltet auf den Tisch und beschloss, erst mit der Lektüre zu beginnen, nachdem ich bestellt hatte.

Es hätten perfekte Augenblicke sein können, hier an diesem Morgen im Massimo, doch ich wusste: So etwas gab es nicht, immer, auch in der scheinbar schönsten Situation, drückt dich irgendwo ein Steinchen im Schuh. Heute hieß das Steinchen: bleierne Müdigkeit. Sie machte mich fahrig, unkonzentriert und lag zentnerschwer auf meinen Augenlidern. Komischerweise hatte sich die Nervosität hingegen vollkommen verflüchtigt, vielleicht wurde sie aber auch nur von meiner Schläfrigkeit überlagert.

Aus dieser riss mich nach einer dösigen Weile die Sommersprosse, die mir zulächelte wie einem alten Bekannten. Ich gab meine Bestellung auf und wendete mich dann – wie zuvor zwischen linker und rechter Gehirnhälfte verabredet – den Zeitungen zu. Die Sache rund um Tamara beherrschte immer noch die Schlagzeilen des Lokalblatts. Erstmals kam ihre Mutter zu Wort, sie warf den Schulverantwortlichen vor, nicht schnell und effizient genug auf das sich anbahnende Unglück reagiert zu haben. In einem Kommentar wurde angemahnt, dass es in der Schule längst zu einem Handyverbot hätte kommen müssen und ich erfuhr, dass dies mittlerweile überall Standard war. Dass man im Landkreis nicht zu ähnlichen Regelungen gekommen sei, könne nur auf die gewohnte Schlampigkeit hiesiger Entscheidungsträger zurückgeführt werden, schimpfte der Kommentator.

Dann erschrak ich: Mein eigenes Handy klingelte und ich dachte einen Augenblick, es müsse Breidenbach sein. Doch als ich es aus der Innenseite des Jacketts gezogen hatte, sah ich, dass es Jens war. Ich drückte ihn weg, ich war einfach zu müde, um zu sprechen. Lesen ging gerade noch, aber sprechen – unmöglich. Während ich mein Frühstück verputzte, las ich Berichte über die Klagen der Bauern wegen des trockenen Sommers, der Borkenkäferplage und der Zunahme an Borreliosefällen. Die Sonne schob sich derweil immer stärker in den Zenit und begann, mich mit in den Augen brennendem Licht zu beschießen. Die Zeitung wirkte hierbei wie ein Spiegel, und ich stellte einmal wieder fest: Zeitung in der Sonne lesen – dazu noch ohne Sonnenbrille – ist Schmarrn.

Ich brach auf und mischte mich unter das shoppende Volk, um ein paar Besorgungen zu erledigen – unter anderem, um endlich einen Wasserfilter für die Detektei zu kaufen. In einem kleinen Geschäft in der Blattern-Gasse wurde ich fündig. Doch als ich im Büro ankam, hatte ich keine Lust, den Filter zu montieren und entschloss mich, mir die Zeit stattdessen mit dem Aufhängen einiger Bilder zu vertreiben, die seit Monaten auf dem Boden stehend davon träumten, sich einmal in Augenhöhe präsentieren zu dürfen.

Um kurz nach eins ging die Tür, und ein Bekannter, den ich schon sehr lange nicht mehr gesehen hatte – freilich ohne ihn vermisst zu haben – schob sich vor meinem Schreibtisch: der alte Schneider.

Der alte Schneider war Freier Journalist bei den „Landsberger Nachrichten". Ich hatte ihn kurz nach unserem Umzug kennen gelernt, als ich selbst noch in der Branche tätig war. Damals hatte ich hin und wieder den Journalistenstammtisch besucht, der einmal im Monat im Hexenhäusl stattfand, einer gutbürgerlichen Wirtschaft, in der Nähe des Lechs gelegen. Schneider führte dort das große Wort, auf seiner Visitenkarte stand „Chefredakteur", weil er parallel neben seinem Job als Lohnschreiber für die „Landsberger Nachrichten" ein Halbjahresmagazin für Militaria, Orden und Abzeichen aus dem zweiten Weltkrieg herausgab. Die Auflage befand sich gewiss lediglich im dreistelligen Bereich, doch Schneider hatte allem Anschein nach das Gefühl, mit dem „Spiegel" zu konkurrieren.

Er schlurfte mit gebeugtem Rücken in die Detektei, seinen Kopf nach oben gereckt, als sei er das einzige Körperteil, das er noch über eine imaginäre Wasseroberfläche halten könne. Seine schweren Brillengläser lagen auf seinem Gesicht wie die Tauchermaske eines Kampfschwimmers aus Adolfs Zeiten. Ich stand weiter hinten im Raum, unweit der Spüle, und erst als ich mich bewegte, nahm er mich wahr. Er fuhr auf dem Absatz herum und reckte das faltige Kinn in meine Richtung. „Hallo, ja!" rief er einen eigenartigen Gruß zu mir herüber.

Ich presste zwischen meinen müden Lippen ebenfalls ein „Hallo" hervor und hatte das Gefühl, von einem leichten Schwindel erfasst zu werden.

„Ich dachte, ich schaue mal vorbei. Mal einen Blick ins neue Reich eines alten Kollegen werfen! Sie haben es ja aufgegeben mit dem Journalismus, nicht wahr? Ist auch nichts für jeden ..."

Er streckte mir seine Hand entgegen. Noch immer hatte er die langen, dreckigen Fingernägel eines Gitarrenspielers, der seine Brötchen damit verdient, Autos zusammenzuschrauben. Doch Schneider spielte weder ein Instrument, noch probierte er sich als Mechaniker aus. Schneider war einfach nur schmuddelig. Ich ergriff dennoch seine Hand – sie fühlte sich an wie die faltige Lederhaut einer dreihundertjährigen Schildkröte.

„Man muss auch mal Neues wagen."

„Das ist richtig" – er räusperte sich und fuhr sich in einer schnellen Handbewegung mit einem Taschentuch über den Mund, um seinen Schleim los zu werden – „Ich habe ja selbst mein *Ehre und Orden* gegründet – ich habe es nie bereut."

„Könnte mir vorstellen, dass Ihnen allmählich die Leser wegsterben."

„Was? Nein", sagte er und stellte sich auf die Zehenspitzen als ginge es in tiefere Gewässer. „Im Gegenteil: Es werden immer mehr. Wir haben auch eine Jugendseite – das Thema ist beliebt, bei den Jungen zumal. Unsere am stärksten wachsende Zielgruppe, die Jungen."

„Das freut mich zu hören. Herr Schneider, leider habe ich nicht so viel Zeit. Vielleicht schaue ich mal wieder beim Stammtisch rein, aber jetzt ..."

„Ja. Verstehe. Wollte auch nur hören, ob alles in Ordnung ist. Man hört ja so einiges."

Ich wurde ein wenig nervös. Sollte etwas von der Sache durchgesickert sein? Breidenbach würde doch nicht in die Offensive gegangen sein und sich der Presse anvertraut haben? Zwar wäre das kaum zu glauben, doch wer weiß, welche Strategie sich der französische Eliteuniabsolvent zurechtgelegt hatte. Aber selbst wenn dem so wäre: Wie sollte auch nur der geringste Verdacht auf mich gefallen sein?

„Ach", sagte ich schließlich, „ist aber alles bestens. Was hört man denn so?"

„Na", sagte Schneider und begann vor dem Schreibtisch auf und abzulaufen, „wegen Ihrer Frau. Sie haben ja eine Japanerin geheiratet. Das haben Sie schon damals erzählt. Ein stolzes Volk, diese Japaner ... Wie geht es denn der Frau Gemahlin, wenn man fragen darf?" Er blieb stehen, schaute zu mir auf und zeigte seine grauen, ungepflegten Zähne. „Nicht so gut derzeit, nehme ich an."

Daher wehte der Wind. Er wollte die Sache rund um Tamaras Tod noch ein wenig weiter drehen – und ich sollte ihm ein paar Interna liefern.

„Herr Schneider, Kim ..." – ich hasste mich dafür, dass ich ihm durch eine Unkonzentriertheit ihren Namen verriet – „ihr geht es gut. Ich muss Sie jetzt bitten zu gehen, da ich einen wirklich dringenden Fall recherchieren muss."

„Ihr geht es gut, ja? Das könnte einen schon wundern. Da stirbt so ein junges bayerisches Mädchen und ihrer Lehrerin geht es gut. Erstaunlich. Aber Japaner bleiben auch bei Schicksalsschlägen gefasst. Das hat dieses Volk stark gemacht. Opferbereitschaft."

„Sie ist keine Japanerin", rief ich wütend.

„Nein? Ich dachte ..."

„Sie ist ... Hessin." Ich öffnete die Tür. „Waschechte Hessin!"

„*Kim*, ja ...?"

Ich legte meine Hand auf seine von Schuppen übersäte Schulter und schob ihn zur Tür hinaus.

Einige Augenblicke sah ich ihm noch hinterher. Er ging ein paar Schritte und blieb dann vor einem Lampen-Geschäft stehen. Ich sah, wie er ein Blöckchen unter seinem grobmaschigen Winterpullover hervorzog und sich Notizen machte, bevor er schließlich verschwand. Als er weg war, ging ich hinüber zur Spüle und wusch mir mindestens fünf Minuten lang die Hände.

Um siebzehn Uhr stand die Sonne noch hoch am Firmament und hatte kaum etwas von ihrer Kraft an den ausklingenden Tag verloren. Am Kiesstrand lagen die Sonnenhungrigen auf ihren Matten, einige wenige staksten im seichten Fluß umher, besprützten sich mit Wasser, das trotz der Gluttage recht kühl zu sein schien – wenn ich die verzerrten Gesichter und eingezogenen Bäuche der Badenden richtig deutete. Breidenbach war pünktlich auf die Minute. Er steckte trotz der Hitze in einem braunen Anzug, trug aber keine seiner Zegna-Krawatten. Sein Hemd war stattdessen weit aufgeknöpft, sodass sein üppiges Brusthaar durch das Zoom-Objektiv der Kamera deutlich zu sehen war. Er schritt unbeholfen die kleine Böschung herunter, kam aufgrund der Schräge ins Laufen und erst zwischen den Handtüchern und Isomatten der Sonnenbadenden wieder zum Stehen. Er blickte sich suchend um, was den verlorenen Eindruck, den er als Angezogener unter Halbnackten erweckte, noch verstärkte. Um sein rechtes Handgelenk spannte sich eine Tüte, auf die in seriöser Serifenschrift „Otto Berg" gedruckt war.

Ich legte die Kamera auf den Beifahrersitz und schob mir die Maske über den Kopf; den Lautsprecher legte ich auf die Ablage am Armaturenbrett. Ich wählte seine Nummer, stellte auf „Freisprechen" und platzierte das Handy ebenfalls auf der Ablage.

Ich war zu weit weg, um ihn ohne Zoom genauer beobachten zu können, zudem schränkte das getönte Glas der Augenschlitze die Sicht ein. Dennoch glaubte ich zu erkennen, wie der braune Punkt, zu dem Breidenbach geworden war, plötzlich hektisch hin- und herzuhüpfen begann.

„Ja, hallo, Breidenbach hier", hechelte er außer Atem in sein Telefon.

„Pünktlich wie die Maurer, mein lieber Herr Breidenbach, das lob ich mir", quietschten die Teletubbies.

Breidenbach schnaufte. „Hören Sie, Herr Sommer ... So soll ich Sie doch nennen: Sommer ...? Ich mache Ihr Spielchen jetzt einmal mit, aber glauben Sie mir, dann ist Schluss. *Einmal*, hören Sie?"

Das Geschrei von Kindern und das Hupen entfernter Autos hallte via Handylautsprecher in meinem Wagen wider. Irgendwo bellte ein Hund; es musste ein kleiner Pinscher sein, der Stimmlage nach zu urteilen.

„Sehen Sie den blauen Sportbeutel, der unter der Trauerweide hinter Ihnen liegt? Gehen Sie rüber. Sind Sie da ...? Gut.

Öffnen Sie ihn! Sie werden eine Badehose darin finden – ziehen Sie sie an!"

„Das kann nicht Ihr Ernst sein."

„Ich habe Größe M gewählt, ich hoffe sie passt Ihnen. L kommt für Sie nicht in Frage, denke ich – eine junge Liebhaberin hält fit und schlank, nicht wahr, Herr Breidenbach?"

„Sie erwarten jetzt nicht von mir, dass ich mich hier entkleide und mir diese verdammte Hose … in aller Öffentlichkeit anziehe? Das können Sie nicht erwarten. Das werde ich auch nicht tun. Ich habe Ihr Geld – kommen Sie und nehmen Sie es! Aber auf diese Tricks …"

Ich legte auf.

Verdammt, dachte ich, *Verdammt!*

Ich schob die Maske zurück, sodass sie wie ein Helm auf meinem Kopf liegen blieb. Ich schwitzte wie ein Schwein unter dem vermaledeiten Plastik-Ding, dazu kam die Müdigkeit. Einige Sekunden massierte ich mir mit Daumen und Zeigefinger die Augenlider. Was, wenn er tatsächlich nicht darauf einging? Vielleicht hatte ich es überreizt – dabei hatte ich meinen Plan noch gestern für genial gehalten. Konnte es dennoch sein, dass ich alles mit meiner fixen Idee zerstört, die Zukunft meines Kindes in letzter Sekunde verspielt hatte? Breidenbach war der Chef eines internationalen Unternehmens, er würde einiges tun, um seine Karriere zu retten, aber er würde sich nicht demütigen lassen. Natürlich nicht, ich hätte es wissen müssen.

Verdammt …! Verdammt! Verdammt! Verdammt!

Warum hatte ich mir nicht eine einfachere Möglichkeit der Geldübergabe überlegt? Eine, mit der er sein Gesicht wahren konnte? Ich wischte mir die Stirn mit der bepflasterten Hand. Darauf griff ich mir die Canon und versuchte Breidenbach erneut in den Fokus zu nehmen. Ich ließ den Sucher am Wehr vorbei gleiten, das den Fluss wie ein diagonaler mit dem Lineal gezogener Wasserfall durchschnitt. Unterhalb des Wasserfalls tauchte der kleine steinige Strand auf: Ein Patchwork aus bunten Handtüchern und geröteten Leibern zwischen Sonnenmilchtuben, Zeitungen und Flaschenbier. Dann, vor der schlappen Esche am Ufer, entdeckte ich Breidenbach: Er hatte sich bereits Socken und Schuhe ausgezogen und machte sich gerade an seinem Gürtel zu schaffen. „Glück gehabt", sagte ich laut und war für einen Augenblick überrascht, meine eigene Stimme und nicht die der Tubbys zu hören.

Ich beobachtete, wie Breidenbach die Hose herunterstreifte und eine weiße Boxershorts offenbarte. Er ließ sie an und zog die blaue

Badehose – auch sie war im Shorts-Format – über die Unterhose. Ich drückte zwei, drei Mal auf den Auslöser: Für das Bild, das Breidenbach in Badehose und Sakko zeigte, konnte ich sicherlich noch einmal Zwanzigtausend verlangen, lachte ich in mich hinein.

Ich legte die Canon zur Seite, setzte die Maske wieder auf und wählte seine Nummer.

„Wie ich sehe, haben Sie es sich anders überlegt, Herr Breidenbach. Die Hose steht Ihnen ausgezeichnet, wenn ich das so sagen darf."

„Ich habe das gemacht, was Sie wollten, lassen Sie uns jetzt die Sache hinter uns bringen!"

Breidenbach schien sich wirklich als zielorientierter Manager zu gefallen. Für meine Interessen war das nicht das Schlechteste; dennoch sagte ich ruhig: „Geduld, Herr Breidenbach, Geduld. Es ist eine ungewohnte Situation für Sie, nicht selbst entscheiden zu können, wo es lang geht, nicht den Takt vorzugeben, das verstehe ich. Aber das sollten Sie besser einsehen, dass es jetzt nicht nach Ihrer Nase geht. Sehen Sie das ein?"

„Hören Sie, ich … Können wir nicht, ach, in Gottes Namen: Ich sehe es ein. Ich sehe es ein, verdammt noch mal! Wie weiter?"

Ich atmete aus: Die Kontrolle über die Situation war wieder zurückgewonnen. Nach einer kurzen Pause entgegnete ich: „Sie sind noch nicht fertig."

„Mit was?"

„Sakko und Hemd."

„Wie Sie wünschen …" Ich hörte es rascheln, es machte *Klock*, dann einige Augenblicke Kindergeschrei und Straßenlärm. „Bitte sehr, ich hoffe, Sie sind jetzt zufrieden!"

„Alles roger, Herr Breidenbach. Ich sehe, Sie haben verstanden. Sie werden sich jetzt durch den Lech auf die andere Seite des Ufers begeben. Sehen Sie die große Eiche, direkt Ihnen gegenüber? An ihrem Fuß befindet sich ein Mülleimer. In diesen werfen Sie das Geld hinein. Anschließend waten Sie wieder zurück auf Ihre Seite des Flusses und verlassen den Ort umgehend. Und, keine Sorge, Herr Breidenbach: Der Lech ist durch die Hitze so seicht, dass Sie selbst

als Nichtschwimmer ohne Probleme hinüberkämen. Dennoch: Denken Sie daran, die Scheinchen immer schön über Wasser zu halten!"
Ich legte auf.

Breidenbach machte sich schwankend auf den Weg, als ginge er über heiße Kohlen: Die Steine am Ufer schienen spitz zu sein. Als er mit den Füßen im Wasser stand, verharrte er eine Weile und ich hatte das Gefühl, als überlege er sich das Ganze noch ein mal. Dann nahm er plötzlich die Tüte zwischen die Zähne, beugte sich nach vorne und befeuchtete mit den Händen erst die Beine, anschließend seinen behaarten Bauch. Ich hatte die flachste Stelle für die Transaktion ausgesucht, nur rund zweihundert Meter unterhalb des Wehrs, der Fluss wirkte hier wie ein See, so breit war er. Dennoch stieg ihm das Wasser an der tiefsten Stelle bis zu den hahnenkammroten Brustwarzen. Es dauerte rund zehn Minuten, bis er auf der anderen Seite angekommen war. Dort schlich er schnell und gebückt in Richtung Eiche wie ein eigenartiges, amphibienhaftes Wesen, das Schutz im Dickicht sucht. Dieses versperrte mir kurzzeitig die Sicht, doch hatte ich keinen Zweifel, dass Breidenbach die Ware ordnungsgemäß überbringen würde, denn schon nach wenigen Sekunden zischte er wieder den kleinen Hang hinab und verschwand im Fluss wie in seinem Element. Eine Tüte hatte er nicht dabei.

Als er etwa zwei Drittel des Weges zurückgelegt hatte, verließ ich den Wagen und näherte mich dem Mülleimer im Schutz der Bäume, die das Ufer säumten. Im Gegensatz zur Altstadt-Seite war es hier ruhig, verlassen fast, da diese Seite komplett von einem langen, öden Parkplatz eingenommen wurde. Hin und wieder gingen ein paar Leute zu ihren Autos, oder ein Spaziergänger vertrat sich die Beine auf dem lehmigen Weg am Fluss, ansonsten musste ich keine Sorge haben, auf unerwünschte Beobachter zu treffen. So war es auch jetzt: Ich schlenderte entspannt am Ufer entlang, fischte ein altes Taschentuch aus meiner Hose und ging dann zum Mülleimer, als wolle ich es dort entsorgen. Die Otto-Berg-Tüte lag zuoberst in dem halbvollen Eimer und nachdem ich das Taschentuch hineingeworfen hatte, konnte ich sie ungesehen aus dem Müll fischen.

Zurück im Auto warf ich schnell einen Blick hinein, befühlte meinen neuen Schatz. Ein kleines Paket nur, dick wie ein Kartenspiel. Aber tatsächlich: Es waren zwanzigtausend Euro in vierzig Scheinen zu fünfhundert Euro, zärtlich umschlossen von einer pastellblauen Banderole. Es war unfassbar: Mit einer einzigen Idee hatte ich innerhalb kürzester Zeit fast ein Jahresnettoeinkommen erwirtschaftet. Ich hatte das Gefühl, dass der schwarze Vorhang, der mir den Blick auf die Zukunft bisher versperrt hatte, mit einem Mal gefallen war. Dort, in der Ferne der heraufziehenden Zeit, glitzerte es jetzt plötzlich hell und verheißungsvoll. Kim und ich und der kleine Moritz (oder die kleine Anne) würden eine richtige Familie sein und ich würde meiner Rolle als Ernährer gerecht werden! Es war seltsam, dass mir der Gedanke an eine vorhersehbare Zukunft in diesem Moment nicht die geringste Angst einflößte.

Ich startete den Wagen und warf einen letzten Blick auf den Lechstrand auf der anderen Uferseite. Breidenbach schien unbeschadet angekommen zu sein und zwängte seinen nassen Körper offenbar schon wieder in den Anzug hinein. Ich legte den ersten Gang ein, drehte Astor Piazzolla auf und fuhr los. Meine Müdigkeit war durch die Euphorie wie weggeblasen.

Auf der Rückfahrt fiel mir ein, dass ich Jens noch einen Anruf schuldete. Und da ich jetzt auch wieder in Plauderlaune war, ergriff ich kurz entschlossen das noch immer vor dem Armaturenbrett liegende Handy und wählte seine Nummer.

„Hallo, Ines Richter am Apparat von Jens Quint."

Ich stutze einen Moment, dann fiel mir ein, dass ich noch immer „anonym anrufen" eingestellt hatte. Ich sagte: „Oh, da bin ich wohl im Sekretariat gelandet."

Jetzt stutzte Ines, aber auch bei ihr fiel bald der Groschen: „So ungefähr – und beim Einkaufsservice, der Putzhilfe, der Poststelle und …"

„… und dem Massage-Service?"

„Das ist natürlich die wichtigste Funktion."

„Am Anfang stand die Berufswahl."

„Und das habe ich jetzt davon: Einen schlecht bezahlten Knochenjob", sagte Ines und prustete los.

Wenn Ines lachte, traf sie die gleiche kicherige Tonlage wie Jens. Zu keinem der beiden passte sie richtig: Jens erweckte dabei den Eindruck eines Kastraten, Ines den einer voluminösen Matrone. Ines war Lehrerin wie Kim. Doch trotz des gemeinsamen Berufs fanden die beiden nicht recht zueinander. Vielleicht lag es an den unterschiedlichen Schulformen: Ines unterrichtete am Gymnasium Deutsch und Englisch.

Ich fragte sie ein bisschen über die Schule aus und ließ sie über die mangelnde Inspirationsfähigkeit der Jugend von heute jammern. Sie erkundigte sich nach Kim, hatte von dem Drama an ihrer Schule gehört, sprach sie aber von jeder Schuld frei und kündigte an, dass sie meine Frau in den kommenden Tagen einmal anrufen werde.

Mittlerweile hatte ich schon die Ortseinfahrt Penzings hinter mir gelassen und durchfuhr die kurvige Straße des Zentrums.

„Und wo treibt sich der Chef herum?", fragte ich schließlich.

„Unter der Dusche."

„Um halb sieben? Hört sich nach vorherigem Massage-Service an …"

„Kann sein, dass es sich so anhört, handelt sich aber um ein vorheriges Squash-Event mit seinem Vater."

„Hätt' ja sein können."

„Klar!"

„Na gut, vielleicht versuche ich es später noch mal. Jens hatte heute Morgen versucht, mich zu erreichen …" Ich klemmte das Handy zwischen Schulter und Wange, um rückwärts in eine Parklücke zwischen dem Kombi unseres Nachbarn und der Straßenlaterne vor unserem Haus zu stoßen.

„Ach ja, das ist sicher wegen Neuseeland. Wir hatten jetzt gar nichts mehr von euch gehört und wollten wissen, ob ihr mitkommt oder nicht? Die Sommerferien beginnen in einem knappen Monat: Wir müssten jetzt langsam buchen."

Neuseeland – das hatte ich total vergessen. Wahrscheinlich weil ich die Sache aus Kostengründen bereits abgehakt hatte. Doch jetzt sah die Lage natürlich komplett anders aus. Es könnte tatsächlich unser letzter Urlaub zu zweit sein, bevor das Kind kam. Ich stellte den Motor ab und sagte: „Also wir sind dabei! Hat Kim euch nicht schon vor einer Woche angerufen? Ach, das hat sie wahrscheinlich vergessen, wegen dieser Sache in der Schule. Sorry, hoffentlich ist es jetzt noch nicht zu spät ..."

Ines jubelte: „Ihr kommt mit? Hey, das ist ja super – nein, ist kein Problem, ich habe heute noch mit dem Reisebüro telefoniert. Die halten uns bis morgen vier Plätze fest. Dann buche ich direkt morgen – Mann, das wird Jens freuen! Soll ich mal das Angebot holen? Ist leider gar nicht so billig, weil wir so lange gewartet haben ..."

„Ach was, mach dir deshalb keine Sorgen", sagte ich väterlich, „bucht einfach und sagt mir dann, was ich euch überweisen kann."

Ich fand Kim am Schreibtisch in ihrem Arbeitszimmer. Als ich eintrat, sah sie sich nicht nach mir um, sondern konzentrierte sich bemüht auf die E-Mails, die sie gerade abrief. Ich schritt über den blauen Flauscheteppich auf sie zu und umfasste sie an den Schultern. Augenblicklich zuckte sie zusammen.

„Vorsicht", fauchte sie und stieß meine Hände weg.

„Meine Güte, welche Laus ist dir denn schon wieder über die Leber gelaufen?"

„Das weißt du sehr genau." Noch immer sah sie mich nicht an, tat so, als konzentriere sie sich auf ihre Mails.

Ich steckte meine Hände wieder ein und sagte ruhig: „Ich habe keine Ahnung."

Kim blinzelte zweimal heftig, sagte jedoch kein Wort. Stattdessen drückte sie die Wirbelsäule durch, sodass sie die Lehne ihres Stuhls kaum mehr berührte und begann zu tippen.

„Wer ist denn dieser Clemi?", fragte ich über ihre Schulter auf den Bildschirm schauend.

Sie schrieb weiter, als wäre ich Luft.

„... *hätte ich Lust auf ein gemeinsames Treffen, muss ja nicht mit Lisa sein, allerdings wüssten wir ohne sie natürlich nicht, was wir wann anziehen soll* ..."

Sie fuhr mit ihrem Stuhl herum und schrie: „Das geht dich gar nichts an!" – ihre Pupillen schienen wie zu Fäusten geballt.

Ich trat einen Schritt zurück, um aus der Reichweite möglicher Schläge zu gelangen. „Sagst du mir jetzt endlich, was los ist?"

„Soll ich es dir zeigen?", ätzte sie und ließ ihre flache Hand auf die Innenseite ihres Oberschenkels fallen.

„Na, *du* wolltest doch im Garten vögeln! Dass es da ein bisschen ruppiger zugeht als im weichen Federbett, hätte dir vorher klar sein können. Ich hab auch ein paar wunde Stellen an den Knien. Soll *ich* sie *dir* zeigen?"

„Ach, willst du mir jetzt erzählen, dass ich die blauen Flecken von den Maulwurfshügeln auf der Wiese habe?"

„Ich will sagen, dass sie im Eifer des Gefechts entstanden sind, und dass *ich* genau so wenig dafür kann wie *du*. Das heißt nicht, dass es mir nicht leid tut. Aber ich bin einfach nicht Schuld daran."

„Verantwortung zu übernehmen war noch nie deine Stärke", sagte sie und drehte sich im Stuhl zurück zum Bildschirm.

„Bitte, wenn das dein Eindruck ist", sagte ich nicht ohne Verbitterung – schließlich hatte ich gerade aus Verantwortung für unsere Zukunft unter Gefahren zwanzigtausend Euro erpresst. Dennoch hatte ich jetzt keine Lust auf eine Diskussion, wollte mir die nach wie vor hervorragende Laune nicht verderben lassen. Kurz bevor ich den Raum verließ, raunte ich: „Ich wollte dir nur sagen, dass wir diesen Sommer mit Jens und Ines nach Neuseeland fahren. Du bist eingeladen." Dann schloss ich leise die Tür hinter mir.

In der Küche entkorkte ich zur Feier des Tages meine letzte Flasche Oloroso-Oliveros-Sherry, den ich selbst in Andalusien entdeckt hatte und setzte mich mit ein paar Käsewürfeln vor den Fernseher. Ich sah die zweite Hälfte eines Championsleague-Spiels, aber nur mit eingeschränktem Interesse, da bereits keine deutsche Mannschaft mehr im Wettbewerb vertreten war. Außerdem konnte ich meine Wut über Kim trotz des Oliveros nicht hinunterspülen. Ich zappte ein wenig zwischen den Comedy-Shows der Privaten hin und her und versuchte, mir mit dem Sherry die Gags lustig zu saufen – auch das ohne Erfolg. Was glaubte Kim auch, wer sie war, dass immer die an deren – und die anderen hieß im Grunde: ich – an ihrem Unglück Schuld waren? Ich riskierte alles, um unserer kleinen Familie die besten Startbedingungen zu verschaffen, und sie regte sich wegen ein paar blauer Fickflecken auf.

Nachdem die Flasche zu drei Vierteln geleert war, kam Kim ins Wohnzimmer. Sie trat barfüßig zu mir ans Sofa und blieb mit herabhängenden Armen über mir stehen. Ich erwartete eine Entschuldigung, doch sie sagte: „Ich will nur, dass du weißt, dass ich nicht an deine Unfall-These glaube. Meine blauen Flecken sind nicht im Eifer des Gefechts entstanden, wie du es jetzt gerne hättest, sondern weil du dich nicht unter Kontrolle hast. Du kannst dich nicht mehr spüren, weißt du? Du hörst auch nicht mehr zu. Gar nicht ansprechbar warst du in der letzten Zeit. Und das gerade jetzt, wo ich und das Kind dich brauchen. Du musst langsam erwachsen werden, du wirst vierzig und du wirst Vater, verdammt noch mal!"

Ich nahm das noch fast volle Glas vom Rahmen des Sofatischs – ich war nach wie vor nicht dazu gekommen, eine neue Platte zu kaufen – und trank es in einem Zug bis zur Neige. Einige Tropfen rannen mir dabei die Mundwinkel herunter und tropften von dort auf das weiße Hemd, doch das war mir egal. Ich fühlte mich wie betäubt vom Alkohol, meiner erpresserischen Tat und Kims unpassendem Gelaber. Am liebsten hätte ich das Sherry-Glas mit voller Wucht gegen die Wand geschleudert. Doch ich blieb ruhig und stellte es zittrig auf dem Tischrahmen ab. Dann wischte ich mir mit den Hemdärmeln über Mund und Wange und stand auf, langsam, beherrscht. Ich ging um das Sofa herum, blieb ein, zwei Atemzüge reglos vor ihr stehen. Ich wollte etwas sagen, doch fehlten mir in meinem besoffenen Kopf die Worte. Also ergriff ich Kim mit beiden Händen an der Schulter, wollte sie irgendwie wachrütteln, ihr dadurch klar machen, dass sie mit ihren Ansichten auf dem falschen Dampfer war, dass ich wusste, dass es auf mich ankam und dass ich ja schon alles in meiner Macht Stehende tat, um uns zu helfen. Doch sie entzog sich mir mit einem Ruck, einer halben Drehung auf dem nackten Fußballen, wollte nicht spüren, was ich nicht sagen konnte.

Halb wollte ich nach ihr greifen, sie festhalten und – ja, ich gebe es zu – vielleicht wollte ich ihr auch einen kleinen Klaps geben. Doch niemals wollte ich, dass meine gesunde Hand, die auf einmal zur Faust geballt war, in ihrem Gesicht landete, seitlich an ihrer Unterlippe. Mit Erschrecken beobachtete ich, wie ihr Kopf dramatisch zur Seite flog wie ein Punchingball, wie ihre Haare durch die Luft wirbelten.

Sie machte einen Ausfallschritt zur Seite, drehte sich weg, ihr Oberkörper machte eine eigenartige, fast lustige Schlangenbewegung.

Als sie sich wieder aufgerichtet hatte, hielt sie sich die Hand vor den Mund und ich sah, wie Blut zwischen ihren Fingern hervorquoll. In ihrem Blick lagen Hass und Entsetzen, dabei war ich im ersten Augenblick erschrockener als sie über das, was geschehen war – durch mich geschehen war.

Ich hob beide Hände, hielt die offenen Handflächen vor die Brust, als wolle ich anzeigen, dass ich unbewaffnet war. Doch sie wendete sich ab, eilte wortlos zur Tür.

„Kim? Das wollte ich doch nicht! Kim?"

Sie rannte hinaus, die Tür fiel ins Schloss.

„KIM!"

Zuerst wollte ich hinter ihr her: Mit ihr reden, mich erklären, doch mir wurde klar, dass der Alkohol meine Wut nur noch verstärken würde, wenn sie nicht einsichtig würde. Außerdem fühlte ich mich zu wacklig auf den Beinen, um eine Verfolgungsjagd zu starten. Also ließ ich mich stattdessen schlapp über die Sofalehne auf die Couch fallen.

Ich schloss die Augen und schlief augenblicklich ein.

8

Den ersten Versuch machte ich tags darauf, am Freitagabend. Ich klopfte nur leise, fast streichelte ich die Schlafzimmertür. Es kam keine Antwort von innen, also drückte ich die Klinke sanft herab. Natürlich hatte sie abgeschlossen – ich hatte im Grunde nichts anderes erwartet. „Na komm, Kim, lass uns reden!", sagte ich durch die Tür. „du weißt, dass es mir leid tut, ich weiß auch nicht, was über mich gekommen ist. Aber, auch wenn du es nicht mitbekommen hast, ich war ziemlich im Stress die letzten Tage, stand unter Druck und so weiter. Für mich ist das eine neue Situation: Vater werden. Ich muss für eine Familie sorgen, muss um Aufträge kämpfen, hatte dieses … dieses Industrieprojekt, an das ich Tag und Nacht denken musste. Natürlich soll das jetzt keine Entschuldigung sein, für so was kann man sich ja gar nicht entschuldigen. Ich will dir nur erklären, welche Faktoren da auf mich eingewirkt haben … Kim? Hörst du mir wenigstens zu? Sag mir zumindest, wie es dir geht. Hast du Schmerzen?" Natürlich wusste ich, dass sie mir zuhörte, aber sie sagte kein Wort. „Pass auf, du willst jetzt nicht mit mir reden, das ist nur zu verständlich. Ich will nur … wollte dir nur … Ich will, dass du weißt, dass ich da bin, wenn du reden möchtest, okay? Kim …?"

Es hatte keinen Sinn, entschied ich, und ging zurück ins Wohnzimmer, das mir auch die kommenden Nächte als Schlafstätte dienen sollte.

Den zweiten Versuch machte ich am frühen Montagabend, so gegen sechs. Ich war den ganzen Tag nervös gewesen – die Erpressung, mein Ausraster, mein schlechtes Gewissen: Ich musste eine dieser Gedankenbaustellen schließen. Diesmal klopfte ich etwas stärker, aber immer noch verhalten, sodass es keinesfalls gewalttätig oder eruptiv klang. „Kim …? Hörst du mich, meine Liebe? Schätzchen, komm mach die Tür auf!" Ich wartete einige Sekunden, doch sie gab keinen Laut. Ich drückte die Klinge herab – abgeschlossen. Also musste ich wieder die Tür vollquatschen! Ich sagte: „Ich wollte dir nur versprechen, dass so was natürlich nie wieder vorkommt. Es war ein einmaliger Ausraster. Ich hatte zu viel getrunken. Dieser verfluchte andalusische Sherry! Davon trinkt man normalerweise nur ein Glas, verstehst du? Und ich hatte fast die komplette Flasche intus. Du weißt doch, dass ich Alkohol nur in Maßen vertrage, das ist … ja, das ist das Problem. Gemeinsam mit diesen ganzen Sorgen um Berufliches und Privates – ich, äh, ich hatte dir ja gestern davon erzählt – das gab einfach ein explosives Gemisch, sodass es zu diesem Kurzschluss kam. Kim? Bist du da …?"

Es war zwecklos. Ich entschied, ins Arbeitszimmer hochzugehen und mich ins Internet einzuloggen, um einen kleinen Kassensturz zu machen: Ich musste wissen, wie viel Geld nach dem Bezahlen der Schulden und der Reise übrig bleiben würde.

Als ich oben an Kims Arbeitszimmer vorbei kam, hörte ich zuerst ein Knarzen, wie von einem Stuhl, dann ein Kichern und plötzlich ihre Stimme, die dumpf unter der Tür hindurchkroch. Sie war gar nicht im Schlafzimmer gewesen! Sie hatte die Tür von außen abgeschlossen und war in ihrem verdammten Arbeitszimmer! Mit einer spontanen Handbewegung griff ich nach der Klinke, drückte sie scheppernd herunter – abgeschlossen, natürlich. Ich warf mich gegen die Tür, wollte mit der Faust dagegenschlagen, als ich mich gerade noch eines Besseren besann. Ich atmete aus, legte die schwitzende Wange an die Tür, glitt langsam an dieser hinab, bis ich auf dem Boden in der Hocke saß. „Kim, telefonierst du …? Nein? Pass auf: Ich wollte dir nur sagen, dass so etwas wie vorgestern natürlich nie wieder vorkommt. Es war ein einmaliger Ausraster. Ich hatte zu viel getrunken …"

Ich erwachte mit einem Schrei auf den Lippen, hielt die Hände vor das Gesicht wie zum Schutz, wusste nicht, wo ich war. Es hatte einen lauten Schlag gegeben, einen Knall, Holz auf Holz wie ein Richterhammer, der auf die Grundplatte fällt. Schuldig, in allen Punkten, zehn Jahre, ohne Bewährung. Es klirrte: Das Zellengitter fiel ins Schloss. Dann hörte ich ein helles, rhythmisches Klacken, gefolgt von einem satten Schmatzen. Schuhe, dachte ich, nackte Füße in Schuhen ohne Fersenriemchen. Ich kam zu mir, langsam, verschwommene Welt. Ich sah gestreifte Boxershorts, die weiße Kugel meines Bauchs, Haare ästelten sich aus meinen Brustwarzen. Auf dem Tisch leere Bierflaschen, Chipstüten würzten die Luft. Eine Wolldecke lag auf dem Boden, die Couch war krümelig. Der Morgen machte sich im Wohnzimmer breit. Im Küchenbereich gingen Schranktüren, Plastikdeckel ächzten, ein Messer klimperte. Etwas knirschte brüchig-hölzern, leise nur: Ja, Toastbrot, ich roch es deutlich.

Ich rappelte mich hoch, blickte über die Sofarückwand in die Küche, sah Kim. Sie trug einen braunen Leinenrock und ein schwarzes, eng anliegendes Top, die Haare waren zu einer Schlaufe gebunden und hochgesteckt, es sah aus wie eine Indianerfeder, nur schwarz, nur aus Haar. Ich rieb mir den Schlaf aus den Augen. Sieben Uhr. Natürlich, Kim musste zur Schule.

Ich zog die Decke hoch und legte sie auf meinen Bauch, schob sie anschließend unter meinen Po. Dann sah ich wieder auf und probierte es mit einem unverfänglichen „Morgen".

Kim saß am Küchentisch, starrte an die Wand gegenüber und kaute schnell und mechanisch. Auf meinen Gruß zeigte sie keine Reaktion. Ich suchte ihr Gesicht nach den Spuren meiner Unbeherrschtheit ab, konnte aber nichts erkennen, was allerdings auch daran liegen konnte, dass die betroffene Seite von meiner Position aus gar nicht zu sehen war.

Ich stieß einen Seufzer aus und setzte mich aufrecht auf das Sofa. Dann nahm ich die Decke an beiden Enden, stand auf und band sie mir um die Hüften. Ich strich mir mit der Hand übers Gesicht: Es war klebrig und stoppelig. Ich musste schrecklich aussehen, trotzdem entschied ich mich, hinüber zu gehen.

Noch bevor ich mich gesetzt hatte, sagte sie: „Könnte ich bitte in Ruhe frühstücken? Und allein?"

Sie sah mich an wie einen Gegenstand.

Ich setzte mich dennoch und sagte: „Ich störe dich nicht lang, keine Sorge, ich will nur einmal schauen, wie es dir geht."

„Das bedeutet also: Antrag auf ruhiges Frühstück abgelehnt. Das hätte mich auch gewundert, wenn einem einmal eine einfache Bitte erfüllt worden wäre." Sie stopfte sich eine komplette halbe Scheibe Toast in den Mund, spülte mit Kaffee nach und kaute wütend mit vollen Backen.

Sie sah nicht schlimm aus, hatte nur eine pickelgroße blaue Beule und ein kleines Gerinnsel an der Unterlippe und unter ihrer rechten Wange eine leichte violette Verfärbung, man hätte sie für einen Schatten ihrer hohen Wangenknochen halten können. Nach den Erfahrungswerten zu urteilen, die ich mir kürzlich im Bereich *blaue Flecken* erarbeitet hatte, würde man in drei, vier Tagen nichts mehr von dem Ganzen sehen.

„Ich wollte dir nur noch einmal sagen, dass es mir leid tut, das war nicht ich, weißt du ..."

Sie trank einen letzten Schluck, stellte die Kaffeetasse auf den Teller. Dann stand sie auf und brachte das Geschirr zur Spüle, sie kaute immer noch.

„Kim, komm! Lass uns reden, es bringt doch nichts."

Sie schüttete den Rest ihres Instant-Kaffees in die Spüle, ließ kurz Wasser in die Tasse laufen und stellte diese zurück auf den Teller. Dann ging sie wortlos am Küchentisch vorbei, öffnete die Tür und schritt hinaus in den Flur. Noch bevor sie die Tür wieder schließen konnte, griff ich nach der Klinke. Sie ließ mich gewähren und verschwand im Badezimmer – nicht ohne den Schlüssel umzudrehen.

„Was soll ich machen, Kim, hm?", rief ich durch die Tür. „Auf den Knien umherrutschen? Bitte, wenn du das willst, kein Problem." Ich schwieg einen Augenblick, legte meine Hand an den Türrahmen und musterte meine Füße, zwischen deren Zehen blaubraune Wollflusen steckten. Anschließend richtete ich den Blick wieder auf die Tür, dorthin, wo der weiße Lack abgeblättert war. Die Stelle war münzgroß, als habe dort einmal ein Haken gehangen oder ähnliches. Ich sagte zu dem runden Fleck: „Solche Dinge passieren, weißt du! Das kommt in den besten Familien vor. Menschen haben sich einmal nicht im Griff und dann kommt es zu solchen unschönen Geschichten. Und das tut demjenigen, der so etwas verursacht

hat, dann oft am meisten weh, das kannst du glauben! Und solche Probleme diskutiert man auch nicht an einem Tag weg, das ist klar. Aber man löst sie auch nicht, indem man sich anschweigt. Wir müssen reden, Kim, reden!"
Keine Reaktion.
Ich nahm die Hand runter und ließ mich mit dem Rücken gegen die Flurwand fallen. Für eine Sekunde dachte ich nichts, war einfach leer und müde. Ich hatte das Gefühl, meinem Kopf entstiege ein leises, dumpfes Rauschen, wie aus einem Brunnen, dessen Boden man von oben nicht sehen kann.
Plötzlich ging die Tür wieder auf und Kim schritt heraus. Sie nahm ihre hellbraune Ledertasche, die auf dem Flurboden stand, wandte sich zur Haustür. Ich sprang auf, versperrte ihr kurz entschlossen mit einem Arm den Weg.
Ohne mich anzusehen, den Blick nur auf die Schranke meines Arms gerichtet, sagte sie scharf: „Fass! Mich! Nicht! An!"
Ich wollte etwas sagen, ließ dann aber doch wortlos den Arm herabfallen – das hatte alles keinen Sinn.
Kim ging hinaus, ich blieb noch einige Wimpernschläge an der Tür stehen, sah ihr nach, wie sie aus dem Vorgarten ging, zum Wagen schritt. Gerade als sie die Gartentür hinter sich geschlossen hatte, öffnete sich auf der anderen Straßenseite die Tür eines alten Mercedes. Eine bucklige Gestalt stieg aus und näherte sich Kim. Ich sah, wie sie stehen blieb und der Bucklige sie in ein Gespräch verwickelte. Zuerst dachte ich, er frage vielleicht nach dem Weg, doch dann erkannte ich ihn: Es war der alte Schneider. Er musste hier auf sie gewartet haben, musste ihr aufgelauert haben, um Informationen für sein schmieriges Geschäft aus ihr herauszupressen.
„Hallo Sie, was zum Teufel …", rief ich und sprang dann die drei Stufen hinab, die in den Vorgarten unseres Hauses führten. Da ich auf einen spitzen Stein aufkam, geriet ich leicht ins Straucheln und trat auf die Wolldecke, die ich so auf dem Weg zum Gartentor verlor. Ich ließ mich von dem kleinen Missgeschick nicht aufhalten: In Boxershorts stürmte ich humpelnd auf die Straße und brüllte:

„Schneider, was fällt Ihnen ein! Was treiben Sie hier? Scheren Sie sich zum Teufel!"
Der alte Schneider hatte einen kleinen Block und einen Bleistift in der Hand, den Kopf in die Schräge gelegt und die Augen fest und ernst auf Kim gerichtet.
Die redete erregt auf ihn ein: „... kam niemals vor, sie war still und in sich gekehrt, wenn sie etwas gesagt hätte, wäre ich doch darauf eingegangen. Von Mobbing habe ich nichts gemerkt, keine Ahnung, wie ihre Mutter ..."
„Kim, du sagst jetzt besser nichts", fiel ich ihr ins Wort. Außer Atem fügte ich an den Alten gewandt hinzu: „Und Sie, Herr Schneider, möchte ich bitten, diesen Ort zu verlassen, Sie haben hier nichts zu suchen."
Er hielt Kim im Blick und sagte als wäre ich Luft: „Tamaras Mutter sagt: ihre kleine Tochter könnte noch unter den Lebenden sein, hätten sich die Lehrer besser gekümmert ..."
„Das ist – ehrlich gesagt – kaum zu glauben ... Wir haben alles in unserer Macht Stehende getan, ich kann aber nicht in die Schüler hineinschauen und es fehlt auch die Zeit ..."
„KIM!", rief ich. Dann stieß ich Schneider gegen die Schulter: „Hauen Sie ab hier, Mann!"
Er wendete seinen Kopf um, sein Mund stand offen, seine dicken, zigarettengelben Zähne wirkten wie überdimensionierte Nagewerkzeuge. Er sagte zu mir aufblickend: „Herr Baum, dies ist eine öffentliche Straße. Ich kann hier so lange stehen, wie es mir gefällt. Und Sie wollen doch nicht auch noch eine Anzeige wegen Körperverletzung riskieren. Apropos, was ist denn mit Ihrem Gesicht passiert?" Er zeigte mit einem faltigen Zeigefinger auf Kims Lippe und balancierte seine untertellergroßen Brillengläser vor ihren Mund. Dort angekommen, kniff er seine milchigen Augen zusammen und verzog das Gesicht zu einer schauerlichen Grimasse.
„Sie ist gestürzt", sagte ich.
„Ich frage aber sie", sagte er, versuchte ein Lächeln und hob seinen Zeigefinger unter Kims Kinn, als hielte er sich für Humphrey Bogart. „Na?", sagte er.

Sie stieß einen hohen Schrei aus, wedelte mit den Armen, als müsse sie einen Schwarm Mücken verscheuchen, dann hielt sie beide Hände an die Augen wie Scheuklappen und lief gebückt in Richtung Auto. Schneider wollte hinterher, doch ich hielt ihn an seinem braunen Cordsakko fest, bis Kim im Wagen war und losfahren konnte.

„Ich verbitte mir das, Herr Baum, wir sind hier nicht bei den Hottentotten! Das ist ein zivilisiertes Land mit zivilisierten Umgangsformen!"

„Die würde ich mir von Ihnen wünschen."

„Damit können Sie bei mir auch immer rechnen, Herr Baum ... Wieso heißt Ihre Frau eigentlich nicht so? Kim *Baum* – wäre doch hübsch."

Tatsächlich hatte Kim meinen Nachnamen bei der Hochzeit nicht annehmen wollen. Sie hatte darauf bestanden, weiter hin Schröder zu heißen, Kim Schröder. Ein Allerweltsname. Sie hatte argumentiert, dass sie ihren Eltern so viel zu verdanken habe, dass sie ihnen zur Ehre unbedingt weiterhin ihren Namen führen wollte. Ich sagte: „Schröder ist ein ehrenwerter Name, finden Sie nicht? Wir hatten Bundeskanzler, die so hießen."

Er sagte nichts mehr, wedelte stattdessen zum Abschied mit seinem Blöckchen und verschwand dann mit seinem Mercedes.

Ich ging zurück ins Haus und nahm erst mal eine Dusche. Der anschließende Blick auf das Schamhaarorakel ließ keinen Interpretationsspielraum offen. Es vermeldete: Fehler, Fehler, Fehler ...

Das Ergebnis von Schneiders Arbeit las ich am kommenden Morgen in meinem ILTHIS-Kabuff:

TOTE SCHÜLERIN WAR MOBBINGOPFER

Penzing. *Mangelnde Zeit und fehlendes Einfühlungsvermögen des Lehrpersonals – das sind zumindest einige der Gründe, warum die kleine Tamara vergangene Woche entschied, ihrem Leben ein Ende zu setzen. So war die Zehnjährige ihrer Mutter Daniela Matts zufol-*

ge in der Schule intensivem Mobbing durch Mitschüler ausgesetzt. „Das hat sich über Wochen hingezogen, manchmal kam Tamara ganz verheult nach Hause", sagte sie den „Landsberger Nachrichten" unter Tränen. Trotz der andauernden Verzweiflung ihrer Tochter will Lehrerin Kim Schröder nichts von dem Leiden der kleinen Tamara mitbekommen haben: „Tamara war still und in sich gekehrt, von Mobbing habe ich nichts gemerkt." Zudem weist die gebürtige Asiatin jede Schuld von sich: „Ich kann nicht in die Schüler hineinschauen – dafür fehlt die Zeit", sagte sie kurz angebunden. Jetzt denkt Tamaras Mutter sogar darüber nach, rechtliche Schritte gegen das Lehrpersonal einzuleiten. „Ist das nicht unterlassene Hilfeleistung?", fragt sie. Auch wenn dieser Punkt noch diskutiert werden muss, eines ist sicher: Die kleine Tamara wird es nicht mehr lebendig machen. Hannes Schneider

Der alte Schmutzfink hatte ganze Arbeit geleistet, doch hatte ich kaum Zeit, mich über das Gelesene zu empören, denn von draußen drang ohrenbetäubendes Gepolter in den Raum.

Ich ging in den Flur und erblickte eine Meute mit Fotoapparaten und Kameras, die sich ins Innovatoren-Büro schob. Am Eingang stand Kurt Böck, schüttelte den Kopf und brabbelte irgendetwas vor sich hin. Er war einer von meinen Sicherheitsleuten und ich quetschte mich durch die Masse und schritt auf ihn zu. Als ich näher kam, hörte ich, wie er immer wieder sagte: „Das geht doch nicht Leute, das geht doch nicht …", aber so leise, dass es keiner verstand. Er war kreidebleich, sein Gesicht lag in Falten, seine Arme hingen schlaff herab. Als er mich erblickte, funkelten seine Augen kurz auf und er stellte sein Gebrabbel ein.

„Ist schon in Ordnung, Böck", sagte ich, „gehen Sie wieder nach oben zu Ihren Kameras, ich kümmere mich drum."

Er nickte mir wortlos zu und zog mit herabhängenden Schultern ab.

Im Innovatoren-Büro hatte ein gutes Dutzend Fotografen und Kameraleute Stellung bezogen. Die Scheinwerfer, die sie aufgebaut hatten, strahlten zwei Mädchen in Bikinis an und verbreiteten eine unangenehme Hitze in dem kleinen Raum. Die Mädels räkelten sich auf einem mit weißen Laken abgehängten Podest und posierten mit den neuen Kettensägen. Einer der Kameramänner rief: „Madeleine, schau mal hier her, ja so ist gut ... den Kopf noch näher an das Sägeblatt, noch ein bisschen ... jaaa!". Es blitzte, dann ergriff ein anderer das Wort: „Die Bei ne etwas breiter, genau, und den Tank an dich pressen, okay? Der Tank ist dein Freund Nicki, genaau ... mit beiden Händen – perfekt!"

Im Gewühl erblickte ich Svenja Döbritz-Stein, die Pressechefin. Sie lächelte selbstzufrieden in die Runde der Fotografen – offenbar war sie zufrieden damit, wie die Marketingkampagne für die neue Serie anlief.

Ich schob mich wieder hinaus und entschied dann, dass es keinen Sinn mehr machte, mit der Arbeit fortzufahren – viel gab es an diesem vorletzten Arbeitstag bei ILTHIS ohnehin nicht zu tun. Also ging ich in mein Büro und nahm mein Sakko vom Stuhl, schwang es lässig über die Schulter und zog ab.

Ich lenkte den DS in Richtung Augsburg. Wie bei der Observierung Larissas parkte ich dort im Parkhaus der City-Galerie (ich bin mir so gut wie sicher, dass es sogar derselbe Parkplatz war wie damals, direkt neben einer der viereckigen Betonsäulen, auf die Hakenkreuze und Penisse gekritzelt waren). Eigentlich wollte ich nur einen Kinderwagen kaufen, doch nützte der Verkäufer meine genetische Unsicherheit in solchen Dingen als Mann aus: Er überzeugte mich, neben einem vierhundertachtundneunzig Euro teuren Kinderwagen („der Mercedes unter den Kinderwagen") auch noch einen Fußsack, ein Buggy-Bord, jeweils einen Regen-, Sonnen- und Insektenschutz sowie eine Spielspirale mit Mäusen, Bärchen und Sternen zu kaufen. Da ich schon dabei war, erwarb ich zudem noch eine Babytragetasche, die man sich vor den Bauch schnallen konnte, einen Kindersitz fürs Auto sowie das passende Insektennetz dazu. Als Ergänzung dafür ließ ich mir einen Sonnenschutz für das Seitenfenster und einen Schonbezug aus Plastik für die Rückenlehne einpacken. Leider war es nicht möglich, die Spielspirale des Kinderwagens auf den Autositz zu montieren; da mich der Verkäufer aber überzeugte, dass die Ablenkung des Kindes gerade im Auto besonders wichtig war, ließ ich mir von ihm noch ein Aktiv-Trapez mitgeben: eines mit Hunden, Enten und einem hellblauen Mond. Da sie gerade im Angebot war, nutzte ich meine Chance und schlug obendrein noch bei einer froschgrünen Wickeltasche zu – inklusive abwaschbarer Wickelauflage, isolierter Flaschenhalterung, Schnullertasche und transparenter Feuchttasche. Das Ganze ergab eine Rechnung von knapp zweitausend Euro.

Nachdem ich den Kofferraum und die Rückbank mit den Babyutensilien vollgepackt hatte, fuhr ich mit einem Liedchen auf den Lippen nach Hause: Ich war stolz auf die Einkäufe. Ich sorgte dafür, dass mein Nachwuchs in ein wohliges Nest hineingeboren wurde, dass es ihm an nichts mangelte. Er sollte von Anfang an nur das Beste bekommen. Ich war zudem sicher, dass meine Einkäufe ein starkes Signal an Kim sein würden. Ein Signal, dass ich ein guter Vater sein würde, der für seine Kinder und seine Frau bestens sorgt. Wie konnte sie mir da nicht meinen kleinen, einmaligen Ausrutscher verzeihen?

Vier Mal musste ich zu Hause vom Wagen in die Wohnung laufen, bis ich alles ausgeräumt hatte. Kim saß draußen und würdigte mich nach wie vor keines Blickes, aber das war mir nur recht, so konnte ich in Ruhe alles aufbauen, bevor sie es sehen würde. Auf diese Weise würden meine Geschenke eine noch viel größere Wirkung entfalten, malte ich mir aus.

Als ich fertig war und auf die Terrasse trat, ging ein leichter Wind, sodass man das Geschnatter der Maisblätter auf den angrenzenden Feldern hören konnte; er trug den Duft von Harz und feuchten Holz in unseren verwilderten Garten. Kim saß im Schatten der Markise, trotz der Hitze trug sie eine lange beige Leinenhose. Ihre Frisur von heute morgen hatte sie entflochten und die Haare jetzt zu einem einfachen Zopf gebunden. Mit der gewaltigen Sonnenbrille auf der Nase hatte sie etwas von einem afrikanischen Potentaten, der sich frisch ins Amt geputscht hatte.

„Könnte ein Gewitter geben", sagte ich und zeigte zum Horizont, wo sich eine graue Wolkenbank gebildet hatte, die bedrohlich auf uns zurollte, wie eine mongolische Reiterhorde. Ohne eine Antwort abzuwarten, schritt ich durch die vermooste Wiese hinüber zu den bereits verblühten Ginsterbüschen und hob eine Tonschnecke aus dem Gras und stellte sie auf den Stumpf einer abgesägten Fichte. Die Schnecke war schon letztes Jahr von ihrem Podest gefallen, das wir ihr zugedacht hatten. Keine Ahnung, warum ich gerade jetzt das Gefühl hatte, sie aufheben und wieder an ihren Platz stellen zu müssen.

„Mir egal", sagte Kim.

„Was?", fragte ich überrascht, wegen der unerwarteten Reaktion.

„WAS?", äffte sie mich aggressiv nach.

„Ach so, das Gewitter."

„Hm …", brummte sie.

„Ich hab uns was mitgebracht", sagte ich hoffnungsfroh und deutete mit dem Kinn in Richtung ins Wohnzimmer. Doch war ihre Anmerkung zur Wetterlage offenbar kein Zeichen dafür, dass sie bereit war, wieder mit mir zu reden, geschweige denn die Versöhnung einzuleiten. Stattdessen presste sie nur die Lippen zusammen und schien unter ihrer Sonnenbrille wieder in die Weite zu blicken. Wortlos. Teilnahmslos.

„Kannst es dir ja mal ansehen, wenn du Lust hast."

Keine Reaktion.

Ich beschloss, sie jetzt nicht weiter zu drängen, sie würde die Sachen ohnehin bemerken, wenn sie wieder reinging: Ich hatte sie zwischen Wohnzimmer und Küche aufgebaut. Es sah aus, als wäre der Raum zu einem Kinderzimmer umfunktioniert worden. Eine kleine kunterbunte Welt aus Bärchen, Mäusen, Monden, froschgrüner Wickeltasche, Fußsack und fetzigem Buggy Board. Und mittendrin natürlich der Mercedes unter den Kinderwagen.

Als ich wieder in der Küche war, setzte ich einen Oolong auf, einen halbfermentierten Tee aus Taiwan. Anschließend ging ich hoch ins Arbeitszimmer und warf den Computer an, um endlich den Kassensturz zu machen. Da ich mich aus Angst vor der bitteren

Wahrheit lange nicht mehr bei meiner Bank eingeloggt hatte, tippte ich zweimal das falsche Kennwort in die Tastatur. War ich bei den ersten beiden Versuchen noch sicher, die richtige Buchstabenkombination einzugeben, war ich jetzt, beim dritten und letzten Versuch, total verwirrt. Nach langem Hin und Her gab ich schließlich das Kennwort meiner web.de-Adresse ein und hatte Glück: „Willkommen Max Baum", stand auf der Seite – Ich hatte offenbar den gleichen Code für meinen Bankzugang angegeben wie den für meinen E-Mail-Zugang. Vielleicht wäre es aber auch besser gewesen, dreimal den falschen Code einzugeben, den Zugang dadurch zu sperren und niemals mehr den Zugriff auf das Konto zu erhalten, denn es wies einen Saldo von Minus vierzehntausendachthundertzwanzig Euro auf. Ich tippte ein paar Zahlen in den Taschenrechner ein und stellte fest, dass noch fünftausendeinhundertachtzig Euro blieben, wenn ich meine Schulden zurückgezahlt hätte. Abzüglich der Babysachen und der Reise nach Neuseeland dürfte ich wieder bei Null stehen. *Zurück auf Los*, dachte ich.

Ich seufzte und ließ mich auf die Stuhllehne zurückfallen. Dann blickte ich auf Gauguins Tahitianerinnen an der Wand: Mit nichts als einem Lendenschurz bekleidet, einem Ring im Ohr und einer Schüssel mit Blumenblüten im Arm lebten sie ihr Leben; sie wussten nichts von Dispokrediten, Flugreisen nach Neuseeland, Kinderwagen mit montierter Spielspirale.

Ich legte meine Stirn auf die Tischplatte und schloss die Augen. Tahitianerinnen hin oder her: Ich war ein Idiot gewesen, dachte ich. Warum hatte ich Breidenbach mit zwanzigtausend Euro davon kommen lassen? Warum hatte ich nicht das Doppelte gefordert? Na gut, sagte ich mir, ich musste langsam und vorsichtig vorgehen. Wenn du den Fisch an der Angel hast, ist es wichtig, ihn behutsam an Land ziehen: Hätte ich es anfangs mit der Summe übertrieben, wäre Breidenbach vielleicht gar nicht darauf eingestiegen. Natürlich wollte ich es nicht bei *einer* Bitte um finanzielle Unterstützung belassen, aber ich wollte zumindest ein wenig Zeit verstreichen lassen, einige Wochen, bis ich mich wieder bei ihm meldete, um einen „einmaligen" Nachschlag einzufordern. Doch die Rechnungen mussten jetzt bezahlt werden, ich konnte nicht länger warten, ich brauchte jetzt Geld. *Jetzt!*

Kurz entschlossen fischte ich die Alienmaske aus einer Plastikkiste mit anderem Elektronikschrott heraus und präparierte Handy und Lautsprecher so wie beim letzten Anruf. Ich setzte die Maske auf, atmete widerwillig den feuchten Plastikgeruch ein, wählte Breidenbachs Nummer und stellte auf laut. Nachdem es viermal getutet hatte, meldete sich eine offenbar bestens gelaunte Dame: „Guten Tag! Der Teilnehmer …", es rauschte und Breidenbach warf mit selbstbewusster Bauchstimme seinen Namen ein, dann fuhr die weibliche Stimme fort: „ist nicht erreichbar. Sie können aber …"
Ich legte auf.
Morgen, sagte ich mir, morgen, würde ich mehr Glück ha ben.
„Morgen kriege ich dich", quietschen die Teletubbys.

Am Abend hatten sich Jens und Ines eingeladen, um die Neuseeland-Reise mit uns zu planen. In einem ersten Impuls wollte ich kurzfristig absagen, dann entschied ich, dass der Besuch gerade zur rechten Zeit kam: Er würde wieder Normalität in unsere Beziehung bringen. Doch als Jens und Ines schließlich auf die Terrasse traten (Sie kannten das Haus und liefen außen um den kleinen Schotterweg herum und ließen sich direkt in die Gartenstühle fallen), war Kim plötzlich verschwunden und ich musste mich rausreden. Ines hatte von der Geschichte um Kim gelesen, setzte sofort ein trauriges, mütterliches Gesicht auf und signalisierte Verständnis. „Sicherlich hat sie sich irgendwo festgequatscht und kommt nur etwas später", sagte ich.

Wir verbrachten den Abend zu dritt auf der Terrasse und grillten. Ines erzählte von ihren wilden Studentenfeiern in Amerika, Jens berichtete stolz, dass er den PR-Etat für Macao an Land gezogen hatte und dass sie bald wieder ein neues Büro beziehen müssten: „Größer, luftiger und mit hohen Decken – damit sich die Gedanken besser entfalten können." Jens sah aus wie immer: frisch poliert, mit seiner dunkelblonden Tolle und seinem faltenfreien, karierten Hemd, ein strahlendes breites Lächeln im Gesicht – der perfekte Schwiegersohn. Ines gab sich sportlicher, mit Puma-Turnschuhen und einer über die braunen Waden hochgekrempelten Jeans. Dazu trug sie ein T-Shirt mit dem runden Abzeichen irgendeiner amerikanischen Universität und eine weiße Baseballkappe.

Wir saßen draußen, bis es bereits dunkle Nacht war und erst als ein Gewitter losbrach, entschieden wir uns, nach drinnen zu wechseln.

Als wir ins Wohnzimmer traten, grüßte die Zukunft in Form der Silhouette des improvisierten Kinderzimmers. Die Babysachen wirkten wie ein düsterer Raumteiler und separierten Küche und Wohnzimmer voneinander. Ich sah, wie die Metallstreben des Kinderwagens die grüne Standby-Lampe des Fernsehers reflektierten, erkannte den Plüschstern, der von der Spielspirale herunterhing. Es hätte eine friedliche Szenerie sein können, doch irgendwas wirkte eigenartig.

Ich achtete nicht weiter darauf, sondern tastete mich zum Lichtschalter vor. Als ich einschaltete, stieß Ines einen Schrei aus und ließ eines der Gläser auf das Parkett fallen. Jens und ich blickten zu Ines; Ines blickte in die Richtung der Kinderutensilien und über diese hinweg. Atemlos stieß sie hervor: „Kim, hast du mich erschreckt!"

Sie saß am Küchentisch, von meinen Geschenken eingeschlossen wie in einer Burg, nur ihr Kopf ragte aus den quietschbunten Sachen heraus. Ihr Gesicht wirkte im Kontrast dazu eigenartig weiß und leer und eingefallen.

„Kim, was zum Teufel machst du hier …?", fragte ich, „Wieso kommst du nicht zu uns nach draußen? Wie lange bist du schon hier?"

In meinem Rücken stellte Jens die Teller auf den Rand des Wohnzimmertischchens und begann, die zerbrochenen Glasscherben einzusammeln.

„Ki-him! Haaallo!"

Sie kam zu sich: „Ach, ich glaube, ich bin eingeschlafen. Hab mich nur kurz gesetzt, um einen Augenblick Ruhe zu haben, und dann …" Sie rieb sich mit den Händen die Augen, wahrscheinlich stimmte sogar, was sie sagte.

Ines eilte um die Kindersachen herum, stellte die zwei verbliebenen Gläser auf die Spüle und setzte sich zu Kim an den Küchentisch. Sie nahm die weiße Schirmmütze ab und legte eine Hand auf Kims Oberschenkel. „Mein Gott, das macht doch nichts. Wie geht es dir, Kim?" Es hatte etwas Mütterliches, wie Ines die werdende Mutter Kim anblickte. Ines meinte es gut, natürlich, doch ich wusste, dass Kim diesen Gestus nicht leiden konnte. „Das ist immer so von oben herab", sagte sie einmal. Auch wenn ich damals argumentierte, dass sie sich alles nur einbilde und dass Ines sie sehr wohl als gleichrangig betrachtete, musste ich jetzt an Kims Einwände denken. Wie Ines dort mit ihr saß, wirkte Kim plötzlich wie ein kleines Mädchen, das hingefallen war und sich die Knie aufgeschürft hatte. Und das Trost von ihrer älteren Schwester bekam.

Ines sagte in einer weichen, fürsorglichen Tonlage: „Es ist ganz normal, dass man sich mal schlapp und kaputt fühlt, wenn man viel geleistet hat, manchmal ist es dann auch einfach zu viel, wenn noch Leute kommen, vielleicht wären wir auch besser zu Hause geblieben ..."

Mittlerweile war die Schläfrigkeit vollkommen aus Kims Gesicht gewichen. Ich sah ihr an, dass sie wütend wurde: Ihre Augen verengten sich und auf der Stirn bildete sich eine kleine Zornesfalte, während sie die Lippen fest aufeinanderpresste. Ines merkte davon offenbar nichts und setzte ihre Ansprache fort: „Gerade für Lehrer ist der Druck ja manchmal gewaltig, ständig muss man vor der Klasse Präsenz zeigen, wenn dann noch der Druck aus dem Kollegium dazu kommt, ist es manchmal einfach zu viel ..."

Jens kam aus dem Wohnzimmer und legte mir den Arm über die Schulter. Mit der anderen Hand wies er auf den Kinderwagen. Er zog die Brauen nach oben wie ein Clown und die Mundwinkel nach unten.

„Du hast es erraten, Alter", sagte ich.

„Na, dann darf man wohl gratulieren!" Er nahm mich in den Arm und klopfte mir auf die Schulter. „Seit wann wisst ihr's?"

„Seit zwei Wochen oder so. War lange geplant und kam dann doch ziemlich überraschend. Bin gespannt, wann ihr nachzieht."

Ines redete immer noch auf Kim ein, ich konnte aber nicht mehr folgen, weil mich Jens in ein separates Gespräch über Kinder und Familie verstrickte. Aus dem Augenwinkel beobachtete ich, wie Kim zwei kleine Fäuste auf die Tischplatte legte.

„… aber klar, wenn das Haus erst mal da ist, dann denke ich schon, dass wir diese Sache in Angriff nehmen. Allerdings denkt Ines noch darüber nach, ob sie erst noch ein Jahr in die Staaten geht, deutsche Lehrer sind da gefragt, vor allem wenn sie Prädikatsexamina haben wie Ines …"

Kims Geschrei unterbrach ihn.

„WIE ES MIR GEHT MIT ALLDEM? ICH KANN DIR SAGEN, WIE ES MIR GEHT: BESCHISSEN GEHT ES! WAS HAST DU DENN ERWARTET? DASS ES MIR HILFT, WENN DU MICH MIT DEINEM ALLES-WIRD-GUT-ICH-VERSTEH-DAS-SCHWACHSINN VOLLLABERST? ICH HAB DIE KACKE AM DAMPFEN, MÄUSCHEN! UND ES HILFT MIR GAR NICHTS, WENN ICH MAL KURZ DIE AUGEN ZUMACHE UND *FÜR MICH* BIN. ICH BIN NÄMLICH IMMER BEI MIR: BEVOR ICH DIE AUGEN ZUMACHE, WÄHREND ICH DIE AUGEN ZUMACHE UND WENN ICH DIE AUGEN WIEDER AUFMACHE. ICH BLEIBE IMMER IN MEINER KLEINEN BESCHISSENEN WELT HIER IN PENZING. MIT DIESEM ABGEFUCKTEN KOLLEGIUM, DAS DIESEN UNFALL ODER SELBSTMORD ODER WAS AUCH IMMER AM LIEBSTEN AUF DIE KLEINE DUMME ASIATIN ABSCHIEBEN WILL; MIT DIESEN JOURNALIS TEN, DIE MIR VOR DEM HAUS UND AN DER SCHULE AUFLAUERN UND MIR FRAGEN STELLEN WIE, *WIE FÜHLT MAN SICH DENN SO ALS MÖRDERIN?* ; UND HIER ZU HAUSE MIT EINEM MANN, DER SICH SELBST NICHT UNTER KONTROLLE HAT UND DER ZU ALLEM ÜBEL DENKT, ER KANN NOCH EINEN DRAUFSETZEN. VERSTEHST DU: ES GIBT KEIN ENTKOMMEN AUS DIESEM SCHEISSLEBEN, MAN KANN

NICHT EINFACH DIE AUGEN ZUMACHEN, ES BRINGT VERDAMMT NOCHMAL NICHTS!"

Einen Moment lang war es still, man hörte nur den Wind und den Regen, der rhythmisch, fast beruhigend an die Scheiben prasselte. Dann gab es einen langen dunklen Donnerschlag, einen von denen, die langsam beginnen und sich dann in drei vier grollenden Stößen entladen. Es hörte sich an, als würde Europa von der Eurasischen Platte abbrechen. Dann wieder Ruhe; Regen.

Ines saß wie angewurzelt da, die Hände vor dem Oberkörper haltend, den Mund geöffnet. Sie sagte: „Pass auf, Kim, ich versteh das … nein nein, ich, äh … es tut mir alles ganz furchtbar leid, meine ich, vielleicht sollten wir doch aufbrechen …" Sie griff mit der Hand über den Tisch, nahm ihre Baseballkappe.

Kim, die ihren Wutanfall im Stehen zum Besten gegeben hatte, setzte sich wieder. Sie schien sich beruhigt zu haben. „Gehen, wieso?", fragte sie beherrscht. „Kommt gar nicht in Frage, wir wollen doch unseren Trip planen. Nach Neuseeland soll es gehen, habe ich mir sagen lassen."

Ines war wie zu einer Salzsäure erstarrt und blickte auf Kim. Jens räusperte sich. „Was hast du denn mit deiner Unterlippe gemacht Kim? Sieht nach einer unangenehmen Verletzung aus."

Kim sah weiter in Richtung Ines, als hätte diese die Frage gestellt. Sie sagte: „Dieses Haus ist ja generell das Haus der Verletzungen: Sieh dir Max an: Kommt von der Sauftour mit deinem Freund heim und legt sich mit zerschlagenem Gesicht vor die Tür. Am nächsten Tag schlägt er den kleinen Glastisch ein, nur weil ich mal ein halbes Glas Sekt trinke, einfach nur so, mir nichts, dir nichts. *Zack*, die Glasplatte. Unbeherrschbar ist er, der Herr Baum. Was er nicht ertragen kann, das zerstört er, macht es kaputt, zermalmt es mit seinen Abenteurerhänden. Die hier?" Kim zeigte auf ihre Unterlippe, „Tja, das ist eine weitere traurige Geschichte …"

„Noch jemand einen Drink?", unterbrach ich, doch schauten mich alle nur verstört an wie einen Kinderschänder. „Sie ist über den Teppich gestolpert und hat …"

„Ach, lass mich doch erzählen, Schatz!", warf Kim ein und stand auf. „Wie Max schon sagt, der *böse, böse* Teppich." Sie zwängte sich hinter dem Tisch hervor, schob den Kinderwagen beiseite, ging hinüber zum Teppich. „Ich bin hier so entlanggelaufen, eines Abends. Die Dunkelheit, die Sterne, der Mond." Sie zeigte aus dem Fenster, wie zum Beweis, dass es so etwas wirklich gab: Die Sterne, der Mond. „Und dann *lalala*, bin ich mit dem Fuß an dieser kleinen Delle hier … ach, jetzt sieht man sie nicht mehr, Max hat sie natürlich sofort erledigt mit seinen Detektivhänden, diese fiese Delle, die mir das angetan hat! Aber hier war sie, genau da. Und ich gehe da lang und dann bleibe ich natürlich hängen in der Dunkelheit. Und was geschieht? Ich stürze – und zwar so!" Sie machte einen Ausfallschritt nach vorne, legte die Arme um den Kopf, ließ sich auf den Boden fallen, rollte auf dem Teppich umher.

„Kim, es ist jetzt gut, es reicht, glaube ich, wir verstehen dich auch, wenn du es einfach erzählst, so … so wie es war …"

Sie sprang auf, ihre Augen funkelten besessen: „SO WIE ES WAR? So wie es war, sagst du …? Ja, natürlich war es nicht so, was dachtet ihr denn? Nein. Ich sage euch, wie es gewesen ist: Also, ich stürze, falle aber nicht auf den Teppich und rolle mich ab, sondern komme mit der Lippe hier auf" – sie sprang an die Kante des Wohnzimmertischchens und presste ihre Unterlippe daran – „Baff! Scheht ühr? Hür! An discher scheisch Kante." Sie richtete sich wieder auf, sah mich an. „Ein gewaltiger Schlag. Überall Blut: auf dem Tisch, auf dem Teppich, auf dem Sofa. Ich schreie, vor Schmerz und weil ich kein Blut sehen kann. Natürlich kommt sofort mein geliebter Ehemann und versorgt mich mit dem Nötigsten, nimmt mich in den Arm, tröstet mich, redet mit mir, wie mit einem kleinen Kind, so wie ich es liebe, und deckt mich dann zu mit seiner Zärtlichkeit. Ja, so ist er. Der zärtlichste Mann der Welt."

Sie schwieg und sah in die Gesichter der anderen. In das von Ines, das rot war wie vom Fieber und in das von Jens, der hinter der Couch stand, und dessen Mundwinkel schlaff nach unten zeigten. Dann in meins, von dem ich nicht weiß, wie es ihr in diesem Moment erschien, das ich nur durch ihre Reaktion, durch ihren Gesichtsausdruck widergespiegelt bekam. Sie starrte mich an, wie einen alten Bekannten, den sie ewig nicht gesehen hatte, den sie vielleicht gesucht und nicht gefunden hatte, und doch: Jetzt, jetzt erkannte sie ihn. Auch ich entdeckte etwas in ihrem Gesicht, was lange nicht mehr da war. Ich weiß gar nicht genau, was es war, aber ich kannte diesen Ausdruck: Es war dieser entspannte, in sich gekehrte Blick, wie wenn sie Briefe aus dem Postkasten fischte, auf denen in krakeliger rosaroter Schrift „Lilli Elfers" auf die Absenderzeile gemalt war. Lilli hatte lang nicht mehr geschrieben, seit einigen Jahren nicht mehr, sie musste wohl jetzt im Gymnasium sein. Aber nachdem Lilli damals mit ihrer Familie aus München wegzog, schrieb sie noch jahrelang Briefe an ihre erste Lehrerin.

Dann zuckte etwas unter Kims linkem Auge, erst unmerklich, dann schneller, heftiger, bevor es erst auf ihre Schulter übergriff, die zwei-, dreimal nach vorn schoss, und darauf auf ihren gesamten Körper übersprang. Ich schritt auf sie zu und Kim ließ es geschehen, dass ich sie in den Arm nahm; sie legte sogar den Kopf an meine Schulter, um einfach nur ihre Tränen laufen zu lassen, die angestauten Tränen.

Ich entschuldigte uns und brachte sie ins Bett. Zog sie aus, deckte sie zu, jetzt wollte sie Kind sein, mir gegenüber war das in Ordnung. Ich blieb noch eine Weile neben ihr sitzen, lauschte ihrem Atem, der länger und länger wurde. Erst als sie schlief, ging ich zurück ins Wohnzimmer.

Jens und Ines waren bereits gegangen.

9

„Hallo, Herr Breidenbach, Siggi Sommer am Apparat. Wie geht es Ihnen und Ihren Jungs?"

„Sie! Ich kann es nicht fassen, dass Sie schon wieder anrufen! Ich dachte, wir hätten das geklärt: Sie haben das Geld bekommen, das Sie wollten, und ich bin im Gegenzug davon ausgegangen, nie wieder von Ihnen zu hören. So war doch die Vereinbarung. Also, bitte belästigen Sie mich nicht schon wieder!"

„Aber, aber, Herr Breidenbach. Ist denn eine Frage nach dem werten Befinden Ihrer Kinder schon eine Belästigung? Wissen Sie, ich glaube, wir nehmen alle viel zu wenig Notiz voneinander, wir wirtschaften vor uns hin und keiner fragt den anderen mehr, wie es ihm, geschweige denn, wie es den Kindern geht. Aber wie es um unsere Lieben bestellt ist – das ist doch das Wichtigste in unserem Leben. Apropos, was macht Larissa?"

„Ich habe zwanzigtausend Euro bezahlt, damit ich diese Fragen Ihnen gegenüber nicht mehr beantworten muss. Das reicht, denke ich."

„Zwanzigtausend Euro. Das hört sich nach so viel Geld an. Ich muss zugeben, mich hat diese Summe anfangs auch ein wenig geblendet. Aber dann habe ich einmal nachgerechnet: Das ist doch allerhöchstens ein Monatslohn für einen wie Sie. Und mit einem Monatslohn, das wissen Sie, kommt man hierzulande nicht besonders weit. Ich zumindest musste erkennen, dass meine finanziellen Probleme sich nicht gänzlich damit lösen ließen."

„Hören Sie, ich bin nicht gewillt, meine kostbare Zeit damit zuzubringen, mit Ihnen zu plaudern. Sagen Sie mir, was Sie wollen!

„Ach, Herr Breidenbach, jetzt enttäuschen Sie mich aber. Ich dachte, Sie hätten gelernt, dass es Bereiche gibt, wo Sie nicht den Takt angeben. Sie wissen doch, wie gefährlich das sein kann, gerade jetzt, wo Ihre PR-Kampagne ins Rollen kommt. Und dann wollen Sie im Herbst ja noch mit klassischer Werbung nachziehen. Sie wollen die *Awareness* pushen, die *Werbeerinnerung* steigern, ins *Rele-*

vant Set der Verbraucher, nicht wahr, so heißt es doch bei Ihren Marketingstrategen."

Er schnaufte. „Also?"

„Das Doppelte: Vierzigtausend. Morgen."

Reifen quietschten, einer hupte. Breidenbach rief: „Hast du Tomaten auf den Augen?" Dann das *Tick-Tack* des Blinkers, ein Ächzen. „Ich sitze gerade im Auto, einen Moment, ich fahre auf einen Parkplatz." Rascheln, dann machte es *Klick* und es surrte (Der Gurt!). „Da bin ich wieder. Herr ... Sommer, wie lange soll das so weiter gehen? Sie können mich nicht ewig erpressen mit dieser Geschichte. Ohne dass ich Ihnen eine Rechenschaft schuldig wäre: Ich werde mich von Larissa trennen. Was heißt trennen? Es war nur ein kurzer Flirt, nichts Ernstes, das kommt vor. Ein Fehler, ich gebe es zu. *Trennung* ist deshalb ein zu großes Wort. Wir werden uns einfach nicht mehr sehen, basta."

„Auf den Bildern, die vor mir liegen, sieht es aus, als hätten Sie mehr investiert. Das Toben auf der Liegewiese am Ammersee, Sie wissen schon, als Sie ihr das kleine Präsent übergeben haben, das sah aus, wie das Turteln zweier Verliebter, wenn Sie mich fragen."

„Ach was, Verliebtheit. Verdammt, wissen Sie, was es für einen Stress bedeutet, eine neue Serie in über fünfzig Ländern der Welt einzuführen? Was für eine Verantwortung es ist? Wenn es schief geht, hat es ILTHIS gegeben. Es war ein kleiner Ausgleich für mich, nichts anderes!"

„Am Anfang stand die Berufswahl, Herr Breidenbach. Und der Preis, Ihren Job und das Projekt nicht zu gefährden, beträgt vierzigtausend Euro. Ein Kinkerlitzchen. Ich will, dass Sie mit dem Geld morgen nach Pitzling kommen, sagen wir um sechzehn Uhr."

„Pitz... was? Wo soll das denn sein?"

„Pitzling", sagte ich erneut und stellte fest, dass es Worte gab, die man einfach nicht in Teletubby-Stimmlage aussprechen sollte, wenn man Wert darauf legte, zumindest halbwegs ernst genommen zu werden. „Es liegt unterhalb von Landsberg, direkt am Lech."

„Das hätte ich mir denken können, dass es am Fluss liegt."

„Keine Sorge, diesmal werden Sie trocken bleiben."

„Es geht trotzdem nicht. Nicht so kurzfristig. Ich brauche mindestens drei Tage Zeit, das Geld aufzutreiben. Das liegt auch bei mir nicht einfach auf dem Girokonto."

„Okay, Herr Breidenbach, alles roger: Ich gebe Ihnen Zeit bis übermorgen. Kommen Sie um sechzehn Uhr an die Dorfkirche. Sie werden es finden, es gibt einen Parkplatz gegenüber dem Friedhof. Fahren Sie auf den Parkplatz und erwarten Sie weitere Instruktionen via Handy. Vierzigtausend, in einer Plastiktüte wie gehabt. Wenn Sie um sechzehn Uhr nicht da sind, lesen Sie Ihre Geschichte tags drauf in der Zeitung."

Ich legte auf.

Kim kam mit einer guten Stunde Verspätung aus der Schule. Ich ärgerte mich, weil ich Koteletts gemacht hatte. Nachdem ich sie so lange warm gehalten hatte, waren sie natürlich zäh wie Leder. Dennoch machte ich auf Schönwetter: Ich wollte die aufkeimende Versöhnung verfestigen, vertiefen, wenn möglich.

Sie kam ins Wohnzimmer, schmiss die Schultasche in die Ecke, riss einen Stuhl zur Seite und ließ sich darauf fallen. Die Ellenbogen stützte sie auf den Tisch und ihr Gesicht verschwand in ihren Händen.

„Was ist jetzt schon wieder los?"

Sie sagte nichts, rieb stattdessen ihre Handballen in die Augen, als müssten diese so weit in den Kopf hineingeschraubt werden, dass sie dort auf alle Ewigkeiten verschwinden würden.

Ich öffnete den Backofen, ein Hitzeschwall ergriff mich, hängte sich mir schwer an den Hals wie ein Betrunkener vor irgendeiner Kneipe. Ich nahm den Häkellappen, ging in die Knie und umfasste damit das Backblech, während mir der Betrunkene in die Augen griff und in den Mund und mir mit seiner Zunge in den Nasenlöchern schleckte. Dann zog ich das Blech mit den Pommes heraus, stellte es auf die Spüle. Den Backofen kickte ich mit der Hüfte zu – und damit dem Betrunkenen in die Eier.

„Kotelett mit Pommes", sagte ich, „Was G'scheits."

Kim tauchte auf. Ihre Augen waren rot, aber nicht von Tränen, sondern von dem Reiben ihrer Hände. Dennoch sah sie aus, als wäre ihr zum Heulen zumute, so als wollte sie heulen und könnte nicht. Als sei nichts zu machen, als gebe es keine Tränen mehr.

Ich schaufelte trockene Pommes vom Blech auf zwei Teller. „Jetzt sag schon, was ist los?"

„Die Polizei war da."

„In der Schule?"

„In der Schule, ja. Aber vor allem bei mir. Sie wollten nicht in *die Schule*" – Sie zeichnete mit den Fingern zwei Gänsefüßchen in die Luft – „sie wollten *mich* sprechen. Haben mich aus der vierten Stunde rausgeholt, zwei Typen in Uniform. Einer hieß Walter."

„Habt ihr euch geduzt?"

Ein flüchtiges Lächeln huschte über ihr Gesicht und sie gab einen kurzen Grunzlaut von sich. „Das habe ich auch zuerst gedacht. *Herr Walter*, hieß der. *Polizeiinspektion Landsberg*, hat er gesagt, *wir haben hier ein Ermittlungsverfahren anhängig in Sachen Tamara Matts*. Ich habe das zuerst gar nicht begriffen, dachte, die machen irgendeine Routineuntersuchung oder so. Und dann sagt er, dass die Matts' eine Anzeige gegen mich erstattet haben, wegen fahrlässiger Tötung und dass der Staatsanwalt darauf dieses Ermittlungsverfahren eingeleitet hat. *Das heißt nicht, dass wir gegen Sie ermitteln, Frau Schröder, wir versuchen Klarheit in den Fall zu bringen, versuchen die Fakten zusammenzutragen, auch Fakten, die Sie entlasten könnten.* Ob ich ein paar Minuten Zeit hätte für ein Gespräch? *Ich muss in die Klasse zu den Kindern*, hab ich gesagt, *wenn Sie warten können, dauert nur noch eine Viertelstunde*. Sie würden warten, haben sie gesagt."

Kim strich sich eine Strähne aus dem Gesicht und streifte dann ihr rosafarbenes Cordwestchen von den Schultern.

Ich schob ihr einen Teller mit Pommes und Kotelett hin und sie begann, mit den Fingern, Pommes in ihren Mund zu schieben. Ihre Lippen waren eigenartig rot und wie ausgefranst an den Rändern, als seien sie entzündet. Mit vollem Mund fuhr sie fort: „Als die Kinder draußen waren, sind wir zurück in den Klassenraum. Die Polypen haben sich vorne in die erste Bank gesetzt, da wo Lara und Petra sitzen, ich saß am Pult. Und dann hat dieser Walter lauter Fragen zu Tamara gestellt. Was sie für ein Mädchen war? Ruhig oder still? Fleißig oder faul? Zurückhaltend oder aggressiv? Lauter Entweder-oder-Fragen. Und seit wann ich ihre Mutter kenne, und ob sie sich um die schulischen Belange ihre Tochter gekümmert habe und so weiter. Dann wollte er wissen, was ich von dem Mobbing wusste. Und ich sag, *was für ein Mobbing? Davon weiß ich immer noch nichts. Es gab kein Mobbing in meiner Klasse!* Daraufhin hat sich erstmals der andere zu Wort gemeldet, so ein Langer, Ausgehärmter mit pomadigem, zurückgekämmtem Haar. *Na hören Sie mal, Frau Schröder, das stand doch sogar in der Zeitung, dass es hier Mobbing gab!* Hat mich richtig angeherrscht: *Na hören Sie mal …!* Ich kann's echt immer noch nicht glauben, das Ganze!"

Sie nahm das Kotelett am Knochen zwischen Daumen und Zeigefinger und biss gleich zweimal hintereinander in das trockene Fleisch.

„Und was hast du gesagt?"

„*Ich hab denen gesagt, dass ich nur von der Pinkel-Video-Geschichte wusste. Aber sie wollten es nicht dabei bewenden lassen, haben weitergebohrt und weitergebohrt. Okay, habe ich irgendwann gesagt, jetzt im Nachhinein fällt mir die ein oder andere Szene ein, wo sie Tamara schon mal aufgezogen haben, aber das ist nicht der Rede wert, so etwas bekommt jedes Kind einmal ab … Der Hagere: Mit was genau ist Tamara aufgezogen worden? Ich: Gott, mit was? Ich weiß das auch nicht so genau. Er blaffte: Na, Sie werden sich doch wohl nach dem tragischen Ende der Kleinen mal ein paar Gedanken drüber gemacht haben? Walter legte ihm eine Hand auf den Unterarm, offenbar damit er sich wieder beruhigte, sonst hat er aber keine Miene verzogen – das ist wahrscheinlich ihre Masche. Naja, habe ich gesagt, vielleicht das: Tamara hatte so kleine Löckchen, und da hat der … also einer der Schüler immer gerufen ‚Oberförster Pudlich!', ‚Oberförster Pudlich!', wenn er sie sah. Keine Ahnung, was das sollte. Der Hagere nickte wissend, na, da haben wir es ja schon. Oberförster Pudlich. Warum sind Sie nicht eingeschritten, das muss doch verletzend gewesen sein für die Kleine. Jesus, ich wär' ihm am liebsten ins Gesicht gesprungen, wenn ich nicht so down gewesen wäre, wegen alldem."*

Jetzt hatte sich doch eine Träne gebildet. Sie fuhr sich mit dem Handrücken über die Augen, offenbar, weil ihre Finger fett von Pommes und Kotelett waren. Ihre verwischte Mascara zog dennoch ein paar lange Bremsspuren über ihre Wangen.

„Du kannst wohl kaum jede Albernheit deiner Kinder kontrollieren", sagte ich verständnisvoll, „dieser Bulle muss doch auch mal in die Schule gegangen sein, das kann er sich doch denken. So ist das halt."

Sie schniefte: „Genau das habe ich gesagt: Es gibt Tausende ähnlicher Situationen, wenn sich im Anschluss jeder umbringen würde, wäre ich bald arbeitslos. Dann sagte Walter: Aber ihre Mutter hat Sie sogar darauf angesprochen, dass Tamara in erniedrigender Weise von ihren Mitschülern gefilmt worden war. Da hätte man doch hellhörig werden können. Das stimmte natürlich, was sollte ich da sagen? Natürlich hätte ich hellhörig werden können, das weiß ich jetzt auch!" – weitere Tränen brachen sich Bahn, rollten die Serpentinen ihres Gesichts hinab – „Aber ich konnte doch nicht wissen, dass es so endet! habe ich gesagt, ich habe das vielleicht falsch eingeschätzt, ja! Walter machte eine kurze schweigsame Pause, lehnte sich dann nach vorne, sah mich väterlich an, sagte: Also könnte man durchaus sagen, Sie hätten in gewisser Weise fahrlässig gehandelt …? Ich rief: Herrgott, das kann man doch nicht wissen! Sie schauten sich an, nickten und Walter machte ein paar beschwichtigende Gesten in meine Richtung. Dann haben sie sich noch einige Namen und Telefonnummern von Schülern notiert und sind abgezogen."

Mittlerweile hatte sie auch ihre Finger zur Hilfe genommen, um die Tränen abzuwischen, sodass ihr Gesicht jetzt voller Fett und feucht verschmierter Schminke war.

Es war eine Schweinerei von den Bullen, das stand für mich fest. Dennoch kam es mir in gewisser Weise auch gelegen. Durch den Druck, der auf Kim ausgeübt wurde, konnte ich die Rolle des Trösters einnehmen und das würde entscheidend helfen, die Mauern zwischen uns niederzureißen. Ich ging hinüber, zog sie auf die Füße und nahm sie in den Arm. Als wir dort so umschlungen standen, hatte ich das Gefühl, es sei schon fast wieder wie damals, die dumme Sache sei vergessen. Ein warmes Gefühl der Geborgenheit entfaltete sich in meiner Brust.

„Natürlich haben sie mich zum Abschluss auch noch gefragt, was ich da an der Lippe habe."

Es war wie ein Dolchstoß in den Rücken. „WAS? *Das* haben sie gefragt? Und was hast du gesagt?"

„Was sollte ich sagen, dass ich über den *bösen, bösen* Teppich gestolpert bin ...?"

Ich schob sie eine Armlänge von mir weg, hielt ihre Schultern rechts und links in beiden Händen. „Also?"

„Ich hab gesagt, dass ich eine private Auseinandersetzung hatte, die nichts mit dem Fall zu tun hat."

„Und dann?"

„Sie haben etwas blöd geschaut, es aber so akzeptiert. Was sollten sie auch machen ...? *Schlimm?* "

Ja, schlimm, dachte ich, verdammt schlimm! Ich sagte: „Nein, nein, ist schon okay, du hast genau das gesagt, was du sagen musstest."

Ich zog sie wieder an mich heran, und wir blieben noch eine ganze Weile fest umschlungen in der Küche stehen, neben uns die Teller mit den angebissenen Koteletts, der summende Kühlschrank, der Kinderwagen, das Buggy-Board, die Wickeltasche ...

Der kommende Tag schien so heiß zu werden, wie die Gluttage der Wochen zuvor, die Abkühlung, die das Gewitter gebracht hatte, schien vergessen. Als ich gegen elf Uhr zum Wagen ging, wolkte mir zudem ein übel riechender Fäkalgeruch entgegen. Offenbar hatte einer der Bauern trotz der Hitze geodelt. Das konnte eigentlich nur Eichhammer gewesen sein, er scherte sich nicht für fünf Cent um etwaige landwirtschaftliche und nachbarschaftliche Regeln. Dummerweise gehörte ihm genau das Feld, das an unsern Garten grenzte. Er liebte es, abends oder auch mitten in der Nacht auf seinem Land mit knatternden, qualmenden Geräten und dröhnendem Radio umherzufahren. Immer dann, wenn der Fluglärm gerade aufgehört hatte, und man dachte, man könne einmal am Tag die seltene Stille genießen. Er fuhr einen alten, extralauten Fendt aus den sechziger Jahren mit Holzsitz und mit aufmontierter Bayernfahne. Immer trug er alte, verschmierte Arbeitsklamotten zu einem fettig glitzernden Bart und langen, verfilzten Haaren. Ich versuchte, ihm nicht zu nahe zu kommen, denn aus seinen Poren entstieg ein Geruch wie aus einer Kiste mit alten Schuhen.

Und tatsächlich: Als ich vor dem Dunggestank in den Wagen geflüchtet war, sah ich ihn. Er stand auf dem staubigen Kiespfad neben dem Feld an der Wasserzapfstelle und sah genügsam zu, wie der Plastikkanister, den er auf seinen Bulldog montiert hatte, langsam und gemächlich voll lief. Die Daumen unter den Gürtel seiner speckigen Lederhosen gesteckt, stand er breitbeinig in der Sonne wie ein Westernheld beim Duell. Obwohl er mir auf die Nerven ging, bewunderte ich ihn auch ein Stück weit. Er wirkte auf eine Weise unabhängig und frei, wie ich es immer – wenn auch durch andere Methoden und auf andere Art – angestrebt hatte. Nichts konnte ihn beugen: keine Konventionen, keine sittlichen Übereinkünfte und auch nicht die Gewalten der Natur. Sollte die Sonne ruhig ihren tödlichen Drachenatem über das Land hauchen, Eichhammer würde einen Weg finden, wie er seine mickerige Ernte retten konnte. Und wenn er nachts die Scheiße über sein Feld fahren und tags bei vierzig Grad Hitze mit dem Wassertank über den Acker rollen musste.

Warum machte ich es nicht wie Eichhammer, dachte ich mir, während ich im Massimo Nudeln mit Käse-Sahne-Soße und Räucherlachsstreifen in mich hineinschob. Warum legte ich nicht einfach den Schalter um, tauschte meinen Oliveros und meinen Oolong gegen Kaltenberger Helles und Malzkaffee aus, ließ mir einen Bart stehen, in dem im Sommer die Weberknechte nisteten und an den sich im Winter lange Eiszapfen hängen konnten und wurde Teil der Ackerkrume? Wozu brauchte mein Kind eine Wickeltasche mit aufgenähten Fächern für bauchige Öl- und gummiweiche Pudertuben, wenn es doch reichte, es mit der trockenen Asche des erloschenen Holzkohleofens abzureiben? Einen Moment war ich mir vollkommen sicher, dass das Glück nur in der Autarkie liegen könnte, im einfachen, unabhängigen ländlichen Leben. Im Grunde hatte ich es immer gewusst, schon als wir aufs Land gezogen waren, wollte ich doch der städtischen Degeneriertheit entfliehen und irgendwie näher ans wirkliche Leben heranrücken, erinnerte ich mich. Noch heute Abend, so beschloss ich, würde ich mit Kim sprechen, ihr auftragen, dass sie ihren peinigenden Lehrerjob kündigen solle und sich fortan um die Kühe und Schweine kümmern würde, die ich in unserem Stall unterbringen wollte. Freilich erst, nachdem ich diesen mit eigenen Händen in der sengenden Sonne repariert haben würde.

Dann klingelte das Handy und holte mich in unsere Welt zurück.

„Hi Max, wo bist du?", fragte Jens „Sitze im Massimo und philosophiere über den Weg zum Glück."

„Was wären denn so die wichtigsten Ergebnisse in drei Spiegelstrichen?"

„Das ist leicht: Erstens, lebe das einfache Leben in und mit der Natur; zweitens, sei unabhängig, lebe autark und drittens: Mache dich frei von der Gier nach Besitz und der Anerkennung anderer."

„Harter Tobak, Alter. Hier in drei Spiegelstrichen einige Ratschläge, die du bei der Umsetzung deiner Philosophie berücksichtigen solltest: Erstens, mache dich auf ein Leben mit geschundenen Knochen und übelriechender Mundfäulnis gefasst; zweitens, sei bereit für die geistige Umnachtung und spleeniges Eigenbrötlertum, welche die Einsamkeit mit sich bringt, und drittens, beginne dein unabhängiges, geldloses Leben auf gar keinen Fall ohne vorher den Sexratgeber *Mehr Spaß mit mir allein* zu lesen."

„Ach, verschont mich doch vor diesen räudigen Realisten!"

Jens giggelte.

Ich sagte: „Und habt ihr euch gut von vorgestern erholt? Der Abend hat ja einen etwas unerwarteten Verlauf genommen ..."

„Naja, geht schon. Ines war ehrlich gesagt ... ja, etwas down von dem Ganzen. Weißt du, sie wollte Kim nur helfen, hat es gut gemeint. Und da hat sie schon recht: Sie hat es einfach nicht verdient, so angegangen zu werden. Auch wenn, und das betont sie wirklich bei jeder Gelegenheit, auch wenn sie vollstes Verständnis für die Situation hat, in der Kim derzeit steckt."

Ich erhob mich, ging durch das leere Lokal zur Theke, um zu zahlen, während ich Jens erklärte: „Ja, da werden wir uns beizeiten noch durch eine Essenseinladung entschuldigen, spätestens, wenn wir in Neuseeland sind. Kim ist die ganze Sache furchtbar peinlich, das kannst du mir glauben. Aber sie hat sich fest vorgenommen, das alles wieder gut zu machen, bitte sag das auch Ines!"

Die Sommersprosse saß in der Hocke, als ich über den Tresen hinweg nach ihr Ausschau hielt und fummelte mit einem Tuch in einem Schrank herum. Sie trug einen hellblauen String mit geklöppeltem Saum, wie mir in dieser Pose nicht verborgen bleiben konnte. Ich sagte „Hallo!", und während Jens erwiderte, „ja, ich kann dich hören!", drehte sie sich – nach wie vor in der Hocke – herum und offenbarte, dass sie einen BH anhatte, der keinesfalls zum Slip passte: Rosa mit blauen Sternchen und ohne Klöppelrand. „Nein, nicht du ... zahlen bitte!"

„Was? Ach so, klar. Max, was ich dir sagen wollte: Wenn ihr sagt, dass es besser ist, wenn wir nicht gemeinsam nach Neuseeland fahren sollen, ist es okay. Es ist nur, wir sollten uns jetzt entscheiden, sonst fährt nachher niemand."

„Nein, nein, Neuseeland steht. Unbedingt. Kim braucht dringend eine Luftveränderung, ein bisschen Abwechslung. Und ob du es glaubst oder nicht: Sie ist total happy, gemeinsam mit Ines fahren zu können. Ihr Rat ist ihr wichtig. Stimmt so, danke."

Ich trat auf den Georg-Hellmair-Platz, die Sonne beschoss mich mit weißem, brennendem Licht. Ich lief mit schnellen Schritten hinüber zu dem schmalen Schattenstreifen, den die Kirche warf und schlängelte mich am Chor vorbei in den Hinteren Anger hinein.

„Das ist gut, dass du das sagst. Und eine Entschuldigung ist natürlich absolut überflüssig. Dafür sind Freunde ja da, dass sie in solchen Notlagen Verständnis zeigen. Das habe ich auch Ines gesagt und dass sie das Ganze nicht so hochhängen soll. Und das macht sie natürlich auch, da könnt ihr drauf zählen. Im Grunde macht sie sich in erster Linie absurde Sorgen wegen deiner Frau, glaubte sogar, dass zwischen euch beiden irgendwas nicht stimmt, wegen Kims Lippe. *Wenn ich Max nicht besser kennen würde, könnte man fast glauben, das hätte etwas mit häuslicher Gewalt zu tun*, hat sie gesagt."

„Das glaubt sie nicht im Ernst!"

„Nein, natürlich nicht, aber versetz dich in ihre Lage: Dieses Lippen-Ekzem und dann diese skurrile Geschichte mit dem Teppich und dem Tisch. Na, ich hab ihr gesagt: *Aber du kennst Max.* Und das hat sie dann auch eingesehen. Frauen und die lebhafte Phantasie, du kennst das. Wie geht's Kim denn jetzt?"

„Besser", sagte ich und stieß die Eingangstür der Detektei auf. Es roch muffig, verstaubt und nach altem Holz, sodass ich beschloss, die Tür eine Weile offen stehen zu lassen. Ich streifte ungelenk das Sakko ab, warf es über das Thonet-Stühlchen und musste feststellen, dass sich unter meinen Achseln kleine Schweißflecken gebildet hatten. Das Blinken der roten Telefondiode zeigte an, dass eine Nachricht auf dem AB gespeichert war. Ich sagte: „Ihr absurder Ausbruch hatte etwas von einem reinigenden Gewitter; ich glaube, sie geht jetzt nüchterner und gefasster mit der Situation um. Und in einer Woche wird das Thema ohnehin durch sein. Ist ja auch alles total lächerlich."

„Vielleicht können wir uns ja kommende Woche noch einmal treffen und doch noch ein bisschen planen. Was hältst du von einem Kneipenabend?", fragte Jens.

Ich ließ mich auf den Ikea-Stuhl fallen und sagte: „Klar, sagen wir Mittwoch?"

„Würde bei uns passen. Oldtown-Bar?"

„Ah, weiß ich nicht, ob das so gut ist. Könnte sein, dass die Kellnerin die Sache mit dem Weißbier weniger lustig aufgefasst hat als ich."

„Ist ein Punkt. Wie heißt noch mal dieser kleine Laden am Lech?"

„Das Salut. Das ist gut. Mittwochabend im Salut!"

Jens war einverstanden. Wir einigten uns auf acht Uhr.

Ich lehnte mich zurück. Bis dahin würde ich um vierzigtausend Euro reicher sein. Diesmal würde nach Abzug der Schulden ein gehöriger Batzen übrig bleiben. Und vielleicht wartete ja schon der nächste Auftrag auf mich auf dem AB. Ich drückte auf Wiedergabe, doch hörte ich nur ein kurzes Rauschen, dann polterte es und es wurde aufgelegt. Egal, entschied ich, wahrscheinlich wäre es nur die nächste nervende Observierung gewesen. So konnte ich mich weiterhin ungestört meinen Träumen vom autarken Landleben hingeben. In diesem Zusammenhang fragte ich mich jetzt, wie ich eigentlich auf die Idee gekommen war, dass man das Ganze unbedingt ohne Geld angehen sollte? Ich legte die Hände hinter den Nacken, sodass sich ein leichter ländlicher Schweißgeruch entfaltete und grübelte: Mit Geld war die Sache doch viel einfacher und zudem realistischer zu verwirklichen. Als erstes würde ich den Stall reparieren *lassen*. Das Dach war undicht und ich würde die Löcher mit meinen zwei linken Händen wahrscheinlich nur noch vergrößern und mir obendrein beide Beine brechen.

Ich wurde dösig und überließ mich den Bildern, die vor meinem inneren Auge aufzogen: Kim beim Füttern der Schweine in einem geblümten Kleid und Gummistiefeln, ich im Garten beim Gemüse mit Bart und bloßem, sonnengegerbtem Oberkörper, die kleine Anne mit roten Bäckchen in ihrem High-Tech-Kinderwagen. Dann verschwammen die Bilder langsam ineinander und ich tauchte ab.

Ich hörte ein dunkles Hüsteln und erwachte. Wie lange ich geschlafen hatte, wusste ich nicht, doch ich war ganz weit weg gewesen, in einer ländlichen Welt, in der ich Hühnern, Schweinen und Kühen bei lebendigem Leib die Kehle durchgeschnitten hatte. Diese hatten sich dennoch geweigert zu sterben und spritzten stattdessen ihr Blut erst über Schlachterwanne, Tröge und Stallwände, um danach wie toll durch unsere Wohnung zu flattern, keilen, büffeln. Wände, Sofa, Fernseher, Bett und auch Kinderwagen und Wickeltasche, einfach alles war in Tierblut getränkt. Doch ich ließ mich davon nicht beeindrucken, strich mir den Bart, las gemütlich die rotbespritzte Zeitung und trank meinen Blut-Oolong. Jetzt, als ich zu mir kam, fand ich mich tief im Sessel liegend wieder, meine Arme baumelten schlaff wie Tierkadaver über der Lehne und an meiner Wange lief ein Rinnsal angetrockneter Spucke hinunter.

„Herr Baum?", fragte eine tiefe Stimme.

Ich rappelte mich hoch, strich mir mit dem Unterarm die Spucke von der Wange und dann mit Daumen und Zeigefinger den Schlaf aus den Augen. Vor mir nahm ich einen kleinen, vornüber gebeugten Herrn im anthrazitfarbenen Anzug war. Mit dunkelbraunem Haarkranz und Schnurrbart.

Plötzlich war ich so wach, als hätte mir einer einen Eimer Wasser ins Gesicht geworfen. Es war wie ein Stromschlag, mein Herz begann zu rasen, Schweiß presste sich aus meinen Poren: Er war es! Breidenbach stand vor meinem Schreibtisch, beugte sich über mich, mit halb geöffnetem, rosigem Mund, drallen Backen, einem fleischigem Hals, der von einer gepunkteten Krawatte zugeschnürt wurde, die im gleichen Muster gehalten war, wie das Tuch, das aus der Brusttasche seines Sakkos herauslugte. Breidenbach! Wie hatte er das angestellt? Wie hatte er mich gefunden? Was würde er verlangen? WAS …? WIE …? WANN …?

In einem Fluchtreflex stieß ich mich mit den Füßen vom Boden ab, katapultierte den Drehstuhl nach hinten, krachte mit der Lehne gegen das Regal. Es schepperte, mehrere Fotorahmen klappten schlapp zusammen, ein afrikanisches Fruchtbarkeitsidol fiel auf den Boden, sodass eine Holzbrust absplitterte. Mit der Hand riss ich gleichzeitig einen LBS-Bausparkassen-Notizblock und ein Koziol-Männchen aus Plastik vom Schreibtisch herunter, auf dessen Kopf ein Magnet für Heftklammern eingelassen war.

„Oh, verzeihen Sie, ich habe Sie erschreckt, das tut mir leid, es war nicht meine Absicht. Es sah aus, als wären jetzt Ihre Bürozeiten, die Tür stand auf" – er drehte seinen Oberkörper in einer langsamen Bewegung zu Tür, deutete mit dem Arm eine matte Bewegung an – „Ich wollte zunächst wieder gehen, als ich sah, dass Sie geschlafen haben, zu einem späteren Zeitpunkt wiederkommen. Doch leider handelt es sich um einen dringliche Angelegenheit, die nicht warten kann." Er sah mich mit einem stechen den Blick an, als könne er in mich hineinsehen, überprüfen, ob ich irgendetwas von dem, was er gesagt hatte, verstanden hatte, ob die Botschaft angekommen war. „Herr Baum?"

Ich versuchte mich auf meine Atmung zu konzentrieren. Ein, aus, ein, aus, ganz langsam. Ich wusste, ich musste reagieren, konnte mir aber nicht vorstellen, jemals wieder zu sprechen. Ich räusperte mich. Schließlich hörte ich mich sagen: „Entschuldigung. Ich bin eingeschlafen." Es hörte sich weit weg an, räumlich und zeitlich zugleich, als spule man ein altes, dumpfes Kassettenband aus den siebziger Jahren ab.

„Ja", sagte er, aber es war eher ein Brummlaut der Zustimmung. „Ich komme zu Ihnen, weil man Sie mir empfohlen hat. Sie arbeiten für ILTHIS, sagte man mir, ich bin der Geschäftsführer …"

Ich nickte mechanisch, immer noch in den Sitz gepresst, als keife vor dem Schreibtisch eine Bestie, die mir jeden Moment an die Kehle springen könnte.

„Ich bin aber nicht in dieser Rolle hier, nicht als Geschäftsführer von ILTHIS, sondern wegen einer privaten Geschichte, bei der ich Unterstützung brauche. Wenn Sie die Zeit aufbringen könnten, würde ich mir erlauben, den Fall kurz zu skizzieren. Er ist allerdings ein wenig heikel, es wäre mir deshalb wichtig, Sie zunächst näher kennen zu lernen. Vielleicht … dürfte ich mich setzen?"

Ich kam langsam zu mir. Undeutlich begriff ich, dass Breidenbach gar nicht hier war, weil er mich entlarvt hatte, er war aus irgendeinem anderen Grund gekommen. Ich rappelte mich auf, begann zu funktionieren: „Natürlich, entschuldigen Sie, ich war unhöflich. Ich weiß auch nicht, wie das passieren konnte, mit dem Einschlafen, meine ich. Muss die Hitze sein." Ich zeigte mit der Hand auf das Thonet-Stühlchen, dann entdeckte ich meine Jacke, die noch über der Lehne hing. Ich lief um den Schreibtisch herum und hängte sie an die Garderobe. „Bitte!"

Er setzte sich.

„Darf ich Ihnen einen Tee anbieten? Oder ein Kaltgetränk?"

Er kräuselte die Lippen, ließ sich einige der Tees zeigen und hob nicht ohne Erstaunen die dichten Brauen über seinen chitinbraunen Augen, als ich ihm meine Sammlung Grüntees präsentierte. Er bewies selbst Kennerqualitäten, indem er sich für meinen besten Gyokuro entschied, von dem mich hundert Gramm knapp achtzig Euro kosteten.

Nachdem er die geschmackliche Tiefe des Tees gelobt hatte und schwor, dass nur die Berge rund um Uji bei Kyoto als Anbaugebiete dieser Qualität in Frage kamen, sagte er unvermittelt: „Herr Baum, was hat Sie dazu bewogen, Detektiv zu werden?" Ich versuchte die Tatsache zu verdrängen, dass vor mir der Mann saß, den ich gerade um vierzigtausend Euro erpresste und redete mir ein, dass er lediglich ein neuer, finanzstarker Kunde sei. Ich erklärte ihm, dass ich vor meinem Start als Detektiv Journalist gewesen sei und dass sich die Tätigkeiten sehr ähnelten: „In beiden Fällen geht es darum, Daten zu sammeln, Fakten gegeneinander abzuwägen und letztendlich die überzeugendste Version der Wahrheit einer Geschichte ans Tageslicht zu befördern. Aber natürlich ist der Abenteuerfaktor als Detektiv hier und da ein wenig höher als bei der journalistischen Schreibtischarbeit."

Er tunkte seinen Schnurrbart in die Tasse mit dem smaragdgrün funkelnden Gyokuro, trank einen klitzekleinen Schluck. Ein Tropfen verfing sich in seinem Schnauzer, verweilte dort für einen Moment und fiel dann in die Tasse zurück.

„Der Unterschied ist vielleicht der direkte persönliche Kontakt zum Auftraggeber. Der Kunde des Journalisten, der Leser, bleibt für den Schreibenden selbst ein unbekanntes, anonymes Wesen. Alle zwei Jahre gibt es einen Leserbrief – das ist das ganze Feedback, das Sie bekommen. Naja, am Anfang stand die Berufswahl. Als Detektiv habe ich immerhin direkt mit den Kunden zu tun und ich genieße es, von dieser Seite Lob, und – auch das gehört zum Geschäft – Tadel zu erhalten. Letztendlich helfe ich den Leuten aber immer dabei, Probleme zu lösen und das ist für mich sehr befriedigend."

Er schluckte die Geschichte und nickte anerkennend. Er legte seine Lippen erneut an die Tasse, stellte diese dann auf den Schreibtisch, legte die Hände auf die Lehne und verharrte einige Wimpernschläge regungslos, so als müsse er nachdenken. Anschließend sagte er: „Herr Baum, Folgendes ist mein Problem: Ich werde seit einigen Tagen von einem Unbekannten erpresst. Ich möchte gar nicht auf den Grund dieser Erpressung eingehen, aber ja, natürlich: Da gibt es eine Sache, die ... na ja, gegen mich *verwendet werden* kann." Er stützte die Ellenbogen auf die Lehnen, faltete seine Hände vor dem Kinn zusammen und sah mir über diese hinweg ernst in die Augen.

Ich versuchte, ihm mit einem ebenso ernsten Blick zu begegnen, doch machte mich sein fester Blick fahrig, nervös, schwindlig. Um ihm zu entgehen, fischte ich ein weißes Blatt Papier aus der obersten Schublade meiner Elfenbeinintarsien-Kommode, griff zu meinem Füller und legte diesen mit abgeschraubter Kappe neben das Blatt.

„Ich sage Ihnen ganz offen: Ich habe keine Vermutung, wer der Erpresser sein könnte. Es gibt wirklich keinen Menschen, dem ich etwas über die Sache erzählt hätte, mit der mich der Unbekannte erpresst. Ich denke deshalb, dass er durch einen Zufall von dieser Geschichte, die mich erpressbar macht, erfahren hat und sich dieses unerwartete Glück jetzt zu Nutze macht."

Ich gab mir alle Mühe, ein Lächeln zu unterdrücken, und schrieb auf das weiße Blatt: „Erpresser unbekannt". Dann sah ich zu ihm auf und sagte: „Nun, Herr Breidenbach, wenn ich den Täter für Sie ausfindig machen soll, dann müsste ich mehr Details über diese Erpressung erfahren. Ich müsste auch wissen, um was es bei der Sache geht und möglichst mit allen involvierten Personen sprechen können."

„Sehen Sie, gerade das ist mir nicht recht. Ich möchte in dieser Angelegenheit so wenig Staub aufwirbeln wie möglich. Deshalb habe ich auch die erste Forderung des Erpressers ohne zu zögern erfüllt. Aber natürlich ist es so gekommen, wie es kommen musste: Schon Tage später rief er mich erneut an, um weitere Forderungen zu stellen."

„Vielleicht sollten Sie diesen einfach noch einmal entsprechen. Könnte sein, dass er dann Ruhe gibt", warf ich hoffnungsfroh ein.

„Hm", brummte Breidenbach unzufrieden. „Das glaube ich weniger. Wie ich ihn einschätze, wird er niemals Ruhe geben, er wird mich bis ans Ende meiner Tage verfolgen."

„Sie sprechen von einem *er*, das heißt, wir wissen zumindest, dass es ein Mann ist."

„Tatsächlich kann man sich nicht sicher sein. Er ruft mit einem Stimmverzerrer an, gibt sich aber ein männliches Pseudonym. Ich würde aufgrund der von ihm verwendeten Wortwahl und der Art und Weise seines Sprachgebrauchs aber tatsächlich auf einen männlichen Täter schließen."

Also taten die Teletubbys ihre Wirkung, stellte ich mit Genugtuung fest und schrieb „männlich" auf das Blatt. „Damit hätten wir den Täterkreis auf etwa dreißig Millionen Menschen eingeengt."

Er lächelte säuerlich. „Was ich von Ihnen will, Herr Baum, ist Folgendes: Es hat keinen Sinn, Hintergrundforschungen anzustrengen. Es würde nichts bringen und es wäre mir aufgrund der damit verbundenen Gefahren auch nicht recht. Morgen soll es zu einer Geldübergabe kommen, in Pitzling. Es wird so ablaufen, dass er mich auffordern wird, das Geld an einer Stelle X zu deponieren und dann warten wird, bis ich verschwunden sein werde, bevor er das Geld an sich nimmt. Ich möchte, dass Sie ihn beim Holen des Geldes beobachten, ein paar Fotos machen und ihm dann hinterherfahren, um festzustellen, wo er wohnt. Notieren Sie sich auch das Kennzeichen seines Wagens und alles, was zu seiner Identität führen könnte."

Darum ging es also. Er war doch ein cleverer Hund. Wenn er erst einmal den Namen des Erpressers – meinen Namen! – herausgefunden hatte, würde er den Spieß umdrehen. Doch was *genau* hatte er dann vor? Ich fragte: „Was werden Sie unternehmen, wenn Sie wissen, wer es ist?"

„Nun, ich werde mit ihm reden. Oder ich werde einige Leute zu ihm schicken, die das für mich erledigen."

„Polizei kommt nicht in Frage?"

„Nein. Dann würde die Sache nur publik werden. Wissen Sie, die Landsberg-Ammersee-Region ist eine sehr überschaubare Region. Es spricht sich herum, wenn der Chef eines der größten Arbeitgeber der Gegend mit der Polizei zu tun hat."

Ich tat so, als mache ich mir weitere Notizen und dachte nach. Wenn ich den Auftrag übernehmen würde, hätte ich ein Problem: Wie sollte ich das Geld abholen und mich selbst dabei beobachten?

Andererseits: Wenn ich es nicht machte, würde es jemand anderes erledigen – und das wäre erst recht fatal. Ich schaute auf und sagte: „Gut, ich kann den Fall übernehmen. Wie haben Sie sich den morgigen Tag vorgestellt?"

„Er hat mich zum Parkplatz neben der Dorfkirche in Pitzling bestellt. Um 16 Uhr. Das beste wäre, Sie würden die Gegend vorab erkunden und sich an einer geeigneten Stelle postieren. Sie sehen dann ja, wo ich das Geld deponiere. Bleiben Sie einfach im Hintergrund und beobachten Sie. Sollte etwas Unerwartetes eintreten, melde ich mich auf Ihrem Mobiltelefon."

„Alles klar, verstanden!"

„Was haben Sie sich als Honorar vorgestellt?"

„Zweitausend wären angemessen."

Er schaute mich ärgerlich an, seine Augen verengten sich ein wenig. Dann fiel sein Blick auf die Teetasse auf dem Schreibtisch und sein Gesichtsausdruck wurde milder. „Sagen wir Eintausendfünfhundert, das dürfte doch eine akzeptable Vergütung für einen Nachmittag Arbeit sein."

„Abgemacht!"

Er schwor mich noch einmal auf die Uhrzeit und die Location ein, warf beim Hinausgehen einen Blick auf die Schwarzweiß-Fotografien an der Wand, die ich vor Jahren von Shanghai gemacht hatte, und verließ die Detektei in Richtung Hauptplatz.

Ich nahm das beschriebene Blatt in die Hand, faltete es einmal sorgfältig in der Mitte und ließ es in den Rattanmülleimer gleiten. Dann hob ich die hinuntergefallene Figur auf und die fingerkuppengroße Brust, die am Fuße eines Tontopfs zum Liegen gekommen war, in dem eine gummiartige Palmenart steckte. Ich presste die Brust an die Bruchstelle des aus weichem, braunem Teak gefertigten Idols und blickte minutenlang auf die zerstörte Weiblichkeit in meinen Händen.

Ich hatte ein schlechtes Gefühl bei der Sache morgen, einfach ein schlechtes Gefühl.

10

Immerhin durfte ich diese Nacht erstmals seit meinem unglücklichen Fehltritt wieder im gemeinsamen Schlafzimmer übernachten. Kim hatte die Babysachen komplett dorthin verfrachtet und sie um das Bett gruppiert. „Um sie bei mir zu haben", sagte sie. Für mich war es ein klares Zeichen dafür, dass sie meine Entschuldigung angenommen hatte, auch wenn natürlich noch nicht alles so war wie zuvor. An Sex war beispielsweise nicht zu denken. Nicht, dass ich Avancen machte, ich fühlte mich durch die neue Dimension, die meine kleine Geldbeschaffungsmaßnahme angenommen hatte, einigermaßen gestresst, sodass mir derzeit gar nicht der Sinn nach durchvögelten Nächten stand.

Es war ein eigenartiges Ensemble, das da im Dämmerlicht wie eine Sandburg unsere Schlafstätte umgab: Der Kinderwagen stand am Fuß des Bettes, der Auto-Kindersitz und die Wickeltasche auf dem Frisiertisch daneben. Kim hatte das Aktiv-Trapez zwischen Wagen und Kindersitz aufgehängt und die Spielspirale zwischen Kindersitz und Wickeltasche.

Alles in diesem Zimmer war in heiliger Erwartung auf das kommende Ereignis ausgerichtet, dachte ich, alles fieberte auf den herbeigesehnten Moment in der Zukunft hin, darauf, dass ein neuer Erdenbürger diesen Planeten betreten sollte – schreiend vor Wut, mit bläulich-roten Fäusten und zerknittertem Gesicht. Im Rückblick schien unser ganzes Leben auf dieses Ziel vorprogrammiert zu sein und jetzt sahen wir es bereits, sahen, wie es sich schemenhaft aus dem Horizont herausschälte, wir lagen im Endspurt. Noch ein letztes Mal um die Aschebahn des Alltags, noch einmal alle Reserven mobilisieren, dann konnten wir die Arme hochreißen, waren am Ziel. Bis es soweit war, würden wir nur für diesen Augenblick in der Zukunft leben, wir würden achtlos durch die Tage hecheln, keinen Sinn für sie haben mit unserem Tunnelblick auf den Tag X. Ich brauchte mich nicht mehr zu fragen, ob ich glücklich war, mit meiner kümmerlichen Existenz, kurz bevor die Vierzig stand. Eine

Hand fiel auf meine Seite des Betts, griff erst in das Laken, das lediglich mein linkes Bein bedeckte, erfasste dann meinen Ellenbogen.

„Was denkst du?"

„Ich dachte, du schläfst schon."

„Tue ich eigentlich auch."

Sie robbte rüber und kuschelte sich an mich. „Du freust dich auch auf die Kleine, nicht wahr?"

„Klar, was glaubst du denn?"

„Das Dumme ist, ich würd' mich noch viel mehr freuen, wenn ich nicht diesen ganzen Scheiß an der Backe hätte, in der Schule, mein' ich. Heute war nämlich wieder dieser komische Typ von der Zeitung da, hat auf mich gewartet und auch mit dem Rektor gesprochen und ich glaub auch mit ein paar anderen."

„Was wollte er denn von dir?"

„Wollte wissen, was ich zu den Ermittlungen der Polizei sage. Wahrscheinlich haben die dem gesteckt, dass da etwas im Busch ist, echt unmöglich, ich dachte, es gibt so was wie Datenschutz … Ich hab aber nichts gesagt. Nur, dass ich keine Ahnung habe, was die wollen und bin dann schnell im Auto verschwunden. Hat noch versucht, mich einzuholen, kam aber nicht ganz mit."

„Und deine Kollegen? Die werden dich doch verteidigen, nehme ich an. Die wissen doch, dass die Vorwürfe gegen dich nichts als heiße Luft sind."

„Ein paar schon, das ist klar, aber nicht alle. Ich spür', dass da irgendwas gegen mich läuft. Die Senka ist zum Beispiel die ganze Zeit superkurz angebunden, ständig hat sie einen Termin, muss dringend irgendetwas korrigieren. Ich mein': Wir haben alle viel zu tun, das ist klar, aber du hast doch immer mal fünf Minuten Zeit. Heute kam ich ins Lehrerzimmer. Nur drei Leute waren drin: Die Mahler mit dem Zitze, also dem Martin Zitzewitz, das ist der Pfarrer, und auf der anderen Seite sitzt die Senka und liest Zeitung. Ich geh also rüber zur Senka und kaum setz ich mich, sagt sie: *Ach, Kim, du bist's! So ein Ärger, gerade wollte ich los, muss dringend noch kopieren für die nächste Stunde, sorry!* Und weg war sie. Du hättest die Mahler sehen sollen: Grinst mich an, als wäre es ein Triumph, das ganze Gesicht voller Genugtuung, das konntest du deutlich sehen. Da muss irgendwas im Gange sein, ich weiß nur nicht was. Als ich später wieder raus bin und über den Flur zur Klasse unterwegs war, bin ich fast in den Ben Kromer reingelaufen. Der hat mich nur ganz mitleidig angesehen mit seinen traurigen Bernhardineraugen. Macht er sonst nie, der lächelt sonst immer, auch wenn er nie wirklich freudig aussieht, sondern immer eher so ... melancholisch."

„Frag den doch mal, was los ist?"

„Ne, das geht irgendwie auch nicht. Ich will den da nicht mit reinziehen. Und gegen die Mahler stellt der sich sowieso nicht. Der hätte viel zu viel Angst."

„Das Beste ist, wenn du jetzt einfach nicht weiter darüber nachdenkst und dich stattdessen auf die kleine Anne konzentrierst." Ich ließ meine Hand unter ihr seidenes Nachthemd und auf ihren Bauch gleiten. „Spürst du sie schon?"

Sie legte ihre Hand auf meine Hand. „Manchmal gluckert es ein bisschen und dann gibt es so einen kleinen Stich, sodass man denken könnte, da boxt einer. Aber wahrscheinlich ist das irgendetwas anderes. Dass sie sich bewegt und um sich schlägt, dafür ist es wohl noch zu früh."

Ich streichelte ihr über den Bauch und anschließend über das Haar. „Na komm, schlaf jetzt!"

Sie bewegte sich wie ein kleines Kätzchen und flüsterte: „Okay ... am Wochenende wollen übrigens meine Eltern mal vorbei kommen. Ist dir doch recht, oder? Wir könnten ja in den Biergarten, wenn's Wetter schön ist. Und das ist ja immer schön in letzter Zeit, das Wetter ..."

„Biergarten, ja, das könnte klappen."

Sie kroch auf ihre Seite zurück und ich hörte schon nach wenigen Augenblicken ihren rhythmischen Atem. Ich selbst schlief erst mit dem Gezwitscher der Vögel am frühen Morgen ein.

Am nächsten Tag machten die lokalen Seiten der „Landsberger Nachrichten" mit der Story über Kim auf:

KLEINE TAMARA – OPFER FAHRLÄSSIGER TÖTUNG?

Penzing. *Die kleine Tamara könnte durch eine Verletzung der Aufsichtspflicht ihrer Lehrerin in den Tod getrieben worden sein. Das ist zumindest die Ansicht von Liborius Matts, Vater der getöteten Schülerin. „Wir glauben, dass die Schulbehörden versagt haben", sagte er gegenüber den „Landsberger Nachrichten". Jetzt hat er Kim Schröder, Tamaras ehemalige Lehrerin, angezeigt. Zwar heißt es von Seiten der Polizei, dass man erst mit den Ermittlungen begonnen habe und sich deshalb noch nicht zu dem Fall äußern wolle. „Aber es gibt erste Anzeichen, die auf Fahrlässigkeit hindeuten", sagte ein Sprecher.*

Das bestätigte auch eine Lehrerin der Penzinger Grundschule, die nicht namentlich genannt werden wollte. „Dass es Probleme mit Tamara gab, wussten wir im Vorfeld, man hätte deshalb die nötigen Instrumente anwenden sollen, die zur Verfügung stehen, etwa einen Sitzkreis bilden." Das wurde offensichtlich von Frau Schröder unterlassen. Die gebürtige Asiatin bleibt weiter uneinsichtig: „Ist alles Unsinn, Tamara war ein ganz normales Mädchen", rief sie uns zu, bevor sie im Auto mit offenem Fenster davonsauste. Schulrektor Göbel hat jedenfalls versprochen „jeden Stein in der Schule umzudrehen." Man müsse jetzt die Kritik ernst nehmen und für die Zukunft lernen. „Das darf nie wieder passieren". Zur Frage, ob Frau Schröder weiterhin in Penzing unterrichten darf, wollte er sich zu diesem Zeitpunkt nicht äußern. Hannes Schneider

Daneben war ein halbseitiges Bild von Tamara abgedruckt, das sie mit geflochtenem Haar und Kuscheltier vor einer malvenfarbenen Leinwand zeigte. Die Redaktion hatte offenbar extra ein Bild ausgewählt, auf dem Tamara nicht lächelte und stattdessen mit traurigen, schwarzen Augen in die Kamera blickte, fast so, als wüsste sie, was ihr bevorstand. Ich blätterte eine Seite um und stieß auf das Bild einer weiteren Person, die ich kannte: Es war eines der Models aus dem ILTHIS-Innovatorenbüro, das sich über einer Motorsäge räkelte. Der Bildkasten war mit dem originellen Titel, „Scharfe Kurven" überschrieben. Ich las den dazugehörigen Text erst gar nicht durch – Neues war ohnehin nicht zu vermuten. Zudem hatte ich nicht allzu viel Zeit, musste ich mir doch noch eine Strategie für die heutige Geldübergabe überlegen – und es war bereits nach ein Uhr. Ich war allerdings mittlerweile recht zuversichtlich, dass ich die Sache glimpflich über die Bühne bringen und heute einen Einundvierzigtausendfünfhundert-Euro-Tag erleben würde, einen Tag, an dem ich exakt diese Summe verdienen würde: vierzigtausend für mein Schweigen in Sachen Larissa und tausendfünfhundert für meine detektivische Dienstleistung. Wenn ich zu Grunde legte, dass das Ganze rund drei Stunden dauern würde, käme ich auf einen Stundensatz von dreizehntausendachthundertdreiunddreißig Euro, rechnete ich mir aus. Das heißt, ich würde jede Minute exakt zweihundertdreidreißig Komma Periode fünf Euro verdienen. Akzeptabel, wie ich fand. Oder sagen wir: Angemessen.

Ich fuhr über Schwifting am Haus von Kims Freundin Senka vorbei nach Pitzling. Zwar liegt das kleine Örtchen fast direkt am Lech, doch ist dieser kaum zugänglich: Entweder versperren Felder den Weg oder das Ufer ist von undurchdringlichem Gestrüpp bewachsen. Dennoch kannte ich einen Weg, der an einem Maisfeld vorbei direkt an eine kleine Lichtung am Lech führte. Hier stand ein verlassenes Baumhaus und im Wasser lag ein alter, morscher Kahn, ein dunkles, fast schwarzes Paddelboot. Meine Idee zur Geldübergabe war derjenigen der ersten sehr ähnlich: Ich wollte, dass Breidenbach die Kohle in dem Boot deponiert. Dieses hätte ich im Vorfeld mit einer Schnur versehen, die bis an die andere Uferseite gereicht hätte. Nachdem Breidenbach das Geld auf meine Anweisung ins Boot gelegt hätte, hätte ich dieses auf die andere Uferseite gezogen. Auf diese Weise wäre ich für ihn unerkennbar und unerreichbar gewesen.

Natürlich musste ich diesen Plan jetzt aufgeben, denn wie sollte ich gleichzeitig das Geld auf die andere Uferseite ziehen und die Szenerie auf der Pitzlinger Seite beobachten? Zuerst dachte ich, ich müsse die Location wechseln, mir ein komplett neues Übergabeverfahren ausdenken; dann ging mir auf, dass die Umstände hier in Pitzling nicht die schlechtesten waren.

Pitzling schmiegt sich an einen Hang, der abschüssig zum Lech gelegen ist; die Straßen des Dorfes falten ihr graues Band wie Schleifen übereinander und den Berg hinab. Ich stellte den DS neben einem baufälligen Stall ab, von dem der Mörtel großflächig bis auf das nackte Fleisch der Ziegelsteine abgebröckelt war. Von hier aus hatte ich einen guten Blick auf die kleine Kirche mit ihrem roten Spitzdach und den Friedhof, der einsam und verlassen in der Sonne glühte. Und natürlich sah ich den zugehörigen Parkplatz, der so klein war, dass lediglich drei Autos auf ihm Platz fanden. Derzeit stand dort aber überhaupt kein Wagen, kein Mensch war zu sehen.

Ich stieg aus dem Citroën und schritt hinunter zur Kirche. Die Menschenleere des Dorfes hatte etwas Unheimliches, als ich auf dem Parkplatz stehend in die verlassenen Gärten und Hauseingänge blickte. Lediglich vom Ende der Hauptstraße, die in Richtung Schloss Pöring führte, hörte man ein dunkles Dröhnen, doch gedämpft durch Häuser, Sträucher und die Entfernung einiger hundert Meter.

Ich blickte hoch zum DS: Wie ich erwartet hatte, reflektierten die Autoscheiben die Sonne – man konnte nicht ins Innere des Wagens schauen. Bevor ich wieder zurückging, warf ich einen Blick über den Friedhof und die am Lech gelegenen Felder, die offenbar auch als Schwemmland dienten, wenn es Hochwasser gab. Jenseits der Felder zog sich das grüne Band der Ufergewächse: dichte Himbeerbüsche, Birken, Buchen, Schilf.

Fünf Minuten vor vier fuhr ein dunkelblauer BMW am DS vorbei und parkte zielsicher neben der Kirche. Die Fahrertür ging auf und Breidenbach stieg aus. Er trug einen beigen Sommeranzug und ein blau-weiß-gestreiftes Hemd. Er ließ die Wagentür offen, legte seinen Arme auf das Autodach und blickte sich mit zusammengekniffenen Augen um. Als er in meine Richtung sah, ließ ich das Fenster nach unten fahren und grüßte, indem ich meinen Zeigefinger kurz an die Schläfe legte. Breidenbach nickte und ich fuhr das Fenster wieder hoch und verschwand so aus seinem Blickfeld. Ich wartete, bis es zwei Minuten nach vier war, dann setzte ich die Maske auf und wählte seine Nummer. Ich beobachtete durch die getönten Alienaugen, wie er sein Mobiltelefon aus seiner Hosentasche nahm, dann hörte ich seine Stimme: „Ja, Breidenbach hier."

„Hallo, Herr Breidenbach, ich bin es, Siggi Sommer. Ich hoffe, Sie haben den Weg nach Pitzling gut gefunden", quietschten die Teletubbys.

„Ich habe ein Navigationsgerät."

„Furchtbar praktisch diese Dinger, habe ich gehört. Aber noch immer so teuer, ich glaube, ich warte noch ein paar Jahre, bis ich mir eins zulege. Für Sie sind solche Ausgaben natürlich ein Kinkerlitzchen."

Er sagte nichts, atmete nur schwer aus.

„Was sehen Sie, Herr Breidenbach?"

„Was meinen Sie?"

„Erzählen Sie doch mal ein bisschen, wie es da bei Ihnen aussieht."

„Ach, Sie wollen wissen, ob ich wirklich an dem Ort bin, an den Sie mich bestellt haben. Bitte sehr: Ich stehe vor einer kleinen ockerfarbenen Kirche an einer Straße die ... Moment ..." – er ging um seinen BMW herum, beugte sich vor – „Seestraße heißt. Von einem See ist aber weit und breit nichts zu sehen. Stattdessen ist die Straße voller kleiner Vorgärten, und zwei Häuser weiter kniet ein Herr in kurzen Hosen vor seinem Zaun und bestreicht diesen mit Lack."

Diese Person hatte ich eben nicht gesehen. Das heißt, es würde doch einen Zeugen geben. Aber das war egal, schließlich würde es nie zu einer Gerichtsverhandlung kommen, es gab schlicht nichts zu bezeugen. Ich sagte: „Hört sich so an, als hätten Sie das lauschige Plätzchen gefunden. Ein süßes kleines Örtchen, nicht wahr?"

„Ehrlich gesagt, ziehe ich den Ammersee dem Lech vor, aber es freut mich, wenn es Ihnen hier gefällt."

„Sie haben meinen Lieblingsplatz ja noch nicht kennen gelernt", sagte ich.

„Ich dachte, das wäre dieser hier."

„So nah bei den Toten? Oh nein, ich bin ein lebensbejahender Mensch, mein lieber Herr Breidenbach – wie Sie ja übrigens auch. Sie sehen also: Wir haben durchaus etwas gemeinsam. Wir sind uns … näher, als Sie denken." Ich machte eine kleine Pause und schluckte auf Grund meiner mich verratenden Aussage. Dann erklärte ich ihm, wo er das Geld ablegen sollte. „Alles roger? Haben Sie verstanden?"

„Ich denke ja."

Ich legte auf.

Breidenbach ließ sich in den Wagen fallen, fast im gleichen Moment wählte ich ihn erneut an. Er nahm ab und sagte: „Ich soll das Geld in ein Boot am Lech legen. Folgen Sie mir unauffällig und mit einigem Abstand. Wenn ich das Geld hinterlegt habe, gehe ich zurück zum Wagen, Sie bleiben da und beobachten alles. Folgen Sie ihm unauffällig, wie ausgemacht, bringen Sie mir die Adresse von dem Lump! Wir treffen uns anschließend auf Schloss Pöring. Haben Sie verstanden?"

Ich atmete ein, wollte gerade etwas sagen, als mir einfiel, dass ich die Alienmaske noch auf hatte. Ich riss sie mir vom Kopf und schnappte das Handy. Dabei kamen die Mikrofone so nah aneinander, dass es zu quieken begann. „Scheiße", sagte ich laut und schaltete schnell den Verzerrer ab.

„Hallo, Herr Baum, hören Sie mich? Haben Sie verstanden? Es muss jetzt schnell gehen!"

„Ich kann Sie hören, Herr Breidenbach, war irgendwas mit der Verbindung, aber alles roger, ich habe Sie gut verstanden. Wir machen es wie abgemacht. Irgendwelche Hinweise auf den Standort des Erpressers?"

Jetzt schwieg er eine Weile und ich sah wie er aus dem BMW ausstieg, sich eine Sonnenbrille mit großen Gläsern aufsetzte und zu mir hinüberblickte. Schließlich sagte er: „Nein. Einen Hinweis auf den Standort gab es nicht." Und dann nach einer weiteren Pause: „Also, es geht los. Sind Sie bereit?"

„Natürlich."

Er steckte noch einmal den Kopf in den Wagen, brachte eine einfache schwarze Tüte zum Vorschein und ging dann, die eine Hand in der Hosentasche, in der anderen die Tüte, die Seestraße hinunter. Ich schnappte mir die Kamera, hängte mir diese über die Schulter und folgte ihm im Abstand von etwa dreißig Metern.

Die Sonne auf den Feldern war gnadenlos. Hatten die Häuser- und Koniferenschatten in den Straßen noch einen gewissen Schutz geboten, so hatte ich jetzt das Gefühl, bei lebendigem Leib in einer dickflüssigen Brühe langsam gar geköchelt zu werden. Schon nach zwei Dutzend Schritten lief mir der Schweiß in langen öligen Bahnen den Oberkörper herunter; meine Hose saugte sich an den Beinen fest wie die Lagen eines feuchten Gipswickels, während es unter meinem tatsächlichen Verband unerträglich zu jucken begann. Ich bildete mir zudem ein, zu spüren, wie mein Gesicht nach und nach eine krebsrote Farbe annahm und verfluchte mich, dass ich nicht an eine Baseballkappe oder ähnliches gedacht hatte. Breidenbach hingegen schien die Glut nicht das Geringste auszumachen. Er schritt in seinem gleichmäßigen, zügigen Tempo den Weg zwischen Wiesen- und Roggenfeldern entlang, als sei er auf einer Vergnügungstour. Noch nicht einmal von seinem Sakko trennte er sich.

Das über dem Dorf liegende Dröhnen wurde von einem gewaltigen Mähdrescher ausgestoßen, welcher auf der dem Dorf zugewandten Seite des Weges ein kleines Roggenfeld niederwalzte. Mit seinen zwei roten Rotorblättern sah er aus wie ein eigentümliches, stählernes Urzeitviech. Der haushohe Staub, den er beim Mähen aufwirbelte, verwandelte die Luft in eine rauchige, rohrzuckerbraune Wolke. Sie wehte in langen, wabernden Schlieren über den Weg, sodass wir beide durch sie hindurch stoßen mussten, wie durch eine Nebelwand.

Als ich auf der anderen Seite der Staubwolke hinaustrat, sah ich, wie Breidenbach gerade in Richtung des Flusses verschwand. Ich folgte, ging aber nicht wie Breidenbach über eine Wiese, sondern bog direkt in ein angrenzendes Maisfeld ab, nutzte es als Versteck, um den Schurken, der Breidenbach erpresste, ungesehen zu beobachten – oder zumindest so zu tun.

Breidenbach schritt derweil am Ende der Wiese an einer Hecke aus Himbeersträuchern entlang und fand schließlich die Lücke, die ihn, wie von mir beschrieben, zu der Uferstelle mit dem Boot führen würde.

Obwohl es nur einige Meter bis zum Wasser waren, blieb Breidenbach unerwartet lange fort. Ich setzte mich wartend in die Hocke und genoss die minzige Frische zwischen den Maisstauden, welche mich überragten und regungslos umgaben, wie eine stillstehende Legion römischer Soldaten. Ich fuhr mir mit der Zunge über Lippen, die aus Sandpapier zu bestehen schienen, und wischte mit dem Hemdsärmel über Gesicht und Stirn. Alles an mir war feucht und mit Staub überpudert. Dann kam Breidenbach zurück. Ohne Tüte und jetzt erstmals mit locker über den Arm gelegtem Sakko. Er ging an mir und meinem Versteck im Maisfeld vorbei, offenbar ohne mich zu bemerken. Sein Gesicht, sein Hemd, seine Schuhe waren staubbedeckt. Mit Genugtuung betrachtete ich seinen glänzenden Schnauzer und seinen feuchten Haarkranz – na bitte, sagte ich mir, auch Breidenbach war nur ein Mensch. Ein Mensch, der schwitzte und unter dessen Achseln sich ebensolche Schweißfladen gebildet hatten wie unter meinen.

Er schritt die Kohorten des Maisfelds ab, bog dann rechts auf den Schotterweg ein und verschwand. Ich erhob mich, um ihm nachzuschauen, wollte sicher sein, dass er wirklich weg war, konnte ihn aber nicht durch das Gesträuch erblicken. Also schlich ich zurück zum Weg und sah dort gerade noch, wie er in der braunen Roggenwolke verschwand, das Sakko lässig über die Schulter geworfen, die staubige Umgebung ignorierend.

Kaum war er verschwunden, hatte ich das Gefühl, als gleite mir ein Rucksack mit schwerer, feuchter Wäsche von den Schultern. Unbeschwert sprang ich die Wiese hinunter zum Fluss und durch den Himbeerstrauch in den kleinen Hohlweg. Da war das Baumhaus, das ich kannte, wie ein Patchwork sah es aus mit den unterschiedlichen Hölzern, aus denen es gefertigt war. Da war die schattige Lichtung, nicht größer als ein kleiner Hinterhof, mit lehmigem, rissigem Boden, kleinen, unterarmgroßen Spalten und mit schwarzen Wurzeln, die sich wider-sinnigerweise aus dem trockenen Boden hinausalten wie die Rücken vorzeitlicher Fische. Und da war der Lech, der niedrig stand, sich flaschengrün wie immer zeigte und aus dem drei dünne Pfosten in unterschiedlicher Höhe herauslugten, von Menschenhand poetisch in das Flussbett getrieben. Ja, und dort lag das Boot, schwarz und morsch und von dem Ast einer Trauerweide geheimnisvoll verhangen.

Ich ging darauf zu, lüftete den Ast wie den Deckel einer Schatztruhe unter dem metallischen Klimpern des trockenen Laubes. Ich erblindete einige Augenblicke unter dem Beschuss des neuerlichen Sonnenlichts und konnte dann erst einmal nichts erkennen, sodass mein Herz für einen Wimpernschlag auszusetzen schien; erst als ich wieder klarer sah, entdeckte ich die Plastiktüte.

Ich riss sie aus dem Boot heraus und ließ ihren Inhalt auf den staubigen Lehm fallen. Wieder waren es Bündel mit vierzig Scheinen zu fünfhundert Euro, wieder mit einer pastellblauen Banderole umschlossen. Alles war wie beim ersten Mal, nur dass es jetzt zwei dieser Bündel waren. „Und zwei mal Zwanzigtausend ist Vierzigtausend", sagte ich laut vor mich hin und begann hemmungslos zu lachen.

Es war peinlich. Fast war ich in einen drogenfreien Rausch verfallen, einen Rausch, einzig und allein ausgelöst durch die Macht des Geldes. Dabei war mir Geld im Grunde nie wichtig gewesen, ich verabscheute Leute, die ihr Leben einzig und allein darauf ausrichteten, in seinen Besitz zu kommen. Und jetzt stand ich da wie bekifft, nur weil mir mit einem Mal vierzigtausend Euro in den Schoß gefallen waren.

Ich schüttelte den Kopf und sagte mir, dass ich mich zusammenreißen müsse. Schließlich war die Mission noch nicht beendet. Später würde ich Breidenbach erneut treffen und musste ihm eine glaubwürdige Geschichte erzählen, eine Geschichte, die anzeigte, wie mir der Erpresser durch die Lappen gegangen war. Außerdem hörte ich von Ferne das Geschrei von Kindern. Wer weiß, vielleicht würden sie hierher kommen, um im Baumhaus zu spielen. Ich musste so schnell wie möglich verschwinden.

Mit zittrigen Händen steckte ich das Geld in das Seitenfach der Fototasche und kroch dann hinüber zum Boot. Ich löste das Tau, mit dem es an einer im Wasser hängenden Wurzel angebunden war und stieß es vom Ufer ab. Langsam wie eine schwerfällige, überdimensionierte Nussschale trieb es flussabwärts. Es eierte ein paar Mal mit Bug und Heck an anderen Stellen des Ufers an, aber ich kümmerte mich nicht weiter darum. Stattdessen schoss ich einige Bilder von der Lichtung und vor allem von dem jetzt leeren „Ankerplatz" des Boots. Ich ließ einfach den Motor durchlaufen, fotografierte den Fluss, die Bäume, welche die Lichtung umstanden, das Baumhaus ... Dann, plötzlich, traf es mich wie ein Schlag. Eine eiskalte Hand fuhr durch meinen Körper, umgriff mein Herz, ließ es augenblicklich zu einem schweren dicken Klumpen gefrieren: Dort, zwischen den Himbeersträuchern, erblickte ich eine dunkle Gestalt durch den Fokus der Kamera.

Langsam nahm ich den Apparat von der Nase, als gelte es unkontrollierte Gesten zu vermeiden, als stehe ich Auge in Auge einer Kobra gegenüber, die ihre giftdurchtränkten Zähne bei der ersten falschen Bewegung in mein Fleisch bohren würde.

Als die Kamera in etwa die Höhe meines Brustbeins erreicht hatte, schritt die Gestalt aus dem dunklen Hohlweg in die Helle der Lichtung. Ein klarer gelber Sonnenstrahl fiel auf das Gesicht der Person wie ein Theaterscheinwerfer.

Die Person sagte: „Na, Herr Baum, *alles roger?* "

„Herr Breidenbach ... was machen *Sie* hier? Ich dachte, wir treffen uns auf Schloss Pöring."

„Sie werden es nicht glauben, aber ich habe es mir kurzfristig anders überlegt und mich entschieden, selbst einen Blick auf denjenigen zu werfen, der mich in den vergangenen Wochen um sechzigtausend Euro erleichtert hat."

„Tja!", sagte ich, „es ist wie verhext, aber er ist weg. Er muss mit dem Boot abgehauen sein." Ich drehte mich halb um und wies mit der bandagierten Hand auf die Stelle, wo noch vor wenigen Minuten das Boot vertäut gewesen war. „Ich habe ein paar Bilder vom Tatort gemacht und werde jetzt noch ein paar kriminaltechnische

Untersuchungen durchführen, vielleicht haben wir Glück und der Täter hat Spuren hinterlassen. Fingerabdrücke, DNA, solche Sachen."

„Spuren am Tatort?" Breidenbach trat einen Schritt auf mich zu, sodass jetzt sein gesamter Oberkörper von dem Lichtkegel erfasst wurde. Er hatte einen schwarzen Revolver in der Hand, hielt ihn locker über seiner rechten Hüfte, wie ein Cowboy die Zügel eines Pferdes hält. „Ich bin sicher, dass er Spuren hinterlassen hat. Aber das hat er auch schon vorher getan."

Ich schob den Fotoapparat vorsichtig zurück in Kameratasche, die an einem Gurt über meine Schulter hing und wich einen halben Meter zurück; ein weiterer Schritt und ich würde in den Fluss fallen. Eine Sekunde war es ganz ruhig, der Mähdrescher schien die Arbeit eingestellt zu haben und die Vögel ihr Gezwitscher, nur das Plätschern des Lechs war zu hören und von weiter weg brandete das helle Kreischen eines jauchzenden Kindes auf. Schließlich sagte ich: „Hören Sie, Herr Breidenbach ... wieso stecken Sie die Waffe nicht wieder ein, er ist weg, von einer Bedrohung kann nicht die Rede sein, es gibt keinen Grund, hier mit einer Waffe in der Hand ..."

Er machte eine energische Geste mit der andern, der freien Hand, um mich zum Schweigen zu bringen. „Wissen Sie, Baum, es gibt ganz andere Spuren, die man hinterlassen kann. Jenseits von Fingerabdrücken, oder von irgendwelchen genetischen Identifikationsmerkmalen, die man dann aufspaltet, zerteilt und in Reagenzgläsern in einer Flüssigkeit zusammenrührt. Spuren, die gar nicht stofflich sind, semantische Spuren, syntaktische Spuren. Ich muss sagen, Ihre syntaktischen Spuren haben Sie gut verschleiert am Telefon, Sie haben darauf geachtet, Ihrem Siggi Sommer einen anderen sprachlichen Code zu verpassen als es der Ihre ist, unbewusst nehme ich an, aber dennoch überzeugend, das gestehe ich zu. Aber die Verwendung einzelner, ich würde fast sagen *schrulliger* Worte hat Sie enttarnt, und der Gebrauch von Worten ist kein *Kinkerlitzchen*. Sprache, *mein lieber* Baum, ist so individuell wie ein Fingerabdruck, man kann sie nicht ablegen wie einen alten Mantel und sich einfach einen neuen überstreifen. Sprache ist Identität, wie die Stimme, die

Sie ja durch einen Verzerrer wirksam zu verfremden wussten. Doch verrät die Sprache einen jenseits der Tonlage, verweist auf die Person, die sie nutzt, wie eine Macke – ein nervöses Augenzwinkern, ein eigentümlicher Gang, das Schwitzen der Hände in Drucksituationen. So ist es auch mit der Sprache und mit dem Gebrauch der Wörter."

Ich machte wieder einen halben Schritt auf Breidenbach zu, doch er hob sofort die Waffe wie schussbereit in meine Richtung. „Hören Sie, mein lieber … Herr Breidenbach, ich glaube, Sie reden sich da etwas ein. Ihre Sprachtheorie in Ehren – ich weiß aus der Zeitung, dass Sie Linguistik studiert haben, und sicherlich ist dies auch ein interessantes Feld, vielleicht sogar das interessanteste überhaupt, das Fach der Fächer. Ich kann das beurteilen, ich hatte selbst Englisch auf der Uni, wenn auch nicht als Hauptfach, und da haben wir natürlich auch linguistische Theoreme kennen gelernt. Spannend, das muss man sagen … nur darf man so etwas nicht überschätzen, wir reden doch schließlich alle dieselbe Sprache, da kann es zu Dopplungen und Verwechslungen kommen. In diesem Fall ist das ganz sicher so. Sie sehen doch, das Boot ist weg, das Geld …"

„Die Tüte ist noch da, wie ich sehe", unterbrach er und zeigte mit dem Lauf der Waffe auf den schwarzen Plastikbeutel, den ich in meinem Rausch achtlos davon geworfen hatte und der jetzt in einem ausgetrockneten Haselnussstrauch lag.

„Ja natürlich, ein wichtiges Beweismittel. Wir werden es sichern und vielleicht wird es uns auf die Spur des Täters bringen. Sicherlich hat er das Geld herausgenommen und sie einfach weggeworfen, bevor er im Boot verschwunden ist."

Wie automatisch wollte ich auf die Tüte zugehen, um sie an mich zu nehmen, doch rief Breidenbach: „Halt, bleiben Sie stehen. Sie werden hier überhaupt nichts sichern. *Sie* haben das Geld an sich genommen, Sie können mir nichts vormachen, Baum. Ich war ein Narr, dass ich gerade zu Ihnen gekommen bin, aber jetzt leuchtet es mir natürlich ein, dass Sie von der Sache wussten, wahrscheinlich weil Sie mich und Larissa vorher im Auftrag Marc-Andrés beschattet haben. Schon als wir uns das erste Mal in Ihrer Detektei begegneten, ist mir aufgefallen, dass Sie den gleichen Spruch zitierten wie der Erpresser: *Am Anfang steht die Berufswahl.* Doch hielt ich dies bis zu unserem letzten Telefonat vorhin für Zufall. Aber als Sie sich eben am Telefon mit *alles roger* meldeten, war es mir im Grunde klar, dass Sie es waren, der mich erpresst. So einen verschmockten Ausdruck hat man doch gewöhnlich mit dem Ende der Pubertät abgelegt, genau wie das Wort *Kinkerlitzchen*. Wann haben Sie das letzte Mal jemanden *Kinkerlitzchen* sagen hören, frage ich Sie?" Er schaute mir ins Gesicht, als halte er es für möglich, dass dort die Antwort stehen könnte. Als ich nichts sagte, fuhr er fort: „Ich bin sicher, Ihre Mutter hat diesen Ausdruck das letzte Mal in Ihrer Gegenwart verwendet, so selten ist er geworden. Und da wollen Sie mir sagen, Siggi Sommer und Max Baum, die diese Begriffe beide noch in ihrem aktiven Sprachschatz haben wie zwei prähistorische Eier, seien nicht die gleiche Person? Dass ich nicht lache, Herr Baum! Dass ich nicht lache!"

„Aber Herr Breidenbach, seien Sie vernünftig, Sie sehen Zusammenhänge, wo es keine gibt. Zugegeben, diese Worte sind ein bisschen ... ja, schrullig, aber deshalb kann doch der Zufall ..."

„NICHTS ZUFALL!", brüllte er plötzlich und eine doppelte Zornesfalte legte sich wie eine SS-Rune auf seine Stirn. „Los, Taschen ausleeren!" Er stieß mit der Pistole in die Luft, als hole er zu einem Boxschlag aus. Von seinem souveränen Charme, den er an den Tag gelegt hatte, als er das Geld deponierte, war nichts mehr übrig geblieben. Er machte jetzt den Eindruck, als glühe er vor Wut. Er schien zu allem entschlossen.

Also stülpte ich langsam die leeren vorderen Hosentaschen um, doch außer ein paar Papierkügelchen förderte ich nichts zu Tage. Dann holte ich das Portemonnaie aus der hinteren Tasche und hielt es in die Luft.

„Rüberwerfen!", befahl er.

Ich tat, wie mir befohlen; das Portemonnaie landete vor Breidenbachs Füßen im Staub.

Ohne mich aus den Augen zu verlieren, hob er es vom Boden auf und öffnete es mit einer Hand, während ich mich hilflos umsah, wie nach einer rettenden Idee. Aus dem Augenwinkel nahm ich dabei ein schwarzes Federvieh mit einem weißen Klecks auf der Stirn wahr, das den Lech hinauf paddelte und dabei eigenartige Sonargeräusche ausstieß. Ich bemerkte auch, dass die Kinderstimmen lauter geworden waren, es mussten mindestens drei Kinder sein: Zwei verschiedene Jungenstimmen identifizierte ich und, ganz sicher, auch die Stimme eines Mädchens.

„Weiter!", rief Breidenbach und ließ achtlos die fast leere Geldbörse fallen.

Ich musste Zeit gewinnen: Wenn die Kinder tatsächlich hierherkamen, konnte Breidenbach nicht mehr schießen; und das musste er doch vorhaben, mich umlegen, was konnte er anderes mit mir tun? Die Polizei wollte er ja nicht einschalten, das hatte er schon in der Detektei klar gemacht.

„Okay, Herr Breidenbach, Sie haben gewonnen.", sagte ich und legte eine kurze Pause ein. „Ich war es, ich habe Sie erpresst. Ich bin Siggi Sommer."

Er zog eine eigenartige Grimasse, als blicke er auf eine vereiterte Wunde oder ein ekliges Insekt. Er sagte: „Sie erzählen mir nichts Neues, Baum, das weiß ich längst. Aber jetzt ist es zu spät für Reueschwüre."

„Was haben Sie jetzt mit mir vor?"

„Zuerst werden Sie mir mein Geld zurückgeben. Und der restliche Teil wird eine Überraschung. Also machen Sie schon, rücken Sie es endlich raus oder muss ich Ihnen erst eine Kugel in den Bauch schießen?"

„Nein, bitte ..." Ich zog den Reißverschluss der Kameratasche langsam auf, begann das erste Bündel herauszunesteln. Wieder vernahm ich das Geschrei – die Kinder mussten auf dem Schotterweg sein, ich konnte einzelne abgehackte Sätze hören, ein Hund bellte. Sie hatten einen Hund! „Hier ist es, aber es sind natürlich nur die Vierzigtausend. Ich denke, wir sollten zu mir nach Hause fahren und die restlichen Zwanzigtausend holen, sie sind noch nicht ausgegeben, alles ist noch da. Es ist *Ihr* Geld, Sie sollten es zurückbekommen, die Sache ist mir unendlich peinlich, ich wünschte, das wäre alles nicht geschehen."

„Das hätten Sie sich vorher überlegen sollen", blaffte er, „aber solche Dinge sind Charakterfragen. Und wenn man ein charakterliches Schwein ist, dann wartet man nur auf solche Gelegenheiten, wie diejenige, die sich Ihnen bot."

„Sie haben natürlich recht, aber lassen Sie mich wenigstens erklären, dass ich in einer Notsituation war: Meine Frau ist schwanger, die Geschäfte liefen schlecht, ich habe es als einzigen Ausweg gesehen."

„Sehen Sie: Das ist genau der Punkt, Sie haben einen Ausweg darin gesehen, einen unbescholtenen Bürger zu betrügen. Sie haben eine Grenze überschritten, die ein normaler gesellschaftsfähiger Mensch mit normaler Sozialisation nicht überschreiten würde. Aber für Sie war es eine Option. Das ist die Schwäche, von der ich rede. Und wenn *eine* Grenze fällt, Herr Baum, dann fällt irgendwann die nächste. Das war bei Ihnen die zweite Erpressung und irgendwann ist es keine Erpressung mehr, irgendwann ist es Schlimmeres, sind es Kapitalverbrechen."

Boa, Robin, das kriegst du wieder!

Robin, hau ab … nein, da lang, ins Feld, versteck dich im Feld!

Breidenbachs Kopf zuckte leicht, wie bei einem kleinen Stromschlag, sein Schnurrbart erging sich in einer raupenähnlichen Bewegung. Er blickte schnell in den Hohlweg, in die Richtung der Felder, dann zurück zu mir und sagte mit unterdrückter Stimme: „Los, machen Sie schon, werfen Sie das Geld her!"

Ich warf ihm eines der Bündel rüber, das zweite ließ ich mir wie aus Versehen vor die Füße fallen.

Er nahm das erste Bündel, steckte es sich in die Brusttasche seines Hemdes, wo es herauslugte wie das Tuch, das in seinem Sakko steckte. Dann blickte er wieder in meine Richtung. „Heben Sie das Geld auf und werfen Sie es rüber, verdammt!"

Verpiss dich, du kriegst mich sowieso nicht!

Komm her, du Feigling, du Muttersöhnchen!

Robin ist ein Muttersöhnchen! Robin ist ein Muttersöhnchen!

Ich bückte mich langsam, streckte meine funktionstüchtige Hand nach den Scheinen aus, als mir die Kameratasche unbeabsichtigt von der Schulter rutschte. Wie in einem Reflex ergriff ich die Tasche und schleuderte sie dann mit zwei Händen in Richtung Breidenbach.

Sie traf ihn am Bauch, die Kamera flog heraus, prallte dumpf an einen Baum und fiel unter einem metallischen Schlag auf den Boden. Breidenbach schaute verdutzt und machte einen Schritt zurück, während ich auf ihn zusprang. Seine Augen blitzten auf und er nahm mich sekundenschnell zwischen Kimme und Korn ins Visier. Doch trat er im Rückwärtsgang auf eine der Wurzeln, verlor den Halt und fiel den Hinterkopf voraus in den Hohlweg. Ein Schuss löste sich, doch zischte die Kugel an mir vorbei, ich merkte nichts. Was ich spürte, war der Absatz von Breidenbachs Sohle auf der Brust, als ich auf ihm zum Liegen kam. Er versuchte, mich damit von sich zu pressen, doch hielt ich mit meinem vollen Gewicht dagegen.

Er schlug mir von unten eine Faust ins Gesicht, Blut spritzte aus meiner Lippe, traf auf den Lehmboden, traf auf die Blätter des Himbeerstrauchs, traf auf Breidenbach. Mit der linken Hand drückte ich Breidenbachs Pistolenhand auf den Boden, damit er sie nicht zwischen uns bringen, nicht schießen konnte.

Ich drückte sie in einen mit langen Dornen bestückten Ausläufer des Himbeerstrauchs, während Breidenbach das Gesicht verzog, seine Augen sich zu Hautfalten verengten, er einen unterdrückten Schrei ausstieß. Doch er ließ sich nicht vom Schmerz überwältigen, besann sich und schlug mit der linken Faust erneut auf mein Kinn ein. Ich spürte, wie sich ein Oberkieferzahn nach innen drehte, wie eine Lücke entstand, ein kleiner Krater, aus dem warmes Nervenblut pulsierte. Dann ging der nächste Fausthieb auf meinem Gesicht nieder. Ein stechender Schmerz, der Geschmack von Blut.

Ich musste selbst in die Offensive übergehen, sagte ich mir, sonst würde ich schon bald einen guten Gesichtschirurgen benötigen. Da ich mit der Linken seine Pistole am Boden halten musste, schlug ich mit der Rechten zu, der bandagierten Hand. Eine Faust konnte ich nicht bilden, deshalb hieb ich mit Handkantenschlägen auf ihn ein.

Schon beim ersten Schlag spürte ich, wie etwas in meiner Hand zerbrach. Doch es brach ohne Schmerzen, ich hörte nur den Aufschlag und dann das Krachen des Knochens, wie wenn man eine hohle Walnuss zerdrückt. Ich schlug wieder zu, wieder auf seine Schläfe und wieder krachte es. Doch das konnte mich nicht stoppen: Ich schlug weiter, schlug ohne das Geringste zu spüren, meine Hand war ein externer Schlaggegenstand, ein Knüppel, mit dem ich auf mein Opfer eindreschen konnte, bis es hinüber war. Auch als der Druck seiner Sohle auf meinem Brustkorb nachließ, schlug ich weiter, auch als die Waffe ihm schon aus der Hand geglitten war, senkte sich mein Prügel auf seine Schläfe, wieder und wieder, wie im Rausch. Erst als seine Augen glasig wurden, sein Mund aufklappte, kleine schaumige Blasen daraus hervorquollen, hielt ich ein.

Ich ließ mich für einen Augenblick auf den Ellbogen fallen und stieß sein Bein zur Seite, das nach wie vor angewinkelt und leblos zwischen uns hing. Dann beugte ich mich über ihn. Die Schläfe war blau, violett und schwarz und von kleinen Adern und Pusteln durchzogen. Seine Augen waren glasig, seine Pupillen titschten hin und her wie zwei braune Käfer, die in einer Hutschachtel gefangen waren. Aus seiner Kehle vernahm ich ein leises, schleimiges Röcheln. Ein unerträgliches Röcheln.

Ich beschloss, es abzustellen.

Ich wuchtete mich wieder über ihn, nahm seinen faltigen Truthahnhals in beide Hände und presste zu, spürte, wie sein Adamsapfel unter meinen Fingern erst in sich zerbrach und dann zerquetscht wurde wie ein rohes Ei. Das Röcheln schwoll noch einmal an, als wolle er die zerborstenen Reste seines knorpeligen Kehlkopfes aus seinem Rachen herauswürgen, dann gab es einen letzten dunklen Schmatzer und das Röcheln hörte auf. Gleichzeitig gerieten die braunen Käfer in seinen Augen in Panik, legten an Tempo zu, schienen noch einmal mit letzter Kraft einen Ausweg aus ihrem Gefängnis zu suchen, beruhigten sich dann urplötzlich wieder, zitterten noch eine Weile, erst stärker, dann nur noch unmerklich, bis sie ganz erstarrten.

11

Ein kleiner Cockerspaniel mit braunem, glänzendem Fell und langen haarigen Schlappohren sprang auf die Lichtung, drehte einen Kreis, einmal im Uhrzeigersinn um sie herum. Er schnupperte an den Wurzeln, an der Stelle, wo das Boot verankert gewesen war, an der Kamera, die auf dem Boden lag, an den zwanzigtausend Euro in ihrer pastellblauen Banderole. Dann lief er wieder in das Dickicht zurück, verschwand im Nirgendwo.

Hau ab, oder ich schmeiß sie in'n Lech!

Der Robin rennt zum Baum-haus, der Robin rennt zum Lehech!

Ich hörte Fußgetrappel, es raschelte, dann der schnelle Atem eines Kindes. *Ah, Autsch, scheiß Dornen!* Dann Stille. Zehn Sekunden, Zwanzig Sekunden.

Das Schnappen nach Luft.

Unterdrücktes Atmen, unregelmäßiges unterdrücktes Atmen. Luft, die nicht anecken darf, die durch die Kehle balanciert wird wie ein Tablett, das Kristallgläser trägt.

Ich richtete mich auf, stützte mich auf dem Ellbogen ab, blickte in den Hohlweg, der fast so dunkel war wie eine Höhle, in die sich lediglich vereinzelte Lichtmesser hineinbohrten, stählern, glänzend. Ein Junge stand da, mit blonden Haaren, die schräg nach oben gestylt waren, ihm jetzt aber teilweise verschwitzt in die Stirn hingen, mit kurzen Hosen und einem orangen T-Shirt mit schwarzem Aufdruck: United Colours of Benetton. Wie angewurzelt war er: Der Mund zu einem großen O, die Augen rund und aufgerissen und wie erstarrt auf mich gerichtet. Aus seinen Händen segelte etwas auf den Boden des Hohlwegs, langsam und eins nach dem anderen wie Federn, nur eckiger und bunter; schwerer. Die Dinger glitzerten unter einem vereinzelten Sonnenstrahl, der ihm am Bein hinunterlief wie etwas Flüssiges.

Ich warf mich kraftlos über Breidenbach, tastete nach seiner rechten Hand, die weit hinten lag, im Himbeerbusch, tastete mich an seinem leblosen Arm entlang, roch seinen kalten Schweiß, streckte mich noch ein bisschen, spürte den metallischen Schaft der Pistole.

Der Junge rührte sich nicht, schaute nur, was dort passierte. Zwei Männer wälzten sich auf dem Boden. Der eine tot, der andere blutig, zerschlagen.

Komm schon Robin, komm raus, gib sie her!

Mit den Fingerspitzen ergriff ich die Waffe, zog sie langsam über den staubigen Boden heran, bis ich sie umfassen konnte. Ich war überrascht über ihre Schwere, als ich den kalten metallischen Griff in die Hand bekam. Ich brachte sie auf der zerschlagenen Schläfe Breidenbachs in Stellung, visierte den Jungen an, legte den Finger an den krummen Abzug.

Plötzlich durchfuhr es ihn wie einen Ruck, er sprang um die eigene Achse und rannte davon wie ein aufgescheuchtes Kaninchen.

Ich hätte schießen können, ihm mit der Kugel den Rücken zerfetzen können. Aber ich ließ die Waffe sinken.

Robin bleib stehen, gib die verdammten Bilder her!

Ro-bin, Mutter-söhnchen …!

Ich blieb noch eine Weile liegen, registrierte, dass die Kinderstimmen wieder abflauten wie die Melodie eines ausklingenden Musiktitels im Radio.

Obwohl ich mich fühlte wie nach einem Verkehrsunfall, versuchte ich mich langsam wieder aufzurappeln. Das Blut aus meiner Lippe hatte sich über mein gesamtes Hemd verteilt, sicherlich auch über mein Gesicht. Ich fuhr mir mit der Hand darüber: Es war rau, geschwollen, musste voller Blutergüsse sein. Mein Kiefer schmerzte, aber noch mehr schmerzte mein Zahn, der krumm in meine Mundhöhle hineinzuragen schien, ob abgebrochen oder entwurzelt war schwer zu sagen. Ich befühlte die Stelle mit der Spitze meiner Zunge, versuchte den Zahn leicht aufzurichten, doch durchfuhr mich dabei ein greller, stechender Schmerz.

Während ich mit Mühe auf die Beine kam, befühlte ich das Loch, aus dem der Zahn gerissen war, tunkte erneut die Zungenspitze in einen Krater voller Blut. Es war warm, schmeckte metallisch, irgendwie chemisch, künstlich.

Mit schweren Schritten ging ich in die Mitte der Lichtung, hob das Geldbündel auf, steckte es in die Hosentasche. Dann wankte ich zurück zu Breidenbach: Seine Zwanzigtausend steckten nach wie vor in der Brusttasche seines Hemdes, ordentlich, als sei die Tasche exakt für ein Zwanzigtausend-Euro-Bündel geschneidert worden. Ich beugte mich über den Leichnam, ergriff das Geld und steckte es zu dem anderen.

Da lag er, der Elitestudent, der CEO, der Vater von zwei Kindern, der Schürzenjäger. Wenn man seine Schläfe außer Acht ließe, sähe er ganz friedlich aus, mit seinem offenen Mund, in dem die Zunge rötlich glitzerte wie eine reife, saftige Frucht. Sein Hals war leichenblau, nur an der Stelle, die ich zusammen gepresst hatte, befand sich ein rotes, wundes Band. So musste es aussehen, wenn sich einer erhängt hatte, eine rotviolette Narbe, von dem Strick in den Hals gepresst wie von einem Brand eisen.

Eine Weile blieb ich wie gebannt über ihm stehen, ließ mich von der Ästhetik des Todes gefangennehmen. Dann, plötzlich, begann mein Hirn wieder zu arbeiten: Du musst die Leiche verstecken, sagte es. Breidenbach muss weg! Weg von hier! Auch du musst weg. Alles muss weg: die Kamera, die Waffe, die Spuren vom Kampf.

Ich musste alles beseitigen. Heute. Jetzt.

Ich wusste: Nach Breidenbach würden sie fragen, wenn er morgen nicht zur Arbeit kam. Er war der Boss und das Unternehmen befand sich in einer entscheidenden Phase. Sie würden morgen um neun, spätestens um zehn bei ihm durchklingeln. Seine Frau würde an den Apparat gehen und sagen, dass er die ganze Nacht nicht da gewesen war, das komme vor, aber nur selten ohne vorherige Erklärung, würde sie sagen und meinen: ohne vorherige Ausrede, aber das wäre dann egal. Sie würden nicht lang warten mit der Suche nach ihm, er war zu wichtig, war Landsbergs Bürger Nummer Eins. Achtzehntausend Arbeitsplätze hingen von ihm und seinen Entscheidungen ab. Sie würden so lange suchen, bis sie ihn gefunden hatten. Keine Polizeisonderkommission konnte es sich erlauben, mit leeren Händen an die Öffentlichkeit zu treten. Und Öffentlichkeit würde es geben. Also musste ich dafür sorgen, dass sie ihn letztlich aufspüren würden und ich musste ihnen eine Erklärung für seinen Tod liefern, die sie irgendwohin führte, nur nicht zu mir.

Als Erstes musste er weg von hier, sagte ich mir erneut, musste in den Wagen, den Kofferraum.

Ich lief los, wollte den DS holen, doch jenseits der Lichtung gingen sie mit ihren Hunden über den Schotterpfad Gassi. Man konnte zudem von den Häusern des Dorfs, von den geranienumkränzten Balkonen, auf die Felder bis hin zum Lech sehen.

Es würde kein Problem sein, mit dem Wagen über den Schotterweg zu fahren – Bulldogs verkehrten dort. Doch musste ich über die Wiese zurücksetzen, vorbei am Maisfeld, Kofferraum voraus. Oder ich trug Breidenbach von hier zur Piste. Beides würde nicht gerade ein unauffälliges Manöver bedeuten.

Die Glocken der Kirche schlugen sechs. Sollte ich jetzt blutverschmiert und mit zerschlagenem Gesicht hinauf ins Dorf gehen und den DS holen? Unmöglich, dachte ich, ich musste warten, bis es dunkel war.

Im Hohlweg lagen Bildchen vom FC Bayern, die der Junge verloren hatte. Ich sammelte einige auf, steckte sie zu den Bündeln in meine Tasche, keine Ahnung warum, vielleicht, weil ich in meiner Jugend selbst Sammler gewesen war. Als ich über Breidenbach stieg, um wieder auf die Lichtung zu kommen, rissen mir die Dornen einen Kratzer in den Arm. Einer mehr oder weniger, das war jetzt auch egal, dachte ich.

Ich nahm Breidenbach bei den Waden, den eingestaubten Socken, und zog ihn in die Mitte der Lichtung. Anschließend ging ich zurück durch den Hohlweg, blickte hinaus. Was, wenn jemand kam? Wenn jemand zum Boot wollte, zum Lech, zum Baumhaus? Was, wenn der Junge zu seinen Eltern gelaufen war, ihnen alles erzählt hatte? Würden sie ihm glauben? Würden sie jemanden runterschicken? Ich würde nicht von hier fliehen können. Das Gesträuch, die Büsche waren zu dicht und hinter mir war der Fluss. Wenn jemand kam, saß ich in der Falle, man konnte nur aus dem Nadelöhr des Hohlwegs hinaus. Jetzt war es sechs. Bis es dunkel sein würde, waren es noch rund vier Stunden. Eine lange Zeit, wenn man unentdeckt bleiben wollte.

Ich ging zum Fluss, blickte stromabwärts. Das Boot hatte sich in einer Biegung verfangen, steckte an einer Halbinsel aus Schilf und braunen Gräsern fest. Zweihundert Meter entfernt vielleicht, eine halbe Aschebahn. Eine Weile stand ich unschlüssig da, blickte auf den Lech, der schon zu drei Vierteln im Schatten lag und aussah wie ein riesiger zweifarbiger Teppich, den sie in den Wald gelegt hatten.

Ich atmete tief ein, um mir einen Ruck zu geben. Dann ergriff ich mit der unlädierten Hand den fusseligen Stamm einer Birke, hielt mich fest und ließ mich die Uferböschung hinunter ins knietiefe Wasser gleiten. Dreck wirbelte auf, verwandelte den aquarellgrünen Fluss in eine braune Brühe, die sich aber schnell verflüchtigte, vom Strom mitgetrieben wurde. Das Wasser war trotz der Hitze überraschend kalt, aber vielleicht nahm ich es auch nur so wahr, der Glut des Tages wegen.

Da ich nicht ausschließen konnte, dass es in tiefere Gewässer gehen würde, zog ich die Geldbündel aus der Tasche und legte sie an den Fuß einer Ulme; zur Sicherheit riss ich ein Moosbüschel aus und drapierte es über das Geld. Dann warf ich mir eine Hand voll Wasser ins Gesicht. Die Lippe brannte genauso wie das Kinn und die rechte Wange. Ich ignorierte den Schmerz, warf mir eine weitere Ladung ins Gesicht, schrubbte darüber, um den Dreck und das verkrustete Blut abzuwischen. Anschließend watete ich den Strom hinab, die rechte, zerschundene Hand ans Ufergesträuch haltend, an Wurzeln, die wie schwarze Gliedmaßen auf die Wasseroberfläche ragten, an Büsche und totes Geäst. Um meine Waden wickelten sich die Tentakeln eines hahnenfußartigen Wassergewächses, Mücken umschwirrten mich und eine Libelle flog mir voraus, stetig darauf bedacht, den Abstand einer Armeslänge zu wahren. Auf der anderen Uferseite paddelte das schwarze Federvieh von eben und stieß ungerührt seine Sonargeräusche aus, immer im gleichen zeitlichen Intervall, wie aufgezogen.

Als ich am Boot angekommen war, band ich mir das nasse, braune Tau um die Hüfte und stapfte in langen, zeitlupenartigen Schritten wieder stromaufwärts. Zurück bei der Lichtung, band ich das Tau los und schlang es um die Wurzel, an der es bereits zuvor gehangen hatte. Ich nutzte dieselbe Wurzel als Trittbrett, um auf die Lichtung hinaufzuklettern. Oben löste ich das Tau wieder und zog das Boot damit aufs Land.

Erschöpft legte ich mich einige Augenblicke auf den Boden, bevor ich mir erst die Schuhe und die Socken auszog, anschließend auch die nasse Hose und die Unterhose. Ich hängte die Socken und den Slip über ein Ästchen, das noch von einem letzten gelben Sonnenstrahl beschienen wurde, ansonsten lag die Lichtung komplett im Schatten. Ich nahm das Geld wieder an mich, steckte es mir in die Brusttasche und stellte die nassen Schuhe auf das ausgerupfte Moos. Die Hose hängte ich über den elastischen Stamm einer jungen Buche, deren Laubkrone durch die Schwere der Nässe bis auf den Boden gedrückt wurde.

Ich drehte das Boot um und zog es dann Bug voraus über den Leichnam. Nur der rechte Fuß lugte noch heraus und nachdem ich diesen hinter der Innenseite des Kahns verkeilt hatte, war der tote Breidenbach fürs Erste verschwunden. Die Tüte und die Waffe schob ich ebenfalls unter das Boot und die Canon, die den Aufprall überraschend gut überstanden hatte, packte ich wieder in die Fototasche. Sollte in den kommenden Stunden jemand die Lichtung betreten, würde er weder eine Leiche noch irgendwelche Spuren des Kampfs vorfinden. Er würde sich nur über den Freak wundern, der hier lediglich mit einem Hemd bekleidet auf dem glitschigen Rückgrat eines schwarzen Kahns lag und seine Eier den umherfliegenden Bremsen feilbot.

Ich hätte mir das Ganze sparen können, denn außer immer neuen Mückenschwärmen, die mir nach und nach Füße und Hals zerstachen, erschien an diesem Abend, in dieser jungen, finsteren Nacht, niemand mehr am Fluss. Ich war eingeschlafen und als ich nach einer guten Stunde erwachte, lag die gesamte Lichtung bereits im Dunkeln, wie von einem schwarzen Tuch bedeckt. Am Himmel glitzerten Milliarden von Sternen, aber nur eine kleine, weißliche Mondsichel, die etwas Unfertiges, fast Kaputtes hatte.

Ich ließ mich von dem feuchten, warmen Holz des Bootes hinabgleiten, das mitsamt der Leiche wie ein verlassenes Seemannsgrab wirkte; im Grunde erschien mir die ganze Lichtung nichts anderes zu sein als ein mystisches Totenmal am Fluss, einem Fluss, den man jetzt, in der Dunkelheit, nicht sehen, dessen Existenz man aufgrund seines tiefen, kehligen Gurgelns nur erahnen konnte.

Ich schob das Boot beiseite und blickte auf den nur schemenhaft zu erkennenden Leichnam: Der schwarze Boden war noch ein bisschen schwärzer als der schwarze Breidenbach, ein mattes Funkeln lag in seinen offenen, aber toten Augen. Sein Hemd hob sich als helle unförmige Fläche ab, ebenso wie sein teigiges Gesicht. Zwischen der etwas hochgerutschten Hose und den Socken nahmen sich zwei kleine Streifen weißer Haut aus, verliehen dem Toten etwas Verletzliches.

Ich wandte mich von meinem Opfer ab und begann Hose, Slip und Socken zu suchen. Zwar wusste ich, dass sie sich in einem Umkreis von nur zwei Metern befanden, doch dauerte es aufgrund der mich umflutenden Düsternis eine Ewigkeit, bis ich sie gefunden hatte. Die Schuhe suchte ich am längsten: Ich musste mich auf Knien tastend über den Waldboden vorarbeiten, bis meine Finger endlich das plüschige Moos befühlten, auf das sie gebettet waren.

Nachdem ich in die noch immer feuchten Kleider geschlüpft war, tastete ich mich durch den Hohlweg auf die Felder vor. Ein zarter weißer Widerschein deutete an, wo sich die Schotterpiste befand. Im Hintergrund sah ich einige wenige beleuchtete Fenster, die wie ferne Lagerfeuer wirkten und um die herum sich in meiner Phantasie Menschen mit roten Gesichtern und glasigen Augen scharten.

Ich trat auf die Wiese und folgte dem weißen Band des Feldweges bis ins Dorf, schlich linkisch über seine ausgestorbenen Straßen wie ein geschlagenes Tier. Als ich an dem verwitterten Stall ankam und mich in den DS fallen ließ, hatte ich das Gefühl, eine Ewigkeit nicht mehr in dem Wagen gesessen zu haben. Noch immer roch es leicht nach sauren Gurken und es irritierte mich, dass es erst knapp zwei

Wochen her sein sollte, dass ich hier, von diesem Sitz aus, die Sexpartnerin des Mannes beobachtet hatte, den ich vor wenigen Stunden umgebracht hatte, den ich mit meinen eigenen Händen erwürgt hatte. Doch es war alles real, wusste ich: Da lag noch die Alienmaske, das Geld wölbte sich in meiner Tasche, auf der Fußmatte vor dem Beifahrersitz lag sogar nach wie vor das Gurkenglas, das ich immer noch nicht weggeworfen hatte. Wie ein Schauer überkam mich das Bewusstsein über das Ausmaß meiner abscheulichen Tat.

Ich versuchte, den Gedanken beiseitezuschieben, startete den Wagen und ließ ihn anschließend lautlos den Hang hinunterrollen. Erst als die Straße in den Feldweg überging und der Schotter unter den Reifen knirschte, legte ich den zweiten Gang ein, gab leicht Gas und knipste die Scheinwerfer ein. Die Lichtkegel beleuchteten das niedergemähte Roggenfeld und einen mit Grasballen gefüllten Anhänger, der auf der Wiese gegenüber stand.

Mein erster Gedanke war es gewesen, rückwärts über die kleine Wiese zum Lech hinabzufahren, um die Leiche besser in den Kofferraum laden zu können. Doch entschied ich mich jetzt für den Vorwärtsgang – ich wollte mit den Scheinwerfern für besseres Licht sorgen.

Tatsächlich stießen die Leuchten wie gelbe Lichtwürmer durch den Hohlweg hindurch, illuminierten die gesamte Totenstätte bis hin zum Fluss.

Zuerst schob ich das Boot wieder ins Wasser und vertäute es an der Wurzel, dann räumte ich die Kamera, die Tüte, die Pistole, das noch immer umherliegende Portemonnaie in den Wagen. Breidenbach wollte ich auf den Armen oder über die Schulter geworfen zum Auto tragen, um möglichst wenig Spuren zu hinterlassen. Doch als ich ihn unter den Achseln packte, um ihn hochzustemmen, war er zu schwer oder ich zu erschöpft. Also nahm ich ihn bei seinen weißen Waden und zog ihn Richtung Wiese.

Es sah erschreckend aus, wie sein Kopf durch die Unebenheiten des Bodens immer wieder hin und her geschleudert wurde, wie das schlaffe Fleisch seiner Wangen unter den Aufschlägen erzitterte. Als ich schon gebeugt zwischen den Himbeersträuchern stand, schob sich plötzlich seine Zunge zwischen die Zähne, wurde von seinem Kiefer in die Zange genommen, der durch das Ruckeln immer wieder auf die Zunge biss, wie auf ein zähes Stück rohen Fleisches. Ich hielt inne, legte die Füße im Hohlweg ab, kniete mich zu ihm hinunter, um ihm die Zunge wieder in den Mund zu schieben: Ich legte meinen zerschundenen Arm in seinen Nacken, sodass der Kiefer aufklappte und drückte die Zunge mit meinem Daumen in seinen Rachen zurück. Sie fühlte sich rau an und hart und irgendwie wie ein eingeschlafenes Körperteil meiner selbst. Seine Schneidezähne hatten kleine, grellrote Dreiecke in das Zungenfleisch hineingeschlagen und mir war, als würde der Schmerz, den Breidenbach nicht mehr spüren konnte, auf mich übertragen. Erschaudernd zog ich meinen Arm hinter seinem Genick hervor, sodass der Kiefer unter einem scharfen *Klock* zuschnappte. Doch kaum hatte ich ihn einige Meter weiter gezogen, klappte er wieder auf, die Zunge fiel schlaff heraus und statt des *Klock* hörte man ein gedämpftes rhythmisches Schmatzen.

Als ich am Wagen anlangte, waren Breidenbachs Schneidezähne und sein Schnurrbart voller Blut, deutlich sah ich die ins Zungenfleisch hineingehackten Kerben, sie schimmerten bläulich und auch ein bisschen weiß.

Auf einmal wurde mir flau und ich sah mich wie von außen: Sah einen feigen Mörder, der sein Opfer unter dem Schein künstlichen Lichts in den Kofferraum wuchtet, um es wie ein totes Tier zu verladen und an einen anderen Ort zu verfrachten. Es ekelte mich an, *ich* ekelte mich an.

Ich versuchte die Gedanken zu verdrängen und ging ein letztes Mal zur Lichtung, verwischte die wenigen verbliebenen Spuren mit einem umherliegenden, blattlosen Ast, den ich anschließend in den Fluss warf. Zurück am Wagen blickte ich noch einmal zu den Lagerfeuern, von denen jetzt nur noch wenige in der Dunkelheit glommen. Die Häuser, die im Berg hingen, wirkten jetzt wie große schlafende Echsen, was mich irgendwie beruhigte. Dann stieg ich ein und fuhr los.

Ich parkte direkt vor der Detektei, hinter einem alten Mercedes. Auch in Landsberg waren die Straßen fast menschenleer, obwohl es erst kurz nach Mitternacht sein musste. Das Josolé gegenüber war in ein mangofarbenes, leicht rauchiges Licht getaucht, welches durch die Fenster über das Mauerwerk und auf die Pflastersteine hinaus sickerte; die Stühle der Gaststätte waren bereits auf die Tische gestellt, nur im Hintergrund huschten einige bläuliche Schatten umher, deuteten an, dass sich zumindest noch eine Putzkraft im Laden befinden musste.

In der Detektei zog ich die oberste Schublade des Fin-de-Siecle-Schränkchens auf, das seitlich neben dem Schreibtisch stand, und ließ meine Hände darin über Taschenrechner, Schere, Kamerakabel, verstaubte Post-its, ein gummiartiges Klebeband und einen unsortierten Stoß aus Papier und Zeitungsschnipsel gleiten. In der zweiten Schublade fand ich das, was ich suchte: Die Bilder lagen unter einer Blechschachtel Usher-Peppermints, vergilbten Briefumschlägen und einem „Aktionskalender" des Restaurants „Muntere Mühle" in Schwabmühlhausen (die Mitarbeiter waren zum Gruppenfoto angetreten, die Damen im Dirndl mit gelber Schürze, die Herren in speckigen Lederhosen).

Ich breitete die Bilder auf der Schreibtischplatte aus. Es waren diejenigen Fotografien, die ich für den Klaproth-Bericht geschossen, dann aber aussortiert hatte, um mein Wissen um das Verhältnis Larissas anderweitig zu vermarkten.

Ich wählte ein Bild aus, das Larissa und Breidenbach auf der Terrasse zeigte, dasjenige, wo Breidenbach ihr von hinten lustvoll unter die Bluse griff. Mitten im Leben stand er damals – zwei Wochen später lag er tot im Kofferraum eines mintgrünen Citroëns in der Landsberger Altstadt. Was wäre ihm *diese* Information wohl wert gewesen, fragte ich mich?

Ich nahm die Vierzigtausend und legte sie in die oberste Schreibtischschublade unter zwei fast ungenutzte, in schwarzes Kunstleder gebundene Taschenkalender aus den vergangenen Jahren, die ich nur deshalb noch aufbewahrte, weil in ihnen Telefonnummern vermerkt waren, die ich aus Faulheit bisher nicht übertragen hatte. Darüber warf ich die Fußballbildchen des FC Bayern, die mir noch immer in der Hosentasche umherflogen.

Das Foto mit dem heimlichen Liebespaar knickte ich einmal in der Mitte und schob es in die ausgebeulte Brusttasche des Hemdes.

Ich fuhr die Bergstraße hinauf, ließ die Stadtmauer hinter mir und lenkte den DS in Richtung Penzing. Nach dem zweiten Kreisverkehr hatte ich die Lichter der Stadt hinter mir gelassen, links und rechts der Fahrbahn lagen die Felder, stumm und unsichtbar, wie von der Welt vergessen. Nach wenigen Atemzügen tauchten die grauen Schemen des Militärflughafens zur Linken auf, dann die Signalleuchten für die Flugzeuge, die wie rote Reißzwecken in den Penzinger Himmel gepinnt waren: an der Kirchturmspitze, den Giebeln der Häuser in der Einflugschneise, an der kleinen Kapelle mit ihrer Zwiebelkuppel und einem Baukran, der melancholisch zwischen den Feldern stand.

Das Dorf lag im Dunkeln, nur vor dem Jugendhaus, das sich gegenüber dem Friedhof befand, standen drei Gestalten in engen T-Shirts, Kappen und glimmenden Kippen in den Mundwinkeln.

Ich fuhr in die Straße, die zu unserem Haus führte, und stieß mit dem Heck in die ungepflasterte Einfahrt unseres Stalls vor.

Auch in unserem Haus brannte kein Licht.

Der Blick in den Spiegel war undramatischer als ich dachte: Meine rechte Wange war geschwollen und in einen fliederblauen Ton getaucht. Auf der rechten Seite meiner Oberlippe hatte sich ein kleines Gerinnsel gebildet, wie es vor einigen Wochen auf der anderen Seite gerade abgeklungen war. Die Wunde war nur etwa halb so groß wie diejenige, die mir der Typ in der Oldtown-Bar verpasst hatte, entsprechend klein stellte ich mir die Narbe vor, die ich dort zurückbehalten würde.

Ich hatte einen leichten Sonnenbrand, stellte ich fest: Meine Stirn und meine Wangenknochen leuchteten rot, kleine weiße Fältchen zogen sich wie ein Netz um meine Augen; darunter hingen Tränensäcke, rund und schwer wie Blütenkelche. Meine Haare standen kraus und ich hatte das Gefühl, es seien wieder bedeutend weniger als bei meinem letzten Blick in den Spiegel. Ich glättete sie ein wenig mit Leitungswasser, kämmte die vorderen über meine anfängliche Stirnglatze. Meine Koteletten und Schläfen hingen noch immer voller Staub, den das Wasser jetzt in rötlichen Brei verwandelte.

Von meinem Zahn konnte ich nichts erkennen, auch nicht, als ich die geschwollene Backe mit den Zeigefinger aufhielt und die Mundhöhle in das Licht der über dem Spiegel hängenden Leuchte schob. Ich schritt hinüber zu Kims Waschbecken und ergriff den Kosmetikspiegel, der auf der Ablage stand. Durch die Vergrößerung sah ich jetzt deutlich, dass einer der hinteren Backenzähne zur Seite gedrückt, vielleicht sogar herausgerissen war, die Zahnlücke schimmerte wässrig-rosig wie die pergamentene Haut eines Neugeborenen. Gleichzeitig musste ich unter der Lupe feststellen, dass sich auch in meine Bartstoppeln die ersten grauen Haare gemischt hatten.

Ich stellte den Spiegel zurück, warf mir mit der linken Hand eine letzte Salve Wasser ins Gesicht. Nur kurz ließ ich meinen Blick über meine rechte Hand schweifen, deren Verband asphaltgrau und mit roten und gelben Sprenkeln und Schlieren versehen war. Er war so zerrupft, dass man die einzelnen Mullbahnen nicht mehr auseinanderhalten konnte, alles war zu einem großen, ausgefransten Stoffbrei geworden. Dennoch hatte ich weder Schmerzen, noch nahm ich irgendetwas wahr, als ich mit der linken Hand über meine eingewickelten Finger strich. Das Gefühl bei der Berührung erinnerte mich für einen Moment an die leblos-taube Zunge Breidenbachs, sodass mir ein leichter Schauer über Nacken und Rücken lief.

Ich drückte die Klinke so leise wie möglich hinunter und öffnete die Schlafzimmertür langsam, erst einen Spalt breit, dann so weit, dass ich hindurchschlüpfen konnte. Die Babysachen standen unverändert an ihrem Platz, alles schien unangetastet, nur der Mond glomm spärlicher herein als tags zuvor. Dafür strich die Digitaluhr ein blasses Rot auf Kims Gesicht, ihre Schultern und Beine, die unter dem Laken hervorlugten, mit dem sie sich zugedeckt hatte.

Ich schloss die Tür und schlich mit leisen Schritten über den Laminat-Fußboden. Kim schlief mit offenem Mund, die Hand neben ihrem Gesicht auf dem Kopfkissen, den Daumen leicht abgewinkelt wie ein Kind, als hätte sie eben noch daran genuckelt. Ihre Augenlider wirkten bläulich in dem halbweltlichen Licht und unter ihnen bewegten sich die Pupillen hin und her, wie falsch montierte Scheibenwischer.

Ich öffnete die Tür des Sperrholzschranks, bückte mich und begann Handtücher und Bettwäsche zu durchwühlen. Es war zu dunkel, als dass ich erkennen konnte, was ich in den Händen hielt und da ich Kim nicht wecken wollte, entschied ich mich, einen ganzen Stoß mit hinauszunehmen und ihn draußen durchzusehen. Als ich an der Tür angekommen war, hörte ich das weiche Rascheln ihrer Haut, die über die Baumwolllaken glitt; die Federkerne der Matratze schnauften einmal auf, die Latten des Bettgestells ächzten.

„Max? Bist du das?"

„Ja, ich bin's, schlaf weiter!"

„Mann, hab ich mich erschreckt! Wie spät ist es …?" – Sie schaute auf die Uhr – „Bist du erst jetzt gekommen?"

„Ist etwas später geworden, ja."

„Kommst du ins Bett …? Ich hab dich angerufen, warum hast du dich nicht gemeldet?"

„Sorry, ging nicht, war mit dieser Industriellen-Geschichte beschäftigt."

Es war komisch, meine Stimme zu hören, die Alltagsstimme von Max, dem vielbeschäftigten Ehemann. Komisch, dass es diese Stimme immer noch gab, nach alldem.

Sie stützte sich mit einem Ellenbogen auf, fuhr sich mit einer Hand durchs verschlafene Gesicht oder vielleicht streifte sie sich die Haare zurück – es war schwer zu erkennen in der Dunkelheit. Jedenfalls sagte sie: „Was hast du da?"

„Nichts, Schatz, schlaf jetzt, ich komm gleich auch, muss nur noch ein paar Kleinigkeiten erledigen. Morgen erzähl' ich dir alles. Okay?"

Quietschen, Ächzen: Sie hatte sich wieder zurück ins Kissen fallen lassen. „Alles klar. Komm schnell, okay?"

„Mach ich!"

Obwohl ich sie mit meiner kaputten Hand zuzog, schloss sich die Tür überraschend sanft.

Ich ging zurück ins Bad, legte den Wäschestapel auf die Waschmaschine und kramte ein weißes Baumwolllaken heraus. Dann zog ich mein blutverschmiertes Hemd aus und stopfte es ganz nach unten in den Wäschekorb. Ich nahm ein bereits getragenes Polohemd aus dem Korb heraus und streifte es über.

Zurück beim Wagen warf ich das Laken auf den Rücksitz, dann öffnete ich den Kofferraum. Breidenbach lag darin wie ein Embryo: den Rücken gekrümmt, die Beine angewinkelt, die Arme vor der Brust. An seine Glatze hatte sich die gelbe Plastikbox des Warndreiecks geschmiegt und unter seiner Hüfte lugte der braune Holzgriff eines Regenschirms heraus. Ich versuchte, ihn weiter in die Tiefe des Kofferraums zu schieben, um mehr Stauraum zu erhalten, doch konnte ich ihn vornübergebeugt nur schwer fassen und irgendwie verkanteten sich seine Füße an den schachtelartigen Verklüftungen, in denen die Rücklichter eingelassen waren. Wenn ich ihn weiter nach hinten schieben wollte, müsste ich ihn noch einmal komplett aus dem Wagen herauswuchten und neu hineinlegen, dachte ich.

In diesem Moment erfassten mich zwei Scheinwerfer eines Fahrzeugs, das in unsere Straße einbog. Wie betäubt blieb ich stehen, eine Hand auf der Kofferraumtür, die andere auf der kalten Schulter der Leiche. Der Motor des auf mich zurollenden Fahrzeugs brüllte auf, die Lichter hielten weiter auf mich zu. Einen Augenblick dachte ich, *das war's, alles aus*, doch als die Lichter an unserem Grundstück angekommen waren, schienen sie einfach vorbei zu rollen. Ich versuchte, mein Gesicht aus dem Lichtkegel zu nehmen, bückte mich näher zu Breidenbach herab, der den Geruch frischer Erde verbreitete. Ein bisschen Glück brauchte ich jetzt, nur ein bisschen Glück. Ich hörte, wie das Fahrzeug an unserem Zäunchen vorbei fuhr, sich langsam entfernte. Gleich würde es weg sein, dachte ich, es musste irgendein Bauer sein, der so schnell wie möglich nach Hause wollte, der mich gar nicht wahrgenommen hatte. Doch dann vernahm ich, wie der Dieselmotor gedrosselt wurde. Ich blickte über der Gummiisolierung des Kofferraums hervor, sah eine schlappe Bayernfahne, die auf einem kirschroten Bulldog montiert war.

„Hey, Max, was tuast'n du no do? Bist wieder amoi investigativ unterwegs oder was? Oder hat di dei Oide rausgschmissn?" Eichhammer lachte das rauchige Lachen, das man sonst nur aus schottischen Whiskykehlen kennt. „Du konnst di bei mir in'n Stadel eini haun, bevor du in deim Auto penna muast!" Wieder Lachen, dazu ein Schlag auf den nackten Oberschenkel.

Ich tauchte auf, schluckte und sagte kleinlaut: „Passt scho, Eichhammer … passt scho."

Eichhammer lachte und schrie: „Rührst di, wennst was brauchst, Max. Nua kei Schei, mir hom die Preußn no nia in der Scheißn sitz'n lossn!"

Er gab Gas, der Diesel röhrte und dennoch konnte ich sein Lachen noch hören, bis er hinter unserem Haus in den kleinen Weg einbog, um auf sein Feld zu fahren, um dort mitten in der Nacht seine zwei Bahnen Gras zu mähen.

Ich atmete mehrmals tief durch, dann griff ich den Handlauf des Schirms und riss ihn und mit ihm Breidenbach nach oben. Es funktionierte: Die Leiche rutschte einen halben Meter tiefer in den Wagen hinein. Da sich der Kofferraum nach hinten verjüngte, wurde Breidenbachs Kopf dabei so weit nach vorne gepresst, dass sein Genick knackte und sein Kinn wie angenagelt auf dem Brustkorb zum Liegen kam.

Ich zog den total verbogenen Schirm heraus und warf ihn achtlos in die Dunkelheit. Dann schritt ich hinüber zu der Steinpalette vor der Scheune und griff mir eine der Granitpflasterplatten „Yellow Rusty" mit gestockter Oberfläche und legte diese vor Breidenbach in den Kofferraum. Ich ging auf Nummer sicher und legte noch eine zweite mit dazu.

Als ich wieder im Wagen saß, spürte ich, wie Kraft und Zuversicht zurückkehrten. Um mich mental auf meine Mission vorzubereiten, legte ich eine neue Tango-CD ein, die ich mir vor Kurzem in Internet bestellt hatte.

Die Zinnen des Schlosses am Golfplatz lagen im Dunkeln, als ich im Schritttempo an dem Parkplatz vorbeifuhr, auf dem ich den Wagen vor zwei Wochen schon einmal unter anderen Umständen abgestellt hatte. Jetzt ließ ich ihn links liegen und fuhr auf die kleine Anhöhe hinauf, auf der ich Klaproth damals getroffen hatte. Durch das rechte Seitenfenster erblickte ich auch den Kasten mit der Glocke und das Warnzeichen, „Vorsicht Golfbälle von links".

Um mir einen Überblick über die Anlage zu verschaffen, schaltete ich das Fernlicht ein, aber nur für Sekunden, schließlich wollte ich nicht den vermeintlich nervösen Schlossbesitzer auf mich aufmerksam machen. Nachdem die ungefähre Richtung klar war (bergab!), schaltete ich das komplette Licht aus, tippte kurz aufs Gas und ließ mich im Leerlauf über den Kiesweg hinunterrollen.

Etwa auf der Höhe, wo Breidenbach damals lachend gestanden und mit seinem Schläger posiert hatte, tauchten die Abschlagsplätze auf. Ich schaltete kurz das Licht an, um mich zu orientieren: Es waren drei holzgezimmerte Gebäude, die sich nur durch ihre grünen Fußmatten von herkömmlichen Pferdeboxen unterschieden.

Der Teich befand sich nur einen kurzen Golfballflug weiter bergab; er lag idyllisch unter einer dicken Eiche, die ihre Zweige und Blätter auf die Wasseroberfläche hinunterließ; dahinter schlängelte sich eine lange grüne Wiesenzunge bis hinüber zum Waldrand.

Ich parkte den Wagen neben einem gelben Pflock, auf dem „Ferngas. Erdgas Schwaben GmbH" stand. Als ich die Musik ausschaltete und die Wagentür öffnete, hörte ich das ferne Zirpen der Grillen und das nähere, fast bedrohliche Quaken offenbar riesiger Frösche; Ochsenfrösche, vermutete ich. Im Hintergrund ein Geräusch, das an das Rieseln von Sand erinnerte. Es war der Wind, der durch das Schilf und die hüfthohen Gräser am Teich strich.

Ich breitete das Laken auf dem frischen Grün eines perfekt vertikutierten Rasens aus, auf dem ein Schild eingelassen war, das verkündete: „Nicht chippen, nur putten".

Ich öffnete den Kofferraum und nahm zuerst die Granitpflasterplatten heraus, die ich sorgsam wie Bauklötze übereinander auf das Laken stapelte. Dann kam Breidenbach an die Reihe.

Geschwächt vom Tragen der Steinkolosse zog ich ihn über die Rückwand des Kofferraums und ließ ihn ungeschickt vor meine Füße auf den Rasen sacken. Er fiel unglücklich mit der Schulter voraus auf den Boden und das hölzerne Krachen, das hierdurch ausgelöst wurde, ging mir durch Mark und Bein.

Ich wandte mich für zwei, drei Atemzüge ab, doch als ich wieder zu ihm hinabsah, konnte ich ihn neben dem Auto liegend kaum erkennen: Verbreitete der Mond ohnehin nur ein spärliches Licht, wurde es an der Stelle, an dem sich Breidenbachs Kopf befand, auch noch vollkommen von der Schwärze des Kofferraumschattens aufgesogen. Also zog ich ihn einige Schritte weiter auf das Laken zu, an eine Stelle, wo man wenigstens graue von schwarzen Flächen unterscheiden konnte.

Da er mit dem Gesicht auf der Wiese lag, drehte ich ihn zunächst um. Daraufhin schob ich ihm meinen Arm unter das Genick wie eben im Hohlweg, als er sich die Zunge zerbiss. Ein unscheinbares fruchtiges Funkeln blitzte in seinem Gesicht auf wie ein Katzenauge, das für Sekundenbruchteile von Scheinwerfern erfasst wird. Ich nahm das Foto aus meiner Brusttasche, zerknüllte es zu einer golfballgroßen Kugel und tastete mich mit der freien Hand über seinen blutverkrusteten Schnauzer zu seinem Mund vor. Er war offen wie gehabt, also schob ich ihm das Papier hinein und zog dann mit einem Ruck den Arm unter seinem Nacken weg.

Klock!

Ich schnaufte einmal durch, sog die leicht faulig schmeckende Teichluft in meine Lungen hinein und zerrte Breidenbach dann vollends zum Laken, wo ich ihn bäuchlings auf die Granitplatten legte. Ich ließ meine Hände in seine Hosentaschen gleiten, fand einen Schlüsselbund, ein Portemonnaie und sein Handy. Die beiden ersten Fundstücke ließ ich dort, wo sie waren, das Handy zog ich heraus. Obwohl ich im Grunde sicher war, dass er meine Nummer nicht gewählt hatte, löschte ich dennoch die Ruflisten und steckte es wieder in seine Hosentasche. Er sollte seine Wertsachen schön bei sich behalten, sagte ich mir, schließlich sollte keiner auf die Idee kommen, dem Täter sei es ums Geld gegangen. Dann wickelte ich ihm den Stoff um den Körper und machte zwei lockere Knoten: einen über seinem Hals, den anderen in der Höhe seines Pos.

Eingewickelt wie in ein Leichentuch zerrte ich ihn hinüber zum Teich, der zu meinem Erstaunen dreckig wirkte, ölig fast, auch wenn ich es aufgrund der Dunkelheit nur vermuten konnte. Jedenfalls stieg ein eigenartiger modriger Geruch von ihm auf, sodass Breidenbachs Verwesungsgestank wohl nicht weiter auffallen würde. Bemerken würden sie die Leiche hoffentlich dennoch, wenn sich die Knoten erst einmal gelöst haben würden und sein aufgedunsener Rücken auf der Oberfläche trieb.

Ich legte ihn so nah ans Ufer wie möglich und wollte ihn dann sitzend mit den Füßen ins Wasser stoßen. Doch verkeilten sich die Granitplatten an den kieselähnlichen Steinen, die den Teich umgaben wie eine Kette mit protzigen Perlen. Es blieb mir nichts anderes übrig, als ihn im Wasser stehend in den Teich hinein zu ziehen. Kurz entschlossen kletterte ich über den Toten hinweg und ließ mich an ihm in das modrige Nass hinab.

Der Teich war an seinem Ufer nicht besonders tief: Ich stand etwa bis zum Bauchnabel im Wasser, spürte aber, dass der Grund zur Teichmitte hin stark abschüssig war.

Ich wollte keine Zeit verlieren und so schnell wie möglich wieder aus dem Teich hinaus, erst gar nicht darüber nachdenken, was ich hier eigentlich trieb. Also nahm ich die beiden Knoten (den rechten schob ich mir über die Armbeuge) und zerrte den Toten unter dem Knirschen der Steinplatten und dem eigentümlichen Gluckern der Kiesel zu mir herüber. Zuerst fielen ein paar Ufersteine ins Wasser, eine kleine Lawine aus Dreck, Gesträuch und Wurzelmasse, dann sackte Breidenbach unter einem dumpfen Platscher vor mir in die dunkle Brühe. Es gab eine Welle und ich verlor den Halt, wurde hinausgetrieben in die Teichmitte. Plötzlich fand ich mich bis zum Kinn im Wasser und konnte den Boden unter meinen Füßen nicht mehr berühren. Um meinen Hals aalten sich eigenartige Schlingengewächse, vor meiner Nase trieb ein komischer Klumpen aus Stroh und morschem Geäst. Ich ruderte mit den Armen, erst schnell und panisch, dann gewann ich langsam die Kontrolle zurück und beruhigte mich. Ich schaute mich um, sah mich von nichts als öliger Schwärze umgeben, über mir, unter mir, rechts und links: Überall lauerte die Nacht. Auch Breidenbach schien wie von ihr verschluckt, musste bereits irgendwo auf dem kalten, grünen Grund des Teichbodens treiben.

Auf einmal raschelte es irgendwo und ich sah entsetzt, dass sich der Strohklumpen vor mir bewegte, dass er offenbar zu leben schien. Ich begann zu prusten, die Kontrolle wieder zu verlieren. Mein Herz begann wie verrückt zu schlagen und ich hatte das Gefühl, etwas ziehe mich nach unten – *ins Reich der Schatten? War es der Geist Breidenbachs, der dort bereits als schuppiges, pflanzenblütiges Wesen hauste?* – Ich stieß einen kurzen Angstschrei aus, der sofort von dem mich umgebenden Nichts absorbiert wurde. Da draußen war niemand, der mir helfen konnte, sah ich ein. Ich war allein.

Dann, plötzlich, fand mein Fuß Halt auf etwas Glitschigem, aber Festem.

Ich versuchte, meinen Atem zu kontrollieren, immer länger einatmen als ausatmen, sagte ich mir, *ein und aus, ein und aus.* Nach und nach gewann ich das Gleichgewicht zurück, nur mit einem Fuß auf festem Grund wie eine mit den Armen rudernde Ballerina. Wieder blickte ich mich um, wieder sah ich nichts als vier schwarze Wände, die mich schweigend umgaben. Dort, wo die Sinne nicht wahrnahmen, eroberten Phantasie und Einbildungskraft das Terrain, sagte ich mir. Das, was mich panisch gemacht hatte, schwamm folgerichtig nicht am halbweltlichen Grund des Teiches, sondern saß hier oben in meinem Kopf.

Als die Rationalität endlich die Oberhand gegen die Mythen gewonnen hatte, stieß ich mich von dem steinigen Etwas unter mir ab. Mit zwei, drei Armschlägen war ich wieder am Ufer. Sofort sah ich die vermummte Leiche, die sich dort an den Rand kauerte wie eine dicke Unterwasserboje. Ich ergriff sie und stieß sie vom Ufer weg in Richtung Teichmitte, wo sie langsam abtauchte wie ein großer, weißer Fisch.

12

Verdammt, gerade jetzt musste es ein Erdbeben geben. Ich saß gemütlich an der Theke der Bar *The Bunker* und hatte diesen knochigen Typen kennen gelernt, der, das gebe ich offen zu, mit seiner schwarzen Uniform und seiner Baseballkappe im Camouflage-Look etwas eigenartig aussah. Den Totenkopfschädel, der auf der Stirnseite der Kappe aufgenäht war, hatte ich anfangs gar nicht wahrgenommen. Erst als wir gemeinsam die drei *Stukas* kippten, die er bestellt hatte, fiel mir das Emblem ins Auge. Die Drinks kamen in dicken, sturzfesten Stamperln und brannten, wenn man sie anzündete, wie der Knochige sofort demonstrierte, indem er sein Sturmfeuerzeug an ihre Oberfläche hielt. Er sei regelmäßiger Gast, sagte er und nicht nur wegen der Schnäpse und der guten Cocktails, auch das Schnitzel *Stalingrad* sei hervorragend, wenn es auch manchmal etwas angekohlt daherkomme. Er hatte seine feste Abfolge von Drinks, die er jedes Mal einzuhalten gedachte, „ich bin zwar kein Engländer, aber ich habe dennoch meine Gewohnheiten", scherzte er. Nachdem die *Stukas* gekippt waren, ließ er zwei *Siegfrieden* von einer blondgelockten Kellnerin in schwarzem Lederoutfit bringen: Sie kamen in bauchigen und dennoch langen Gläsern, die sich nach oben hoffnungsvoll öffneten wie Blüten; der Inhalt war unten rot und oben himmelfarben. Allerdings versprachen die Drinks durch ihre Optik mehr, als sie geschmacklich hielten. Für mein Dafürhalten waren sie jedenfalls zu süß.

Der Knochige machte sich über die Typen lustig, die mit ihren braunen Reagenzgläsern und mit hochgeschlagenem Mantelkragen in der Ecke standen und schon nach der ersten *Endlösung* über der Kloschüssel hingen. Peinlicher seien nur noch die College-Boys, die aus protzigen, kuppelartigen Gefäßen und mit Strohhalmen *Germania* soffen, eine Art Sangria, in der statt Oran gen Eicheln schwammen. Auch mit ihnen sei schon bald nichts mehr anzufangen. Stattdessen müsse man einen Abend in *The Bunker* nachhaltig planen. Lieber mal einen *Endsieg* zwischen rein, um durchzuhalten, riet er,

„der sieht gefährlich aus, enthält aber nur wenig Alkohol." Nur wenn er es eilig hatte, früh zu Bett musste oder seiner Frau versprochen hatte, eher nach Hause zu kommen, bestelle er einen *Blitzkrieg*, „aber nur einen, sonst …" – er ließ seinen hageren Daumen in einer martialischen Geste über seine faltige Kehle gleiten. Dann raunte er mir versöhnlich zu: „Wenn der Laden zumacht und du immer noch nicht genug hast, schießt du dir halt noch einen *V2* mit Cola, so einfach ist das."

Gerade lieferte er sich eine heftige Diskussion mit einem Langhaarigen, der sich an der Bar neben ihm an einen *Walküre on the Beach* klammerte, als die Erde erneut zu wackeln begann. Barstühle und Büsten fielen um, der steinerne Adler, der an der Stirnseite in der Wand verkeilt war, rutschte nach unten und die blonde Kellnerin kam in ihren kniehohen Lackstiefeln ins Straucheln und knickte zur Seite weg. Männer zogen ihre Waffen, ballerten in die Luft; Frauen fingen an zu kreischen, riefen meinen Namen: „Max, Max, was ist los?" Irgendetwas stürzte auf mich ein, mir wurde schwindlig, dann tauchte plötzlich Kim über mir auf, ich sah sie verschwommen, wie durch ein *Stuka*-Stamperl hindurch.

„Na komm schon, Max, was machst du denn für Sachen?"

Ich spürte ihre klammen Hände an meinen Schultern. Aus den Haaren, die an ihrem Kopf schwangen, wie ein zum Trocknen aufgehängtes Handtuch, entströmte ein frühlingshaftes Parfüm, das ich ihr einmal von irgendeinem Flughafen mitgebracht hatte.

„Na, wachst du jetzt endlich auf?!"

Ich versuchte meine Hände zwischen ihre zu bekommen, damit das Rütteln an meinen Schultern ein Ende fand. Ich fragte: „Warum, zum Teufel, soll ich denn aufwachen?"

Sie nahm die Hände von alleine weg, richtete sich auf. „Weil ich dachte, dass du tot bist. Gott, wie du aussiehst. Was ist passiert?"

„Was soll passiert sein?", fragte ich.

„WAS PASSIERT SEIN SOLL? Das kann doch nicht war sein! Ich wache auf und du bist nicht da. Dann gehe ich ins Wohnzimmer und finde dich splitterfasernackt auf der Couch, dein Gesicht ist blau und rot und geschwollen. Deine Klamotten liegen wild verstreut im Zimmer herum, alles ist voller Dreck und grünem Schleim. Ich sage mir, okay, das wird schon alles seine Ordnung haben, lass ihn schlafen, du musst zur Schule, ignorier' das Ganze einfach! Doch als ich gehen will und noch einmal reinkomme, liegst du immer noch so da wie vorher und dann denke ich Idiotin auch noch, dass du gar nicht mehr atmest. Ich versuche dich also zu wecken und du reagierst gar nicht. Auch nicht, als ich dich schüttele, *Jesus,* ich dachte, du bist tot."

Ich rappelte mich auf, griff mit meiner linken Hand nach ihrer Hand. „Aber du siehst doch: Ich lebe."

„Ja, das … das sehe ich *jetzt*. Und wie du lebst. Warum … warum …" Sie ließ ihre offene Handfläche im Wohnzimmer kreisen, über die in die Ecke geschleuderten, schlammverschmierten Schuhe; das zu einem Ballen zusammengepresste Polohemd; die Anzughose, die auf den Fliesen lag wie die grünbraunen Überreste einer gehäuteten Schlange; auf meine weiße Nacktheit auf der cappuccinofarbenen Couch. Als ihre manikürten Nägel auf mein Gesicht zeigten, wurden ihre Augen glasig, ihre Wangen fahl und sie schürzte leicht ihre rotbemalten Lippen, als würden sie an ein zu heißes Getränk geführt.

„Die Industriellen-Geschichte", sagte ich, „eine Observation. Ich musste in einen Teich. Ging nicht anders. Fotos aus einem Teich. Das mache ich in Zukunft nicht mehr, das steht fest, eine Schweinerei das Ganze. Naja, aber gut bezahlt. Immer an Neuseeland denken, hehehe!"

„Und dein Gesicht? Du warst doch nicht wieder in der Old-town-Bar, oder?"

„Ist schlecht gelaufen, das Ganze. Ich bin ausgerutscht auf so glitschigen Kieseln. Der ganze Teich war davon umrundet, von Kieseln. Wenn die nass sind … naja. Bin auf irgendetwas Hartes gefallen, erst an den Uferrand und dann ins Wasser, da schwamm was, keine Ahnung. War wie ein Kinnhaken. Scheiß Job. Aber Hauptsache, ich hab alles im Kasten."

Sie trat einen Schritt zurück, sodass meine Hand aus ihrer glitt. „Hingefallen, sagst du. Das ist ja fast so eine wirre Geschichte wie meine: Als ich erzählt hatte, ich sei gegen die Tischkante gestürzt."
„Es ist absurd, ich weiß."
Ich zuckte mit den Schultern.
„Na gut", sagte sie und sah mich an wie ein eigenartiges Reptil. „Ich muss los. Wir reden später."
Sie dampfte ab.

Ich hatte mir für den heutigen Tag zwei Arztbesuche verordnet. Erst wollte ich zum Zahnarzt, dann musste ich dringend meine Hand untersuchen lassen.

Ich machte meinem Zahnarzt nichts vor, sagte ihm freiheraus, dass ich in eine Schlägerei geraten war. Er revanchierte sich mit der gleichen Offenheit und eröffnete mir, dass keine Chance mehr für den Zahn bestehe, „er muss raus." Das Problematische war, dass er tatsächlich abgesplittert war, wie ich es schon vermutet hatte, sodass die Wurzel in einer einstündigen Operation herausgebrochen werden musste. Anschließend wurde die Wunde mit mehreren Stichen genäht.

Mit einem Mund voll tamponähnlicher Wattestäbchen und einem chemischen Geschmack auf der Zunge machte ich mich auf den Weg zu meinem Allgemeinarzt, Dr. Heckmann.

Seine Praxis befand sich direkt am Hauptplatz Landsbergs, mit Blick auf die Renaissance-Fassade des Rathauses. Dr. Heckmann war ein älterer Herr mit weißem Haar und weißem Schnauzer, unter dem sich stets ein jungenhaftes Lächeln breit machte. Er hatte sicherlich allen Grund zu seiner sommerlichen Laune, denn bei der guten Lage war seine Praxis bestens ausgelastet. Da ich ohne Anmeldung kam, musste ich sicherlich zwei Stunden warten. Wie lang es genau dauerte, kann ich allerdings nicht sagen, denn nachdem ich mich zwischen zwei Damen mittleren Alters ins Wartezimmer gesetzt hatte, schlief ich augenblicklich ein.

Eine Arzthelferin mit geflochtenem Zopf, stark geschminkten, übermüdeten Augen, und einem weißen Kittel, unter dem sie keine weiteren Kleidungsstücke zu tragen schien, weckte mich und führte mich zu einem leeren Praxiszimmer.

Ich setzte mich vor einen schweren Schreibtisch aus Tropenholz, der von Familienfotos umzingelt war. In den Regalen um ihn herum war ein museumstaugliches Sortiment mittelgroßer Halbedelsteine aufgebaut: spitze Kristalle, zu Platten geschliffene Achate, felsige Rosenquarze, reflektierende Tigeraugen und so weiter. Durch das große Fenster sah man an weißen Gardinen vorbei auf das Rathaus. Die starke Nachmittagssonne ließ den Hauptplatz mit seinen historischen Gebäuden funkeln wie ein Schatzkistchen.

Dr. Heckmann erschien nach wenigen Minuten, wie üblich in bester Laune. Er gab mir die Hand (ich hielt ihm die Linke hin), lächelte und schaute mich mit seinem stets leicht beschwipst wirkenden glasigen Blick an wie einen alten Freund. Dann kurvte er leichtfüßig um den Schreibtisch herum und wie jedes Mal wenn ich hier war, fiel mir auf, dass seine Slipper ein, zwei Nummern zu groß für seine schlanken Füße waren, sodass seine Ferse bei jedem Schritt leicht hinauslupfte.

Er setzte sich, zog den Stuhl an die Tischplatte heran, faltete seine Hände wie zum Gebet und sagte vergnügt: „So, Herr ..." – er warf einen kurzen Blick auf den Zettel vor sich – „Baum. Was kann ich für Sie tun?"

Er legte sein Gesicht in die Schräge und verbreitete den Eindruck wohliger Wonne. Unter dem Tisch hörte ich es leise zwei Mal hölzern poltern, als er offenbar aus seinen Schuhen glitt.

„Esch geht um meine Hand, wäre prüma, wenn Schie schisch dasch mal anschehen könnten ... Schuldigung war beim Schahnartscht."

Er lächelte noch ein bisschen stärker und sagte, „na, dann wollen wir das doch gleich mal tun!"

Er nestelte mit den Füßen unter dem Tisch umher, erhob sich und tänzelte beschwingt um den Tisch herum. „Bitte", sagte er und wies auf eine blaue Liege neben der Tür. Ich legte mich darauf und hielt ihm meine Hand entgegen.

Während er mit dem Versuch begann, das Knäuel aufzuwickeln, brachte er das Gespräch routiniert auf den Unfallhergang. Ich erzählte etwas von einer Glasplatte, in die ich gefallen war, merkte aber an seinem verträumten Blick, dass er mir gar nicht zuhörte. Umso besser, dachte ich und schenkte meine Aufmerksamkeit einer violetten Fliege, die leblos an der Decke hing.

Da Dr. Heckmann nicht sonderlich erfolgreich mit dem Aufwickeln des Verbandes war, griff er nach einer Weile zu einer Schere, die er in seiner Kitteltasche fand, und begann mit einem leichten, fast unmerklichen Summen, den Verband von unten aufzuschneiden. Ich legte meinen Kopf in die Schräge und sah ihm dabei ins dösige Gesicht.

Die Veränderung begann ganz unmerklich: Erst kräuselte sich etwas zwischen seinen zarten, weißen Augenbrauen, dann traten an seinen Wangen leichte bläuliche Adern hervor und seine Nasenlöcher begannen sich eigenartig zu weiten, als er schnuppere er in Gedanken noch einmal das Bukett des Rotweins von heute Mittag. Sein Summen hatte aufgehört und auch sein Lächeln war plötzlich wie ausgeknipst. Ich presste mein Kinn auf die Brust und blickte mit ihm auf meine Hand.

Sie sah erschreckend aus: Der kleine Finger war dunkelblau, fast schwarz, hing krumm und verkrüppelt an meiner Hand wie ein abgestorbener Ast. Dort, wo der Glassplitter eingetreten war, brodelte eine gelbe, feste Flüssigkeit aus einem roten, verschorften Krater. Der Ringfinger war verschwitzt, faltig und erdbraun. Die Farbe wurde nach oben hin immer intensiver, immer dunkler, sodass der Fingernagel, beziehungsweise das Fleisch, das darunter lag, fast schwarz erschien. Es waren die Finger einer Moorleiche.

„Schieht nicht gut ausch."

Er erwiderte nichts, sah mich nur einmal ungewohnt streng an. Dann fischte er eine transparente Plastiktüte aus seinem Kittel, riss sie auf und entnahm ein langes Wattestäbchen. Er strich mir damit über den kleinen Finger und fragte: „Spüren Sie etwas?"

„Nein."

Er strich mir über den Ringfinger. „Jetzt?"

„Nischtsch."

Er schaute eine Weile ratlos auf meine Hand, fuhr dann mit dem Stäbchen zu dem Nagel meines kleinen Fingers, stocherte dort ein bisschen herum, hob den Nagel leicht an, um ihn anschließend aufzuklappen wie ein Fenster. Er schaute mich fragend an.

Ich schüttelte mit dem Kopf.

Im Krankenhaus kam ich sofort an die Reihe. Der Herr, der sich um mich kümmerte, stellte sich mit „Dr. Marzin" vor, war groß, hatte gut durchblutete Wangen, fleischige Lippen und dunkles Haar mit hohem Ansatz. Obwohl es noch nicht von grauen Strähnen durchzogen war, schätzte ich ihn älter ein als mich, vielleicht auf Mitte Vierzig. Auf seiner schwitzenden Nase thronte eine einfache silbrige Lesebrille, die von einem blauen Band um seinen Hals vor Stürzen auf den Boden bewahrt werden sollte. Er hatte einen festen Händedruck.

Dr. Marzin blickte mit mir auf die Röntgenbilder, die er an eine beleuchtete milchige Scheibe gepinnt hatte. Er umkreiste meinen kleinen und meinen Ringfinger mit einem roten Lichtpunkt, der aus einem silbernen Stift in seiner Hand hervorstrahlte.

„Hier ist die ursprüngliche Stelle, an der Sie sich verletzt haben", stellte er fest und machte ein Kreuz auf ein graues Dreieck über dem Abbild meines kleinen Fingers. „Die Wunde hat sich entzündet und da sie nicht behandelt wurde, hat die Entzündung nekrotisch auf andere Bereiche übergegriffen. Sprich: Aus gesundem Gewebe wurde krankes Gewebe. Hätten Sie sich früher gemeldet, hätten wir eine Drainage legen und den Eiter abfließen lassen können. Mit einer antibiotischen Behandlung hätten wir das Übergreifen auf gesundes Gewebe verhindern können. Das können – und müssen – wir auch jetzt noch tun, aber für einige Bereiche kommt die Behandlung zu spät. Sie sehen …" – der Punkt umkreiste einige reißzweckengroße Schatten, die sich an meine Finger gelegt hatten – „wie sich die Entzündung bereits auf die Knochen ausgeweitet hat. Die Infektion hat die Knochen quasi von innen ausgehöhlt, sie morsch werden lassen. Die Folge sind mehrere Frakturen, die Sie sich zugezogen haben." Er sah mich streng über die Halbmonde seiner Brillengläser an und fügte ernst hinzu: „Tatsächlich sind es so viele Brüche, dass die Knochen des kleinen und des Ringfingers total zersplittert sind."

Er ließ den Lichtpunkt in kringelnden Bewegungen über die Finger auf dem Röntgenbild fliegen. Tatsächlich waren überall kleine schwarze unregelmäßige Linien zu sehen. „Als hätte jemand einen Sack mit Eis gefüllt und mit einem Hammer zerschlagen", schilderte Dr. Marzin anschaulich. „Nun, Sie können froh sein, dass Sie keine Sepsis bekommen haben, aber es ist nur noch eine Frage der Zeit, bis sich diese einstellen wird. Hierbei würden die Bakterien in die Blutbahn geraten und bis zum Herzen getragen werden. Eine Entwicklung, die fast immer mit dem Exitus des Patienten endet. Auch wenn dies noch eine Weile dauern kann – oder auch schon sehr bald geschieht, das lässt sich nicht abschließend sagen – wird die Infektion binnen Tagen, vielleicht Stunden auf die anderen Finger übergreifen. Wir müssen also sofort handeln. Da es für eine medikamentöse Therapie zu spät ist, kommt nur eine Operation in Frage. Ich muss Ihnen leider sagen, dass Ihre beiden Finger unrettbar verloren sind. Sie sind jetzt schon tot, wir müssen sie also operativ entfernen. Und, Herr Baum, uns bleibt keine Zeit. Ich will Sie hier behalten und die Operation noch heute durchführen."

In der Ecke des schmucklosen Zimmers, in dem wir saßen, stand ein silberner Mülleimer. Ich stand auf, schritt über den Linoleumboden auf ihn zu und trat auf das schwarze Pedal. Als der Deckel sich geöffnet hatte, spuckte ich die blutverschmierten Wattebäuschchen in den Eimer. Ich ließ den Deckel unter einem metallischen Schlag auf den Zylinder zurückfallen und ging zurück zu meinem Stuhl.

„Ich habe Termine. Wie lange dauert das?"

Dr. Marzin schaute verwirrt. „Äh, die Operation? Wenn Sie die meinen: Die geht schnell, zwei Stunden würde ich dafür ansetzen. Doch ich wollte Sie eine Weile hier behalten, um den Heilungsverlauf zu beobachten."

„Das ist schlecht", sagte ich, weil es ganz einfach meine Meinung war. Es gab kaum einen ungünstigeren Zeitpunkt, mehrere Tage handlungsunfähig im Krankenhaus zu liegen, als kurz nachdem man eine Leiche in einem Teich versenkt hatte. Was, wenn unvorhergesehene Umstände eintraten? Was, wenn ich plötzlich reagieren musste? Es konnte sein, dass sie Breidenbach schon heute gefunden hatten – vielleicht musste ich Spuren verwischen, an deren Existenz ich gar nicht gedacht hatte. Und dann untätig und mit Schläuchen an ein Stationsbett gefesselt sein? Ausgeschlossen.

Dr. Marzin sagte: „Im günstigsten Fall betreuen wir Amputationspatienten fünf Tage stationär. Bei zwei Fingern ... na, zwei Tage sollten Sie schon einplanen – einen Tag pro Finger." Er lächelte über seinen kleinen Scherz. Doch es passte nicht zu seinem Gesicht. Man merkte, dass in seinem Leben wenig gelächelt wurde.

„Ich bitte Sie, das muss doch ambulant möglich sein – ich bin Privatpatient!"

„Hm hm", machte Dr. Marzin und blickte noch einmal auf die Röntgenbilder. „Aber nur, wenn Sie mir versprechen, dass Sie regelmäßig zur Nachuntersuchung erscheinen."

Ich versprach es.

Obwohl ich nicht das Geringste an den betroffenen Fingern spürte, narkotisierten sie mir die rechte Hand bis zur Armbeuge. Zudem gaben sie mir ein starkes Beruhigungsmittel, das mich die gesamte Operation in einem halbbesoffenen Dämmerzustand miterleben ließ. Sehen konnte ich ohnehin nichts, da mir der Blick durch ein grünes Tuch versperrt wurde, das Dr. Marzin und sein Team zwischen dem Operationstisch, auf dem meine Hand lag, und den Rest meines Körpers gespannt hatten. Was ich sah, war Dr. Marzin selbst, der sich mit einer grünen Haube, einem Mundschutz und einem grünen Kittel verkleidet hatte. Da er merkte, dass ich an dem Geschehen interessiert war, kommentierte er das, was er tat, mit der Inbrunst eines talentfreien Hobby-Radioreporters.

„Ich markiere jetzt mit einem Filzstift die Stelle des Hauteinschnitts, die fischmaulförmig um die abzutrennende Extremität verlaufen soll, wie wir Chirurgen sagen", begann er seinen Frontbericht. Wie zum Beweis hielt er mit einer in einem Aidshandschuh steckenden Hand einen Stift über den Saum des Baumwollvorhangs, der etwa so dick war wie ein Edding. Dann blickte er konzentriert an sich hinab und begann mit seiner Tat. Mein Bizeps zuckte leicht, wahrscheinlich hatten sie die Hand kurz angehoben, doch ich spürte nichts.

„Den ersten Schnitt werde ich jetzt mit einem klassischen Skalpell setzen." Er hielt die Hand in die Luft, in die augenblicklich das entsprechende Werkzeug gelegt wurde. Er schaute auf das Skalpell wie ein Künstler auf seinen Pinsel und beugte sich über den Operationstisch.

Mir wurde schwummrig bei dem Gedanken an das, was jetzt auf der anderen Seite des Vorhangs vor sich ging. Eine Schwester trat zu mir ans Kopfteil und legte eine ebenfalls in einem Gummischutz steckende Hand auf meine Stirn. Sie schaute mütterlich zu mir hinab. Es war ein wärmendes Gefühl.

„Das Fettgewebe und die Muskelfaszien werde ich maschinell durchtrennen", wurde von der anderen Seite des Vorhangs vermeldet. „Wir nennen das Werkzeug, das ich hierfür benutzen werde, spaßeshalber die elektrische Brotmaschine."

Sie wurde ihm in die Hand gelegt.

Die Schwester zwinkerte mir mit hellblauen Augen zu, unter ihrem grünen Käppi lugte eine rote Locke hervor. Ich lächelte und dämmerte dann für einen Augenblick weg.

„Ja, das mit der Näherei ist ein bisschen Fisselkram", war das nächste, was ich von Dr. Marzin hörte, „aber die Venen verlangen diese Aufmerksamkeit einfach von einem, brauchen ihre kleine Extrawurst ... So, noch einmal rum und dann eine kleine Schlaufe. Na, das haben wir!"

Ich lächelte wieder in Richtung Schwester, die immer noch über mir stand. Ob sie auch lächelte, war schwer zu sagen, aber ich hatte das Gefühl, unter ihrem Mundschutz rege sich etwas: Zwei Faltenwürfe vereinigten sich zu einem Großen, wenn ich es richtig sah, aber vielleicht atmete sie auch nur genervt aus, weil ihr langweilig war. Ständig diese Metzgerei und dieses Blutgesudel und mit den abgeschnittenen Körperteilen wusste man auch nicht wohin ...

„Amputationsmesser!"

Hatte er eben nicht schon genäht? fragte ich mich. Tatsächlich hatte ich gehofft, dass es das vielleicht schon gewesen war, dass ich den blutigsten Teil der Sache verpennt hatte, aber offensichtlich ging es jetzt erst los. Ich begann unruhig zu werden und auf der mit weißen Laken bestückten Liege umherzurutschen.

„Ich werde mich jetzt ein wenig um Ihre Muskulatur kümmern, Herr Baum: Wir müssen den Knochen freilegen, damit wir besser an ihn herankommen, sonst gibt es eine große Sauerei, wenn wir ihn schließlich abtrennen. Und das wollen wir ja nicht, Herr Baum, nicht wahr?"

Nein, das wollten wir nicht, dachte ich. Das wollten wir auf gar keinen Fall.

Ich spürte, wie mein Oberarm mehrfach angehoben wurde, es ruckelte und Schabegeräusche entfalteten sich, erinnerten an das Schälen von Kartoffeln. Dann sagte Dr. Marzin, wohl mehr zu sich selbst: „Sehen Sie, so macht man das … *Raspatorium!* Jetzt polieren wir das Ganze noch ein bisschen. Jaaa, das ist gar nicht so leicht, weil ja alles zersplittert ist, hier drin. Sie wissen schon, der Beutel mit dem Eis und so … Sandra, holen Sie das doch mal raus hier …! Und nehmen Sie das da auch gleich mit!"

Die Rote blickte kurz auf die andere Seite des Grabens und kräuselte die Augenbrauen, die sie sich zu zwei schrägen, langgezogenen Semikolons geschminkt hatte. Da sie schwarzbraun waren, fragte ich mich, ob sie vielleicht eine gefärbte Rote war?

Als sie wieder zu mir schaute und auf meinen Blick traf, kniff sie zweimal kurz die Augen zusammen. Alles in Ordnung, sollte das wohl heißen. Es wirkte beruhigend.

„Und dann bitte die Weichteile zurück, sodass ich besser rankomme. Und Weichteilschutz, ist klar! Sandra, da ist noch eins!"

Dr. Marzin ließ sich die Stirn abtupfen und die Brille wieder auf die Nasenwurzel schieben. Dann blickte er wieder auf den Operationstisch. „Wir sind soweit", sagte er.

Gott sei Dank, ich hatte es offenbar überstanden.

„*Säge!*"

Die Rote machte einen Schritt um das Operationsbett herum und nahm jetzt meine linke Hand in die ihre. Sie sah mir tief in die Augen. Es war wunderbar, die Hand gehalten zu bekommen, dachte ich. Wenn ich einmal sterben würde, wollte ich, dass mir jemand dabei die Hand hielt, dann konnte nichts schief gehen.

Es war ein sehr hohes Sägegeräusch und es war maschinell, fast erinnerte es an die Bohrer beim Zahnarzt von heute morgen. Im Grunde gab es zwei verschiedene Geräusche: Einmal, wenn sich der Bohrer nicht am Knochen befand, also gleichsam im Leerlauf kreiste und dann, wenn er an den Knochen gesetzt wurde, so wie jetzt, dann war das Geräusch höher, aggressiver, wie bei einer rotierenden Kreissäge, der man ein Stück Holz zuführt, nur nicht so laut natürlich, aber vergleichbar.

Ich wandte den Kopf zu Dr. Marzin, der angestrengt an sich hinabschaute. Kleine hellrote Tropfen und weiße Schnitzchen, die an Sägespäne erinnerten, nieselten auf seine Brille.

Ein leichtes Kitzeln durchlief meinen vibrierenden Körper, an dem sie gerade ein Stück abschnitten, lief durch meinen Arm und meinen Oberkörper und nistete sich in meinem rechten Ohr ein, begann fast unerträglich zu jucken. Ich wollte mich kratzen, doch wurde meine einzig verbleibende Hand von der roten Schwester gehalten und das wollte ich unbedingt: dass mir die Schwester die Hand hielt. Also ertrug ich es, das Kitzeln, vielleicht lenkte es mich sogar ein bisschen ab.

Ansonsten spürte ich nichts. Das heißt, ich spürte, dass sie an mir zugange waren, aber es war nicht mit Schmerz verbunden, ein unbestimmter Druck war es, ein unbestimmter tauber Druck. Wieder musste ich an die Zunge Breidenbachs denken. Es war psychologisch schmerzhafter gewesen, seine tote Zunge zu berühren, als ein eigenes lebloses Körperteil abgesägt zu bekommen. Es war eigenartig. Das ganze Leben war eigenartig.

Ich hörte das helle Geräusch, den Leerlauf. Dann stoppte das Geräusch ganz, und Dr. Marzin sagte: „Pusten Sie das mal weg!" Er verschwand mit dem Kopf hinter der Abtrennung und warf die Säge noch einmal an. Tiefes Geräusch, hohes Geräusch. Stille.

Er tauchte wieder auf, schaute zur Schwester und mir hinüber, fast fühlte ich mich in unserer kleinen Privatheit gestört. „Jetzt feile ich das Ganze noch ein bisschen ab und dann machen wir zu", erklärte er.

Auch die Feile war elektrisch, erinnerte an die ganz dicken Zahnbohrer, mit denen auf der neu implantierten Plombe umhergefahren wird, um die überstehenden Vorsprünge abzutragen. Es war wie eine U-Bahn, die einem durch den Kopf rattert. Es tat nicht weh, war aber auch nicht gerade angenehm.

Den letzten Schliff besorgte er offensichtlich manuell: Ich hörte ein unregelmäßiges Feilgeräusch, so als würde man einen Fingernagel bearbeiten, dann ein Schabegeräusch, das sich anhörte, als schneide einer mit dem Taschenmesser einen Holzspan von einem größeren Scheit ab. Vor meinem inneren Auge sah ich, wie sich das dünne, helle Holz zu einer Schnecke drehte, abfiel und langsam wie eine Locke zu Boden segelte.

Er tauchte auf, ließ sich erneut abtupfen und diesmal die komplette Brille putzen. Mit kleinen, nackten Augen wendete er sich zu mir: „Jetzt werde ich ihnen aus dem obsoleten Muskel noch einen neuen knorpeligen Muskellappen bilden, ein bisschen Speck an die Sache bringen, damit alles schön ausgepolstert ist und Sie sich nicht direkt blutig hauen, mit Ihrem neuen Stumpf."

Ich nickte.

Die Schwester legte meine Hand an die Bettseite und stellte sich wieder an das Kopfteil. Sie wischte mir mit einem weißen Handtuch den Schweiß vom Gesicht. Dann legte sie ihre Hand wieder auf meine Stirn. Wenn nur dieser dumme Gummihandschuh nicht da wäre. Es war wie Sex mit Kondom.

Dr. Marzin sagte: „Weichteilschutz weg!" und verschwand wieder mit seinem Kopf in den Tiefen der Operationslandschaft. Wenig später verlangte er endlich das Nahtmaterial und dann Verbandszeug. Ich war total fertig, fühlte mich am Ende meiner Kräfte, aber ich hatte es geschafft, sagte ich mir. *Ge schafft! Geschafft! Geschafft!*

Dr. Marzin tauchte auf, lächelte und sagte: „Fertig. Und jetzt der nächste Finger."

Zum Schluss hatten sie mir noch eine Schiene um den Unterarm verpasst und die komplette Hand mit einem neuen, zahnpastaweißen Verband umwickelt. Man konnte gar nicht sehen, dass die beiden Finger fehlten. In zwei, drei Wochen sollten Verband und Schiene abgenommen werden, sagte Dr. Marzin. Bis dahin sollte ich mich schonen und durfte die Bandage nicht nass werden lassen. Er gab mir einen Plastikschutz mit, den ich beim Duschen um die Schiene wickeln sollte.

Auch auf Schmerzen müsse ich mich gefasst machen, sagte Dr. Marzin. Anders als ich vermutet hatte, war der so genannte Phantomschmerz kein seltener Sonderfall, keine Ausnahme, die nur wenige traf. „Das ist die Regel", sagte Dr. Marzin und schob mir eine Schachtel mit kleinen rosafarbenen Tabletten über den Tisch.

Obwohl er betont hatte, dass ich aufgrund des verabreichten Beruhigungsmittels keinesfalls mit dem Auto zurückfahren durfte, setzte ich mich nach der Operation doch ans Steuer meines Wagens. Ich lauschte eine halbe Stunde den melancholischen Klängen Piazzollas, dann startete ich den Wagen und fuhr wie besoffen nach Hause. Dort angekommen, legte ich mich sofort und in voller Montur ins Bett und schlief bis zum nächsten Morgen durch. Einmal glaubte ich zu spüren, wie Kim an mein Bett trat, mich an den Schultern packte und aufwecken wollte. Aber das machte ich diesmal nicht mit. Ich trank gemütlich meine *Stukas* und ließ mir im Anschluss einen *Blitzkrieg* servieren, auch wenn die Welt um mich herum einstürzte.

13

ILTHIS-CHEF VERMISST

Kaufering. *Johannes Breidenbach, Vorstandsvorsitzender des Werkzeughersteller ILTHIS, wird offenbar vermisst. So ist der 52-jährige in den vergangenen zwei Tagen weder an seinem Arbeitsplatz erschienen, noch wurde er zu Hause bei seiner Familie in Dießen am Ammersee gesehen. Auch wenn die Polizei nicht von einer Straftat ausgeht, hat sie dennoch die Ermittlungen aufgenommen. „In aller Regel tauchen vermisste Personen nach einer Weile von selbst wieder auf ", sagte ein Sprecher. „Wir sind zuversichtlich, dass dies auch bei Johannes Breidenbach so sein wird, wollen aber nichts ausschließen." Cordula Strattfeld, die Sekretärin Breidenbachs bei ILTHIS, gibt sich hingegen besorgter: „Ich will den Teufel nicht an die Wand malen, aber ich arbeite seit mehr als zehn Jahren für Dr. Breidenbach. In dieser Zeit hat er nie unabgemeldet gefehlt." Dass Breidenbach gerade in diesen Tagen nicht beim Kauferinger Vorzeigeunternehmen erscheint, ist auch deshalb verwunderlich, weil der Werkzeughersteller mitten in einem Umstrukturierungsprozess steckt. Noch vor wenigen Tagen hatte Breidenbach eine Investitionsoffensive angekündigt und eine neue Generation von Waldarbeitsgeräten auf dem Markt eingeführt.* Hannes Schneider

Die Meldung fand ich am Samstag in der Zeitung. Es war die erste Notiz, die sie über das Verschwinden Breidenbachs brachten. Daneben hatten sie noch einmal das Bild von der Pressekonferenz in München abgedruckt: der dynamische Breidenbach, der in seine Hand hineinschaut wie in eine Kristallkugel.

Ich konnte mir vorstellen, was jetzt auf der Polizeistation Landsberg los war. Alle Mittel und alle zur Verfügung stehenden Leute würden sich um den Fall kümmern. Sie würden in alle Richtungen ermitteln, um Breidenbach aufzuspüren. Ich konnte nur hoffen, dass sich der Lakenknoten bald lösen und den Leichnam an die Oberfläche spülen würde. Er würde die Spekulationen beenden und die Bullen sofort auf die Spur Klaproths führen. Mit ein bisschen Glück würden sie dann in einer Pressekonferenz gleichzeitig die Leiche und ihren vermeintlichen Mörder präsentieren. So war zumindest die Theorie.

Dann ging die Haustür und ich hörte Kim rufen: „Max, kommst du?"

Schon auf dem Weg zur Tür wankte mir Edda entgegen. Zwar lag der Flur im Dunkeln und ich blickte ins Gegenlicht, das von der Haustür in den Gang flutete, doch reichte ihre Silhouette vollkommen, um sie eindeutig Kims Mutter zuzuordnen: Ein kleines, breites, birnenförmiges Etwas kam auf mich zu, fast die gesamte Flurbreite einnehmend, mit speckigen Hüften und rudernden Oberarmen. Ihr lockiges Haar warf einen blumenkohlartigen Schatten an die Wand und ihr vornüber gebeugter Gang erinnerte in gewisser Weise an den eines Urmenschen. Hätte das alles bereits ausgereicht, um die Person eindeutig zu identifizieren, die dort in unser Haus wankte, so ließ der Duft des Apfelkuchens, der sie wie eine Wolke umgab, keinen Zweifel zu. Eddas Apfelkuchen waren, und das musste ich ihr lassen, die besten Apfelkuchen dieses Planeten. Sie belegte sie nicht mit Apfelschnitzchen, sondern mit einem selbstgemachten, frischen Apfelkompott, den sie nur leicht mit ein wenig Zucker und einer Prise Zimt anrührte. Das alles thronte auf einem hauchdünnen Hefeteig, so dünn war er, dass er nach vorne umklappte, wenn man ein Kuchenstück aus der Hand essen wollte.

„Hach, junger Mann, jetzt habe ich mich aber erschreckt", sagte sie, als sie mit wippendem Haar und dem von einem Handtuch abgedeckten Kuchenblech fast in mich hineingelaufen wäre.

Ich begrüßte sie mit einer Umarmung und sie gab mir zwei feuchte Schmatzer: einen auf die Backe, den anderen im Überschwang versehentlich auf den Hals. Ich hauchte ihr zwei Küsse über die Wange.

Ich zeigte auf den Kuchen und sagte: „Ich dachte, Ihr seid mit dem Zug gekommen?"

„Sind wir ja auch."

„Und der Kuchen?"

„Den hat das am wenigsten gestört. Der stand die ganze Zeit bei mir auf dem Schoß. Ohne den hätte ich mich doch hier wohl nicht blicken lassen können, oder?"

„Wir hätten dich augenblicklich wieder nach Hause geschickt", versuchte ich zu scherzen.

Sie lachte vergnügt und setzte ihren Weg in die Küche fort, sicherlich um dort den Kuchen zu verstauen.

Draußen lud Siggi gerade einen zweiten Koffer aus Kims Panda (sie hatte ihre Eltern vom Bahnhof abgeholt). Von der Statur her war er das genaue Gegenteil seiner Frau: knochig, fast dürr, aber durchaus muskulös für sein Alter. Allerdings wirkte er auf mich immer ein bisschen krank, vielleicht weil ich wusste, dass er vierzig Jahre lang zwei Packungen HB am Tag geraucht hatte. Erst vor einem Jahr, als er in Rente ging, hatte er damit aufgehört. Doch sah man seinem Gesicht die Raucherkarriere an: Faltig war es und wirkte irgendwie in die Länge gezogen, sodass ihm seine Tränensäcke fast bis zu den Mundwinkeln hinunterliefen. Sein Hals wirkte pergamenten und knitterig, seine Hände zitterten immer leicht und seine Augen wirkten nervös wie die Augen eines starken Rauchers, der nie wieder Nichtraucher werden, sondern immer ein nichtrauchender Raucher bleiben würde.

„Ah, der Herr Detektiv", sagte er, als er mich erblickte. Er stellte den Koffer auf dem Bürgersteig ab und machte einen ungelenken Schritt auf mich zu. Bevor er meine Hand ergriff, wischte er diese einer alten Gewohnheit folgend an seiner Levis ab, als könne sie schmutzig sein. Siggi hatte jahrzehntelang die öligen Maschinen des ehemaligen Chemieriesen Hoechst gewartet. Dreckige Hände gehörten zu seinem Geschäft, sie vor dem Handschlag abzuwischen war ihm offenbar in Fleisch und Blut übergegangen.

„Was ist passiert?", fragte er, als er meine Linke schüttelte.

„Nichts, Papa", sagte Kim und versuchte, hinter ihm den Koffer durch das Gartentor zu wuchten. „Er hat mich ausgeschimpft und dabei aus Versehen die Glasplatte unseres Wohnzimmertischs zertrümmert."

„Ah, so geht's bei euch zu, ja?"

„Offenbar. Hilft mir jetzt mal einer?"

Ich griff mit der Linken nach dem Koffer und schleppte ihn in das zum Gästeappartement umfunktionierte Arbeitszimmer. Tatsächlich hatte ich Kim gar nichts von den Amputationen erzählt. Sie war so damit beschäftigt gewesen, die Wohnung wegen des Elternbesuchs auf Hochglanz zu polieren, dass kaum eine Gelegenheit dazu bestanden hatte. Zudem war sie durch ihren Schulstress so belastet, dass ich ihren Psychodruck nicht noch mit meinen Problemen erhöhen wollte. Letztlich fühlte ich mich in den Tagen nach dem Mord und der Operation wie betäubt und konnte kaum einen klaren Gedanken fassen. Nach einer Diskussion stand mir entsprechend nicht der Sinn.

Nachdem wir das elterliche Reisegepäck ins Haus gebracht hatten, Edda sich kurz frisch gemacht hatte (Lippenstift nachziehen, Perlenohrringe anklipsen und eine neue Schicht Parfüm auflegen) fuhren wir nach Oberbergen in den Biergarten, zum „Schachner". Es war unser Lieblingsbiergarten: ruhig und auf einer Anhöhe gelegen, mit Blick über die Dorfkirche und das Voralpenland. Wir bestellten Brotzeiten, Weißbier und Apfelschorlen, dann schockte Kim ihre Eltern mit den Ereignissen der vergangenen Schulwochen.

„Aber deine Kollegen halten doch zu dir?", fragte Edda besorgt, während sie eine Brezel in kleine mundgerechte Teile auf einem Taschentuch mit Fischgrätmuster zerteilte.

„Ich sag dir, was die lieben Kollegen wollen: Die wollen am liebsten nichts mit der Sache zu tun haben, und mit mir erst recht nicht. Ich habe … *hatte* eine ganz gute Freundin im Kollegium, Senka heißt die. Wir haben viel miteinander gemacht, Unterrichtsunterlagen ausgetauscht, uns auch schon mal privat getroffen. Doch jetzt will sie am liebsten nicht mehr mit mir gesehen werden."

„Nur wegen dieser einen Sache im Lehrerzimmer? Das heißt doch nichts", warf ich ein.

„Was weißt du denn!", ätzte Kim in meine Richtung. „Die Geschichte geht ja weiter. Aber mit dir kann man ja gar nicht … Du bist ja ständig mit anderen Dingen beschäftigt."

Ich zuckte mit den Schultern, Siggi musterte mich mit einem zuckenden Auge, vor dem man ein Monokel vermuten konnte, doch da war keins.

Kim fuhr fort: „Erst wollte ich mit ihr nach der Schule sprechen: Sie stand mit ein paar Eltern auf dem Pausenhof und ich bin auf sie zugekommen, doch sie hat mich eiskalt abblitzen lassen, hat fast so getan, als kenne sie mich nicht. Das war unglaublich, das habe ich noch nie erlebt. Dann habe ich sie in ihrem Klassenzimmer abgefangen, nach der vierten Stunde, die Tür hinter uns zu gemacht, als die Kinder draußen waren. *Du musst das verstehen*, sagt sie, *die Eltern haben einfach Angst. Ich will da nicht mit reingezogen werden. Und weißt du: Ihr wohnt jetzt seit zwei Jahren in der Gegend, vielleicht seid ihr in einem Jahr wieder woanders. Aber ich bin dann immer noch hier und muss mich mit den Leuten arrangieren. Das hier ist mein Zuhause und eben nicht deins.*"

Edda tunkte einen Brezelhappen in den O'bazten, der vor ihr auf den Tisch stand, legte dann ihre Hand auf Kims Arm und schaute sie mit mütterlichem Blick über malmenden Backen an.

Es fiel mir schwer, mich zu konzentrieren, zuzuhören, was Kim erzählte. Einen Großteil der Story kannte ich schon, zu dem wanderten meine Gedanken immer wieder zu meinen eigenen Problemen. Ich war mir sicher, dass Breidenbach schon bald auf der Oberfläche des Teichs treiben würde, besser heute als morgen, dachte ich. Ich hatte die Laken nur locker verknotet, vielleicht zogen sie ihn jetzt, in diesem Moment, aus dem Wasser. Ich malte mir aus, wie sie das Foto in seinem Mund entdeckten; wie irgendeiner der Golfgäste spontan ausrief: „Hey, das ist doch Larissa Klaproth, die Frau des Golflehrers!".

„Aber du weißt doch wie absurd diese Vorwürfe sind, sage ich zu Senka. Da kannst du doch nicht abseitsstehen. Wir sind doch Freundinnen! Doch sie steckt nur wortlos ihre Unterlagen in die Arbeitstasche, schaut mich mit dünnen Lippen an und sagt: Letztendlich weißt doch nur du, wie viel Substanz hinter den Vorwürfen steckt. Die Polizei ermittelt gegen dich, Kim. Warten wir ab, was sie herausfinden, dann werden wir sehen. Ich muss jetzt jedenfalls los."

Siggi schaltete sich ein. Zeitlebens war er Gewerkschafter gewesen, hatte auf den Zusammenhalt seiner Kollegen gesetzt: „So was hätt's bei uns nicht gegeben", sagte er folgerichtig, während sein rechtes Augenlid nervös die Zuckfrequenz erhöhte. „Hat immer mal einer Scheiße gebaut, das ist klar, aber dann haben wir zusammengehalten und es denen da oben gezeigt ..."

„Aber Siggi, darum geht es hier doch gar nicht", rief Edda mit vollem Mund und energisch schwankendem Dekolleté. „Kim hat doch gar keine ... hat überhaupt nichts angestellt. Sie hat nichts gemacht, verstehst du nicht?"

Siggi machte eine wegwerfende Handbewegung und griff darauf zittrig zum Weißbierglas.

Sie werden Larissa identifizieren und ihnen wird aufgrund der Unzweideutigkeit des Fotos sofort klar sein, dass sie mit dem Toten ein Verhältnis hatte. Damit wissen sie dann auch, wer als einziges ein Motiv für die Tat hatte: ihr gehörnter Ehemann.

„In der Zeitung führen sie jetzt eine Diskussion, ob eine Asiatin überhaupt bayerische Kinder erziehen soll? Ob so jemand von draußen auf die Belange und Sensibilitäten eingehen kann, die der Lechrainer halt so hat. Und ob es im Sinne heimatlicher Sachkunde und Wertevermittlung ratsam sei ..."

„Also das kann doch wohl nicht wahr sein", entrüstete sich Edda und belegte die anderen Gäste im Biergarten mit bösen Blicken. „Wo leben wir denn? Im Mittelalter? Also selbst wenn du ... Aber du hast dich doch nie für Asien interessiert, was wir natürlich sehr bedauern, du kannst ja noch nicht mal asiatisch kochen ..."

„Dafür habe ich ja meinen Ehemann", warf Kim ein.

Ich schreckte kurz auf, doch wartete Edda gar nicht erst darauf, bis ich einen Kommentar abgegeben hätte: „Aber wie können sie dir denn mangelnde Sensoribilidingsbums unterstellen, wenn du doch innerlich gar nichts weißt über Asien, und wie die Asiaten leben?"

„Naja, es gibt schon diesen *asiatischen Hintergrund*, das haben wir immer gesagt, Edda. Damit muss sie leben. Und es gab ja immer mal ein paar Probleme damit. Wenn ich an ihre Schulzeit denke, die

Hänseleien", sagte Siggi und wischte sich mit der Hand über das faltige Gesicht.

Dann werden sie mit dem Bild zu Klaproth gehen und ihn damit konfrontieren. Der wird natürlich sagen, dass er nichts von alldem weiß. Aber das würde er auch, wenn er es eben doch wissen würde. Also wird die Polizei weiter bohren, bis er schließlich zugeben muss, dass er sogar Nachforschungen hat anstellen lassen.

„Auf jeden Fall hat Göbel, das ist unser Rektor, auf die leidigen Diskussionen in der Presse reagiert. In jeder Stunde soll jetzt eine Kollegin bei mir im Unterricht sitzen, um weiteren Mobbingfällen vorzubeugen. *Das kann nicht Ihr Ernst sein!*, habe ich ihn angeschrien, als er mir vor zwei Tagen seinen Entschluss mitgeteilt hat. Aber er meint, es sei die einzige Möglichkeit, mich nicht vom Dienst zu suspendieren. *Vielleicht bereue ich das sogar später, dass ich es nicht gemacht habe. Die Polizei ermittelt, Frau Schröder!* Ich war ziemlich aufgeregt, habe auch angefangen zu heulen, Ihr wisst ja, wie nah am Wasser ich gebaut bin: *Dann suspendieren Sie mich doch, verdammt noch mal!* habe ich gerufen. Er hat mich nur streng angeschaut und gesagt: *Wir machen es so, wie ich sage. In zwei Wochen sind Sommerferien, bis dahin wird es eine Beisitzerin geben. Ich habe schon mit einigen Kolleginnen gesprochen. Frau Mahler hat sich angeboten. Seien Sie froh: eine Kollegin mit Erfahrung, so was schadet nie."*

Jetzt zitterte auch Kim. Sie griff zu meinem Weißbierglas, nahm einen kräftigen Schluck.

„KIM!", rief ihre Mutter, „Du weißt doch …!"

„Ja ja, ich weiß, ich weiß. Aber wisst Ihr, wie fertig ich bin? Ich bin schwanger, das sollte die glücklichste Zeit meines Lebens sein! Und jetzt bin ich so fertig, dass ich schon über Selbstmord nachdenke."

Siggi schlug mit der Hand auf dem Tisch. „Kim, das kannst du doch nicht sagen!"

Kim schob die restlichen Brezelkrumen von dem Taschentuch mit dem Fischgrätenmuster, schüttelte es aus und wischte sich damit die Augen.

Natürlich wird sich die Polizei den Abschlussbericht ansehen, den ich für Klaproth geschrieben habe. Vielleicht wird sie dann auch auf mich zukommen, das kann ich nicht ausschließen. Aber sie wird doch vor dem Hintergrund dieses Berichts und dem Motiv Klaproths gar keine andere Wahl haben, als anzunehmen, dass er es war. Die Indizien werden einfach zu belastend sein.

Jetzt liefen auch Edda ein paar Tränen runter: „Ach Kind, wenn du wüsstest, was für ein ausgemergeltes kleines Bündel du damals warst, als wir dich bekommen haben. Du konntest kaum laufen und hattest doch schon so viel durchgemacht. Der Krieg in Vietnam, die Flucht auf einem Boot, die Zeit in den Lagern. Du hast deine leiblichen Eltern verloren, hattest Läuse und Durchfall, als wir dich zu uns nahmen. Aber du hast nicht geschrien. Du warst ein tapferes Kind. Du wolltest leben."

Der Bericht ... der Bericht ... Hatte ich nicht geschrieben, dass es keine Hinweise auf einen Ehebruch Larissas gab? Klaproth kann also sagen, dass er durchaus seine Vermutungen auf eine Liebschaft seiner Frau hatte, Vermutungen, die ihn veranlasst hatten, sogar einen Detektiv einzuschalten. Und dass dieser herausfand, dass es eben keine Hinweise auf einen Seitensprung gab und dass er deshalb auch nichts davon wusste. „Und da ich nichts von einem Nebenbuhler wusste, konnte ich ihn auch nicht umbringen, so einfach ist das, werte Herren von der Polizei", wird er sagen. Verdammt, vielleicht wird ihn der Bericht sogar entlasten, ganz sicher wird er das sogar. Mein Bericht!

„Daran kann ich mich doch gar nicht erinnern, meine Kindheit heißt Frankfurt-Hattersheim, ein kleiner Vorgarten mit einem Sandkasten und Oma Traudel, die Bienenstich bringt. Es gab keinen Anlass, tapfer zu sein."

„Und dein Musiklehrer, wie hieß er noch?", fragte Siggi.

„Jeschonek."

„Jeschonek, genau, wenn das kein Altnazi war! Dieser ekelhafte Typ! Wollte dich fertig machen, weil du nicht in seine Vorstellung von einem Deutschland der Deutschen gepasst hast. Aber du hast dich nicht unterkriegen lassen, damals. Hast gekämpft."

„Ach, geheult hast du manchmal, wenn du aus der Schule kamst."
Edda ließ eine fleischige, mit goldenen Ringen beschwerte Hand in ihre Wange eintauchen. „Geheult, geheult!"

„Ja, aber unterkriegen lassen hat sie sich nicht! Und das darfst du auch heute nicht!"

„Mach ich nicht, Papa. Aber du kannst dich nicht reinversetzen in eine Schwangere. Da ist man nicht mehr so stark, wie du es gerne hättest. Außerdem: Vielleicht habe ich auch nicht richtig gehandelt. Es stimmt schon: Ich hätte einschreiten können. Vielleicht war ich ja fahrlässig. Vielleicht habe ich tatsächlich so etwas wie … eine Mitschuld."

Und das Foto? Es wird mitnichten zu dem Bericht passen, es widerspricht ihm ja sogar. Mit Sicherheit wird die Polizei feststellen, dass es vom gleichen Drucker ausgespuckt wurde, wie die anderen Bilder. Von meinem Drucker. Das Bild wird sie also in direkter Linie zu mir führen. Dann bin ich der Hauptverdächtige. Verfluchte Scheiße, ich habe mich verkalkuliert. Habe den Plan nicht bis zu Ende gedacht!

Es klirrte, Kim sprang auf, Bier schäumte über den Tisch und das Taschentuch, tropfte vom Tisch auf Kims Rock, vom Tisch auf die Bank, auf der wir saßen.

„Max, verdammt, pass halt auf!", rief Kim.

„Scheiße, Tschuldigung", sagte ich und begann mit dem Taschentuch auf dem Tisch umherzuwischen. Wieder nahm ich das zuckende Auge Siggis wahr, das auf mir ruhte.

„Was sagst du eigentlich dazu, Max?", fragte er.

„Ich, wieso? Ach, bestellen wir halt ein Neues …"

Es dauerte bis halb zwei Uhr nachts, bis Kims regelmäßiger Atem einsetzte. Ich schlug die Bettdecke zurück, schlich am Kinderwagen und den Spielspiralen vorbei, öffnete die Tür und wischte hinaus in den Flur. Im Bad schlüpfte ich in eine Jeans und ein einfaches weißes T-Shirt. Ich kramte den Plastikschutz, den mir Dr. Marzin für die Schiene mitgegeben hatte, aus dem Badschränkchen unter der Spüle hervor und stopfte mir diesen in die Hosentasche.

Unter dem Knirschen der morschen Dielen pirschte ich mich in den zweiten Stock hinauf. Als ich oben war, schaltete ich das Licht im Flur aus und legte mein Ohr an die Tür des Arbeitszimmers. Ich hörte nichts, vielleicht ein leises, unmerkliches Schlürfen, aber das konnte Einbildung sein. Schließlich drückte ich die Klinke hinab und öffnete die Tür unter einem warmen, fast gemütlichen Knacken, das an Holzscheite erinnerte, die bereitwillig im Kamin verglommen.

Das Mondlicht kroch nur spärlich durch die Ritzen des Metallrollos in das Zimmer hinein, doch konnte ich Edda deutlich durch die Wölbung der Decke erkennen, die ihren massigen Körper umschloss. Ihr Fuß lugte weiß und füllig über der Matratze hervor und ihr krauses Haar warf einen Schatten an die Wand, wie heute Vormittag im Flur. Sie und Siggi lagen auf der ausklappbaren Couch, die wir aus unserer Zeit in München in unser Haus hinüber gerettet hatten. Die Federkerne hingen schon etwas durch, doch schien es die beiden nicht zu stören. Von Siggi, der hinter ihr zu liegen schien, war nichts zu sehen, er wurde von Eddas Federbettwulst komplett verdeckt. Nur seine plötzlichen Atemstöße zeigten an, dass er sich im Raum befand. Er sog die Luft leise und in plötzlichen Stößen in sich hinein, als ziehe er im Traum an einer Zigarette, nicht gerade genüsslich allerdings: gierig, panisch vielleicht. Edda hingegen gab regelmäßige, verschleimte Schnarchlaute von sich, selbstbewusste, gemütliche Grunzer, welche die Couch für Wimpernschläge erzittern ließen.

Ich schlich barfuß in die stickige, sauerstoffarme Luft des Zimmers, tastete mich mit der Hand an der Wand entlang, bis ich auf lackiertes Sperrholz traf. Meine Finger glitten an luftig aneinandergelehnten Buchrücken vorbei, über eingestaubte Visitenkarten, alte Quittungsblöcke, Kassenzettel und Geldstücke (Cents? Pesos? Renminbis?). Ich ging in die Knie: ein paar Ordner, eine alte Fernbedienung, übereinandergehäuftes Papier in unterschiedlichen Formaten knisterte leise unter meinen Fingern. Dann die Plastikbox, halbgeschlossen, mit einem dicken Kabel, das ihr locker über den Rand hing. Es war nicht leicht, sie mit einer Hand aus dem unteren Regalfach zu ziehen, wenn man keinen Krach machen durfte. So wartete ich, bis Edda zu einem röhrenden Schnarcher ansetze und zog sie dann mit einem Ruck hervor.

Es gab ein kurzes trockenes Poltern: Etwas hatte offenbar auf der Kiste gelegen und war auf den Regalboden gestürzt. Ich verhielt mich ruhig und horchte: Eddas Röcheln hatte ausgesetzt, doch ihr Atem ging weiter regelmäßig. Nach einer Weile setzte ihr Grunzen langsam wieder ein. Ich seufzte unmerklich, klemmte mir die Kiste zwischen bandagierten Arm und Hüfte und schlich aus dem Zimmer. Nachdem ich die Tür leise geschlossen hatte, knipste ich das Licht im Flur an und begann die Kiste zu durchwühlen: die Taschenlampe, da war sie!

Unten nahm ich ein Küchenmesser mit blauem Plastikgriff aus dem Besteckkasten und den Stallschlüssel aus dem silbernen Metallschränkchen im Flur; ich schlüpfte sockenlos in ein Paar noch fast unbenutzte (aber dennoch bereits mehrere Jahre alte) Joggingschuhe und verließ das Haus.

Ich fuhr den Wagen an die gleiche Stelle, an der ich vor zwei Tagen die Granitpflastersteine ins Auto gewuchtet hatte und öffnete den Kofferraum. Dann schritt ich über den sandigen Boden, der einmal mit dem naturschönen „Yellow Rusty" ausgelegt werden sollte, hinüber zum Stall. Dort verstaute ich die Alienmaske wieder in den Karton, aus dem ich sie vor drei Wochen herausgefischt hatte. Sie hatte noch bis vor wenigen Minuten für jedermann einsichtig auf dem Beifahrersitz des Citroëns gelegen. Ich faltete den Deckel wieder zu und legte die Taschenlampe auf die Kiste. Ihr Strahl erhellte eine aufgewirbelte Dunstwolke: Fadengroße Staubwürmchen tänzelten durch die muffige Luft und kitzelten in der Nase.

Die alte Taucherausrüstung hatte ich schon bei meiner Suche nach der Maske durch Zufall entdeckt, erinnerte ich mich. Zuerst öffnete ich den Karton, der neben demjenigen mit der Maske stand. Er enthielt alte Leuchten, in denen noch die durchgebrannten Glühbirnen steckten, ein Telekom-Telefon mit Spiralkabel und jede Menge VHS-Videokassetten, die kein Mensch mehr brauchte. Ich klappte die Pappschachtel wieder zu und schob sie unter dem Knirschen des sandigen Betonbodens an ihren Platz zurück.

Im nächsten Karton wurde ich fündig. Ich nahm die Taschenlampe und klemmte sie mir zwischen Schulter und Kinn, um von oben besser hineinleuchten zu können. Dann zog ich Brille, Schnorchel, den Atemregler und meine Flossen (blau) heraus und entdeckte unter Kims Flossen (rot) die Unterwasserlampe, die komplett mit einer robbenfarbenen Gummiisolierung überzogen war. Ich nahm sie heraus, schaltete sie zum Test kurz ein und legte sie wieder ausgeschaltet zu den anderen Sachen auf den Beton. Ganz unten, am Boden der Kiste, befühlten meine Fingerspitzen anschließend die Kautschukhaut meines Taucheranzugs. Ich zögerte eine Weile, doch dann wurde mir klar, dass ich mit der Armschiene ohnehin nicht hinein gepasst hätte und so beließ ihn dort, wo er war.

Ich brachte meine Fundstücke zum DS, legte sie in den Kofferraum und ging zurück zum Stall.

Die Tauchflaschen standen in der Ecke, gleich hinter dem morschen Tor, waren bedeckt mit einer Schicht aus Dreck und Spinnweben. Seit rund zwei Jahren hatten wir sie nicht mehr benutzt, seit wir in Dahab gewesen waren, am Roten Meer. Doch selbst dort waren sie kaum zum Einsatz gekommen, erinnerte ich mich: Ich war damals ziemlich genervt von meinem Journalistenjob gewesen und hatte mich deshalb mehr mit Kiffen als mit Tauchen beschäftigt.

Ich wischte mit der linken Hand über den gelben, zinkbeschichteten Aluminiumtank und das ebenfalls eingestaubte Tauchjackett, in dem die Flasche steckte. Der Tank hatte nur ein Volumen von zehn Litern Hochdruckluft, doch das dürfte für meine Zwecke reichen, dachte ich – vorausgesetzt das Ding funktionierte noch. Ich ließ mich auf die Knie herab, klemmte mir erneut die Taschenlampe unter das Kinn und inspizierte den Druckmesser. Erst als ich das kleine, runde Sichtfenster an meiner Jeans abgewischt hatte, sah ich, dass die schwarze Nadel sich auf knapp zweihundert Bar eingependelt hatte. Damit dürfte die Flasche so gut wie voll sein. Komisch, dachte ich: *War ich überhaupt Tauchen in Dahab ...?*

Am Kofferraum angekommen, schraubte ich den Atemregler auf die Luftzufuhröffnung, und legte mir das Mundstück zwischen die Zähne. Dann drehte ich das Ventil auf und ließ für zwei Atemzüge die konservierte Luft durch meine Lungen fluten. Die Geschmacksrichtung war Gummi, wie immer. Das Ding schien nach wie vor zu funktionieren.

Ich schlug den Kofferraum zu – es ging los. Ich fuhr die bekannte Strecke: Autobahn, Kaufering, Igling, Golfclub. Diesmal war der Mond etwas voller und man konnte nicht nur die dunklen Zinnen des Schlosses sehen, sondern auch die trotzigen Mauern mit ihren runden und eckigen Türmen erahnen.

Ich fuhr langsam im Schritttempo den Berg zur Anlage hinauf, immer damit rechnend, dass ich bereits zu spät dran war, dass sie Breidenbach schon heute aus dem Teich gezogen hatten. Dann würden die Greens vielleicht überwacht werden, vielleicht würden sie auch jetzt, zu später Stunde, noch nach Spuren suchen. Es war Mord, das würde den Bullen augenblicklich klar sein, und bei Mord gab es keine Achtstunden-Schichten.

Auf halbem Weg ließ ich den Wagen ausrollen, trat auf die Bremse. Wenn ich mit dem Auto vorfuhr, würde ich auch dem dämlichsten Polypen sofort auffallen, ging es mir durch den Kopf. Ich musste vorsichtiger vorgehen, allzu leicht wollte ich es ihnen schließlich nicht machen. Also stellte ich den Wagen an den Straßenrand, zog die Handbremse und stieg aus.

Im Laufschritt eilte ich über den Asphalt bis hinauf zum Parkplatz, doch entdeckte ich keine Spuren, die auf polizeiliches Wirken hindeuteten. Sicherlich hätten die Bullen den Tatort doch mit rotweißen Plastikbanderolen abgezäunt, damit Unbefugte keine Spuren zerstören konnten; irgendwo hätte doch ein blausilberner VW-Bus stehen müssen, in denen Lederjackenträger sitzen würden, mit um den Bauch gegürteten Pistolen und Walkie-Talkies auf der Schulter; auf dem Boden würden Plaketten angebracht sein, welche die Spuren, eins, zwei, drei, vier kennzeichneten. Doch es war weit und breit nichts zu sehen, nichts hatte sich verändert. Der Golfplatz ergoss sich vor mir in dunklem Grün den Berg hinab, lag friedlich unter dem zunehmenden Mond und der schwarzen Spinne Nacht. Alles war wie immer, nur in dem kleinen Teich, am Ende der Anlage, hinter der Driving Range, kauerte eine aufgedunsene Leiche auf dem matschigbraunen Boden im algigen Wasser.

Doch das wusste nur ich, ich allein.

Zurück beim Wagen fuhr ich den bereits zu Fuß bewältigten Weg wieder hinauf bis auf das Green und ließ mich dann den bekannten Weg über den Rasen im Leerlauf hinunter rollen. Ich parkte neben der gelben Säule der Ferngasgesellschaft, die noch etwas gelber leuchtete als bei meinem ersten Besuch und stieg aus. Der Täter kommt immer an den Tatort zurück, ging mir die alte ermittlungstechnische Weisheit durch den Kopf. Doch dieses Mal war er zurückgekehrt, bevor die Ermittler überhaupt von der Tat wussten.

Ich nahm die Taschenlampe vom Beifahrersitz und schritt über den kurzgetrimmten Rasen, der im dunkelgelben Lichtkegel aussah wie ein feingeknüpfter Teppich. Irgendwo hier musste ich das Laken ausgebreitet haben, Breidenbach in sein Leichentuch gepackt haben, doch nichts deutete auf die Tat hin. Kein Grashalm schien gekrümmt – die Greenkeeper hatten offenbar beste Arbeit geleistet.

Ich schoss den Lichtstrahl in Richtung Teich, ließ ihn dort einige Sekunden kreisen. Alles schien unverändert zu sein, doch irgendetwas war anders, spürte ich.

Ich beleuchtete die Kiesel am Ufer, das Schilfrohr, das seine haarigen Blätter auf der Wasseroberfläche niederließ, die Eiche, die es ihm mit ihrem Geäst gleichtat. Dort, wo ich Breidenbach ins Wasser gelassen hatte, entfalteten Sumpf-Schwertlilien ihre caprisonnengelben Schaufelblüten, jenseits des Ufers lungerten Rohrkolben und Binsengewächse.

Ich schaltete die Lampe aus, stand wieder im schwarzen Monddämmer. Dann wurde mir plötzlich klar, was anders war: Es war totenstill. Weder strich der Wind durch die Pflanzen des Biotops, noch quakten die Ochsenfrösche. Nur ein paar Grillen zirpten von Ferne, leise nur, als wollten sie die zerbrechliche Stille nicht zerstören.

Es war gespenstisch.

Ich ging zurück zum Wagen, zog mich bis auf den Slip aus und warf die Klamotten auf den Beifahrersitz. Dann öffnete ich den Kofferraum, schob mir das kleine, blaue Küchenmesser seitlich in den Slip, schnallte das Tauchjackett mit der Luftflasche um und zog mir die Maske über die Augen und steckte das Mundstück zwischen die Zähne.

Erst als ich unbeholfen mit den Tauchgeräten hantierte, fiel mir ein, dass ich die Schiene schützen musste. Also durchwühlte ich die Hose auf dem Beifahrersitz nach dem Kunststoffschutz und schob mir diesen wie ein riesiges plastikbadekappenblaues Kondom über den Arm. Man verschloss das Präservativ mit einem dünnen, weißen Bändchen in der Höhe der Armbeuge und obwohl ich mir nicht vorstellen konnte, dass es viel bringen würde, zog ich es so fest zu, wie es sich eben noch aushalten ließ und machte einen Doppelknoten.

Auf die Flossen, die noch im Kofferraum lagen, verzichtete ich. Nachdem ich den Teich noch einmal ausgeleuchtet hatte, erschien er mir zu klein für ihren Einsatz: Sie würden mir eher Bewegungsfreiheit nehmen als geben. Was ich hingegen brauchte, war die Unterwasserleuchte. Ich nahm sie aus dem Kofferraum und platzierte dort statt ihrer die Taschenlampe.

Dann machte ich mich an die Arbeit.

Ich ging hinüber zum Teich und ließ mich auf den glucksenden Kieselfindlingen nieder. Ich warf mir zwei Hände Wasser auf die Oberschenkel und anschließend auf Bauch und Arme. Wie schon bei meinem ersten Besuch war das Wasser unangenehm glitschig und warm, fast hatte es Körpertemperatur.

Ich öffnete das Ventil der Tauchflasche und inhalierte die Kautschukluft. Darauf ließ ich mich seitlich ins Wasser fallen und tauchte augenblicklich in der grünen Brühe ab. Das Erste, was ich sah, waren kleine und große Blasen, die sich aus Nase und Mund lösten und quallenartig an die Wasseroberfläche trieben. Dann legte sich ein grünschwarzes Blättergewächs auf die Taucherbrille und machte mich auf einem Auge blind. Ich wischte es ab und richtete den Lichtstrahl nach oben: Silberne Spiralen entfalteten sich auf der

Leinwand der Wasseroberfläche, darüber lag die schwarze Nacht wie ein schwerer Sargdeckel. Ich fühlte mich wie lebendig begraben.

Ich leuchtete einmal im Uhrzeigersinn durch den Teich, doch verschaffte mir die Lampe lediglich Sicht auf eine Armlänge: Aufgewühlter Dreck, zottige Algen und unidentifizierbare Schwebeteilchen reflektierten das Licht in einer Art Unterwasserkonfetti, ließen es diffus in alle Richtungen zerstieben.

Ich hörte die aus meiner Nase entweichende Luft an die Oberfläche des Teiches quellen, den dumpfen Druck auf meinen Ohren, der sich anhörte wie ein gregorianischer Männerchor. Irgendetwas sirrte künstlich wie die Lüftung an einem elektronischen Gerät, doch es war weder auszumachen, was es war, noch woher es kam.

Ich tauchte weiter nach unten, der Teich war an seiner tiefsten Stelle nur etwa drei Meter tief. Der Boden war größtenteils von einer grün fluoreszierenden moosartigen Schicht bewachsen und überall lagen Golfbälle herum, die zum Teil ebenfalls von der Vegetation vereinnahmt worden waren.

Dann sah ich etwas Weißes, Flächiges von der Mitte des Teiches her reflektieren, es musste das Laken sein, Breidenbachs Leichentuch. Ich stieß mich vom Boden ab und schwamm darauf zu: Tatsächlich, da war es. Ich hatte es schneller gefunden als vermutet. Breidenbach hatte sich in einem Gewächs aus langen, flammenartigen Blättern verfangen, die ihn lodernd umzüngelten. Beide Knoten des Tuchs waren fest verschlossen, die Granitsteine hielten Leiche und Stoff auf dem Boden des Teiches. Ich berührte einen der Knoten: Er war durch das Gewicht, das an ihm zerrte, festgebacken wie Stahlbeton, der andere genauso. Wie war ich nur der Idee verfallen, er könne sich jemals von selbst lösen?

Breidenbach hing in der Konstruktion wie in einer Art Hängematte, nur dass die Schwerkraft sich umgekehrt hatte: Er trieb an den beiden Knoten hängend nach oben. Seine Arme waren starr nach hinten gefaltet, genauso, wie ich sie auf das Laken drapiert hatte; auch seine Beine hingen bewegungslos im Wasser, glichen Brettern. Nur der Stoff, der ihn nach wie vor umgab, das Hemd, die Hose, bewegten sich leicht in der diffusen Strömung und strahlten so etwas wie Lebendigkeit aus. Hinzu kamen seine Haare, die wellenartig hin und her wogten und die auf diese Weise braunen Unterwassergewächsen glichen.

Ich klemmte mir die Lampe zwischen Wange und Kinn und griff nach seinen Haaren, zog den Kopf zurück: Ein weißes aufgedunsenes Gesicht mit leeren, geöffneten Augen und geschlossenem Mund sah mich an. Ich erschrak: Plötzlich bewegte sich etwas in der toten Fratze. Es durchfuhr mich wie ein Schock und ich ließ das Haar los, sodass sein Kopf wieder nach unten sackte. Die Lampe rutschte mir von der Schulter und fiel im Zeitlupentempo auf den Boden. Ich paddelte zwei Armlängen zurück, Blasen sprudelten panisch aus meinem Mund in die Höhe. Doch beruhigte ich mich schon im gleichen Augenblick wieder: Etwas hatte sich in der Höhe seiner Nase bewegt, das nicht zu ihm, sondern zur Unterwasserwelt gehörte, vielleicht ein Krebstier oder ein kleiner Fisch. Es gab keinen Grund zur Aufregung, sagte ich mir. Das Problem war, dass zuerst der Schock kam und erst hinterher die rationale Erklärung des Gesehenen.

Alles in Ordnung, sagte ich mir, alles bestens.

Mit pochendem Herzen tauchte ich hinab zu der Lampe, die auf dem Grund lag und eine Tausendblatt-Kolonie beleuchtete, die den Großteil des Bodens überdeckte und die erst an den Rändern des Teichs von den längeren Tentakeln eines wasserpestähnlichen Gewächses abgelöst wurde.

Ich nahm die Lampe an mich, ließ mich zu Breidenbach treiben und beleuchtete erneut sein Gesicht. Tatsächlich: Eine wurmlange, faltergraue Larve schaute verschreckt aus seinem linken Nasenloch und verschwand dann plötzlich wieder in demselben wie in ihrer natürlichen Höhle.

Ich ließ die Larve wo sie war, klemmte mir die Lampe einmal mehr zwischen Schulter und Kinn und zog anschließend das Küchenmesser aus dem Slip.

Ich schnitt das Laken unterhalb der Knoten auf; als ich beide Enden aufgetrennt hatte, trieb die Leiche mit der Behäbigkeit eines antiquierten U-Boots nach oben. Morgen würden sie den Toten finden, sagte ich mir, dann würde die bürokratische Maschinerie Fahrt aufnehmen, wie von mir gewünscht. Möglicherweise würde es eine Weile dauern, bis sie Klaproth ins Zentrum der Ermittlungen stellten, doch würden sie nach und nach auch ohne das Foto dahinter kommen, dass seine Frau hinter seinem Rücken mit Breidenbach ins Bett gegangen war.

Ich folgte der Leiche an die Wasseroberfläche und zog sie dort ans Ufer, an die Stelle, von wo ich sie Tage zuvor ins Wasser geworfen hatte. Ich drehte sie um, sodass Breidenbach zum Sternenfirmament aufblicken konnte, wenn ihm danach war, und schob ihm meinen Arm in den Nacken, damit sein Kiefer ein letztes Mal aufklappen würde wie der eines Nussknackers aus dem Erzgebirge. Doch nichts geschah. Seine Lippen blieben versiegelt, als hüteten sie ein Geheimnis (was sie ja in gewisser Weise auch taten). Also legte ich seinen Hinterkopf auf einem der Uferkiesel ab und versuchte seinen Kiefer mit Daumen und Zeigefinger aufzustemmen. Als das nicht gelang, legte ich die Linke auf seine Stirn, die bandagierte Rechte an sein Kinn. Ich stemmte mich mit meinem Oberkörper auf die Rechte, doch bewegte sich nichts. Ich versuchte es, indem ich ihm an der Unterlippe riss, ihm diese fast bis unter das Kinn zog. Als das nichts half, probierte ich es mit den Fingernägeln: Ich wollte sie zwischen seine Zähne schieben, um so eine bessere Hebelwirkung zu erreichen. Doch es war hoffnungslos. Genau so hoffnungslos wie mein Versuch, ihm Mittel- und Ringfinger in die Nase zu schieben und damit sein Gesicht wütend nach oben zu zerren.

Es war unmöglich, die Leichenstarre schien unerbittlich. Die Zähne lagen aufeinander wie einbetoniert. Ich spuckte das Mundstück aus und fluchte. „*Scheiße! Scheiße! Scheiße!*", rief ich und hieb ihm mit meiner Rechten auf den Brustkorb.

Kochend vor Wut kletterte ich komplett aus dem beschissenen Teich, pfefferte die Lampe auf den Rasen und riss mir das Jackett mit der Taucherflasche vom Leib. Im Stechschritt rannte ich auf den DS zu und erst bevor ich mit voller Wucht und baren Füßen gegen die Fahrertür treten wollte, bekam ich mich wieder unter Kontrolle.

Ich legte beide Hände auf das Dach und atmete einige Male tief ein und aus. *„Scheiße!"*, sagte ich noch einmal zu mir selbst. Und als das nichts half, fügte ich noch ein weiteres *„Scheiße!"* hinzu und darauf noch eins.

Dann ging ich zum Kofferraum, schaltete die dort liegende Taschenlampe ein und fischte den Schraubenschlüssel für die Muttern der Autofelgen heraus. Noch immer mit Wut im Bauch schritt ich hinüber zu dem halb im Wasser, halb auf dem Land liegenden Breidenbach. Als ich bei ihm ankam, war die Wut einer diffusen Angst gewichen. Doch ließ ich mich nicht davon aufhalten. Ich musste das verdammte Foto haben, komme was wolle. Ich würde mich auch nicht durch die Leichenstarre des ehemaligen ILTHIS-Chefs bremsen lassen. Ich würde mir das Foto holen und wenn mir Breidenbach es nicht so geben wollte, dann musste ich eben Gewalt anwenden. Also ließ ich mich auf die Knie sacken, presste die Faust um das kalte Metall des Schraubenschlüssels und schlug damit und mit voller Wucht auf Breidenbachs Gesicht ein. Ich glaube, ich traf ihn an der Nasenwurzel, doch kümmerte ich mich nicht darum. *Zuschlagen, nur zuschlagen*, irgendwann würde ich schon die richtige Stelle treffen. Der zweite Hieb ging offenbar auf seinem Wangenknochen nieder, jedenfalls krachte es hölzern; es schien nicht der Kiefer zu sein. Ich machte weiter, ließ den Schraubenschlüssel in einem stetigen, unerbittlichen Takt auf seiner aufgedunsenen Fratze nieder, schlug auf ihn ein, wie im Rausch. Ich weiß nicht, wie lang ich da saß, und auf seinen Schädel drosch, doch irgendwann beruhigte ich mich wieder und legte den Stahlschlüssel erschöpft zwischen meine Beinen auf der Wiese ab; Schweiß lief mir den Rücken hinunter und ich schnaufte wie nach einem zu langen Sprint.

Während ich auf ihn eingeschlagen hatte, hatte ich mich stark gefühlt. Doch jetzt, als ich nach der Taschenlampe tastete, um mir mein zerstörerisches Werk anzusehen, beschlich mich wieder die Angst. Und mir wurde plötzlich kalt, eiskalt. Der Schweiß auf meinem Rücken schien zu gefrieren und ich begann zu zittern, erst an den Armen, dann an den Beinen, schließlich am ganzen Körper. Als ich den Lichtkegel langsam und zittrig über sein nasses, blutbesudeltes Hemd nach oben schob, hörte ich meinen Kiefer klappern. Und als der weiße Strahl der Lampe auf das Schlachtfeld seines zerschlagenes Gesichts fiel, wurde mir flau und meine Wangen füllten sich plötzlich mit dem halbverdauten O'batzten von heute Nachmittag. Ich ließ die Lampe fallen, hielt die Hand unter meinen Mund, doch schoss es fast augenblicklich aus mir heraus, halb über den vor mir liegenden Breidenbach, halb in den Teich. Es war ekelhaft.

Eine Weile kauerte ich reglos, an den glatten Uferkieseln.

Du musst dich zusammenreißen!

Ich atmete einmal lang und tief ein, wischte mir darauf die Kotze mit dem Plastikschutz meines rechten Unterarms vom Gesicht und ergriff erneut die im Gras liegende Taschenlampe, in deren Lichtkegel ein kleiner beiger Falter flatterte. Ich hielt den gelben Strahl auf Breidenbachs Gesicht, kniff die Augen zusammen, suchte in dem Brei aus Fleisch, Blut, Hirn und Kotze nach seinem Mund. Ich entdeckte ihn unter den borstigen Fransen seines blutbesudelten Barts und beugte mich leicht vor. Ich schob die Lampe wieder unter das Kinn. Ich sah eine Ecke des Bildes. Ich spreizte Daumen und Zeigefinger. Ich nahm die Ecke. Ich zog leicht daran. Ich ruckelte. Ich hörte das Rascheln. Ich hörte das Schmatzen blutig zerschlagenen Fleisches. Ich zog noch ein Stück. Ich sah die Kugel aus dem roten Krater schweben. Ich hatte sie in meinen Fingern. Ich hatte das Foto.

Ich habe es!

„Ich habe es!"

14

Ich nahm Breidenbach bei den Schultern und stieß ihn zu rück in den Teich; den Schraubenschlüssel warf ich gleich hinterher. Ohne noch einmal zurückzublicken, malte ich mir aus, wie das Gewässer aussehen würde, morgen früh, wenn die ersten Golfspieler in seiner Nähe putteten. Ich stellte mir eine Leiche vor, aus deren Kopf so viel Blut hinausquoll, dass der gesamte Teich eine ölig-rote Farbe annahm. Aber es war egal, wie der Teich erscheinen würde, sagte ich mir, schlichtweg egal. Was zählte war, dass sie nichts fanden, was auf mich verwies.

Mit Erschrecken musste ich erkennen, dass sich die Spuren von Blut und Kotze am Ufer nicht gänzlich beseitigen ließen. Ich war zu kraftlos, sie wegzuwischen und ich hätte letztlich auch nicht gewusst, wie ich es anstellen sollte: Das Erbrochene hing im Gras, war in den Boden hineingesickert, schwamm im Teich. Unmöglich, das alles zu reinigen.

Ich verlud die Taucherausrüstung im Citroën und überlegte, wohin ich das zusammengedrückte Foto packen sollte? Keinesfalls durften Blutspuren von Breidenbach in meinen Wagen tropfen, sagte ich mir. Doch hatte ich nichts, in das ich die Kugel hineinstecken konnte. Dann fiel mir das Gurkenglas ein, das noch immer auf der Fußmatte vor dem Beifahrersitz lag und das dort immer klirrend an die Metallstreben des Sitzes tickte, wenn ich beschleunigte.

Ich fischte es aus dem Wagen, lehrte die Gurkenflüssigkeit mitsamt des Grünzeugs im Teich, balancierte die Fotokugel vorsichtig hinein und schraubte den Deckel mit einer Hand zu. Dann legte ich das Gurkenglas zurück auf die Fußmatte.

Ich zog den feuchten Slip aus, warf ihn zu den anderen Sachen und schlüpfte in die Jeans. Mit bloßem Oberkörper fuhr ich zurück nach Penzing. Wenn ich jetzt in eine Polizeikontrolle geraten sollte, war alles vorbei, dachte ich. Doch ich hatte Glück: Es war halb vier Uhr nachts und kaum ein Auto auf der Straße. Auch keine Polizei.

Da die Polizei morgen aber mit hundertprozentiger Sicherheit die Leiche aus dem Wasser ziehen würde, musste ich noch in dieser Nacht das Taucherzubehör wieder im Stall verräumen. Es war nicht anzunehmen, dass die Bullen schon bald auf mich aufmerksam würden, doch ich wollte kein Risiko eingehen. Also packte ich die Brille, den Atemregler und die unbenutzten Flossen sowie den Schnorchel wieder in die Kiste, aus der ich sie wenige Stunden zuvor herausgenommen hatte. Das Jackett mit der Luftflasche schob ich ebenfalls an seinen angestammten Platz: hinter das morsche Stalltor. Natürlich sah man, dass die Flasche kürzlich benutzt worden war, vor allem, weil sie neben der staubbeschichteten Flasche Kims stand und sich von dieser abhob. Doch ich zuckte mit den Schultern: Ich konnte es jetzt einfach nicht ändern.

Wichtiger war es ohnehin, das Glas mit dem Foto loszuwerden, doch fiel mir nicht das Geringste ein, wo ich das Ding nachhaltig verschwinden lassen konnte. Erschwerend kam hinzu, dass ich kaum mehr einen konkreten Gedanken zu verarbeiten in der Lage war. Ich fühlte mich schlapp und ausgelaugt, krank im Grunde. Noch immer war mir kalt und in meinem Kopf pulsierte das Blut gegen die Schädeldecke, als sei zu wenig Platz in darin, als herrsche dort ein Überdruck, als würde gleich alles wegplatzen. Sollte es doch, sagte ich mir, sollte mein Schädel doch explodieren, wie eine Melone, die unter die Reifen eines Bulldogs geraten war. Dann wäre ich diese verfluchten Probleme ein für allemal los. Doch so leicht machte es mir das Schicksal leider nicht.

Also schob ich das Gurkenglas provisorisch unter den Gummianzug in die Kiste mit dem restlichen Taucherkram und schlich anschließend zurück ins Haus. Ich ging geradewegs ins Badezimmer, zog mich komplett aus, stopfte meine Sachen in die Waschmaschine und stellte das Gerät an.

Ohne in den Spiegel zu gucken, drehte ich den Hahn der Dusche auf. Erst als das Wasser so heiß war, dass es dampfte und die Dampfschwaden begannen, in langen Schlieren durch das Bad zu ziehen, stellte ich mich darunter. Sofort und ohne nachzudenken begann ich, meinen blutigen, verschwitzten Kör per mit Seife abzureiben.

Augenblicklich rann mir eine rotbraune Lache die behaarten Beine hinunter, standen meine bläulichen Zehen in einer rosigen Flüssigkeit, die mit kleinen gallertartigen Fetzen und weißen Splittern durchsetzt war. Ich schrubbte meinen Körper wie in Trance, so lange, bis ich auch die letzte Blutkruste von ihm abgekratzt hatte, bis das letzte bisschen Dreck, das letzte Stäubchen von meiner Haut entfernt war. Ich schrubbte. Ich schrubbte. Ich schrubbte.

„Max?"

Ich schreckte auf, die Seife flutschte mir aus der Hand, polterte auf die Keramik des Duschbodens.

Durch die mit Wassertropfen bespritze Plexiglasscheibe blickte ich ins Badezimmer. Ich sah Kim, die in der geöffneten Tür stand, von Dampfschwaden umhüllt wie von einen wolligen Mantel. Mit weit aufgerissenen Augen sah sie mich an wie einen Unbekannten, als sei sie sich nicht sicher, ob ich es war, der unter der Dusche stand.

Ich bückte mich, nahm die Seife wieder auf.

„Was ... was machst du da Max?"

Ich fuhr mir mit der Seife in langsamen Bewegungen um Hals und Nacken. „Ich dusche", sagte ich knapp.

„Es ist halb fünf Uhr nachts."

„Na und? Was ist falsch daran, um diese Zeit zu duschen?"

„Warum bist du nicht im Bett?"

„Ich konnte nicht schlafen. Also dachte ich, ich dusche, stehe auf und lese schon mal die Zeitung."

Sie lehnte die Tür erst an und entschied sich dann offenbar, sie leise zu schließen. „Es ist Sonntag, da gibt es keine Zeitung."

„Ja, stimmt, daran habe ich nicht gedacht. Tja, dann frühstücke ich halt nur, das macht man ja auch sonntags."

„Was ... Warum läuft die Waschmaschine?"

„Gott, Kim, soll das ein Verhör werden? Ich wasche Wäsche, darum!"

„Ah ...", sagte sie und schaute verunsichert zu mir in die Dusche, als sei sie sich immer noch nicht sicher, wer dort eigentlich stand. „Das ist ... das ist ungewöhnlich."

„Was soll daran ungewöhnlich sein? Immerhin haben wir Gäste. Ich wasche jetzt, dann kann ich mich den ganzen Tag um sie kümmern."

„Ja. Ja, natürlich. Es ist nur …"

„Was?"

„Du hast noch nie Wäsche gewaschen, seit wir hier in Penzing zusammen wohnen."

„Dann fange ich halt jetzt damit an, verflucht noch mal." Ich begann ärgerlich zu werden. Was dachte sie sich, mich hier und jetzt zur Rede zu stellen? Doch ich zwang mich, meinen Frust hinunterzuschlucken. Wir hatten Gäste, ich wollte keinen Eklat riskieren. „Das wolltest du doch immer: ein Mehr an Gleichberechtigung in unserer Beziehung. Gleichberechtigung bei Rechten und Pflichten. *Wir sind beide Arbeitnehmer. Wieso muss ich immer alles im Haushalt alleine machen?* Das sagst du doch immer. Bitte sehr: Ich beteilige mich. Ich wasche Wäsche."

Sie legte eine Hand an die Duschwand, vorsichtig als bedeute es ein Risiko sie zu berühren, als könne sie unter Strom stehen oder sonst was. „Es kommt nur so plötzlich, weißt du?"

„Irgendwann muss man halt beginnen."

Sie wischte ein kleines rundes Sichtfenster in die vom Dunst angelaufene Scheibe und guckte hindurch wie durch ein Bullauge. „Gott, was hast du denn da mit deiner Hand gemacht …? Du hast …" Sie schlug die Hände vors Gesicht, taumelte zurück, stieß ans Waschbecken. Ein heller Schrei blieb ihr in der Kehle stecken, dann rutschte sie wie benommen auf die blaue Bade-matte auf den Boden.

Ich blickte an mir hinunter. Der Verband hatte sich fast komplett abgelöst, hing nur noch am Handgelenk. Während der Mull sich auf dem Boden zu einer nassen Schnecke gekringelt hatte, war der Plastikschutz komplett verschwunden, lag noch nicht einmal in der Duschkabine. Ich hob die Hand vor meine Augen, um sie eingehender betrachten zu können: Mein kleiner Finger war am untersten Gelenk direkt an der Hand abgetrennt worden, bei meinem Ringfinger hatten sie einen kurzen Stumpf übriggelassen. Die gesamte

Hand war violett und dick wie die Gliedmaßen eines Marshmallows; die Narben waren mit blauen Fäden zugenäht worden und fast vollkommen in dem angeschwollenen Fleisch verschwunden.

Zuerst dachte ich, sie sei ohnmächtig geworden, aber es war offenbar nur eine Art Schwächeanfall. Sie lehnte, die Beine angewinkelt, die Hände vor das Gesicht haltend, am Sperrholzbadschränkchen und heulte. Ich stieg aus der Duschkabine, versuchte sie zu beruhigen, sagte ihr, dass ich die Amputation mit Rücksicht auf sie und ihre Lage zurückgehalten hatte. „Ich wollte dich einfach nicht auch noch mit meinen Problemen belasten." Doch war sie Argumenten gegenüber nicht zugänglich, schluchzte nur in sich hinein, wurde von Heulkrämpfen geschüttelt. Nach einer Weile ließ die Intensität der Schübe ein wenig nach und sie legte ihre Armbeuge auf das Schränkchen, vergrub ihren Kopf darin.

Ich wollte sie in den Arm nehmen, sie trösten, aber sie wehrte mich ab, schlug nach sogar nach mir, als ich meine Hand nach ihr ausstreckte.

„Lass mich, nein, lass mich mit deiner ... deiner Krabbenhand!"

Erst als ich sie in Ruhe ließ, mich auf den Toilettendeckel setzte und begann mich abzutrocknen und darauf erneut meine Hand zu inspizieren, beruhigte sie sich langsam. Nach zehn Minuten vielleicht öffnete sie eine der Schranktüren neben sich und nahm zittrig eine Packung Taschentücher heraus. Sie schnäuzte und zog sich ans Waschbecken geklammert wieder auf die Beine. Dann ging sie wortlos in ihrem silbergrauen Seidennachthemd hinaus und schloss leise die Tür hinter sich.

Ich umwickelte meine Finger mit einem neuen Mullverband und beschloss, Dr. Marzin morgen einen Besuch abzustatten. Dann ging ich ebenfalls hinaus in den Flur. Ich hörte Kim in der Küche werkeln und entschied, mich noch eine halbe Stunde aufs Ohr zu legen, es war erst fünf Uhr, vor Acht würden Siggi und Edda sicherlich nicht aufstehen. Kaum lag ich im Bett, schlief ich augenblicklich ein.

Ich erwachte am Montagmorgen gegen zehn Uhr.

Das Haus lag still. Kim musste in der Schule sein, ihre Eltern würde sie gestern Abend noch zum Bahnhof gebracht haben. Dass ich nicht mehr aufgetaucht war, dürfte meine Sympathiewerte als Schwiegersohn nicht gerade nach oben katapultiert haben, doch wer wusste schon, was passiert wäre, wenn mich Kim geweckt und ich den Tag gemeinsam mit ihnen verbracht hätte? Noch immer stand ich neben mir, war nervös und unkonzentriert, fahrig. Gestern Nachmittag wäre mein Zustand sicherlich noch extremer gewesen, stellte ich mir vor. Und dann war da ja noch Kims Schwächeanfall, für den auch ich mich in irgendeiner Form hätte rechtfertigen müssen. Siggi hatte sich immer für das Wohl und Wehe seiner Adoptivtochter verantwortlich gefühlt, und ich wusste, dass er stillschweigend von mir erwartete, dass jetzt ich die Rolle des Emotionsmanagers seiner Tochter übernehmen sollte. Nein, nein, es war gut, im Bett geblieben zu sein.

Zudem hatte ich an diesem Morgen erstmals Schmerzen in meinen abgetrennten Extremitäten. Der kleine und der Ringfinger wirkten wie eingeklemmt, als wären sie in eine zuschlagende Tür geraten und dort zerquetscht und gebrochen worden. Obwohl ich wusste, dass ich mir das Ganze einbildete, obwohl ich wusste, dass nicht sein konnte, was ja dennoch war, kam ich nicht gegen die Schmerzen an: Die Einbildung beanspruchte eine höhere Wirklichkeit als die Realität selbst.

Also ging ich ins Bad und nahm eine der rosafarbenen Tabletten, die mir Dr. Marzin mitgegeben hatte. Dann schlüpfte ich in meinen weißgrauen Pikee-Bademantel und holte die Zeitungen aus dem Briefkasten. Normalerweise hätte ich sie erst zum Brunch im Massimo gelesen, doch konnte ich aus gegebenem Anlass nicht länger warten. Ich hastete zurück zur Küche und breitete die „Landsberger Nachrichten" auf der Ikea-Esstischplatte aus. Zwei Mal blätterte ich die Zeitung durch, einmal in aller Eile, ein weiteres Mal ruhiger und besonnener, mit konzentrierterem Blick. Doch ich entdeckte nichts. Keine Zeile über den Toten im Teich. Keine Zeile über das Jahrhundertereignis der Landsberg-Ammerseeregion.

Ich verstand es nicht.

Es war ein Ding der Unmöglichkeit, die Leiche nicht zu bemerken. Sie musste an der Wasseroberfläche treiben, Mücken und Fliegen, vielleicht Vögel mussten sich auf ihr niedergelassen haben und an ihrem aufgeplatzten Hirn saugen, tupfen, picken. Der See musste blutrot sein und nach faulendem Fleisch riechen. Und am Sonntag, also gestern, war mit hundertprozentiger Sicherheit Golf gespielt worden.

Warum zum Teufel ...?

Ich nahm die verdammten „Landsberger Nachrichten", knüllte sie zusammen und warf sie in Richtung des geschlossenen Mülleimers. Der Lokalsport flatterte heraus und rettete sich in einem Segelflug auf die andere Seite des Tisches und kam dort vor einer weißen Glasvitrine mit Tellern und Tassen zum Liegen. Das Zeitungsknäuel tickte auf den Mülleimer und fiel von dort auf den Boden neben die Kehrschaufel.

Es konnte nur sein, dass die Leiche zwar gefunden worden war, dass aber die „LN" die Sensation des Jahrhunderts schlichtweg verpasst hatte, sagte ich mir. Doch auch als ich das Lokalradio einschaltete, musste ich feststellen, dass nichts über die Sache gebracht wurde. Sie war den Moderatoren keinen Zehnsekünder im regionalen Nachrichtenblock wert. Es war unerklärlich.

Da ich das Geheimnis rund um die Nicht-Berichterstattung nicht lösen konnte, machte ich mich auf den Weg zum Klinikum Landsberg. Dort erzählte ich dem besorgt über die Brille linsendem Dr. Marzin, dass ich versehentlich in der Badewanne auf einem Stück Seife ausgerutscht sei. Da ich schon im Vorfeld vollkommen vergessen hatte, das Plastikkondom über die Schiene zu streifen, habe sich die bandagierte Hand augenblicklich gehäutet wie eine fette Schlange. Man habe nichts mehr machen können, wie verhext sei das Ganze gewesen, ich wisse auch nicht.

Zwar sah man Dr. Marzin deutlich an, dass er mir die Geschichte nicht abnahm, doch stellte er keine weiteren Fragen. Er tupfte die Nahtstellen mit einem in eine rote Tunke gedippten Wattebausch ab und verpasste mir im Anschluss ungefragt einen fingerdicken Gips um den kompletten Unterarm.

Die assistierende Schwester war schwarzhaarig und keine einzige Locke lugte unter ihrem Schwesternkäppchen heraus. Ich fühlte mich wie betrogen.

Als ich in der Detektei ankam, hatte mich ein leichtes Schwindelgefühl erfasst. Doch ließ ich mich nicht davon aufhalten, und begann, die Schubladen nach den ausgedruckten Bildern des Klaproth-Berichts zu durchwühlen. Ich steckte sie in die Innentasche meines Sakkos. Zwar war nicht damit zu rechnen, dass die Polizei in den kommenden Tagen meine Detektei durchsuchen würde, doch wollte ich auf Nummer Sicher gehen: Nichts sollte die Bullen auf die Idee bringen, ich könnte auch nur das Geringste von dem Verhältnis der beiden gewusst haben.

Nachdem ich die Bilder verstaut hatte, fühlte ich mich besser. Ich ging hinüber zur Anrichte und setzte Wasser auf. Ich würde im Andenken an Breidenbach eine Tasse meines besten Gyokuro trinken, beschloss ich. Schließlich war der Tote einer der wenigen, die überhaupt die Klasse dieser einzigartigen Pflanze zu schätzen wussten. Dann fielen mir die Bilder ein, die ich auf der Festplatte abgelegt hatte. Ich griff mir an den Kopf: Wie konnte ich sie nur vergessen! Ich steckte die wenigen Printbilder ein und beachtete nicht, dass weitere zweihundert belastende Digitalfotos auf dem PC auf mögliche Fahnder warteten!

Noch während ich den Tee aufbrühte, fuhr ich den PC hoch und startete Photoshop. Tatsächlich waren es knapp hundert Bilder, die nach Breidenbachs Erscheinen auf der Liegewiese aufgenommen worden waren. Ich warf sie in den digitalen Papierkorb und klickte auf „leeren", bevor ich den Computer wieder runterfuhr.

Durch das Aussortieren der Bilder am PC hatte ich den Tee auf der Anrichte vergessen, der jetzt natürlich viel zu lange im heißen Wasser gehangen hatte und so zu einer braunen, bitteren Flüssigkeit geworden war. Ich goss den teuren Gyokuro ins Waschbecken, das unter der heißen Flüssigkeit zu ächzen begann, und entschied mich gegen einen weiteren Aufguss.

Ich versuchte mich zu konzentrieren, überlegte, was ich sonst noch vergessen haben könnte, was noch getan werden musste, um keinen Verdacht auf mich zu lenken? Denn damit konnte ich doch rechnen: dass die Polizei mich zumindest verhören würde, wenn sie Klaproth geschnappt hatte. Einige Punkte fielen mir ein, und ich beschloss, sie nach und nach abzuarbeiten. Ich begann mit einigen Telefonaten, dann verließ ich die Detektei und machte mich auf den Heimweg.

Zu Hause führte mich mein erster Weg in den Stall: Ich musste das verdammte Glas und auch die Maske loswerden. Also zog ich die Kiste mit der Taucherausrüstung unter einem staubigen Knirschen hervor und fischte das Gurkenglas mit dem Foto heraus.

Ein Schauder überkam mich, als ich es vor das Gesicht hob. Irgendwie hatte ich gehofft, die Ereignisse der vergangenen Tage hätten vielleicht ein schlechter Traum sein können. Doch jetzt hielt ich den Beweis für ihre drückende Realität in der Hand: Im Inneren des matten Glases krümmte sich das blutbesudelte Bild Breidenbachs wie ein eingelegter verkrüppelter Embryo. Auf dem weißen Deckel und an den Wänden des Glases klebten getrocknete Blutschlieren. Es roch nach Gurke, Dill und etwas Süßlichem, zugleich Künstlichem.

Ich versuchte, nicht weiter darüber nachzudenken. Stattdessen faltete ich die Kiste wieder zu, schob sie zurück unter die Arbeitsplatte. Anschließend fingerte ich die Alienmaske aus der Kiste nebenan heraus. Ich hielt sie in der Hand, blickte auf ihre schwarzen Trüffelaugen.

Als ich im Wagen saß, wickelte ich die Maske in eine Supermarkttüte, die ich aus einer Schublade in der Speisekammer gefischt hatte. Das Glas musste ich wohl oder übel uneingepackt lassen.

Ich steuerte den DS um welke Vorgärten und vertrocknete Getreidefelder herum. Die Roggenähren hingen schlapp herab, krümmten sich wie die Griffe altmodischer Spazierstöcke. Felder voller Spazierstöcke, dachte ich. Sie erstreckten sich bis hin zu den tief stehenden Fischteichen, am Rande Penzings. Dazwischen – also in bester idyllischer Lage – hatte man die Mülldeponie untergebracht.

Es war viel los wie immer: Die Penzinger verbrachten einen Großteil ihrer freien Zeit mit dem Sortieren von Müll. Im Landkreis zahlte man den Hausmüll per Gewicht, nur wer seinen Dreck zur Deponie brachte, kam umsonst davon. Aus Angst, die Nachbarn könnten ihren Abfall in der eigenen Hausmülltonne abladen, hatte fast jeder Penzinger seine Tonne sogar mit einem Schloss verriegelt. Ich stellte mir einen chinesischen Journalisten vor, der eine Reportage über Bayern schrieb. Das gibt es auch nicht alle Tage, würde er vermelden: dass jemand etwas absperrte, nicht aus der Sorge heraus, dass ihm etwas gestohlen werde, sondern weil er fürchtete, dass etwas dazukommen könne.

Trotz des Trubels fuhr ich mit dem Wagen direkt auf den Hof und parkte neben den blaubauchigen Plastiktonnen für die Batterien. Ich stieg aus und ging schnellen Schrittes auf die Container zu und versuchte dabei Normalität auszustrahlen: Hier kam ein einfacher Bürger Penzings, der ein paar Euro sparen und gleichzeitig die Umwelt schützen wollte. Also warf ich die Gurken in den Weißglascontainer, ohne mich groß umzusehen; ich hörte, wie das Glas auf anderen Gläsern unter einem dumpfen Splittern zerbarst. Dann kam die Maske an die Reihe, die ich dem Dualen System zur Wiederverwertung in das Maul eines beigen Metalltanks stopfte. Sollten sie Parkbänke daraus machen, oder Rutschen für Kinderspielplätze!

Auf dem Weg zurück zum Auto streifte ich den Blick der Mülldeponiewärterin, die wie gewöhnlich oberlehrerhaft darauf achtete, dass die Penzinger Papier von Pappe trennten und ihr Grünglas nicht in den Braunglasbehälter schmissen. Sie scheute auch nicht davor zurück, den Papiermüll eines Dorfbewohners zu durchwühlen und zwischen vorgeschriebenen Liebesbriefen und verworfenen Testamenten eine Klorolle herauszufischen, da diese doch in den Pappcontainer gehörte. *Müllstasi* war der Begriff, den Kim und ich für sie und ihren verdrucksten Mitarbeiter gefunden hatten.

Ich grinste ihr zu und sprang zurück in den Wagen. Als ich gewendet hatte und von der Deponie fuhr, sah ich ihr verkniffenes Lächeln zwischen ökologenroten Bäckchen im Rückspiegel.

Ich gab Gas.

Es tat gut, in Aktion zu sein, die eigene Sache in die Hand zu nehmen. Ich hatte das Gefühl, langsam wieder zurück zur Konzentration zu finden, die Metallbacken, die mein Hirn wie in einem Schraubstock zusammenquetschen, ließen ein wenig locker. Dennoch schlief ich an diesem Abend bereits um kurz nach neun Uhr ein, nach den durchwachten Nächten gierte mein Körper nach Schlaf und Entspannung.

Am nächsten Morgen wurde ich von Kim geweckt. Im Grunde dämmerte ich bereits, lag nur noch im Halbschlaf, als sie die Tür öffnete, eintrat und sich anschließend an die Bettkante setzte. Sie begann mir über das Haar zu streicheln, es fühlte sich an, als sortiere sie einzelne Strähnen auseinander, als versuche sie dort oben irgendetwas wieder in Ordnung zu bringen. Vielleicht trennte sie aber auch nur die schwarzen Haare von den grauen, um herauszufinden, wie weit es altersmäßig mit mir bestellt war.

„Max, Max, Max", flüsterte sie mir ins Ohr wie einem Kind, das etwas angestellt hatte, zärtlich, ja, aber doch auch vorwurfsvoll.

„Kim, Kim, Kim", echote ich ins Kopfkissen.

Ich war immer noch todmüde und fragte mich, warum mich Kim überhaupt weckte, jetzt, wo sie doch drauf und dran sein musste, zur Schule zu fahren.

„Es ist kurz nach eins", sagte sie, als hätte sie meine Gedanken lesen können.

„Du machst Witze", brummte ich.

„Ich bin gerade von der Schule zurück."

„Verdammt!" Ich hob kurz den Kopf und ließ ihn augenblicklich mit dem Gesicht voraus wieder in das Kissen fallen. Eine muschelgroße Daune stob erregt nach oben und wiegte sich anschließend wieder gemütlich nach unten, an meiner Nase vorbei, bis sie irgendwo auf der Matratze zum Liegen kam.

„Warum stellst du dir keinen Wecker?"

„Wieso das denn?"

„Na, wieso stellt man sich einen Wecker? Um pünktlich aufzustehen, nicht zu spät zu den Terminen zu kommen, die man hat. Du bist doch noch mit deiner hochwichtigen Industriellen-Geschichte beschäftigt, oder nicht? Musst du nicht irgendetwas tun? Etwas observieren? Leute im Auto verfolgen und dabei über rote Ampeln und durch Fußgängerzonen donnern? Zumindest Fotos machen oder Teiche durchschwimmen?"

Die Anspielung auf die Teich-Geschichte wirkte wie eine Koffein-Injektion, ließ mich augenblicklich erwachen. Mit einem Schlag war ich im Leben zurück, war der tote Breidenbach wieder da, das Blut, die Bullen.

„Was macht denn da so einen Lärm?", fragte ich.

„Das sind die Landschaftsgärtner vor unserem Haus, die die Platten vor dem Stall verlegen, die dort die letzten zwei Jahre unangetastet in der Sonne zerbröselten. Du hättest ihnen gestern einen Eilauftrag erteilt, sagten sie. Ich sagte: *Das kann ich mir nicht vorstellen*. Aber der Typ, so ein Dunkler, Bärtiger meinte sogar, er bekomme die doppelte Kohle, wenn sie schon heute fertig würden."

Es ging also etwas vorwärts, dachte ich, *sehr gut!* Ich rappelte mich auf, schob das Kissen erst seitlich unter meinen Brustkorb und stütze mich dann auf meinen rechten Ellbogen auf das Bett. Meine Finger schmerzten schon wieder an der Stelle, wo gar keine Finger mehr waren. Ich versuchte, es zu verdrängen, und blickte zu Kim.

Sie sah nicht gut aus: Ihre Augen waren rot unterlaufen, ihre Nasenlöcher wirkten entzündet, als habe sie Schnupfen, kleine Hautfitzelchen hingen daran wie Schuppen. Ihr Haar, das sonst bläulich schimmerte, wirkte matt und fettig, ebenso wie ihre Haut den gewohnten kastanienbraunen Glanz vermissen ließ, zerbrechlich erschien, eine gläserne Stofflichkeit verbreitete wie unreife Mirabellen. Sie trug ein schwarzes Seidenhemd, das nicht auf Taille geschnitten war und das ihren zierlichen Oberkörper so in einen schwarzen, unförmigen Zauberkasten verwandelte. Um ihren Hals hatte sie ein orangefruchtiges Stewardessentüchlein gewickelt, das aber nicht den eigenartigen Ausschlag verhüllen konnte, der sich über ihren Hals gelegt hatte und ihr von dort bis hinauf an die Wangen griff.

Ich wollte sie fragen, was los war, doch kam sie mir zuvor: „Ich hatte heute meinen ersten Tag mit meiner neuen Co-Lehrerin, Frau Mahler."

Das war der Teaser, er verlangte, dass ich fragte, wie es war, als Zeichen, dass mich die Geschichte auch *wirklich* interessierte.

„Und wie war's?"

„Hat sich auf ein Stühlchen ans Klassenende gesetzt, um alles genau überblicken zu können, mit ihrem genüsslichen Lächeln, ihrem beschissenen grellen Lippenstift in ihrem faltigen Gesicht. Als würde sie fernsehen: die Beine übereinandergeschlagen, die Hände vor der Brust verschränkt – beste Unterhaltung."

„Und dann?"

„Die Kinder waren natürlich total aufgekratzt, weil da plötzlich noch einer saß, ein Beobachter, einer, der jede ihrer kleinen Albernheiten wahrnahm. Der Nico war total aufgedreht, so ein kleiner Blonder, ich glaube, ich habe dir schon mal von dem erzählt … Nicht dumm, aber total verkindscht irgendwie."

Ich zog das Kissen unter meinem Brustkorb hervor, faltete es einmal in der Mitte zusammen, schob meinen Hinterkopf darauf und legte die Hände wie zum Gebet über den Bauch. „Verkindscht?"

„Na, so kindlich halt …"

„Sind doch Kinder."

„Willst du die Geschichte jetzt hören?"

„Ich sag doch nur …"

„Der hat sich mittlerweile auch ganz gut im Griff, der Nico, aber irgendwie war es so laut, und ich war ja auch ein bisschen verunsichert, wegen dieser … dieser, na ja, auf jeden Fall ist er unter den Tischen umhergekrabbelt und dann plötzlich wie Kai aus der Kiste zwischen Sandra und Irina nach oben geschossen, während ich an der Tafel die Regeln für den vierten Fall angeschrieben habe. Die Sandra schreit natürlich sofort los, springt auf, der Stuhl fällt um und alles grölt. Ich lasse selbst vor Schreck die Kreide fallen und als ich mich umdrehe, fängt die Sandra gerade an zu heulen, dieses verweichlichte Gör! Darauf hatte die Mahler natürlich nur gewartet. Sie steht mit aller Seelenruhe auf, winkt mit den Armen und sagt, *abbrechen, abbrechen, ich breche diese Stunde hiermit ab!* Ruft es aus, wie eine, die ein medizinisches Experiment abbricht, aus der Sorge um die Sicherheit der Patienten. Ich gucke sie nur verdutzt an, weiß nicht, was ich sagen soll. Also übernimmt sie wieder das Wort: *So geht es einfach nicht, Frau Kollegin, Sie haben Ihre Klasse nicht im Griff, ich habe das gleich gemerkt. Da sind grundlegende disziplinarische Dinge versäumt worden, wie ich hier sehe. Kein Wunder, dass die kleine Tamara es nicht mehr ausgehalten hat, wenn Sie mich fragen. Der junge Mensch braucht alles, aber bestimmt nicht dieses Chaos hier.* In dieser Situation konnte ich nur noch stammeln: *Frau Mahler, wieso ... sonst ist es immer ... aber wenn Sie, wenn Sie ... Gott, was soll ich denn jetzt machen ...?* Sie: *Na, es ist halt nicht jeder zum Lehrer geboren.* Dann wendet sie sich von mir ab und der Klasse zu: *So und jetzt singen wir erst mal etwas zusammen. Und du, junger Mann, gehst wieder auf deinen Platz zurück ..."*

Ihr Körper wurde von einem kurzen Heulkrampf geschüttelt, doch lief ihr keine einzige Träne die Wange hinunter, es war eigenartig, sie wirkte wie ein Motor, der nicht anspringen wollte. Eine Frau ohne Tränen war wie ein Auto ohne Benzin, dachte ich in bester Macho-Manier.

„Was will diese Frau von mir, was zum Teufel habe ich ihr getan?" Eine matte Faust schlug neben meiner Hüfte auf der Matratze ein.

Ich umgriff die kleine Faust und spürte ihre eiskalte Hand. „Pass auf, warum gehst du nicht zum Arzt und lässt dich ein paar Tage krank schreiben? Bald sind Ferien und danach lässt du dich Schwangerschaftsbeurlauben."

„Das hieße, einfach weglaufen vor der Situation."

„Wäre das so schlimm? Wenn der Gegner zu mächtig ist, kann es das Klügste sein, vorübergehend zum Rückzug zu blasen."

Sie öffnete ihre Hand in meiner Hand und ließ ihre Finger zwischen meine gleiten. „Hmm", summte sie, „vielleicht ist es das."

Ich zog sie zu mir hinab auf das Bett, nahm sie in den Arm. Dann strich ich ihr mit der gesunden Hand über den Rücken, doch sie ließ nichts raus, lag einfach nur auf mir wie ein lebloses Tier.

So kannte ich Kim nicht: Alles, was sie tat, alles, was ihr widerfuhr, war mit dem Ausbruch von Gefühlen verbunden. In einer Situation wie dieser hätte sie sich emotional fallen gelassen, hätte geweint, ihren Tränen freien Lauf gelassen – und danach wäre es ihr besser gegangen. Das berühmte reinigende Gewitter.

Irgendwann raffte sie sich wieder auf, strich sich einmal wie mechanisch mit den beiden Mittelfingern über die trockenen, aber wunden Augenlider und sagte: „Weißt du eigentlich schon das Neueste?"

Ich stützte mich wieder auf die Ellbogen und zuckte mit den Schultern.

„Sie haben Johannes Breidenbach tot aufgefunden, den ILTHIS-Chef."

„Endlich!", rief ich und schlug das Laken zurück, das mir als Decke diente. Mit einem Satz saß ich neben Kim an der Bettkante.

Ich sprang auf, wollte hinaus in Richtung Küche eilen, als liege Breidenbach dort auf der Tischplatte und als gelte es, sich mit eigenen Augen von dem Tod desselben zu überzeugen. Auf dem halben Weg zur Tür blickte ich mich noch einmal zu Kim um, die mich mit offenem Mund auf dem Bett sitzend ansah.

„Also, *endlich haben sie ihn gefunden*, meinte ich. Er war ja schon die ganze Zeit vermisst worden, du hast es gelesen. Es … es ist natürlich traurig, dass er tot ist, aber jetzt haben wir endlich Gewissheit."

Sie nahm die Hand vor den Mund, wie um ihn zu schließen, ihre Augen glitzerten ängstlich. Die andere Hand ließ sie in ihren Schoß wandern und drückte ihr Kleid leicht zwischen ihre Oberschenkel, als gelte es, ihr Heiligstes vor einem plötzlichen Übergriff zu schützen.

„Ich meine: Es ist keine Überraschung für mich. Ich habe es vermutet, dass ihm etwas zugestoßen sein muss … Wie ist es denn passiert …?"

Sie sagte nichts, schüttelte nur den Kopf, die Hand immer noch vor ihren Mund haltend.

„… er wäre ja nie in der Phase eines so wichtigen Produktlaunches einfach abgetaucht, mal schnell ne Woche nach Malle oder so, hehehe … na ja, dann schaue ich mal in die Zeitung. Da steht es doch, oder?"

Ich verschwand in Richtung Küche.

Kim hatte die Zeitungen schon mit ins Haus gebracht, die „LN", lagen zuoberst und machte im besten „Bild"-Zeitungs-Jargon mit der Geschichte auf:

BRUTALER MORD AN ILTHIS-CHEF

***Igling.** Einen grausigen Fund machten am Montagnachmittag die Spieler des Iglinger Golfclubs: Sie entdeckten eine Leiche in einem Teich nahe der Driving Range, dem Abschlagplatz des „The Golf-house". Kurz nachdem die Polizei eingetroffen war, wurde klar, dass es sich bei dem Toten um Johannes Breidenbach handelt, den seit mehreren Tagen vermissten Geschäftsführer des Kauferinger Werkzeugbauers ILTHIS. Schon in einer am frühen Abend anberaumten Pressekonferenz stellte Polizeisprecher Dirk Diederichs klar, dass es sich bei der Todesursache „mit an hundertprozentiger Wahrscheinlichkeit reichender Gewissheit um ein Gewaltverbrechen handelt". Entsprechend habe die Kriminalpolizei Fürstenfeldbruck eine Sonderkommission „Ilthis" eingerichtet, die den Fall untersuche.*

Diederichs machte klar, dass die Polizei alle verfügbaren Ressourcen einsetzen werde, um schnell Licht in das ominöse Dunkel zu bringen. Bisher wisse man lediglich, dass Breidenbach bereits mehrere Tage tot sein müsse und auch bereits länger als 48 Stunden in dem Teich gelegen habe. Der Leichnam weise zudem „Spuren erschreckender Gewalttätigkeit" auf, wie Diederichs ausführte. „Es könnte deshalb sein, dass es sich bei dem Mord um eine Art Racheakt handele." Gewissheit bestehe hierüber allerdings nicht. Derzeit werde in alle Richtungen ermittelt. Auch ein wirtschaftlicher Hintergrund könne nicht ausgeschlossen werden, erscheine aber bei der derzeitigen Beweislage als eher unwahrscheinlich.

Zu diesem Zeitpunkt sei die Soko Ilthis noch mit der Sicherung der Beweise beschäftigt: Das Wasser des Teichs wurde bereits am Montagabend abgelassen, mehr als 80 Spuren seien gesichert worden, nicht alle müssten aber mit dem Fall Breidenbach in kausaler Verbindung stehen, betonte Diederichs.

Welche Konsequenzen bei ILTHIS aus dem überraschenden Tod des Geschäftsführers gezogen werden, war am Montag noch nicht klar. Firmensprecherin Svenja Döbritz-Stein zeigte sich "zutiefst erschüttert" über die Tat. "Wir stehen hier noch alle unter dem Schock der Ereignisse und müssen erst einmal die aktuelle Sachlage verarbeiten. In den kommenden Tagen werden wir dann entscheiden, wie es mit der Führung von ILTHIS weitergeht. Die Einführung unserer neuen Serie wird aber wie geplant fortgeführt. Kunden und Partner können sich hundertprozentig auf Abmachungen und Verträge verlassen."

Erst vor wenigen Wochen hatte Breidenbach noch eine Innovations- und Investitionsoffensive angekündigt und mit einer neuen Motorsägen-Generation ein neues Marktsegment erschlossen. Die Einführung der Produkte war als die bedeutendste Weichenstellung in der traditionsreichen Geschichte des Kauferinger Vorzeigeunternehmens gefeiert worden und sollte die Zukunftsfähigkeit des Unternehmens am Standort nachhaltig sichern. Verwirrung wurde ausgelöst, da Breidenbach bereits seit Ende vergangener Woche nicht mehr am Arbeitsplatz erschienen war. Auch bei seiner Familie in Dießen am Ammersee hatte er sich nicht abgemeldet. Mit dem Fund seiner Leiche werden jetzt die schrecklichsten Vermutungen wahr. Hannes Schneider

Neben den Artikel hatte die Redaktion eine Fotografie des Tatorts gestellt: Der Teich war mit weiß-roten Banderolen abgezirkelt und in seinem Hintergrund stand ein Passat mit Blaulicht. Zwei Gestalten mit weißen Reinraum-Anzügen knieten auf der Wiese, in etwa an der Stelle, wo ich Breidenbach in das Laken eingewickelt hatte und beugten sich über die Grasnarbe, als gelte es ei ne seltene Spezies zu begutachten. Was hatten sie gefunden, fragte ich mich? Von achtzig Spuren war die Rede. Gut, ich hatte den Schraubenschlüssel für die Autofelgen in den See geschleudert, doch diese Dinger gab es tausendfach. Dann hatten sie natürlich das Laken, aber auch dieses war Massenware. Die Granitpflasterplatten „Yellow Rusty" mit gestockter Oberfläche waren natürlich ein Punkt, doch würden sie heute Abend verlegt sein – und wenn erst einmal die Palette vor unserem Haus verschwunden war, würde keiner mehr auf die Idee kommen, dass die Steine im Teich etwas mit denen zu tun hatten, die vor unserem Stall lagen. Ob sie von der Kotze einen DNA-Test machen lassen konnten? Ich bezweifelte es. Und Fingerabdrücke und dergleichen mussten vom Wasser abgespült worden sein. Nein, nein, es gab keinen Grund zur Besorgnis, keine der achtzig Spuren würde die Polizei zu mir führen. Was mich viel mehr bedrückte, war, dass der alte Schneider mit dem Thema betraut war. Er hatte schon in meinem Dunstkreis recherchiert, als er an der Geschichte rund um Kim und das tote Mädchen gesessen hatte. Viel leicht war ihm etwas aufgefallen und er musste jetzt nur noch eins und eins zusammenzählen. Hatte ich nicht in der Nacht, als ich Breidenbach umgebracht hatte, irgendwo einen al ten Mercedes gesehen, ein ähnliches Modell, wie es Schneider fuhr? Aber dann würde er doch jetzt schon auf der Matte stehen, schon gestern hätte er mir irgendwo aufgelauert. Nein, sagte ich mir, Schneider schöpfte keinen Verdacht. Oder hatte er noch gar nicht realisiert, welche Story da auf seinem Schreibtisch lag? War er nur nicht in der Lage, das Puzzle zusammenzusetzen?

Plötzlich schepperte es im Flur, die Fenster klirrten. Ich schrak hoch, war wie elektrisiert. Die Tür, wurde mir klar, nur unsere Haustür. Ich ging hinüber zum Küchenfenster, beobachtete wie Kim in ihren Panda stieg und wegfuhr.

Meine linke Hand zitterte, schlackerte unkoordiniert hin und her wie diejenigen Siggis. Wie Raucherhände, oder wie eine Raucherhand, musste ich ja sagen. Wie die Hand von jemandem, der etwas zu verbergen hat. Sie würde mich verraten, diese zitternde Hand, wusste ich. Ich setzte mich wieder, spürte, wie der Schweiß auf meiner Stirn erkaltete, blickte an mir hinab: rechts der Gips, der schwer und klobig an mir herabhing, links auf der Tischplatte liegend eine kleine feuchte Hand, die sich über ihre Welt aus Holz zitterte, wie ein gerade geworfenes Katzenjunges mit noch geschlossenen Augen.

Eine zugeschlagene Tür reichte, um mich aus der Fassung zu bringen. Keine wirklich ermutigenden Aussichten für einen, der einen Mord vertuschen muss.

Ich erhob mich wieder, setzte Wasser auf und richtete den Tee her. Während ich den Tee trank, nahm das Zittern meiner Hand allmählich ab.

Es klingelte. Die Haustür. Augenblicklich verkrümmte sich meine linke Hand, die gerade wieder hergestellte innere Ruhe zerplatzte wie filigranes Chinaporzellan auf kaltem Beton.

Ich stellte die Tasse zittrig auf den Untertellser zurück, wischte mir über die feuchten Lippen, stand auf, ging zum Flur und öffnete die Haustür.

Zwei Polizisten in Uniform blickten mir entgegen, der eine klein mit Doppelkinn, gutmütigem Gesicht und hängenden Schultern, der andere stand einen Schritt hinter ihm, aufrecht, mit durchgedrückter Wirbelsäule und stalinistischen Wangenknochen. Im Garten vor dem Stall sah ich zwei Männer mit verschwitzten, bronzenen Oberkörpern, die mit den Steinplatten hantierten. Damit dürfte ich die volle Aufmerksamkeit der Bullen genau auf den „Yellow Rusty" gelenkt haben, beglückwünschte ich mich. Aber dass es so schnell gehen würde, dass die Bullen so bald bei mir vorstellig würden, hatte ich nicht ge dacht.

Ich versuchte so viel Beiläufigkeit in meine Stimme zu legen, wie es möglich war und fragte: „Ist etwas passiert?"

Der Kleinere wedelte mit der Hand vor seiner grünen Uniform, als gelte es, ein drittes Stück Schwarzwälder Kirschtorte abzulehnen. „Aber nein, nein, wir wollten nur kurz mit Kim Schröder sprechen. Da sind wir doch richtig hier bei Ihnen?"

„Ja, da sind Sie richtig. Darf ich fragen, um was es geht?"

„Ach, diese Schulgeschichte, das haben Sie sicherlich gehört, da gab es doch dieses Mädchen … aber das fragen wir sie dann selbst. Ist sie denn da, die Frau Schröder?"

Ich spürte, wie sich meine linke Hand, die immer noch die Türklinke umschlossen hielt, langsam entkrampfte.

„Nein. Nein, tut mir leid, sie ist vor zwanzig Minuten weggefahren. Ich weiß auch nicht wohin. Kann ich … kann ich etwas ausrichten?"

Die beiden blickten sich kurz an, dann wieder in meine Richtung. Der Kleine steckte eine Hand in die Hosentasche und sagte schließlich: „Wir melden uns wieder." Er tippte mit einem Zeigefinger lässig an die Schirmmütze. „Pfia God."

„Pfia God, ja."

Ich sagte Kim nichts von dem Besuch der Polizisten, nicht jetzt, entschied ich, denn als sie am frühen Abend mit einem DIN A3-Umschlag unter dem Arm nach Hause kam, war sie plötzlich in überraschend guter Stimmung. Und weder wollte ich ihr diese gute Laune nehmen, noch hatte ich in meiner Anspannung selbst besonders große Lust, schon wieder über die Tamara-Geschichte zu diskutieren.

Sie legte den Umschlag auf den Küchentisch, schaute mich unter hochgezogenen Augenbrauen an und sagte: „Rate, was ich hier habe?"

„Du hast ein Foto von deiner geliebten Kollegin Mahler vergrößern lassen, sodass wir es jetzt an die Wand pinnen und Dart-Pfeile drauf werfen können!"

„Witzbold!"

Sie öffnete die in den Umschlag hineingesteckte Lasche, zog zwei sonnenbrillenbraune Folien hervor und hielt sie mir erst unter die Nase, dann legte sie sie vor mich auf den Tisch: „Das ist dein Kind. Der Frauenarzt hat eben die ersten Bilder von ihm gemacht."

Ich sah nichts, außer einer braunen Fläche, schaute dennoch eine Weile unschlüssig auf das, was da vor mir lag, und streichelte mir dann über das unrasierte Kinn. Ich fragte: „Von hinten oder von vorne?"

Sie blickte ebenfalls auf die beiden nichtssagenden Aufnahmen, stieß einen kurzen Brummton aus und schnappte sich dann die linke der beiden Folien. Sie schritt zum Fenster und hielt das Bild mit zwei Fingern vor die Scheibe. Zwar lag die Straße schon im Schatten des jungen Abends, doch reichte das Licht, um die auf dem Bild befindlichen Strukturen sichtbar zu machen. Ich schritt näher heran und sah etwas, das mich an die Aufnahme eines Wirbelsturms erinnerte, der vom Weltall aus aufgenommen worden war, und der sich jetzt bedrohlich einer gekrümmten Küstenlinie näherte (der Golf von Mexiko?). Es war etwas Rauchiges, Wolkiges, das sich spiralförmig auszubreiten schien, im Zentrum des Tornados steckte etwas Bohnen ähnliches. Kim fuhr mit dem Zeigefinger davor auf und ab: „Das ist es", sagte sie, „kannst du es sehen?"

Sie wartete meine Antwort nicht ab, nahm die Folie vom Fenster und griff die zweite vom Küchentisch. Wieder presste sie sie vor das Fenster. Ein fast identisches Bild erschien, nur dass die Bohne jetzt zwei erkennbare Tentakeln am unteren Ende aufwies. „Die Beinchen!", rief sie und zeigte darauf. „Und siehst du das hier?" Sie hielt ihren manikürten, fast münzdicken Fingernagel auf eine Stelle knapp oberhalb der Tentakel-Beinchen, an eine stecknadelkopfgroße Wölbung. „Es wird mit 70-prozentiger Wahrscheinlichkeit ein Junge!"

Mit dem Röntgenbild in der Hand, fiel sie mir um den Hals. „Ein Junge", sagte sie immer wieder, „ein Junge", als sei es das Wesentliche. Als bliebe unserem Kind somit das Leid der Welt erspart: „Ein Junge!"

Ich strich ihr über ihre schwarze, seidige Bluse, hielt sie so fest wie ich konnte. In meinem Rücken vernahm ich das wabernde Röntgenbild, das sich anhörte wie sich biegendes Blech. Und dann vernahm ich, wie sich ein leises Schluchzen darunter mischte und ich spürte, wie ihre warmen Tränen meinen Hals benetzten. Da sprang er also wieder an, der Motor.

Ich nahm es mit der Gleichgültigkeit eines Mechanikers hin, der gerade erfolgreich die Zündkerzen ausgewechselt hatte.

15

POLIZEI VERHAFTET VERDÄCHTIGEN IM FALL BREIDENBACH

Landsberg. *Schon einen Tag, nachdem ILTHIS-Chef Johannes Breidenbach tot im Teich des Iglinger Golfclubs gefunden wurde, hat die Polizei offenbar eine heiße Spur. Sie nahm einen Golflehrer vorübergehend fest, dessen Frau dem Vernehmen nach ein Verhältnis mit dem Toten hatte. „Damit hat der Verdächtige bisher als einziger ein Tatmotiv", sagt Polizeisprecher Dirk Diederichs. „Der Festgenommene ist aber nach wie vor nur einer von vielen Verdächtigen", so der Sprecher weiter. In einer Hausdurchsuchungsaktion hatte die Polizei offenbar stark belastendes Material gefunden. Der Golflehrer soll offenbar Nachforschungen angestellt und seine Frau observieren lassen haben. Hierbei dürfte er auch von der Liaison seiner Frau mit dem ILTHIS-Chef erfahren ha ben. Da Breidenbach mit starken Verstümmelungen aufgefunden worden war, ging die Polizei von Anfang ihrer Ermittlungen an von einer Art Racheakt aus. Diederichs warnte vor voreiligen Schlüssen: „Wir stehen immer noch am Anfang der Ermittlungen."* Hannes Schneider

Mit einem Anflug von Zuversicht faltete ich die Zeitung zusammen. Wie von mir erwartet, hatte die Polizei Klaproth ins Zentrum ihrer Untersuchungen gestellt, ihn als den Hauptverdächtigen ausgemacht. Und dass der alte Schneider direkt darauf ansprang, zeigte doch, dass er keine Ahnung hatte, wie der Hase wirklich lief. Ich konnte zufrieden sein mit dem bisherigen Verlauf der Ermittlungen. Ich ließ mir die Rechnung bringen und gab ein dickes Trinkgeld. Ohne Dank und Gruß nahm es die Sommersprosse entgegen und verschwand in Richtung Theke.

Draußen knallte die Sonne unerbittlich, wie immer in den vergangenen Wochen. Nur einen kleinen Unterschied gab es: Die Hitze war weniger trocken als die Tage zuvor. Etwas Schwüles, Feuchtes hatte sich daruntergemischt, unmerklich fast, doch ich spürte es daran, dass mein Hemd noch unerbittlicher an meinem Rücken kleben blieb als sonst. Es fiel mir schwerer zu atmen. Wie durch ein nasses Tuch zog ich den Sauerstoff die Kehle hinunter. Die Feuchtigkeit in den Lungen sorgte für ein ständiges Kribbeln, eine Art Hustenreiz.

Als ich in die Schulgasse einbog, klingelte ich bei Jens durch, doch meldete sich nur die Mobilbox. Zu erschöpft, um bei der Hitze auch nur das Geringste darauf zu sprechen, legte ich einfach wieder auf.

Vor der Detektei stand ein erdgrauer Passat, an dem ein Jüngling mit aufgegelten Haaren lehnte und eine Zigarette rauchte. Als ich an ihm vorbeischritt, erkannte ich durch das spiegelnde Seitenfenster, dass sich eine weitere Person in dem Wagen befand.

Ich schob den Gips vor meinen Mund, hustete zweimal trocken und öffnete die Tür mit der gesunden Hand.

Ich schloss sie gar nicht erst, denn ich spürte, wie hinter meinem Rücken etwas in Aufbruch geriet, das mich betraf: Die Wagentür quietschte und schloss sich wieder, spitze Absätze kratzten über den Boden, der Rest einer Kippe tippte erst korkig auf den Asphalt und wurde dann von der Sohle eines Lederschuhs unbarmherzig zerrieben, Autoblech ächzte.

Und tatsächlich: Noch bevor ich die auf dem Boden liegende Post auf meinen Schreibtisch verfrachtet hatte, standen sie bereits auf der Schwelle.

„Herr Baum?", sagte eine entschlossene Frauenstimme.

Ich drehte mich um, sagte, „das bin ich."

Die Frau ging zwei Schritte auf mich zu, zog etwas aus ihrer Hosentasche und hielt mir mit lockerer Geste eine metallische Marke auf der Höhe ihres Hosenschlitzes entgegen.

Eine unpassende Assoziation überfiel mich: Ich erinnerte mich an meine Grundschulzeit. Wie mich ein Mitschüler einmal beim Nachhauseweg überholte, mich von der Seite anstupste, sich die kurze, blauverschwitzte Sporthose aufhielt und mir seinen zu einer leichten Schnecke gedrehten Kinderschniedel hinhielt. Er sagte: „Jetzt zeig auch mal deinen!"

Dreißig Jahre später stand ich in meinem Büro und sagte: „Ich habe mit Ihnen gerechnet." Ich versuchte möglichst einladend und unverkrampft zu wirken. Es schien mir zu gelingen: Zwar schwitzte meine Hand, doch verkrallte sie sich nicht in der Weise, wie sie es noch gestern getan hatte.

Sie stellten sich vor: „Ich bin Kommissarin von Schmettau. Mein Kollege Dollerschell."

Ich bot der Kommissarin das Thonet-Stühlchen an, für ihren Mitarbeiter zog ich einen Gründerzeit-Eckstuhl vor den Schreibtisch, mit sorgsam geschnitztem Blumenmuster auf Lehnen und Rückwand und einem zugegebenermaßen alten und brüchigen, aber immer noch originalen Lederbezug, auf dem ein nach wie vor schön anzuschauendes Eichenlaubmuster eingraviert worden war.

Da ich befürchtete, dass mein Zittern sich wieder einstellen könnte, bot ich keinen Tee an und beteuerte stattdessen, dass ich leider nicht Trinkbares im Büro habe.

„Das macht nichts, wir haben ohnehin nur einige wenige Fragen, es wird nicht lange dauern", sagte von Schmettau, die die Beine nicht übereinander schlug, sondern nur schräg nebeneinander stellte.

Es war eigenartig, sie auf dem Thonet-Stühlchen sitzen zu sehen. Erst Klaproth, dann Breidenbach, jetzt sie. Könnte sie den Stuhl befragen, wären die Ermittlungen in wenigen Minuten abgeschlossen.

„Sie können sich denken, um was es geht", sagte sie, während sie still, fast ungerührt auf dem Thonet-Stühlchen saß; nur ihre dunkelroten Lippen bewegten sich, als führten sie ein Eigenleben. Die Worte schienen sich bei ihr ganz weit vorne zu bilden, dann erst, wenn sie den Mund schon fast verlassen hatten, einzig geformt von ihren Lippen. „Sie haben die Geliebte Breidenbachs vor seinem Tod eine Woche, fünf Tage, um genau zu sein, observiert. Bitte schildern Sie uns doch, wie es zu dem Auftrag kam."

Ich zog die Luft ein, suchte nach irgendetwas auf dem Schreibtisch, konnte es – was immer es war – aber nicht finden und begann meinen Bericht. Ich erzählte ihnen, dass Klaproth plötzlich hier auf diesem Stuhl gesessen habe und von seiner Sorge sprach, dass ihm seine Frau fremdgehen könne.

„Wie kam er darauf?", unterbrach von Schmettau.

Ich erzählte von den plötzlichen Anwandlungen seiner Frau: Fitnessstudio, neues Outfit und dass sie oft unerwartet lange von zu Hause wegblieb, anschließend fuhr ich in meinem Bericht fort, erzählte von der Observierung und heißen Tagen im DS, an denen nichts Aufregendes passierte.

Von Schmettau schlug ein in braunes Schweinsleder eingebundenes Büchlein auf und machte sich Notizen wie eine Journalistin. Ich schätzte sie auf knapp sechzig Jahre, aber sie hatte das Alter mit Würde ertragen, wie es nur wenigen Frauen gelingt, die einmal sehr gut ausgesehen hatten. Und dass sie einmal sehr attraktiv gewesen sein musste, das sah man ihr nach wie vor an. Sie hatte ihre Figur behalten, ihr Gesicht war schmal, sie hatte hohe, aber nicht sehr ausgeprägte, norddeutsche Wangenknochen, wodurch ihr Gesicht selbst zwar ein wenig eingefallen, aber doch sehr vornehm wirkte. Sie trug ihr Haar halblang, glatt, stufig und locker nach hinten gebürstet, vorne fielen ihr einige Haare in die Stirn und in die kleinen Augen, die etwas hektisch wirkten, sprunghaft, fast ein wenig unsicher. Die Augen waren neben den Lippen die einzigen Gesichtszonen, die sie mit Schminke bedacht hatte, doch während sie sich für einen dunklen Ton für ihre Lippen entschieden hatte, wirkte das Walblau ihres Mascaras sehr zurückhaltend. Ihre Haare waren silbern und von stumpfem Schwarz, glichen angelaufenem Tafelbesteck.

Nach meiner Schilderung legte sie ihren abgegriffenen Füllfederhalter an die Lippen, schwieg eine Weile nachdenklich und sagte dann: „Sie haben nichts von einer Liebschaft festgestellt?"

„Absolut nichts", sagte ich mit fester Stimme, „für mich war sie die Treue in Person."

„Sie haben sicherlich gelesen, dass Larissa Klaproth aber ein monatelang währendes Verhältnis mit Johannes Breidenbach pflegte."

„Ich habe es gelesen, ja. Es wundert mich. Wie haben Sie es herausgefunden?"

„Nun, sie hat sich bereits am selben Tag bei uns gemeldet, als wir Breidenbach geborgen hatten. Sie war der Meinung, das könne jetzt nicht länger geheim gehalten werden. Die Umstände rechtfertigten, dass sie spreche."

„Tja, mir ist es entgangen."

Ich zuckte mit den Schultern und blickte erst mit entschuldigender Miene in Richtung von Schmettaus, dann auf ihren Kollegen Dollerschell. Er war deutlich jünger als seine Chefin, vielleicht Ende Zwanzig und saß die ganze Vernehmung über lächelnd in seinem Gründerzeit-Stuhl. Es war ein komisches Lächeln, als konzentriere er sich darauf, als habe er einmal ein Seminar zum Thema Körpersprache besucht und hierbei lediglich ein großes Learning mit nach Hause gebracht. Und das hieß: lächle! Dennoch hatte ich stets das Gefühl, dass sein verkrampftes Gute-Laune-Gesicht jederzeit umschlagen könnte, in etwas Plötzliches, Brutales.

„Vielleicht ... vielleicht hatte ich einfach Pech", versuchte ich meine zur Schau gestellte Inkompetenz zu erklären, „vielleicht hat sie sich gerade in der Observierungswoche nicht mit Breidenbach getroffen. Es wäre auch nur zu verständlich: Er führte in dieser Zeit mit seinem Unternehmen ein neues Produkt ein, sicherlich hatte er deshalb keine Zeit für seine Liebschaft."

Sie strich sich mit zwei schnellen Handbewegungen die Haare aus den Augen und sagte: „Larissa beteuert, sie hätte ihn am Freitag vor anderthalb Wochen getroffen, in Utting. Dort hatte Breidenbach eine Zweitwohnung. Sie waren ebenfalls in Utting zu dem angesprochenen Zeitpunkt."

Ich hustete zweimal trocken. „Die Luftfeuchtigkeit ... Ich, ja, ich war dort. Aber ehrlich gesagt: Von Breidenbach keine Spur. Ich hätte ihn doch erkannt – ich arbeite selbst, oder habe selbst für ILTHIS gearbeitet. Aber er war nicht da. Kein Mann war zu sehen. Sie war mit einer Freundin unterwegs, sonst nichts."

Sie blätterte einige Seiten zurück in ihrem Notizbüchlein und sagte tonlos: „Nach den Ausführungen Larissa Klaproths war sie am Freitag mit ihrer Freundin Karin Klönne am Ammersee in Utting, auf den Wiesen vor der Wirtschaft „Villa Bavaria". Um etwa sechzehn Uhr kam Breidenbach, holte sie ab. Ihre Freundin Karin wusste von dem amourösen Treff und verabschiedete sich quasi mit dem Kommen Breidenbachs. Larissa und Breidenbach blieben noch wenige Minuten auf der Wiese und gingen dann gemeinsam zu seinem Haus in der Seestraße. Breidenbach brachte sie gegen Mitternacht mit seinem BMW zurück nach Augsburg. Ihr Wagen stand dort bei ihrer Freundin Karin, die damit am frühen Abend zurückgefahren war, sie hatte einen Zweitschlüssel."

„Ah – jaa. Das ist natürlich. Ja, das wirkt jetzt ein bisschen ..."

„In Ihrem Bericht, der uns vorliegt," – sie warf einen kurzen Blick zu ihrem Kollegen, der daraufhin noch ein wenig stärker lächelte – „behaupten Sie aber, die beiden bis achtzehn Uhr am Ammersee beobachtet zu haben. Und Sie schreiben auch, dass in dieser Zeit nichts Ungewöhnliches vorgefallen sei. Marc-André Klaproth haben Sie bei der Besprechung des Abschlussberichts am Montag darauf erzählt, dass beide – also Larissa und Karin – am Freitag nach ihrem Sonnenbad mit dem Auto zurück nach Augsburg gefahren seien und Larissa anschließend wieder zurück nach Hause." Sie blickte mich streng an und fügte hinzu: „Wir werden für diesen Tathergang morgen eine Bestätigung von Frau Klönne einholen."

Etwas gab mir einen Stich, doch ich wusste nicht genau, warum. Im Grunde war ich ja genau auf diesen Dialog vorbereitet und deshalb sagte ich auch das, was ich mir vorgenommen hatte: „Frau Kommissarin, es ist Zeit für eine kleine Beichte. Ich ... Ich war gar nicht bis achtzehn Uhr in Utting. Mir schien es zu diesem Zeitpunkt bereits vollkommen abwegig, dass Larissa tatsächlich einen Liebhaber haben sollte, sodass ich die Observation um ... na, sagen wir um halb vier abgebrochen habe und umgehend nach Hause gefahren bin. Jetzt weiß ich natürlich: Ich habe das falsch eingeschätzt. Aber zum damaligen Zeitpunkt deutete wirklich alles darauf hin, dass Larissa ein ganz normales, bürgerliches Leben führt. Und so dachte ich: Es ist heiß, die Dinge sind klar, fahr nach Hause und erhol' dich von einer anstrengenden Woche! Dann schreibst du in deinen Bericht, dass du Larissa bis in die Abendstunden beobachtet hast – und alle sind glücklich: Ich, der Auftraggeber und die Observierte."

„Das heißt, Sie haben den Bericht gefälscht", warf Dollerschell plötzlich vornüber gebeugt ein, mich dabei anlächelnd wie ein runder, pausbackiger Mond auf einer Kinderzeichnung.

„Was heißt gefälscht? Das haben Sie gesagt! Ich war ein Arbeitnehmer, der an einem einzigen Tag drei Stunden mehr auf seinen Stundenzettel eingetragen hat, als er tatsächlich gearbeitet hat. Und das macht auch nichts: denn dieser Arbeitnehmer hat zuvor auch eine Menge Überstunden angehäuft!"

Von Schmettau blickte mich trotz meines aberwitzigen Vergleichs ernst an und fragte sachlich: „Gibt es noch andere Punkte in dem Bericht, die nicht mit der Realität übereinstimmen, Herr Baum?"

„Aber nein. *Nein!* Das ist die einzige Ausnahme."

Sie schrieb es auf, legte dann eine kurze Pause ein, in der sie sich erneut die Haare aus der Stirn strich, diesmal aber langsamer, fast bedächtig. Dann fragte sie: „Wie kann Marc-André davon gewusst haben, dass seine Frau fremdgeht?"

„Nun, er war, das muss ich sagen, nicht sehr überzeugt von meinem Bericht. Ja, ich glaube, er hat ihm nicht getraut. Er war überzeugt davon, dass ihn seine Frau betrog. Wer weiß, vielleicht wusste er mehr als ich damals und wollte durch meinen Bericht nur eine Bestätigung für etwas, was ihm eigentlich schon klar war. Vielleicht hat er seine Frau auch selbst noch eine Zeitlang beobachtet. Oder er hat aus dem Bericht Schlüsse gezogen, die ich nicht ziehen konnte, weil ich Larissa nicht wirklich kannte. Man spürt doch, wenn der eigene Partner nicht treu ist, oder nicht …?"

„Wieso sind Sie so überzeugt davon, dass er es überhaupt wusste?" Sie hatte den Füller wieder an die Unterlippe gelegt; ihre Lippen blieben gespitzt, als habe sie vor, ein Liedchen zu pfeifen. In ihrem Blick lag kein Triumph, sie sah mich mit sachlichem Interesse an.

Ich wusste sofort, dass ich einen Fehler gemacht hatte. Der Schweiß lief mir in kleinen Rinnsalen den Rücken hinunter und ein plötzlicher Schwindel ergriff von mir Besitz. Ich hatte das Gefühl, in meinem Kopf zerbrösele irgendetwas, als sei mein Vorderhirnlappen ein Stück Zitronenkuchen, der in sich zerfiel. „Äh, Gott, Sie haben ihn doch ... festgenommen, ich nehme an, er hat es gewusst. Wieso sollte er sonst ein Motiv ... Also natürlich weiß ich gar nichts, das ist klar. Aber ja: Sie hätten ihn doch sonst niemals in Haft genommen, ja, das ist es. Ich war davon überzeugt ... oder sagen wir, *ich dachte* es, was heißt überzeugt ... *Ich dachte* es, weil er ja festgenommen wurde."

Sie sah mir tief in die Augen und ich stellte mit Erschrecken fest, dass ihr Blick seine zwinkernde Nervosität vollkommen verloren hatte. Stattdessen erkannte ich, dass sie irgendetwas in mir ausspähte, etwas in mir entdeckte, tief in meinem Inneren. Hinter Netzhaut und Iris musste etwas stehen, das mich enttarnte, musste sehen, dass ich es war, der Breidenbach umgebracht hatte, ganz klein vielleicht, in winzigen schwarzen Buchstaben, die sie, und nur sie, jetzt und hier erkennen konnte. Ich spürte, dass meine Netzhaut plötzlich dehydrierte, als hätte ich über Stunden hinweg nicht zwinkern dürfen, dass meine Augäpfel austrockneten wie zwei Trauben, die im Zeitraffer zu Rosinen wurden. Und dann spürte ich, wie ich heftig zu zwinkern begann, zweimal, viermal, sechsmal und mir plötzlich Wasser in die Augen pulste, als hätte irgendjemand irgendwo einen verborgenen Hahn aufgedreht, ein geheimes Ventil, das meine Tränenflüssigkeit freigab.

Ich begann zu husten und strich mir dann mit der Hand über Gesicht und Augen. „Verzeihen Sie, die Hitze, das ist ja ..."

Das Handy begann zu klingeln: Jens stand auf dem Display. Ich wollte es wegdrücken, doch von Schmettau sagte, „Nein, nein, gehen Sie dran, wir machen uns auf den Weg." Sie und ihr Kollege standen auf, er lächelte mich noch einmal mondgesichtig an und folgte seiner Chefin nach draußen.

„Baum", sagte ich wie mechanisch ins Handy.

„Max, ich bin's, was gibt's?"

Ich beobachtete, wie die beiden um den Wagen schlichen, sah, wie sich Dollerschell eine Kippe anzündete, schnell zwei, drei Züge einsog, die Zigarette dann auf den Boden warf und auf dem Fahrersitz verschwand.

„Max – hallo?"

„Ach Jens, sorry, ich habe gerade noch einen Kunden verabschiedet."

„Kein Problem: Ich rufe später an."

„Nein, ist okay, ist gerade raus, der Kunde. Ich kann jetzt …"

„Du hattest mich angerufen …"

Ich war noch immer wie betäubt, als hätte ich offenen Auges in die Sonne geguckt. Wie durch bunte Spiralen hindurch registrierte ich, dass der erdgraue Passat vor meiner Bürotür langsam in Richtung Fußgängerzone abfuhr.

„Max?"

Ich fasste mich wieder: „Jens. Ja. Es geht um heute Abend, wir wollten ins Salut, den Neuseeland-Trip besprechen. Pass auf, Kim hat sich bis zu den Sommerferien krankschreiben lassen, sie bekommt da derzeit Druck von allen Seiten. Und es ist, glaube ich, besser, wenn sie ein bisschen Abstand gewinnt. Jetzt wäre es natürlich etwas unglücklich, wenn wir ins Salut gingen und zu allem Übel noch auf Eltern oder Kollegen von ihr stießen. Wir würden deshalb lieber zu euch nach Bruck rauskommen."

„Klar, ist kein Problem. Seit wann ist sie krankgeschrieben?"

„Heute erster Tag."

„Okay, sagen wir das Optimal um acht?"

Das Optimal. Ich war einmal mit Jens da gewesen, bei einem Russischen Abend. Ich erinnerte mich nur noch an Getümmel an der Bar, blaue dunstige Luft, jede Menge Wodka und laute, schräge Musik. Auch wenn das vielleicht nicht der allerbeste Rahmen war, eine Reise ans andere Ende der Welt zu planen, sagte ich zu.

Als ich auflegte, fuhr der Passat zum zweiten Mal vor meiner Bürotür vorbei, diesmal von der Fußgängerzone kommend nach oben.

Ich parkte den DS auf dem frischverlegten „Yellow Rusty" mit gestockter Oberfläche vor dem Stall. Es sah tatsächlich alles so aus, wie ich es mir einmal vorgestellt hatte: Der Granit fügte sich harmonisch in das alte Ensemble aus Bauernhaus und Holzverschlag ein, ein bisschen zu neu wirkte er vielleicht noch, stach somit etwas heraus, wie die neuen Cowboystiefel bei einem Rocker mit abgetragener Lederhose und bierbefleckter Jeansjacke. Lediglich zwei Granitbrocken waren übrig geblieben, stellte ich mit Genugtuung fest – sie lagen vor der geschlossenen Stalltür und hinderten mit ihrem Gewicht das ganze Plastik- und Pappzeug, das die Steine umschlossen hatte, daran wegzufliegen. Ich würde das alles heute im Laufe des Tages entsorgen, dann würde auch die clevere Kommissarin von Schmettau sicherlich keinen Bezug mehr zu den Steinen herstellen können, die sie im Teich des Toten gefunden hatte.

Als ich den Motor abgestellt hatte, blieb ich noch einige Sekunden im Auto sitzen und lauschte den Klängen eines Tango-Samplers, den ich mir schon vor einiger Zeit gekauft hatte, der dann aber irgendwie in Vergessenheit geraten war.

Ich dachte nach: Ich hatte mich ungeschickt verhalten, mich in eine heikle Lage manövriert. Ich hatte von Schmettau gesagt, dass ich den Ammersee am Freitag, dem letzten Observationstag, um sechzehn Uhr verlassen hatte – und somit nicht das Geringste über das Verhältnis Larissas und Breidenbachs wusste. Soweit so gut. Das Problem war nur, dass ich zwei Stunden später auf dem Parkplatz in Karin Klönne hineingelaufen war, die, wie ich jetzt wusste, genau um diese Zeit mit Larissas Wagen nach Hause fahren wollte. Und sie hatte mich gesehen, daran zweifelte ich keine Sekunde. Sie hatte mich erkannt. Und genau das würde sie der Kommissarin morgen in ihr braunes, schweinsledernes Büchlein diktieren. *Ich habe ihn erkannt! Er war es! Er hat uns schon den ganzen Tag verfolgt! Er war bis mindestens sechs Uhr abends am Ammersee – bestimmt hat er beobachtet, wie Larissa und Johannes auf der Wiese miteinander geschmust haben.*

Ich musste es verhindern, nahm ich mir vor.

Ich musste Klönne zum Schweigen bringen.

Ich stieg aus und ging ins Haus. Im Flur empfing mich ein Stoß weißgrauer, auf dem Boden liegender Wäsche, daneben stand ein leerer blauer Wäschekorb. Aus dem Badezimmer hörte ich das Büffeln der Waschmaschine, die gerade im Schleudergang zu sein schien. Sie war nicht mehr die jüngste und ein paar Schrauben fehlten, sodass das Weißblech des Rahmens ständig klirrend gegen irgendwelche Metallinnereien der Maschine stieß.

Ich ging ins Wohnzimmer, in dem die Fliegen surrend über Sofa, Schränke und das zerstörte Tischchen herfielen: Kim hatte die Gardinen auf der Terrasse aufgehängt und die Türen ohne Fliegengitter offen stehen lassen. Ich schloss sie trotz der Hitze und schaltete das Radio ein.

Die Wohnzimmertür flog auf. „Max?"

Kim stand mit einem engen, blauen T-Shirt, auf das in weißer Schreibschrift „Philly" aufgemalt war, und einem schwarzen Slip mit dünnen, weißen Nadelstreifen in der Tür. Sie hielt ein zerknittertes Stück Stoff in der Hand.

Obwohl sie mich gehört hatte, schien sie dennoch überrascht, mich hier zu sehen. Fast schien sie sich zu erschrecken, sodass sie unter dem dumpfen Poltern ihrer nackten Fersen zwei Schritte zurück in den Flur taumelte. Dann besann sie sich und breitete das Stück Stoff vor sich aus und hielt es auf der Höhe ihrer Brust in die Luft.

Ich erkannte es sofort: Es war das Hemd, das ich an dem Nachmittag getragen hatte, als ich Breidenbach die Kehle zudrückte. Es war voller Dreck und Blut, sicherlich hatte sie es jetzt erst beim Wäschewaschen entdeckt. Wieso nur hatte ich es in die Wäsche getan und nicht einfach irgendwo entsorgt? Ich verstand meine Aussetzer einfach nicht!

Ich sagte: „Wenn du für deinen Auftritt als Torero proben willst, würde ich das Ding etwas tiefer halten."

Sie nahm das Hemd runter und sah mich wütend aus ihrem ungeschminkten Gesicht an: Ich hätte nicht sagen können, an welcher Stelle die Schminke fehlte, doch war es erstaunlich, wie nackt ihr Gesicht ohne einen einzigen Farbtupfer wirkte. „Max! Was hat das hier zu bedeuten?"

„Was soll es zu bedeuten haben?"

Ich wandte mich wieder dem Radio zu und begann am Rädchen für die Sendersuche zu drehen: Baumarktwerbung, irgendetwas über das Wetter, ein Song von Fleedwood Mac, schließlich ein österrei-

chischer Moderator, der in gedämpfter Stimme etws über Hugo von Hoffmannsthal im Wiener Kaffeehaus erzählte.
Dumpfe Fersen auf Fliesen. Näherkommend.
„WAS HAT DAS ZU BEDEUTEN?" Sie hielt mir das Hemd wütend unter die Nase.
Ich drehte mich um, sah ihr ins nackte Gesicht. „Das hat zu bedeuten, dass ich einen verdammt anstrengenden Job habe, nichts weiter."
„Das ist Blut! Das Hemd ist über und über mit Blut bespritzt!"
„Das ist mein Blut. Zufrieden?"
Sie stampfte einen Fuß auf den Boden, wie ein wütendes Kind, das nicht bekam, was es wollte. „Mit dir stimmt etwas nicht, weißt du? Irgendetwas stimmt mit dir nicht!"
Ich blickte kurz auf die Stereoanlage, drehte den Regler eine Nuance runter, sodass man den Österreicher kaum noch verstehen konnte (man verstand nur noch, dass er Österreicher war) und sagte bedächtig: „Vielleicht stimmt auch mit dir irgendetwas nicht. Die Polizei fragt nach dir. Du fliegst quasi aus deiner eigenen Klasse raus. Du lässt dich krank schreiben, ohne wirklich krank zu sein ..."
„Du altes Dreckschwein!", rief sie und warf mir das Hemd ins Gesicht.
„... beleidigst deinen Ehemann."
Sie schwang das schwarze Haar durch die Luft und stieß die Fersen wie Vorschlaghämmer auf die Fliesen, BAM, der Vorschlaghammer, BAM! BAM! BAM! BAM! ... Dann gab es einen lauten Knall zum Abschied: Die Wohnzimmertür fiel unter Karacho ins Schloss.
Ich versuchte, nicht weiter darüber nachzudenken, vielleicht wäre es das wert gewesen, aber es gab jetzt Wichtigeres zu tun, bedeutend Wichtigeres. Also brachte ich den Österreicher vollends zum Schweigen und lenkte meine Konzentration auf Klön ne. Sie musste heute noch verschwinden. Morgen war es zu spät.
Ich fasste einen Entschluss. Einen undeutlichen, amorphen Entschluss, geboren in einer Gewitterwolke von Gedanken, aber es war ein Entschluss. Und ein Entschluss fordert Taten ein.

Ich stürmte nach draußen, in den Flur, fiel fast über den Wäscheberg, der wie ein Eisberg in den Korridor hineinragte. Einer spontanen Eingebung folgend schnappte ich mir ein Laken von dem Stoß und lief nach draußen zum Wagen.

Als seien sie unabdingbare Utensilien für einen, der das vorhatte, was ich vorhatte, verlud ich die letzten „Yellow Rustys" in den Kofferraum, kickte das Verpackungsmaterial kurz entschlossen in die halboffene Stalltür und stieg dann in den Wagen.

Ich lenkte den DS auf die Bundesstraße und ließ mich von der Ausfahrt Haunstetten wieder von ihr herabtragen.

Ich hielt exakt auf dem gleichen Parkplatz wie vor zwei Wochen, als ich Larissa und Klönne bis hierher gefolgt war.

Ich stieg aus, ging zu der Klingelanlage, vor der ich schon einmal gestanden hatte. Ich legte meinen Finger auf die gelbverstaubten Plastiklamellen der Namensschilder und ließ ihn langsam nach oben gleiten: Michael W. Dornscheidt, Dr. Rainer Behm, und da war sie: K. Klönne.

Ich drückte das Plastikplättchen hinunter. Drückte zwei Mal, drückte drei Mal.

Nichts geschah.

Ich presste noch zwei weitere Male, ohne dass dies eine Reaktion auslöste, dann ging ich zum Wagen zurück. Da ich mit der Windschutzscheibe in die falsche Richtung stand, drehte ich den DS in einer Einfahrt, zwei Häuserblocks entfernt, und stellte ihn erneut in der gleichen Parknische ab – mit Blick auf den Hauseingang und die Tiefgarage, die offenbar zu der Wohnanlage gehörte.

Etwa zwei Stunden passierte nichts. Ich hörte mehrmals den wiederentdeckten Tangosampler, und fand, dass Gardel trotz aller Schwülstigkeit wirklich irgendwie der Größte war – zumindest in der ersten Hälfte des 20. Jahrhunderts. Vielleicht lag es aber auch nur daran, dass ich kein großer Freund langer Klaviersoli war, weshalb Carlos Di Sarli und Osvaldo Pugliese in meiner Wertung schlechter wegkamen. Gerade als zum dritten Mal Gardels Volver begann, bog ein roter Fiesta in die Kopernikusstraße ein. Er setzte den Blinker und fuhr mit Schwung in die Einfahrt zur Tiefgarage.

Ohne zu wissen, wer in dem Wagen saß, startete ich intuitiv den DS, trat auf die Kupplung und legte den ersten Gang ein. Währenddessen schob sich bei dem Fiesta das Seitenfenster hinunter und eine Hand mit einem Schlüssel tauchte erst auf und verschwand anschließend im Schatten der Garagen ein fahrt. Deutlich sah ich, wie sich blonde Spirellilöckchen aus dem Seitenfenster kringelten.

Ich gab Gas und war mit einem Satz hinter dem Fiesta. Vor ihm hatte sich gerade das Garagentor geöffnet, eine Ampel sprang von rot auf grün. Das Seitenfenster des Fords surrte wieder nach oben, während der Wagen offenbar im Leerlauf die Einfahrt abwärts rollte. Ich schob mich mit dem DS so nah wie möglich an die Stoßstange des roten Flitzers heran und glitt mit ihm die Zufahrt hinab. Nur Sekundenbruchteile nachdem wir in der grauen, gruftigen Welt der Tiefgarage angekommen waren, knirschte das Garagentor wieder hinab. Es fiel nur eine Handbreit hinter den roten Flammen der DS-Bremsleuchten ins Schloss.

Es war eine kleine, eingeschossige Tiefgarage: Vielleicht vier oder fünf Dutzend Parkplätze, spinnenwebverhangene Neonröhren, eckige Obelisken, die das Garagendach trugen und darüber das fünfstöckige Gebäude. Weiße und gelbe Streifen waren auf dem Boden aufgeklebt und jeder Parkplatz hatte eine schwarze Nummer. Ich fuhr in die Bucht mit der Vierzehn, während die Gelockte ihren Fiesta irgendwo auf der Höhe Fünfunddreißig, Sechsunddreißig abzustellen schien.

Ich schaltete den Motor aus, löschte die Scheinwerfer und verharrte eine Weile in der Schwärze des Wagens. Ich war ein Raubtier, das sich in die Dunkelheit schmiegte, um unsichtbar auf sein Opfer zu lauern, machte ich mir Mut. Dann ließ ich das Seitenfenster bis auf Augenhöhe hinab, atmete tief ein und schmeckte die kalte, feuchte, abgestandene Luft auf meiner Zunge, spürte die Kälte, von innen, von außen; spürte den Schweiß auf meinem Rücken gefrieren. Ein kurzer Hustenanfall schüttelte mich. Ich fuhr mir mit der gesunden Hand über das feuchtfiebrige Gesicht. Ich war mir keineswegs sicher, dass sie es war, dass es Klönne war, die dort hinten, im Bauch der Wohnanlage, ihren Wagen abstellte. Doch selbst wenn:

Was würde ich mit ihr anstellen? Oder besser: Wie würde ich das, was zu tun war, in die Tat umsetzen? Ich hatte keinen konkreten Plan.

Ich wollte schon aussteigen, als mich plötzlich eine Idee überraschte. Hektisch öffnete ich das Handschuhfach, stieß CDs, vergilbte Tankquittungen, zerdrückte Sanifair-Pinkel-Voucher und ein ledriges Fensterwischtuch zur Seite. Und tatsächlich, da lag sie: Breidenbachs Pistole. Ein großes, unhandliches Ding mit einem riesigen Schaft. Ich schätzte, dass es eine alte Wehrmachtspistole war. Zwar war sie somit nicht mehr ganz auf dem neuesten Stand, aber wenn sich mit dem Ding Polen erobern ließ, würde es wohl auch für eine fette Blondine in einem Augsburger Parkhaus reichen.

Ich stieg aus. Die Kellergewölbekälte schloss mich in den Arm, drückte mich an ihre Brust. Es war ruhig: meine Sohlen knirschten, hallten in der grauen Höhle. Ich schritt nach vorn, in Richtung Fiesta, vorbei an Obelisken und parkenden Autos. Bei Nummer Fünfunddreißig, Sechsunddreißig gingen die Lichter aus. Eine Tür öffnete sich, etwas zischelte auf Beton, dann fiel eine Autotür ins Schloss. Noch zwei, drei Schritte dann konnte ich sie ... ja, da war sie: Mit einem Rock, das sollte sie wirklich nicht ... bei diesen speckigen Beinen: ein weißer Baumwollrock mit einem grünlichen Muster, Früchte vielleicht oder kleine Bärchen, darüber trug sie ein weißes Trägershirt, gerippt. Noch zwei Schritte: Sie war es, hundertprozentig. Sie öffnete den Kofferraum, nahm zwei Alditüten heraus, klemmte sich einen Zehnerpack Klorollen unter die Achsel. Sie stellte eine der Tüten auf dem Boden ab, schlug den Kofferraum zu. Jetzt würde sie sich umdrehen, würde mich sehen, mein Gesicht, die Waffe ...

Hinter die Säule, genau! Ich machte einen Sprung hinter einen der Obelisken, legte meine Wange an den rauen Beton. Ein Versteck für wenige Sekunden, ein paar kalte Atemzüge. Drei Meter trennten uns, zwei vielleicht. Das Rascheln von Tüten, Schuhe, die über Beton schlurften, keine Ledersohlen, nichts Hochhackiges. Ich linste um die Ecke. Ballerinas. Sie würde in Ballerinas sterben.

Ich sprang hinter der Säule hervor, die Waffe vor mich haltend. Sie blieb stehen, erstarrte, wie die stalinistischen Betonsäulen, die uns umgaben. Sie schrie. Natürlich schrie sie: Karin war ein Mainstreammädchen: Sie färbte sich die Haare wasserstoffblond, sie lackierte sich Finger- und Zehennägel und wenn es angesagt war, ließ sie sich kleine Plastikbrillanten darauf kleben. Sie schaute die amerikanischen TV-Serien, die Zwanzigjährige schauen, träumte von dunkelhaarigen, brustbepanzerten Helden mit weißen Zähnen und, ja, sie stieß einen Schrei aus, wenn man ihr in einer einsamen Tiefgarage eine Waffe unter die Nase hielt. Trotz aller klischeebehafteten Voraussagbarkeit: Ihr Kreischen musste sofort aufhören, wenn ich nicht entdeckt werden wollte. Doch statt einfach den Abzug von Breidenbachs Pistole zu drücken und der Sache so ein schnelles Ende zu bereiten, schlug ich Klönne in einer spontanen Reaktion den Schaft der Waffe auf die Stirn, genau dorthin, wo bei indischen Frauen der rote Punkt ist.

Es gab einen Knall, wie wenn man mit einem Hammer an einem Nagel vorbei auf ein Brett schlägt: einen klaren, hellen, kurzen Laut. Metall, das auf Holz trifft. Nicht spektakulär, aber wirksam.

Der Schrei erstarb urplötzlich.

Zuerst polterten die Klorollen auf den Boden, dann klirrte ein Schlüssel, bevor ihr langsam die Aldi-Tragetaschen aus den von den Tütengriffen blutstauroten Fingern glitt und in einer vollkommen synchronen Bewegung auf den Boden fielen: Sie platschten auf den Beton, sackten gleichzeitig nach rechts und nach links weg und spuckten dann Tiefkühlgemüse, Katzenfutter, Nudeln, Mikrowellenfertigfraß (links), fettarme Milch, Joghurts, Büchsenbier und jede Menge abgepackten Käse (rechts) über den Boden aus.

Klönne taumelte. Sie machte einen schnellen Wiegeschritt, als hätte sie der Rhythmus des Gardel'schen Tangos erfasst, und sackte dann mit ihren nackten Knien auf den Boden. Als nächstes fiel ihr Gesicht nach vorne auf ihr wogendes Dekolleté, sodass die Stelle, an der sich sonst ihr Kopf befand, aussah wie ein zottiges Tier. In diesem Moment schoss mir plötzlich der Ausdruck „Oberförster Pudlich" durch den Kopf und, ich weiß nicht warum, aber ich hatte auf einmal das Gefühl, er könne tatsächlich eine Bedeutung haben. Lange nachsinnen konnte ich darüber nicht, denn schon im nächsten Augenblick brach Klönnes Oberkörper, Pudlich voraus, nach vorne weg. Da sie offenbar so benommen von meinem Stirnschlag war, dass sie keine Hand mehr zum Schutz nach oben halten konnte, knallte sie wie ein Mehlsack auf den harten Beton. Es gab ein Geräusch, das an den Schrei eines Spatens erinnerte, den man mit Wucht in einen feuchten Kiesboden stößt. Es wurde von dem plötzlichen Knirschen des elektronischen Garagentors abgelöst.

Genau das konnte ich jetzt nicht gebrauchen: dass mich ein Zeuge bei der Ruhigstellung der Kleinen beobachtete. Ich blickte zurück: Das Tor fuhr langsam nach oben, die Sonne malte ein kristallweißes Quadrat auf den Boden, das größer und größer wurde. Dann rastete das Garagentor ein und die helle Fläche bekam einen leichten, kaum wahrnehmbaren Grünstich.

Ich musste handeln: Ich schob mir die Wehrmachtspistole hinter den Gürtel und griff Klönne mit meiner funktionstüchtigen Hand an der Schulter und ließ meinen Gipsarm unter ihre feuchte Achsel auf der anderen Seite ihres speckigen Oberkörpers gleiten. Sie begann sich zu regen, schien wieder zu erwachen von dem Schlag auf die Stirnplatte. Ein zungenschweres Wimmern entstieg ihr, während ich sie mit ganzer Kraft auf die Seite zwischen zwei Autos zog, von denen das eine, glaube ich, ein Volvo-Geländewagen war und das andere – und das weiß ich sicher – ein fast schon historischer kackbrauner Opel Kapitän.

Ich zog Klönne hinüber zur Wand und bettete ihr Gesicht auf drei herbstliche Ahornblätter, die übereinandergefächert auf dem Boden lagen, wie eine Krabbenhand voll Spielkarten. Sie gab ein paar eigenartige Schmatzgeräusche von sich, als schmecke sie eine Bratensoße ab. Ihre in den Ballerinas steckenden Füße waren schlaff nach links und rechts gekippt, ihr Rock über bläuliche Kniekehlen nach oben gerutscht.

Ich blickte auf: Zwei gelbe Lichtwürmer schoben sich in das Grau der Tiefgarage, erhellten ihre Stirnseite: Eine weiße Wand auf der in roter, zittriger Schrift „Lara (oder Laura, es war schwer zu entziffern

…), ich liebe Dich, dein H." aufgesprüht war. Daneben ein misslungenes Herz, das an den Hufabdruck eines Kamels erinnerte.

Die Lichtwürmer bogen irgendwo auf der Höhe der Parknischen Zwanzig bis Fünfundzwanzig ein und erloschen augenblicklich. Einen Atemzug lang hörte man noch das Schnaufen eines Dieselmotors, und als dieser abgestellt wurde, die Klänge dumpfer Hip-Hop-Rhythmen. Dann verstummten auch diese.

Ich blickte nach vorn: Die Tüten lagen mitten auf der Fahrbahn, gut sichtbar unter dem toten Licht einer der Neonröhren. Eine klebrige Blutspur führte von dort in die Lücke zwischen mutmaßlichem Volvo und Opel Kapitän. Sie war wie ein roter Pfeil, der auf unser Versteck verwies, man konnte sie gar nicht übersehen.

Schritte hallten. Ich blickte unter dem Geländewagen in ihre Richtung und sah schwarze Lederschuhe unter einer schwarzen Anzughose, eine ebenfalls schwarze Aktentasche schaukelte ins Bild. Der Typ ging genau auf die zwei Tragetaschen zu, offenbar lag die Tür zum Treppenhaus am hinteren Ende der Garage.

Die Lederschuhe kamen näher. Ich hörte das Knistern von Plastik, dann das Schnarren eines Feuerzeugs. Ich wusste: Wenn man mich hier mit einer halbtoten, blutverschmierten Frau fand, war es aus.

Klönne keuchte. Sie lag mit dem Gesicht auf dem Boden, ich hatte ihr ein Knie in den Rücken gestemmt. Ich drückte es fester in ihr Fett hinein, doch lallte sie hierdurch nur noch lauter. Ich legte ihr die Hand auf die Schulter und zog sie mit einem Ruck auf den Rücken. Ihr rechter Arm flog durch die Luft und platschte taub auf den Boden. Blut quoll aus der Platzwunde ihrer Stirn, bedeckte eine komplette Seite ihres Gesichts, lief ihren Hals hinunter bis auf ihr T-Shirt. Ihre Zunge steckte in ihrem Rachen wie ein rotes Paar Socken, produzierte halluzinierende Schreckenslaute, als habe sie Alpträume, leise nur, doch wirkten die nackten Betonwände der Tiefgarage wie Verstärker.

Die Schuhe des Typen verschwanden hinter dem Vorderreifen des Geländewagens, gleich würde er auf unserer Höhe sein, die Tüten hatte er mit Sicherheit schon gesehen. Ich presste mein Knie auf die

Kehle Klönnes. Sie gurgelte einmal kurz, dann verstummte sie. Vorne zischte etwas – ich sah gerade noch wie eine Packung abgepackten Käses an der Lücke zwischen Opel und Volvo vorbeisauste. Ich zog den Revolver. Gleich würde er uns sehen. Es blieb mir keine Wahl, wenn ich noch eine Chance haben wollte: Ich würde ihn umlegen; ob ich eine oder zwei Leichen entsorgen musste – was machte das für einen Unterschied?

Wieder spürte ich den kalten Schweiß, einer klebrigen, gallertartigen Masse gleich hatte er sich um meinen Körper gelegt, wie abgepackt in einer Plastikfolie fühlte ich mich. Wenn nur die Kälte nicht wäre, die ständige Kälte. Ich sah, wie die Pistole zitterte, aber egal: Auf diese Entfernung würde ich dennoch treffen.

Wo blieb er? Er müsste längst an uns vorbeigekommen sein.

Ich hörte ein Knistern – die Plastiktüten. Ich legte den Kopf auf den Boden, versuchte unter dem Volvo hindurch etwas zu erkennen – vergeblich. Das linke Vorderrad versperrte mir den Blick. Der Typ konnte höchstens vier, fünf Armlängen von mir entfernt sein. Ich hielt den Atem an. Wieder das Knistern, dann ein tiefes Inhalieren, der korkige Aufprall einer Kippe auf dem Boden. Es war doch nicht der Bulle von heute Vormittag?

Mir wurde noch kälter. Ich brachte die Waffe wieder in Stellung. Plötzlich das Trippeln der Lederschuhe auf Beton. Ein schnelles Trippeln. Rennen. Ein Schatten hechtete an der Lücke der Wagen vorbei. Dunkler Anzug, dunkle Tasche, dunkle Haare, sonst sah ich nichts, es ging zu schnell.

Was ging vor? Hatte er mich gesehen und flüchtete? Wusste er, dass ich eine Waffe hatte?

Ich hechtete nach vorne, wollte um den Wagen herumgucken, ihm notfalls eine Kugel in den Rücken schießen, bevor er abhauen konnte. Augenblicklich, nachdem ich mein Knie von ihrer Kehle genommen hatte, begann Klönne wieder zu röcheln, zu lallen.

„WA …? Wuawuan-wooo …"

Auf dem Bauch liegend, mit der Knarre im Anschlag schaute ich unter der Stoßstange des Opels in Richtung Stahltür. Ein eigenartiger Geruch stieg mir in die Nase: Eine Mischung aus Öl, Gummi und dem Muff einer alten Wäschetonne.

„WAAN – JA – WAAN!"

Vorne klimperten die Schlüssel des Anzugträgers. Er fuchtelte umständlich mit ihnen herum, fand das Schloss nicht, weil er, weil ... Erst jetzt erkannte ich es: Er war vollgepackt mit Lebensmitteln: mit Bierbüchsen, abgepacktem Käse und jeder Menge Mikrowellenfraß. Ich blickte in die Rich-tung der ersten Tüte, die schlaff wie ein ausgekühlter Mini-Heißluftballon auf dem Boden kauerte.

„WANJAWANJA ... Wsn ...? Wsnso ...?"

Tatsächlich: Der Anzugträger hatte sich an Klönnes Einkäufen bedient und jetzt wollte er damit ungesehen abhauen.

Die Tür quietschte und er huschte ins Treppenhaus. BAM: Stahl, der auf Stahl schlug. Ein phantastisches Geräusch, ein beruhigendes Geräusch. Es hatte etwas Endgültiges, Rettendes. Augenblicklich hörte das Zittern auf, und mein Körper gewann wieder an Temperatur.

„Wsnlos ...? Werisn ...? Hallo? Ws, wsmachstndu ...? Pinky, komma! kommaher! Wo ... Wobinich?"

Klönne kam wieder zu sich. Offenbar war der Schlag auf ihre Stirn weniger effektiv gewesen, als ich vermutet hatte.

Ich drehte mich um, hechtete in ihre Richtung, sprang intuitiv auf sie wie ein Tier. Ein Panthersprung. Ich hatte noch etwas zu erledigen, meine Mission zu erfüllen – ich wollte es hinter mich bringen, es musste schnell gehen.

Ich fiel weich auf ihre Brüste, die mich wie zwei biologische Airbags empfingen. Dann presste ich ihr den Lauf der Pistole waagerecht unter das speckige Kinn. Sie verstummte augenblicklich. Sie schien mit einem Mal wieder klar zu werden, schien sich der Lage bewusst, in der sie steckte. Ihre letzten Atemzüge. Ich wusste es, sie wusste es. Ihre Augen füllten sich mit Tränen. Der Schmerz, die Angst und die Trauer über das letzte kleine bisschen Leben, die wenigen Sekunden, die noch vor ihr lagen. Hier also würde es zu Ende gehen, in einer Tiefgarage, die nach Öl, Gummi und getragenen Socken roch. Der letzte Anblick war derjenige ihres Mörders: ein Typ um die Vierzig, mit ergrauenden Schläfen und einer Krabbenhand. Sie erkannte mich, ich sah es deutlich.

Ich drückte fester, stützte mich mit dem vollen Gewicht meines Körpers auf die Pistole. Ich würde sie erwürgen, darin hatte ich Übung, ich wusste, wie es geht.

Ich sah die Panik in Klönnes Blick, doch bemerkte ich auch ihre schönen Augen. Blaubeerfarbene Augen. Sie schienen von innen zu leuchten, wie sonnenbeschienenes, bemaltes Glas.

Ich presste.

Ihre schwarze Pupille blähte sich immer stärker auf, wurde mit einem Mal so groß, dass das Blau ihrer Augen nach und nach versank wie ein sonniger Tag in einer schwarzen, sternenlosen Nacht. Plötzlich begannen ihre Augenlider zu flattern, ihre Nasenflügel weiteten sich, rangen nach Luft. Sie bäumte sich ein letztes Mal auf, versuchte sich unter mir wegzuschieben, wollte nach der Pistole greifen, die schon fast im Faltenwurf ihres Halses verschwunden war. Doch ich war schneller und schob ein Knie auf ihren Oberarm, um ihn auf dem Boden zu fixieren.

Ich presste und presste.

Sie griff mit der anderen Hand nach meinem Kopf, zerrte an meinen Haaren. Ich versuchte ihre Hand zu lösen, doch es gelang mir nicht: Ich konnte entweder die Waffe nach unten drücken oder ihre verkrallte Hand von meinen Haaren lösen. Ich entschied mich zu pressen, immer weiter und weiter. Gleich musste es ohnehin vorbei sein, dachte ich – ich kannte das, von Breidenbach, da ging es schneller als gedacht. Doch entfaltete Klönne in ihrem Todeskampf eine unvermutete Kraft, zerrte so stark an meinen Haaren, dass ich das Gefühl hatte, meine Kopfhaut beginne sich aufzulösen. Gleichzeitig pulste mir das Blut mit so starker Vehemenz in die verletzte Hand, dass meine verlorenen Finger unerträglich zu schmerzen begannen. Ich musste fester pressen, damit Schluss damit war, damit der Schmerz aufhörte. Mit aller Kraft drückte ich die Waffe weiter hinab, versuchte mich so schwer zu machen, wie es irgendwie ging.

Ich presste und presste und presste.

Allmählich ließ der Schmerz an meinen Haarwurzeln nach und ich spürte, wie ihr Arm an meinem Ohr entlang rutschte, mir auf die Schulter, dann auf den Boden fiel. Es war vorbei, wusste ich, vorbei. Das Ende von etwas. Endgültig. Für immer. Ich blickte auf den Boden, sah ihre Hand zur Klaue verkrampft. Sie hielten einen Büschel Haare umklammert, schwarze, glänzende Haare. Es sah aus, als sei sie dafür gestorben.

16

Ich hatte keine Zeit zu verlieren, blieb nur einige wenige Atemzüge erschöpft auf ihrem zerstörten Körper liegen. Dann rappelte ich mich hoch und lief zum DS. Ich setzte zurück, fuhr dabei über eine der Plastiktüten und parkte mit dem Kofferraum so nah wie möglich an der Lücke zwischen Volvo und Opel Kapitän.

Ich öffnete den Kofferraum, nahm die beiden Granitplatten heraus und legte sie auf den Boden vor die Rückbank des Autos. Dann bedeckte ich den Kofferraum so gut es ging mit dem mitgebrachten Laken und zerrte die Tote anschließend in Richtung Wagen. Wieder griff ich ihr mit dem bandagierten Arm unter die Achsel, mit der gesunden Hand riss ich sie an der Schulter nach oben. Es war alles andere als leicht: Meine rechte Hand war durch das minutenlange Hinunterpressen der Pistole wie taub und ich hatte das Gefühl, als könne ich damit kaum mehr ein Glas heben – und jetzt musste ich diesen weißen Wal hier in den Kofferraum wuchten. Ich riss mich zusammen: drei, zwei, eins – jetzt!

Es gelang beim ersten Versuch: Sie lag mit dem Oberkörper im Auto, ihre Beine hingen schlapp herunter, ihre Ballerinas zeigten nach innen, wie bei einem Kind, das sich schämt. Ich zerrte ihren Kopf ins hintere rechte Eck des Kofferraums und drückte ihre Wirbelsäule an die Rückwand der Sitze. Die Beine winkelte ich vor ihrem Bauch an, sodass sie quasi in Embryostellung im Kofferraum lag. Erst Breidenbach, jetzt Klönne – langsam bekam ich Übung.

Ich atmete aus: So würde es gehen, sagte ich zu mir und zog abschließend eine der Ecken des Lakens über ihren blutverschmierten Kopf. Dann schlug ich den Kofferraum zu.

Bis auf die Pistole ließ ich einfach alles in der Tiefgarage liegen: Wer konnte schon wissen, dass die Sachen von Klönne stammten? Und wer weiß, vielleicht würden die Lebensmittel ja auch von den anderen Hausbewohnern noch zur Eigenverwertung mitgenommen. Nur die Blutschlieren auf dem Boden gaben mir zu denken, doch konnte ich jetzt nichts an ihrer Existenz ändern. Ich musste los, Kim würde bereits auf mich warten. Es war kurz vor acht und wir würden ohnehin zu spät nach Fürstenfeldbruck kommen.

Ich stieg in den DS, stopfte die Pistole ins Handschuhfach und gab Gas. Kurz vor dem Tiefgaragentor hing eine aus einzelnen Gliedern zusammengesetzte Metallkette von der Decke herab. Ich ließ das Seitenfenster herunter und zog daran – das Tor öffnete sich.

Als ich zu Hause in den Hof fuhr, erwartete mich Kim schon auf der Schwelle zur Haustür. Sie stemmte die Hände in die Seite und schaute ärgerlich in meine Richtung.

Ich stieg aus, lief um den DS herum über unsere frischverlegten Granitplatten und sprang bemüht sportlich auf die zwei Stufen, die zur Haustür führten. Ich blickte nur flüchtig aus den Augenwinkeln in Kims Richtung, doch ich sah, wie sich ihre Miene mehr und mehr verfinsterte, je näher ich kam, wie sich immer mehr Falten über ihre Stirn legten, wie sich ihre Unterlippe immer weiter über ihre Oberlippe schob.

„Kann gleich losgehen", sagte ich, als ich mich an ihr vorbei in den Flur schob.

Ich verschwand im Badezimmer, versuchte den Blick in den Spiegel zu vermeiden, schaute stattdessen an mir hinab auf meine Klamotten: Das Hemd voll Dreck, Blut, Schweiß und Öl. Die Hose ebenso, ebenfalls blutig, ebenfalls voll roter und blauschwarzer Schlieren. Ich warf mir mit einer Hand Wasser ins Gesicht, trocknete mich ab und sah dann notgedrungen doch in den Spiegel. Er zeigte ein stoppeliges Gesicht, das rot war und gleichzeitig weiß und knittrig wie Haut, die sich auf Milch gebildet hat. Meine Haare waren zerrauft und an einer Stelle war ein deutliches Loch zu erkennen, wie von einem Friseurlehrling hineingeschnitten. Mit einer Hand voll Wasser versuchte ich die anderen Haare über die Lücke zu kämmen.

Die Tür öffnete sich – Kim. Sie starrte mich an, ohne ein Wort zu sagen, erschöpft, ermattet über das immer Gleiche.

„Ein Reh", sagte ich. „Mir ist ein Reh in den Wagen gelaufen." Ich tupfte mir die letzten Wasserflecken von der Stirn, als seien es

Schweißtropfen. „Bin ganz schön ins Schleudern geraten. Dann musste ich das Tier natürlich von der Straße tragen, konnte es ja nicht einfach liegen lassen."

Sie nickte. Dann drehte sie sich um, ging hinaus. Als sie die Tür schloss, beobachtete ich durch den sich schließenden Spalt, wie sie eine Hand in den Nacken legte, den Kopf nach oben in Richtung Decke gewandt.

Ich öffnete das weiße Ikea-Badschränkchen mit den blauen Türen und nahm die Pappschachtel mit den rosafarbenen Pillen hinaus, die mir Dr. Marzin verschrieben hatte. Nachdem ich zwei Tabletten mit Leitungswasser geschluckt hatte, zog ich mich aus, stopfte die blutverschmierten Sachen in die Tüte des Badmülleimers und knotete diese zu.

Ich zog mir Jeans an und schlüpfte sockenlos in ein paar weiße Leinenschuhe. Das Designer-Hemd, das ich darüber zog, steckte ich nicht in die Hose, knöpfte es aber bis zum Hals zu. Es war weit genug, sodass ich es locker über meinen Gipsarm hängen lassen konnte. Dennoch sah man auf der Höhe der Knöchel matte, eingetrocknete Blutspritzer. Zwei schwitzende Fingerkuppen in Gelb und Blau schauten oben aus dem Gips heraus wie schleimige Insekten, die sich aus ihrem Kokon heraus zu arbeiteten versuchten.

Kim wartete draußen, stand vor der Motorhaube des Wagens, inspizierte sie, als überlege sie sich, ob sie den DS kaufen solle. Sie hatte den Riemen einer grünen Handtasche über die Schulter geworfen, deren brotartiger Körper ihr unter der Achsel hing. Ich nickte ihr wortlos zu, ging zum Gartentor hinaus und warf die Tüte mit den blutverschmierten Klamotten in die Tonne.

Wir bogen in die Hauptstraße ein und fuhren schweigend über die Käffer. Es war komisch, dachte ich: Ich hatte eine Leiche im Kofferraum, ich war zum zweifachen Mörder geworden, doch fühlte ich mich nicht schlecht, also nicht im moralischen Sinne. Sicher, mir tat alles weh: meine verlorenen Gliedmaßen, mein Rücken und dort, wo die Kleine mir an den Haaren gezogen hatte, spürte ich immer noch einen stechenden Schmerz. Doch stieg in mir nicht das geringste Empfinden von Schuld oder Reue auf. Ich war immer noch angespannt, in mir brodelte es und ich hatte so ziemlich zu allem Lust, nur nicht, jetzt einen geselligen Abend zu verbringen. Und ich hatte Angst, Angst vor dem Erwischtwerden. Angst, dass alles auffliegen würde, dass wir in eine Polizeikontrolle gerieten und man mir den Kofferraum filzte. Aber Reue? Sicherlich würden die Schuldgefühle später kommen.

Da wir auf der gesamten Fahrt kein Wort miteinander sprachen, überließ ich mich den Songs auf dem Tangosampler, bis ich genug davon hatte und schließlich das Radio einschaltete. Nachdem das gleiche Lied von Fleetwood Mac gespielt wurde, das ich heute Mittag schon im Wohnzimmer gehört hatte, kamen die Nachrichten. Thema des Tages war der Mord an Breidenbach. Ich drehte lauter und hörte den Nachrichtensprecher in hoher kehliger Stimme vermelden, dass es „neue Hinweise" und „sich verdichtende Spuren", gebe, die auf eine Art Doppel leben Breidenbachs schließen ließen: „Nach den bisherigen Ermittlungen der Polizei und von Informanten, die Breidenbach nahe standen, war der Zweiundfünfzigjährige keinesfalls der Familienmensch, als der er sich in der Öffentlichkeit immer so gerne dargestellt hatte. Stattdessen soll Breidenbach regelmäßige Liebschaften mit ihm untergebenen Kolleginnen eingegangen sein. Sogar ein außereheliches Kind ist aus einer dieser Liaisons entstanden. Offenbar überwies Breidenbach der in Weilheim lebenden ehemaligen ILTHIS-Sekretärin seit drei Jahren Geld für den Lebensunterhalt des ebenso alten Buben. Die Beziehung zur Mutter des Kindes ist aber offenbar schon vor Jahren in die Brüche gegangen – was Breidenbach nicht davon abhielt, sich auf neue Abenteuer einzulassen: Auch zum Zeitpunkt seines Todes unterhielt er so eine Beziehung mit einer weitaus jüngeren Frau. Mit dieser soll er rauschhafte Nächte in seinem ehemaligen Elternhaus in Utting verbracht haben, wie Anwohner und Mieter berichten. Ob diese Liebschaft etwas mit dem Gewaltmord am ILTHIS-Chef zu tun hat, konnten zu diesem Zeitpunkt aber auch die Beamten der ermittelnden Fürstenfeldbrucker Sonderkommission nicht mit Gewissheit sagen. Sicher ist hingegen, dass Breidenbach nicht erst in Igling ermordet wurde.

Das habe die Rechtsmedizin am Abend zweifelsfrei festgestellt, hieß es von Seiten der Polizei. Hiermit korrespondiert auch der in diesen Minuten gefundene Wagen des Opfers: Einem ILTHIS-Mitarbeiter war das Kennzeichen des siebener BMWs in Pitzling aufgefallen, einer kleinen Gemeinde südlich von Landsberg am Lech. Das Nummernschild wies den Wagen als Firmenwagen des Kauferinger Vorzeigeunternehmens aus. Nachdem die Polizei das Kennzeichen überprüft hatte, stand fest: Es war der Wagen Breidenbachs. Jetzt rückt das kleine Dorf am Lech ins Fadenkreuz der Ermittler. Diese rufen die Bewohner auf, alle Unregelmäßigkeiten der letzten zwei Wochen umgehend zu melden. Die Rufnummer, an die sich …"

Ich schaltete das Radio aus. Die Kälte, mit der ich schon im Parkhaus Bekanntschaft geschlossen hatte, kroch mir erneut über den Rücken, legte sich über Hals, Wangen und Stirn wie eine überwunden geglaubte Krankheit. Der Wagen, natürlich! Ich hätte ihn umparken müssen, um meine Spuren zu verwischen, doch hatte ich gar nicht mehr an ihn gedacht. Selbstverständlich würden sie jetzt den Tatort finden, würden Spuren des Kampfes entdecken. Sie würden die Pitzlinger danach befragen, ob ihnen am Tag X etwas aufgefallen sei. Doch wer hatte mich gesehen? Die Bauern auf den Feldern? Zu weit weg. Die Hausfrauen an den Fenstern, als ich die Straßen entlang strich? Möglich, aber eher unwahrscheinlich. Blieb also nur eine Person, die mich überführen konnte, dachte ich, eine einzige Person.

„Wer entscheidet eigentlich, auf welche Grundschule ein Kind geht?"

Kim zuckte zusammen, als ich die Stille durchbrach. Sie hatte die gesamte Fahrt über fast unbeweglich im Wagen gesessen und mit dem abwesenden Blick eines Schlagzeugers beim Solo auf die Straße gestarrt.

„Wie kommst du darauf – jetzt?", sagte sie, nahm eine Hand von der grünen Tasche auf ihrem Schoß und legte sie auf die in die Beifahrertür eingelassene Armlehne, vorsichtig, als treibe sie die Sorge, sie könne etwas kaputtmachen.

„Fiel mir grad so ein. Ich werde schließlich Vater."

„Dir fällt eine Menge ein, das glaube ich dir. Bei kruden Einfällen bist du immer ganz weit vorn."

Ich atmete ein, hielt für einen Augenblick die Luft an. Zu dem Empfinden der Kälte gesellte sich ein Gefühl unterdrückter Wut. Am liebsten hätte ich kurz am Seitenstreifen gehalten und ihr meinen Gips auf ihre asiatischen Wangenknochen geschleudert. Ich atmete aus, versuchte mich zu beruhigen. „Also?"

„Da gibt's nicht viel zu entscheiden. Es gibt einen Schulsprengel, und wenn du in eine bestimmte Gemeinde ziehst, wird dir die entsprechende Schule zugeordnet. Zufrieden?"

„Das heißt, wenn ich in Penzing wohne, kann ich mein Kind nicht einfach in München auf die Grundschule schicken, wenn ich es will?"

Sie legte ihre Hand wieder auf ihre Tasche und richtete ihren Blick auf die Straße. „Nur wenn du einen außergewöhnlichen Grund vorbringen kannst."

Der Abend im Optimal entwickelte sich zu einer regelrechten Katastrophe. Ich war gereizt und genervt, wegen meiner Müdigkeit, wegen Jens, der mich eigenartig musterte, mich auf meine Verletzungen ansprach und mir meine Erklärungen nicht zu glauben schien. Noch mehr allerdings regte mich Ines auf: Schon wieder redete sie unentwegt auf Kim ein, gab ihr Tipps und Lebensweisheiten mit auf den Weg, behandelte sie wie ein Kind. Irgendwann platzte es aus mir heraus und ich fuhr Ines an: „Weißt du eigentlich, was mich so ein ganz kleines Bisschen stört?" – Ines stoppte ihren Vortrag augenblicklich und sah mit zitterndem Kinn und fast panischem Blick in meine Richtung – „Dass du Kim ständig behandelst wie ein kleines Kind. Dass du denkst, du müsstest ihr in jeder Lebenslage irgendwelche Tipps geben. Dabei kannst du doch gar nicht mitreden. Wirst *du* etwa Mutter? Ist in *deiner* Klasse schon mal ein Kind gestorben? Hast *du* einen asiatischen Hintergrund und wirst diskriminiert?"

Ines war so perplex über meinen Ausbruch, dass sie einfach aufstand, ging und nicht wiederkam. Nach kurzer Zeit folgte ihr Jens, auch er wortlos, grußlos.

„Was zum Teufel hast du dir dabei gedacht? Wie konntest du Ines so angehen? Ich verstehe das einfach nicht, aus heiterem Himmel fällst du über sie her. Was hat sie dir nur getan?"

Wir saßen im Auto und fuhren zurück nach Penzing. Es konnte Einbildung sein, doch hatte ich das Gefühl, es rieche leicht modrig nach faulendem Fleisch. Ich ließ deshalb das Fenster einen daumendicken Spalt hinab, sodass die schwüle Nachtluft sich im Wagen verbreiten konnte.

„Sie hat es nur gut gemeint, wollte uns auf die Reise einstimmen, hatte sich im Gegensatz zu uns darauf vorbereitet! Und was machst du? Stößt sie vor den Kopf mit deinem Sermon über, über ... ach, was weiß ich!"

„Ich hab' es für dich getan."

„FÜR MICH?"

„Du hast selbst immer wieder gesagt, dass du dich von ihr nicht ernst genommen fühlst."

„Ja, aber wie kannst du ihr das denn *sagen*? Ich wäre fast im Erdboden versunken vor Scham!"

Tränen brachen sich Bahn, und Kim begann ihre brotförmige Handtasche auf der Suche nach einem Taschentuch zu durchwühlen.

„Ich habe nur die Wahrheit gesagt. In Neuseeland wäre es ohnehin zum Konflikt gekommen. Man kann so eine Sache nicht wochenlang unterdrücken."

„Aber man kann so was doch ganz anders angehen. Man muss einen Menschen doch nicht gleich so beleidigen. Und vor allem hast du kein Recht, Dinge auszuplaudern, die ich dir im Geheimen anvertraut habe, ach ...!"

Sie zog den Reißverschluss der Handtasche zu, ohne ein Taschentuch zu finden. Sie wischte sich mit den Zeigefingerkuppen über ihre geröteten Nasenflügel und klickte dann plötzlich und spontan das Handschuhfach auf.

„Was zum Teufel machst du?"

„Das siehst du doch" – sie zog die Nase hoch – „Ich suche ein … was ist das denn?"

Ich nahm den Fuß eine Sekunde vom Gas, blickte zu ihr herüber. Kim schaute ins Handschuhfach, zu mir, ins Handschuhfach.

Dann polterte es und die Wehrmachtspistole fiel Kim vor die Füße. Sie hob sie auf, hielt sie in beiden Händen. „Warum hast du eine … eine Pistole?"

Ich sah auf ihre Hände und die Pistole darin und riss ihr dann in einer plötzlichen Bewegung die Waffe aus der Hand. Ich schleuderte sie zurück ins Handschuhfach und schlug die Klappe mit voller Wucht wieder nach oben. Dabei verlor ich die Straße einen Moment aus den Augen, driftete auf die Gegenfahrbahn ab. Zwei grelle, quadratische Scheinwerfer erfassten uns, ein dunkles Hupen ertönte. Ich riss das Lenkrad im letzten Augenblick wieder herum und ein Sattelschlepper zischte schreiend an uns vorbei.

Ich bekam den Wagen wieder unter Kontrolle, verlangsamte leicht und schaltete in den dritten Gang zurück. Von Ferne hörte man immer noch das Hupen des sich entfernenden LKW.

„Verdammt noch mal, was wühlst du auch in meinen Privatsachen rum!", schrie ich und schlug ihr mit dem Gips an den Kopf. Ich traf sie halb am Ohr und halb am Nacken. Es war kein besonders fester Schlag gewesen, aber er brachte sie zum Schweigen. Den Rest der Fahrt wimmerte sie nur noch leise in sich hinein, ließ die dicken Tränen einfach laufen.

Als wir auf den Hof vor unserem Haus einfuhren, stieg Kim schnell und stumm aus dem Wagen. Während sie im Haus verschwand, blieb ich einige Sekunden reglos im Wagen sitzen. Doch litt ich nur kurz an der Vorstellung, dass Kummer und Schmerz meine Frau innerlich zerrissen und versuchte, meine Gedanken einmal mehr auf das jetzt Wesentliche zu konzentrieren.

Im Gefühl fester, unumstößlicher Entschlossenheit fuhr ich die bekannte Strecke nach Utting am See. Anders als beim letzten Mal lenkte ich den Wagen nicht auf den Parkplatz, den Larissa Klaproth damals angesteuert hatte, sondern durch das kleine Städtchen hindurch, am Dampfersteg vorbei und an geschlossenen Ausflugscafés bis zur Seestraße und in diese hinein.

Breidenbachs Elternhaus war das größte Gebäude der Straße und lag wie alle anderen Häuser kaum wahrnehmbar hinter einem dichtgewebten schwarzen Leinenvorhang. Ich ließ es wie ein graues, unheimliches Schiff in düsterer See passieren, fuhr weiter geradeaus. Augenblicke später verstummte der dunkle Trommelwirbel der Pflastersteine unter den Rädern des DS und die Reifen knirschten unter dem feinen Kies des Ammerseestrandes.

Ich fuhr einmal im Kreis und parkte mit dem Heck vor der bleistiftminengrauen Fischerhütte am Ufer. Ein schwerer, modriger Duft, der nach morschem Holz und Tang roch, empfing mich, als ich aus dem Auto stieg. Ich sog die Luft ein und blickte für wenige Sekunden auf die schwarze Platte des vor mir liegenden Sees, der eins geworden zu sein schien mit der sternenlosen Nacht. Nur wenige Lichttropfen auf der anderen Uferseite kündeten davon, dass es so etwas wie Zivilisation auf diesem Planeten geben musste.

Ich schaltete die Taschenlampe ein und öffnete die angelehnte Tür der Fischerhütte, die zu meiner Überraschung ohne den geringsten Laut aufschwang. Der Lichtkegel der Lampe ertastete das graue, spanige Gebälk des Dachstuhls, zwei weiße Ruder mit roten Plastikschaufeln, die an der Wand hingen, Taue, die von der Decke baumelten und an denen zwei Holzboote befestig waren, die im Raum lagen wie in einer zweiten, unsichtbaren Etage. Unter ihnen trieb ein Paar weiterer, fast identischer Ruderboote im See, auch sie aus Holz und mit einer weißen Lackschicht bestrichen, an der das Wasser schmatzend leckte.

Ich ging zurück zum Wagen, öffnete den Kofferraum und leuchtete hinein: Klönne lag friedlich auf dem ausgebreiteten Laken, als würde sie schlafen. Ihre Hände waren gefaltet und steckten unter ihren Oberschenkeln. Ihr Shirt war zerrissen und heruntergerutscht, sodass ihre Brüste bloß lagen; sie erinnerten an zwei weiße, teigig übereinanderliegende Brotlaibe. Nur ihr Gesicht, das zur Hälfte von ihrem gelben Haar zugedeckt war, kündete vom Schmerz und Leid der geschundenen Kreatur.

Ich wendete den Blick ab und zerrte sie an den Armen aus dem Wagen heraus, vor dessen Heck ich sie achtlos in den Kies fallen ließ. Ich fischte das Laken aus dem Kofferraum und ging zurück in die Bootshütte. Eine kleine, klamme Treppe führte im Inneren hinab ans Ufer. Hier unten war der Geruch feuchten Holzes noch stärker; die Luft war warm und abgestanden und irgendetwas roch faulig. Ich tippte auf das Tau, das schwarz und eingeschneckt halb im Wasser und halb an Land lag.

Ich ging in die Hocke und zog eines der Boote zu mir heran und auf den Kies. Ein helles steiniges Knirschen schmerzte in den Ohren, schreckte eine nasse Ratte auf, die unter dem Tau hervor wischte und im Dunkel verschwand.

Das Boot war mandelförmig und hatte zwei orangefarbene Sitzbänke, zwischen denen ich das Laken ausbreitete. Dann holte ich die „Yellow Rusty's" aus dem Fond des DS und legte sie auf den Stoff. Die Herausforderung kam zum Schluss: Die Tote musste auf Laken und Steine gebettet werden.

Zuerst dachte ich, ich könnte sie wie eine Braut über die Schwelle und die kleine Treppe hinab tragen, die zum Ufer führte. Doch ich war zu geschwächt, meine Arme begannen bereits zu zittern, als ich den leblosen Oberkörper unter seinen feuchten Achseln anhob. Also legte ich die Taschenlampe auf einem Baumstumpf ab, der melancholisch an der Uferböschung stand, und zerrte sie an den Armen in Richtung Fischerhütte. Zerrte sie über den Kies, zerrte sie über die Schwelle und legte sie schließlich oberhalb der geländerlosen Treppe ab. Ich musste aufpassen, nicht herunterzustürzen, denn es drang nur ein schmaler Lichtkeil in die Hütte hinein, beleuchtete nur die obersten beiden Stufen der kleinen Treppe, die weiter unten von der Schwärze verschluckt wurde.

Ich wischte mir mit dem Designer-Hemd den Schweiß von der Stirn und schob Klönne dann sacht mit meinen Leinenschuhen über die Schwelle der Treppe. Zuerst vernahm man nur ein schnelles, leises Trommeln, das sich anhörte wie Mäuse, die über einen Dachboden trippeln, dann gab es einen dumpfen, morschen Schlag.

Ich blieb für einen Augenblick reglos in der Dunkelheit stehen, blickte die Treppe hinab in den schwarzen Rachen der Bestie Nacht.

Ich sah nichts: Die Leiche schien wie im Orkus verschwunden zu sein. Ich hatte das Gefühl, als sei es jetzt, nach dem Aufschlag Klönnes, leiser als zuvor.

Ich verließ die Fischerhütte, nahm die Taschenlampe vom Baumstumpf und ging wieder hinein. Vorsichtig, als könne ich jede Sekunde auf eine der Gliedmaßen Klönnes treten, schritt ich die knirschenden Stufen zum Ufer hinab. Und tatsächlich: Eine der Hände der Toten lag auf der letzten Planke, der kleine Finger war seitlich abgeknickt, wie ein junges, zerbrochenes Ästchen. Ich kümmerte mich nicht darum und zerrte den leblosen Körper stattdessen hinüber zum Boot, schulterte ihn unter Aufbietung der letzten Kräfte und warf ihn schließlich über den Rumpf auf Laken und Granit. Dann stieg ich ebenfalls in das Boot, rückte ihren Körper auf den Steinplatten ein wenig zurecht und verknotete darauf die Enden des Lakens miteinander, wie ich es damals schon bei Breidenbach getan hatte.

Ich stieg ein letztes Mal aus, nahm zwei Riemen von der Seitenwand und verkeilte die Holme in den Aufhängungen an der Bootswand. Dann löste ich den Knoten des Ankertaus, warf dieses in das Boot und schob den Kahn ins Wasser. Aufgrund des Gewichts war das Knirschen des Kieses diesmal noch schmerzhafter. Ein unerträgliches Kreischen war es, wie Fingernägel, die gequält über eine Schultafel glitten. Es kam einer Erlösung gleich, als der Schiffsrumpf endlich im See trieb.

Ich lief noch ein paar Schritte durch das lauwarme Wasser, um Geschwindigkeit aufzunehmen, warf dann die Taschenlampe ins Boot und sprang schließlich über das Spiegelheck in den Kahn hinein. Ich kletterte über Klönne hinweg bis zur vorderen Sitzbank und nahm Platz. Erst als ich die Ruder ergriff, bemerkte ich, dass sich der Holm mit meiner eingegipsten rechten Hand nicht greifen ließ.

„*Scheiße!*", brach es aus mir heraus. Schon wenige Sekunden darauf polterte der Bug dumpf gegen die Seitenwand der Fischerhütte. Ein weiterer dort platzierter Riemen löste sich mit dem Ruderblatt aus seiner Verankerung, sodass der komplette Riemen mit einem Mal wie ein riesiger Zeiger von drei auf sechs Uhr vorschnellte. Irgendetwas klirrte in der Dunkelheit, dann fielen ein paar Blechbehälter auf den Boden und ins Wasser und von irgendwoher hörte man den aufgeregten Flügelschlag eines Federviechs.

„*Scheiße! Scheiße! Scheiße!*"

Der Riemen pendelte noch eine Weile an der Wand hin und her, dann kam die Stille wieder zurück, scheu, wie aufgeschrecktes Wild an eine Wasserstelle. Ich wusste: Wenn ich meinen Plan durchziehen wollte wie gedacht, dann musste der Verband ab. Es war ohnehin kein großes Drama: Soweit ich mich erinnerte, hing der Gips nur noch in bröselnden Plättchen im Mull. Doch obwohl ich die Taschenlampe zwischen Kopf und Schulter einklemmte, fand ich keine Stelle, an der ich das verfluchte Ding aufwickeln konnte. Wütende Ungeduld erfasste mich, und ich stand kurz davor, die Taschenlampe in hohem Bogen in den Ammersee zu schleudern. Doch stieß ich stattdessen einen unterdrückten kehligen Schrei aus – was mich einigermaßen beruhigte.

Ich versuchte es mit den Zähnen: schmeckte Gips, schmeckte Stoff, schmeckte Desinfektionsmittel. Roch den käsigen getrockneten Schweiß unter dem Verband. Es gelang mir, eine erste Lage, dann eine zweite aufzubeißen, sodass ich an der eingegipsten Stelle schmale Mullstreifen aus dem Verband herausreißen konnte. Ich wiederholte die Prozedur mehrmals und wickelte so einen Mullstreifen nach dem anderen um den Gips meines Unterarms. Nachdem meine Finger einigermaßen befreit waren, schob ich die losen Enden des Verbands unter die bereits um den Arm gewickelten Lagen.

Der Anblick meiner geschundenen Hand blieb mir nicht erspart: Die Finger waren gelb-blau-violett und stark geschwollen, die Fingernägel waren ausgewachsen, unten gelblich, oben und an den Seiten klebte etwas Blauschwarzes, vielleicht geronnenes Blut. Die Innenseiten der Finger waren hellrot, was vermutlich von der Desinfektion herrührte. Das abgetrennte Glied meines Ringfingers war daumendick und aus seiner Spitze ästelten kleine blaue Fäden heraus wie verbogene Drähte aus einem gebrochenen Kabelmantel.

Ich hielt die Hand in Richtung Klönne. „Da staunst du, was? Aber der Stinkefinger ist noch da!" Ich winkte ihr mit dem Mittelfinger zu. „Sieht scheiße aus, findest du? Geschmackssache. Mit dir will ich jedenfalls nicht tauschen, *hahaha!* "

Unbewusst wollte ich mir wohl Mut machen, in dem ich meine Gedanken plötzlich laut aussprach, doch wirkten die Worte wie verloren in der alles absorbierenden Stille der Nacht.

Ich schaltete die Lampe aus, ließ sie auf den Boden rollen und ergriff die Ruder. Weil sie stark geschwollen waren, konnte ich die Finger meiner rechten Hand zwar nicht vollends krümmen, doch für den Ruderholm reichte es. Ich stieß mich mit einem Paddel von der Seitenwand der Fischerhütte ab, ruderte aus der Hütte hinaus und auf die Seemitte zu. Über achtzig Meter ist der Ammersee tief, wusste ich, wenn ich Klönne irgendwo in der Mitte über Bord gehen ließ, würde man sie niemals finden. Wie stark das Laken und die Granitplatten eine Leiche am Boden halten konnten, wusste ich schließlich von meinem Experiment im Golfclubteich.

Die Fischerhütte verschwand schon nach zehn bis fünfzehn kräftigen Ruderschlägen in der Dunkelheit. Nach vierzig bis fünfzig Schlägen sah man nur noch die Straßenbeleuchtung Uttings, hin und wieder die Scheinwerfer eines Autos. Die kleine Stadt lag vollkommen im Dunkeln, hatte sich kollektiv schlafen gelegt. Keiner ihrer Bewohner ahnte, dass da draußen einer eine Leiche an Bord hatte, die schon bald und dann auf immer eins mit ihrem See sein würde.

Nach knapp hundert Schlägen hörte ich auf zu zählen, konzentrierte mich ganz aufs Rudern. Immer geradeaus, der Mitte zu. Immer geradeaus, der Mitte zu, immer geradeaus …

Irgendwann begann meine rechte Hand zu schmerzen, weil sich der Druck nur auf zwei Finger verteilte. Der linken Hand, der gesunden also, ging es nicht viel besser: Zwar spürte ich hier fast gar nichts mehr, doch hatten sich die Muskeln immer noch nicht von ihrem letzten Mord erholt. Ich muss eine Pause einlegen, sagte ich mir, eine kurze Pause nur. Ich zählte runter: Noch zehn Schläge, dann würde ich die Ruder ins Boot legen. Zehn, neun, acht, sieben, sechs ... Ich konnte nicht mehr. Ich ließ mich erschöpft und schwitzend auf den Boden neben die Füße Klönnes sinken, legte die Arme auf der Sitzbank ab. Es war immer noch schwülwarm, und die Luftfeuchtigkeit kitzelte in meiner Lunge, fast wie ein Asthmakranker hörte ich mich an, als ich röhrend ausatmete.

Ein bisschen schlecht war mir auch, stellte ich fest. Vielleicht war das Essen ... nein, natürlich: Es lag am Seegang. Erst jetzt merkte ich, dass die Wellen heftig gegen den Bug des Schiffes klatschten. Der Wind blies von der andern Uferseite, aus Richtung Herrsching, blies stark, zerrte an meinen letzten Haaren, blähte mein Hemd auf, ließ es lautstark flattern.

Ich war platt, legte den Kopf auf die Bank, blickte nach oben: Kein Sternenhimmel über mir, kein moralisches Gesetz in mir.

Ich sah nichts, war allein. Schwarze, leere Welt. Nur Klönne war da, und die steckte in ihrem Laken. Und Klönne war tot, war also auch nicht. Doch was, wenn sie sich plötzlich rühren würde, wenn plötzlich eine Hand aus dem weißen Betttuch hervorstieß? Ein kindlicher Gedanke, natürlich. Ein Hollywood-Gedanke. Ich schob ihn weg, verbannte ihn aus meiner Welt, aus meinem Universum.

Plötzlich knackte etwas. Hatte sich da etwas bewegt? Das Laken? Die Leiche? Ich blickte nach vorne, ins Schwarze, sah nichts als blinde Dunkelheit. Dann spürte ich die Kälte wieder, die Tiefgaragen-Kälte. Kalter Schweiß, plötzlich und unerwartet, aber real. Kalter Schweiß auf Rücken, auf Brust.

Ich starrte nach vorne in Richtung Heck, in Richtung Leiche. *Es kann nicht sein*, sagte ich mir. *Sie ist tot. Und tot heißt mausetot.*

Ich lehnte mich wieder zurück an die Sitzfläche, versuchte mir Mut zu machen, indem ich mir die Kühnheit meiner Tat vor Augen führte: Ich allein auf schwarzer See. Ich, der sein Leben zu einem unvergleichlichen Ereignis machte. Ich, der ich keine Konventionen beachtete, der Andere, der Unverwechsel bare.

Die Kälte blieb.

Ich musste wissen, was war, musste wissen, dass da *nichts* war, musste das überprüfen, was ich seit jeher wusste: Es gab keine Geister, es gab keine lebenden Toten! Also tastete ich nach der Taschenlampe, tastete in der Spitze des feuchten Bugs, tastete an der Seite an den Rudern herum, befühlte den glitschigen Boden unter der Sitzfläche.

Dann, plötzlich, die Ballerinas der Toten. Der kalte Körper, kalt wie meiner. Die Plastikkälte der Kunststoff-Ballerinas. Ich riss meine Hand weg, wie von einer heißen Kochplatte. Hitze und Kälte: Manchmal wusste man gar nicht, ob eine Sache zu heiß oder zu kalt war. Die Extreme treffen sich immer irgendwo und werden eins.

Verflucht, wo ist das verdammte Ding? Ein Anflug von Panik kroch in meine Brust. Hatte ich die Leiche etwa über die Lampe geworfen? Nein, das war unmöglich: Ich hatte sie ja noch auf meiner Schulter, als ich den Mullverband gelöst hatte. Über Bord konnte sie auch nicht gegangen sein, das hätte man gehört. Ich versuchte mich zu beruhigen. Einatmen, ausatmen.

Du brauchst das Ding doch gar nicht! Schmeiß die kleine tote Tussi einfach über Bord und dann rudere zurück!

Ich blickte über die rechte Seitenwand: Das Ufer musste dort sein! Oder da? War das jetzt Utting oder Herrsching? Ich blickte zur anderen Seite hinaus. Die Lichter sahen dort ganz ähnlich aus, das Ufer schien ungefähr gleich weit weg. *Verdammt! Wo ist diese scheiß ...!*

Ich hörte etwas. Meinen Atem. Den Wind, natürlich. Das lässige, fast kumpelhafte Schlagen der Wellen an die Bootswand. Aber da: ein Rollen, ein Murmeln, im Takt des wogenden Seegangs. Es musste irgendwo weiter hinten sein, innerhalb des Bootes, Richtung Heck. Ich stütze mich auf alle Viere, tastete mich bis zur Mitte des Bootes vor. Der Ruderholm, die kalte Hand Klönnes, der gebrochene Finger, an den ich stieß und der ein leichtes Knackgeräusch von sich gab, dann Metall – die Lampe! Sie war heruntergerutscht, fast bis zur hinteren Sitzbank.

Licht!

Ich setzte mich auf die Knie und leuchtete einmal mit der Taschenlampe im Boot umher. Das weiße Laken, gekrönt von zwei dicken Knoten, die aussahen wie Sprühsahne. Nichts bewegte sich, alles war ruhig, keine Spur vom plötzlichen Erwachen der Toten. Mir wurde wieder wärmer, eine Injektion heißen Blutes wurde in meine Adern gepumpt. Dann hielt ich den Strahl nach draußen über den Bootsrand hinweg. Der Lichtkegel verschwand im Nichts, erhellte den See auf keine zehn Meter. Ich leuchtete nach unten: Das Wasser war pestogrün, die Wellen schienen planlos umherzuwogen, brachen sich an der Bootswand, spritzten ins Innere des Schiffchens.

Utting war schräg rechts, wie mir jetzt wieder klar wurde, nachdem sich die Anspannung gelöst hatte, die wenigen Lichter etwas weiter unterhalb mussten diejenigen Holzhausens sein.

Ich war etwas nach Süden abgetrieben worden, aber das stellte kein Problem dar. Auch wenn ich mich noch nicht in der Mitte des Sees befand, entschied ich, dass die Stelle in Ordnung war. Hier würde ich die Leiche versenken. Sechzig oder achtzig Meter Tiefe – was spielte das für eine Rolle?

Ich wollte die Lampe auf die Sitzbank legen, doch schaukelte das Boot zu sehr, sodass es nur eine Frage der Zeit gewesen wäre, bis sie von dort hinunterfallen würde. Also platzierte ich sie direkt unter dem Sitz, sodass der zittrige Lichtkegel den Leichensack erfasste und lange Schatten auf den grünschwarzen See warf. Ich torkelte durch das Licht hindurch zur Toten hinüber, erfasste das Laken an seinen beiden Spitzen, schob das ganze zur rechten Bordwand. Das Boot bekam Schlagseite, die Lampe rollte nach rechts, aber das kümmerte mich nicht. Ich setzte mich auf die linke Seite, um das Gewicht auszugleichen, doch konnte ich kaum mit Klönne und den Granitplatten mithalten. Dennoch lehnte ich den Rücken gegen die Bordwand und presste die Schuhsohlen gegen den Leichensack, wollte ihn so über die Reling schieben.

Je stärker ich presste, desto stärker legte sich das Boot in Seitenlage. Der Wind zerrte an dem Laken, Wellen peitschten auf, Wasser prasselte ins Boot, über die Leiche, auf das Laken, auf die Lampe, auf mich. Ich presste weiter, es musste einfach gehen, sagte ich mir, *es muss! es muss!* Einen Atemzug später saß ich bereits eine gute Armlänge über der Wasseroberfläche, das Boot lag schräg, immer mehr Wasser ergoss sich in den morschen Kahn. Die Reling musste jetzt fast waagerecht zum Wasser stehen. Die Lakenspitzen ragten deutlich über den Bootsrand hervor, nur noch ein Stück, dachte ich, ein kleines Stück noch. Wieder spritzte Wasser auf, ich spürte, dass ich mit den Füßen schon komplett im Nassen war. Dann erlosch die Lampe und die Dunkelheit hatte ihren See wieder ganz für sich.

Es hatte keinen Sinn: Wenn ich Klönne weiter nach vorne presste, würde der Kahn kentern.

Erschöpft gab ich nach, zog die Beine wieder an den Körper, sodass die Leiche am Bootsrand hinunterrutschte und das Boot in die Waagerechte zurückschnellte.

Ich weiß nicht, wie lange ich dort ungerührt mit angewinkelten Beinen sitzen blieb und wie betäubt in den unendlichen Raum sah, in dem sich die Nacht entfaltete. Fest steht, dass ich eine ganze Zeitlang nichts dachte, eine vollkommene Leere empfand, die der Leere und Weite um mich herum entsprach. Erst als der Himmel zuckte und sich am Horizont Blitze auf den Boden senkten, die Nacht zersplitterten wie eine schwarze Marmorscheibe, kam ich wieder zu mir. Es war aussichtslos, dachte ich, die einzige Möglichkeit, Klönne mitsamt der „Yellow Rusty's" über Bord zu werfen, wäre gewesen, sie nach oben bis über den Kopf zu stemmen wie ein Gewichtheber und sie dann in hohem Bogen ins Wasser zu schleudern. Unmöglich, dachte ich, vollkommen unmöglich.

Ich rappele mich auf, zog die Leiche wieder in die Mitte, hörte, wie die erloschene Taschenlampe am Bug umherkullerte. Ich ergriff sie und schob den Schalter mehrfach hoch und runter, doch machte es keinen Sinn: Die Elektronik war nass geworden, die Lampe war unwiederbringlich zerstört. Ich warf sie über Bord und setzte mich wieder an die Riemen.

Ich paddelte eine Kurve und nahm Kurs auf Utting. Trotz meiner Erschöpfung, fiel mir das Ziehen der Riemen überraschend leicht, vielleicht weil mich ein gemäßigter Rückenwind anschob. Es hatte etwas Meditatives, nachts, am Rande der Zivilisation, in die Dunkelheit hinein zu paddeln. Hin und wieder erhellte ein Blitz die Landschaft, schälte für Sekundenbruchteile den See aus der Nacht heraus, der wie eine überdimensionierte, schmerzverkrümmte Erdnuss in der hügeligen Landschaft lag.

Die Gewitterwolken mussten gerade auf der Höhe Dießens angekommen sein, als ein gewaltiger Lichtstrahl wie eine drohende Klaue nach der Landschaft griff. Für einen Wimpernschlag wurde in der Landsberg-Ammersee-Region das Licht ein geschaltet, sodass man bis zu den Alpen sehen konnten, die sich an die Erdkruste gekrallt hatten wie ein riesiges Reptil. Die unbegreifliche Energie, welche die Natur vor meinen Augen freisetzte, gab auch mir auf irgendeine untergründige Weise wieder neue Kraft und führte mich gedanklich zu einer letzten Möglichkeit, wie ich Klönne doch noch versenken konnte. Es war eine brutale Idee, eine ekelerregende Idee, die sich in meinem Kopf entfaltete, doch es war die einzige Chance, mit der ich mein Dilemma lösen konnte.

Ich beschloss, sie zu nutzen.

17

Zurück in Ufernähe ruderte ich an der Fischerhütte entlang in Richtung Norden, vorbei an der Gaststätte „Alte Villa", deren Terrasse ich schemenhaft im Dunkeln ausmachen konnte. Ich passierte die Steinmauer, an deren hinterem Eck ich Larissa Klaproth vor wenigen Wochen des Ehebruchs überführt hatte und wo die Tote, die jetzt vor mir auf dem Schiffsboden lag, vielleicht das letzte Mal ihren milchschaumweißen Körper in die Sonne gehalten hatte. Rund zwei Dutzend Ruderschläge nordwärts tauchten die Kieselstrände auf, an die sich die Münchner an Wochenenden so gerne mit Familien und Freunden zurückzogen. Ich schätzte, dass ich in etwa auf der Höhe des Campingplatzes angelangt war, als ich hinter einem hölzernen Steg an einer Bucht anlegte, die einsam und verlassen genug wirkte, um Teil meines Plans zu werden.

Ich zog das Boot wieder unter dem unerträglichen Kreischen des Rumpfes auf den Kies, inhalierte den süßen Blütenduft der angrenzenden Sträucher und machte mich dann auf den Weg zurück zum DS. Dort angekommen sprang ich trotz nasser Jeans auf den Fahrersitz und startete den Wagen. Wie im Rausch und nur mit meinem Ziel vor Augen raste ich durch den kleinen Ort, verließ ihn in Richtung Kaufering und brachte den DS erst vor der Pforte des ILTHIS-Headquarters zum Stehen.

Ich sprang aus dem Wagen und fischte im Laufschritt mein Portemonnaie aus der Hosentasche, in dem noch immer mein Mitarbeiterausweis steckte. Ich wusste nicht, ob er noch funktionierte, schließlich war mein Projekt längst beendet. Doch die vergangenen Wochen musste es bei ILTHIS so drunter und drüber gegangen sein, dass ich mir nicht vorstellen konnte, dass jemand daran gedacht hatte, meine Zugangsdaten aus dem System zu löschen. Im Grunde hatte ohnehin nur Ingo Koons gewusst, dass ich weg war, ich hatte meinen Mitarbeitern gar nicht mitgeteilt, dass mein Job im Juli erledigt war. Meinen letzten ILTHIS-Tag hatte ich zudem einfach verstreichen lassen, war gegen alle Absprachen gar nicht erschienen und hatte mich entsprechend bei keinem verabschiedet.

Mein Kalkül ging auf: Ich hielt die Karte vor das Lesegerät, die kleine Diode änderte ihre Farbe von Rot auf Grün, es gab ein *Klick* und die Tür sprang auf. Natürlich würde meine Ankunft durch das eigens von mir installierte Sicherheitssystem registriert werden, doch war es ein Leichtes, mich wieder aus der Datei zu löschen.

Ich sprintete das kleine, kameraüberwachte Foyer entlang, in dem es nach Industrieteppich roch, lief an den Aufzügen vorbei und stieß die Tür zum Treppenhaus auf, über dem ein grüner beleuchteter Kasten mit Fluchthinweisen für den Brandfall hing. Ich knipste das Licht an, das die Neonröhren wie immer erst mit einiger Verzögerung, dann aber mit einem plötzlichen *Blubb!* ausspuckten. Immer zwei, manchmal drei Stufen auf einmal nehmend, hastete ich die Treppen hinunter.

Im Untergeschoss sprintete ich zum Showroom, schloss auf und schaltete auch hier das Licht ein. Anders als im Flur feuerten die Strahler ihre Munition augenblicklich ab und tauchten die neue IL-THIS-Motorsägen-Generation in sonnenuntergangsgelbes Licht. Ich schritt hinüber zu den zwei Podesten, auf denen die Ausstellungsstücke aufgereiht lagen, mit denen die Models vor Kurzem noch posiert hatten. Nach kurzer Überlegung entschied ich mich für das Modell *Razor X2*, dessen Gehäuse zwar ein wenig an einen Staubsauger erinnerte, das aber das größte Sägeblatt aller Ausstellungsstücke aufwies.

Mit meinem neuen Spielzeug bewaffnet, stattete ich meinem Büro einen letzten Besuch ab. Es war eigenartig, in diesen Raum zurückzukehren, diese knapp zwanzig Quadratmeter, in denen ich so viele Stunden zugebracht hatte. Hier hatte ich meine bürgerliche Existenz zu sichern versucht, war selbstständiger Arbeitnehmer gewesen, hatte versucht, die Grundlage für ein ehrliches Leben zu erwirtschaften, als zukünftiger Ernährer einer Familie. Und jetzt? Was war ich jetzt? Was waren jetzt meine Ziele?

Ich wusste keine Antwort.

Ich legte den *Razor* neben die Tür unter den Hundekalender und schaltete den PC ein. Da das Hochfahren des Laptops wie immer Ewigkeiten in Anspruch nahm, nutze ich die Zeit, um den Materialschrank neben den Toiletten zu frequentieren. Wie erwartet, fand ich hier die gelben Müllbeutel mit dem grünen Punkt, auf denen noch einmal erklärt wurde, dass Aluminium, Kunststoffe, Verbundstoffe in ihnen Platz finden sollten. Ich war dennoch sicher, dass sie ihren Job auch bei biologischen Abfällen machen würden.

Zurück im Büro, durchwühlte ich den beigen Schrank, der hinter dem Schreibtisch stand, und den ich in meiner Zeit bei ILTHIS so gut wie nie genutzt hatte. Wenn ich mich recht entsann, hatte in ihm aber irgendwo eine Taschenlampe zwischen einem Wust aus losem Papier, Drähten und Kabeln, eingestaubten Rechner-Tastaturen und Schraubenziehern mit durchsichtigen Plastikgriffen gelegen. Tatsächlich: Da war sie! Und sie war sogar mit einer Gummiisolierung ausgestattet! Ich war ein Glückspilz, so würde ich nicht direkt bei der ersten ernstzunehmenden Welle im Dunkeln stehen.

Ich stellte die Lampe mit der Kunststoffscheibe nach unten auf den Boden zu den anderen Sachen und setzte mich anschließend an den Schreibtisch. Ich rief die Datei mit den Ankunfts-Identifikationen auf, fand meine Nummer unter der Uhr zeit 03:23 Uhr, klickte den Eintrag an, dann auf „löschen" und schließlich auf „speichern". Anschließend musste ich dafür sorgen, dass das von mir aufgenommene Video im Foyer möglichst bald gelöscht würde. Ich hatte selbst bestimmt, dass die Bänder eine Woche aufbewahrt und erst dann überspielt werden sollten. Zwar konnte ich mir nicht vorstellen, dass sich einer die Bilder dieser Nacht ansehen würde, nur weil eine Motorsäge fehlte. Und da ich durch meine ordentliche Anmeldung an der Pforte auch keinen Alarm ausgelöst hatte, würde es keine Unregelmäßigkeiten und somit auch keinen anderen Anlass hierzu geben. Dennoch loggte ich mich ein letztes Mal in das Sicherheitsprogramm *SecWatch* ein und definierte das Lösch-Intervall auf vierundzwanzig Stunden. Ich meldete mich ordentlich ab, fuhr den Computer wieder herunter, schnappte mir Motorsäge, Abfalltüten und

Leuchte und verabschiedete mich endgültig von dem feuchten Loch, in das sie mich gesteckt hatten. Ich vergewisserte mich noch einmal, dass alle Lichter gelöscht waren und stürmte mit geschulterter Kettensäge zurück zum Wagen. Dort schmiss ich die geräuberten Utensilien auf die Rückbank, platzierte mich wieder auf dem mit Ammersee-Wasser vollgesogenen Fahrersitz und keilte zurück zu meiner Leiche. Ich legte Melingo auf, eine Art Tom Waits des Tangos, und ließ mich von seinem beruhigenden Bass durch die leeren Straßen eines schwarzen Landes tragen. Etwa auf der Höhe Windachs setzte ein leichter Regen ein, der zunahm, je näher ich Utting kam.

Ich stellte den Wagen an derselben Stelle ab, an der Larissa Klaproth am Tag ihres Treffs mit Breidenbach geparkt hatte. Anders als damals war der Schotterplatz verlassen, nur ein zerbeultes Wohnmobil aus den siebziger Jahren rostete gegenüber einer geschlossenen Würstchenbude vor sich hin. Ob Camper darin schliefen, oder ob das Ding verlassen war, konnte ich nicht sagen.

Ich warf mir die *Razor X2* über die rechte Schulter, wo ich sie locker am Haltegriff mit zwei Fingern fixieren konnte, klemmte mir die Mülltüten unter die linke Achsel und nahm die Taschenlampe in eben diese Hand. Ich schaltete die Lampe ein und beleuchtete die kleine Allee, die hinab zum Wasser führte und schritt an den Bäumen vorbei wie durch ein Spalier unheimlicher Soldaten. Ich hörte nichts außer dem Quietschen meiner feuchten Leinenschuhe und dem Regen, der auf das ausgedörrte Blätterdach der Bäume prasselte.

Nach wenigen Schritten schob sich der Uferweg in den Lichtkegel der Lampe und kurz darauf öffnete sich das dichte Buschwerk und gab den Pfad frei, der zum Kiesstrand führte. Ich ging durch ihn hindurch wie durch eine Höhle aus Blättern und fingerdicken Ästchen. Der Boden war trocken, so dicht waren die Büsche. Unten sah ich den Steg, an dem ich eben vorbeigeeilt war. Als ich an den ersten vom Regen geschwärzten Planken angekommen war, erblickte ich einen eigenartigen Kasten auf dem Geländer vor einem Holzgatter. Ich schoss das Licht der Lampe darauf: Eine verrostete Box auf zwei Metallstreben, verhängt mit einem neuen, glänzenden Stahlschloss.

Darin ein laminierter Zettel mit Mietbootpreisen und einem Aufkleber mit dem Flaggenalphabet. Schöne, heile Freizeitwelt, dachte ich mir und leuchtete wieder voraus: ja, da war es, das Boot.

Ich entschied, erst einmal alle notwendigen Vorkehrungen zu treffen, und dann zur eigentlichen Tat zu schreiten. Also legte ich die *Razor X2* auf den braunen, mit modrigen Nadeln dekorierten Boden nahe der Gestrüppwand ab. Die zu einer faustdicken Rolle gedrehten Müllbeutel platzierte ich senkrecht daneben, damit sie nicht in den See kullern konnten – das Gelände war zum Wasser hin abschüssig. Die Lampe legte ich eingeschaltet neben die Müllrolle, sodass der relevante Teil des Ufers beleuchtet wurde. Anschließend ging ich zum Boot hinunter, trat mit einem Bein hinein und fingerte die zugeknoteten Laken wieder auf. Ich griff Klönne mit der Krabbenhand in die Haare und schob ihr die andere unter den Oberschenkel. An Haaren und Schenkeln wuchtete ich sie über die Bootswand und ließ sie wie eine abgehangene Schweinehälfte in den Kies fallen.

Ich atmete aus, blickte auf sie hinab: Sie lag mit dem Gesicht auf dem Boden, die Füße verdreht und umspült vom zornigen Wasser. Einer ihrer Ballerinas fehlte, musste noch im Boot liegen, sodass eine rote, wunde Ferse sichtbar wurde. Der Regen war unterdessen intensiver geworden, prasselte auf sie ein, auf ihren nackten Rücken unter ihrem zerrissenen, blutverschmierten Shirt. Ihr Rock klebte an ihren Beinen wie Cellophanpapier, war durch die Nässe so durchsichtig geworden, dass man die Adern ihrer Kniekehlen sehen konnte. Ich zählte durch: Eins, zwei, drei, vier, fünf, sechs, sieben, acht Pakete musste ich vorbereiten.

Ich ergriff das Laken, schmiss es in Richtung Heck, auf die orangefarbene Sitzbank, nahm dann eine der Granitplatten und warf sie vor den Bug in den Kies. Dann stemmte ich die zweite Platte, trat aus dem Boot heraus und platzierte mich breitbeinig über ihrem auf dem Boden liegenden Gegenstück. Mit der Kante voraus schleuderte ich den Granit in meinen Händen auf den Granit auf dem Boden. Die untere der beiden Platten zerplatzte unter einem dumpfen Laut in zwei Teile. Kurz darauf donnerte der Himmel zweimal, eine Art doppeltes Echo, ebenfalls dumpf, nur lauter, feuernden Feldhaubitzen gleich, gefolgt von einem diffusen, kehligen Grollen.

Ich ließ mich nicht irritieren und wiederholte den Prozess so lange, bis ich sechs etwa gleichgroße Teile vor mir liegen hatte, eigentlich sollten es acht werden, doch ließen sich die kleineren Brocken nicht weiter aufspalten, der Stein war zu hart.

Ich verteilte die „Yellow Rusty"-Stücke auf sechs Müllbeutel, die ich in zwei Reihen ordentlich auf dem Strand platzierte. Die restlichen beiden Tüten füllte ich mit drei, vier Händen Kies und legte sie ebenfalls auf dem Boden ab. Dann wurde es ernst.

Ich umschloss mit den Krabbenfingern den Griff der Motorsäge, nahm sie auf und schritt zu der Leiche herunter. Dort legte ich die *Razor X2* auf den Boden, stellte den Fuß in den hinteren Handgriff und zog dann das Anwurfseil mit der linken Hand.

Der Schrei der um das Sägeblatt rotierenden Kette zerriss den Äther.

Ich nahm das Gerät in beide Hände, spürte die Kraft der Maschine, die an meinen Armen zerrte wie ein aufgehetzter, blutgieriger Kampfhund. Ich fuhr einige Male damit durch die sturmzerpflügte Luft, um ihre Macht zu bändigen, um ihre Macht zu meiner zu machen. Als ich das Gefühl hatte, das Gerät im Griff zu haben, stellte ich mich über die Tote, breitbeinig wie eben, als ich über den Granitplatten stand.

Ich begann mit den Unterschenkeln.

Behutsam brachte ich die rotierende Kette vor der verletzlichsten Stelle Klönnes in Stellung, dort wo das Delta blauer Adern ihren Körper durchzog: an den Kniekehlen. Legte an und ließ die Kettensäge einfach abwärts gleiten. Es gab ein kurzes dumpfes Geräusch, dann senkte sich das Sägeblatt widerstandslos nach unten, glitt durch das Gelenk hindurch wie ein Ruder durch stille See. Einen Atemzug lang war ich wie benommen durch die Leichtigkeit, mit der all das geschah, im Grunde weniger durch die Leichtigkeit, mit der die Säge durch den toten menschlichen Leib glitt, sondern durch die Beiläufigkeit, mit der das Unaussprechliche plötzlich Realität wurde. Man konnte einen Menschen an den Ufern eines bayerischen Ausflugssees zerstückeln und es geschah das Gleiche, als würde man dort einen Hot Dog essen: nichts.

Ich schaltete die *Razor* ab, sodass der Lärm erstarb und blickte auf den amputierten Körper, blickte auf Blut, auf Knorpel, auf zerborstene Knochen. Das abgetrennte Bein war ein Stück zur Seite geschleudert worden, lag jetzt am Wasser, es war das, an dem der Schuh noch steckte. In der Dunkelheit sah alles gar nicht so schlimm aus, die Wunde schien noch nicht einmal zu bluten. Es war gar nicht schwer gewesen, man musste es nur machen. Hätte man mir vor zwei Monaten gesagt, dass ich in Kürze eine Leiche zersägen würde, hätte ich erwidert, dass ich dies gar nicht könne. *Sowas kann ich einfach nicht*, hätte ich gesagt. Aber dann stehst du irgendwann da und machst es einfach. Du machst es, weil du musst. Und du kannst es auch. Du musst dir nur immer wieder sagen: *Du kannst es!* Und was du kannst, das willst du auch. *Du kannst es, du willst es!*

Ich atmete ein und versuchte, locker mit den Schultern zu zucken, dem Event durch körperliche Symbolik die Aura des Alltäglichen zu verleihen. Dann riss ich erneut am Anwurfseil.

Der zweite Unterschenkel war dran, der, an dem der Schuh fehlte, der, an dem die Ferse rötlich schimmerte. Ich brachte die schwarze eingeölte Kette über dem weißen Bein in Stellung. Ich gab Gas und die Maschine jaulte auf wie ein geschlagenes Tier. Ich setzte an – *du kannst es, du willst es!* – und die Säge senkte sich, glitt durch Haut, Fett und Muskeln, durch das verknorpelte Gelenk, durch Sehnen und Adern. Die Kniescheibe machte ein paar Probleme, grub sich in den Uferkies ein, sodass ich in die Hocke gehen und mit dem Sägeblatt mehrmals in der Wunde auf und ab fahren musste. Aber schließlich triumphierte die Brutalität der Technik über die zarte Zerbrechlichkeit der Biologie.

Der linke Oberschenkel. Ich trat einen Schritt nach oben, blickte für einen Atemzug in das grelle Licht der Lampe. Schaute mir dann über die Schulter in Richtung See. Ein langer Schatten wurde auf das Wasser geworfen. Irgendwo da draußen wurde mein Abbild, wurde ich, eins mit der Nacht. Wer war ich, fragte ich mich, wer war ich, dass ich hier stehen und ein junges Mädchen zerstückeln konnte, deren einzige Schuld es war, zur falschen Zeit am falschen Ort gewesen zu sein? Ich wusste keine Antwort und entschied, dass auch jetzt nicht der richtige Zeitpunkt war, darüber nachzudenken. Stattdessen tippte ich auf den Gasknopf. Das dunkle, bedrohliche Knattern beruhigte mich, machte mich mächtig, machte mich unverletzlich. Ich legte das rotierende Schwert an die Stelle zwischen Gelenkkopf und Gelenkpfanne und drückte es hinab. Da ich die *Razor* diesmal schräg nach unten hielt, spritzten Blut und Knochenstücke, Hautfetzen und Fett an meine Hose und bis hinauf zum Hemd. Dennoch glitt die rotierende Kette auch hier mit einer Leichtigkeit durch das Gelenk, als zertrenne ein Schlachter den Leib einer Sau mit präzisen, scharfen Schnitten.

Der Erfolg machte mich übermütig, sodass ich sorgloser zu Werk ging und auf der rechten Seite unbekümmert weiter unten ansetzte. Doch ich verfehlte das Gelenk, und stieß mit dem Rotorblatt direkt auf den Oberschenkelknochen. Die rotierende Kette spuckte einen ekelhaften Brei aus blutgetränkten Knochenstückchen, Mark und bläulichen Nervenfetzen auf mich und den Strand. Dann verfing sich ein Stück Stoff zwischen Sägeblatt und Kette, sodass der Rock mit einem plötzlichen Ruck fast komplett von der Hüfte der Toten gerissen wurde. Wie in einem Karussell wurde der Rock um das Schwert geworfen und dabei immer wieder durch die klaffende Wunde gezogen.

Ich blickte auf das alles wie ein Unbeteiligter, der nichts machen konnte, der selbst irgendwie Opfer der Umstände war, bis der Motor unter einem dumpfen Blubbern ersoff und das Gerät nur noch ein elektrisches Summen von sich gab. Ich zog das Schwert aus dem Spalt aufgeschlitzten Fleisches und sah dunkles, fast schwarzes Blut aus ihm herausrinnen; es verschwand irgendwo in einer Unterwelt zwischen Sand und gluckernden Kieseln.

Ich beugte mich über die Wunde: Ich hatte das Bein tatsächlich unterhalb des Oberschenkelhalses angesägt, sodass der Gelenkkopf noch immer unversehrt im Rumpf der Leiche steckte wie ein gekochtes, bläulich schimmerndes Ei.

Mir wurde schlecht.

Mit der rechten Armbeuge wischte ich mir hektisch über das Gesicht, um mich von den Haut- und Knochenstückchen zu befreien. Wie kleine Blutegel schienen sie auf mir zu sitzen und sich in mein Fleisch hineinzubohren, mich anzuzapfen, auszutrocknen.

Ich musste sie loswerden. Jetzt! Sofort!

Panisch warf ich die Säge zur Seite und eilte hinunter zum Wasser. Ich warf mich mit den Knien in den See, rieb mir mit dem Wasser erst über die Hände und den Verband, dann schaufelte ich mir manisch eine Hand voll Wasser nach der anderen ins Gesicht. Es brannte, als hätte ich dort eine offene Wunde, doch das kümmerte mich nicht: Ich musste schaufeln, ich musste schrubben, ich musste mich reinigen von der Schuld, die ich auf mich geladen hatte. Erst als ich die metallische Süße ihres Bluts auf meiner Zunge schmeckte, hielt ich ein.

Ich atmete ein, zweimal, dreimal, als würde mich der Sauerstoff von innen reinigen. Ich sog die Luft in meine Lungen wie eine Droge, die ich brauchte, um mich zu betäuben, das Leben auszuhalten.

Langsam beruhigte ich mich. Ich sah, wie der Mond einen Augenblick hinter den Wolken erglühte. Als er wieder verschwunden war, hatte ich plötzlich keine Angst mehr. Ich dachte an nichts, war bereit, einfach zu funktionieren. Das zu tun, was getan werden musste. Es war eine Frage von töten und getötet werden, redete ich mir ein, eine Frage von Täter oder Opfer. Und im Zweifel war es immer besser, Täter als Opfer zu sein. So einfach war das, so einfach!

Ich sprang auf, schritt zurück zur Säge. Der mit Blut getränkte Stoff steckte zwischen der Kette und dem Metallblatt. Ich riss ihn heraus und schleuderte ihn achtlos in Richtung See, wo ihn die Wellen verschlangen.

Anschließend entfernte ich sorgsam einige Stofffitzelchen zwischen den Kettengliedern. Erst als die Kette komplett gereinigt war, ging ich zurück zu der klaffenden Wunde an Klönnes Oberschenkel.

Es sah aus, als hätte jemand ein kuchenstückgroßes Loch aus ihrem Bein herausgebissen.

Ich drückte den Anlasser und schob die Metallzunge in den wunden Schlund hinein.

Du kannst es, du willst es!

Wieder spritzten die Knochenstückchen, doch nur für einen Augenblick, dann glitt die Säge durch das weiche Fleisch, die Sehnen, die Muskeln, die ledrige, weiße Haut. Das Aufjaulen der Kiesel zeigte Sekunden später an, dass ich durch war.

Du kannst es! Du kannst es!

Die Arme waren das geringste Problem. Es dauerte nur zwei Atemzüge, um sie vom Torso zu trennen und ich fragte mich, wie es sein konnte, dass ich bei der Amputation meiner Finger stundenlang auf einer Bahre liegen musste, wenn man doch nur einmal auf das schwarze Plättchen einer Kettensäge tippen musste, um einen kompletten Arm vom Schulterblatt zu trennen?

Nur der Kopf fehlte jetzt noch.

Ich hatte das Schwert schon neben dem Hals in Stellung gebracht, als mich plötzlich das Gefühl überkam, es sei so etwas wie meine Pflicht, ihr ins Gesicht zu schauen, bei dem letzten, dem finalen Schnitt. Doch ich verwarf den Gedanken.

Du willst es! Du willst es …!

Als der Kopf von ihren Schultern kippte und sich die Lichtfäden der Lampe in die Wunde bohrten, sah ich für einen Augenblick in die Öffnung ihrer abgetrennten Kehle, sah rötlich Schimmerndes und grünlich Warnendes, sah Knochiges, Blutiges, Gallertartiges, sah in das längliche Dunkel ihrer Luftröhre, in eine rostigrote Welt aus Schleim und galligem Blut, sah in die fleischigfeuchte Enge ihrer Speiseröhre, durch die sich nie wieder Flüssiges, Glibbriges, Zermahlenes, Zerkautes oder Vorverdautes herunterschieben wird.

Dann fiel ihr der Kopf auf die abgesägte Schulter, rollte von dort weiter hinab, an ihrem Torso vorbei, traf weiter unten auf ihren Arm, der ihn wie ein Geländer hinab geleitete, in Richtung See, wo er von der Brandung empfangen und schließlich wie ein Ball immer wieder hinauf und hinabgetragen wurde.

Ich schmiss die Säge in den Kies, und wollte mich in den Sand setzen, mir den Regen ins Gesicht prasseln lassen, nachdenken, mir bewusst machen, was geschehen war. Doch ich sah, dass der nächste Tag bereits langsam über den Horizont lugte und damit begann, sein graues Licht über Oberbayern zu verteilen.

Ich musste mich beeilen, wenn ich nicht entdeckt werden wollte. Also sammelte ich die Leichenteile ein, so schnell es ging, und verstaute sie in den vorbereiteten Mülltüten, verknotete sie anschließend und verfrachtete sie ins Boot. Alles ging glatt, bis auf die Verpackung des Torsos: Das Ding war einfach zu sperrig für die Grüne-Punkt-Beutel. Zuerst wollte ich ihn einmal in der Mitte durchschneiden und auf zwei Tüten verteilen, doch der Gedanke an die herausquellenden Gedärme brachte mich auf eine naheliegendere Idee: Ich wickelte den Torso gemeinsam mit den verbliebenen Granitplatten in das Laken und testete anschließend, ob es ein Problem mit dem Gewicht geben würde. Gab es nicht: Ich würde das Ding problemlos über Bord werfen können.

Nachdem ich alles im Boot verstaut hatte, schob ich es wieder ins Wasser, drehte es um und sprang über das Spiegelheck hinein. Wieder legte ich mich in die Riemen, spürte den Schmerz in meinen wunden Händen, wenig später begannen meine Muskeln zu zittern. Doch ich konnte mir keine Atempause gönnen: Es wurde immer heller, bald würden sich die ersten Ammerseedampfer in Fahrt setzen. Immerhin war wegen des schlechten Wetters nicht mit Touristen zu rechnen, die von plötzlichen romantischen Gefühlen getrieben den Sonnenaufgang am Ammersee genießen wollten.

Es regnete weiter in Strömen, ich war bis auf die Unterwäsche nass, begann trotz der Bewegung sogar zu frieren. Wenigstens das Gewitter hatte sich verzogen, die schwarze Wolkendecke war Richtung Osten abgedriftet, doch immer noch war es dunstig, zwischen dem Schilf am Ufer quoll Nebel hervor.

Diesmal driftete ich nicht nach Herrsching ab, sondern leicht nach Norden, in Richtung Breitbrunn. Ich war etwa in der nördlichen Mitte des Sees, als ich entschied, dass es an der Zeit war. Ich schmiss zuerst die kleinen Leichensäcke über Bord: die Arme, dann die Unterschenkel und die Oberschenkel. Sie verschwanden langsam und blubbernd im Wasser wie in etwas Dickflüssigem. Darauf stellte ich mich in die Mitte des Boots, hob den in das Laken eingewickelten Torso nach oben bis in Brusthöhe und stieß ihn ins Wasser. Ich strauchelte leicht, verlor für einen Augenblick das Gleichgewicht, und wäre fast auf der anderen Seite des Bootes selbst ins Wasser gestürzt. Doch fing ich mich wieder und kam schließlich auf Kante der Bootswand zum Sitzen.

Den Kopf hatte ich mir bis zum Schluss aufgehoben. Ich setzte mich auf die Knie, nahm die Tüte, hielt sie eine Weile über die Wasseroberfläche und ließ dann einfach los. Ich blickte dem gelben Ball noch eine Weile nach, wie er immer blasser wurde, je tiefer er von seinen Kieseln nach unten gezogen wurde, bis er schließlich ganz verschwand. Ganz und für immer.

18

Ich brachte das Boot wieder zurück in die Fischerhütte, versuchte alles so herzurichten, wie ich es vorgefunden hatte, und machte mich dann auf den Weg zu meinem Strand. Ich hatte Glück: Der Regen hatte das Blut und die Knochensplitter weggewaschen, zwischen den Kies gespült, sodass kaum Spuren von der Zerstückelung zu sehen waren. Dort, wo die Kettensäge sich in den Boden gebohrt hatte, waren einige unnatürliche Vertiefungen zu sehen, sonst sah der kleine Strand so unschuldig aus wie zuvor: eine perfekte bayerische Idylle. Gerade brach die junge Sonne wieder am Horizont hervor, drückte die Nebelschwaden zwischen den Schilfblättern nieder und gab dem Ammersee seine kapitänsblaue Sommerfarbe zurück. Die Ufergewächse leuchteten nach dem Regen in einem fast grellen Apfelgrün, die Vögel zwitscherten so laut, dass es fast in den Ohren schmerzte. Und vom Dorf her hörte ich den Klang der Glocken über den See wogen, kurz: Ich musste weg.

In aller Eile scharrte ich mit den Schuhen die Wunden im Kies zu, schnappte mir dann den *Razor X2* und die Müllbeutel und eilte zurück zum Wagen. Als ich den Parkplatz erreicht hatte, hörte ich ein heiseres Stöhnen, das ich zunächst nicht verorten konnte. Ich kümmerte mich nicht weiter darum, sondern verlud Kettensäge und Plastiktüten im Kofferraum und schlug ihn anschließend leise zu. Wieder das Stöhnen, etwas lauter, lustvoll und weiblich, ganz sicher weiblich. Ich blickte zu dem kastenförmigen Wohnwagen, der neben dem DS als einziges auf dem Parkplatz stand. Er schaukelte leicht, fast unmerklich von der einen auf die andere Seite, die schwarzen abgefahrenen Reifen blähten sich in einem stillen Rhythmus immer wieder auf. Es war komisch: Fast hätte ich vergessen, dass es so etwas auch noch gab auf der Welt: Liebe, Leidenschaft.

Ich stieg ein und fuhr über die Dörfer zurück nach Hause. Ich wusste nicht, ob es am Regen lag, der eine dampfende Landschaft hinterlassen hatte, doch schien mir die Natur eigenartig verändert. Durch das Fenster betrachtete ich die Wiesen und Felder, die ineinander flossen, die Wälder, die am Horizont loderten, die irdenen Höfe, die den Landstrich beherrschten als seien es mittelalterliche Burgen. Ich kannte all das, doch schien es mir plötzlich so fremd zu sein, als sähe ich es das erste Mal, eine neue Welt, eine exotische Kultur, unwirklich, wie wenn man in Bombay aus dem Flieger steigt und das erste Mal im Taxi auf den Straßen dieser Anderswelt unterwegs ist. Aber das hier, das war doch mittlerweile meine Heimat geworden, zumindest zu Hause war ich hier. Und doch sah ich alles wie auf einer Mattscheibe, ein künstliches Bild, von einem unsichtbaren Projektor auf eine gewaltige Leinwand geworfen.

Mein Schädel brummte unablässig. Alle anderen Geräusche wirkten zudem eigenartig verzerrt, es war, als hätte die Welt Lachgas inhaliert. Als ich in Penzing ankam und vom Auto hinüber zur Haustür schritt, hatte ich das Gefühl, das Knirschen der Schuhe auf den Steinplatten, das Klimpern des Schlüssels in meiner Hand, das Schnappen des Schlosses – all diese Geräusche versuchten sich über mich lustig zu machen, waren ein riesengroßer Witz, den ich nicht verstand. Und so traurig meine Situation auch war, fast musste ich lachen, als ich hörte, wie meine Klamotten auf die Fliesen des Wohnzimmerbodens fielen und wie mein Körper schließlich nackt und matt und erschöpft unter einem dumpfen Seufzer auf der Couch niederging. Doch dazu kam es nicht mehr, denn ich schlief augenblicklich ein.

Ich musste rund fünf Stunden geschlafen haben und erwachte dann wie verkatert. Das Brummen in meinem Schädel war einem stechenden Kopfschmerz gewichen und obwohl die Sonne wie durch ein Brennglas durch die Scheiben der Terrasse ins Wohnzimmer hereinglühte, war mir kalt und ich zitterte. Ich fand mich nackt auf der Couch liegend wieder, mein Körper war mit einem dünnen feuchten Film überzogen und schimmerte gelblich-weiß. Nur meine Arme und Hände (beziehungsweise das, was davon übrig geblieben war) waren von einer Kruste in braun und schwarz und rot überzogen. Unter den Fingernägeln meiner linken Hand klebten abwechselnd Blut oder Öl.

Ich rappelte mich auf, stützte mich auf meinen Ellenbogen und linste über die Rückwand des Sofas in Wohnzimmer und angrenzende Küche. Die Tür zum Flur war geöffnet und auf dem Boden lagen meine Klamotten verstreut wie die Gedärme eines ausgeweideten Tiers. Öl- und Blutschlieren und auch Schlieren in einem dreckigen Grün verteilten sich auf den Fliesen. Meine ehemals weißen Leinenschuhe lagen auf dem Teppich, auf dem auch die Couch und das nach wie vor kaputte Couchtischchen standen. Sie hatten ihre Farbe vollkommen verloren und waren jetzt in eine fingerdicke Lehmkruste eingehüllt; aus dem rechten Schuh, der umgefallen an der Ecke des Teppichs lag, rann eine graue Flüssigkeit heraus, die mich an die Brühe erinnerte, die man in Aschenbechern von Biergärten vorfindet, nachdem es geregnet hatte.

Ich setzte mich an die Sofakante, versuchte den Schwindel zu unterdrücken, der sich meiner bemächtigte, versuchte den Blick auf meine amputierten Gliedmaßen zu verhindern, versuchte aufzustehen.

Ich schritt unsicher über die weißen, kalten Fliesen wie über dünnes Eis in Richtung Flur. Zweimal trat ich hierbei in die lehmigen Abdrücke, die meine Leinenschuhe hinterlassen hatten. Unter meinen Fußsohlen vermischte sich der angetrocknete Dreck mit dem feuchten Schweiß meiner Füße, sodass ich weitere Abdrücke bis ins Badezimmer verteilte. Dort öffnete ich die ammerseeblauen Türen des Ikea-Schränkchens und stieß mit meiner Hand unkontrolliert in eine Bauklötzewelt aus Tablettenschachteln hinein. Auch hier richtete ich ein ziemliches Chaos an, fand aber schließlich die Packung mit den *Cafi Aspirina Fortes contra fuertes dolores de cabeza* und warf gleich zwei der kleinen Bomben ein. Dann stellte ich mich mindestens eine halbe Stunde unter den kochend heißen Strahl der Dusche, solange bis Schultern, Bauch und Beine langustenrot waren.

Mit tropfendem Körper ging ich ins Schlafzimmer, dessen Tür einen Spaltbreit offen stand. Obwohl die Rollläden nach wie vor heruntergelassen waren, verzichtete ich darauf, das Licht einzuschalten und ging durch die Dunkelheit hinüber zum Kleiderschrank.

Die Luft war warm und abgestanden, roch leicht nach einer eigentümlichen, gegorenen Süße. Ich lief geradewegs in die Spielspirale hinein und riss den daran hängenden Kinderwagen mit dem Handlauf voraus zu Boden. Es gab einen kurzen, dumpfen Schlag, dann kreiselte etwas Metallisches auf dem Boden – es klang wie eine Münze, die sich um die eigene Achse dreht. Ein Brummlaut ertönte vom Bett und ich hörte das Bettzeug rascheln. Dann erkannte ich Kim im rotmatten Licht der Digitaluhr. Sie lag auf dem Bett, komplett angezogen, aber wie tot, den rechten Unterarm auf der Stirn abgelegt.

„Sorry", sagte ich, doch sie gab keinen Laut von sich, obwohl es fast ein Uhr nachmittags war. Kim stand auch an Wochenenden nie nach zehn Uhr auf, wenngleich sie es liebte, den gesamten Tag im Nachthemd zu verbringen.

Ich kümmerte mich nicht weiter um Kim, sondern lief zum Kleiderschrank und nahm dort erst ein Handtuch aus der Ablage oben links heraus und dann eine beige Bundfaltenhose sowie ein weißes, zerknittertes Freizeithemd auf der anderen Schrankseite.

Nachdem ich mich im Badezimmer abgetrocknet und angezogen hatte, kniff ich die Augen zusammen und blickte auf meine Krabbenhand. Der Gips sah aus wie ein Jackson-Pollock-Actionpainting, das daran klebende Blut hatte die Farbe eines rosaroten Kaugummis angenommen. Die abgerissenen Mullstreifen hingen zottig daran wie die verfilzten Dreadlocks vom Kopf eines Reggae-Fans.

Ich entschied, dass das Ding ab musste und suchte eine Stelle, an der ich den Gips herunterreißen konnte. Zwar gab es über dem Knochen zwischen Zeige und Ringfinger eine daumendicke Kerbe, doch gelang es mir nicht, den wie festgebackenen Verband daran aufzureißen. Also ging ich auf die Terrasse und fischte eine angerostete Rosenschere aus einem Kübel mit Unkraut und versuchte es damit. Ich schob das angelaufene Stahlblatt unter den Wickel, drückte mit den wunden Fingern meiner linken Hand zu. Langsam schob ich die Schere nach oben, sodass der Gips nach und nach aufklappte wie die Gussform einer Bronzeskulptur. Zum Vorschein kam ein weißbepuderter Arm, der dünn und zerbrechlich wirkte, irgendwie vogelartig kam er mir vor. Ich säuberte ihn und umwickelte Arm und Hand anschließend mit einem frischen Mullverband, in erster Linie, um nicht ständig meine Krabbenhand sehen zu müssen.

Dann ging ich zurück ins Wohnzimmer und betrachtete die Sauerei auf dem Boden. Die Klamotten der vergangenen Nacht hatten Sondermüllstatus. Das Blut und teilweise auch der Dreck würden sich nie wieder rauswaschen lassen. Ich hätte einen weiteren Beutel schnüren und den ganzen Scheiß ebenfalls granitbeschwert im Ammersee versenken sollen. Da es hierfür zu spät war, beschloss ich, die Sachen zusammenzupacken und in die Mülltonne zu den anderen zu werfen. Gerade als ich damit anfangen wollte, entdeckte ich die aufgeschlagenen „Landsberger Nachrichten" auf dem Küchentisch.

Es war die Zeitung von heute, offenbar hatte Kim sie bereits gelesen. Dann musste sie auch meine blutverschmierten Klamotten gesehen haben. Die Seite, die aufgeschlagen war, machte mit folgendem Artikel auf:

ASIATIN FLIEGT VON PENZINGER SCHULE

Penzing. *Klaus Göbel zieht die Konsequenzen: In einer Mitteilung an die Presse verkündet der Penzinger Schuldirektor, dass Kim Schröder, die Klassenlehrerin der zu Tode gekommenen Schülerin Tamara M., mit sofortiger Wirkung von der Schule Penzing suspendiert wird. Zwar betonte Göbel, dass Tamara in erster Linie ein Opfer des Mobbings ihrer Mitschülern geworden sei, allerdings habe die Klassenlehrerin offenbar ihre Aufsichtspflichten verletzt – dafür müsse sie jetzt die Konsequenzen tragen. Derzeit ist die Lehrerin ohnehin auf unbestimmte Zeit krankgeschrieben.*

Göbel: „Es hat sich gezeigt, dass der Einfluss anderer kultureller Richtungen im frühen Kindesalter zu Verwirrung bei den Schülern führen kann. Die Kinder befinden sich in einer Phase der Identitätssuche und der Selbstfindung. In diesem Rahmen muss eine deutsche Leitkultur vorgelebt werden. Auf diesem Fundament kann sich der Einzelne dann später für die kulturelle Vielfalt der Welt öffnen." Die betreffende Lehrerin stammt aus dem asiatischen Raum.

Göbel teilte auf Nachfrage der „Landsberger Nachrichten" weiter mit, dass die Suspendierung keiner Schuldzuweisung an Schröder gleichkomme. Diese könne schließlich nichts für ihren „asiatischen Hintergrund". Vielmehr gehe es jetzt um die Sicherheit der verbliebenen Kinder, denen ein Schicksal wie das der kleinen Tamara erspart bleiben solle. Nur wer wisse, wer er sei und wo seine Wurzeln lägen, könne die nötige Standhaftigkeit im Leben erreichen, die es bedürfe, um Krisen zu bestehen, führte der Rektor aus.

Der Beschluss, die gebürtige Japanerin von der Schule zu verweisen, sei keine einsame Entscheidung des Rektors gewesen, sagt Göbel. „Sowohl die Eltern der Penzinger Schüler als auch die große Mehrheit der Lehrerschaft habe den Entschluss mitgetragen." So habe es unter dem Vorsitz von Hiltrud Mahler, der neuen stellvertretenden Rektorin der Grundschule Penzing, mehrere Kommissionen gegeben, welche die Konsequenzen aus dem tragischen Tod der Schülerin diskutiert hätten. Auf deren Voten stütze sich der Beschluss. Sicherlich wird dieser aber auch von höheren Stellen genehmigt werden müssen. Justizexperten halten es nicht für ausgeschlossen, dass sich selbst das Bundesministerium letztinstanzlich damit auseinandersetzen muss. „Der Lehrerin steht sogar der Gang vor das Bundesverfassungsgericht und den Europäischen Gerichtshof für Menschenrechte offen", sagte ein Experte. Sollte der Instanzenweg wirklich beschritten werden, stellt sich die Frage, in was für einem Rechtsstaat wir leben: in einem, der die Opfer oder die Täter schützt? Dass sich die Frage gerade hier, im Umkreis der ‚dritten deutschen Stadt' stellt, kommt einer Ironie der Geschichte gleich. Hannes Schneider.

Na prima, dachte ich, der alte Schneider hatte seinen Kommentar direkt in den Bericht mit eingebaut, genau so, wie es sich für einen gefühlten Stürmer-Reporter gehört. Die „dritte Stadt" bezog sich auf die Stellung, die Landsberg am Lech in der Nazi-Zeit innehatte. München war die Stadt der Bewegung, Nürnberg die der Parteitage und Landsberg am Lech kam die Ehre zu, die Stadt jugendlicher Erneuerung gewesen zu sein. Hier hatte Hitler nach seinem gescheiterten Putsch in Festungshaft gesessen und den braunen Bestseller „Mein Kampf" verfasst. Als die Nazis dann an die Macht kamen, bauten sie die Stadt unter dem Motto „Landsberg – Stadt der Jugend" zur Begegnungsstätte der Hitlerjugend aus. Regelmäßig gab es Bekenntnismärsche mit Hakenkreuzfahnen, Fackeln und dergleichen auf dem Hauptplatz. Abschließend wurde den Teilnehmern in Hitlers ehemaliger Zelle ein Exemplar von „Mein Kampf" überreicht. Die Festungsanlage sollte sogar zu einem riesigen Jugendzentrum umgebaut werden. Ich hatte in Journalistenzeiten einmal einen Artikel über die wirtschaftliche Bedeutung verfasst, die das Siegel „Hitlerstadt" damals für Landsberg am Lech gespielt hatte. Ich war selbst erstaunt gewesen, welche Rolle dem Hitlertourismus zukam: Bis zu hunderttausend „Volksgenossen" reisten jährlich an den Lech, nur um einmal die von größten Führer aller Zeiten geatmete Zellenluft zu inhalieren.

Wie dem auch sei, dachte ich mir, ich konnte froh sein, dass Schneider das Selbstmord-Thema am Köcheln hielt – es würde mir helfen, Teil zwei meines Plans in die Tat umzusetzen.

Dann erschrak ich: Die Haustürglocke gab ihr künstliches *Bssst!* von sich. *Wer zum Teufel ...?* Ich sprang zum Fenster. Das hatte gerade noch gefehlt: der erdgraue Passat dieser komischen Fürstenfeldbrucker Kommissarin!

In einer ersten Reaktion sprang ich auf die nach wie vor am Boden liegenden Klamotten zu, wollte sie schnell irgendwohin verfrachten. Ich ergriff das blutverschmierte Hemd, doch ließ ich es augenblicklich wieder auf den Boden fallen. Ich hätte eine halbe Stunde gebraucht, um das alles hier zu säubern. Mindestens. Ich musste mir etwas anderes einfallen lassen.

Ohne konkreten Plan ging ich in den Flur und schloss die Wohnzimmertür sorgsam hinter mir. Aus den Augenwinkeln sah ich die Basis des Telefons, an der die rote Diode nervös blinkte: Jemand hatte angerufen und eine Nachricht hinterlassen. Wer weiß, vielleicht hatte sich die Kommissarin sogar angekündigt. Dann wäre es doppelt ungeschickt von mir gewesen, sie so unvorbereitet zu empfangen.

Ich öffnete die Haustür.

„Wir hätten noch ein paar Fragen", sagte von Schmettau ohne jede Begrüßung.

Ich blieb ruhig. „Natürlich. Was kann ich für Sie tun?"

Ihre blassblauen Augen richteten sich auf mich, ihre Pupille schrumpfte zu einem kleinen, energischen Punkt zusammen. Ich hatte das Gefühl, alle Personen und Gegenstände ihres Gesichtsfelds würden in diesen Punkt hineingezogen und dort auf ihre Doppelbödigkeit überprüft. Dort, im Inneren dieses winzigen schwarzen Lochs herrschte die reine Energie der Wahrhaftigkeit, alles was nicht faktisch belegbar war, würde durchschaut und aussortiert. Sie sagte: „Wäre es möglich, wenn wir kurz eintreten dürften?"

Ich sandte ein Lächeln in Richtung des schwarzen Lochs und bat sie hinein, schließlich blieb mir nichts anderes übrig.

Sie schob sich an mir vorbei in den Flur. Ihr Kollege hielt mir lächelnd und fragend zugleich seine brennende Kippe unter die Nase. Ich schüttelte mit dem Kopf, überlegte zuerst, ob ich noch entschuldigend hinzufügen sollte, dass meine Frau schwanger war, beließ es aber dann dabei. Er lächelte noch ein bisschen stärker und warf dann die Kippe auf die „Yellow Rustys" und trat sie aus.

Ich wandte mich wieder der Kommissarin zu. „Lassen Sie uns nach oben gehen, meine Frau hat sich ein wenig hingelegt, ich möchte sie ungern mit geschäftlichen Problemen belasten. Ja, genau, hier entlang ... Ich gehe einfach mal voraus."

Sie folgten mir ins Arbeitszimmer über die ächzenden Dielen. Ich ließ sie auf dem ausgelutschten Sofa Platz nehmen, ging hinüber zum Fenster und öffnete es, um die stickige, nach abgehängten Möbeln riechende Luft hinauszulassen. Mit einer kühlen Brise konnten wir gleichwohl nicht rechnen: Als wäre das Gewitter vergangene Nacht nie da gewesen, waren die Temperaturen wieder auf über dreißig Grad hochgeschnellt. Es roch leicht nach Gülle, irgendwo gaben zwei Kühe ein Duett in Moll.

Ich ging zurück zum Schreibtisch, lehnte mich mit dem Po an die Arbeitslatte, verschränkte die Arme so, dass der Verband unter dem Hemd verschwand, wenngleich er natürlich sichtbar blieb.

Von Schmettau sah sich mit missbilligendem Blick in dem kahlen Büro um.

„Mein ehemaliges Arbeitszimmer", erklärte ich.

„Sie haben hier mit Ihrer Detektei begonnen?"

„Nein, ich habe als Freier Journalist gearbeitet. Zwei Jahre gab es hier das *Redaktionsbüro Baum*. Dann wollte ich etwas anderes machen, etwas Aufregenderes. Um einen klaren Schlussstrich zu ziehen, habe ich das Büro in der Innenstadt angemietet – Sie kennen es ja bereits."

Sie nickte, sah mir forschend in die Augen und zog die tiefroten Lippen zu etwas zusammen, das der Blüte einer Nelke glich. „Wie laufen die Geschäfte?"

Ein unbehagliches Gefühl stellte sich bei mir ein, so wie sie mich ansah, so wie sie ihre Frage stellte. Gestern war sie kaum an mir und meiner Arbeit interessiert gewesen, wollte im Grunde nur nähere Details über Breidenbach erfahren. Jetzt hatte ihre berufliche Neugier *mich* in den Blick genommen – offenbar war ich näher an den Kreis der Verdächtigen herangerückt. Ich sah zu Dollerschell, der ein Bein über das andere schlug, und mich wissend anlächelte, als könne er meine Gedanken lesen. Ich sagte: „Prima. Könnte gar nicht besser sein." Ich vernahm meine tonlose, kehlige Stimme, die dem Gesagten etwas Unwirkliches gab. Dann – ich konnte nicht anders – begann ich zu husten; ich drehte mich kurz zur Seite, in Richtung Fenster, legte meine Faust an den Mund. Ich atmete zwei, drei Mal tief ein, wendete mich wieder den beiden zu und sagte, diesmal mit Bauchstimme: „Nein, wirklich prima. Am Anfang gab es ein paar Schwierigkeiten, aber jetzt ... Ich kann mich jedenfalls nicht beklagen. Natürlich sind die Fälle, die ich untersuche, nicht besonders spektakulär: Eifersuchtsgeschichten, Teen ager, die sich nicht bei den Eltern melden, Überwachung von Ladendiebstählen, Implementierung von Sicherheitssystemen, solche Sachen." So war es richtig, sagte ich mir: einfach ein bisschen plaudern, ich hatte nichts zu verlieren.

„Darf ich fragen, was so ein Auftrag wie derjenige Klaproths einbringt?"

„Wir haben fünfhundert pro Tag ausgemacht. Das sind dreitausendfünfhundert Euro für eine Woche."

„Gar nicht schlecht. Wenn man bedenkt, dass Sie ja nur effektiv fünf Tage für das Geld gearbeitet haben. Das wären dann …" – Sie schaute zu dem Bild mit der Tahitianerin auf, die ein Tablett mit Blüten unter ihren kleinen, gerade erst sprießenden Brüsten trug – „siebenhundert Euro am Tag. Alle Achtung."

Ich lächelte, sagte aber nichts und begann mich stattdessen mit einem Finger unter dem frisch umwickelten Mullverband zu kratzen.

Von Schmettau blickte auf meine Hand. „Etwas Ernstes?"

„Ja, leider. Eine unglückliche Geschichte: Ein Glassplitter ist in die Hand geraten und hat sich entzündet. Das hat mich zwei Finger gekostet."

Sie kniff die Lippen wie vor Schmerz zusammen, über ihrer Stirn bildeten sich senkrechte Falten.

„Tja, so kann es laufen", sagte ich und entschied, in die Offensive zu gehen: „Wie kann ich Ihnen denn im Fall Breidenbach weiterhelfen?"

„Ja, der Fall Breidenbach …", sagte sie, als hätte sie vollkommen vergessen, dass sie deshalb hier sei. Sie erhob sich, ging hinüber zum geöffneten Fenster und blickte hinaus, blickte über unseren Garten hinweg, auf goldene Weizenfelder, den Pferdeparcours der kleinen Reitschule, der sich scheu ans Örtchen schmiegte, den Feldweg, der sich eine Anhöhe hinauf schlängelte, um sich von dort müde am Waldrand entlang zu quälen, bis er endlich im Nachbarort anlangte. Dann neigte sie den Kopf leicht nach unten und sagte verdutzt: „Wer ist denn das?"

Ich blickte ihr über die Schulter und erkannte Pauli, der in der Dachrinne lag, den Schwanz von links nach rechts fallen ließ und die Krallen genüsslich ein- und ausfuhr. „Das ist der Nachbarskater", sagte ich und trat einen Schritt näher heran.

Als die Katze mich sah, schreckte sie plötzlich auf, sprang auf die Beine und krümmte den Buckel wie zu einem Hufeisen, so als sei ihr Satan persönlich erschienen; dann besann sie sich und peste über die Dachrinne davon, sprang auf die roten, wettergegerbten Ziegeln des Stalls, wo sie hinter dem First verschwand.

Von Schmettau hob die Augenbrauen, beherrscht, wie in einer einstudierten Geste und sagte: „Bevorzugen Sie Hunde oder Katzen? Ich bin eher für Katzen. Ich liebe ihre Intuition, verstehen Sie?"

Sie drehte sich um, legte ihre Handflächen auf die Fensterbank und lehnte sich dann an den marmorierten Stein an, ohne ihn mit dem Rücken zu berühren. „Breidenbach wurde offenbar erpresst. Wussten Sie das?"

„Tatsächlich? Nein, das überrascht mich. Wer hat ihn denn … also, wer war es, der ihn *erpresst* hat?"

„Das wüssten wir gerne."

„Wenn Sie es wüssten, wüssten Sie, wer der Mörder ist."

„Vielleicht. Vielleicht wüssten wir es dann. Es kann aber auch sein, dass Erpresser und Mörder nicht die gleiche Person sind."

„Möglich, aber ungewöhnlich, würde ich meinen. Und *woher* wissen Sie, dass Breidenbach erpresst wurde?"

„Es gibt einen Telefonmitschnitt, den wir gerade auswerten und der uns Anlass zu der Annahme gibt. Außerdem hat Breidenbach erst eine größere Summe Geldes von seinem Konto abgehoben und dann zu einem recht ungünstigen Kurs ein Aktienpaket verkauft. Zudem haben wir einen Zeugen, der ihn vor einigen Wochen am Wehr in Landsberg gesehen hat. Er beobachtete, wie Breidenbach eine Plastiktüte auf dem Kopf balancierte und damit auf die andere Flussseite hinüberwatete. Dort hat er dann die Tüte abgelegt und ist wieder zurückgeschwommen. Wir nehmen an, dass es sich bei dem Inhalt der Tüte um Geld gehandelt hat, das er auf der anderen Seite des Flusses deponieren musste, um sein Liebesgeheimnis zu wahren."

„Wieso glauben Sie, dass der Erpresser nicht notwendigerweise auch der Mörder ist? Ich meine, gibt es Gründe oder sagen Sie es nur, weil die Ausnahme die Regel bestätigt?"

Sie sah mich fragend an, schien zu überlegen, ob es ihr nützen würde, diese Information preiszugeben. Sie stieß sich mit den Händen von der Fensterbank ab und ging einmal quer durch den Raum, ihre braunen Lederpumps unter ihren grauen, eleganten Hosen leicht zur Seite gespreizt. An der Tür angekommen, drehte sie sich um, blickte kurz in die Richtung mehrerer Wollmäuse, die an der Außenseite des Schreibtischs gestrandet waren, faltete dann die Hände hinter ihrem Rücken und lehnte sich daran an die Tür. „Breidenbach trug eine Uhr, eine Rolex im Wert von mehr als zehntausend Euro. Er trug sie auch noch, als wir ihn aus dem kleinen Teich in Igling gefischt haben. Wäre der Erpresser nur auf Geld aus gewesen, hätte er diese doch sicherlich mitgehen lassen. Oder hat er sie übersehen? Ich glaube nicht daran. Dennoch müssen wir in einem ersten Schritt ergründen, wer von dem Verhältnis der beiden gewusst hat. Was wissen Sie darüber, Herr Baum?"

Dollerschell sah mit einem grinsenden Gesicht zu ihr auf, das kurz vor dem Zerspringen zu stehen schien; in den Händen ließ er angestrengt eine blaue Packung „Nil"-Zigaretten kreisen.

„Das kann ich beim besten Willen nicht beurteilen. Ihr Mann vielleicht – aber ich weiß es natürlich nicht. Wer es sicher wusste, ist Karin Klönne, ihre Freundin. Wenn ich es richtig in Erinnerung habe, wollten Sie ja gestern oder heute mir ihr sprechen …"

„Ja, wir wollten heute …" Sie verstummte, ihre Augen sprangen im Raum hin und her, als wittere sie plötzlich Gefahr, als rieche sie einen offenen Gashahn oder sonst etwas. Zuerst war mir nicht klar, was los war, dann donnerte eine Transall im Landeanflug über den Dachstuhl. Ein langer, bedrohlicher Schatten huschte über die roten Dachziegel am Fenster vorbei.

„Keine Sorge, das sind nur die Militärmaschinen vom Fliegerhorst da drüben. Wir liegen leider in der Einflugschneise. Mir ist es mittlerweile egal: Ich höre das schon gar nicht mehr."

Sie nickte, legte eine Hand auf die Brust und fuhr dann fort: „Wir wollten heute … waren heute mit ihr, mit Karin Klönne, verabredet. Leider trafen wir sie nicht wie ausgemacht an."

„Vielleicht hat sie sich mit dem Geld aus dem Staub gemacht", sagte ich wie zum Scherz, doch ging von Schmettau nicht darauf ein.

„Das glaube ich nicht. Die Hinweise deuten eher darauf hin, dass Breidenbach von einem Mann umgebracht wurde ... Dollerschell ...!" – vor Schreck seinen Namen zu hören, ließ er seine Zigarettenschachtel auf das Parkett fallen – „zeigen Sie Herrn Baum doch mal die Bilder!"

Er senkte die Brauen, wie zum Einverständnis, und zog einen quadratischen Umschlag aus seiner Tasche. Als er aufstehen wollte, um sie zu mir an den Schreibtisch zu bringen, signalisierte ich ihm, dass er sitzenbleiben solle und trat auf ihn zu, um die Bilder an mich zu nehmen.

Sie zeigten das zerschlagene, aufgeweichte Gesicht Breidenbachs, teilweise noch am Tatort selbst, teilweise auf einer Bahre in irgendeinem sterilen Raum liegend. Es waren erschreckende Bilder. Sein Gesicht sah aus, wie von Salzsäure zerfressen, ein Auge fehlte komplett, sein Mund war aufgerissen, einige Zähne waren weggebrochen, andere waren nach außen gebogen worden; die Nase war zu weißem Brei zerschlagen und aus einem Nasenloch, das man kaum mehr als solches erkennen konnte, lugte ein zermalmtes Insekt heraus, mit einem Körper wie aus Asche.

Von Schmettau hatte mich beobachtet, während ich die Bilder nach und nach durchgesehen hatte. Als ich jetzt zu ihr aufblickte, sagte sie: „Wir glauben einfach nicht, dass eine Frau zu dieser Brutalität fähig gewesen wäre, wenngleich – ausgeschlossen ist es natürlich nicht."

Ich nickte, hatte das Gefühl, irgendetwas sagen zu müssen. Doch das Klingeln von Dollerschells Handy rettete mich. Er ging ran, hielt das Gerät eine Weile ans Ohr und gab es dann an seine Chefin weiter. Auch diese hörte stumm zu, während sie hin und wieder zu mir aufblickte. Dann bedankte sie sich und gab Dollerschell das Mobiltelefon zurück. Wieder drangen ihre Blicke forschend in mich.

„Sie sehen, wir sind in einer sehr verzwickten Lage. Wenn es sich lediglich um eine Erpressung gehandelt hätte, wieso sollte der Erpresser sein Opfer auf diese bestialische Weise umbringen? Wieso sollte er Breidenbach überhaupt umbringen? Ist Breidenbach ihm auf die Schliche gekommen? Vielleicht. Aber warum diese Verstümmelungen? Warum?"

Sie sah mich an, als erwarte sie tatsächlich eine konkrete Antwort von mir auf diese Frage. Obwohl es mir hätte Sicherheit geben müssen, zu erkennen, wie sehr die Polizei im Dunklen tappte, fühlte ich mich mutlos. Was wusste sie wirklich? Mit wem hatte sie eben am Telefon gesprochen? Verdächtigte sie mich – oder wollte sie tatsächlich nur einen kollegialen Rat von mir?

„Das ist in der Tat höchst ungewöhnlich", sagte ich schließlich, „aber vielleicht war die Erpressung an sich ja schon ein Teil der Rache, die sich dann in dieser Verstümmelung fortsetzte. Klaproth hat mir jedenfalls erzählt, dass seine Frau aufgrund des von ihm angenommenen Abenteuers eine Menge Geld ausgegeben hätte. Vielleicht wollte er es sich auf diese Weise von Breidenbach zurück holen."

Sie spitzte die Lippen, als schmecke sie den von mir eingebrachten Gedanken ab und trat zwei Schritte auf mich zu. „Wie ich gerade aus dem Labor erfahren habe, hat man Überreste von Fotopapier im Mund des Toten gefunden. Ganz wenig nur: Es hing zwischen den Vorderzähnen seines Unterkiefers." Sie legte eine kurze Pause ein, zwinkerte zwei-, dreimal wie irritiert mit den Lidern. „Es war die gleiche Sorte Papier, wie diejenige, die Sie in ihrem Abschlussbericht im Fall Klaproth benutzt haben."

Ich spürte, wie meine Handflächen klatschnass wurden, wie meine linke Hand verkrampfte, wie sie langsam zu zittern begann. Ich wollte husten, doch zwang ich mich dazu, es bei einem Räuspern zu belassen. „Ich benutze HP-Druckpapier für einen Fotoprinter – es dürfte das Gängigste auf dem Markt sein."

Sie nickte und blickte dann zu ihrem Kollegen auf dem Sofa. „Kommen Sie, Dollerschell, wir müssen los. Pitzling. Wissen Sie, wo das ist?"

„Sicher", sagte er und schob sich schon mal eine Zigarette in den Mund. Obwohl sie vorerst unangezündet blieb, entspannten sich seine Gesichtszüge erstmals; das Lächeln flaute fast ab.

Ich beobachtete sie noch eine Weile durch das Küchenfenster. Offenbar gewährte von Schmettau ihrem Kollegen eine kurze Rauchpause. Während sie im Wagen Platz nahm, lief er in kurzen, schnellen Schritten über den Hof und saugte gierig an seinem Glimmstängel. Er ging Richtung Stall, interessierte sich dann aber mehr für mein Auto, in das er hereinlugte wie ein Kind, das seine Hände an eine Schaufensterscheibe legt. Er ging in die Hocke und fingerte an dem Profil der Reifen umher. Er nahm etwas aus seiner Hosentasche, beugte sich wieder über die Reifen. Schließlich strich er über den Kratzer im Lack, den ich mir vor einigen Wochen bei meiner Sauftour eingehandelt hatte. Dabei hielt er den letzten Stummel der Zigarette mit der roten Glut nach oben, als balanciere er einen Joint. Er richtete sich wieder auf, zog zweimal an der verglimmenden Kippe. Dann ließ er sie auf den Boden fallen und zerdrückte sie mit seinen glitzernden Lackschuhen.

Seine Hand glitt zurück in seine Hosentasche und er eilte zurück zum Passat. Er stieg auf der Fahrerseite ein, startete den Wagen und lenkte ihn in Richtung Hauptstraße.

Ich zog die Gardinen zu, packte die blutigen Klamotten und steckte sie in einen Grüne-Punkt-Sack. Als ich durch den Flur zur Haustür ging, sprang mir wieder die leuchtende Diode ins Auge. Ich warf die Klamotten in den Müll und stellte die Tonne vor den Gartenzaun nach draußen. Morgen würde sie geleert werden, dann würde die Müllabfuhr auch die mich belastenden Beweise entsorgen.

Zurück im Flur drückte ich auf die schwarze Gummitaste unter der blinkenden Lampe. Die Oberkellner-Stimme des Geräts kündete an: „Nachricht Eins!" Es begann zu rauschen, dann gab es einen hellen Ton wie bei einer Rückkopplung. „Hallo Kim und Max? Ich bin's, Jens." Seine Stimme hörte sich weit weg an, war leise, es knisterte in der Leitung. „Das ist schade, dass ihr nicht da seid. Ich hätte es euch gerne persönlich gesagt, aber gut, ihr seid unterwegs, dann spreche ich euch schnell eine Nachricht auf den AB. Wir, Ines und ich, haben noch mal geredet und ..." Die Verbindung wurde kurz unterbrochen, offenbar war Jens in ein Funkloch geraten. Nach zwei Wimpernschlägen ging es weiter mit: „Es wäre glau... ...ch der falsche Zeitpunkt. Ihr seid beide ein bisschen ... dei ... Reaktion gestern, Max, hat Ines einfach nicht verstehen können. Und wenn ich ehrlich bin: Ich ... Ines hat immerhin den ganzen Trip organisiert, hat auch für euch die Tickets geordert und man kann halt nicht einfach nach Neuseeland runterfahren und ... was man jetzt macht. Naja, sicherlich hast du Stress und ich weiß, dass man auch schon mal überreagiert. Aber Ihr müsst auch ..." Etwas quiekte, Jens verstummte und ich hörte das ungeduldige Ticken des Blinkers. Jens keuchte, dann jaulte der Motor auf und ich vernahm, wie Jens einen höheren Gang einlegte. Der Porsche beruhigte sich wieder und fand zu seinem natürlichen Grollen zurück. „Sorry, aber ..." Es knackte erneut, dann war Jens' Stimme plötzlich laut und klar und deutlich: „Aber ihr müsst auch Ines verstehen. Sie war gestern vollkommen aufgelöst und kann sich jetzt einfach nicht mehr vor stellen, mit euch in den Urlaub zu fahren. Sie hat unseren Flug schon storniert und umgebucht. Wir werden statt nach Neuseeland in die USA reisen und einen Südstaatentrip unternehmen. Euch steht es natürlich frei, auch ohne uns nach Neuseeland zu fliegen. Ines wird euch die Tickets jedenfalls zuschicken, sie sind ja auch schon bezahlt. Also nichts für ungut, sicherlich werden wir uns ja mal wiedersehen. Ciao!"

Es tutete einmal, dann meldete sich der Oberkellner wieder: „Nachricht Zwei!": „Jaaa, Hallo Frau Schröder, Göbel hier. Ich wollte nicht, dass Sie es aus der Zeitung erfahren. Naja, jetzt werden Sie es wahrscheinlich schon gelesen haben, das ist ein wenig unglücklich gelaufen, das tut mir leid. Der Artikel in der *LN* – also da stand das ja ... ich weiß nicht: Bekommen Sie die *Landsberger Nachrichten*? Na, ich nehme es jetzt einfach mal an. Also das ist natürlich Quatsch, was da steht! Also die Suspendierung, das stimmt schon, da blieb mir hier derzeit nichts anderes übrig. Ich stehe hier ja auch unter Druck, das wissen Sie. Die Öffentlichkeit und so. Aber von dieser Asiatinnen-Geschichte will ich mich ausdrücklich distanzieren. Keiner im Kollegium sieht Sie hier ja als ... Was ich sagen will: Natürlich sind Sie eine von uns. Und dieser Hintergrund, dieser asiatische Hintergrund und dieses ganze Kulturdingsbums, über das sich dieser Journalist da ausgelassen hat, das ist hier nie so gesagt worden. Mit keiner Silbe gesagt worden. Wenn überhaupt, also wenn ich überhaupt etwas dazu *gesagt haben sollte*, dann nur allgemein und niemals auf Sie bezogen. Ich habe mich auch und in aller Deutlichkeit bei Herrn Dr. Peters darüber beschwert. Das ist der Chefredakteur, und wir kennen uns noch aus alten ... na ja, wir kennen uns. Punkt. Frau Schröder, lassen Sie uns einfach bei Gelegenheit noch mal sprechen, so von Anrufbeantworter zu Anrufbeantworter, das ist ja eher suboptimal, das Ganze. Ich wünsche Ihnen trotz dieses ganzen ... ganzen Schlamassels alles Gute. Erholen Sie sich ein bisschen. Wiederhören."

Es tutete. Dann sagte die AB-Stimme: „Keine weiteren Nachrichten. Hier Ihre bereits abgefragten Nachrichten."

Ich drückte auf Stop und dann auf „Alle Löschen".

Das Display zeigte eine rote Null an, die ich einige Augenblicke leer und gedankenlos anstarrte. Ich legte meine Hand auf den Hörer, wie um mich abzustützen, fühlte mich schwach und fiebrig. Ich betastete meine Stirn und hatte den Eindruck, dass ich glühte. Dann legte ich die Hand zurück auf den Hörer, nahm ihn ab und wählte die Gemeinde Landsberg an.

Eine verschlafene Stimme meldete sich.

Ich verlangte das Schulamt und wurde verbunden.

Eine Dame mit sonorer Stimme nahm meinen Anruf entgegen. Sie meldete sich ohne Namen, sagte nur: „Schulamt"

„Grüß Gott", meldete ich mich freudig: „Ich überlege gerade mit meiner Familie nach Pitzling zu ziehen und frage mich, wo der kleine Moritz denn dann zur Schule gehen kann? Oder gibt es in Pitzling eine Grundschule?"

„In Pitzling, nein. Wie alt ist Ihr Sohn?"

„Moritz ist jetzt ... er ist glaube ich ... elf Jahre alt."

„Aber Sie wissen es nicht genau? Das Alter. Ihres Sohns."

„Doch, doch. Er ist elf. Ganz sicher."
„Welche Klasse?"
„Dritte."
„Dann dürfte er zweimal sitzengeblieben sein. Aber gut, Sie sind ja sicher. Dann schau'n wir mal." Sie ächzte, etwas polterte, dann knisterte Papier. Nach einer Pause sagte sie: „Er muss nach Lengenfeld in die Dritte und Vierte. Wenn er anschließend in die Hauptschule kommt – und das ist ja bei seiner Schulkarriere kaum anders zu erwarten – kommt er in die Volks schule am Schlossberg in Landsberg. Sonst noch was?"
„Nein, danke. Wiederhören."
Ich legte auf.
Ich war erledigt. Das Telefonat schien anstrengender gewesen zu sein, als eine Teilnahme beim Iron-Man-Contest. Dennoch: Ich konnte mir keine Atempause gönnen. Es gab Dinge, die getan werden mussten.
Als erstes war der Boden nebenan dran. Ich holte Eimer und Wischmopp aus der Speisekammer, begann an der Terrassentür, und arbeitete mich dann langsam bis zum Fenster vor. Als nächstes versuchte ich, den Teppich von der grauen Flüssigkeit zu reinigen, die aus meinen Schuhen getropft war. Während ich mit einem Lappen darauf herumwischte, hatte ich das Gefühl, die Lache nur noch tiefer in den Stoff hineinzumassieren. Naja, dachte ich, man würde das Ergebnis sehen, wenn der Teppich getrocknet war.
Ohne mir eine Pause zu gönnen, in der mich möglicherweise peinigende Gedanken und Schuldgefühle heimgesucht hätten, machte ich mich auf den Weg zum Baumarkt. Ich kaufte eine Sprühdose, eine Rolle Klebeband und einen Stoß dunkler, dicker Mülltüten. Für Kim nahm ich spontan eine weiße Orchidee mit.
Nach drei Kilometern passierte ich die Ortseinfahrt Lengenfelds. Ich fuhr am „Gasthof zum Hasen" vorbei und an einer kleinen Kirche mit pistaziengrüner Zwiebelkuppel. Ich lenkte den Citroën in die Schulstraße, fuhr diese bis zum Ende durch, entdeckte aber kein Gebäude, das nach Schule aussah. Der Straßenname war offenbar nichts anderes als eine Lüge.

Ich bog links ab und fuhr parallel zur Hauptstraße zurück in die Richtung, aus der ich gekommen war. An einem Getränkemarkt setzte ich den Blinker und hielt an. Ich stieg aus und ging auf eine Mitvierzigerin in Jeans und T-Shirt zu, die gerade in einen alten Ford-Transporter gesprungen war. Ich klopfe von au ßen an die Scheibe. Die Frau lächelte entschlossen und kurbelte die Scheibe sportlich-engagiert hinunter. Sie hielt mir ihr schweiß nasses Gesicht entgegen und sah mich mit fragender Neugier an.

„'tschuldigung, wo ist denn hier die Grundschule?"

Sie nickte und sagte: „Richtung Stoffen und dann rechts." Sie zeigte aus dem anderen Fenster hinaus. „Solange, bis es nicht mehr weiter geht. Links ist der Kindergarten, rechts die Grundschule."

Ich bedankte mich und stieg wieder in den Wagen. Ich fuhr den beschriebenen Weg und fand den Kindergarten. Ich blickte auf dessen Fensterfront. Jedes Fenster zeigte eine eigene Jahreszeit. Das, vor dem ich geparkt hatte, schmückten Schneeflocken, darüber stand in gebogener, spiegelverkehrter Schrift: RAURBEF.

Ich ging ein paar Schritte auf die Schule zu, über eine kleine Brücke, die einen ausgetrockneten Bach überquerte. Die dazugehörige Straße nannte sich selbstbewusst „Am Wehrbach". Es ging über einen großen Parkplatz, auf den die Sonne so stark niedergeglüht hatte, dass der Teer weich geworden war. Mein Schritt federte leicht, als ich jetzt darüber schritt. Vor einem hüfthohen, graulackierten Metalltor blieb ich stehen.

Die Schule war ein zweistöckiger Bau mit flachem Satteldach. Der Eingang befand sich links unter einem breiten hölzernen Vorbau. Die rechte Seite wurde von einer weißen, fensterlosen Fläche eingenommen und kontrastierte so mit der Eingangsseite, über die der Vorbau einen dunklen Schatten warf. Das Ganze erinnerte irgendwie an einen Schoko-Vanille-Amerikaner: links Schoko, rechts Vanille.

Es war genau das, was ich mir erhofft hatte.

Zurück in Penzing beschloss ich, mich ein paar Stunden aufs Ohr zu legen. Gegen Mitternacht würde ich wieder losfahren, im Schutz der Dunkelheit.

Ich öffnete leise die Schlafzimmertür, um zu schauen, ob Kim noch dort lag. Als ich sah, dass das Oberbett zurückgeschlagen war, schaltete ich das Licht ein (das Plastikrollo war nach wie vor geschlossen). Das Bett war zerwühlt, der Kinderwagen lag immer noch auf dem Boden, ebenso die Wickeltasche und die Spielspirale und die an ihr hängenden Mäuschen, Bärchen und Sternchen. Kim war nirgends.

Ich ging ins Wohnzimmer, doch auch hier war nichts von meiner Frau zu sehen. Stattdessen leuchteten mir frisch gewischte Fliesen entgegen und es roch sauber nach Essig. Der Teppich war noch nicht ganz trocken, doch war ich mir sicher, dass er eine leichte dunkle Verfärbung zurückbehalten würde. Ich zuckte mit den Schultern. Vielleicht musste man das Ding bei Gelegenheit einfach mal in die Waschmaschine stecken. Oder, noch besser: Man arrangierte sich einfach mit dem Fleck.

Ich schloss die Wohnzimmertür und schleppte mich in den zweiten Stock hinauf. Als ich die Hand auf die Klinke zu Kims Arbeitszimmer legte, hörte ich sie bereits sprechen: Sie telefonierte. Ich konnte nicht verstehen, was sie sagte, sie sprach leise und mit niedergeschlagener Stimme, aber sie telefonierte. Wie Blitze durchzuckten mich die Gedanken: Sie wird doch nicht von mir erzählen? Von blutigen Klamotten, von der Pistole, die sie im Auto entdeckt hatte? Vielleicht hatte sie sogar mitbekommen, dass die Kripo uns einen Besuch abgestattet hatte. Oder sprach sie sogar mit der Kripo? Gerade jetzt? Teilte sie ihnen mit, dass ihr Mann eigenartige Dinge tat? Dass er nachts aus dem Haus schlich, mit seinem Wagen durch die Gegend raste und damit mutwillig Rehe überfuhr?

Mein erster Impuls war: reingehen, sie zur Rede stellen, ihr sagen, dass es in ihrem Leben nur eine Seite gab, auf der sie zu stehen hätte: die ihres Mannes.

Die Nerven meiner Hand zuckten bereits, die Muskeln spannten sich um die Klinke, wollten sie hinabdrücken. Ich sog schon den Atem ein, um ihn gleich in der Form von Vorwürfen, Schuldzuweisungen und wüsten Beschimpfungen in ihrem Zimmer wieder auszuspucken. Doch dann entschied ich mich auf einmal anders. Was sollte es schließlich bringen? Was sie sagen wollte, hatte sie gesagt. Und ich konnte sie ohnehin nicht ständig kontrollieren. Also atmete ich aus und nahm die Hand wieder von der Klinke. Sie knirschte dennoch kurz und ich hatte das Gefühl, als hätte Kim daraufhin aufgehört zu sprechen. Doch hörte ich schon gar nicht mehr richtig hin, ging stattdessen die Treppe hinab und ins Schlafzimmer. Ich war müde, wollte schlafen. Sollte Kim schweigen oder erzählen, was sie wollte, mir war es egal.

Ich stellte den Wecker auf elf Uhr dreißig und ließ mich in Klamotten aufs Bett fallen. Wie immer in letzter Zeit schlief ich augenblicklich ein. Und: Ich hatte keine Träume mehr.

Als mich der Wecker aus dem Schlaf riss, war ich müder als zuvor. Ich ging ins Badezimmer, schmiss mir zwei, drei Hände Wasser ins Gesicht. Ich warf einen kurzen Blick in den Spiegel, betrachtete mein dunkles, käsiges Gesicht, die schwarzgrauen Bartstoppeln, die Narben über der Oberlippe, die eine, die mir Breidenbach kurz vor seinem Ableben verpasst hatte, war nur noch ein undeutliches Gerinnsel, ein kleines adriges Narbendelta. Die andere, die mir der Wirt der Oldtown-Bar beigebracht hatte, war größer, aber weniger rot.

Ich trat in den Flur, wo ich mir lediglich Sneakers anzog, alles andere trug ich ja bereits am Körper. Aus dem Wohnzimmer vernahm ich den Fernseher. Durch die gemaserte Scheibe platzten blaue, rote, gelbe Lichtkugeln, gingen auf den Flurfliesen nieder.

Ich öffnete die Wohnzimmertür einen Spaltbreit und schaute hinein. Kim saß regungslos auf der Couch, die Beine an den Körper gezogen, die Haare zu einem lockeren Zopf gebunden. Sie schien mich nicht wahrzunehmen, sondern starrte mit leeren Augen in Richtung Fernseher. Die Lichter, die sich eben noch auf die Fliesen ergossen hatten, flackerten jetzt in ihrem apathischen Gesicht auf wie bunte Schattenspiele vor einer ocker braunen Leinwand. Ich war sicher, dass Kim keine Ahnung hatte, was sie sich dort eigentlich ansah.

Ich schloss die Tür und ging hinaus zum DS. Mir war heiß, mir war kalt, meine Beine fühlten sich kraftlos an.

Ich fuhr dieselbe Strecke wie heute morgen, stellte den Wagen auf dem gleichen Parkplatz ab, diesmal aber vor ein Fenster mit Sonne, eingerahmt von einem buckligen TSUGUA.

Ich nahm die Sprühdose und die gummiisolierte Lampe und lief damit über die Brücke und auf den Schulparkplatz, der von einer einzigen Straßenlaterne nur spärlich beleuchtet wurde.

Vor dem Zaun sah ich mich noch einmal um, entdeckte aber niemanden. Lengenfeld schien bereits tief und fest zu schlafen. Also sprang ich über das Tor und schritt hinüber zum Vorbau. Ich schaltete die Lampe ein und ließ den Kegel über die Glasfront kreisen. Zwei rote, runde Türgriffe erschienen, dann glitt der weiße Strahl ins Innere des Gebäudes, erfasste Säulen aus Beton, blaue Türen und links am Eingang eine große Schautafel mit Bildern. Auf ihr stand: „Wir malen Sonnenblumen wie Vincent van Gogh". Darunter war eine Reproduktion des Originals zu sehen, daneben in drei Reihen die von Kinderhand auf Packpapier gepinselten Gegenstücke.

Ich schaltete die Lampe aus, stellte sie auf den Boden und wendete mich meiner eigenen Leinwand zu: dem Vanillestück des Amerikaners. Ich schüttelte die Sprühdose und machte mich ans Werk. Nachdem ich fertig war, nahm ich die Leuchte wieder auf, schritt zurück ans büffelgraue Tor und knipste sie erst dort wieder an. Ich ließ den Strahl auf die weiße Wand gleiten. Dort stand jetzt in roter Schrift, rot wie diejenige in der Haunstettner-Tiefgarage: „Robin ist ein Muttersöhnchen! Robin ist ein Muttersöhnchen!"

19

Der Wecker riss mich morgens um acht Uhr aus einem tiefen, traumlosen Schlaf. Er weckte mich mit einem grausamen mechanischen Rington, der laut war und grell und in den Ohren schmerzte. Dennoch hatte ich das Gefühl, ich könne mich nicht bewegen, um ihn abzustellen. Jede Sehne meines Körpers tat weh, an jedem Muskel schien gezerrt zu werden, meine Nerven mussten bloß und wund liegen. Meine abgetrennten Finger schienen auf dem Rand einer Eichentruhe vergessen worden zu sein, bevor diese unter dem Klirren der Metallverschläge ins Schloss gefallen war. In meinem Schädel trommelte irgendjemand einen unerbittlichen Galeerenrhythmus auf meinen Vorderhirnlappen, meine Zunge lag trocken und pelzig in der verfaulten Höhle meines Mundes.

Mit letzter Kraft wuchtete ich mich in die Senkrechte, brachte dann den Wecker zum Schweigen und torkelte schließlich hinüber ins Bad. Mein Tag begann mit zwei Cafi Aspirinas und zwei der rosigen Pillen gegen Phantomschmerzen. Die heiße Dusche gab mir eine Idee des Raum-Zeit-Gefühls zurück, dennoch überstand ich die anschließende Rasur nicht ohne Blessuren. Ich brachte mir am Kinn eine weitere Narbe bei und blutete eine halbe Klorolle voll. Die Rasur musste sein, trotz zittriger Hände: Ich musste ordentlich aussehen, vertrauenerweckend, wie jemand, vor dem man nichts zu befürchten hatte. Hierzu brauchte ich ein glattes, aufgeräumtes Gesicht und ein frisch gebügeltes Hemd. Ich schlüpfte in ein entsprechendes Kleidungsstück hinein und warf einen letzten Blick in den Spiegel: Mein Gesicht war rot und glühte von der Rasur, es hatte über dem ausladenden Kragen des Hemdes etwas von einer rosigen Blüte unter hellen, verträumten Blättern.

Ich verlies das Haus, griff entkräftet nach den Zeitungen im Briefkasten und machte mich auf den Weg ins Massimo. Kaum war der DS auf die Straße gerollt, sah ich mich auch schon mit dem ersten Hindernis konfrontiert: Ein bundeswehrgrüner VW-Bus, auf dessen Dach eine Art Satellitenschüssel montiert war, stand inmitten der

Fahrbahn, versperrte den Weg. Ich fuhr auf den Hof des Hinterseher Schorschs, kurvte unter schmerzenden Muskeln um den Bus herum und setzte erst dann meine Fahrt in Richtung Landsberg fort. Ich versuchte mich nicht über die Arroganz des Militärs zu ärgern und schob eine CD von Federico Aubele ein: poppiger Gute-Laune-Tango, nichts Besonderes, aber auch nicht das Schlechteste.

Anders als sonst parkte ich nicht hinter der Stadtmauer, sondern fuhr durch das Marientor direkt auf den Hauptplatz. Ich hatte Glück und fand einen freien Parkplatz vor der Metzgerei. Von hier waren es nur ein paar Schritte bis zu meinem Stammrestaurant. Ich zog ein Parkticket für eine Stunde – das würde reichen.

Das Massimo war so gut wie leer, nur im hinteren Teil hingen ein paar Jugendliche ab und kamen sich cool mit ihren Kapuzenshirts vor. Neben meinem Tisch saß ein Typ mit brauner Jeans, braunem Sakko, schwarzem zerrauftem Haar und De-Gaulle-Nase. Er las angestrengt in einem roten Büchlein von Albert Camus und wurde immer wieder von schleimigen Hustenanfällen geschüttelt. Er zog dann die Nase hoch und nahm einen klitzekleinen Schluck Wasser aus einem würfelbechergroßen Glas auf seinem Tisch.

Ich war weniger spartanisch gesonnen und bestellte ein Bauernfrühstück mit Rührei und einen Cabernet. Das Bauernfrühstück orderte ich deshalb, weil ich das Gefühl hatte, meinem Körper irgendwelche Mineralien zurückgeben zu müssen – und diese vermutete ich am ehesten zwischen Rührei mit Speck, weiß der Himmel warum. Die Sommersprosse war nicht da, stattdessen bediente eine stämmige Kellnerin mit nussbraunem Gesicht und über den Gürtel quellender Speckfalte (ebenfalls nussbraun). Ich schlug die „Landsberger Nachrichten" auf und wurde schon auf der Titelseite über die neuesten Entwicklungen in Sachen Breidenbach informiert:

HAUPTVERDÄCHTIGER IM FALL BREIDENBACH AUF FREIEM FUSS

Landsberg. *Der mutmaßliche Mörder Johannes Breidenbachs ist frei. Er sei noch gestern Mittag aus der Untersuchungshaft entlassen worden, da sich der Anfangsverdacht gegen den 34-jährigen Golflehrer nicht erhärtet habe. Das sagte Polizeisprecher Dirk Diederichs am Abend vor Journalisten. Die Frau des Golflehrers hatte eine monatelange Affäre mit dem getöteten ILTHIS-Chef unterhalten. Die Polizei hatte Eifersucht als ein Tatmotiv deshalb nicht ausgeschlossen, zumal die Leiche offenbar vor ihrem Tod grausam misshandelt worden war. Der Golflehrer habe laut Diederichs aber glaubhaft beweisen können, dass er gar nichts von der Liebschaft seiner Frau gewusst haben konnte. So habe der Angeschuldigte seine Frau noch eine Woche vor dem Mord von einem Privatdetektiv beschatten lassen. Aus dem Abschlussbericht der Observation gehe aber ausdrücklich hervor, dass die Frau des Golflehrers keinem amourösen Abenteuer nachgehe. Diederichs: „Zwar kommt der Abschlussbericht des Detektivs nicht zu den richtigen Schlüssen und Ergebnissen, doch musste der Verdächtige gerade deshalb glauben, dass seiner Frau nichts vorzuwerfen war. Das Tatmotiv entfällt für ihn deshalb."*
Hannes Schneider

Das fehlte mir noch: Rufschädigung! Man sollte sich tatsächlich über diesen verfluchten, altbackenen Schneider beschweren. Verbreitete Halbwahrheiten, wo er nur konnte, dieser Westentaschenjournalist! Immerhin wurde die Detektei nicht genannt, aber die Landsberger konnten sich an zwei Fingern abzählen, wer den Fall betreut hatte. So viel Konkurrenz hatte ich hier schließlich nicht. Und auch wenn ich gerade sechzigtausend frische Euros in der Tasche hatte – ewig konnte ich davon auch nicht leben. Dennoch: Schlimmer war natürlich, dass die Polizei Klaproth entlassen hatte. Meine Hoffnung, dass er für meinen Mord verantwortlich gemacht würde und statt meiner die kommenden zwanzig Jahre in den Knast wanderte, schien nicht so ohne weiteres aufzugehen. Wenn sie jetzt noch den Tatort finden und die Tatzeit bestimmen würden, war es nicht auszuschließen, dass Klaproth auch noch ein Alibi hatte. Und wenn der kleine Robin sich erst an den Mann erinnern würde, der ihm vor einigen Wochen im Himbeerstrauch Auge in Auge gegenüber gelegen hatte, dann war ohnehin alles vorbei. Dann würden alle Spuren auf mich verweisen. Dann gab es kein Entkommen mehr.

Aber das würde nicht passieren, dafür würde ich noch heute sorgen. Robin, das Muttersöhnchen, war einfach zu dünnhäutig für diese Welt.

Ich blätterte die Zeitung durch und fand den passenden Artikel zu meinem aktuellen Gedankengang: Die Redaktion hatte eine Psychologin ins Interview genommen, welche aus gegebenem Anlass die Ursachen der Selbsttötung bei Kindern beleuchtete. Sie war der Meinung, dass gerade Kinder ihren Platz in der Welt und der Gesellschaft erst noch suchten. Zurückweisung und Demütigung durch andere würden deshalb intensiver empfunden als bei Erwachsenen, die diese durch ihre Erfahrung relativieren könnten. Zudem hätten sich Erwachsene im Lauf ihres Lebens „ein Arsenal von Konfliktverarbeitungstechniken" angeeignet. Kinder hingegen prallten ohne dieses Rüstzeug auf die Welt und trügen deshalb die stärkeren Blessuren davon. Leider sähen einige wenige in der Selbsttötung den einzigen Ausweg aus der jahrelangen Gängelei durch Mitschüler und angebliche Freunde. Durch diese „Interpretationsschablone" lasse sich auch der Fall der kleinen Tamara ein stück weit erklären.

Der Camus-Leser bekam einen Hustenanfall wie als Reaktion auf die dunklen Gedanken, mit denen wir beide uns beschäftigten – ich durch die Lektüre der Tageszeitung, er durch die Exegese der französischen Existenzialisten. Er griff mit seinen weißen, langgliedrigen Fingern wie automatisch zu seinem speckigen Wasserglas, doch als er es an den Mund setzen wollte, erkannte er, dass es leer war. Statt zu trinken, zog er erneut die Nase hoch, blickte sich gedankenverloren nach links und rechts um und schluckte anschließend den Rotz hinab wie einen schnellen Espresso. Dann las er weiter. In der Detektei roch es muffig. Ich ließ die Tür offen stehen, nahm die Post vom Boden auf und legte sie in die letzte freie Ecke auf die Spüle.

Ich setzte mich an den Schreibtisch, zog die oberste Schublade auf und schob die zwei in schwarzes Kunstleder gebundenen Taschenkalender zur Seite. Die pastellblauen Banderolen leuchteten mir entgegen, und ich ließ meinen Daumen einmal zärtlich an der Seite der achtzig Scheinchen vorbeigleiten. Dann stellte ich die Taschenkalender wieder auf die Geldbündel und begann die Fußballbildchen zusammenzuklauben, die überall in der Schublade verstreut lagen. Ich hatte sie achtlos hineingeworfen, als ich hier die Vierzigtausend versteckt hatte, einfach so, weil ich nicht wusste, wohin damit. Es waren rund zwei Dutzend, insgesamt viermal Rafinha und viermal Holger Badstuber und sogar fünfmal Kingsley Coman. Sie dürften am wenigsten wert sein, schloss ich. Die seltensten Bildchen hatte man immer nur einmal. Es gab eine ganze Reihe von Spielern die dreimal vorkamen – Mats Hummels, Jerome Boateng, Douglas Costa –, Robben und Thomas Müller waren zweimal vertreten und jeweils einmal hatte der kleine Robin die Bilder von Franck Ribéry und Robert Lewandowski in seiner Sammlung gehabt.

Ich steckte mir Toni und Ribéry in die linke Hosentasche und diejenigen, die dreimal und zweimal vertreten waren in die Rechte. Auf diese Weise konnte ich erst mit den weniger wichtigen Spielern in Verhandlung treten und hatte die zwei Joker noch in der Hinterhand.

Zurück beim Wagen riss ich wütend das Knöllchen unter dem Scheibenwischer hervor und warf es auf die Sitzbank. Eine Stunde hätte ich hier stehen dürfen. Ich war exakt achtundsechzig Minuten unterwegs gewesen und schon musste ich zahlen. Scheiß Bullenstaat!

Ich fuhr die bekannte Strecke nach Lengenfeld, wollte den Citroën wieder auf dem Parkplatz unter einem der Sommerfenster vor dem Kindergarten abstellen. Doch waren diesmal alle Nischen besetzt. Ein Strauß Mütter stand im Eingang des Kindergartens, einige der Frauen mit zerrenden Kindern an den Händen, die anderen mit bunten Schultaschen über der Schulter oder über der Brust gefalteten Armen; eine trug ein Backblech, über dem zwei karierte Handtücher lagen. Hin und wieder drückte sich ein Kind durch die Mütter hindurch, um entweder von draußen nach drinnen zu gelangen oder von drinnen nach draußen. Einige Kinder konnten sich offenbar gar nicht entscheiden und liefen immer wieder rein und raus. Sie quetschten sich an den Frauen vorbei und lachten sich dabei kaputt. Einem kleinen Jungen wurde schon bald so schwindlig von dem Hin- und Hergerenne, dass er sich die Augen zuhielt und sich auf den Treppenabsatz warf. Eine Frau mit dicken, dunkelroten Haaren sagte etwas in seine Richtung, ich nahm an, dass er aufstehen solle, doch der Kleine nahm es zum Anlass, sich auf dem Rücken zu legen und sich jetzt erst recht auf der staubigen Fußmatte zu suhlen, rollig wie ein Hund in den Exkrementen eines Artgenossen.

In einem Vorgeschmack auf kommende Vaterfreuden stieß ich zurück in die Einfahrt eines Wohnhauses, drehte und parkte den Wagen am Straßenrand.

Mein Standort war perfekt: Ich sah direkt auf die kleine Brücke, die Robin zu überqueren hatte, wenn er in sein Heimatdorf zurück wollte. Er musste erst über den Fluss und dann ein längeres Stück geradeaus, bevor er in die Lengenfelder Straße Richtung Stoffen einbiegen konnte. Von Stoffen würde es dann nach Pitzling weitergehen, aber so weit würde der Kleine heute nicht mehr kommen, wenn alles glatt ging.

Ich konnte auch die Schule sehen und mein Kunstwerk von gestern Abend. Wenn ich die Augen zusammenkniff, gelang es mir sogar, den Schriftzug zu lesen, obwohl die Sonne hoch am Zenit stand und mir ihr weißes Licht in die Augen schoss: „Robin Muttersöhnchen! Robin Muttersöhnchen!" Das „Söhnchen" war von meiner Position aus allerdings schwer zu entziffern, das Wort verjüngte sich nach hinten und das „en" war nur noch eine gedrungene, zittrige Linie.

Ich wusste nicht, wann Robin Schulschluss hatte und stellte mich auf eine längere Wartezeit ein. Das größere Problem würde es ohnehin sein, ihn zu erkennen. Ich hatte ihn einmal gesehen, zwar aus kurzer Distanz, aber in einem extrem angespannten Zustand – nach meinem ersten Mord. Ich versuchte mich zu erinnern, unverwechselbare Merkmale des Kleinen aus den breiigen Windungen meines Hirns herauszuwringen. Doch mir fiel nicht mehr ein, als dass er blond war und einen großen runden Mund hatte. Es blieb mir nichts anderes übrig, als auf eine Eingebung meines Erinnerungsvermögens im richtigen Moment zu hoffen, einen plötzlichen Impuls, der mir zu verstehen gab: *Ja, das ist er!*

Nach einer halben Stunde kam Betrieb auf den Parkplatz vor der Schule: Autos polterten gemächlich über die Brücke, Frauen stiegen aus, lehnten sich an die Kühlerhauben, schreckten wie der auf, wegen der herdplattenheißen Hitze, die sich dort entfaltete; andere hielten sich Handtaschen über die Augen und blinzelten in Richtung Schule. Hier und da grüßte man sich, aber es kam kaum zu intensiveren Gesprächen. Die Frauen wollten schnell ihre Kinder abholen und dann zurück nach Hause – das Mittagessen stand schließlich schon so gut wie auf dem Tisch.

Das würde mir noch fehlen, dachte ich, dass Robin von seiner Mutter abgeholt würde. Dann würde mein Plan mit einem Schlag zunichte gemacht.

Ich blickte auf den Beifahrersitz, dorthin, wo die Plastiktüte lag, griffbereit und sorgsam entfaltet, falls es schnell gehen musste.

Auf dem Parkplatz hatten die meisten Mütter ihre Kinder mittlerweile eingeladen. Wenn ich es richtig sah, war Robin nicht dabei. Eine Gruppe von Schreihälsen zog über die Brücke und rannte dann die Straße hinunter. Die meisten Schüler verließen das Schulgelände aber gar nicht über die Brücke, sondern gingen zwischen den Häusern hindurch in Richtung Dorf. Die mit den Kindern beladenen Autos fuhren über die Brücke zurück und zwängten sich anschließend an den Kindern auf der Straße vorbei. Ich versuchte, durch die spiegelnden Scheiben ins Innere zu blicken, auszumachen, ob ein Blonder dabei war, der Robin ähnelte. Ich konnte keinen erkennen, der ins Raster passte. Sicher war ich mir aber nicht.

Ich hatte keinen Zweifel, dass der Kindsmord nicht auf mich zurückfiel, dachte ich, nicht auf mir zurückfallen *konnte*. Er würde als weiterer Selbstmord eines gemobbten Kindes interpretiert werden. Dass Robin von seinen Mitschülern gehänselt wurde, wusste ich schließlich schon, seit ich im Himbeerstrauch den Schädel Breidenbachs zerschlagen hatte. Und die Graffiti-Aufschrift an der Schule würde den Experten und Psychologen doch gar keine andere Wahl lassen, als den Mord als Verzweiflungstat eines seelengepeinigten

Kindes zu interpretieren. Die Presse hatte sich ohnehin schon auf diese Interpretation eingeschossen. Meine eigene Erfahrung machte mich sicher, dass die Journalisten den Fall Tamara und Robin in einen Topf werfen und dann hieraus ihre sozialkritischen Schlagzeilen ableiten würden. Man würde die Lehrer an die Wand stellen. An mich würde keiner denken.

Nach einer Dreiviertelstunde wiederholte sich das Schauspiel vor der Schule: Autos kamen, Mütter stiegen aus, warteten; Kinder stießen schreiend unter dem Vordach des Gebäudes hervor, liefen auf den Parkplatz und verschwanden dann in Autos und Häusernischen. Als der größte Ansturm vorüber war, erschienen zwei Kinder auf Fahrrädern, stießen durch das graue Gatter, fuhren über den Hof auf die Brücke zu.

Ich erkannte ihn am T-Shirt: Es war orange und schon ein wenig verwaschen. Es trug die Aufschrift „United Colours of Benetton".

Als sie über die Brücke geradelt waren und etwa zwanzig Meter auf der Straße zurückgelegt hatten, startete ich den Wagen und fuhr im Schritttempo hinter ihnen her. Dass sie zu zweit waren, war alles andere als günstig, aber vielleicht würde der andere ja noch rechtzeitig abbiegen. Ich konnte Robin auch auf der Straße zwischen Stoffen und Pitzling stellen, überlegte ich. Zwar war sie weniger einsam als diejenige, die von hier nach Stoffen führte, aber wenn ich einen guten Moment abpasste, könnte es gehen.

Ich legte Gotan Projekt auf, Elektrotango, Robins Schicksalsmusik, wenn man so will. Ich drehte den Lautstärkeregler hoch und ließ mich von der Unerbittlichkeit des Beats ergreifen. Ich blickte durch die Windschutzscheibe: Die beiden bemerkten mich nicht, alberten rum, überholten einander, wollten sich voneinander ziehen lassen. Der Baseballkappenträger, der größer und fülliger war als Robin, schubste diesen kräftig zur Seite. Robin musste von den Pedalen gehen, um nicht in einen parkenden Audi zu rauschen. Er sprang sofort wieder auf und nahm die Verfolgung des anderen auf, um ihm die Bosheit heimzuzahlen. Doch folgte der Dicke an der Kreuzung, die nach Stoffen führte, dem Straßenverlauf und verschwand irgend wo hinter dem Gebäude der freiwilligen Feuerwehr.

Robin ließ es gut sein und setzte seinen Weg nach Stoffen fort. Allein.

Ich folgte Robin und überholte ihn bei der nächsten Gelegenheit. Die Straße war eng und auf beiden Seiten von Maisfeldern umstellt, die ihre vertrockneten Blätter wie abgestorbene Ärmchen auf die Straße hielten. Hinter einer langgezogenen Biegung hielt ich an, drehte die Musik runter und schaltete den Motor ab. Ich sah in den Rückspiegel: Die Straße war leer, die mannshohen Maisstauden waren der perfekte Sichtschutz, die Straße war von keiner Seite einsehbar. Auch hören würde man uns hier nicht, selbst wenn Robin schreien sollte. Aber das sollte er ja gar nicht, ich hatte ihm ja etwas anzubieten.

Er tauchte auf, ich sah erst sein wippendes blondes Haar, dann schob sich die orangefarbene Schulter in den Rückspiegel. Die Straße hatte eine Steigung, ganz leicht nur, aber Robin war dennoch aus seinem Sattel gestiegen und pedalte im Stehen. Seine Arme rissen beim Treten am Lenker, er schaute auf den Boden, als sei dieser der Feind, den es zu besiegen galt.

Ich stieg aus, in die Hitze des frühen Nachmittags. Augenblicklich legte sich ein leichter Schweißfilm auf meine Stirn. Ich fühlte mich ein wenig beengt zwischen den hohen Pflanzen, fast wie in einem geschlossenen Raum, zumindest wie in einem Flur kam ich mir vor. Ich hatte das Gefühl, die Hitze würde sich inmitten der hohen Vegetation aufstauen wie in einer Art Becken, aber das war natürlich Unsinn.

Von vorne hörte ich das leise Knirschen der Fahrradpedale. Dazu klimperten die Maisblätter wie ein zartes Glockenspiel aus dünnem Glas. Der Geruch staubtrockenen Strohs lag in der Luft, kitzelte leicht in der Nase. Und auf dem Boden wälzte ein schwarzer Käfer einen Mistballen mit den Hinterläufen über den Boden, der doppelt so groß war wie er selbst.

Ich sah auf: Robin saß wieder im Sattel, war jetzt fast auf Armeslänge zu mir herangefahren, wollte gerade mit gesenktem Kopf an mir vorbeiziehen.

„Hey, junger Mann! Vorsicht!", rief ich und hielt meine linke Hand mit gespreizten Fingern über den Kopf. Mit der bandagierten Hand zeigte ich hinab zum Boden.

Er bremste abrupt mit dem Rücktritt, die Reifen schlitterten einen halben Meter nach vorn und wirbelte dabei eine kleine Staubwolke auf. Robin nahm einen Fuß von den Pedalen und kam zum Stehen. Die Staubwolke zog erst an mir und dann am DS vorbei und verschwand schließlich zwischen den Maisstauden.

„Du wärst fast über den hier gefahren!"

Er schaute auf den Punkt am Boden, auf den mein Verband verwies. Der Mistkäfer ließ sich von der plötzlichen Aufmerksamkeit, die ihm die Riesen dieser Welt zuteil werden ließen, nicht eine Sekunde verunsichern: Er arbeitete unermüdlich, versuchte eine leichte Schlagseite seines Ballen auszugleichen, indem er mit seinem linken Beinchen immer ein bisschen stärker drückte als mit dem rechten. Mir fielen die hervorspringenden Sprossen auf, die aus seinen Beinen hervorstachen: Sie sahen aus wie die Astgabeln eines verkohlten Baumes.

„Uuuiiii!", sagte der Junge nur und schaute kurz zu mir auf und wieder auf den Boden. Ich erkannte sein Gesicht jetzt wieder: Er hatte volle Lippen, eine hervorspringende Stirn und kleine rote Ohren. Seine Haare waren spitz nach oben gegelt, wirkten wie eine Art Dach und mit einer Zahnlücke im Oberkiefer hatte er etwas Rabaukenhaftes.

Ob er mich erkannte, war schwer zu sagen, ich sah aber keine Verwunderung in seinem Blick, auch keine Angst. Einen Anflug von Schüchternheit vielleicht, aber das entsprang seinem Wesen, hatte nichts mit mir zu tun.

Dass ich ihn wegen eines Käfers anhielt, schien ihn in keiner Weise zu wundern. Im Gegenteil: Er stieg vom Rad und zog es so weit nach links wie es irgendwie ging, offenbar, um mir zu signalisieren, dass er auf den Käfer Rücksicht nahm und in einem weiten Sicherheitsabstand um ihn herum zu fahren gedachte. Dann wollte er wieder aufsteigen und weiter fahren.

„Wir kennen uns doch", sagte ich.

Er schaute mich von der Seite an, ein kurzes Funkeln durchzog seinen Blick; dann nickte er.

„Weißt du noch woher?"

Er schaute auf den Boden, nickte wieder.

„Und? Sagst du mir, woher wir uns kennen? Ich kann mich gar nicht mehr genau erinnern."

Er wischte sich mit dem Handrücken über die Nase, sah kurz auf, dann wieder zum Mistkäfer auf den Boden. „Vom Fluss unten."

„Ach ja! Jetzt fällt es mir auch wieder ein. Guck mal, hast du die schon?"

Ich hielt ihm einen Mats Hummels und einen Thomas Müller hin.

Seine großen blauen Augen blitzten zu mir auf, dann senkten sich seine dunklen Wimpern wieder und er blickte auf die Bilder in meiner Hand. Ich stand ein bisschen zu weit weg und so legte er nach kurzem Zögern sein Fahrrad mit dem Lenker auf den Boden und ging einen Schritt auf mich zu. Er blickte auf die Bilder.

„Kannst du haben!"

Er nahm die Bilder, hielt sie jeweils in einer Hand in Augenhöhe vor sein Gesicht gegen die Sonne. Er kniff abwechselnd das linke und das rechte Auge zu. Dann nahm er seine Hände wieder herunter und sagte: „Danke."

„Welchen Spieler magst du am liebsten?"

Er wischte sich mit einer kleinen Faust über die Nase, schien zu überlegen. Badstuber."

Ich stutzte: Badstuber? Der sitzt doch nur auf der Ersatzbank, ist nur Auswechselspieler und noch dazu ständig verletzt."

Er zuckte mit den Schultern.

„Spielt der nicht in der Abwehr? Das ist doch langweilig, Stürmer sind spannend. Die schießen wenigstens mal ein Tor."

Er ging wieder zu seinem Fahrrad zurück, legte die Hand, in der er die Bilder hielt, auf den Lenker.

„Und was ist mit Ribéry und Lewandowski? Hm, Franck Ribéry, der Zauberer? Wenn der nicht der beste Spieler der Liga ist – wer dann?"

Er zuckte mit den Schultern hob das Fahrrad am Lenker nach oben und blickte dabei auf den Käfer.

Ich fasste es nicht: Vier Bilder von Badstuber lagen bei mir in der Detektei. Ich hatte sie nicht einmal mitgenommen, weil ich dachte, sie seien nichts wert. Ich hatte ausschließlich die Stars eingepackt. Und was wollte der Kleine? Einen aus der zweiten Reihe.

Ich ging einen Schritt auf ihn zu. „Und was ist mit Robben?", fragte ich und zog sein Bild aus der Tasche. „Hm? Arjen Robben. Der Mann, der uns zum Champions League-Sieg geschossen hat." Ich stimmte den beliebten Schlachtruf an: „Ar-jen-Ro-ben!"

„Der Robben ist auch gut."

„Das will ich meinen, dass der gut ist." Ich hielt ihm das Bild hin. „Hier, nimm! Oder hast du es schon?"

Er schüttelte mit dem Kopf, nahm das Bild, schob es zu den anderen zwischen Hand und Lenker.

„Und hier habe ich noch Robert Lewandowski – der war letzte Saison Torschützenkönig."

Er nahm das Bild und schob es zu den andern zwischen Hand und Lenker.

„Und Ribéry, Franck Ribéry, der verrückte Franzose, das ist Kunst am Ball, was der macht. Das macht richtig Spaß, dem zuzusehen, da braucht man gar kein Bayern-Fan zu sein. Der spielt super – und ist auch nicht größer als du!"

Er nahm das Bild und schob es zu den anderen zwischen Hand und Lenker.

Mir gingen die Trümpfe aus. Ich hatte noch Douglas Costa und Boateng und der Kleine war immer noch nicht aufgetaut. „Wer fehlt dir denn noch in deiner Sammlung?"

„Nur noch der Holger Badstuber."

Ich hatte es gewusst.

„Pass auf, warum kommst du nicht mit? Ich hab noch ganz viele Badstubers zu Hause. Vier Stück. Und magst du auch Cingsley Coman? Davon habe ich fünf."

„Vom Holger und vom Cingsley?", fragte er und legte das Rad wieder auf den Boden.

„Ja, vom Holger und vom Cingsley. Vier Bilder vom Holger, fünf vom Cingsley, das ist ganz schön was wert. Wenn du damit zu deinen Freunden kommst, finden dich alle toll. Und wir müssen gar nicht weit fahren. Und danach bringe ich dich wieder her."

Er schien interessiert, machte einen Schritt auf mich zu, drehte sich dann wieder um, blickte auf sein Rad.

„Das Fahrrad nehmen wir mit, das passt locker hinten rein. Ich ging um den Wagen herum, öffnete den Kofferraum. Ich erblickte das blutige Laken, das immer noch darin lag, ergriff es kurz entschlossen und knüllte es zusammen. Ich schob es in das Fach für den Verbandskasten, den Verbandskasten ließ ich einfach in der Mitte des Kofferraums liegen.

„Na, was sagst du?"

Er schob das Fahrrad langsam in meine Richtung, verlor plötzlich die Fußballbilder, die ihm zwischen Lenker und Hand steckten. Er blickte sich um, wollte das Rad auf die Straße legen, um die Bilder wieder einzusammeln.

„Ich mach' das schon", rief ich und sprang den Bildern hinter her. Ich griff Müller, ich griff Robben und Ribéry. Lewandowski, der Torschützenkönig, war sogar bis ins Feld auf der anderen Straßenseite hineingeflogen und ich musste mich mit den Knien auf den Boden setzten, um an ihn heranzukommen. Ich langte zwischen die umbrabraunen Stauden und eine Bremse flog mir auf die Hand und biss zu, noch bevor ich reagieren konnte.

„Verdammtes Viech", schimpfte ich und leckte mir über die augenblicklich anschwellende Wunde. „Scheißdreck!"

Ich drehte mich um, sah in das verschreckte Gesicht des Kleinen.

„Du sollst nicht fluchen! Du sollst nicht fluchen!", schimpfte ich mich quasi selbst aus und schüttelte dabei energisch den Kopf. Die Gesichtszüge Robins entspannten sich ein wenig. Ich blickte auf die Hand, die zu jucken begann und eine knallrote Farbe annahm.

„Ach, macht ja nichts, nur ein klitzekleiner Biss, ein Kinkerlitzchen sozusagen." Ich versuchte ein Lächeln. „Hier ist der Torschützenkönig!" Ich winkte mit dem Bild und legte es dann zusammen mit den anderen in Robins Kinderhand.

Ich stand wieder auf. „Dann nehme ich jetzt mal dein Fahrrad, okay?"

Er nickte entschlossen.

Ich legte die gebissene Hand auf den Sattel und ihr bandagiertes Gegenstück an den Lenker, wollte das Ding gerade ins Auto schwingen, da hörte ich einen rufen: „DER TUUT NICHTS!"

Ich blickte auf, sah einen buschigen Hund auf uns zustürmen, groß wie ein Kalb und somit deutlich größer als der kleine Robin.

In der Biegung nach Lengenfeld tauchte ein alter Man mit blauer Mütze und Latzhosen auf. Er schob ein Fahrrad mit Anhänger und hob schwerfällig seinen Arm, winkte in unsere Richtung.

Der Hund tat tatsächlich nichts, schnüffelte nur an uns, am Wagen, am Fahrrad herum. Doch konnte ich jetzt schlecht mit dem Kleinen von hier verschwinden. Es gab einen Zeugen. Der Alte würde sich erinnern, wenn der Junge später tot gefunden würde. Vielleicht würde er sich sogar das Nummernschild merken.

„Verflucht", sagte ich laut. Ich hätte den Kleinen einfach ins Auto zerren sollen und fertig. Aber ich musste Kampfspuren vermeiden, sagte ich mir. Es hatte schon alles seinen Sinn, es so zu machen, wie ich es gemacht hatte.

Ich drehte das Fahrrad um und gab es Robin wieder zurück. „Ach, daran habe ich jetzt gar nicht gedacht. Ich habe ja noch eine Verabredung." Ich schaute auf die Stelle meines Armes, wo man normalerweise die Uhr trägt. „So spät schon, auch das noch – ich muss sofort los. Ich, äh … weißt du was? Morgen. Wir treffen uns morgen wieder hier. Gleiche Zeit. Ich bringe dir die Bilder. Was hältst du davon?"

Er nickte und griff nach seinem Rad.

„Wie viele Stunden hast du morgen?"

„Fünf."

„Und wie viele hattest du heute?"

„Auch fünf."

„Das heißt, du hast morgen zur gleichen Zeit aus wie heute, Viertel nach zwölf."

Er nickte und gab ein bejahendes „Hmm" von sich.

„Dann morgen nach der Fünften genau hier, okay?"
Ich öffnete die Autotür.
„Ich bringe dir den Badstuber mit", sagte ich und stieg hastig ein. Ich wollte von dem Alten nicht gesehen werden. Sicher war sicher.
Robin blickte mich plötzlich mit großen Augen an. „Und der Cingsley?"
„Den auch. Fünf Mal. Bis morgen, ja?"
„Bis morgen", sagte Robin.
Ich schlug die Autotür zu, und startete sofort den Wagen. Ich blickte noch einmal aus dem Fenster. Robin winkte. Er würde morgen kommen, wusste ich, er zählte auf mich. Ich dachte an Gerd Fröbe in „Am hellichten Tag". Man musste erst Vertrauen aufbauen, dann konnte man sich die Kleinen schnappen, ohne dass sie sich wehrten.

Ich legte den ersten Gang ein und fuhr langsam an. Dann blickte ich mich ein letztes Mal um. Auf der anderen Straßenseite sah ich zwei Punkte auf dem Boden: Einen schwarzen und einen braunen. Der Mistkäfer hatte es fast bis zum gegenüberliegenden Feld geschafft. Dann erschien der Hund plötzlich, schnuppernd und sabbernd. Er entdeckte den Käfer, leckte ihn mit seiner großen tropfenden Zunge auf. Er legte den Kopf in die Schräge und zerbiss das Insekt. Er schluckte und würgte es dann wieder hervor und ließ die zermatschten Überreste auf die Straße fallen.

Es kann nicht nur Sieger geben, dachte ich.

Nachdem ich außer Sichtweite war, fischte ich das Handy aus meiner Hosentasche und klingelte bei Jens durch. Unsere Reise nach Neuseeland hatte er abgesagt, soweit so gut. Doch er war ein Freund und in der sentimentalen Stimmung, in der ich mich befand, hatte ich das Gefühl, dass es einfach gut war, wenn wir kurz über die Sache sprechen würden.

Die Mobilbox meldete sich. Ich wollte zuerst auflegen, sagte aber dann: „Jens, ich bin's, Max. Pass auf: Das mit gestern ... oder war es vorgestern, ich weiß schon gar nicht mehr so genau. Jedenfalls: Ihr habt angerufen, *du* hast angerufen. Kim ist natürlich sehr traurig, dass Ihr Neuseeland abgesagt habt, aber wir verstehen das. Und respektieren das …" Ich unterbrach kurz, weil es in eine S-Kurve ging. Da ich immer noch Probleme hatte, das Lenkrad mit der Krabbenhand zu halten, kam ich auf den steinigen Seitenrand der Fahrbahn ab und rauschte dabei nur knapp an irgendeinem Schild vorbei. Dann erschien irgendeine Ortseinfahrt und ich bremste auf Siebzig ab. Noch immer hielt ich mir das Handy ans Ohr, doch hatte ich mittlerweile irgendwie den Faden verloren. Ich sagte: „… ja, das wollte ich nur sagen. Mach's gut!" Ich legte auf.

Ich durchquerte den Ort, aber es ging mir nicht besser nach dem Telefonat. Stattdessen hatte ich das Gefühl, gleichzeitig zu glühen und zu frieren. Ich sollte ins Bett, dachte ich, entschied dann aber spontan, bei Jens' Büro vorbei zu fahren. Also lenkte ich den Citroën entschlossen weiter nach Fürstenfeldbruck.

Die Bundesstraße verlief direkt durch den Ortskern dieser kleinen Stadt hindurch, zerriss sie förmlich mit ihrem Todesstreifen aus glühendem Teer und der Karawane aus Blech, die sich Tag für Tag über sie hinweg wälzte. Vor einigen Jahren, als wir beschlossen hatten, ins Münchner Umfeld zu ziehen, hatten Kim und ich hier einmal eine Stadtbesichtigung gemacht. Der Ort wäre perfekt für uns gewesen: nicht zu groß, nicht zu klein, er hatte einen S-Bahn-Anschluss und er war nahe an München gelegen – doch schreckte uns die Verkehrssituation zu sehr ab, sodass wir uns für das Landsberger Umland entschieden. Dabei hatte Fürstenfeldbruck sehr schöne Ecken. Jens' Büro beispielsweise war in einem wunderbaren Gründerzeitbau mit direktem Blick auf die Amper untergebracht. Erst als ich jetzt in seine Straße einbog, fielen mir zudem die große Platanen an der dem Fluss abgewandten Straßenseite auf, welche die Allee mit einem grünlichen Schatten belegten. Schon von weitem sah ich das Gebäude, und – noch besser – ich hatte sogar schon eine Parkbucht direkt vor der Eingangstür entdeckt. Ich schaltete in den Zweiten, setzte den Blinker, als mir plötzlich ein erdgrauer Passat ins Auge sprang. Er stand auf dem Bürgersteig, direkt vor dem Haus.

Ich zögerte einen kurzen Moment, dann stellte ich den Blinker ab, gab Gas und schaltete wieder in den dritten Gang. Ich fuhr an der Parknische vorbei und wie benommen zurück auf die Bundesstraße.

Zu Hause ging ich sofort in Richtung Schlafzimmer. Kim tauchte kurz und verschwommen in meinem Gesichtsfeld auf, sagte irgendetwas, aber ich begriff nicht, was sie wollte. Es interessierte mich auch nicht. Ich war unter einer dicken Eisschicht in einem tiefen blaugrauen See gefangen. Geräusche drangen nur undeutlich, dumpf und verzerrt zu mir hindurch.

Ich wankte den Flur entlang, stieß die Tür am Ende des Ganges auf, streifte die Schuhe ab, ließ mich ins Bett fallen und verbrachte eine weitere Nacht in Straßenklamotten.

Trotz sechzehn Stunden Schlaf war das Fieber auch am kommenden Tag nicht abgeklungen, Vierzigkommanullzwo Grad zeigte das Thermometer an, als ich jetzt das erste Mal meine Temperatur maß. Eine Ruhepause konnte ich mir trotzdem nicht gönnen: Ich musste die Badstuber-Bildchen aus der Detektei holen und Robin pünktlich um Viertel nach zwölf auf der Landstraße nach Stoffen treffen. Diesmal wollte ich kurzen Prozess machen, nahm ich mir vor, so eine Sache wie gestern sollte mir nicht erneut passieren.

Ich stellte den DS fast auf demselben Parkplatz ab wie am Tag zuvor, diesmal nicht vor der Metzgerei, sondern vor der Apotheke. Ein Knöllchen würde ich heute nicht bekommen, war ich sicher: Es war kurz nach elf und ich kaufte mir beim Automaten einen Parkschein für dreißig Minuten – das würde für meine schnelle Besorgung vollkommen ausreichen.

In der Detektei roch es muffig wie am Vortag. Über dem Mülleimer kreiste ein Schwarm Fruchtfliegen, ein größerer Brummer flog Angriffe auf meine Milchglasscheibe.

Ich wischte mir über die feuchte Stirn, es gab keine Zeit zu verlieren. Ich sprang hinüber zum Schreibtisch und riss die Schublade auf. Auf Anhieb fand ich vier Kingsley Comans, aber nur zwei Badstubers. Meine gesunde Hand (gesund bis auf den Bremsenstich, der teuflisch juckte) grub sich in die Innreihen der Schublade, stieß Textmarker, Zeitungsschnipsel, meinen Reisepass, eine Schere und einen Taschenrechner zur Seite, arbeitete sich an zwei USB-Sticks und einem Päckchen Heftklammern vorbei. Sie fischte einen Zollstock heraus und ich fragte mich, zu welchem Zweck ich diesen in der Schublade meines Büros verwahrte?

Es war wie verhext: Die Badstubers und Comans, die gestern noch da waren, waren jetzt nicht mehr aufzufinden. Dann fiel mir das Geld ein. Ich hob die Taschenkalender heraus, legte sie auf den Schreibtisch, ergriff die beiden Stapel. Und ja, da waren die Bilder: Sie waren zwischen die Scheine gerutscht. Da sah man mal wieder, dass Fußball und Geld einfach zusammengehörten.

„Herr Baum?"

Ich erschrak. Das Geld fiel mir aus der Hand und polterte in die Schublade. Ich blickte auf.

Dollerschell!

„Ich störe doch nicht?"

Ich drückte die Schublade mit meinem Oberkörper zu, machte mit dem Stuhl einen Satz nach vorn, schluckte. „Also ehrlich gesagt, bin ich gerade mit einer sehr wichtigen ..."

Er grinsekatzte in Richtung Schreibtisch. Seine runden Bäckchen traten hervor, sodass man das Gefühl haben konnte, jemand habe ihm zwei Golfbälle in die Wangen implantiert. Seine Grimasse brachte mich augenblicklich zum Schweigen. Er sagte: „Sagen Sie bloß, Sie sammeln immer noch?"

„Was? Nein. Die Fußballbildchen? Wie ... Ja Gott, zugegebenermaßen. Einmal Fan immer Fan, sage ich immer."

Er trat näher an den Schreibtisch. „Darf ich?"

Er nahm den Stapel mit den Comans, begann ihn durchzusehen, sah sich den ersten Coman an, dann den zweiten und dann noch einen und noch einen Coman. Als er fertig war, blickte er mich unverwandt an – wie einen Perversling, den er gerade bei etwas Verbotenem erwischt hatte.

„Ich habe auch Badstubers."

Ich hielt sie ihm hin.

„Ja", sagte er tonlos und sein Lächeln nahm einen entschuldigenden Ausdruck an. „Darf ich mich kurz setzen? Es scheint bei Ihnen ja gerade nicht allzu sehr zu brennen …"

Ich keuchte. „Ehrlich gesagt: Ich bin ein bisschen krank, müsste schnellstmöglich ins Bett. Ich wollte nur kurz etwas in der Detektei erledigen und dann …"

Er setzte sich auf das Thonet-Stühlchen und winkte ab. „Geht ganz schnell. Ich will Ihnen nur etwas vorspielen." Er zog einen kartenspielgroßen Rekorder aus seinem schwarzen Täschchen, legte ihn neben den noch eingeschweißten Wasserfilter auf den Schreibtisch.

„Na gut, wenn's nicht lang dauert. Wo haben Sie denn Ihre Chefin gelassen?"

Er griff erneut in seine Tasche. „Sie ist am Ammersee beschäftigt und konnte leider nicht mitkommen. Aber ich denke, wir zwei …" Er stockte, als gelte es, etwas unglaublich Schweres aus seiner Tasche zu hieven. Ich lehnte mich in meinem Stuhl zurück, und beobachtete, wie er einen lediglich faustgroßen Lautsprecher neben seinem Rekorder platzierte. „… werden schon klar kommen."

Er zog ein schwarzes Kabel hervor und begann Rekorder und Lautsprecher zusammenzuschließen.

Ich wurde kribbelig. „Dauert's noch lang? Ich muss wirklich weg."

„Wir haben's schon! Achtung!" Er drückte auf Play und lehnte sich mit dem Kopf über Schreibtisch und Rekorder; er machte den Mund auf wie ein Fisch.

Es begann zu rauschen.

„Also, ich weiß wirklich nicht, was das hier soll."

Er hob den Zeigefinger.

Plötzlich ertönte eine bekannte Stimme im Raum:

„Da bin ich wieder. Herr … Sommer, wie lange soll das so weiter gehen? Sie können mich nicht ewig erpressen mit dieser Geschichte. Ohne dass ich Ihnen eine Rechenschaft schuldig wäre: Ich werde mich von Larissa trennen. Was heißt trennen? Es war nur ein kurzer Flirt, nichts Ernstes, das kommt vor. Ein Fehler, ich gebe es zu. Trennung ist deshalb ein zu großes Wort. Wir werden uns einfach nicht mehr sehen, basta."

„*Auf den Bildern, die vor mir liegen, sieht es aus, als hätten Sie mehr investiert. Das Toben auf der Liegewiese am Ammersee, Sie wissen schon, als Sie ihr das kleine Präsent übergeben haben, das sah aus, wie das Turteln zweier Verliebter, wenn Sie mich fragen.*"

„*Ach was, Verliebtheit. Verdammt, wissen Sie, was es für einen Stress bedeutet, eine neue Serie in über fünfzig Ländern der Welt einzuführen? Was für eine Verantwortung es ist? Wenn es schief geht, hat es ILTHIS gegeben. Es war ein kleiner Ausgleich für mich, nichts anderes!*"

„*Am Anfang stand die Berufswahl, Herr Breidenbach. Und der Preis, Ihren Job und das Projekt nicht zu gefährden, beträgt vierzig tausend Euro. Ein Kinkerlitzchen. Ich will, dass Sie mit dem Geld morgen nach Pitzling kommen, sagen wir um 16 Uhr.*"

„*Pitz ... was? Wo soll das denn sein?*"

„*Pitzling. Es liegt unterhalb von Landsberg, direkt am Lech.*"

Er stoppte die Aufnahme und blickte mich forschend an.

Ich unterdrückte einen Hustenreiz und räusperte mich. „Und was soll das sein?"

„Ach ja, das wissen Sie natürlich nicht." – er kniff ein Auge zusammen, fast so, als wollte er mir zuzwinkern – „Breidenbach hat einen Teil der zweiten Erpressung mit seinem Handy aufgezeichnet. Das Gerät ist nass geworden, deshalb war es schwierig, die Daten zu retten. Aber die Techniker haben ganze Arbeit geleistet und die Aufnahme rekonstruiert und anschließend digital bearbeitet, sodass man jetzt eine ganze Menge hören kann."

„Eine ganz schön beschissene Stimme hat dieser Erpresser, wenn Sie mich fragen."

„Ja, er hat einen Stimmenverzerrer verwendet. Das können wir leider nicht rausrechnen."

Die richtige Antwort! Ich gewann an Sicherheit. „Na, mir kommt die Stimme des Burschen jedenfalls nicht bekannt vor."

„Darum geht es mir gar nicht."

„Und warum spielen Sie mir das Ganze *dann* vor, wenn ich fragen darf?"

Er stieß einen kurzen unterdrückten Lacher aus. „Ich wollte Sie um Ihre Hilfe bitten. Hören Sie mal hier!"

Er drückte auf einen Knopf und ließ damit eine Reihe digitaler Zahlen zurücklaufen. „Nein!", sagte er und drückte einen anderen Knopf, sodass die Zahlenreihe wieder ein Stück vorlief. „Hier!" Er drückte auf Play.

„... *beträgt vierzigtausend Euro. Ein Kinkerlitzchen. Ich will, dass Sie mit dem Geld morgen nach Pitzling kommen, sagen wir um 16 Uhr.*"

„*Pitz ... was? Wo soll das denn sein?*"

„*Pitzling. Es liegt unterhalb von Landsberg, direkt am Lech.*"

„Na?", fragte Dollerschell. Seine Augenbrauen wippten zweimal hoch und runter.

„Na was? Eine Menge Asche. Vierzigtausend. Könnte ich auch gebrauchen. Und jetzt?"

„Sie müssen genau hinhören!"

Er wiederholte die Prozedur mit der Einstellerei, und drückte erneut auf Wiedergabe.

„*... nach Pitzling kommen, sagen wir um 16 Uhr.*"

„*Pitz ... was? Wo soll das denn sein?*"

„*Pitzling. Es liegt ...*"

Man hörte zwischen meiner Aufforderung, nach Pitzling zu kommen und der Verständnisfrage Breidenbachs ein hintergründiges Dröhnen, ein dunkles Grollen.

Dollerschell spulte zurück, drehte am Lautstärkeregler, dann erneut auf Play.

„*... um 16 Uhr.*"

Roooaaam!

„*Pitz ... was?*"

Er wiederholte die Prozedur, machte noch ein bisschen lauter:

„*...um 16 Uhr.*"

ROOOAAAM!

„*Pitz ... was?*"

„Ich hör's ja schon, ich hör's ja! Fährt ein Auto vorbei oder so was. Breidenbach scheint ohnehin im Auto gesessen zu haben. Man hat Fahrgeräusche gehört."

„Ja, so ähnlich, Sie sind schon ganz nah dran. Passen Sie auf, ich spiel' Ihnen mal was anderes vor!"

„Ich dachte, das würde nicht so lange dauern. Ich sagte doch, dass ich krank bin und ins Bett muss. Ich habe Fieber. Vierzig Grad!"

Er drückte auf einen anderen Knopf. „Hören Sie mal!"

ROOOAAAM!
ROOOAAAM!

„Noch mal?"

ROOOAAAM!

„Gut, gut, ich hab's gehört. Scheint das Gleiche zu sein. Wieder das Auto."

„Wir haben die zweite Aufnahme gestern Vormittag vor Ihrem Haus aufgenommen. Es ist eine Transall im Landeanflug."

Der verdammte VW-Bus! Und ich dachte, der sei von der Bundeswehr gewesen. Mir wurde immer heißer, ich versuchte aber ruhig zu bleiben. Ich schob die Fußball-Bildchen auf dem Schreibtisch zusammen und sagte: „Transalls gibt es überall."

„Das ist richtig. Aber sie hat auf ein und derselben Höhe immer dieselbe Soundkurve. Sehen Sie mal" – er schob mir einen Computerausdruck mit zwei Grafiken über den Schreibtisch zu. Zwei Linien untereinander, die eine Art Glocke beschrieben und die sich fast aufs Haar glichen – „oben ist die Erpresseraufnahme und unten diejenige vor Ihrem Haus. Die Tontechniker sagen, dass sich die Kurven erst unterscheiden, wenn man einen Radius von rund dreihundert Metern rund um Ihr Haus verlässt. Das heißt: Der Erpresser muss in Penzing sitzen, innerhalb dieses Radius', quasi in Ihrer Nachbarschaft."

„Das beweist gar nichts, wenn Sie mich fragen. Es gibt Hunderte von Militärflughäfen. Das kann überall aufgenommen worden sein."

„Dann muss der Erpresser aber genau auf der gleichen Höhe der Einflugschneise sitzen wie Sie."

„Ich glaube an Zufall. Sie nicht?"

Er legte den Kopf leicht in die Schräge: „Ich glaube an Schicksal."
Er begann seine Sachen einzupacken und stand auf. Er schob seine Unterlippe gegen seine Oberlippe, sodass sein Lächeln die Form einer welligen Linie annahm. Als er schon fast aus der Tür getreten war, wandte er sich noch einmal um. „Übrigens, woher kennen Sie eigentlich Karin Klönne?"

„Wie kommen Sie jetzt darauf?"

Er schob die Unterlippe noch ein weiteres Stück nach oben, sodass sie schon fast den Kurvenverläufen aus seinem Computerausdruck ähnelte und zuckte mit einer Schulter.

„Ich kenne Sie eigentlich gar nicht. Habe nur ein paar Bilder von ihr gemacht. Im Rahmen meines Observierungsauftrags."

„Ach, das wundert mich. Weil wir Rückstände Ihrer Autolackierung unter Klönnes Schlüssel gefunden haben. Naja, wird wohl Zufall sein." Er hob einen Finger zum Abschiedsgruß und wedelte sich dann mit der Handfläche wie mit einem Fächer vor der Nase umher. „Hier riecht's ein bisschen streng, oder?"

Als sich Dollerschell endlich mit seinem verfluchten Passat vom Acker gemacht hatte, schnappte ich mir die Fußballbildchen und sprintete zu meinem Wagen. Schon als ich auf die Turmuhr der Stadtpfarrkirche blickte, wurde mir mein hoffnungsloses Unterfangen deutlich: Zwanzig nach eins war es bereits. Solange würde Robin niemals gewartet haben, es machte keinen Sinn mehr, nach Stoffen rauszufahren. Entsprechend ging ich bereits auf dem Georg-Hellmair-Platz in einen leichten Trab über, und dann in ein Schlendern, als ich in die Ludwigstraße einbog, nicht ohne mir die vom Laufen stechende Seite zu halten. Als ich bei der Apotheke ankam, ließ ich mich erschöpft und keuchend in den Wagen fallen. Ich startete den Motor, stieg dann noch einmal aus, wischte das Knöllchen von der Windschutzscheibe und pfefferte es auf die Rückbank.

20

Ich war verwirrt. Fiebrig und verwirrt. Als ich mich vom Auto bis zum Briefkasten geschleppt hatte, fühlte ich mich wie einer, der eine Sahara-Durchquerung hinter sich hat: Meine Beine zitterten, mein Hemd hing mir klatschnass am Körper, meine Gedanken waren wirr und ich musste einen dreißig Kilo schweren Rucksack auf den Schultern sitzen haben. Ich nahm die Zeitungen aus dem Briefkasten, da ich heute Morgen nicht dazu gekommen war. Ein Brief von Jens war ebenfalls in der Post. Ich riss ihn sofort auf: Es waren die Reisebestätigung und das Ticket. Er hatte eine Karte mit dem Logo seiner PR-Agentur da zu gelegt. Es zeigte zwei grüne Köpfe, die an langgezogene Löffel erinnerten. Sie hatten bohnenförmige Löcher in ihrer seitlichen Mitte, die offenbar die Münder darstellen sollten. Die Köpfe waren einander zugewandt und schienen sich anzuschreien. Ein Stück weiter unten stand in schräger, kursiver Serifenschrift: *Die Quintessenz**.

Jens schrieb:

Hallo Kim und Max, anbei wie besprochen die Unterlagen. Wir wünschen Euch eine gute Reise. Lasst uns bei Gelegenheit einmal telefonieren! Liebe Grüße J + I.

Immerhin: Jens schien die Tür nicht voll und ganz zuschlagen zu wollen. Eigentlich hätte es mich freuen sollen, doch war ich zu matt, um irgendwelche Gefühle zu empfinden. Müde klemmte ich mir die Zeitungen unter die Achsel und ging ins Haus.

Kim saß im Wohnzimmer auf der Couch. Über die Couch hatte sie eine Decke mit gelben und orangefarbenen Karos gelegt. Auf der Glasplatte des Tischs stand eine Vase mit blauvioletten Kornblumen, seitlich daneben, quasi in Couchgriffweite, eine Schale mit Nüssen und Rosinen sowie ihre Diddl-Tasse. Die Terrassentür stand auf. Der heiße Atem der Mittagshitze drang gemeinsam mit müdem Vogelgezwitscher ins Hausinnere. Es roch nach Kaffee und… Styropor.

„Wo kommt die denn her?", fragte ich und zeigte mit meinem bepflasterten Kinn in die Richtung der neuen Glasplatte.

Ohne von ihrem Buch aufzublicken, sagte sie: „Irgendjemand muss sich ja darum kümmern."

Ich schloss die Tür, um mich besser an der Klinke festhalten zu können. „Ich hätte das schon noch gemacht. Ich hab doch gesagt, ich mach das."

Sie linste über die Sofawand. „*Gesagt.*"

Ich ging zum Küchentisch, legte dort Zeitungen und Post ab. Dann nahm ich ein Glas aus dem Schrank und ließ Leitungswasser hineinlaufen. Das Kaufen der Wasserkästen war meine Aufgabe und ich konnte mich nicht daran erinnern, wann ich das letzte Mal beim Getränkemarkt gewesen sein sollte.

Mit dem Glas in der Hand trottete ich ins Wohnzimmer. „Was liest du denn?"

Sie hielt mir den Rücken des Buchs hin: *Das Mädchen hinter dem Foto. Die Geschichte der Kim Phuc*, stand darauf. Auf dem Cover war ein nacktes asiatisches Mädchen abgebildet. Es spreizte beide Arme ab wie ein Kranich die matten Flügel und floh vor einem Trupp Soldaten. Im Hintergrund schob sich dunkler, schwerer Rauch über Straße und angrenzende Reisfelder. Ich kannte das Bild, es war eine Ikone des Vietnamkriegs.

„Wie kommst du jetzt *darauf*?"

Sie hielt sich das Buch wieder vor das Gesicht, tat als würde sie lesen.

„Hallo! Wie kommst du drauf?"

„Wie ich drauf komme? Ich beschäftige mich zur Abwechslung halt mal mit *meinen* Leuten!"

„*Deine* Leute … Seit wann sind *das* denn deine Leute. Ich dachte, *wir* hier sind deine Leute."

„Das dachte ich auch."

Ihr Gesicht nahm eine versteinerte Miene an.

Ich trank einen Schluck, schwitzte noch mehr. Dann fiel mir Jens' Brief ein. „Mit Neuseeland, das wird nichts."

In ihrem Gesicht entspannte sich irgendetwas. „Ach! Und wieso nicht, wenn ich fragen darf?"

„Haben abgesagt. Ich hab hier einen Brief von Jens" – ich machte eine halbe Drehung, zeigte mit dem Glas zum Tisch – „aber er hat mir schon gestern oder vorgestern ... Gott, ich weiß schon gar nicht mehr genau ... na ja, er hat uns auf den Anrufbeantworter gesprochen und gesagt, dass sie derzeit halt nicht mit uns fahren wollen. Weil wir so an gespannt seien."

„Und du sagst es mir *jetzt*. Obwohl du es schon länger weißt? *Seit gestern oder vorgestern ...*"

„Ist doch noch früh genug."

„Noch früh genug, natürlich. Zwar dachte ich bis gerade, dass wir in drei Tagen einmal um den halben Globus fliegen. Aber es wäre ja auch noch früh genug gewesen, mir drei Stunden vor Abflug zu sagen, dass das Ganze gecancelt ist."

Ich schnaufte, trat noch einen Schritt näher an die Couch heran.

Kim legte das Buch auf ihrer Brust ab. „Wundern tut's mich jedenfalls nicht, dass Jens und Ines abgesagt haben. So, wie du dich im Optimal aufgeführt hast."

„Ich würde sagen, *du* hast auch deinen Beitrag geleistet. Wenn ich an den Besuch der beiden bei uns denke. Und deinen Ausraster."

„Ach, jetzt ist es wieder *mein* Ausraster. Kannst du dich vielleicht auch noch erinnern, was diesen Ausraster provoziert hat?" Sie legte das Buch auf den Glastisch und setzte sich halb auf, ein Bein auf der Couch, das andere auf den Boden baumelnd. Ihre Augen funkelten mich wütend über die Rückwand des Sofas hinweg an. „Das hier war der Auslöser!" Sie zeigte mit einem Finger auf ihre Unterlippe. Eine kleine, runenförmige Stelle rosigen Fleisches zeigte an, wo ich sie getroffen hatte.

Ich stützte mich mit der Krabbenhand auf die Sofarückwand, blickte auf Kim herab. „Dass du mir das noch immer vorhalten musst. Du kannst auch gar nichts einfach mal so abhaken und verzeihen, was?"

Kim erhob sich plötzlich, mit einem Anflug von Angst in den Augen. Als sie vor mir stand, bemerkte ich erstmals ihren Bauch. Mein Kind steckte darin, dachte ich, mein Sohn, in diesem Bauch, groß wie ein kleines Kissen, das man sich unter den Kopf schiebt. Ich stellte mir einen winzigen fleischfarbenen Fötus vor, mit geschlossenen blauen Augen. Ein unfertiges Wesen war es, und doch war bereits so vieles in ihm angelegt, so vieles genetisch bestimmt: das dunkle Haar, das schütter würde mit dem Alter, der Bauchansatz, den er bekommen würde, kurz bevor die Vierzig stand, ein gewisser Eigensinn doch sicherlich …?

Kim riss das gedankliche Band, das Moritz und mich umschloss, auseinander, indem sie rief: „Ich kann sehr wohl etwas verzeihen. Dann, wenn sich etwas ändert – und zwar zum Besseren. Aber bei dir hat sich seitdem eher alles verschlechtert. Ich kenne dich gar nicht mehr wieder: Ständig klebt Blut an deinen Klamotten, du hast eine Pistole in deinem Handschuhfach, kommst nachts nicht nach Hause, die Polizei fragt mich nach dir aus …"

„Die Polizei? Was zum Teufel …"

Ich versuchte nach ihr zu greifen, doch sie wich einen Schritt zurück und ich war wegen meines Fiebers einfach zu langsam.

„Du brauchst keine Angst zu haben. Ich habe ihnen nichts erzählt von deiner Waffe und deinen nächtlichen Eskapaden. Im Gegensatz zu dir bin ich jemand, auf den man sich verlassen kann."

Ihre Mundwinkel begannen zu zucken, unter ihren geschwollenen Lidern sammelten sich Tränen. Sie fuhr sich mit den Gelenkknöcheln über die Augen und rannte dann plötzlich um die Couch und mich herum, verschwand durch die Tür in den Flur. Ich hörte das Klatschen ihrer Füße auf den Fliesen, dann das Knarren der Treppendielen.

Ich ließ es gut sein, würde sie später, in einem ruhigeren Moment, nach dem Verhör fragen. Jetzt galt es, einen neuen Plan für Robin zu entwickeln. Auch wenn heute einiges schief gelaufen war: Er musste weg. Sollte er aussagen, würden die Indizien, die auf mich verwiesen, zu erdrückend sein. Schon jetzt hatten mich von Schmettau und Dollerschell offenbar ins Fadenkreuz genommen. Diese verfluchte Transall! Warum musste sie gerade über das Haus donnern, als ich Breidenbach anrief? Es war mir während des Telefonats gar nicht aufgefallen. Aber klar: Ich hatte mich daran gewöhnt, ich hörte die Brummer schon gar nicht mehr. Jemand Außenstehendem fielen sie natürlich sofort auf. Völlig unerklärlich blieb mir hingegen die Sache mit dem Autolack an Klönnes Schlüssel. War es eine Finte Dollerschells, um mich zu verunsichern? Woher hatten sie überhaupt den Schlüssel? Offenbar schienen sie jedenfalls in Sachen Klönne zu ermitteln. Es wunderte mich: Sie war erst seit zwei Tagen verschwunden und schon wurde sie von der Polizei gesucht. Hatte sie jemand als vermisst gemeldet? Oder war es schlichtweg Routine, nach einer Zeugin zu fahnden, die nicht bei einem terminierten Verhör erschienen war?

Ich ging um das Sofa herum und ließ mich auf die orangegelbe Decke fallen. Unter dem Aufschlag meines Gewichts sprangen überall kleine Styropor-Kügelchen in die Luft wie kleine weiße Flöhe, bereit, sich mit Genuss auf ihr neues Opfer stürzen. Ich trank den letzten Schluck Wasser, stellte das Glas anschließend auf unsere neue spiegelglatte, kratzerlose Glasplatte. Dann legte ich eine Hand um die Diddl-Tasse – sie war noch warm. Ich nahm sie und trank den letzten Schluck Kaffee, der sich darin befand. Vielleicht würde das ja meinen Kreislauf in Schwung bringen, dachte ich.

Anschließend lehnte ich mich zurück, ließ den Kopf auf die Couchkante fallen, begann eine Weile zu dösen, dachte an nichts. Dann hörte ich erneut die quietschenden Dielen, diesmal aber in Begleitung klackender Absätze. Das Schlüsselschränkchen quiekte, Schlüssel klimperten, dann ging die Wohnungstür und wurde anschließend zugeworfen.

Ich schloss erneut die Augen, doch fand ich keine Ruhe mehr. Ich blickte zur Decke, sah einige rote Kleckse, welche zerschlagene Mücken hinterlassen haben mussten. Dann nahm ich lustlos die TV-Fernbedienung und schaltete das Gerät ein. Es lief das Dritte, der Bayerische Rundfunk. Der Ton war fast abgedreht, aber das war mir egal, ich blickte ohnehin nur mit dösigem Interesse in Richtung Glotze. Irgendein Nachrichtenformat lief: Sie zeigten einen gelben Fahrkran, der am Kiesufer eines Gewässers auf Stützarmen stand. Im Hintergrund war ein Schlauchboot zu sehen, an dessen Rändern jeweils zwei Froschmänner saßen. Einer ließ sich gerade hinterrücks ins Wasser fallen. Die Kamera machte einen leichten Schwenk nach rechts und blendete einen Reporter in einem gestreiften Freizeithemd ein. Er stand vor einer graphitgrauen Hütte.

Es war die Hütte in der Seestraße, die Hütte vor dem Haus Breidenbachs.

Ich schreckte hoch, griff zur Fernbedienung, drückte den Lautstärkeschalterschalter mit Gewalt nach unten, doch erwischte ich die Programmtaste, sodass plötzlich eine Kochsendung erschien. Ich schaltete hektisch wieder zurück, fand schließlich den Lautstärkeregler und drückte auf Plus. Der Typ im Freizeithemd sagte: „… ob sich tatsächlich bestätigt, was die Kriminologen bis jetzt nur erahnen, und der grausige Fund etwas mit dem Mord an dem ILTHIS-Chef zu tun hat, bleibt fraglich. Fest steht aber schon jetzt, dass die Tote mit dem Fall in Berührung stand: Sie war mit der Geliebten des Ermordeten be freundet und offenbar in die Affäre eingeweiht."

Es gab einen Schnitt und plötzlich tauchte von Schmettau auf. Sie saß an einem Pult, auf dem sich mehrere Inseln mit kleinen, bunten Fläschchen befanden. Vor ihr standen vier Mikrofone und ein Aufnahmegerät, das demjenigen glich, das Dollerschell heute Morgen vor mich auf den Schreibtisch gelegt hatte. Den Hintergrund bildete ein braunvioletter Vorhang, der zwei Handbreit weiße Wand freiließ, gerade so viel, dass das dort befindliche Logo des Yachtclubs Ammersee zu sehen war: blaues Boot auf weißem Grund. Neben von Schmettau saßen rechts und links zwei beleibtere Herren in grauen Anzügen und grauen Krawatten. Während die beiden Männer schwitzten und nervös auf ihre Uhren, auf die Kameraleute und ihre Unterlagen schauten, wirkte von Schmettau gelassen. Ihr Blick ruhte auf einem festen Punkt, irgendwo jenseits der sie umgebenden Journalistenschar.

Gerade als von Schmettau zu sprechen begann, läutete das Telefon im Flur. Ich versuchte es gedanklich auszublenden, um mich voll auf den Fernseher zu konzentrieren.

Von Schmettau ließ ihre Lippen einmal wie eine rote Raupe in ihrem Gesicht von links nach rechts wandern und hob an: „Ob die beiden Fälle tatsächlich miteinander in Verbindung stehen, kann zu diesem Zeitpunkt noch nicht mit Sicherheit gesagt werden. Aber ja, es gibt einige Indizien, die darauf hindeuten, etwa die ungeheuerliche Brutalität, mit der der Mörder zu Werke gegangen ist. Was feststeht, ist die Identität der Leiche. Der Vater der 20-jährigen Augsburgerin hat vor einer Stunde den abgetrennten Kopf als denjenigen seiner Tochter erkannt. Jetzt befinden sich die Eltern in psychologischer Betreuung."

Dann stellte jemand aus dem Publikum eine Frage, die ich nicht verstehen konnte, weil gerade eine dunkle Stimme im Flur etwas auf den Anrufbeantworter sprach. Als der Apparat mit lautem Tuten meldete, dass die Aufnahme beendet war, kam von Schmettau wieder zu Wort: „Der abgetrennte Schädel wurde in Dießen gefunden, wir gehen aber davon aus, dass der Körper in der Nähe Uttings im See versenkt wurde. Nach Dießen wurde er offenbar von der Strömung getragen. Der Mörder hat – so der Stand der Ermittlungen – das Boot eines Anwohners entwendet, um den verstümmelten Leichnam zu befördern. Zurzeit überprüfen wir, ob das im Boot gefundene biologische Material demjenigen des geborgenen Schädels entspricht. Zudem suchen wir im See nach weiteren Leichenteilen. Ob wir dort welche finden werden, wissen wir nicht, es kann auch sein, dass der Torso an einem anderen Ort versteckt wurde."

Wieder gab es eine Frage aus dem Publikum. Die Kamera machte einen Schwenk und zeigte holzvertäfelte Wände, eine Vitrine mit Pokalen, eine Deutschlandflagge und eine Bayernfahne. Dann kam eine Kellnerin ins Bild, die ein Tablett mit schäumenden Weißbiergläsern in Richtung Stammtisch balancierte. Eine Gruppe älterer Herrschaften erschien, die offenbar bester Stimmung waren, weil endlich mal etwas los war bei ihnen im Dorf. Als die Frage gerade vorbei war, hatte der Kameramann endlich die Fragestellerin fokussiert. Doch die hatte sich bereits wieder ihren Bleistift in den Mundwinkel geschoben und schaute nur noch intelligent über den Rand einer schwarzen Brille hinweg zum Podium. Ich hatte die Frage wieder nicht verstanden.

Von Schmettau ging es offenbar anders, sie antwortete: „Der Schädel wurde von einer älteren Dame in einem Plastiksack gefunden. Diese verständigte sofort die örtliche Polizei und wurde dann mit einem Schwächeanfall in ein Krankenhaus gebracht." Von Schmettau räusperte sich, kratzte sich mit einem rotlackierten Fingernagel an der Schläfe. Im Hintergrund hörte man dunkle, kehlige Laute und das Anstoßen von Gläsern. Von Schmettau kniff die Lippen zusammen und fuhr fort: „Neben dem Kopf lagen einige Kiesel in dem Plastiksack: Der Täter hat offenbar versucht, die Leichenteile zu beschweren, sodass sie möglichst auf ewig am Grunde des Sees verschwinden sollten. Diese Strategie ist allerdings nicht aufgegangen, da die Tüte eingerissen wurde. Und das sehr schnell, nachdem sie der Täter in den See geworfen hatte. Nach den Verwesungsspuren zu urteilen, dürfte der Kopf nicht länger als achtundvierzig Stunden im Wasser gelegen haben."

Es gab wieder einen Schnitt und der Reporter im Streifenhemd erschien und sprach seinen Text auf. Doch ich hörte schon nicht mehr zu, konnte nicht mehr folgen, denn alles drehte sich in meinem Schädel. Ich schaltete den Fernseher aus, presste mir Daumen und Zeigefinger in die geschlossenen Lider. Ich rappelte mich auf, öffnete die Augen wieder und ging wie betäubt aus dem Wohnzimmer und in den Flur.

Der Anrufbeantworter fiel mir ins Auge. Ich wollte vorübergehen, wollte ins Schlafzimmer und direkt ins Bett springen, doch dann packte mich die Neugier. Waren es vielleicht Dollerschell oder von Schmettau, die mich aufs Revier bestellen wollten? Die mir eine Nachricht auf Band gesprochen hatten: Herr Baum, als wir den Kopf Klönnes aus dem Wasser ge zogen haben, war er noch gar nicht tot. Der Kopf hat gerade noch einen Namen gesagt, er hat Ihren Namen gesagt. Baum war es, hat er gesagt, ER hat mir den Körper abgeschnitten. Oder Dollerschell würden sagen: Herr Baum, wir wissen, dass Sie Klönne im Haunstetter Parkhaus ins Auto gewuchtet haben. Sie dachten sie sei tot, ha! ha! ha! Aber das war sie nicht, sie hat gerade noch ihren Schlüssel über den mintgrünen Speziallack Ihres Wagen gezogen, den Schlüssel ins Parkhaus geworfen und erst dann, mein lieber Baum, ist sie gestorben. Das gibt lebenslänglich, Baum, lebenslänglich, ha! ha! ha!

Ich drückte die blinkende Gummitaste, musste Gewissheit haben.
„*Eine neue Nachricht ...*: Jaaa, Hallo Frau Schröder, Göbel hier. Jetzt erreiche ich Sie schon wieder nicht. Aber gut, dann sage ich es Ihnen gerne noch mal auf den Anrufbeantworter – und diesmal bevor Sie es aus der Zeitung erfahren. Dort wird es nämlich in der nächsten Ausgabe stehen. Das heißt morgen ist Samstag, das schaffen die Redakteure vielleicht nicht mehr, die sind gerade alle mit irgendeinem Mordfall am Ammersee beschäftigt, hat mir Dr. Peters gesagt. Ein alter Freund von mir – ist jetzt Chefredakteur bei den *Landsberger Nachrichten*. Naja, Frau Schröder, Sie werden es nicht glauben, aber die kleine Tamara hat sich gar nicht umgebracht. Es war ein Unfall, nichts weiter als ein Unfall! Ist das zu glauben? Die haben Verstecken gespielt, die Tamara und noch zwei weitere Kinder, einer auch aus Ihrer Klasse. Er heißt ... ach Gott, so ein Bub mit braunen, etwas längeren Haaren. War eben mit seinen Eltern hier, den ... Gewöll ... Wolk ... Wölkhammers, jetzt habe ich's. Und der kleine Wölkhammer sagt, sie hätten zu dritt Verstecken gespielt und derjenige, der suchen musste, der hat sich halt so eine Tüte vom Penny oder vom Tengelmann oder was weiß ich über den Kopf gezogen. Um nicht zu sehen, wie die andern sich verstecken, verstehen Sie? Das ging auch eine ganze Weile gut, doch als sich der Wölki – so nennen sie den Kleinen, glaube ich – der Wölki! Na, als sich der Wölki und der andere Bub versteckt haben, haben sie sich schon gewundert, warum sie so lange nicht gefunden werden. Und dann sind sie zurück und haben sie dort entdeckt. Und als sie sie da so kalt und tot haben liegen sehen, da hat sie wohl die Angst gepackt und sie sind abgehauen. Aber das Gewissen hat sie nicht losgelassen, das schlechte – aber so schlecht war das ja gar nicht, das schlechte Gewissen. Also sind sie gekommen, um die Wahrheit zu sagen. Endlich kann man nur sagen, endlich! Ich habe darauf bestanden, dass sie noch heute zur Polizei gehen und dort die Sache auch amtlich machen und das haben sie mir fest versprochen. Und wissen Sie, was mir Dr. Peters, mein Freund, noch zugesagt hat? *Klaus*, hat er gesagt, *wenn das wirklich stimmt, dann werde ich diesen Schneider augenblicklich feuern, dann bleibt der keinen Tag länger in der Redakti-*

on. *Und die Ehre dieser asiatischen Lehrerin, die werden wir schon wieder herstellen.* Na, ist das ein Wort, Frau Schröder? Und mit der Suspendierung das, das kriegen wir schon wieder hin, das wird sich fügen, Sie werden sehen. Also, ich melde mich! Tschüss, Frau Schröder! Tschüss!"
Er legte auf.
Ich drückte auf löschen, konnte es nicht glauben. Damit war meine ganze Strategie in Sachen Robin über den Haufen geworfen. Mit einem Mal. Von jetzt auf gleich. Keiner würde mehr einen Selbstmord annehmen, wenn man Robin tot auffinden würde, tot mit einer Tüte über dem Kopf. Kinder und Selbstmord, da lachen ja die Hühner! „Verdammt!" fluchte ich. *„Verdammt!"*
Dann zog ich die oberste Schublade des Telefonschränkchens auf, nahm das Telefonbuch heraus. Ich suchte eine Nummer, wie automatisch, ohne nachzudenken, suchte sie, nahm den Hörer und wählte. Ich folgte einer Eingebung, einem Gedanken, der in mir schlummerte und der sich sicherlich schon gleich als absurd herausstellen würde.
Ich ließ sechs oder sieben Mal klingeln, wollte schon auflegen, als sich eine abgehetzte Stimme meldete.
„Ja, Oldtown Bar, Bernd hier."
„Ich wollte mit Karin Klönne sprechen. Ist sie da?"
„Die Karin? Die ist schon lange nicht mehr da. Hat gekündigt. Vor einem Monat oder so. Soll ich gucken, ob ich ihre Privatnummer noch finde?"
Ich hörte das Quietschen einer Schublade, das Blättern von Papier.
„Nein danke, ist schon gut", sagte ich und legte auf.
Ich blieb einige Wimpernschläge reglos vor dem Telefon stehen. Stille umflutete mich, Stille und plötzliche Einsamkeit. Dann ging ich in die Küche, öffnete einen Navarra und setzte an. Das Glas sparte ich mir. Ich setze an, nahm einen tiefen Schluck aus der Flasche. Ich ging zur Couch, ließ mich hineinfallen. Ich setzte noch einmal an, dann stellte ich den Navarra auf den Boden. Ich schloss die Augen, war fast im gleichen Moment weg, doch etwas juckte an

meinem Nasenloch. Ich griff daran und spürte etwas Kleines, Gummihaftes. Ich öffnete die Augen und sah auf meinen Finger: Ein Styropor-Kügelchen lag auf der Fingerkuppe wie ein künstlicher Popel. Ich wischte es an der orange-gelben Decke ab und schloss die Augen wieder. Das Leben war Theater, nichts weiter als ein absurdes Theaterspiel

21

Der Tag begann mit einer fast vergessenen Empfindung: frieren. Kälte. Nicht von innen heraus, das kannte ich. Von draußen wehte kühle Luft durch die offen stehende Terrassentür ins Wohnzimmer hinein. Ich wälzte mich herum, öffnete die Augen einen Spaltbreit. Verklumpte, durchsichtige Blasen zogen über einen grauen diesigen Horizont. Es roch frisch und luftig; auch etwas Rauchiges zog mir in die Nase, ein Duft wie von geräuchertem Speck, aber nur ganz zart, ganz weit weg, unmerklich fast. Ich wuchtete meinen Oberkörper in die Senkrechte, fuhr mir mit der Hand über die Augen. Die Blasen verschwanden, doch die Welt lag weiterhin unter einer dräuenden, wattigweißen Glocke. Die Alpen sah man dennoch: Sie protzten stahlblau am Horizont, umgeben von leuchtendem, fast reinem Licht.

Ich zog die Decke unter mir hervor, wickelte mich darin ein. In meinem Rücken klimperte Geschirr, das Holzbein eines Stuhls jammerte kläglich über die Fliesen, kurz darauf trommelte Wasser auf den Blechboden des Spülbeckens. Vor mir erblickte ich die Weinflasche von gestern. Sie war noch fast voll und stand auf dem Teppich neben dem Couchtischchen.

Ohne nachzudenken ergriff ich die Flasche und setzte an. Der Cabernet hatte die ganze Nacht hindurch geatmet und hätte jetzt seine volle geschmackliche Klangbreite entfalten müssen; ein wenig zu kalt war er vielleicht, zwei drei Grad wärmer und er wäre perfekt gewesen. Aber das war blanke Theorie, denn ich war keineswegs auf Genuss aus, an diesem späten Morgen, ließ mir das Gesöff stattdessen einfach in die Kehle hineinlaufen wie ein Penner billigen Fusel. Ich spürte, wie links und rechts zwei Rinnsale an meinem Kinn herunterglitten. Das eine tropfte mir von dort aufs Hemd, das andere rann mir am Hals herab, am Adamsapfel vorbei und von dort in den Kragen hinein.

Als ich absetzte, befand sich nur noch ein Fingerbreit Wein in der Flasche. Ich ließ ihn als Anstandsrest dort, wo er war und stellte die

Flasche auf den Holzrand des Tischs. Ich musste aufstoßen, ließ den Rülpser aber lautlos durch die Nasenlöcher entweichen. Man hat Anstand, oder man hat ihn nicht.

Ich zog die Decke über der Schulter zusammen, schnaufte, stand auf und trottete hinüber zur Küche. Kim stand an der Spüle, ließ Wasser über einen Teller laufen und bürstete die Krümel mit einem Schwämmchen hinunter. Dann stellte sie den Teller in die Spülmaschine – ihr Reinigungsritual.

Während sie einen Stuhl an den Tisch zurückschob, traf mich ihr kalter Blick. „Du nimmst dein Frühstück jetzt in flüssiger Form zu dir?"

Ich trat vor die Gefriertruhe und öffnete sie. „Keineswegs", sagte ich und holte ein tiefgefrorenes Steak aus dem untersten Fach heraus. Ich ließ es auf die Ablage neben dem Kühlschrank fallen. Eisflocken splitterten in der Küche umher, verteilten sich auf der Ablage, auf dem Herd, an der Wand, auf dem Boden.

Kim ging um den Tisch herum, stellte sich hinter einen Stuhl. Ihre Miene entspannte sich etwas, sie nahm Haltung an. „Wir müssen reden, weißt du? Wir werden Eltern, darauf sollten wir uns vorbereiten. Fünf Monate noch, dann sind wir zu dritt. Wir haben eine gemeinsame Verantwortung, das muss uns klar sein, und wir müssen planen: Ich werde meinen Job verlieren, gerade jetzt, wo ich Mutter werde. Das war nicht voraussehbar und das ist unglücklich, aber so ist es nun mal. Ich – Wir! – müssen uns damit abfinden. Umso wichtiger ist es deshalb, dass ich mich auf dich verlassen kann. Die ersten Monate müssen wir mit deinem Gehalt überbrücken, dann suche ich mir etwas Neu es. Wir müssen zusammenhalten, Max, aber wenn wir das tun, dann haben wir auch eine gemeinsame Zukunft."

„Eine Zukunft!", platzte es aus mir heraus. Und während ich mit einem Steakmesser auf das in Folie verschweißte Fleisch einstach, bekam ich fast einen Lachkrampf. „Eine Zukunft! Ha! Ha! Ha! Ich fasse es nicht. Eine gemeinsame Zukunft!" Eine ganze Weile blieb ich über das Fleisch gebeugt stehen und lachte in mich hinein. Es war einfach zu komisch: Kims staatsmännische Rede und dann dieses

Wort: *Zukunft*. Ich wusste nicht, was in ein paar Stunden geschehen würde, ob ich nicht schon im Knast sitzen würde oder ob ich sonst wo war. Und sie redete von einer gemeinsamen Zukunft als heile Familie. Es war zu komisch!

Als ich mich endlich wieder beruhigt hatte mit meinem Messer im Fleisch und meinem Lachen in der Kehle, drehte ich mich um.

Kim war verschwunden.

Ich schlurfte zum Weinregal, entkorkte auf den Schreck einen weiteren Navarra, trank wieder aus der Flasche. Wenn man den Wein direkt in die Rachen hineinschüttet, schmeckt man fast nichts mehr, stellte ich fest, nur ein säuerliches, leicht brennendes Gefühl entfaltet sich in der Kehle.

Während das gefrorene Steak wütend in der Pfanne brutzelte, ging ich in den Flur, um endlich mit der Reisegesellschaft zu telefonieren. Aus dem Badezimmer hörte ich das Randalieren der schleudernden Waschmaschine. Ich nahm den Hörer ab. Besetzt – offenbar telefonierte Kim in ihrem Arbeitszimmer.

In einem ersten Impuls wollte ich nach oben eilen und den Stecker ihres verdammten Telefons rausziehen, doch sagte ich mir, dass ich Zeit hatte. *Ein bisschen Zeit bleibt dir noch, alter Junge!*

Ich holte die Zeitungen aus dem Briefkasten, legte sie achtlos auf den Tisch und wendete mich wieder der Pfanne zu. Heißes Fett spritzte mir auf die Hand, doch war ich bereits angenehm von dem Wein betäubt, sodass ich nicht mehr viel davon spürte.

Als ich gerade beim Essen war, kam Kim mit der frischgewaschenen Wäsche herein und verschwand wortlos damit auf der Terrasse. Ich hörte sie den Wäscheständer aufklappen und hin und wieder das Zuschnappen einer Klammer; das metallische Sirren der Metallstreben durchzog immer wieder Wohnzimmer und Küche. In meinem delirierenden Zustand glaubte ich sogar leise, zarte Töne in dem Sirren zu erkennen, Töne, die wie Seifenblasen ins Haus hineingetragen wurden, um dann auf dem Sofa, auf den Schränken, dem Fernseher, dem Herd niederzugehen und dort zerplatzten. Galgenpoesie.

Bevor ich einen weiteren Navarra entkorken würde, beschloss ich, mein Telefonat zu erledigen, schließlich musste ich noch halbwegs kommunikationsfähig sein.

Als ich die Sache hinter mich gebracht hatte und wieder in die Küche kam, saß Kim am Tisch, das blaue Wäscheschaff neben sich auf dem Boden und starrte in die Zeitung.

Ich zog eine weitere Flasche aus dem Weinregal, begann mit dem Korkenzieher zu hantieren.

Kim sah mich an: „Weißt du, was hier steht?"

Ich versuchte, mit der Spitze des Korkenziehers die Banderole über dem Korken aufzuschlitzen. „Dass es ein Unfall war mit Tamara?"

„Ja genau. Ein Unfall. Nur eine kleine Meldung, aber auf der Titelseite. Alle Anschuldigungen gegen mich würden fallen gelassen. Hast du es etwa schon gelesen?"

„Was? Nein."

„Woher weißt du es dann?"

Endlich hatte ich eine Stelle gefunden, in welche ich die verdammte Spitze des Korkenziehers stecken konnte. Ich pikste hinein, ließ ihn einmal um den Hals der Flasche kreisen und nahm dann den Deckel der Banderole ab. Darauf begann ich, die Metallspirale in den Korken hineinzuschrauben. „Göbel hat gestern auf den Anrufbeantworter gesprochen."

„Das ist nicht dein Ernst."

„Doch, doch, er wusste es als Erster. Die Familie dieses ... Wölkis hat sich bei ihm gemeldet."

Kim sprang plötzlich auf, ballte die Fäuste. Sie schlug mit beiden gleichzeitig auf den Tisch. Ihre Unterlippe zitterte. „DAS! IST! NICHT! DEIN! ERNST!"

Ich erschrak, blieb einen Atemzug wie erstarrt stehen, sah sie an. Dann drehte ich weiter.

Ihre Fersen trommelten auf den Boden. Sie keilte um den Tisch herum. Ihr Zopf wippte auf ihrem Kopf wie der Schweif eines Pferdes beim Galopp. Sie griff nach der Weinflasche, riss sie mir aus der

Hand. Der Korkenzieher brach aus dem weichen Kork, krachte schreiend auf die Fliesen.

„Verdammt, was …?"

„Jetzt ist Schluss damit! Warum erfahre ich das erst jetzt, hä?"

„Gib mir den Wein zurück, Kim."

„Sag mir erst, warum du mir nicht gestern oder zumindest heute Morgen davon erzählt hast, dass Göbel angerufen hat!"

„Gib mir die Flasche, dann sage ich es dir – vielleicht."

„KANNST DU DIR VORSTELLEN, WIE ES MIR MIT DIESER SACHE GEHT? DENKST DU VIELLEICHT ZUR ABWECHSLUNG AUCH EINMAL AN MICH? UND DEIN KIND?" – sie legte die freie Hand auf den Bauch wie zum Beweis: Hier ist er, der Säugling – „ICH LEBE SEIT WOCHEN IN DER STÄNDIGEN SORGE UM UNSERE ZUKUNFT. FÜHLE MICH HUNDEELEND WEGEN DIESER UNTERSTELLUNGEN, DIE TAGTÄGLICH IN DER ZEITUNG STEHEN. ICH LEIDE JEDE STUNDE, JEDE MINUTE JEDE SEKUNDE DARUNTER. WIE IN APATHIE HABE ICH DIE LETZTEN TAGE ZUGEBRACHT. UND DU …"

Ich griff mit beiden Händen nach der Flasche, doch Kim war schneller und zog sie weg, sodass ich ins Leere taumelte. Ich drehte mich um, sprang auf sie zu, doch sie duckte sich und tauchte unter mir ab. Ich knallte gegen den Herd, meine gesunde Hand kam auf der noch heißen Platte auf, die ich offenbar nicht abgestellt hatte. Ein brennender Schmerz durchfuhr mich und ich stieß einen Schrei aus.

Ich blickte auf meine Hand: Der Ballen war rot und auf den Kuppen von Zeige- und Ringfinger pellte sich die Haut. Jetzt brauchte ich den Wein erst recht, um den Schmerz zu betäuben. Ich blickte auf. Kim stand zwischen Küche und Wohnzimmer, hielt die Flasche mit zwei Händen an ihren Körper ge presst wie eine Mutter ein Neugeborenes.

Ich hielt meine Hand nach oben, meine rote, angesengte Hand und ging auf sie zu. „Siehst du, was du gemacht hast? Was du angerichtet hast? Du machst mich zum Krüppel. Erst bringst du mich dazu, die verdammte Glasplatte einzuschlagen und jetzt stößt du mich auf den Herd!"

Sie machte zwei, drei Schritte rückwärts, fixierte mich mit ihren wütenden, glühenden Augen. „Das denkst auch nur du, dass ich darauf reinfalle. Wenn sich hier einer zum Krüppel macht, dann bist du es selbst. Und den Wein hier bekommst du erst, wenn du es mir sagst."

Ich ging langsam auf sie zu, noch immer meine Hand hochhaltend, vorsichtig, wie man sich einem scheuen Tier nähern würde. „*Es?* Was meinst du?"

„Billig, Max, ganz billig. Du weißt ganz genau, von was ich spreche!"

Als sie einen halben Meter vor dem Sofa stand, sprang ich auf sie zu. Ich verfehlte sie, aber sie prallte gegen die Sofarückwand und war einen Moment perplex. Ich ergriff ihr weißes Puffärmelhemd, doch sie machte einen heftigen Satz zur Seite. Der Stoff riss und ich hatte einen weißen Fetzen in der Hand. Sie hechtete Oberkörper voraus auf die Couch, ließ sich dort abrollen, wollte weiter zur Terrasse und dort davonkommen. Doch erwischte ich sie gerade noch am Hosenbund ihrer Jeans und zog sie zurück auf das Polster. Sie drehte sich um, wollte mit der Flasche nach mir schlagen, doch diesmal war ich schneller und bekam ihren Unterarm zu fassen. Sie ließ die Flasche in der Schlagbewegung los und ich hörte, wie sie hinter mir auf dem Boden zerschellte: Ein dumpfes Geräusch, wie wenn etwas Hohles implodiert, dann Splitter, die über die Fliesen gleiten und gegen Wände, Stühle und Regale titschen.

„Warte, du Schlampe", rief ich und warf mich über die Sofakante und auf sie drauf.

„LASS MICH, DU SCHWEIN, LASS MICH, DU VERDAMMTES SCHWEIN!", rief sie. Doch ich ließ sie nicht, sondern schob meine Knie auf ihrer Oberarme, um diese zu fixieren. Sie wälzte den Kopf hin und her, strampelte mit den Beinen. Dann begann sie zu schreien, ein helles schmerzhaftes Schreien, mit dem man vielleicht Gläser zersingen und mit dem man ganz bestimmt Nachbarn auf sich aufmerksam machen konnte, wenn die Terrassentür offen stand. Ich verpasste ihr eine Backpfeife und sie verstummte kurz, doch dann stimmte sie den gleichen durchdringenden Ton erneut an. Also holte ich weiter aus, um das Gekreische mit einem gezielten Schlag meiner verbrannten Hand abzustellen. Ich atmete ein, ballte meine Hand zur Faust, als plötzlich die Haustürglocke summte.

Wir erstarrten beide augenblicklich, es war wie der Gong bei einem Boxkampf: Die Kontrahenten mussten in ihre Ecken zurück.

Zuerst dachte ich: Ignorieren! Einfach klingeln lassen!

Doch wenn es die Bullen waren? Und das war ja sehr wahrscheinlich, dass sie es waren: Die Bullen. Auf den alten Ich-bin-nicht-zu-Hause-Trick würden sie wohl nicht mehr reinfallen. *Entschuldigung Herr Staatsanwalt, aber wir konnten den Verdächtigen nicht stellen, er hat einfach die Tür nicht geöffnet.* Nein, nein, sie würden sich Zugang zum Haus verschaffen – so oder so. Und in unserem Fall mussten sie ja nur um das Haus herumgehen, in den Garten, auf die Terrasse.

Ich stieg von Kim herunter, die wie betäubt auf dem Sofa liegen blieb, ihre Arme ausgestreckt wie ans Kreuz geschlagen.

Ich ging in den Flur, schloss die Tür zum Wohnzimmer, öffnete entschlossen die Haustür.

Ein Zweimetermann stand da, mit braunen Krauslocken und Grübchenkinn. Er sah mich einen Augenblick erschreckt an, versuchte dann aber freundlich zu lächeln. Er fragte: „Ist Kim da?"

Ich musterte ihn: Ihm schien alles zu eng, zu knapp, zu kurz zu sein: Sein T-Shirt lag ihm am durchtrainierten Oberkörper wie eine zweite Haut, seine Stoffhose hatte eine Handbreit Hochwasser, seine langen Zehen lugten über die klobigen Naturburschensandalen hinaus. Er war auf keinen Fall ein Polizist, sagte ich mir. Glück gehabt, ich bekam noch einen kurzen zeitlichen Aufschub.

Ich sagte: „Nein, sorry. Ist nicht da."

Ich wollte die Tür wieder schließen, doch er legte eine Hand daran, reckte den Kopf: „Wann kommt sie denn wieder?"

„Ich weiß nicht, wann sie wiederkommt, tut mir leid. Ich habe jetzt auch keine Zeit mehr. Wiedersehen."

Wieder wollte ich die Tür schließen, doch er stellte seinen sandalierten Fuß auf die Schwelle und begann von außen leicht gegen die Tür zu drücken.

„Nehmen Sie Ihren Fuß da weg, oder ich kann für nichts garantieren", sagte ich.

Er rief durch den offenen Spalt ins Haus: „KIM?"

„Verflucht noch mal, ich habe doch gesagt, sie ist nicht da!"

„KIM? Ich bin's ..."

„... Clemi?" – Kims Stimme aus dem Wohnzimmer.

„Verdammt", rief ich. Dann warf ich die Tür mit Wucht zu.

Es knackte, wie wenn etwas Morsches zerbricht.

„AAAH!", schrie Clemi und sackte vornüber zusammen, langte mit einer Hand an seinen Fuß. „Mein Fuß, du hast mir den Fuß gebrochen, verdammt!"

Ich lächelte matt. „Ich habe dich gewarnt!"

Clemi blickte mit schmerzverzerrtem Gesicht zu mir auf, dann warf er sich mit dem Oberkörper gegen die Tür. Ich wurde zurückgeschleudert, konnte gerade noch mit einer Hand das Schränkchen mit dem Telefon erfassen, doch es half nichts: Ich riss es um und fiel mit Rücken und Hinterkopf auf die Fliesen.

Ich war eine Sekunde weg und sah dann schemenhaft wie Clemi in unseren Flur hereinhumpelte und dann ins Wohnzimmer – er schien sich bestens auszukennen.

Ich blieb einen Augenblick liegen, rappelte mich dann auf. Ich fuhr mir mit der Hand über den Hinterkopf, betastete die anschwellende Beule, entdeckte aber immerhin kein Blut.

Ich stand wieder auf. Diesem verfluchten Hund würde ich es zeigen. Das war Hausfriedensbuch, ganz klar. Und mein Heim, das würde ich verteidigen, bis zum Schluss, bis zum bitteren Ende!

Ich stürmte ins Wohnzimmer.

Clemi kniete auf dem Boden neben dem Sofa, hielt Kims Hand und besah sich ihre Unterlippe. Die Backpfeife von eben schien doch etwas heftiger gewesen zu sein, als ich zunächst vermutet hatte. Jedenfalls hatte sich ein kleines Gerinnsel an Kims Lippe gebildet – an der gleichen Stelle wie vor einigen Wochen.

„Raus, du Affe!", rief ich, „aber ganz schnell!"

Clemi zog Kim auf die Beine, legte ihr in einer schützenden Geste kurz den Arm auf die Schulter und humpelte dann um das Sofa herum, kam auf mich zu. Sein Fuß sah ganz normal aus, nur dass er nicht damit auftreten konnte. Er hielt die Fußsohle nach innen gedreht, tippte nur kurz mit der Seite auf, wenn er einen Schritt nach vorne machte. Sein rechtes Bein knickte dann in sich zusammen wie ein loses Scharnier und er zog schnell sein anderes, sein linkes, gesundes Bein nach vorne. Trotz seiner Verletzung sah er bedrohlich aus: Er war top-durchtrainiert, sehnig, breitschultrig und groß; vielleicht machte er sogar Kampfsport. Und er hatte Blut geleckt: erst sein eigenes und dann auch noch das von Kim. In seinem Blick lag eiserne Entschlossenheit. Obwohl ich durch den Alkohol kaum mehr klar denken konnte, wurde mir plötzlich klar, dass der Typ mir alle Knochen brechen würde, wenn er mich in die Hände bekam.

Er kam näher, in leicht gebückter humpelnder Haltung. Eine Art Affenmensch. Kim schlich derweil im Hintergrund zur Wand, legte eine Hand daran, als müsse sie sich abstützen, atmete schwer, blickte dann zu uns auf.

Obwohl Clemi noch drei, vier humpelnde Schritte von mir entfernt war, begann er, seine Arme aus Stahlbeton auszustrecken. Seine Hände waren groß wie Klauen, seine Finger waren lang und sehnig. Und vor allem: Es waren noch zehn Stück vorhanden.

Ich merkte, wie mir der Schweiß auszubrechen begann, mein Herz fing an zu rasen, meine Kehle schnürte sich zusammen.

Ich trat einen Schritt zurück. Plötzlich blitzte seitlich etwas auf, ich sah es im Augenwinkel. Ich warf einen kurzen, schnellen Blick über die Schulter. Natürlich, das Steakmesser! Mit einem Satz war ich an der Anrichte und ergriff es. Dann wandte ich mich wieder dem Affen zu. „So, Freundchen, jetzt wirst du das hier spüren!"

Er fixierte die Waffe in meiner Hand, blieb stehen. Sein Blick änderte sich, das Feste, Unerbittliche verschwand daraus. Das Grübchen an seinem Kinn begann zu zucken, auf seiner Stirn bildeten sich Falten, schwitzende, angstbesorgte Falten. Die Machtverhältnisse hatten sich mit einem Mal umgekehrt.

Ich hielt das Messer am ausgestreckten Arm wie ein Bajonett, ging langsam auf ihn zu. *Ein Mord mehr oder weniger,* ging es mir durch den Kopf, *ein Mord mehr oder weniger.* Ich sagte: „Na! Na! Was ist los, Dicker? Die Hosen voll? Komm her! Komm her!" (Man ist nicht besonders originell bei der Wortwahl, wenn es Mann gegen Mann geht, aber das ist auch gar nicht wichtig. Man muss dem Gegner klar machen, welche Rolle er zu spielen hat und das geht am besten durch die Übernahme klischeehafter Wendungen. Im unseren Fall hatte ich meinem Gegner die Rolle des unterlegenen Opfers zugedacht, das die Wahl hatte zwischen spontaner Flucht und dem kalten Leichensack.)

Ich näherte mich ihm langsam auf einer halbkreisförmigen Bahn, die ich mehrmals von links nach rechts und von rechts nach links durchschritt, das Messer immer auf das Grübchen seines Kinns gerichtet. Er wich Schritt für Schritt zurück und ich bemerkte nicht ohne Genugtuung, dass ihm gleich die Sofawand den Rückzug abschneiden würde. „Na komm' schon! Komm her, wenn du was willst, du Affenmensch! Na? Na?"

Kim stieß im Hintergrund einen dumpfen, unterdrückten Schrei aus, krümmte den Oberkörper, hielt sich die Hände an den Unterleib. Aber ich durchschaute die Show: Sie wollte mich ablenken und ihrem Freund einen Vorteil verschaffen. Sie war eine gute Schauspielerin, das musste man ihr lassen: „UUUURG", stieß sie aus und ließ sich theatralisch vornüber auf den Boden fallen, die Hände an die reife Frucht ihres Bauchs geklammert.

„Na?! Na?!"

Clemi hatte seine Hände heruntergenommen, hielt sie jetzt an der Hüfte wie ein Cowboy, der zum Ziehen bereit war. Endlich stieß er mit dem Rücken gegen das Sofa. Ich nutzte den Überraschungsmoment und stürmte auf ihn zu, wollte ihm das Messer in seinen Adamsapfel stoßen. Doch der Riese war flink wie eine Katze, machte einen Schritt zur Seite, packte mich an Arm und Brust und nutzte meinen Schwung, um mich nach oben zu hebeln. Ich spürte, wie mein Oberkörper auf dem Teller seiner Hand lag und mich einmal in der Luft herumwirbelte. Ich flog über die Couch, mir wurde schwindelig, ich wusste nicht mehr, wo oben und unten war. Ich machte wohl eine Art Salto. Ich sah aus den Augenwinkeln noch sein entspannt-überraschtes Gesicht und die ängstlichen Blicke Kims, hörte noch, wie das Messer auf den Boden fiel und leise klimperte wie ein Spielzeug. Dazu ein eigenartiges langgezogenes Geräusch: Wie damals, als man plötzlich den Stecker eines Plattenspielers gezogen hatte und die Musik langsam, träge und dumpf ausklang. Dann rauschte ich mit dem Rücken in die neue spiegelglatte, kratzerfreie Glasplatte. Es gab einen splitternden Schlag, als würde eine Abrissbirne in ein marodes Haus krachen. Ich spürte den dumpfen Aufprall und mir blieb mit einem Mal die Luft weg.

Dann wurde die Welt ausgeschaltet.

22

Es klopfte zweimal, dann stieß jemand die Tür auf. Lärm drang ein: Draußen schoben sie irgendetwas vorbei, etwas mit Gummirädern und viel Blech. Ich hörte es gegeneinander klimpern. Metall auf Metall und Metall auf Plastik. Dazu das Rascheln von Papier und das Quietschen von Korksohlen auf dem Boden. Dann sang Schwester Graschina: „Besuch für Sie, Herr Baum!"

„Ich will niemanden sehen"

„Ach, Herr Baum, wieso Sie sich nicht freuen über ein bisschen Abwechslung – der Tag ist doch lang genug. Ich bin sicher, ein bisschen Sprechen mit ein paar Menschen, das wird Ihnen gut tun!"

Ich wollte ihr zurufen, dass ich genug Abwechslung hatte. Denn immerhin konnte ich ein Stück blauen Himmels durch das Fenster sehen und auch einen Teil der Betonfassade mit Fenstern vor denen safrangelbe Vorhänge hingen. Und ich sah mich selbst, mein verzerrtes Spiegelbild in dem Metallrohr, an dem der Tropf befestigt war. Ich brauchte nur einen Millimeter zur Seite zu rücken und mein Antlitz veränderte sich, wurde gestaucht oder gestreckt. Wenn ich ein wenig näherrückte – was nur unter Schmerzen möglich war –, erschienen manche Bereiche meines Gesichts wie unter einer Lupe: Ich hatte dann ein riesiges Auge oder dicke, fleischige Lippen oder auch ein vorstehendes Kinn wie bei einer Kasperlefigur. Auch die Tageszeit hatte ihren Einfluss auf mein Antlitz, seine Konturen, seine Farbkontraste, oder wenn künstliches Licht eingeschaltet war. Am besten sah ich mich in der Dämmerung, dann, wenn die Sonne nicht so stark hineinschien und die Reflektionen von der Chromoberfläche der Stange verschwanden. Dann sah ich mich fast wie in einem Spiegel, allerdings nur sehr klein und von weit weg: Ich sah mich auf dem Bauch liegend, den Hals in eine büroanthrazitgraue Krause eingebettet. Von meinen Armen sah ich nur den linken: Er lag in einer Schaumstoffform, eingegipst bis zur Schulter. Ich wusste: Von meiner Krabbenhand war der Verband komplett entfernt worden, zudem war sie an den Tropf angeschlossen, dessen Schlauch irgendwo hinter dem Bett verlief. Von meinem Rücken konnte ich nur wenig erkennen, es lag meistens ein feuchtes Handtuch darauf und nachts die Bettdecke, zumindest eine Zeitlang, solange wie ich es aushalten konnte, das Jucken, das Zwacken, das Schrubbeln.

Aber ich verzichtete darauf, Schwester Graschina von meinem abwechslungsreichen Leben, den vielfältigen Eindrücken zu berichten, rief stattdessen: „Von mir aus, sollen reinkommen, die Besucher."

„Na sehen Sie …! Bitte!"

Leute bedankten sich, und ich hörte das Knirschen ihrer Schuhe auf dem Linoleum. Das sei doch kein Problem, dafür sei sie ja da, sagte die Schwester, bedankte sich ebenfalls (wofür?) und schloss die Tür.

Die Schritte kamen näher, Stoff knisterte, Atem ging schwer. Ein Räuspern erklang.

„Herr Baum?", sagte eine weibliche Stimme.

„Ich bin hier."

„Ja, das sehe ich."

Es war Frau von Schmettau. Ich erkannte sie an ihrer Stimme, aber ich hatte auch schon mit ihrem Besuch gerechnet, wusste, dass sie hier früher oder später auftauchen würde. Dass sie bereits an Tag zwei meines Aufenthaltes im Klinikum erschien, zeigte, für wie wichtig sie dieses Gespräch erachtete.

„Es wirkt sicherlich unhöflich, dass ich Sie nicht anblicke, aber ich kann den Kopf nicht bewegen. Das heißt, ich kann ihn bewegen, aber nur unter starken Schmerzen. Wenn Sie hierher, hinüber zum Fenster kommen würden …"

„Ja, natürlich."

Sie schritt um das Krankenbett herum, ihren Kollegen Dollerschell im Schlepptau, und lehnte sich neben den Tropf an die Fensterbank. Ein angenehmer Duft mischte sich unter das Aroma aus Gummi, Desinfektionsmittel, Franzbranntwein und dem penetranten Eukalyptus meiner Rückensalbe. Ein Hauch von Mandelblüte, Kokos und … Zimt. Oder Muskat? Nein, nein, es war Zimt. Eine interessante Mischung: Sie hatte zu gleich etwas von Nähe und Ferne, von Geborgenheit und Abenteuer.

Beide begrüßten mich erneut.

Obwohl Sprechen kein Problem war, zwinkerte ich ihnen nur müde zu. Ich nutzte den Vorteil, den Krankheit bietet: Man konnte einen Gast hinauskomplimentieren, wenn das Gespräch ungünstig verlief, indem man plötzliche Schwäche oder Schmerzen vortäuschte.

„Was ist passiert, Herr Baum?"

Ich schloss die Augen und referierte mit tonloser Stimme: „Ich bin in die Glasplatte unseres Couchtischs gefallen, mit dem Rücken. Die Operation hat zehn Stunden gedauert. Über hundert Splitter mussten mir aus dem Rücken gezogen werden. Diejenigen der Glasplatte waren aber nicht die Schlimmsten: Auf der Platte stand eine Tonvase. Einige ihrer scharfkantigen Splitter sind bis zur Wirbelsäule durchgedrungen, da muss man sehr vorsichtig sein bei der Operation. Aber ich hatte Glück: Es werden keine bleibenden Schäden zurückbleiben – bis auf die Narben natürlich."

Ich öffnete die Augen wieder, linste mit den Pupillen schräg zu den beiden hinauf.

Frau von Schmettau pikste mit ihren grazilen Fingern in die Luft. „Und Ihr Hals und Ihr Arm?"

Ich keuchte. „Ich weiß es selber nicht so genau, ich bin ohnmächtig geworden, danach bin ich sofort unters Messer gekommen. Aber ich muss wohl mit dem Nacken auf die Tischkante geschlagen sein, wo ich mit dem Arm aufgekommen bin, kann ich mir nicht erklären. Der Nacken ist aber nur gestaucht, der Arm weist mehrere Frakturen auf, sowohl am Unter- als auch am Oberarm. Außerdem war das Schultergelenk ausgekugelt."

Dollerschell hatte die ganze Zeit seine Mundwinkel nach unten gepresst, jetzt schnellten sie nach oben als er sagte: „Und Sie sind da einfach so ... *reingefallen?*"

„Man hat mich hineingestoßen."

Sie sahen fragend auf mich hinab.

„Der Liebhaber meiner Frau ... Es gab eine Meinungsverschiedenheit und dann ein Handgemenge. Das Ergebnis liegt vor Ihnen."

Von Schmettau meldete sich wieder zu Wort: „Ihre Frau liegt auch im Krankenhaus."

„Auf der Entbindungsstation, ja. Sie hätte fast eine Frühgeburt bekommen. Muss wohl wegen des Schocks gewesen sein. Sie muss jetzt die letzten fünf Monate ihrer Schwangerschaft auf dem Rücken liegen. Ist das nicht eine Ironie? Ich liege auf dem Bauch, sie auf dem Rücken. Schade, dass wir nicht im gleichen Zimmer untergebracht sind. Ein Anblick wäre das ..."

Ich lachte müde und ließ meine Lacher in einen plötzlichen Husten übergehen.

Dollerschell war froh, dass er zumindest kurz ein offenes Grinsen zeigen konnte.

Von Schmettau legte ihren Finger vor die Lippen, als fordere sie uns andere auf, zu schweigen. Dann sagte sie: „Wissen Sie, Herr Baum, ich will ehrlich zu Ihnen sein. Wir haben hier eine Erpressung, zwei Morde und ein heftiges Handgemenge. Wir glauben, dass Sie in diesem Spiel mehr darstellen als einen unbeteiligten Beobachter."

Von Schmettau fasste die bisherigen Ermittlungen zusammen. Tatsächlich hatten sie mittlerweile den Torso aus dem Ammersee gezogen, den Todeszeitpunkt Klönnes bestimmt und auch festgestellt, dass sie mit einer Motorsäge zerteilt worden war. Außerdem hatten sie den Plastikschutz meiner Krabbenhand sichergestellt. Er hatte eigenartigerweise in der Driving Range gelegen, sodass ich behauptete, ihn bei einem früheren Besuch Klaproths dort vergessen zu haben.

Dollerschell stellte die These auf, dass es bei der ganzen Geschichte noch um etwas anderes ginge als Erpressung und darauffolgenden Mord. Er hatte herausgefunden, dass ich Klönne vor Wochen in der Oldtown Bar in besoffenem Kopf arg gedemütigt hatte. Er berichtete, dass sich Zeugen an die Weißbiernummer erinnerten (ich tippte auf Jens). Auch der Wirt habe die Sache noch präsent gehabt und habe berichtet, dass er mir ein „ganz schönes Ding" verpasst habe, nachdem die letzten Gäste gegangen seien. Was sie nicht sagten, war dass Klönne danach ihren Schlüssel über die Tür meines Autos gezogen hatte. Und dass die Spur zu mir sich nur durch die Analyse der Lackreste ergeben hatte.

Ich stritt die Vorwürfe nicht ab, es hatte ja keinen Sinn, doch gab ich zu verstehen, dass ich keinen Zusammenhang mit dem Mord an Breidenbach und an Klönne selbst erkennen konnte. Dollerschell hielt es nicht für ausgeschlossen, dass es eine Viereckgeschichte gab, in der Breidenbach, Karin Klönne, Larissa Klaproth und ich die Rollen spielten. Vielleicht mussten Breidenbach und Klönne aus dem Weg geräumt werden, damit Larissa und ich freie Bahn hatten?

Ich fragte, freie Bahn für was? Und warum das nur möglich sein sollte, indem man die beiden umbrachte? Dollerschell wusste keine Antwort, beharrte aber darauf, dass ich zu seinen Nummer-Eins-Verdächtigen gehöre, diese Aussage könne er mir nicht ersparen. Er sprach von einem Zeugen, der sich gemeldet habe und dessen Täterbeschreibung sehr deutlich auf mich schließen ließ. Dann erinnerte er mich an das Tonband und deutete an, dass die Techniker derzeit versuchten, die verzerrte Stimme zu glätten. Ich reagierte mit einem leisen Seufzer und einem schmerzverkniffenen Gesicht.

Dann begannen sie mich auszufragen, nach Uhrzeiten, Daten, Orten. Wann ich wo war und dergleichen. Zum Teil hatte ich meine vorgefertigten Antworten, zum Teil musste ich sie vertrösten, sagte, ich müsse in meinem Kalender schauen, wenn sie Genaueres, Detaillierteres wissen wollten. Ich versprach, ihnen meinen Kalender zur Verfügung zu stellen, sobald dies möglich war.

Nach einer guten Stunde klopfte es wieder, Graschina donnerte herein, mit übergezogenen Aidshandschuhen. „Es ist mal wieder soweit, Herr Baum … Oh, Ihre Gäste sind noch da. Soll ich besser später kommen?"

„Nein, bitte", flehte ich. „Die Schmerzen sind kaum zu ertragen."

Von Schmettau und Dollerschell verstanden und verabschiedeten sich, allerdings nicht ohne anzukündigen, dass sie mir schon bald einen erneuten Besuch abstatten würden.

„Ich werde Ihnen hier schon nicht davonlaufen", scherzte ich ohne den Kopf umzuwenden. Im Spiegelbild meiner Tropfstange glaubte ich zu sehen, wie Dollerschell nickte und seiner Chefin einvernehmlich zulachte.

Als die beiden gegangen waren, machte sich Graschina ans Werk, schlug das Handtuch auf meinem Rücken zurück und strich mir die nach Eukalyptus riechende Salbe mit ihren kalten Plastikgreifern darauf. Es war eine schmerzhafte Prozedur, mein ganzer Rücken begann zu brennen, zu glühen, wie ein Ausgepeitschter kam ich mir vor, als sie über mir zugange war. „Wir können keine Verband machen", erklärte sie jedes Mal. „Wenn ich Verband abziehe, ich reiße Wunde wieder auf. Deshalb die Wunde muss an Luft trocknen."

Auf der Chromstange des Tropfs blickte ich auf mein Gesicht. Es war schmerzverzerrt. Doch wenn ich mich einen Millimeter nach vorn bewegte, lächelte es fast.

Gegen neun Uhr abends kehrte Ruhe ins Krankenhaus ein und um elf war hier bereits tiefe Nacht. Doch so lange konnte ich nicht warten. Als die Ziffern der Digitaluhr an meinem Bett eine Zweiundzwanzig anzeigten, rappelte ich mich auf. Ich konnte froh sein, dass ich ein Einzelzimmer hatte, so musste ich keine Rücksicht auf andere Patienten nehmen.

Ich setzte mich an die Bettkante und kümmerte mich zuerst um den Tropf an meiner Krabbenhand. Mit den Zähnen riss ich das Pflaster ab, mit dem die Kanüle verklebt war, dann zog ich meine Hand mit einem Ruck zurück, sodass die Nadel aus meiner Vene glitt. Den Blutfaden, der heraussickerte, wischte ich am Bettlaken ab.

Ich ging hinüber zum Kleiderschrank, zog eine schwarze Baumwollhose an. Es war gar nicht so leicht, denn mein linker Arm war komplett eingegipst und auf der anderen Seite standen mir nur drei Finger zur Verfügung. Doch waren die Schwierigkeiten, die ich mit der Hose hatte, nichts gegen diejenigen mit dem Hemd: Zwar schlüpfte ich problemlos mit meiner Krabbenhand in den rechten Ärmel, doch schien es unmöglich, den Gips in die gegenüber liegende Seite hinein zu bekommen. Ich probierte eine Weile herum: Schlüpfte erst mit dem rechten Arm wieder aus dem Hemd hinaus, um mir den linken Ärmel besser über den Gips zu streifen, aber es ging nicht: Er war einfach zu dick. Zuerst überlegte ich, ob ich den Stoff aufreißen sollte, doch entschied ich mich schließlich, den linken Ärmel einfach leer hinunterhängen zu lassen wie ein Kriegsversehrter.

Beim Zuknöpfen des Hemdes hatte ich eigentlich mit größeren Schwierigkeiten gerechnet, doch tauchten keine Probleme auf. Ich konnte Zeigefinger, Ringfinger und Daumen meiner Krabbenhand einsetzten – und mehr Finger benötigt man nicht, um ein Hemd zu schließen. Die oberen beiden Knöpfe musste ich ohnehin offen stehen lassen, der Halskrause wegen.

Das Schlimmste waren die Schmerzen: Schon die leichteste Berührung meines wunden Rückens brannte unerbittlich, dämonisch, höllisch. Der leichte Stoff des Hemdes scheuerte über mein wundes Fleisch wie ein Nagelbrett, schien die Wunden immer wieder aufzureißen. Ich biss die Zähne zusammen und sagte mir, *es muss sein* und immer wieder *es muss sein*.

Es musste deshalb sein, weil ich mir sicher war, dass die gegen mich angehäuften Indizien nach und nach zu erdrückend werden würden. Wenn sie nur ein Haar von mir im Ruderboot oder in Pitzling fänden, hätten sie zudem den genetischen Beweis, dass ich bei den Morden zugegen gewesen war. Oder sie brächen einfach den Kofferraum meines Wagens auf. Dort lag immer noch die Motorsäge. Ich wunderte mich, warum sie das nicht schon längst getan hatten. Wahrscheinlich hatten sie hierfür noch kein grünes Licht vom Staatsanwalt erhalten.

Ich schlüpfte in die Schuhe, durchwühlte dann mein Nachtischschränkchen. Ich fand meinen Schlüsselbund, doch Geld war keines da. Egal, dachte ich, es würde auch so gehen.

Ich öffnete die Tür und linste hinaus. Der Gang lag still im künstlich surrenden Neonröhrenlicht. Ich huschte hinaus, schloss die Tür, ging zügig auf das Treppenhaus zu. Rechts kam das Schwesternzimmer, das ich passieren musste, dann konnte ich in den Aufzügen verschwinden. Ich schaute auf den Boden, blickte gar nicht hinein, sondern ging im Stechschritt daran vorbei. Ich hatte das Gefühl, jemand würde hinter mir auf den Flur treten und mir nachsehen, doch drehte ich mich nicht um. Ich ging zu den Aufzügen und hatte Glück, dass mich direkt eine freie Kabine erwartete, die mich nach unten trug.

An der Pforte winkte ich ein Taxi heran, biss auf die Zähne und ließ mich vorsichtig auf den Sitz hinab. Obwohl ich den Rücksitz kaum mit dem Hemd berührte, hatte ich das Gefühl, man würde mir eine Rasierklinge über die Haut ziehen.

„URRG!" stieß ich aus und ließ mich dann von einem besorgt dreinblickenden Araber zur Detektei fahren. Ich hielt ihn an, zu warten und sprang schnell hinein. Ich fischte das Geld und meine Papiere aus der Schreibtischschublade heraus, sah mich ein letztes Mal um. Das letzte Mal etwas zu sehen, was einem über Jahre hinweg viel bedeutet hat, ist ein trauriger Moment, auch wenn es nur ein Raum ist, auch wenn es nur Gegenstände sind, die wir zurücklassen. Vielleicht liegt es daran, dass man mit den Dingen Erlebnisse verbindet, flüchtige Erlebnisse, die vergangen sind, die aber in unserer Umgebung weitergelebt haben. Ein Stuhl, auf dem ein wichtiger Mensch gesessen hat, ein Schreibtisch, auf dem man den Umschlag eines Briefes versiegelt hat, der einen bedeutenden Inhalt hatte. Gedanken, denen man immer wieder in einem Raum nachhing, die sich irgendwo zwischen Tischplatte und Decke entfalteten und welche die Wände jetzt mit einer kaum sichtbaren Patina benetzt hatten. Hoffnungen, die sich artikulierten, meine Hoffnung, die ich hatte, als ich mein *„Max Baum. Detektei"* in die Milchglasscheibe meines Schaufensters hatte eingravieren lassen.

Ich seufzte. Mein Rachen war trocken und ein Hustenreiz peinigte mich. Ich schritt ein letztes Mal hinüber zur Teeküche, nahm meinen besten Gyokuro heraus, der sich hinter einer ganzen Reihe offener und geschlossener Teetüten versteckte, und eilte zurück zum Taxi.

„URRG …! München, Flughafen bitte!"

Seine Augen glitzerten wie funkelnder Bernstein und er grinste mich an, als sei ich seine versprochene Braut und er dürfe erstmals den Schleier vor meinem Gesicht lüften. „München? Flughafen?"

Ich nickte.

„Hunderfunfzig!"

„Hundertfünfzig komplett!" Ich ließ meine Krabbenhand kreisen, deutete drei Stationen an: „Krankenhaus, Landsberg, Flughafen: Hundertfünfzig komplett."

„Hunderfunfzig komplett – Okay? Okay!"

Er grinste und nickte. Und gab Gas.

Ich war spät dran, als wir ankamen, eine gute Stunde noch, dann würde der Vogel abheben. Immerhin hatte ich nichts einzuchecken, außer dem Gyokuro, aber das war Handgepäck. Ich rannte zur Schalterhalle, suchte den Counter, fand ihn. Nur zwei Reisende standen in der Schlange, einer mit Anzughose, gelbem Pullunder und einem schweren Samsonite-Koffer, der andere mit löchriger Jeans, Kapuzenjacke und einem gestrickten Mützchen auf dem Kopf. Er schob einen großen, blauen Rucksack vor sich her mit zusammengerollter und an die Vorderfront gebundener Isomatte.

Der Business-Typ war routiniert, brauchte nur zwei, drei Minuten zum Einchecken und zog darauf mit versteinerter Mine ab. Der Rucksackreisende kramte ewig in seinen Taschen umher, schien erst den Reisepass nicht zu finden und dann das Ticket nicht. Er hob den Rucksack auf die graue Zunge des Fließbands neben dem Counter, diskutierte erneut mit der Frau am Schalter und montierte schließlich die Isomatte ab. Ich trat von einem Bein auf das andere, blickte auf die Uhr: Noch fünfzig Minuten.

Vorne ließ sich der Bemützte irgendetwas auf dem Ticket erklären, die Schalterfrau nahm es erneut in die Hand, machte eine Zeichnung darauf. Dann zeigte sie mit spitzen Fingernägeln in die riesige Halle hinein, auf einen Punkt irgendwo zwischen den Rolltreppen, einer Reklametafel mit Billigflugwerbung und einer orientierungslosen Reisegruppe in bunten Klamotten. Der Mützenträger nickte, grinste erfreut und verabschiedete sich von ihr wie von einer Romanze, aus der aus Zeitgründen nun leider nichts geworden war.

Ich war an der Reihe.

Nervös sprang ich an den Schalter, polterte mit dem Gips dagegen und ließ fast meine Unterlagen fallen. Ich versuchte ein Lächeln und schob der Schalterfrau meinen Reisepass zu und das darin befindliche Ticket. Sie nahm beides distanziert entgegen, senkte ihre blau geschminkten Lider, faltete den Pass auf, faltete ihn wieder zu, drehte das Ticket, schob es in eine Maschine und tippte mit ihren Fingern, lang wie Zauberstäbe, etwas in die Tastatur.

Jetzt kam es drauf an, dachte ich mir, wenn etwas gegen mich vorlag, dann würde es jetzt auffallen. Ich platzierte die Packung mit dem Gyokuro auf der kleinen Ablage vor dem Schalter, trippelte mit Zeige- und Ringfinger meiner rechten Hand darauf herum. Dann stellte ich mich auf die Zehenspitzen, versuchte auf den Monitor zu schauen, konnte aber nichts erkennen. Ich blickte auf die junge Frau, fünfundzwanzig war sie, schätzte ich, vielleicht Studentin im Hauptberuf. Ich bemerkte, dass sie nicht mit den Fingern tippte, sondern mit den Nägeln. Vielleicht doch keine Studentin …?

Plötzlich stoppte das Geklapper der Tasten. Die Schalterfrau stockte, spreizte die Finger über der Tastatur ab, etwas kräuselte sich auf ihrer bepuderten Stirn.

Ich sah in ihr Schaufensterpuppengesicht, auf ihre reglosen Finger, auf die Rückseite des feldhasengrauen Flatscreens. Ich stellte mir vor, wie auf dem Bildschirm ein Fenster aufgesprungen war, wie ein Warnhinweis erschien, rot und grell und blinkend und mit vielen Ausrufezeichen: „DER REISENDE DARF DEUTSCHLAND NICHT VERLASSEN, WIRD POLIZEILICH GESUCHT!!" oder: „AUSREISE VERBOTEN – KRIMINELL!!". Oder ganz schlicht und knapp auf Englisch, ja, es musste doch auf Englisch sein, ganz sicher Englisch, wir wollten doch international sein, auf unserem Munich International Airport. Ich sah es vor mir: „SECURITY-ALERT!!!"

Ich wischte mir mit der Krabbenhand den Schweiß von der Stirn, stieß dabei den Tee auf den Boden, ließ ihn liegen. Ich sagte: „Ist irgendetwas nicht in Ordnung?"

„Mmm, einen Moment", summte sie und griff zum Telefon.

Es war aus, ganz sicher war es aus. Ich sollte rennen, sagte ich mir, aber ich war zu matt, konnte einfach nicht. Und es hätte ja auch keinen Sinn gemacht: Mit dem Gips wäre ich viel zu langsam gewesen und am Flughafen wimmelte es von Polizisten.

Der rote Fingernagel der Schalterfrau kreiste über der Tastatur wie ein Kranichschnabel beim Beutefang über der Wasseroberfläche. Na, wo war sie, die Security-Taste …?

„Ach", sagte sie plötzlich, „Sie haben umgebucht, oder?"

Ein brüchiges „ja" löste sich aus meiner Kehle.

Sie lächelte und legte den Hörer wieder auf die Gabel. „Ich dachte schon … das tauchte hier nämlich zuerst gar nicht auf. Herr Baum …"

Ich nickte.

„Genau, da haben wir Sie ja!"

Sie war verwundert, dass ich kein Reisegepäck aufgeben wollte, wies mir aber dennoch freundlich das Gate zu und wünschte mir einen guten Flug.

Ich bückte mich, nahm meinen Gyokuro wieder an mich und machte mich auf den Weg zur Sicherheitskontrolle. Noch dreißig Minuten. Wenn ich jetzt aufgehalten würde, hätte ich keine Chance mehr, den Flieger zu erwischen. Und mit Gipsarm und Halskrause konnte es Probleme geben, war mir klar. Beide wären schließlich optimale Verstecke für eine kleine Plastikbombe.

Tatsächlich piepste es, als ich durch den leeren, stählernen Türrahmen des Metalldetektors schritt. Ein Schnurrbartträger einer privaten Sicherheitsgesellschaft winkte mich mit knurrendem Blick zu sich.

„Unfall", sagte ich, aber sein Blick blieb kritisch. Ihm machte man so schnell nichts vor, er kannte die Tricks.

Dann hielt ich die Stümpfe meiner Krabbenhand hoch. Er bekam einen Schreck, nickte und ließ mich passieren.

Ich schaffte es gerade noch, war der letzte Passagier im Flugzeug. Alle anderen saßen bereits hinter ihren Zeitungen oder schoben sich noch die Kissen zurecht. Als ich endlich meinen Gangplatz gefunden hatte, fühlte ich mich wie befreit, wie an einem lange gesuchten Ziel angekommen. Ich legte mein einziges Gepäckstück – den Tee –

in das Schubfach an der Deckenwand der Maschine und ließ mich endlich erleichtert in den Sitz fallen.
„URRG!!!"

EPILOG

Letztes Wochenende bin ich Vierzig geworden. Zwei Wochen nach deiner Geburt. Es freut mich, dass mit dir und deiner Mutter alles gut verlaufen ist, wie mir ein letzter Freund in der alten Heimat berichtet hat. Wer weiß, wärst du nicht ein paar Tage zu früh gekommen, vielleicht wäre unser Geburtstag ja auf denselben Tag gefallen!

Wir waren zu meinem Vierzigsten in Mar del Plata am Atlantischen Ozean, rund sechs Stunden mit dem Bus von Buenos Aires entfernt. Ich war enttäuscht von der Stadt: Die Porteños schwärmen davon, rühmen die ewigen Strände, das Meer, die lockere Atmosphäre, manche preisen sogar die Architektur. Aber mir erscheint es, als reihe sich eine Bettenburg an die nächste, konzentrisch um die breit gestreckte Bucht herum, Beton an Beton, Wange an Wange. Zudem ist im Dezember nicht viel los, es ist keine Saison und es ist auch nicht besonders warm. Viele Restaurants sind geschlossen und auch einige Hotels machen während des Winters dicht. Der Trubel in den Sommermonaten wäre mir zwar auch zu viel gewesen, aber zu dieser Jahreszeit wirkt die Stadt verlassen – nicht das richtige für einen, der seiner eigenen Melancholie entkommen will. Immerhin kannte Sonia ein kleines, familiäres Hotel, etwas außerhalb an einem Pinienwald gelegen. Es war nicht ohne Stil, und der Koch des angrenzenden Restaurants war ein Zauberer, vor allem bei der Zubereitung von Fischgerichten.

Am Strand habe ich eine Krabbe beobachtet, eine kleine sandfarbene, mit acht Beinen und einem muschelartigen Leib. Sie hatte nur einen Arm mit gewaltigen Fängen, so groß waren sie, dass man das Gefühl hatte, sie trage sie auf ihrem gepanzerten Leib wie etwas Fremdes mit sich herum. Sie lief auf die Wellen zu, als sich diese vom Strand zurückzogen und als sie wieder aufbrandeten, zischte sie zurück und versteckte sich in einer Sandmulde, gleich neben einem vermoosten Pfahl, der zu einem großen hölzernen Steg gehörte, der in Richtung Afrika zeigte.

Es stimmt schon: Meine Hand sieht aus wie die Zange einer Krabbe, nur dass die Proportionen anders sind, und dass die Krabbe nur zwei Greifer hat, während mir dreieinhalb Finger blieben. Alle nennen mich hier nur *die Krabbe*, zuerst nur in meiner Abwesenheit, jetzt ganz offiziell, als sei es das Natürlichste der Welt. Die Wunde ist gut verheilt, die Fäden sind mittlerweile gezogen. Ich habe nur noch selten Phantomschmerzen und wenn, dann nur im kleinen Finger. Der Stumpf meines Ringfingers macht keine Probleme, allerdings ist er taub und ich kann ihn kaum bewegen. Aber das würde ja auch keinen Sinn machen, den Stumpf zu bewegen – wofür?

Mein linker Arm hat sich alles andere als gut entwickelt. Zwar haben sie den Gips längst abgenommen, aber ich kann ihn nicht ganz gerade machen, komme nur auf etwa siebzig Prozent. Irgendwo habe sich Narbengewebe gebildet, wo es nicht hingehört, meint mein Arzt. Er hat vorgeschlagen, mir das Gelenk noch einmal auszukugeln und richtig einzuhängen – er könne aber für nichts garantieren. Ich habe beschlossen, erst einmal abzuwarten, vielleicht kann ich mit Gymnastik eine Verbesserung erzielen.

Mit meinem Rücken habe ich immer noch Probleme. Er sieht aus, als wäre er in Schrapnell-Feuer geraten: Überall Narben und Pusteln, kleine rote Striemen neben hügeligen Verkrustungen, violette Einbuchtungen, neben hartem, hornigem Gewebe. Immer wieder haben sich Eiterbeulen entwickelt, die sie mir aufschneiden mussten, um einen vergessenen Splitter oder ein paar getrocknete Blütenblätter oder sogar ein Stück strohigen Stängels herauszuholen. Noch immer kann ich nicht auf dem Rücken schlafen, was mich manchmal wahnsinnig macht, sodass ich ganze Nächte in meinem kleinen Zimmer wachliege.

In Buenos Aires habe ich mich in einer Pension in der Nähe der Plaza del Congresso eingemietet. Ich habe mich mit der Wirtin auf zwanzig US-Dollar pro Nacht geeinigt, wenn ich Voraus drei Monatsmieten zahle. Ich denke, der Preis ist in Ordnung für die zentrale Lage. Ich gehe nur zehn Minuten bis zur Straße des 9. Juli, von der du sicherlich einmal hören wirst: Sie dürfte die breiteste Straße der Welt sein. In der Nähe dieser Achse zu wohnen und zu leben, gibt mir das Gefühl, mittendrin zu sein in der Welt, in einer Art Zentrum, im Auge des Tornados. Was New York für die angelsächsische Welt ist, das ist Buenos Aires in gewisser Weise für die ibero-romanische: ein Pol, um den sich alles dreht, in dem Neues als erstes geschieht, in dem Trends geboren, in dem weltweite Entwicklungen vorausgeahnt werden. Natürlich nicht auf der wirtschaftlichen oder naturwissenschaftlichen Ebene wie im Norden, beim großen weißen Bruder am Hudson, sehr wohl aber auf kulturellem Gebiet. Nimm allein den Tango, nimm die Milonga, die hier, in den Straßen von San Telmo ihren Anfang nahmen!

Der Tango. An meinen ersten Abenden war ich ständig unterwegs in den Bars und Tanzlokalen, obwohl ich ja nie ein Tänzer war, deine Mutter wird das bestätigen können (aber bitte glaub ihr kein Wort von der Hochzeits-Walzer-Geschichte: Den Sturz ins Büffet hat es nie gegeben, stattdessen ist lediglich das Tablett eines Kellners zu Boden gegangen). Nachdem sie mir den Gips abgenommen haben, habe ich jetzt ein bisschen mit dem Tanzen angefangen, Sonia zuliebe. Tatsächlich glaube ich, durch die Bewegungen zur Musik einen noch tieferen Zugang zum Tango gefunden zu haben. Erst seit ich selber tanze, ist mir klar geworden, dass der Tanz selbst eine Art Vorspiel ist, das auf etwas verweist, was an anderer Stelle ausgelebt werden kann – aber nicht muss. Tango ist der Tanz der Möglichkeiten. Aber auch ein Triumph über unsere eigene Natur. Wir jonglieren am Abgrund unserer selbst, aber wir lassen uns nicht in die Tiefe reißen. Kontrolle und Disziplin – darauf scheint es beim Tango anzukommen. Aber wer weiß, vielleicht entdecke ich fernab der Heimat auch nur meine teutonischen Tugenden.

Der Tango hat mir auch Sonia beschert: Ich habe sie in einer der Bars in San Telmo kennen gelernt. San Telmo, das ist ganz in der Nähe des Boca Juniors Stadion – Maradonas Stadion. Ein Gott ist er hier, immer noch. Ich habe Sonia zwei, drei Mal nach Hause mitgenommen, ihr anfangs ein paar Dollar gegeben für ihre Dienstleistungen, später wollte sie das Geld nicht mehr. Jetzt bekommt sie hier und da ein paar neue Schuhe, ein neues Kleid oder ich lade sie zu einem Trip nach Mar del Plata ein wie vergangenes Wochenende. Billiger ist es jedenfalls nicht geworden, aber irgendwie normaler, wir sind schon fast so etwas wie ein bürgerliches Paar.

Bald wird es wieder langweilig werden.

NACHWORT

„Die Krabbe" ist mein erstes Buch und erschien bereits 2009 beim Pendragon Verlag in Bielefeld. Dort erreichte es immerhin drei Auflagen, was kein schlechter Erfolg für einen Erstling ist. Dennoch hat es mir einige Kopfschmerzen bereitet, das Buch jetzt noch einmal überarbeitet und aktualisiert zu veröffentlichen.

Das liegt in erster Linie daran, dass ich heute ganz anders schreibe und die Erwartungen meiner neuen Leser nicht enttäuschen will.

Verstehen Sie mich nicht falsch: Ich bin immer noch stolz auf meinen Erstling und beim Wiederlesen für diese neue Ausgabe, fand ich, dass mir einige Szenen tatsächlich ganz gut gelungen sind: Die nächtliche Bootstour mit dem zu schweren Opfer, die Fingeramputationsszene, die ja fast ausschließlich durch Geräusche erzählt wird, sicherlich auch der Showdown mit Clemi in der Penzinger Wohnung am Ende des Buchs.

Dennoch ist mir heute nach mittlerweile fünf Kriminalromanen bzw. Thrillern natürlich noch besser bewusst, was der Leser von Spannungsliteratur eigentlich erwartet. Vor allem erwartet er, einen positiven Helden mit dem er sich zumindest ein stückweit identifizieren kann und er sehnt sich selbstverständlich nach einem Happy-End.

Beiden Wünschen konnte ich in „Die Krabbe" nicht entsprechen. Das liegt daran, dass ich zur Zeit des Schreibens stark von Autoren wie Jean-Patrick Manchette, Truman Capote („Kaltblütig") oder Jason Starr beeinflusst war, aber auch von Filmen wie Billy Wilders „Double Indemnity". Geschichten also, die stark im Krimi Noir verhaftet sind, bzw. dieses Genre erst hervorgebracht haben. Der Krimi Noir aber ist das Terrain der großen Anti-Helden. Oft erliegen diese ihren Sehnsüchten, werden von Gier getrieben und es gelingt ihnen nicht, ihrem Schicksal zu entkommen. So ist es auch bei meinem Max Baum. Er will nur einen kleinen Deal durchziehen, eine kleine Erpressung. Doch versinkt er immer tiefer im Sumpf des Verbrechens, verstrickt sich in der Vertuschung seiner Taten. Auf die Erpressung folgt so ein Mord im Affekt, darauf ein vorsätzlicher Mord und die barbarische Entsorgung der Leiche. Zu diesem Zeitpunkt hat er längst die Menschen verraten, die ihn lieben, und auch wenn die Umstände den Mord an dem kleinen Robin letztlich vereitelt haben - zurückgeschreckt wäre Max davor sicherlich nicht.

Der Hauptprotagonist entwickelt sich hierbei nicht vom Biedermann zum Monster, sondern er legt Schicht um Schicht seiner Seele frei und entdeckt und enthüllt hierbei zugleich seine ihm bisher unbekannte amoralische Natur. Das - sein Ich, sein Selbst, sein Wesenskern - ist das Schicksal, dem er nicht entkommen kann. Falls Sie einmal in die Verlegenheit geraten sollten, einen Strafaufsatz zu diesem Thema schreiben zu müssen: Der Schlüsselsatz hierzu findet sich in der Szene, in der Max sein Opfer im Ammersee versenken will und wo er den Philosophen Immanuel Kant auf den Kopf stellend räsoniert: „Kein Sternenhimmel über mir, kein moralisches Gesetz in mir".

Krimi Noir ist immer auch Gesellschaftskritik. Während die Welt im klassischen Thriller nur kurzzeitig aus den Fugen gerät und durch charismatische Kommissare wieder auf den rechten Weg gebracht wird, bleibt die Welt im Krimi Noir ein Skandal. In „Die Krabbe" bleibt sie es schon deshalb, weil einer, der sich an anderen bereichert und seine Verbrechen auf barbarische Weise verschleiert hat, letztlich entkommt - wenn auch arg ramponiert. Wer will, darf hierin durchaus eine Kapitalismuskritik sehen. Oder nehmen Sie die Szene, in der Max Baum sein Opfer in der Augsburger Tiefgarage erwürgt. Hier taucht plötzlich ein Nachbar auf, der helfen könnte. Der sich zumindest fragen könnte, warum Einkäufe zwischen den Autos liegen und sich eine Blutspur auf dem Boden abzeichnet. Doch stattdessen hat er nichts anderes im Sinn, als ebendiese Einkäufe einzusammeln und schnellstmöglich damit abzuhauen. OK, ein bisschen plakativ das Ganze, aber hey, ein Krimi ist auch keine Germanistenliteratur.

Als ich das Buch damals geschrieben habe, habe ich tatsächlich in Penzing, nahe Landsberg am Lech gewohnt. Ich habe es mir leicht gemacht und habe Max Baum quasi in die Hülse meines eigenen Le-

bens gepackt. Auch ich habe dort zusammen mit meiner Freundin gelebt, habe meinen Tag meistens entspannt mit der Zeitung begonnen und natürlich liebe ich den Tango. Leichen habe ich allerdings noch keine zersägt - aber das kann kommen ;-)
Tatsächlich habe ich wie Max sogar einige Jahre ein Journalistenbüro in Penzing unterhalten. Meine Arbeit als Journalist erklärt sicherlich auch den stark beschreibenden, an die Reportage angelehnten Stil des Textes. Wenn Ihnen das schon zu viel war, bedenken Sie bitte: Das Ursprungsbuch war noch einmal hundert Seiten dicker - ich habe also schon ordentlich gekürzt. Auch heute lege ich nach wie vor viel Wert auf Atmosphäre und die Beschreibung von Menschen und Orten. Doch gehe ich deutlich skizzenhafter vor und überlasse vieles auch einfach der Phantasie der Leser.

Jetzt ist dieses Nachwort doch fast zu einer Art Rechtfertigung geworden. Dabei ist es ja gar nicht auszuschließen, dass Ihnen dieser bayerische Krimi Noir ganz einfach gefallen hat und Sie die hundert weggekürzten Seiten jetzt auch noch lesen wollen. In diesem Fall kommt die Enttäuschung erst jetzt, denn leider sind die gestrichenen Teile gemeinsam mit ihrer Festplatten verschollen. Aber vielleicht haben Sie ja Lust, einmal ein neueres Buch von mir zu lesen - eine Übersicht finden Sie direkt im Anschluss.

Falls Sie Ihre negative oder positive Kritik persönlich loswerden wollen, freue ich mich darauf. Einige Seiten weiter finden Sie meine Kontaktdaten hierzu. Jede Mail wird garantiert beantwortet - wenn auch manchmal mit ein wenig zeitlicher Verzögerung, wofür ich einmal mehr um Nachsicht bitte.

Markus Ridder

WEITERE TITEL VON MARKUS RIDDER

Das Messias-Projekt

Nach einem wahren Erlebnis.

Craig erwacht mit einem schrecklichen Kater. Der 40-Jährige ist vollkommen orientierungslos, weiß noch nicht mal, wo er ist. Doch langsam dämmert es ihm: Er ist in Zürich, und es sind nur noch wenige Minuten, bis ein wichtiger Vortrag beginnt. Ein Vortrag, den er selbst halten muss. In aller Windeseile zieht er sich an und hastet zum Veranstaltungsort. Dort angekommen wundern sich die Leute: Craig kommt fast auf den Tag genau ein Jahr zu spät. Und keiner weiß, was er in diesem einen Jahr gemacht hat. Auch Craig nicht. Er setzt alles daran, herauszufinden was passiert ist. Doch nicht alle haben ein Interesse an der Wahrheit.

Über vier Monate in der Tolino-Bestsellerliste!

Die Rückkehr des Sandmanns

Der Täter kommt, wenn man ihn nicht erwartet. Und er schlägt an Orten zu, die so weit voneinander entfernt liegen, dass die Polizei keinen Zusammenhang herstellen kann. Seine Opfer: Junge Frauen, die spurlos verschwinden. Nur die junge, leicht eigenartige Sybs ahnt, was vor sich geht. Denn sie verbindet ein Geheimnis mit den verschwundenen Frauen. Und Sybs ahnt: Sie wird die Nächste sein, die ins Fadenkreuz des Täters gerät.

Der Blütenstaubmörder

Jenny Bibers und Heiko Plossilas 1. Fall

Gleich der erste Fall der sympathischen Polizistin Jenny Biber hat es in sich: Ein Serienmörder geht um im sonst so idyllischen bayerischen Fünfseenland. Der Täter stellt die Polizei vor ein Rätsel: Warum verziert er seine Opfer mit goldgelbem Puder, sodass sie fast magisch in der Sonne glitzern? Klar ist hingegen, dass die Uhr tickt. Denn schon bald wird sich der Täter sein nächstes Opfer suchen. Als plötzlich Jennys Freundin verschwindet, ahnt die junge Polizistin, was andere nicht wahrhaben wollen: Der Blütenstaubmörder hat wieder zugeschlagen! Jenny riskiert alles, um ihre Freundin zu retten. Ehe sie es bemerkt, gerät sie selbst ins Visier des Täters. Ein Wettlauf um Leben und Tod beginnt.

Das Eisenzimmer

Jenny Bibers und Heiko Plossilas 2. Fall

Ein brutaler Serienmörder hält das bayerische Fünfseeenland in Atem. Hauptkommissar Plossila und seine junge Kollegin Jenny Biber von der Kripo Fürstenfeldbruck nehmen die Ermittlungen auf. Der Fall führt sie zu einem längst vergessenen Verbrechen rund um das legendäre Eisenzimmer aus dem Dritten Reich. Schon bald geraten die Polizisten selbst in tödliche Gefahr. Wird Jenny ihre Kollegen, ihre neue Liebe und sich selbst retten können?

KONTAKT UND KRITIK

Egal, ob Ihnen mein Buch gefallen hat oder nicht – bitte geben Sie mir ein Feedback! Schreiben Sie mir unter info@markusridder.com oder werden Sie mein Freund bei Facebook: www.facebook.com/ridderkrimis.
Jede Nachricht wird garantiert beantwortet!